STEPHEN CARTER

En 1985, Stephen Carter est le premier professeur noir à obtenir une chaire à l'Université de Yale. Depuis, ce juriste reconnu, ancien conseiller du président Clinton, a signé de nombreux essais socio-politiques qui ont fait grand bruit outre-Atlantique. Vingt ans lui ont été nécessaires pour élaborer *Échec et mat*, son premier roman.

LA DAME NOIRE

DU MÊME AUTEUR
CHEZ POCKET

ÉCHEC ET MAT
LA DAME NOIRE

STEPHEN CARTER

LA DAME NOIRE

Traduit de l'anglais (États-Unis)
par Bernard Cohen

ROBERT LAFFONT

Titre original :
NEW ENGLAND WHITE

Le papier de cet ouvrage est composé de fibres naturelles, renouvelables, recyclables et fabriquées à partir de bois provenant de forêts plantées et cultivées durablement pour la fabrication du papier.

ISBN : 978-2-266-20286-2

À Annette Windom

« Pourquoi tout le monde en veut aux économistes ? Après tout, ils ont été capables de prévoir treize des cinq dernières récessions ! »

Blague d'étudiants bien connue

Prologue

L'été à Tyler's Landing

Les racontars s'acharnent sur les morts telles des mouches et nous suivons leur vol le nez discrètement levé. Bien que nous ne soyons pas cancaniers – surtout pas –, nous adorons écouter ceux qui le sont. C'est pourquoi si vous étiez passé à Tyler's Landing dans les premières semaines suivant la conclusion longuement attendue de l'enquête, alors que les derniers envoyés spéciaux venaient de regagner leur rédaction, si vous vous étiez arrêté chez Cookie's, dans Main Street, afin d'acheter un sachet de raisins secs enrobés de chocolat (la spécialité de ce digne établissement), vous auriez eu toutes les chances d'entendre la très potelée Vera Brightwood vous confier à qui la faute revenait, et à qui elle ne revenait pas, et à qui elle ne reviendrait jamais.

Selon Vera, l'imbroglio avait commencé non quand le professeur « coloré » s'était fait tuer en novembre mais bien plus tôt, lors d'une nuit d'hiver étonnamment clémente, neuf mois auparavant – en février, pour tout dire –, la nuit où la ravissante Vanessa Carlyle, âgée de seize ans mais plus mûre que si elle en avait eu le double, d'après ce que l'on racontait, avait mis le feu à la Mercedes bleu marine de son père dans le parc de la petite ville. Oui, oui, continuait-elle, *ce* Carlyle, le fameux Carlyle, celui dont le courrier porte le titre d'« Honorable », à ce que dit Joe Vaux, le chef du bureau de poste local. Incroyable, les airs que les gens se donnent de nos jours, vous ne trouvez pas ? Vous écoutez en souriant, baigné par la vive lumière estivale de Nouvelle-Angleterre que la large porte vitrée laisse entrer dans la boutique. « Babillarde », c'est le terme qui vient à l'esprit lorsque l'on considère Vera Brightwood, dont les récriminations s'enchaînent harmonieusement et qui bientôt vous assure qu'elle n'a rien contre les Carlyle, absolument rien, même si elle répète à ses concitoyens depuis six ans, et le réitère à présent, que la municipalité n'aurait jamais dû les laisser construire cet énorme château qu'ils se sont fait bâtir sur le terrain des Patterson. Et cette remarque la ramène à l'incendie. Certes, sa version prend quelques libertés avec la réalité. Par exemple, Vanessa n'a jamais parlé au professeur cette fameuse nuit, ainsi que l'enquête l'a établi, mais tout de même, l'un et l'autre étaient des gens de couleur, n'est-ce pas ? Elle est ainsi, Vera : les histoires sont comme les sucreries, il faut les présenter dans l'emballage le plus seyant possible, ou bien on perd sa clientèle. Sa technique, vieille comme le monde, consiste notamment à gonfler un détail mineur par-ci, à ajouter un zeste de scandale à tel racontar par-là, et voilà ! La friandise est admirablement servie. Elle n'est peut-être pas toujours dans le vrai mais on ne s'ennuie jamais, avec elle. Et puis, prêter une oreille à quelqu'un d'aussi disert reste très innocent, non ?

Cookie's Place est l'équivalent local de l'ancien Café de la Régence à Paris. Ce qui se disait au sujet du second s'applique merveilleusement au premier : tôt ou tard, tous ceux qui comptent finissent par s'y montrer. Cette règle ne concerne pas seulement les trois mille âmes que compte la bonne petite ville de Tyler's Landing, car il se trouve que plus de la moitié de la population de l'État connaît l'endroit de réputation. Il paraît que Woody Allen a filmé l'intérieur du magasin pour un projet de film, il y a très longtemps, mais comme Vera ne le mentionne jamais c'est sans doute une fausse information. L'endroit serait digne d'une telle attention, pourtant : les comptoirs en marbre blanc veiné de vert brillent doucement, le panneau Coca-Cola laqué de rouge a plus d'un demi-siècle, dit-on, et même si la boutique ne fait guère plus de six mètres sur dix elle paraît très vaste grâce à un astucieux jeu de miroirs. Des casiers et de gros pots en verre translucide contiennent tout un assortiment coloré, bâtonnets à la menthe verts et rouges, sucettes décorées de gaies spirales, pastilles multicolores, truffes, pavés, sucres d'orge, caramels, boîtes aux lettres ou statues de la Liberté ou tacots Ford remplis de cachous, sucreries en forme de lapin ou d'ourson, ganache en huit parfums différents et tout ce dont les drogués de chocolat peuvent rêver, y compris des boules fourrées de canneberge, invention antidiététique mais fort élégante de l'industrieuse Vera.

Il y a toujours quelque délicieuse décoction sur le feu, et tous ces arômes vous font perdre la tête, ce qui est exactement le but recherché. Même ceux qui ne sont pas amateurs de confiseries finissent par saliver, tentés par ces mille et un plaisirs décadents, et par acheter tout ce qui leur tombe sous les yeux. Atrocement dodue, ses joues comme deux grosses pommes d'api, ses cheveux gris soigneusement tirés en deux boules égales, Vera mesure rien qu'à l'œil une livre de raisins secs confits dans le chocolat tout en vous saoulant de mots, vous expose de sa voix rauque de fumeuse ce qui ne va pas avec la maison des Carlyle et vous l'écoutez, patiemment, parce que maintenant vous mourez d'envie de goûter à ces raisins.

La résidence des Carlyle, donc. Vera a de solides, d'excellentes raisons d'avoir été opposée depuis le début à son édification. Par exemple, ils auraient dû laisser cette pâture tranquille, afin que les gamins puissent continuer à aller y jouer au base-ball. Ou bien c'est que cette maison, beaucoup trop grande et prétentieuse au demeurant, bouche la vue de la vallée quand on passe sur la route. Et puis c'est tout en angles droits, tout en énormes baies vitrées qui attrapent le soleil et donnent l'impression de vous lancer des clins d'œil lorsque vous conduisez et que vous la regardez, ce que Vera fait souvent, plus souvent qu'elle ne l'admettra, mais c'est qu'elle vit ici depuis longtemps, de l'autre côté du réservoir, depuis assez longtemps pour désapprouver l'apparition de la moindre nouvelle construction à des lieues à la ronde. Oh, cette seule idée la met hors d'elle, Vera, et sous son épiderme délicat comme de la porcelaine s'allume un furieux brasier.

Convaincu que la dame a une araignée au plafond, vous faites un pas prudent vers la porte en serrant votre sachet de raisins secs contre votre poitrine mais elle vous arrête d'un seul mot. La voiture. Que penser du coup de la voiture, hein ? Ainsi sollicité, vous vous rappelez ce qu'elle a dit plus tôt au sujet de cette fille, comment était-ce, déjà ? Vanessa. Voulez-vous entendre toute l'histoire de la voiture ? demande Vera. Oui, bien sûr… Elle va vous la raconter, avec plaisir, mais d'abord que pensez-vous d'un peu de ganache, en plus des raisins ? C'est une autre spécialité de la maison, la ganache au beurre et au rhum, avec ou sans noix. Hop, Vera passe l'un de ses fameux rubans verts autour de votre boîte de la même couleur – pas de scotch ni de cellophane ici, non monsieur ! –, et c'est là qu'elle se reprend, mais oui, elle a dû oublier de vous préciser ce que la jolie Vanessa faisait pendant que l'automobile paternelle était la proie des flammes ; eh bien, la charmante Vanessa tentait à ce moment-là de s'ouvrir les veines avec un couteau X-Acto.

Et quand Vera a achevé son récit vous ne savez sans doute pas trop comment réagir, sinon pour vous apitoyer sur le sort de Vanessa, et bien entendu de ses parents, de sa sœur et de ses deux frères. Vera parle tellement que vous en avez la tête qui tourne mais elle a aussi ce talent rare – elle l'a depuis toujours – de vous amener à voir la scène comme si vous y aviez assisté : la Mercedes bleue flambant neuve, trois mois d'existence en leasing et moins de quatre mille kilomètres au compteur, un bûcher vrombissant dans l'allée bétonnée qui mène à l'hôtel de ville tandis qu'un crépuscule hivernal s'achève, et à côté, assise calmement sur un banc du parc, une fille élancée à la peau brune, son ravissant visage presque dissimulé par un fouillis de nattes fines, pesant sur la lame d'un couteau pour entailler la peau qui refuse de céder…

« Pauvre petite », conclut Vera, une larme dans son bon œil. Vous auriez tendance à abonder dans son sens lorsqu'elle baisse la voix et, tout en essayant de vous convaincre de prendre aussi quelques pâtes de fruits pour accompagner les raisins secs, remarque qu'avec tous ces universitaires qui rachètent les terres du coin parce qu'ils ont décidé que rénover des fermes était une bonne chose, il n'y a que cinq familles « colorées » à Tyler's Landing.

Surpris, vous demandez si c'est la ville qui tient ce genre de statistiques. Quoi que vous voulez dire par là ? réplique-t-elle. Vous reformulez prudemment votre objection : le nombre de familles africaines-américaines qui vivent ici, eh bien, est-il réellement évalué et tenu à jour ? Certains d'entre nous le font, oui, répond Vera.

Pourquoi ?

Vera se penche et chuchote, à présent. Son haleine pèse comme si elle fermentait en dedans, ses prunelles jaunâtres surveillent la porte au cas où l'un de ces gauchistes abhorrés ferait son entrée. L'argent, dit-elle. Nous devons tenir les comptes à jour à cause de la valeur du terrain. On n'a rien contre les gens de couleur, vous comprenez bien, mais l'immobilier a été plutôt faiblard par ici, ces derniers temps, et on n'a jamais entendu parler d'un coin où les prix montent parce que des familles « colorées » s'y installent. Vous m'en montrez un seul et je change d'idée tout de suite. Oh, et puis ils auraient dû mettre Vanessa en prison, après ce qu'elle a fait à cette voiture. Vera en a assez, franchement, du traitement de faveur que les gens de couleur reçoivent sans cesse, dans ce pays.

Effaré, vous tentez de réagir mais elle ne va pas se sentir coupable, pas question. Elle dit que vous saisissez tout de travers, qu'elle n'a aucun préjugé contre « ces gens », qu'elle n'en a jamais eu, même au temps où ils incendiaient tout ce qu'ils voyaient, jusqu'à ce que LBJ, Lyndon B. Johnson, paix à son âme, fasse venir la troupe pour les empêcher de continuer. Non, elle est juste révoltée par « cette stupide maison ». « Les imbéciles ! » siffle-t-elle entre ses dents sans que vous puissiez savoir exactement de qui il s'agit.

Vous décidez qu'il est temps de vous remettre en route, vous laissez Vera et vous sortez de la boutique. Le soleil vif vous estourbit encore plus après cette tirade étourdissante, et vous n'avez plus qu'une idée claire : quitter cet endroit au plus vite. Vous retrouvez votre auto, vous clignez et clignez des yeux afin de vous éclaircir la vue et vous démarrez en trombe. Tant pis pour la limitation de vitesse, cette femme est une folle dangereuse. Vous vous dites qu'il y aura peut-être une voiture de police planquée derrière un panneau publicitaire mais vous préférez courir le risque, parce que l'histoire de Vera vous a mis dans un état étrange, un malaise presque désespéré. Si ça se trouve, vous allez échapper à l'amende – les forces de l'ordre locales ne sont plus sur les dents comme elles l'étaient il y a encore quelques semaines. La ville est maintenant aussi tranquille qu'au mois de novembre précédent, quand le bûcher de Vanessa était déjà du passé et que les meurtres attendaient dans l'avenir, quand le cours du temps ne s'était pas affolé et que l'Histoire avec un grand H n'avait pas encore investi Tyler's Landing en réclamant vengeance. La deuxième semaine de novembre, l'époque où le coquet et blanc village de Tyler's Landing se sentait en sécurité.

Pour la dernière fois avant longtemps.

PREMIÈRE PARTIE

UTILITÉ MAXIMALE

Fonction d'utilité : en économie, mesure des préférences du consommateur telles qu'elles s'expriment par la satisfaction tirée de la consommation ou de l'obtention d'un bien ou d'un service. La théorie économique suppose que tout être humain s'efforce rationnellement de parvenir à son utilité maximale. Parfois, cependant, l'utilité d'un individu est étroitement dépendante de celle d'un autre.

1

Raccourci

I

Ce vendredi-là, le chat a disparu, la Maison Blanche a téléphoné, et quand Julia a appelé la baby-sitter depuis l'entrée en marbre bruissante d'échos de Lombard Hall où son mari et elle recevaient avec faste d'anciens élèves peu recommandables de l'université – un ou deux étant à l'époque poursuivis en justice – et ne sachant que faire de leur argent, Jeannie frôlait les 40 °C de fièvre. Après, « tout a tréviré encore pire », ainsi que la grand-mère de Julia aimait à dire, bien que les expressions favorites de Granny V., évocatrices de Harlem et d'un temps où la race savait rire d'elle-même avec ses propres mots, eussent été déplacées à Tyler's Landing et que Julia Carlyle eût depuis longtemps appris à s'abstenir de les employer.

Même si elle allait se révéler prémonitoire, la disparition du chat était le moindre de ses soucis. Ce n'était pas la première fois que Coalition-Arc-en-ciel, le félin malodorant que les enfants avaient adopté, prenait la poudre d'escampette, et quand il ne réapparaissait pas il était rapidement remplacé par un autre de ses insupportables semblables, aussitôt baptisé du même nom. La Maison Blanche, en revanche, c'était plus sérieux. L'ancien camarade de chambre de Lemaster à la faculté, qui occupait désormais le Bureau ovale, téléphonait au moins une fois par mois afin de faire un brin de causette, genre de besoin que Julia n'avait jusqu'alors jamais soupçonné chez les présidents des États-Unis. Quant à Jeannie... La dernière de leurs quatre rejetons avait huit années de croissance fiévreuse derrière elle, et sa mère avait compris depuis un moment qu'il était inutile de rentrer précipitamment à la maison chaque fois que le thermomètre s'emballait. Jusqu'à présent, le Tylenol et les compresses glacées avaient mis en déroute tous les virus qui avaient osé s'en prendre à la petite ; ils refouleraient encore celui-ci. Après avoir donné ses consignes à la nounou, Julia est donc retournée à l'interminable dîner, juste à temps pour le discours de clôture de Lemaster, comme toujours truffé de bons mots. Il était onze heures moins dix, le soir du deuxième vendredi de novembre de l'an du Seigneur 2003. Autour de Lombard Hall, l'une des premières chutes de neige de l'année avait accumulé six bons centimètres au sol et il en était attendu plus encore. Ainsi que la reconstitution policière des événements l'établirait par la suite, à cette heure le professeur Kellen Zant était déjà mort, dans sa voiture, sur la route de la ville.

II

Peu après. De gros flocons moelleux tombent encore. Julia et Lemaster foncent sur Four Miles Road dans leur Cadillac Escalade toutes options, de couleur noire comme il sied au couple le plus célèbre de cet avant-poste africain-américain perdu dans le comté de Harbor. C'est en tout cas ainsi que Julia voit leur famille, encore plus de six ans après qu'ils se sont installés « au cœur de la blanchitude », comme l'ironique Lemaster aime appeler cette région de Nouvelle-Angleterre. Depuis qu'ils sont mariés, ils ont surtout vécu à Elm Harbor, principale agglomération du comté et siège de l'université que son mari préside désormais. Ils devraient y habiter à nouveau, en théorie, mais la résidence aussi auguste que mal isolée où le président est censé avoir ses quartiers est toujours en rénovation. C'était une condition *sine qua non* que Lemaster avait fixée en acceptant le poste. Le conseil d'administration avait d'abord craint qu'une telle dépense pour une habitation privée ne soulève des objections à une époque où il était difficile de lever des fonds pour la réfection des bâtiments d'enseignement, mais Lemaster s'était montré à la fois raisonnable et catégorique, ainsi qu'il l'était toujours devant son public. « Quand les gens paient plus qu'ils n'avaient pensé pour t'avoir, ils ne t'en apprécient que plus », avait-il expliqué à sa femme, à quoi elle avait rétorqué : « Oui, ou bien ils te détestent à jamais. » Lemaster était resté ferme sur sa position : c'est un homme, il est originaire des Antilles et il est donc dans sa nature de se montrer intransigeant.

Ils roulent. Les flocons se plaquent contre le pare-brise, lourds et massifs, le type de neige qui indique à n'importe quel habitué de la Nouvelle-Angleterre que le blizzard se déplace lentement, que son paroxysme est encore à venir. Julia boude dans son siège tendu de cuir sombre, honteuse et fâchée contre elle-même car elle a confondu le nom de deux anciens élèves, en plus d'avoir passé la moitié de la soirée à appeler Charlotte l'épouse d'un donateur qui se prénomme Carlotta et qui, de sa voix grasseyante de Yankee, l'a finalement assurée qu'aucune importance, très chère, c'est une erreur courante... Lemaster, qui n'a jamais oublié un nom depuis qu'il est en vie, a déployé tout son charme pour que les sourires reviennent mais il n'empêche, n'importe qui ayant jamais essayé d'obtenir un peu d'argent des riches de ce monde sait que le moindre soupçon d'atteinte à leur amour-propre risque de diminuer la donation de moitié, voire pire. Et dans le cas de cette assemblée, la moitié comportait six zéros.

— Vanessa n'allume plus de feu, constate soudain Julia.

Vanessa, en terminale au lycée, est leur deuxième enfant. Le premier et le troisième, leurs deux garçons, sont déjà partis du nid pour faire leurs études supérieures.

— Merci pour cette soirée, fait son mari.

— Tu n'as pas entendu ce que j'ai dit ?

— Si, mon amour. – « Tu n'as pas entendu ce que j'ai dit ? » L'élocution est rapide, sceptique, avec une tonalité chantante, un peu langoureuse, pas exactement britannique. – Je sais que tu as horreur de ce genre de raouts. Je promets de t'en imposer le moins possible.

— Oh, Lemmie, arrête ! J'ai été épouvantable. Tu récolterais plus d'argent si tu me laissais à la maison.

— Tu te trompes, Jul'. Cameron Knowland m'a dit qu'il avait tellement apprécié ta présence qu'il va monter sa contribution à cinq millions.

Mais Julia a ses humeurs et elle n'a aucune envie que son mari lui remonte le moral. Une tempête de neige en novembre, c'est bizarre. Qu'est-ce que cela peut présager ? Un vent ingénieux ramasse les flocons en cercles concentriques d'une blancheur aveuglante dans le pinceau des phares, ce qui donne l'illusion que l'énorme voiture est aspirée dans un entonnoir. Four Miles Road n'est pas l'itinéraire le plus court pour rentrer chez eux mais les Carlyle ont prévu de faire un détour afin de prendre Vanessa au cinéma multiplex, en dehors de la ville. C'est la première fois depuis un moment qu'elle sort avec son petit ami, « Casey-je-ne-sais-quoi », comme l'appelle Lemaster. L'écran de navigation devant eux situe le véhicule au beau milieu des champs, ce qui prouve que l'ordinateur de bord ignore l'existence de cette modeste route, et pour cause : officiellement, elle n'existe pas. Mais Lemaster raffole trop de ce raccourci familier pour ne pas le prendre, même en plein blizzard. Les chemins de campagne lui plaisent, surtout quand ils n'apparaissent pas sur les cartes.

— Cameron Knowland est une ordure, prononce Julia en détachant bien les voyelles. – Son mari attend la suite. – Je suis contente que la commission des opérations boursières ait décidé de le coincer. J'espère qu'il finira en prison.

— Ce n'est pas Cameron, Jul', c'est le cabinet financier de Cameron. – Lemaster a pris le ton très légèrement sentencieux que sa femme aimait tant, il y a de nombreuses années… – Le pire qu'il pourrait récolter serait une amende.

— Tout ce que je sais, c'est qu'il n'a pas arrêté de regarder mon décolleté.

— Tu aurais dû le gifler. – Elle se tourne vers lui, mue par la surprise et par ce qui pourrait s'apparenter à de la gratitude. Lemaster lâche un petit rire. – Il aurait sans doute retiré sa donation, mais Carlotta aurait doublé la sienne.

Un bref silence conjugal s'ensuit. Julia n'a que trop conscience d'avoir perdu l'insouciance et la légèreté un brin mutines qui, un quart de siècle plus tôt, l'avaient rendue la fille la plus populaire de son lycée du New Hampshire. Comme son époux, elle n'est pas très grande de taille ; sa peau est nettement plus claire que celle de Lemaster, laquelle est d'un noir bleuté. C'est en raison de son père, inconnu mais que l'on savait « de race blanche », pour reprendre le terme que Lemaster persiste à employer quand il est question de lui ; ses yeux gris semblent immenses chez une femme aussi menue ; sa mâchoire un peu proéminente est adoucie par une fossette attendrissante ; sa bouche généreuse est joliment déséquilibrée – la commissure gauche s'écarte un peu plus que la droite lorsqu'elle sourit, preuve, selon son mari, de ses discrètes préférences politiques. Elle est le genre de personne que l'on aime facilement, c'est sa réputation et pourtant il y a des jours où ce trait paraît faux, ou du moins forcé. La vie de campus en est la cause, certainement : elle était vice-doyenne de la faculté d'études religieuses depuis près de trois ans quand Lemaster a été rappelé de Washington pour prendre la direction de l'université, et la soudaine ascension de son conjoint a étrangement renforcé son impression de ne pas faire vraiment partie de ce monde universitaire. Pendant les dix-huit mois au cours desquels Lemaster a été conseil juridique de la Maison Blanche, Julia et les enfants sont restés à Tyler's Landing, où il revenait passer autant de fins de semaine qu'il le pouvait. Les gens ont inventé de délectables rumeurs à propos de ses absences répétées, toutes erronées mais, pour citer encore Granny V., la vérité n'est importante que si on le veut.

— Tu dis des bêtises, réplique-t-elle, bien que son mari soit connu pour ne jamais en dire, ce qui ne manque d'ailleurs pas de l'agacer.

Elle détourne les yeux et regarde à travers la vitre. Des arbres emmitouflés de blanc défilent dans son champ de vision. Des conifères, surtout. C'est tôt, pour la neige. On n'est même pas en hiver, ni dans aucune saison définie, en réalité, juste cette longue période de froid humide qui précède Thanksgiving et que les commerçants de Nouvelle-Angleterre baptisent « l'approche de Noël » alors que les autres habitants remarquent simplement qu'il commence à faire frisquet. Ayant grandi en partie dans le New Hampshire, où sa mère enseignait à l'université de Dartmouth, Julia est habituée aux chutes de neige précoces mais ici, dans ce contexte, cette tempête est absurde.

— Est-ce qu'on peut parler de Vanessa ? demande-t-elle.

— Quoi, Vanessa ?

— Le feu. C'est fini et bien fini, tu sais.

Ils se taisent. Lemaster tripote la radio par satellite, passe sans demander du programme de *musicals* de Broadway qu'elle adore – parce que sa grand-mère aimait ces vieux airs par-dessus tout – à sa propre passion secrète, le hip-hop dans sa version la plus révoltée, la moins commerciale qui soit. L'écran digital les informe en lettres fluorescentes vertes que l'explosion sexuelle qui agresse maintenant les tympans de Julia par les neuf haut-parleurs de la quadristéréo est due à un certain « Goodie Mobb ».

— Comment es-tu si sûre que c'est fini ? interroge Lemaster.

— Eh bien, elle ne l'a plus fait depuis un an, pour commencer. Et ensuite, c'est ce que dit le docteur Brady.

— Depuis neuf mois, corrige Lemaster, toujours précis. Et Vincent Brady n'est pas son père.

Ses longs doigts se crispent discrètement sur le volant, sous l'influence non de l'irritation mais de la concentration, car les conditions climatiques ne font qu'empirer. Julia lui jette un coup d'œil, baisse le volume de cette musique assourdissante pour le cas – improbable – où il voudrait lui parler, mais il s'est penché en avant, le nez quasiment sur le pare-brise alors que les flocons arrivent à présent plus vite que les essuie-glaces n'ont le temps de les dégager. Il porte des lunettes à fine monture d'acier. Son bouc et sa moustache sont taillés si parfaitement qu'ils ne se distingueraient pas de l'ébène poli de sa peau s'il n'y avait toutes ces petites taches de gris qui suivent le mouvement de ses mâchoires quand il s'exprime.

— Quelle erreur ça a été, dit-il.

Julia tarde une seconde à comprendre qu'il se réfère au psychiatre et non à l'un des nombreux ennemis qu'il s'est faits, très étonnamment et sans le moindre effort, au cours de ses six mois à la tête de l'université. Quand le juge leur a soumis l'alternative, une psychothérapie suivie ou une peine de prison, elle est restée sans voix. Alors que Vanessa s'était hâtée de proposer de purger sa peine – « On ne peut pas dire que je ne l'ai pas cherché ! » avait-elle remarqué d'un ton enjoué –, Julia, qui avait travaillé en bénévole dans un centre de détention juvénile, n'avait pas du tout été de cet avis. Elle ne voyait pas sa fille, au tempérament artiste et tête en l'air, survivre plus de deux jours au milieu de gamines endurcies par l'existence et ramassées au coin de la rue. Comme Granny V. disait souvent, il y a nous, le peuple noir, et puis il y a d'autres Noirs : toute sa vie, dans le secret de son cœur, Julia a cru fermement en cet adage. Et c'est pourquoi Lemaster a choisi Brady, un professeur de la faculté de médecine qui a la réputation de compter parmi les meilleurs spécialistes en psychiatrie de l'adolescent, et Julia, qui comme Vanessa d'ailleurs aurait préféré une femme, ou du moins quelqu'un de l'obscure nation, n'avait pas protesté. À vingt ans de distance, elle n'aurait jamais imaginé qu'elle deviendrait ce genre d'épouse, mais il y a tant de choses qu'elle n'aurait jamais imaginées…

— Cameron m'a raconté un truc intéressant, poursuit Lemaster lorsqu'il estime qu'il l'a suffisamment laissée mariner dans le silence.

Ils dépassent deux chevaux gris dans un enclos, qui sous leur couverture ne semblent pas prêter attention aux intempéries et fixent de leurs yeux brillants les rares véhicules à s'aventurer ici à une heure si tardive.

— Il y a environ quinze jours, il a reçu le coup de fil le plus bizarre qui soit… – Ce rire assuré, cette main qui quitte le volant pour renforcer le suspense par un geste emphatique, ce regard amusé… Lemaster aime savoir qu'il domine son auditoire, même quand celui-ci se résume à sa femme. – Un appel d'une de tes vieilles amies, en fait. Apparemment, il…

— Attention, Lemmie ! Attention !

Trop tard.

III

Tout natif de Nouvelle-Angleterre sait que les bois enneigés la nuit sont remplis de bruits. Appels et mouvements furtifs d'animaux, sifflements capricieux du vent, craquements et grincements des branches… On en a plein les oreilles, sauf dans le cas où son Escalade se retrouve en carafe dans un fossé, avec un moteur hoquetant, secoué de ratés, et Goodie Mobb toujours en train de beugler dans les neuf haut-parleurs du système. Coincée par l'airbag, Julia s'est dégagée sans saisir la main que lui tendait son mari pour l'aider. Frissonnante, elle a laissé ses yeux errer sur la ligne dans le tapis de neige qui marquait le tracé de Four Miles Road. Les mains de Lemaster sont venues se poser sur son visage. Agacée, elle les a repoussées brusquement. Gardant son calme, il l'a prise par les épaules pour la tourner vers lui. Elle s'est rendu compte qu'il lui demandait si elle n'avait rien. Lui avait du sang sur le front et les lèvres. Beaucoup. À son tour, elle l'a interrogé et il l'a rassurée.

Leurs téléphones portables ne marchaient pas, dans cette zone. Ils ont tous deux essayé d'établir la connexion. En vain.

— Qu'est-ce qu'on fait, maintenant ? a soufflé Julia, qui continuait à trembler pour toute une série de raisons légitimes et qui n'arrivait pas à décider si elle devait être furieuse contre lui pour avoir détourné les yeux de la route juste avant d'arriver à un mauvais tournant dont il connaissait pourtant l'existence, après six ans à emprunter ce chemin.

— On attend qu'une voiture passe.

— Personne ne passe par ici, à part toi.

Sorti du fossé, Lemaster s'est planté sur la chaussée enneigée.

— En dix minutes, nous en avons croisé deux. Il y en aura une d'ici peu. – Il s'est tu. Pendant un instant éprouvant, elle a redouté qu'il ne soit en train de calculer le moment précis où ce troisième véhicule allait surgir. – On va laisser les phares allumés, a-t-il repris. Comme ça, ils nous verront et ils ralentiront.

Il parlait d'un ton calme, aussi calme que le jour où le Président l'avait prié de venir à Washington afin de dissiper par sa réputation d'intégrité le dernier pataquès à la Maison Blanche, aussi calme que le soir où, vingt ans plus tôt, Julia lui avait annoncé qu'elle était enceinte et qu'il avait répondu, sans la moindre nuance de reproche ou d'enthousiasme dans la voix, qu'ils allaient devoir se marier. Être vertueux, disait souvent Lemaster, exige de la logique plus que de la passion. C'était peut-être vrai mais trop de logique pouvait vous taper sérieusement sur les nerfs, aussi.

— Tu devrais retourner à l'intérieur, lui a-t-il conseillé. Tu vas attraper froid, dehors.

— Et Vanessa ? Elle nous attend.

— Elle attendra.

Encore sonnée, Julia a suivi la suggestion de son mari. Il était de huit ans son aîné, une différence d'âge qu'elle avait longtemps trouvée rassurante mais qui, depuis quelque temps, lui donnait de plus en plus l'impression qu'il la traitait comme une enfant. Selon un autre adage de Granny V., quand on épouse un homme dans le but qu'il s'occupe de vous, on s'expose au risque qu'il le fasse. Alors qu'elle s'apprêtait à remonter dans la chaleur de l'habitacle, elle a remarqué une forme confuse un peu plus loin au fond du fossé, vaguement éclairée par le clair de lune. Quand elle a fait un pas hésitant dans sa direction, deux bêtes sauvages ont relevé leurs yeux incandescents et leur tête velue de leur repas, puis ont bondi dans l'abri du sous-bois. Un chevreuil, a-t-elle décidé. Ce tas sombre presque entièrement couvert de neige était un chevreuil touché par une auto et projeté dans le fossé pour devenir le dîner des animaux de la forêt qui refusaient d'hiberner. Prise de frissons, elle a boutonné son manteau et s'est hâtée vers la portière de l'Escalade. Elle n'avait certainement pas besoin de se livrer à un examen approfondi d'une créature ensanglantée dont les morceaux les plus savoureux avaient déjà disparu. C'est seulement lorsqu'elle a posé la main sur la poignée qu'elle s'est immobilisée, saisie par une idée : les chevreuils portent rarement des chaussures.

Elle a avalé la boule qui venait de se former dans sa gorge.

— Lemmie ?

Mais Lemaster, fidèle à sa résolution, restait campé sur la route, prêt à faire signe au prochain véhicule passant par là, même s'il ne devait arriver qu'au printemps.

— Lemmie !

En deux secondes il était près d'elle. Il en était capable. Ainsi que l'avait noté la grande amie de Julia,

Tessa Kenner, Lemaster était fou amoureux de l'idée de sa fiabilité. Et Julia, elle, avait expliqué à sa mère (désapprobatrice de son choix parce qu'elle voulait pour sa fille un garçon issu d'une bonne famille, non des îles) qu'il l'avait « forcée à tomber amoureuse de lui ». « Je n'ai pas eu le choix », avait-elle plaidé.

— Qu'est-ce qu'il y a, Jul' ?

— Je… J'ai cru que c'était un chevreuil mais c'est un… cadavre… Là !

Lemmie a suivi la direction de son doigt pointé vers le fossé.

— Ne le touche pas ! a-t-elle crié parce qu'il s'était déjà agenouillé près du tas et s'empressait d'enlever la neige accumulée sur la tête, détruisant ainsi probablement des éléments essentiels à l'enquête, comme elle l'avait appris avec *Les Experts*, sa série préférée.

Elle s'est piquée sur le bord du siège, l'airbag déployé l'empêchant de s'asseoir normalement et surtout d'atteindre les boutons de la stéréo, qu'elle aurait encore plus voulu éteindre, maintenant.

Lemaster l'a rejointe, son visage étroit empreint d'une expression lugubre.

— Ce n'est pas un chevreuil, a-t-il murmuré d'un ton qui se voulait apaisant. – Il a posé une main fine mais vigoureuse sur l'épaule de sa femme. – C'est un homme, et les bêtes ont commencé à… enfin, tu comprends. – Lisant sur ses traits que ce n'était pas réellement cela qu'il voulait dire, Julia a attendu. Il lui a fallu un moment pour lâcher l'information. – C'est quelqu'un que nous connaissons, Jul'.

2

Les fox-terriers

I

Les inspecteurs étaient bien mis, blancs et très, très polis, soit parce que tel était leur caractère, soit par égard pour Lemaster et son titre de président d'université, fonction qui n'était qu'un tremplin vers d'encore plus hautes destinées ainsi que sa femme et lui l'évoquaient souvent, mais seulement entre eux, et que tout le monde tenait pour une évidence. Ils se sont présentés à la résidence sur la crête de Hunter's Meadow le samedi matin, un peu avant dix heures, escortés par un représentant des minuscules forces de police de Tyler's Landing, Nilsson, un bonhomme agité et adipeux dont le fils tout aussi adipeux avait suivi le cours de sciences naturelles de Julia quatre ans plus tôt, l'année même où elle avait été congédiée, ou avait démissionné de son poste, selon la façon dont on considérait cette page de son curriculum. Deux fox-terriers de la police de l'État, vifs et lustrés, que l'on aurait pu prendre pour des jumeaux tant leur voix cérémonieuse et leurs cheveux auburn coupés en brosse étaient similaires. Leurs manières gourmées et leur solennité de circonstance lui rappelaient les deux officiers de la Navy dépêchés à la maison de North Balch Street, à Hanover (New Hampshire), un jour d'octobre de l'ère Reagan, pour informer sa mère et son plus récent (et toujours éphémère) beau-père que le frère jumeau de Julia, Jay, un marine, avait trouvé la mort à Grenade. Une douloureuse coïncidence avait voulu qu'elle ait été en visite chez sa mère à ce moment, jeune mariée et toute jeune maman, car Mona Veazie avait fêté son cinquante et unième anniversaire la veille, le passant à faire sauter sur ses genoux son petit-fils, appelé Preston en l'honneur du père de Mona, l'architecte. Ainsi, la fille assise au salon avait eu l'occasion de voir sa mère mourir un peu, elle aussi.

Quand les inspecteurs ont sonné à la porte de Hunter's Heights – parce que toutes les maisons ont un nom, dans ce coin de la côte Est –, la bourrasque de neige inattendue avait pris fin et Mr. Huebner, un résident de Tyler's Landing, était déjà venu déblayer leur allée sinueuse et très longue, passant son chasse-neige non pas une mais deux fois. Le soleil matinal explosait sur le sol blanc et scintillait avec une telle virulence que Julia en avait mal aux yeux, à moins que cette douloureuse sensation n'ait eu une cause plus profonde : bien que Julia ait cessé de pleurer depuis un moment, la petite Jeannie, que son refroidissement faisait renifler furieusement, avait surpris Maman admonestant son reflet dans la glace de la salle de bains, celle-là même où, un peu plus tôt, elle lui avait adressé un sourire attristé. « Non, ce n'est pas possible », avait dit Julia à sa réplique dans le miroir, et pourtant ça l'était, oui, et l'apparition des deux inspecteurs avait été un rappel solennel de ce que la mort guette toute vie, toujours. Alors, lorsque Lemaster l'avait priée de descendre, elle s'était rapidement aspergé le visage, avait retouché son maquillage et était allée voir ce qu'ils voulaient. Eh bien, ils avaient travaillé dur, au cours des quelques heures ayant suivi la macabre découverte. Ils n'avaient besoin que de vérifier certains détails, vraiment. Deux ou trois questions, rien de plus, et désolés de vous déranger si tôt mais il s'agit d'un homicide, donc vous comprenez, bien sûr.

Les Carlyle comprenaient. Ils se sont installés avec leurs visiteurs au salon, où Lemaster avait démarré une nouvelle flambée dans la cheminée, sous l'aquarelle impassible représentant un groupe solennel sur une plage des Barbades. Non, merci, les fins limiers ne désiraient rien boire et Julia, qui aurait donné cher pour un verre de vin malgré l'heure matinale, a suivi l'exemple de son sobre époux en se contentant d'eau. Toujours fidèle à son maître en temps de crise, Flew, le secrétaire particulier de Lemaster, avait apporté un plateau copieusement chargé de tout ce qui lui était tombé sous la main – crackers, viandes froides, brie –, mais seule Julia y a touché. Elle avait honte de son appétit, comme si la retenue de son mari était un défi réprobateur à sa gloutonnerie. Censée garder le lit, Jeannie était sans doute assise dans l'escalier, à tendre l'oreille sur le palier, et Flew, toujours si compétent et élégant, devait écouter lui aussi de l'office, à moins qu'il ne soit en train d'astiquer la cuisine car il avait une sainte horreur du désordre, à commencer par celui qui s'immisçait dans la vie de son patron. Chaque fois qu'il venait à Hunter's Heights et jetait un regard circulaire autour de lui, Julia se sentait jugée, et le verdict lui semblait toujours accablant. Quant à Vanessa, elle était dans sa chambre, porte soigneusement close. Elle dormait, probablement, ou elle était sur son ordinateur, ayant déjà trouvé ses défenses personnelles contre la douleur et l'angoisse qui accompagnent l'expérience de la mortalité. C'était aussi le cas de l'impavide Lemaster. La Bible de la famille attendait sur le manteau de la cheminée, un gros volume de trente centimètres d'épaisseur à la couverture crémeuse qui donnait l'impression de surveiller l'assistance. À ses côtés, le *Livre de la prière commune*, édition de 1928, car Lemaster Carlyle tenait à ce que son foyer suive les préceptes anglicans traditionnels tout en mettant un point d'honneur pervers à ne pas le mentionner.

Si les deux sosies de fox-terriers ont déclaré comprendre combien cet instant devait être difficile, leurs yeux semblablement aux aguets proclamaient le contraire. Ils étaient assis côte à côte sur le canapé en cuir souple importé d'Italie que Lemaster, habité par la frugalité de l'immigré, détestait pour son ostentation. L'adipeux Nilsson était un peu à part, perché sur une chaise en bois à haut dossier au dessin élaboré. C'était l'un des rares éléments que Julia avait gardés du mobilier de sa mère et, tout comme l'écritoire Louis XV qui se trouvait dans le hall d'entrée, ce siège vénérable provenait au départ de la célèbre maison de ville de sa grand-mère à Harlem. Ainsi que Mona aimait le répéter, il y avait eu un temps où tous ceux qui comptaient au sein de l'obscure nation avaient passé une ou plusieurs soirées dans le salon d'Amaretta Veazie ; par cette locution, elle désignait tous ceux qui aspiraient à être considérés comme partie prenante du « Clan », cette élite aux frontières sévèrement gardées par Granny V. et ses amis pour le cas où des Nègres de moindre qualité auraient prétendu s'y immiscer.

Chaque fois que Julia avait tenté d'expliquer la notion de « Clan » à ses connaissances blanches, celles-ci n'avaient jamais vraiment saisi de quoi il retournait. Mais cela ne la surprenait pas : même la plupart des Noirs devant lesquels elle remarquait que sa famille avait compté des architectes sur sept générations la regardaient avec un air de pitié attristée, comme si elle s'intoxiquait avec le tableau d'ancêtres construisant eux-mêmes leurs pauvres cahutes. Et pourtant, au XIXe siècle, Veazie & Elden avaient figuré parmi les cinq principaux cabinets d'architecte de Manhattan.

Les fox-terriers ne semblaient toutefois pas du genre intéressés par l'histoire sociale des gens de couleur en Amérique. Leurs questions, très complexes, étaient formulées avec une lenteur qui était à elle seule une forme de torture, et ils passaient un temps fou à feuilleter leurs calepins. Julia aurait voulu les étrangler et même le très stoïque Lemaster paraissait mal à l'aise sous son vernis de civilité. Mais c'est qu'une ambiance presque palpable de tragédie imminente pèse généralement sur les face-à-face entre Noirs américains et policiers blancs, même si l'une et l'autre parties ont les meilleures intentions du monde. Non que Julia ait été convaincue que leurs visiteurs fussent particulièrement bien disposés à leur égard, d'ailleurs. C'était juste que ses idées partaient dans toutes les directions. Et les fox-terriers insistaient, insistaient… Ils n'arrêtaient pas de leur demander pour quelle raison ils avaient choisi de rentrer chez eux par cette route, visiblement peu convaincus par l'histoire de la fille à aller chercher au cinéma. Le plus mince des limiers ayant objecté que Vanessa avait été ramenée à la maison par son petit ami, Julia leur a expliqué que la décision de l'adolescente avait été une infraction grave aux instructions de son père, mais que celui-ci ne lui en avait pas tenu rigueur, comprenant que sa fille se soit inquiétée en ne les voyant pas arriver. Ses explications semblaient laborieuses, même à elle, et les inspecteurs l'ont interrompue pour souligner que Four Miles Road était une ancienne piste forestière qui passait sur des terrains appartenant à la compagnie des eaux et était flanquée de panneaux interdisant la circulation.

— Mais tout le monde la prend ! a protesté Julia sans aucune conviction avant que Lemaster n'ait le temps de l'arrêter.

— Mais « tout le monde » n'a pas découvert le corps, a rétorqué le plus mince des deux flics.

« Non, mais il fallait que *quelqu'un* le fasse ! » a-t-elle failli répliquer du tac au tac, redevenue un instant l'étudiante en théologie s'élevant contre ce que la notion de synchronicité peut avoir de fallacieux.

— Et c'est pourquoi nous sommes tous ici ce matin, a complété Lemaster avec son brio coutumier.

Il y a eu une pause, pendant laquelle le petit Flew, blond comme les blés et les pommettes criblées de taches de rousseur, a proposé à la ronde des tasses de chocolat chaud. Julia en a pris une, par politesse, mais les deux limiers se sont abstenus. Ils ont suivi le secrétaire des yeux quand il a quitté la pièce.

Les questions ont recommencé. Que pouvaient-ils dire des voitures qui les avaient précédés sur la route ? De celles qui les avaient suivis ? Est-ce que leurs téléphones portables avaient marché, là-bas ? Avaient-ils remarqué des empreintes de pas, des traces de pneus ? Une autre présence humaine ? Pourquoi Lemaster avait-il eu cet instant d'inattention qui les avait envoyés dans le fossé ? Pourquoi avait-il touché le corps, alors qu'un ancien procureur comme lui savait certainement que…

À chaque question, le président répondait avec calme et assurance.

Dans le salon au décor trop chargé, entourée du luxe un peu tapageur qui avait jadis été la marque du Clan, la tête pleine de souvenirs qui se bousculaient, Julia n'était que trop contente de laisser son mari prendre les choses en main. Ses pensées étaient décidément trop confuses, pour le moment. Des pans entiers de la conversation lui échappaient et, bien qu'assise, elle avait l'impression d'osciller sur des jambes flageolantes. Elle n'avait presque pas dormi. En plus d'avoir téléphoné aux deux garçons – Aaron à la Phillips Exeter Academy, la célèbre école préparatoire, et Preston au MIT –, elle avait déjà répondu à une bonne vingtaine d'appels depuis le lever du jour. Elle avait chargé Flew, arrivé chez eux à l'aube et n'ayant pas son égal pour remettre les gens à leur place, de traiter avec les journalistes. Le reste des coups de fil était essentiellement venu des autres membres de son club, les Coccinelles. Toutes attirées par le drame comme des phalènes par la lumière, celles-ci avaient débité d'une voix chantante les mêmes formules : elles étaient « confuses » de la tirer du lit mais, ayant « appris la nouvelle », elles voulaient simplement savoir comment Julia « tenait le choc » ; en réalité, elles avaient toutes essayé de lui soutirer quelque information privilégiée qu'elles pourraient comparer aux rumeurs qui circulaient déjà dans la toute petite communauté d'Africains-Américains aisés ou très aisés du comté. C'était ainsi qu'elles se désignaient, les Coccinelles, un terme destiné à mettre l'accent sur leur complicité et leur singularité. Il fallait être « quelqu'une » pour appartenir à ce cercle, aimaient-elles plaisanter, surtout par nostalgie puisque de nos jours une femme noire peut s'affirmer par elle-même, en l'espace d'une génération, ce qui n'était pas vraiment le cas dans le passé.

Bien plus tard, une fois enfoncée dans les frimas sinistres de l'hiver, c'est cet instant dont Julia se souviendrait : le regard perdu sur la première vraie neige de l'année à travers les fenêtres du salon, l'interrogatoire besogneux des inspecteurs et les pensées fantasques qui fusaient à travers son esprit, Coccinelles, Granny V., tous les récits de l'époque où le Clan était encore une force qui comptait dans le vieil Harlem, même pour les « colorés » qui n'en faisaient pas partie. Déjà alors, en cette terrible matinée suivant sa découverte de la dépouille de Kellen Zant, Julia Carlyle semblait pressentir que la clé du mystère qui allait bientôt envelopper sa famille fragilisée se cachait dans le passé en clair-obscur de son peuple.

II

Les fox-terriers en sont venus directement au sujet de Kellen Zant alors que les flammes faiblissaient dans l'âtre. Les Carlyle l'avaient bien connu, évidemment, et l'ont admis d'emblée. Non seulement dans le cadre de la vie sociale du campus mais aussi grâce aux rencontres informelles et fortuites qui permettaient à la plupart des membres du Clan de se connaître puisque cela se passait ainsi, le hasard mettant sans cesse en contact les mêmes êtres en une spirale infinie de dîners, de soirées caritatives, de concours de danse, de cercles littéraires, et ce même si Kellen Zant, un gars du Sud sans ressources ni ascendance attestée, avait dû consacrer des années à s'imposer au sein de l'informelle coterie.

« Est-ce que vous le voyiez souvent ? » a demandé l'un des limiers, et Lemaster a répondu « Pas *souvent* » avant même que Julia ait eu le temps de penser. « Mais vous le fréquentiez ? » ont-ils insisté, et le président, jouant à nouveau sur les mots, de contrer par un « Tout dépend de ce que vous appelez "fréquenter". »

Ils ont repris leurs calepins, aucunement amusés par cette repartie. « C'était quelqu'un d'important ? » ont-ils demandé, et ce n'était pas tout à fait une question. « Oh, c'était juste un économiste passé maître dans l'art du cancanage de campus », a répondu Lemaster, laissant entendre que ce n'était pas les sciences économiques mais l'individu qu'il ne jugeait pas sérieux, car en dépit de sa réputation professionnelle il n'avait rien produit de déterminant sur le plan académique au cours des dernières années, préférant compléter son salaire par des interventions de consultant pour de grandes entreprises. Mais était-il bon dans son domaine ? ont insisté les limiers jumeaux, auxquels Lemaster a offert son sourire le plus charmeur et la réponse suivante :

— Il était titulaire de la chaire Tyson en économie, l'un de nos programmes les plus prestigieux. Nous ne donnons pas ce genre de poste à quelqu'un simplement pour sa bonne conduite.

N'ayant pas saisi l'ironie, ou n'ayant pas voulu la saisir, les inspecteurs ont demandé si le professeur Zant avait pu avoir une mauvaise conduite. Lemaster avait une façon bien à lui de lever ses épais sourcils en accent circonflexe, destinée à rappeler à ses interlocuteurs qu'il était plus intelligent qu'eux. Mais là, Julia n'a pas réussi à deviner comment les fox-terriers l'interprétaient.

— La communauté universitaire dans son entier regrettera son savoir et sa finesse, a-t-il prononcé comme s'il était en train de composer l'éloge funèbre à venir, ou le communiqué de presse (le directeur des relations publiques du campus lui avait téléphoné à quatre reprises depuis la veille au soir).

Les limiers ont noté quelque chose dans leurs calepins – à propos du savoir de Kellen, ou de sa finesse, ou des deux – avant de poursuivre leur offensive. Avait-il des ennemis ? Pas que les Carlyle sachent. Son nom avait-il été mêlé à quelque scandale, quelque faux pas ? Pas à leur connaissance, mais Julia a dû réprimer un frémissement intérieur. Y avait-il eu récemment des cas de rivalités personnelles sur le campus, de disputes, de jalousies ? Comment s'entendait-il avec ses collègues, ses élèves, ses voisins, ses amis ? Ah ! Puisque l'on en était à ce sujet : n'était-il pas exact que le président Carlyle et le professeur Zant avaient eu une querelle, récemment et devant témoins ?

Julia s'est redressée sur son siège, les inspecteurs aussi, mais Nilsson a eu le bon goût de prendre un air embarrassé. La main de Lemaster s'est crispée autour de celle de sa femme, qui n'avait jusque-là pas remarqué qu'il l'avait prise dans la sienne, mais la fermeté de sa voix lui a prouvé que c'était elle qui avait besoin d'être rassurée.

— Non. C'était une bêtise de journalistes, toujours en quête d'histoires pour présenter les Africains-Américains sous un mauvais jour.

Lui permettaient-ils de leur expliquer ce qui s'était réellement passé ?

— Au printemps dernier, alors que j'avais accepté le poste mais que je n'avais pas encore pris officiellement mes fonctions, j'ai eu une série d'entretiens en tête à tête avec les principaux membres du corps enseignant. En bavardant avec Kellen, j'ai suggéré qu'un économiste de sa valeur pourrait faire beaucoup pour changer le monde s'il consacrait moins d'énergie à ses clients privés et plus à ses recherches scientifiques. – Lemaster a eu un sourire perplexe. Ses yeux pétillant d'intelligence ont scruté la surface miroitante du piano à queue plutôt que le visage attentif des fox-terriers. – Kellen a dit qu'il allait y réfléchir. Voilà toute l'affaire.

Le plus mince des deux, un nommé Chrebet, s'est montré très intéressé :

— J'ai trouvé des articles dans lesquels on disait que vous n'aviez jamais été en bons termes, lui et vous. Inimitié personnelle, quelque chose comme ça…

— Balivernes.

— J'ai lu dans un journal que le professeur Zant a été tellement froissé qu'il a pensé démissionner de l'université.

— Je préfère les faits aux informations.

Vieux dicton de Lemaster. Personne n'a souri.

— Cette discussion était privée ?

— Rien que nous deux, oui.

— Alors, comment les journaux ont-ils été au courant ?

Lemaster a choisi de trouver la question purement rhétorique. Il a consulté sa montre avec insistance pour s'assurer qu'il avait toute leur attention. Ce ne sera plus long, ont-ils promis. Le professeur Zant pesait beaucoup d'argent, non ? Avec tous ses contrats de consultant ? Pour une raison indéterminée, cette dernière sonde avait été lancée à l'intention de Julia, qui a immédiatement baissé les yeux sur les motifs compliqués quoique attendus du tapis pas tout à fait persan, et haussé les épaules en silence. Les fox-terriers sont revenus à Lemaster. Le professeur Zant était l'inventeur d'une formule particulière en économie, n'est-ce pas ? Une sorte de théorème ? Une méthode pour mieux estimer les valeurs boursières passées en fonction d'événements hypothétiques, a répondu le président, cherchant une nouvelle fois à tester l'intellect des deux limiers. Ils ont attendu la suite. C'était encore à ses débuts, quand il était jeune diplômé, a poursuivi Lemaster. L'équation Zant-Feldman, l'une des avancées les plus significatives de la théorie de la finance au cours de ces cinquante dernières années. Les fox-terriers devaient en connaître une encore plus déterminante, sans doute, puisqu'ils ont de nouveau consulté leurs calepins, aucunement impressionnés, et repris leur interrogatoire. Il n'était pas marié ? Pas de liaison sentimentale que vous lui ayez connue ? Une petite amie ? Un petit ami, alors ? Non ? Quelqu'un pourrait-il avoir voulu sa mort ? Les Carlyle ont poussé les hauts cris.

— Vous savez qu'on a retrouvé la voiture ? a demandé Chrebet.

— Je l'ai vu au bulletin d'informations, a dit Lemaster.

— Sur un parking de zone industrielle, Route 48. Autant qu'on puisse savoir, il a été tué dans l'auto, de deux balles à la tête, puis jeté dans ce fossé, puis le meurtrier est allé jusqu'à ce parking et y a abandonné le véhicule.

— Et vous n'avez pas de suspects ?

— Pas encore.

Julia était impressionnée par l'aisance avec laquelle son mari avait pris les rênes de la conversation. Mais c'était toujours ainsi, avec lui. Quelques semaines seulement après leur installation à Tyler's Landing, il avait débarqué en pleine réunion du conseil municipal, s'était assis au fond de la salle, unique représentant de ce que son cercle appelait l'obscure nation, et au bout d'une heure c'était lui qui distribuait pratiquement les ordres.

— Quelque chose a été dérobé ? s'est-il enquis.

— Son portefeuille. Ses clés. Peut-être plus.

— Vol à main armée, dans ce cas ?

— C'est une possibilité. Ou bien on a voulu que ça ressemble à un vol à main armée.

Julia s'est tendue, à nouveau. D'après ses séries télévisées, c'était le moment où les inspecteurs allaient leur demander où l'un et l'autre se trouvaient, la veille, entre vingt et vingt-deux heures. À la place, ils ont fait le coup des photographies. Chrebet en a sorti deux d'une chemise, tendant la première à Lemaster, qui y a jeté un coup d'œil avant de la passer à sa femme en attendant la suivante. Julia s'est forcée à regarder. Dix secondes, pas plus. L'Audi TT couleur or dont Kellen était si fier, parce qu'il disait avoir tout le luxe que les idiots cherchaient en achetant des voitures de sport bien plus coûteuses, bien plus chères d'entretien et bien moins solides que la sienne… Les sièges étaient en cuir blanc cassé, mais sur la photo celui du passager était noir. De sang.

— Il a été tué ailleurs avant d'être emmené Four Miles Road, a remarqué Chrebet. Il a saigné pendant un moment.

Deux balles dans la tête, a songé Julia. Une seule aurait suffi, sans doute…

Lemaster a regardé plus longuement le deuxième cliché, tandis que les inspecteurs lui demandaient s'il avait la moindre idée, la moindre, de qui serait capable de commettre une chose aussi terrible. Et puis la photo a été devant elle et elle a encore moins compris pourquoi ils tenaient tant à partager ces images avec eux, sinon pour provoquer un choc. C'était un gros plan du visage de Kellen. À la morgue, probablement. Elle l'a reconnu aussitôt, même s'il ne restait plus grand-chose à reconnaître. Ses yeux, brun foncé et presque toujours rieurs, étaient fermés. Julia s'est rappelé un cours qu'elle avait suivi, au temps où elle était étudiante : ce genre de réflexe n'existait pas. Quand on meurt lentement, les paupières se ferment comme dans le sommeil, oui, mais en cas de décès brutal elles restent ouvertes. Elle a froncé les sourcils. Est-ce que les médecins légistes ferment les yeux des cadavres ? Ou était-ce le tueur, par charité ? Ou bien ses souvenirs étaient inexacts.

Non, a-t-elle entendu dire Lemaster, et elle s'est rendu compte que les photos avaient été rangées dans la chemise. Ni ma femme ni moi n'avons la moindre idée de qui aurait pu commettre une chose pareille, a-t-il ajouté en imitant avec une ironie presque imperceptible la cadence de leurs questions.

Bon, cette fois ils allaient leur demander où ils étaient la veille au soir, à l'heure où ils pensaient que le crime avait été perpétré. Mais non, Chrebet a encore surpris Julia en prenant une tout autre tangente : à quoi l'économiste travaillait-il, avant sa mort ? S'il voulait parler de ses activités universitaires, a répondu Lemaster, il allait devoir interroger ses collègues de la faculté car lui-même n'en savait absolument rien. Il a jeté un regard à sa femme, qui lui a fait écho. Et en dehors du cadre universitaire ? Là encore, les Carlyle ne pouvaient être d'aucune aide, ainsi que Lemaster l'a proclamé pour eux deux.

Les deux limiers ont échangé un signe à peine perceptible. Ah oui, nous allions oublier ! Un dernier point : Mrs. Carlyle, seriez-vous en mesure de nous définir la nature de vos relations avec le défunt ?

La nature de mes relations ?

Oui. N'étiez-vous pas de très proches amis, à une époque ?

Un silence, durant lequel seuls les fox-terriers ont été capables de soutenir le regard d'autrui dans la pièce. Le passé revenait s'amonceler derrière Julia, dense et puissant. Elle se souvenait d'un visage à la jovialité plutôt séduisante, d'un pétillement qui n'était réservé qu'à elle.

Oui, nous l'avons été, brièvement. Mais c'était avant que je me marie.

— Pouvez-vous nous dire quand vous lui avez parlé pour la dernière fois ?

Ce qui était une façon de montrer qu'ils ne la croyaient pas.

— Nous avons une journée chargée devant nous, inspecteurs, est intervenu Lemaster, et l'espace d'un instant Julia a éprouvé envers lui une gratitude infinie.

Presque de l'amour.

Ils ont gagné la porte en s'excusant et en les remerciant.

3

Kepler

I

— La ville est une poudrière, a annoncé Boris Gibbs avec jubilation. Prête à exploser d'une minute à l'autre.

Bien que n'ayant remarqué ni manifestation ni police antiémeute en se rendant à la faculté de théologie le matin, Julia a hoché poliment la tête sans faire de commentaire. La ville en question était Elm Harbor, le siège de l'université, là où elle était présentement en train de déjeuner avec Boris. Évidemment, Tyler's Landing, où tous deux habitaient, était presque entièrement peuplée de Blancs, alors que « la ville » mentionnée, comment dire… ne l'était pas.

— J'ai écouté un peu ce type de la radio, tu sais, Kwamé je-ne-sais-plus-quoi. D'accord, il pousse pas mal les bornes mais il a des tas d'auditeurs, Julia. Des tas ! Ils boivent chaque mot sorti de sa bouche et il a commencé à leur monter sérieusement la tête, crois-moi…

On aurait dit qu'il espérait que les choses se gâtent. Nombre de Blancs progressistes étaient dans cet état d'esprit, dernièrement ; ils se rongeaient les sangs en attendant que les Africains-Américains se réveillent à nouveau et fassent enfin sortir la gauche de sa traversée du désert. Boris Gibbs n'était pas un gauchiste, pourtant. Il ne manifestait aucune inclination politique clairement définissable, ni presque aucun sentiment autre qu'une autosatisfaction ravageuse. Il ne vivait que pour disséquer les événements, les idées et les gens. Sous la pression, il pouvait admettre qu'un désir pervers de fustiger les autres l'habitait. C'était son « écharde dans la chair », se plaisait-il à dire, et il semblait ravi qu'elle soit là.

— Je te crois, Boris.

— Tu te rappelles ce prof black que la police du campus a tabassé il y a deux ans et quelques ? Et le gamin pris en chasse et flingué alors qu'il n'était même pas armé, plus toutes les conneries qu'il faut supporter au quotidien… Ce truc avec Kellen, c'est la goutte qui fait déborder le vase, je te le garantis. Le racisme que vous devez supporter de nos jours, vous autres… C'est déprimant.

« Vous autres ». Elle l'aimait bien, celle-là. Presque autant que d'appeler un meurtre « ce truc avec Kellen ».

— Je lis les journaux, Boris. Le gamin en question, c'était un vol à main armée, pas un crime raciste.

Navré par tant de naïveté, il a secoué la tête avant d'ingurgiter une énorme et répugnante bouchée de son énorme et répugnant hamburger. Il était lui-même énorme et répugnant, de son propre aveu, avec une grosse bouille rose grimaçante dont l'expression perpétuellement insatisfaite reflétait une existence misérable. Cependant il ne connaissait à peu près personne de plus heureux que lui, parce qu'il disait toujours ce qu'il avait sur le cœur et s'épargnait ainsi le stress de la contrainte. Julia et lui étaient vice-recteurs à l'école supérieure de théologie, familièrement appelée le Quadrilatère de Kepler même si Boris, qui servait d'historien officieux de l'institution, se serait empressé de vous dire que c'était le nom de l'immeuble, pas de l'école. Quand il n'était pas occupé à critiquer le reste du genre humain, Boris enseignait un peu et surtout gérait les finances de l'établissement, tâche qu'il remplissait à la perfection, mais la rectrice avait la sagesse de le garder hors de vue du public.

— Ouais, c'est ce que la police a raconté, en tout cas, a-t-il glissé avec une grimace ironique.

— C'est-à-dire ?

— C'est-à-dire que tu es une adulte, Julia. C'est à toi de décider ce qu'il faut croire ou pas.

Julia a ravalé la réponse cinglante qui lui venait aux lèvres. On était le mardi suivant le meurtre, et elle était fatiguée de toutes ces spéculations sur le compte de Kellen Zant, mais la ville universitaire n'avait pratiquement pas d'autre sujet de conversation. Peu d'établissements de l'Ivy League se retrouvent avec l'un de leurs professeurs tué de deux balles dans la tête, et aucun n'avait perdu de cette manière un membre de son corps enseignant aussi populaire que Kellen. Le journal du campus avait réussi à mentionner six fois en deux jours que c'était le président qui avait découvert le corps de celui que les articles tenaient à appeler son « adversaire occasionnel ». Et Kepler n'échappait pas à cette obsession. La petite Iris

Feynman, le troisième élément du triumvirat de vice-recteurs sous-payés en charge des « relations extérieures » – terme ronflant sous lequel étaient rangés les contacts avec l'université mère, avec les rares anciens élèves qui avaient de l'argent à donner et, de temps à autre, avec un journaliste égaré dans le Quadrilatère à la recherche de la Business school –, était passée au bureau de Julia plus tôt dans la matinée, porteuse d'une nouvelle rumeur : le coupable serait un étudiant de dernière année mécontent de ses notes. Mais d'après ce vieux Clay Maxwell, le spécialiste du Nouveau Testament que Julia avait croisé lorsqu'elle était allée remplir sa tasse de l'infâme café servi à la salle des professeurs toujours glaciale, les parieurs avisés misaient plutôt sur l'hypothèse d'un mari jaloux.

— Tu veux bien qu'on en revienne au budget ? a-t-elle demandé.

Tel était en effet le sujet à l'ordre du jour de son déjeuner avec Boris dans l'un des nombreux petits restaurants sans prétention proches de l'école de théologie. Répondant aux instructions pressantes du président de l'université, Claire Alvarez, leur rectrice, avait exigé une réduction des dépenses d'au moins cinq pour cent et, tel Scrooge, elle attendait leurs propositions d'ici Noël. À Kepler, tout le monde savait que de mauvaises nouvelles allaient suivre. Une grappe d'étudiants installés sur une banquette voisine jetaient des coups d'œil furtifs aux deux vice-recteurs en se demandant lequel de leurs programmes préférés recevrait le coup de grâce budgétaire. Désormais, les gens de Kepler dépensaient bien plus d'énergie à se rejeter la faute les uns sur les autres qu'à essayer de régler les problèmes, et il était facile de prévoir sur qui le blâme allait retomber. Julia avait la responsabilité de la vie étudiante et celle des admissions, deux postes à plein temps que de précédentes mesures d'austérité avaient fondus en un seul et qu'elle assurait pour un demi-salaire. La mort dans l'âme, elle avait préparé trois options d'économies sur la part du budget dont elle était responsable : la première lui mettrait à dos les étudiants étrangers, la deuxième provoquerait l'indignation des filles et la troisième ne manquerait pas de convaincre les minorités raciales qu'elle était une « cookie Oreo » – noire à l'extérieur, blanche à l'intérieur –, insulte qu'elle avait souvent essuyée au temps où elle était elle-même à la fac.

— Quoi, le budget ? a fait Boris avec un petit rire en agitant négligemment une main, l'autre agrippant son hamburger. Ils le réduisent encore, c'est tout !

Dehors, le ciel avait viré à une couleur d'ardoise mouillée. Julia était assez « côte Est » pour lire ce genre de signaux, et de plus c'est ce que le Weather Channel prévoyait aussi : il allait encore neiger. Ses yeux se sont posés sur le hamburger que Boris tenait à mi-chemin de sa bouche, bourré de tous les condiments possibles et imaginables, dégoulinant de sauces diversement colorées. D'autres clients ont détourné la tête, écœurés. La serveuse s'est arrêtée à leur table pour essuyer le plus gros des dégâts et lui apporter un nouveau Dr Pepper. Il l'a ignorée, comme à son habitude, mais il était connu pour la générosité de ses pourboires. Puis il a léché la moutarde sur ses doigts boudinés. Deux femmes avaient divorcé de Boris Gibbs : il n'était pas compliqué de comprendre pourquoi.

— C'est toujours pour nous, les coupes budgétaires, a-t-il poursuivi. C'est parce que nous ne sommes pas des scientifiques ou des capitalistes, Julia. On n'établit pas de cartes génétiques, on n'écrit pas de programmes informatiques, on ne bâtit pas des fortunes. On fait dans Dieu, nous, donc on n'a pas d'importance.

— Je *suis* une scientifique, l'a-t-elle corrigé avec un sourire forcé.

Diplômée en biologie, elle avait enseigné dans le secondaire plusieurs années. Boris a haussé des sourcils touffus comme des ailes de diable. Les yeux lui sortaient de la tête mais c'était leur état naturel. Il a pris sa serviette maculée de sauce pour s'essuyer la bouche, geste tout simple qui, avec lui, devenait insupportablement bruyant. Parfois, Julia se disait que ce « Je suis tellement laid et répugnant » n'était qu'une mise en scène moins destinée à mettre des barrières entre le monde et lui qu'à rendre intrigant ce qui, sinon, aurait juste été ennuyeux. Contrairement à Julia, qui se consacrait entièrement aux tâches administratives, Boris assurait un cours chaque semestre et comptait parmi les enseignants les plus populaires même si sa spécialité était la théologie systématique, une matière hautement rébarbative, un rite de passage qui laissait les futurs pasteurs tremblants de frayeur. Julia et Boris n'étaient pas vraiment amis, mais sa grossièreté obstinée restait pour elle une source de fascination permanente, assez similaire à celle qu'elle avait éprouvée à la faculté de biologie en étudiant une espèce de scarabée qui avait pour particularité de dévorer ses petits.

— Bon, bon ! Puisque tu es une scientifique, tu dois avoir noté ça, alors : s'il a été victime de voleurs, pourquoi est-ce qu'on a retrouvé la voiture ? Cette Audi doit valoir pas mal d'argent, non ? Oui ? – En cours, il harcelait ses élèves de la même manière : « Vous parlez de christologie ou de sotériologie, là ? Eh bien ? Est-ce que vous savez seulement en quoi elles diffèrent ? Oui ? Non ? » – Et comment tu expliques qu'ils l'aient emmené au diable vauvert ? Pourquoi est-ce qu'ils ne l'ont pas jeté quelque part en ville ? C'était tout aussi sûr, et plus pratique…

Il s'est carré sur sa chaise, très content de sa démonstration, mais a aussitôt ruiné son effet en s'étranglant avec son soda.

— Je ne sais pas, Boris, a répondu Julia comme si elle n'avait pas passé des heures à soupeser ces mêmes questions. Je n'y ai pas pensé, franchement. Ça a été un moment pénible et je préférerais le mettre de côté, si je pouvais, au lieu que tout le monde me mitraille de questions sans arrêt. – Elle a pris sa respiration, longuement. – Et maintenant, pourrais-tu regarder les chiffres auxquels je suis parvenue ? Parce que je crois avoir trouvé le moyen de garder mes deux assistants.

Boris voulait qu'elle licencie sa secrétaire à plein temps et ne garde que celle à mi-temps, une mesure d'austérité à laquelle Julia s'opposait farouchement car la première était la seule employée administrative noire de toute l'école.

— Laisse-moi te dire une chose. Ton ami Kellen, la vraie histoire, c'est qu'il avait une liaison torride avec une femme mariée. – Il y avait comme de la voracité dans ses yeux. – J'aimerais bien savoir qui…

— Kellen n'avait que ça, des liaisons, a rétorqué Julia en se sentant rougir. Il aimait que ça bouge autour de lui, que ça change. Il ne vivait que pour le lendemain et ses… possibilités. Il disait souvent qu'il ne voulait jamais faire la même chose deux fois… –

Elle a tressailli, stupéfaite d'avoir tant parlé. Comment avait-elle pu laisser son collègue l'entraîner sur ce terrain ? Quand il avait émis cette remarque, et c'était dans une vie précédente, Kellen parlait de sexualité, spécifiquement. Avec elle, pour être encore plus précis. – S'il te plaît, Boris, si tu veux bien examiner mes propositions, tu verras que…

— C'est déjà fait. C'est de la salade, tes propositions. Tu essaies trop d'arrondir les angles, Julia. D'être gentille avec tout le monde. Au final, il y aura toujours quelqu'un qui va te détester, pas vrai ? Oui ? Non ? Ta seule chance d'avoir un peu d'autonomie, donc, c'est de choisir qui ça va être. – La serveuse, qui connaissait ses habitudes, lui avait apporté un troisième Dr Pepper sans qu'il ait besoin de le commander. Il en a bu la moitié d'une longue goulée baveuse. – Mais bon, pour en revenir à cette femme mariée… Il paraît que c'est quelqu'un de très en vue, ici. Ou que son mari l'est, en tout cas…

— Qu'est-ce que tu essaies d'insinuer, Boris ?

Ignorant son indignation, il a passé ses doigts sur les lambeaux de sa serviette et s'est penché en avant, ce qui exposait Julia au risque d'être atteinte par ses postillons.

— Alors, tu vas aller à l'enterrement ? À La Nouvelle-Orléans ou je ne sais où…

— À Arkadelphia. Oui, j'y vais.

Pourquoi piquait-elle encore un fard ?

— Et notre estimé président ? Il va déposer le drapeau sur le cercueil, prononcer l'éloge funèbre, verser des larmes de crocodile ?

— Lemaster a trop de travail.

— Quel dommage ! – Un sourire grimaçant. – Tu veux peut-être de la compagnie pour le voyage ?

— J'en ai, merci, a-t-elle soufflé, plus pressée que jamais de lui échapper.

— Bon, bon ! Amuse-toi bien, alors, si c'est ce qu'on fait à des obsèques. Comment les gosses prennent ça ?

— Ils vont bien, a-t-elle assuré sans être certaine de mentir.

Devait-elle mentionner que Preston, l'aîné, évitait comme la peste de téléphoner à la maison depuis qu'il était à l'université ? Parler de Vanessa, sur les problèmes de laquelle on aurait pu rédiger une thèse ? D'Aaron, qui s'était enfui à Exeter pour échapper à la tension ambiante chez les Carlyle depuis l'incident de l'arrestation de sa sœur ? Et que dire de Jeannie, plus déterminée que jamais à prouver qu'elle était la petite reine du foyer ? Elle les sentait tous s'éloigner d'elle, chacun à sa manière, et cette sensation de perte accroissait sa tristesse.

— Ils ne le connaissaient pas vraiment, a-t-elle repris d'une voix faible.

Boris a abruptement changé de sujet :

— Oh, attends ! J'ai encore un truc à te raconter à propos de ton ami Kellen. Quelque chose que j'ai entendu dire. Il paraît qu'il y avait des gens pas mal fâchés contre lui, à Tyler's Landing.

Boris, qui habitait à moins de deux kilomètres de Hunter's Heights, adorait répandre des rumeurs, dont certaines se révélaient parfois fondées. Malgré elle, Julia était finalement intriguée.

— Au Landing ? Fâchés contre Kellen ? Qu'est-ce que Kellen avait à voir avec Tyler's Landing ?

— Aucune idée, mais il y avait un truc, et ça en a froissé plus d'un.

— Avec tout le respect que je te dois, je ne vois pas du tout comment Kellen aurait pu faire quoi que ce soit là-bas sans que je sois au courant. De toute façon, il me l'aurait dit et… – Elle s'est arrêtée net, consciente de sa bévue. Le regard moqueur de son collègue lui a prouvé qu'il avait bien noté le lapsus mais qu'il attendrait un moment plus important pour la titiller avec. – Enfin, je veux dire que j'en aurais entendu parler. Moi, toi, nous tous.

— À moins qu'il n'ait spécialement voulu que tu ne sois pas au courant, a glissé le vice-recteur avant d'engloutir une nouvelle dégoulinante bouchée de hamburger.

II

Le dimanche après-midi déjà, soit deux jours avant le déjeuner de Julia avec Doris, les commérages avaient commencé à bourdonner comme un essaim de mouches. Rien ne peut les repousser, aucun écran à insecte, aucun aérosol. Cessez de répondre au téléphone et ils reviendront sous la forme de flashes télévisés ; éteignez la télé et ils vrombiront sur les pages d'actualité d'Internet ; déconnectez-vous et le téléphone se remettra à sonner.

Dans ce cas précis, c'était la voix sucrée de Tonya Montez, la « Coccinelle en chef » du comté, porteuse d'une information sensationnelle : un peu plus tôt, alors qu'elle écoutait l'une des stations locales sur la radio de sa voiture en rentrant de l'office du matin au temple baptiste (« Oui, parce que, entre parenthèses, je suis plus pratiquante que toi ! »), le commentateur vedette Kwamé Kennerly avait proclamé que le meurtre de Kellen Zant prouvait une fois pour toutes que la chasse aux mâles de la diaspora africaine était désormais ouverte. Elle n'était pas souvent d'accord avec Kwamé, a-t-elle précisé – ce qui était un mensonge –, mais là, il avait complètement raison. Bien que Julia eût tenté de placer un mot, rien ne pouvait arrêter une Coccinelle lancée à plein régime. Attends et tu verras, a affirmé Tonya : il va y en avoir plus. Plus de quoi ? a demandé Julia, qui avait peut-être, ou peut-être pas, mal suivi le raisonnement de son interlocutrice.

Ensuite, cela a été le tour de Donna Newman, que Julia a rencontrée devant le comptoir de la charcuterie au Stop & Shop de la Route 48 un peu plus tard le même dimanche, alors qu'elle faisait des courses avec Jeannie. À la tête d'une bonne moitié des clubs et associations de Tyler's Landing, que Lemaster appelait « la Confédération du bla-bla blanc », Donna avait entendu dire que « cet homme, Zant » avait été vu en ville le soir de sa mort.

— Bien sûr que oui, a soupiré Julia.

— Non ! Je veux dire *avant* que vous le trouviez… – Elle a baissé la voix en jetant un coup d'œil méfiant à la ronde. – On raconte qu'il était avec une *femme* !

Le problème, c'est que Kellen Zant était *toujours* avec une femme.

Puis le lundi, Tessa Kenner lui a passé un coup de fil, ce qui était un événement exceptionnel en soi. Tessa, son ancienne camarade de chambre à Darmouth, qu'elle avait presque totalement perdue de vue depuis, sauf à la télévision car elle débitait les informations sur une chaîne câblée pendant deux heures, cinq soirs par semaine, privilège qu'elle devait non au fait d'avoir terminé dans le peloton de tête de sa promotion, ni d'avoir brillé en faculté de droit, mais à celui de répondre à la principale qualification demandée par les producteurs de télévision : avoir les cheveux blonds. Mais comme Tessa lui avait sauvé la vie à deux reprises durant sa mauvaise période, Julia n'arrivait pas à lui tenir rigueur de ce que Lemaster jugeait être un consternant gâchis de ses talents.

En réalité, Tessa a passé plus de temps à l'interroger qu'à répéter des ragots et Julia, malgré la place de choix que son ancienne camarade d'université continuait à occuper dans son cœur, a évité autant que possible de répondre. Elles sont convenues qu'elle l'appellerait la prochaine fois qu'elle passerait à Washington, et que Tessa ferait de même si jamais un hasard improbable la conduisait à Elm Harbor, promesse déjà formulée dans le passé mais jamais concrétisée. Juste avant de raccrocher, Tessa a posé la question que Julia redoutait le plus :

— Et entre vous deux, c'était fini, n'est-ce pas ? Je veux dire *vraiment* fini ?

— Bien entendu !

— Pas la moindre trace d'un petit quelque chose ? – Elle a eu un petit rire très professionnel, comme si l'hilarité était une autre matière qu'elle avait étudiée. – Rien de juteux pour moi ?

— C'est pour ça que tu téléphones, Tessa ? Pour me cuisiner à propos de ce qu'il y a eu entre Kellen et moi ?

— Je ne prépare pas de reportage là-dessus, pas du tout ! s'est empressée d'affirmer la journaliste, démentant une accusation que Julia n'avait même pas formulée. Je m'inquiétais pour toi, simplement.

— Je vais très bien, a menti Julia tout en se demandant quelles histoires Tessa pouvait colporter parmi l'élite de l'élite du journalisme, et si son passé allait finir par la rattraper.

Plus tard, alors que la neige exécutait sa danse de derviche derrière chaque fenêtre de la maison, Mona a appelé depuis la France. Elle qui ne parlait jamais au téléphone, persuadée que le sien était sur écoute ! Elle voulait être sûre que sa fille encaissait aussi mal le coup qu'elle le prévoyait, mais également lui demander si elle avait entendu cette histoire selon laquelle Kellen aurait été une sorte de fasciste, un renégat ayant travaillé pour divers dictateurs sanguinaires que les États-Unis soutenaient à travers la planète. Non, a répondu Julia à sa folle de mère. Elle ne l'avait pas entendue, celle-là, mais cela lui paraissait peu plausible : Kellen était économiste, après tout, pas instructeur militaire. Et à part ça, comment vas-tu ?

— Eh bien, tout ce que je peux dire, c'est que je suis *tellement* contente que tu ne l'aies pas épousé…

Comme s'il lui avait jamais proposé le mariage… Quoi qu'il en soit, Mona s'était toujours opposée à la liaison de sa fille avec Kellen, de même qu'avec Lemaster. Ni l'un ni l'autre ne lui paraissaient être « l'un des nôtres », le premier parce qu'il était trop pauvre, le second trop foncé. Elle n'avait pas davantage approuvé la décision de Julia d'élever ses enfants en banlieue, où ils auraient forcément des amis blancs, ni d'accepter le poste à l'institut de théologie, puisque Dieu était mort. Si on lui avait demandé de citer un seul aspect de sa vie qui satisfaisait sa mère, Julia n'en aurait sans doute trouvé aucun. Mais il était courant que la réprobation soit mutuelle, enfermées qu'elles étaient toutes deux dans la prison d'hostilité qui s'était constituée pendant l'adolescence de Julia, au temps où Mona disait à ses enfants qu'ils n'avaient pas besoin de savoir qui de ses nombreux amants était leur vrai père, ni combien de fois elle allait se marier, ni avec qui.

— Merci d'avoir appelé, Mona. Je suis contente de t'entendre.

— Je vais te manquer quand je ne serai plus là, Julia Anne.

C'était ainsi que sa mère l'appelait quand elle était irritée.

— Viens pour Noël.

Mais son invitation ne lui a valu qu'une leçon sur ce qu'il y avait de répréhensible à observer des fêtes aussi culturellement hégémoniques et irrespectueuses des minorités. Thanksgiving, qui devait tomber cette semaine, en a pris également pour son grade : les États-Unis d'Amérique, ainsi que Mona l'a rappelé sévèrement à sa fille, étaient la principale source des maux de l'univers, et le fait de remercier la Providence pour le bien-être d'une nation construite au prix d'affreux massacres était une forme d'hypocrisie, non de piété. Elle développait les mêmes thèses dans les lettres enflammées dont elle abreuvait régulièrement nombre de revues et journaux et que les rédacteurs en chef qui se rappelaient encore qui Mona Veazie était, ou plutôt avait été, se sentaient forcés de publier.

— Oui, oui, c'est vrai, j'avais oublié…

— Tu peux adopter le ton que tu veux avec ta mère, Julia Anne, mais tu ne pourras pas changer la réalité. Ton Kellen était un sale bonhomme. Un imposteur. Et tout ce qui l'intéressait dans la vie, c'était l'argent. – Elle a marqué un temps d'arrêt. La protestation attendue n'est pas venue. – C'est la vérité, ma chérie. Tu verras.

— Ce n'était pas mon Kellen, a protesté Julia, et cependant il y avait eu un temps où il l'avait été.

III

Après son déjeuner avec Boris, elle n'est pas retournée à son bureau, elle s'est rendue au parking. Elle avait rendez-vous avec son dentiste à cause de la dent qu'elle s'était ébréchée pendant l'accident. Elle a eu un instant de panique en ne retrouvant pas l'Escalade, avant de se rappeler que la voiture était au garage pour un nouveau tableau de bord, de nouveaux airbags et un nouveau pare-chocs. Elle était venue au travail avec leur fidèle break Volvo couleur cuivre, légèrement rouillé, qui datait de l'époque où les portières s'ouvraient avec une clé. Depuis le jour où elle avait eu son permis jusqu'à celui où elle avait mis le feu à la Mercedes, Vanessa avait été la principale conductrice de la familiale. Elle n'avait plus le droit de prendre le volant, désormais. Julia a eu un moment d'hésitation avant de monter dans la Volvo. Le parking était bondé, l'école de théologie ayant à le partager avec la tour Hilliman des sciences sociales, une monstruosité en verre qui se dressait de l'autre côté de Hudson Street, la rivière séparant deux manières d'expliquer le monde. Invité à donner une conférence sur la séparation de l'Église et de l'État à Kepler deux ou trois ans plus tôt, Lemaster avait déclaré que l'institut d'études religieuses devait avoir l'ambition d'être « un îlot de clarté transcendantale dans une mer de perplexité séculaire ». Julia avait commis l'erreur de répéter la formule à Kellen, qui avait bien rigolé avant de la gourmander : « N'importe quelle discipline se prend pour une petite île privilégiée avec accès direct à la vérité, ma chère. La seule différence, pour ton école religieuse, c'est que même ses propres diplômés sont incapables de se mettre d'accord sur une version de cette vérité. »

Vingt ans et quelques depuis que Kellen s'était brusquement estompé de sa vie. Vingt années de mariage et de maternité, quatorze à Elm Harbor puis six ici, à Tyler's Landing. Ils avaient bâti leur impressionnante demeure avec l'argent que Lemaster avait gagné en tant que consultant, et une bonne partie de l'héritage qu'elle avait reçu de Granny V. Et maintenant, six mois après la prise de fonction de son mari comme président de l'université, ils se préparaient à déménager dans la vénérable résidence officielle qu'elle apercevait depuis le parking, en bas de la colline, encore enveloppée d'échafaudages.

Elle s'est soudain rendu compte que celle-ci était prise dans l'ombre de la tour Hilliman, elle aussi. Elle a levé les yeux sur la paroi de vitres vertes qui semblaient lui envoyer des clins d'œil. Kellen avait eu ici un bureau spacieux, au sixième étage, celui des décideurs, des grands hommes qui pouvaient regarder de haut toute la ville, puisque Hudson Street descendait majestueusement jusqu'aux bâtiments pseudo-gothiques du campus proprement dit. Elle n'avait jamais mentionné à quiconque que, de son bureau au premier étage de l'immeuble Kepler, elle pouvait apercevoir la fenêtre de Kellen, mais elle était presque sûre qu'il le savait. Entraînée à ne pas regarder trop souvent dans cette direction, à cet instant pourtant elle a levé les yeux vers elle, en se demandant ce que l'économiste avait pu fabriquer pour se mettre à dos des habitants du Landing, et pourquoi il le lui aurait caché alors que d'ordinaire il lui téléphonait sous n'importe quel prétexte.

— Pardon, miss, vous allez bouger ? Je suis un peu bloqué, ici…

Elle s'est retournée. Derrière elle, un homme d'une quarantaine d'années tenait impatiemment la portière de sa BMW ouverte. Elle l'a reconnu tout de suite. C'était un célèbre anthropologue, toujours invité sur la chaîne publique PBS et connu pour son engagement politique. Le ton de sa voix prouvait qu'il n'avait aucune idée de qui elle était, ni de la raison pour laquelle elle avait casé sa Volvo antédiluvienne dans un parking réservé au personnel universitaire. Si les Noirs de sexe masculin étaient régulièrement snobés sur les campus de l'Ivy League, et ce même par leurs collègues les plus engagés à gauche, les femmes noires, elles, demeuraient invisibles. Au temps où elle enseignait à Darmouth, son excentrique mère se serait donné la peine de remettre à sa place le hautain professeur d'anthropologie, puis aurait probablement couché avec lui car elle avait un faible pour les Blancs en général, et les intellectuels en particulier. Mais Julia, elle, n'avait de faible envers personne.

— Désolée, a-t-elle soufflé en s'installant au volant.

4

Mary

I

Pour vous rendre à Arkadelphia, dans l'Arkansas, vous prenez l'avion jusqu'à Little Rock, vous louez une voiture et vous roulez pendant une éternité en partageant la voie expresse avec des camions de bois, des camions Wal-Mart, des camions-citernes, des camions réfrigérés, sans parler de ces mastodontes anonymes et aveugles qui surgissent de nulle part derrière vous et vous obligent à accélérer, ou à céder le passage, ou mieux encore les deux, puis vous doublent dans un grondement de fureur majestueuse sur dix-huit roues, vingt roues, cinquante roues semble-t-il parfois, le déplacement d'air secouant votre petite bagnole de location comme un coup de grisou. Les autocollants sur les pare-chocs proclament que le droit de porter une arme est le plus inaliénable de tous. À la radio, les prédicateurs sont encore plus vociférants que dans vos souvenirs de la dernière fois où vous vous êtes aventuré dans ce genre de contrées. Les limitations de vitesse sont apparemment inconnues. Il y a des affiches qui font la publicité de telle ou telle Église, des statues et des croix en néon qui ont la même fonction, presque toutes flanquées du drapeau américain – tout cela évoque à un point effrayant ces innombrables banderoles à la gloire du Parti républicain, et subitement vous vous rendez compte que la Nouvelle-Angleterre est désormais très, très loin.

Grisée par une étrange sensation de liberté, Julia Carlyle ne considérait pas cet environnement exotique avec l'attention intriguée que sa formation de scientifique lui aurait inspirée en temps normal. Elle était distraite, encore occupée à analyser les émotions provoquées par la mort brutale d'un homme envers lequel elle avait éprouvé un désir passionné à un moment de sa vie, une colère sanguinaire à un autre, et toute la gamme des sentiments entre les deux. Elle avait connu Kellen pendant sa première année à Darmouth, à l'âge qu'avait Vanessa aujourd'hui. Un Kellen Zant beaucoup plus jeune, moins gourmé, et séduisant à se damner exerçait alors la fonction de maître-assistant en « Économie 101 » tout en finissant son troisième cycle. Julia était passée à son bureau un après-midi pour demander son aide sur le tracé des courbes d'indifférence et, pour citer encore Granny V., les rêveries avaient vite conduit aux coucheries.

— Eh oh, M'man, t'es là ? a fait Vanessa, installée sur le siège passager de la Sable de location, son adorable visage caramel à l'ossature si fine d'un calme olympien entre le cliquetis de ses nattes africaines.

— Hein, quoi ?

— On n'est pas censé rêvasser, quand on conduit.

Julia savait qu'il y avait à la fois de la taquinerie et de la récrimination dans sa pique, parce que Vanessa n'avait pas touché un volant depuis février dernier, du moins à la connaissance de ses parents. Accéder à son exigence de se rendre à l'enterrement de Kellen avait été la brillante idée de Vincent Brady, qui y avait vu une excellente occasion de « rapprochement entre mère et fille ». À eux trois, ils avaient combattu l'opposition initiale de Lemaster, qu'ils n'avaient pas convaincu, strictement parlant, mais auquel ils avaient donné ce dont il avait besoin par-dessus tout : quelqu'un sur qui faire porter le blâme si les choses tournaient mal. Quant à manquer deux ou trois jours d'école, Vanessa était assez bonne élève pour que son absence soit sans conséquence, et assez marginale pour qu'elle ne soit même pas remarquée.

— Je ne rêvasse pas, a protesté Julia en se rabattant à droite afin de laisser passer un immense semi-remorque déchaîné. – Des nuages caracolaient à basse altitude, faisant paraître le bleu pâle du ciel plus lointain. Il faisait une chaleur délicieuse, inespérée. – Je pensais, c'est tout.

— À Kellen ?

— Tu veux dire *au professeur Zant*, je suppose ?

— Pareil.

Julia a failli piler au milieu de l'autoroute.

— Non, ce n'est pas *pareil* ! C'est une question de…

— Respect pour les anciens, je sais.

Vanessa avait baissé sa vitre, le coude appuyé sur le rebord. Une robe bleu marine, un collier de perles : si sa mère n'avait pas argumenté et polémiqué avec elle, si elle s'était résignée à la laisser faire à sa guise, l'adolescente aurait été en jean, tee-shirt et sabots. L'automne précédent, à deux reprises, elle avait réussi à partir au lycée avant que ses parents ne la pincent avec ses habits à l'envers et retournés – idée de protestation anticonformiste qu'elle avait dégottée dans quelque chanson.

— M'man ? Est-ce que tu le respectais ?

— Respectais qui ? Kellen ?

Ça, c'était une question inédite... Mais sa fille ne lui a pas laissé le temps de réfléchir, ajoutant avec un petit gloussement :

— J'imagine que tu voulais dire *le professeur Zant*... Enfin, moi, je pense qu'il n'était pas du tout respectable.

— Voyons, chérie, tu le connaissais à peine !

— Peut-être, mais je vous ai entendus parler de lui, Pap' et toi.

Lemaster, pas moi, a corrigé Julia en son for intérieur au moment où elle apercevait la sortie qu'elle devait prendre. Lemaster. Pour ma part, je n'aurais jamais fait allusion à Kellen devant les enfants. Et pourtant, dans un coin de sa conscience, elle savait parfaitement qu'au cours des vingt dernières années, chaque jour ou presque, le charmant, l'entreprenant, le remuant, le complaisant et le très peu scrupuleux Kellen Zant avait occupé un coin secret de ses pensées.

II

Comme la route qui y mène, la petite ville d'Arkadelphia est dominée par les églises. Peut-être pas littéralement, certes, mais un visiteur non averti sera autorisé à avoir cette impression tant elles s'élèvent à chaque coin de rue. Et si la plupart abritent des congrégations évangéliques, toutes les principales tendances du christianisme américain y sont également représentées.

Guidée par le système de navigation NeverLost de la voiture de location, Julia a dépassé d'imposantes demeures victoriennes, des pavillons d'une grande banalité et des maisonnettes si modestes qu'elles auraient mérité le nom de cahutes. Sur les perrons de ces dernières étaient assis les pauvres de la cité, moroses, déprimés et guettés par l'obésité, qu'ils soient blancs ou noirs. La pauvreté blanche était une Amérique dont Julia n'avait que peu d'expérience.

Pour parvenir à l'église en question, il lui a fallu contourner un entrepôt, se faufiler dans une étroite allée et tourner à gauche après une école élémentaire en brique rouge. Puis mère et fille sont entrées dans une chapelle en bois chaulé, bien entretenue. L'assistance avait l'affliction bruyante et larmoyante. Le cercueil était fermé. Les membres de la famille, peu nombreux, étaient installés au premier rang, la place d'honneur revenant à Seth Zant, l'oncle prodigieux, le héros de toutes les histoires de son enfance que Kellen racontait. Qu'il n'ait jamais connu son père était une blessure partagée avec Julia, et ils en avaient souvent parlé ensemble puisqu'il lui manquait cette foi tenace dans la vertu de garder par-devers soi ses souffrances les plus profondes que Lemaster professait et pratiquait. La mère adolescente de Kellen étant morte d'overdose, Seth était apparu dans sa vie et c'était le mécanicien illettré qui, avec son épouse regrettée,

Sylvia, avait élevé cet enfant exceptionnel, au palmarès déjà impressionnant à l'école primaire. Ils ne lui avaient pas offert un foyer particulièrement chaleureux. Filiforme et alangui, Kellen avait cette élégance naturelle qui est un don chez certains et que les autres jalousent toute leur vie ; Seth était court, trapu et ramassé, comme si cette constitution lui donnait de meilleures chances de survie dans un monde cruel. Son costume du dimanche était élimé et d'âge indéterminé mais il le portait fièrement, environné de tantes et de cousins du défunt. Nadia, l'ex-femme de Kellen, une crack de l'informatique à Silicon Valley, avait pris place sur le banc suivant, on ne voyait qu'elle avec sa chevelure blond vénitien. Elle tenait par la main un garçon boudeur d'une dizaine d'années, sans doute le fils que Kellen évoquait souvent mais que Julia n'avait jamais vu. Nadia et lui s'étaient mariés à Stanford, où il avait enseigné pendant cinq ans. Leur union avait été brève, juste le temps que Kellen trouve un nouveau poste sur la côte Est, car comme à son habitude il ne tenait pas en place, et puisqu'il s'agissait de lui, l'inventeur de la théorie Zant-Feldman, toutes les facultés de sciences économiques de la Nouvelle-Angleterre avaient rivalisé pour l'avoir. Il avait choisi Elm Harbor ; Julia, elle, avait choisi de ne pas se demander pourquoi.

— M'man, a chuchoté Vanessa, les lèvres tout près de l'oreille de sa mère.

Elles s'étaient assises sur un banc du fond, par discrétion, mais Julia savait que Seth l'avait vue. La petite église avait beau n'être qu'à moitié pleine, le volume sonore faisait trembler les chevrons du toit. Habituée depuis dix ans à l'austérité de sa paroisse anglicane traditionaliste, Julia était surprise par la durée et l'enthousiasme du service funéraire. Le pasteur, un colosse boiteux, s'exprimait depuis ce qui lui paraissait des heures, traînant sans répit sa patte folle de droite à gauche devant les fidèles – car il n'y avait pas d'autel, du moins pas ce que ce terme en était venu à représenter pour Julia –, lesquels l'encourageaient par des « alléluia » et des « amen » retentissants. Il y avait un orgue, des hymnes entonnés en chœur que chacun accompagnait en frappant dans ses mains, un petit groupe de femmes qui tapaient sur des tambourins avec autant de constance que de maladresse. Deux ou trois parentes du mort se sont évanouies. Bref, ce n'était pas exactement la manière dont le Clan rendait grâce au Seigneur mais Vanessa, prise par l'ambiance, a bientôt bondi sur ses pieds pour se balancer en rythme et chanter avec les autres même si elle ignorait les paroles. Julia avait oublié que la foi pouvait être joyeuse à ce point, ou peut-être ne l'avait-elle jamais su, l'école de théologie où elle avait étudié et où elle travaillait maintenant restant plongée dans un brouillard d'idéologie et de méthodologie sociocritique qui l'empêchait de voir que Dieu pouvait encore déclencher une telle exubérance, sauf quand il était transformé en appendice irrationnel de la propagande du Parti républicain.

— M'man ? a répété Vanessa, cette fois à voix haute.

— Pas si fort, ma chérie. Quoi ?

— Regarde !

— Regarder quoi ?

Sa fille a tendu un bras gracieux au-dessus d'elle pour lui montrer le seul élément blanc de l'assemblée sans relation avec Nadia, une femme aux traits furibonds encadrés par une masse de mèches noires emmêlées. Son foulard de marque était si maladroitement arrangé autour du cou que Julia était prête à parier qu'elle l'avait noué à la va-vite dans la voiture qui la conduisait en retard à la cérémonie. À la réflexion, cependant, elle était déjà là quand Vanessa et elle étaient arrivées.

— Oui, quoi ? a-t-elle dit tout bas en essayant de ne pas scruter l'inconnue avec trop d'insistance pour ne pas se montrer impolie.

Celle-ci semblait bouillir de rage, comme si la vie venait de lui jouer un tour terrible, mais il est vrai que nouer son foulard Hermès en soie violette dans un véhicule en marche et parvenir à un résultat aussi piteux a de quoi en plonger plus d'une dans cet état.

— Elle ne l'aimait pas du tout.

— Elle quoi ? – À deux rangs devant elle, une matrone brun foncé s'est retournée pour leur lancer un regard outragé sous son chapeau lourdement chargé. Julia a serré les dents. – Et ne parle pas si fort !

— Kellen. Elle devait le détester.

Ce qui était le cas de toutes les femmes qu'il avait séduites, ou essayé de séduire.

— Professeur Zant, j'ai dit ! Ou Mr. Zant. Comment peux-tu en être si sûre ?

— Regarde la tête qu'elle fait, voyons, a murmuré Vanessa, qui avait hérité de sa mère le don de capter d'un coup d'œil l'état psychologique d'autrui, et de son père la certitude qu'il fallait être le dernier des imbéciles pour contester les déductions d'un cerveau aussi remarquable que le sien. C'est pas regretter quelqu'un, ça. C'est venir s'assurer qu'il est bien mort, pour ne pas avoir besoin de le tuer encore une fois.

— Voyons, chérie… Pourquoi serait-elle là si elle haïssait à ce point Kel… le professeur Zant ?

Vanessa a gardé les yeux fixés sur la femme malgré les ordres répétés de sa mère. À deux reprises, elle a fait mine de parler, d'expliquer, mais neuf mois après l'incendie il y avait encore des moments où, en dépit de toute sa vivacité et de tout son brio, elle était happée par le tourbillon de ses pensées et ne trouvait plus les mots pour les exprimer. Baissant son petit menton volontaire, elle a repris place sur le banc en bois usé et elle a fermé les yeux. On aurait pu croire qu'elle priait, en réalité c'était à la confusion de son esprit qu'elle avait succombé.

III

Dehors, sous un gai soleil, Julia papillonnait d'un groupe à l'autre, se bornant à se présenter par son nom et la mention qu'elle était une vieille amie du défunt, et elle a fini par ne plus voir sa fille. Ce genre de disparition soudaine était l'une des spécialités de Vanessa. Vincent Brady prétendait qu'il s'agissait d'une impulsion naturelle qui exprimait le besoin d'autonomie et de contrôle sur sa propre existence ; Lemaster, lui, disait que leur fille était exaspérante. Refusant de céder à la panique, Julia s'est dit que Vanessa ne pourrait aller très loin dans une ville qu'elle ne connaissait pas et elle est allée présenter ses condoléances à Nadia. Les yeux dorés de celle-ci étaient secs et durs. Quelles qu'aient été ses convictions habituelles, elle était visiblement épuisée par cette séance de négritude exubérante. Sentant instinctivement qu'elle n'avait pas envie d'une énième accolade de sympathie, Julia lui a serré la main. Dès qu'elle a entendu son nom, Nadia s'est raidie et est devenue glaciale. Au temps de ce qui s'était passé entre Kellen et elle – elle n'arrivait pas à trouver un terme pouvant définir ce qu'ils avaient vécu ensemble –, il n'avait pas encore rencontré Nadia et pourtant celle-ci semblait prête à lui sauter à la gorge. Qu'est-ce que Kellen avait bien pu raconter à son ex-femme, et quand ? Une part de son charme tenait à ce que les femmes de sa vie étaient toujours disposées à croire ce qu'il leur disait ; une part de son aspect terrifiant à ce qu'en même temps elles savaient qu'elles n'auraient pas dû.

Julia a échangé quelques phrases avec le robuste Seth, qui lui a demandé de passer chez lui plus tard : « J'ai quelque chose pour toi, parce que Kellen aurait voulu que ça te revienne. » Il lui a annoncé ça avec un énorme clin d'œil censé promettre que sa visite vaudrait la peine, elle a soudain compris de qui Kellen avait repris cette mimique, puis il a ajouté : « Habille-toi simple. » En tournant les talons, elle a aperçu Vanessa debout près de l'église, en train de plaisanter au milieu d'une ruche de gosses de son âge ou plus jeunes, dont le fils de Nadia, un garçon dégingandé qui souriait béatement à chaque mot de sa fille. Julia a eu un sourire, elle aussi. Tout le monde adorait Vanessa, au début ; après, ça pouvait virer très vite à la catastrophe. Son sourire s'est évanoui en se remémorant l'enfant précoce qui se passionnait pour le piano, la danse classique et l'instruction religieuse, qui dévorait les mots croisés et les rébus plutôt que les sucreries et qui avait cette façon de sourire particulière réservée à sa mère. Malgré ses efforts pour ne pas les laisser l'entraîner par là, ses pensées ont dérivé vers la terrible nuit du mois de février précédent, quand Vanessa avait mis le feu à la Mercedes.

Lemaster était en déplacement, bien entendu, Julia avait donc dû faire face toute seule aux premières retombées du scandale. Le premier policier arrivé sur les lieux, un trentenaire au visage poupin qui n'avait jamais vu une chose pareille de toute sa carrière, d'autant que le taux de criminalité à Tyler's Landing avoisinait toujours zéro, avait demandé à Vanessa ce qu'elle avait fait et pourquoi elle, ce qui n'était pas du tout la procédure officielle et aurait sans doute été rejeté par un tribunal, mais l'affaire n'était pas allée jusque-là, de toute façon. La lycéenne abonnée aux A+ mais dernièrement descendue dans les B–, voire pire, avait haussé ses frêles épaules sans le regarder et, d'une voix accablée par les espoirs enfuis, avait répondu : « Pourquoi pas ? » Puis, les yeux aimantés par la conflagration, les poignets sanguinolents mais une ébauche de sourire sur les lèvres, elle avait ajouté : « C'est pas trop géant ? » À l'hôpital, ils l'avaient laissée attachée sur son lit pendant deux jours, essayant un sédatif après l'autre jusqu'à ce qu'ils trouvent le bon dosage. En attendant le retour de son mari, Julia avait passé son temps dans le couloir, toujours flanquée d'une Coccinelle ou deux, entendant Vanessa supplier que quelqu'un, n'importe qui, vienne la tuer, s'il vous plaît, s'il vous plaît…

— Julia ? a fait une voix douce derrière elle. Mrs. Carlyle ?

Soulagée par la diversion, Julia s'est retournée et s'est retrouvée nez à nez avec la femme à la chevelure folle assise sur leur banc lors de la messe. Sa colère avait disparu mais les taches rouges sur les joues cireuses de l'inconnue suggéraient qu'elle pouvait revenir à tout moment. Le foulard Hermès était encore plus de travers. À peu près du même âge qu'elle, vraisemblablement, son comportement était celui d'une femme qui a beaucoup vécu.

— Nous nous connaissons ? a demandé Julia du même ton distant qu'aurait pris sa mère, parce qu'il n'était pas question de laisser le premier quidam venu l'appeler par son prénom. Vous êtes Mrs… ?

— Malard, a répondu l'autre, qui en effet avait les mouvements de tête rapides d'un oiseau et claquait des mâchoires comme si elle s'apprêtait à cancaner tandis que sa main satinée effleurait celle de Julia telle une plume. Mary Malard.

— Et vous étiez une amie de Kellen ?

— Vous voulez dire : qu'est-ce qu'une Blanche comme moi fait ici ? – Julia a piqué un fard, mais il est apparu que ses airs de volatile irascible n'empêchaient pas Mary Malard de sourire. – Je n'étais pas l'une de « ses » femmes, si c'est ce à quoi vous pensez. Non. Nous travaillions ensemble sur un… projet. Nous n'avons pas pu le mener à terme. Dommage. – Elle a relevé son long menton plat. – Vous avez manqué la veillée funéraire.

— Nous ne sommes arrivées que ce matin, en avion, a expliqué Julia, surprise de réagir presque sur un ton d'excuse.

Quelle que fût la profession de cette Mary Malard, elle devait admettre que celle-ci excellait dans l'art de placer les gens sur la défensive.

— Je sais. Je vous ai attendue, hier soir.

— Moi ?

Le long du trottoir, chacun regagnait sa voiture pour escorter le convoi funèbre jusqu'au cimetière. Mary Malard a tripoté le nœud de son foulard.

— Je n'ai eu le temps de récupérer qu'un seul des éléments. Il me faut les trois autres.

— Les éléments de quoi ?

— Du « surplus ».

Julia avait l'impression d'être l'idiote de service dans un congrès de surdoués, mais c'était peut-être à cause du soleil…

— Pardonnez-moi. Quel surplus ?

— Je suis écrivain, Mrs. Carlyle. Je suis un peu étonnée que vous n'ayez pas entendu parler de moi.

Venue de quelqu'un d'autre, la répartie aurait pu passer pour un reproche geignard ; dans la bouche de Mary Malard, ça sonnait comme un simple constat logique.

Elle a essayé de mettre un peu d'ordre dans ses mèches en bataille, en vain, et a eu une moue qui rappelait comiquement un canard, mais Julia avait déjà compris qu'il ne fallait surtout pas se fier à cette apparence. Mary Malard était tout sauf une rigolote, et ses yeux clairs et sceptiques devinaient que vous mentiez avant même que vous n'ayez eu l'idée de le faire.

— J'écris des enquêtes de fond.

Le cerveau fatigué de Julia a fini par exhumer ce nom et ce visage des centaines d'heures de talk-shows nocturnes devant lesquelles l'insomnie l'avait poussée.

— Oh oui, vous faites ce genre de livres à controverse, « qui a vraiment tué Kennedy », « le complot contre Martin Luther King », etc. Théories du complot et ainsi de suite.

— Je me flatte d'examiner de près tout ce que le reste des médias préfère taire, oui.

— Je n'ai lu aucun de vos livres, j'en ai peur. Ce filon, ce n'est pas précisément ma tasse de…

— Je vous en prie, épargnez-moi vos conneries condescendantes. On n'est pas sur un campus de l'Ivy League, ici. – Sa voix était aussi calme et posée que si elle lisait le bulletin météo. Toujours sur le côté de l'église, Vanessa jetait des regards insistants à sa mère. De toute évidence, elle aurait aimé que Julia puisse l'entendre. – Kellen me faisait entièrement confiance. Vous devriez, vous aussi.

— Et à propos de quoi faudrait-il que je vous fasse confiance, au juste ?

— Allons, Julia. Le surplus. « Capturer le surplus », pour reprendre une expression chère à Kellen.

— Je ne vous suis pas du tout.

— Il disait que la fonction d'utilité de chaque consommateur était interdépendante et que c'était ce qui lui permettait de capturer le surplus. Il en a partagé une partie avec moi et il voulait que le reste vous revienne.

— Je ne vois pas, vraiment, a fait Julia en secouant la tête. Et ce n'est même pas dans une langue compréhensible, donc je…

— Kellen avait une cicatrice sur le visage. À peu près… ici.

Un doigt délicat s'est posé sur la joue de Julia, juste en dessous de l'œil droit, la faisant frissonner. Pas le contact, mais le souvenir. Elle connaissait parfaitement l'emplacement, et l'origine. Ses propres ongles avaient laissé cette marque un jour qu'elle avait essayé, à raison, de lui arracher les yeux. Il y a deux ou trois ans, dans une interview télévisée où il fabulait complaisamment sur son enfance, il avait prétendu que c'était le legs d'une bataille entre gangs de jeunes.

— C'était juste un petit cercle plus clair, a poursuivi Mary. Si on ignorait son existence, on ne la remarquait même pas. Mais Kellen me l'a montrée.

— Je vois.

— Je vous raconte ça pour que vous me fassiez confiance. J'étais réellement proche de lui, Julia… Je peux vous appeler Julia, n'est-ce pas ? Et nous avons réellement travaillé ensemble.

— Si vous le dites.

— Mon problème, voyez-vous, c'est qu'il ne m'a donné que la photographie. – Elle s'est penchée sur le côté pour sortir un paquet de cigarettes de son sac à main, a jeté un coup d'œil à la ronde et résolu que, dans ce contexte, elle ferait mieux de surmonter son besoin de nicotine. – Ce n'est pas suffisant, cette photo. Ça ne prouve rien. Et Kellen le savait. Il disait que c'était juste une amorce. Bon, il dormait sur le canapé, et puis quoi ?

Julia s'est demandé si son esprit était plus embrumé qu'elle ne l'avait pensé – pour s'être réveillée tellement tôt et avoir conduit tout ce temps – ou si la journaliste était aussi incohérente qu'elle en avait l'air.

— Je regrette, Mrs. Malard… Mary. Je crois que je ne comprends pas de quoi nous essayons de parler, là.

La bouche en bec de canard s'est affaissée.

— Vraiment ? Eh bien, c'est très regrettable.

— Qu'est-ce qui est regrettable ?

— Je pensais que vous auriez les trois autres éléments. C'est ce que Kellen avait dit, j'en suis certaine.

— Si vous pouviez m'expliquer de quels « éléments » vous parlez, et…

— Non, non ! Soit vous me mentez, et c'est une chose, soit… – Elle a eu un haussement d'épaules résigné. – Ravie d'avoir fait votre connaissance, en tout cas.

— Mais…

Elle s'était déjà éloignée de quelques pas. Soudain, elle a fait demi-tour :

— Je vais oublier le cimetière, Julia. Je crois que j'ai eu plus que ma ration de Kellen, à ce stade. – Ses sourcils broussailleux se sont rapprochés l'un de l'autre. – Il reste juste un petit problème : si vous n'avez pas les autres éléments du surplus, qui les a ? – Elle a eu un geste de la tête perplexe. – Il avait l'air tellement certain…

5

La chance de sa vie

I

Après le cimetière, Julia et Vanessa ont gagné un excellent bed and breakfast de style victorien sur la 10e Rue Nord, où elles ont pris une douche et se sont changées dans une chambre aux proportions dignes de Versailles, meublée avec une sobriété et un goût rares. Vanessa a poussé des cris admiratifs devant les dorures du miroir biseauté de la salle de bains, que l'œil expérimenté de Julia a aussitôt identifié comme une imitation Louis XVI datant du XIXe siècle, probablement due à un artisan de La Nouvelle-Orléans et valant certainement une belle somme. Un moment, elle a pensé offrir aux propriétaires d'en faire l'acquisition, car les antiquités étaient sa cinquième ou sixième passion et elle savait reconnaître la qualité. L'encadrement à la feuille d'or n'était pas surajouté mais avait été directement soudé au feu entre deux pellicules de verre, une technique plutôt rare appelée églomisation, et la glace était surmontée d'un panneau transparent décoré de la même façon. Parfois, la vie avec Lemaster paraissait être églomisée, elle aussi, tout en dorures et verre : alors que le reste du Clan enviait son mariage exemplaire, Julia avait conscience de son élégante et scintillante fragilité. Elle a examiné le travail de plus près. Les miroirs étaient sa marotte. Granny V. en achetait partout où elle allait, de sorte que tout Harlem s'était jadis enorgueilli de la collection qu'elle avait réunie dans sa demeure d'Edgecombe Avenue, mais elle avait fini pour l'essentiel en France, avec Mona, qui la vendait pièce par pièce, de même que tout ce qui avait un peu de valeur et lui tombait sous la main, afin d'envoyer des chèques aux multiples organisations qui s'engageaient à mettre fin aux guerres, à la pauvreté, à l'obscurantisme, à l'oppression et à la haine dans le monde, de préférence en l'espace d'un mois.

Julia a passé un doigt sur le filigrane et une idée absurde lui est venue : est-ce que cet encadrement sophistiqué pouvait dissimuler un micro ? Elle ne savait pas du tout comment expliquer ce brusque accès de paranoïa ; Mary Malard avait dû sérieusement la déstabiliser. Se rappelant son intention première, elle a demandé à Vanessa de quoi elle avait parlé avec les autres jeunes, près de l'église.

— Oh, tu sais… – Sa fille s'escrimait sur le fermoir du collier de perles Mikimoto sur sa nuque et Julia l'a aidée en l'ouvrant elle-même. À la grande consternation de Lemaster, elle tenait à ce que ses filles et elle ne portent jamais de faux bijoux parce que, disait-elle, le Clan le remarquerait tout de suite. – Toujours les mêmes vieilles histoires.

— À propos du professeur Zant ?

Elle continuait à couver le miroir d'un regard admiratif. *Egglamise.* Toute petite, Vanessa avait entendu sa mère déclarer au téléphone à un marchand d'objets d'art qu'elle trouvait l'églomisé d'une glace trop tapageur et, ne comprenant pas ce mot si peu courant, s'était persuadée pendant un temps qu'il désignait une mystérieuse créature de la nuit qui habitait le miroir de sa chambre à coucher : « M'man, P'pa, j'ai peur, l'Egglamise me regardait ! »

— À propos des facs du coin, d'autres trucs… De l'histoire de l'Arkansas. Ils ont des traditions vraiment cool, ici. Genre fantômes, tornades meurtrières, batailles célèbres, des trucs comme ça. Tu savais que toute la ville a été évacuée, pendant la Guerre civile ?

— Seulement les Blancs, je parie, a glissé Julia avec la susceptibilité africaine-américaine de rigueur.

— Ouais… – À l'instar de sa génération, Vanessa prenait ces échos douloureux du passé très à la légère. – Ils ont un parc très connu pour ses fleurs, aussi. Hé, attends, M'man… – Ses yeux gris se sont illuminés. Comme chaque fois que son étrange cerveau s'emballait, elle s'est mise à parler à un débit étourdissant. – S'ils étaient malins, ils l'appelleraient le « Dahlia Park E ».

— Hein ? Pourquoi ?

— Ben, c'est une anagramme d'Arkadelphia.

Experte dans l'art de jouer sur les mots, Vanessa raffolait particulièrement des anagrammes.

— Tu viens de le trouver ? Comme ça ?

Se méprenant sur la réaction de sa mère, la jeune fille s'est aussitôt braquée :

— Oh, ça va, c'est ce que j'ai pu faire de mieux, sur le moment !

Son irritation s'est estompée et ses épaules se sont relâchées. Vanessa adorait jouer avec les mots. Alors que Lemaster trouvait qu'elle gâchait ses ressources intellectuelles dans ces divertissements, le docteur Brady les encourageait. Pour Julia, les anagrammes étaient des reflets spectraux de mots et de phrases, certains pris dans de beaux encadrements dorés.

— Enfin, ils m'ont demandé si on avait des histoires intéressantes, là où on habite, et je leur ai dit que tout ce qu'on avait, c'était de la neige.

Julia a réagi avec une nervosité palpable – l'un des grands principes du Clan était de toujours présenter la famille sous son meilleur jour.

— Tu ne leur as pas parlé de… Gina, n'est-ce pas ?

Vanessa a plissé le nez en souriant.

— Mais non, voyons, M'man ! Tu sais bien que Gina déteste que je parle d'elle.

— Oui, oui, c'est ce que tu m'as dit…

Elles ont continué à se préparer, Vanessa avec sérénité, Julia toujours mal à l'aise et n'osant plus rien dire. Comme beaucoup d'adolescentes et leur mère, elles se querellaient constamment et Julia chérissait les rares moments de paix comme celui-ci.

Selon une théorie, Gina Joule était la cause principale du désordre mental de Vanessa, tandis qu'une autre soutenait que l'attention obsessionnelle de la seconde à l'égard de la première n'était qu'un symbole, une sorte de manifestation jungienne d'un traumatisme plus profond. Comme Vanessa, Gina avait dix-sept ans, habitait Tyler's Landing et son père travaillait lui aussi à l'université. Elles avaient un autre point commun, puisque Merrill Barnes Joule avait été le très populaire doyen de l'institut de théologie, et même le principal candidat à la présidence de l'université avant que les événements ne viennent ruiner cette ambition. Comme Vanessa, toujours, Gina était une fille timide, au tempérament artiste, et sa seule expérience de l'autre sexe avait débuté à l'automne précédant son entrée en terminale, à peu de chose près la même époque que celle où Vanessa avait eu son premier petit ami. Gina avait la taille, le sourire discret et la grâce un peu dégingandée de Vanessa, à en croire l'agrandissement d'une photo de journal que celle-ci avait gardée au-dessus de sa commode jusqu'à ce que Vincent Brady lui conseille, que Julia la supplie et que Lemaster lui ordonne de l'enlever du mur.

Chaque fois que Vanessa disparaissait de manière inattendue pendant une heure ou deux, elle expliquait ensuite que Gina avait eu besoin d'elle, sans autre précision. Certes, cette dernière était blanche, alors que Julia n'avait jamais oublié la recommandation expresse de sa mère : « Trouve des amis noirs à tes enfants », mais la couleur de peau de Gina était loin d'être l'aspect le plus préoccupant de l'amitié qui liait les deux filles. Ce n'était pas non plus le fait que Vanessa avait surpris tout le monde, y compris son professeur, en annonçant un an plus tôt qu'elle avait changé de sujet pour son mémoire d'histoire américaine (section avancée) et qu'elle allait le consacrer à Gina. Non, le plus grand problème était que Merrill Joule se trouvait six pieds sous terre depuis un bon quart de siècle et que sa fille, Gina, s'était noyée sur la plage de la petite ville au temps où le timbre américain normal coûtait huit *cents* et une bouteille de Coca-Cola dix. Au temps où Leonid Brejnev était à la tête de l'Union soviétique.

II

C'était évidemment ce mémoire de fin d'année qui avait précipité tous les troubles de Vanessa. Le cours d'histoire des États-Unis (section avancée) demandait l'impossible, en tout cas beaucoup trop pour des élèves de première, ce qu'était Vanessa quand elle avait récolté sa mauvaise note et incendié la Mercedes. Telle était l'opinion de Julia et, bien moins agnostique quand il était question de sa fille que du Dieu qu'elle enseignait chaque dimanche à la très polémique école Saint-Matthias, elle s'y accrochait farouchement en dépit de l'avis contraire des médecins, des enseignants, de son auguste époux et de Vanessa elle-même, laquelle restait décidée à poursuivre et terminer ses recherches un an encore après son humiliation. Son travail lui avait rapporté la honte d'un C+ car, bien que rédigé avec élégance, Miss Klein, le professeur, l'avait estimé pauvrement sourcé. Et Julia, qui l'avait lu, pensait de même.

Une année plus tôt, Vanessa était encore une lycéenne chargée de lauriers dont les ambitions n'étaient pas éloignées de celles de son frère aîné lequel, ses études secondaires achevées à l'âge de seize ans, était entré aisément au Massachusetts Institute of Technology. Depuis, son curriculum avait souffert. Si sa moyenne générale restait élevée, son comportement, son interpellation et depuis peu ses notes en chute libre faisaient que les conseillers pédagogiques ne savaient plus trop quel avenir lui conseiller. Plus d'une fois, Vanessa avait déclaré qu'elle se satisferait très bien de l'université publique, ou même d'une formation supérieure courte, mais Lemaster, en tant qu'immigré, était extrêmement snob sur le sujet des filières éducatives. Ce qui, soit dit en passant, était également le cas de Julia et de la majorité des membres du Clan.

Au lycée régional, dont la proportion d'élèves noirs n'atteignait pas les deux pour cent, son frère Preston avait eu principalement pour copains des matheux et des fous d'informatique mais Vanessa, elle, fréquentait plutôt des « éléments marginaux », ainsi que les taxait Lemaster avec son élitisme coutumier. Quant à ses activités, elles étaient d'un éclectisme inquiétant : elle appartenait à la fois au club d'histoire, à la coalition de défense des droits des animaux et à l'équipe du tournoi annuel de Trivial Pursuit. C'était une enfant étrange, contradictoire, qui adorait le hip-hop mais chantait dans la chorale médiévale, enchaînait les mots croisés et les anagrammes à une vitesse démoniaque mais commettait d'étonnantes fautes d'orthographe dans ses dissertations, occupait la vice-présidence du comité des Jeunes républicains mais aussi celle du COGS, une association destinée à promouvoir compréhension et respect mutuels entre gays et hétérosexuels. Agressivement pacifiste, elle dévorait cependant les livres de guerre, entassait sur les étagères de sa chambre des ouvrages d'histoire militaire, des maquettes en plastique de navires et d'avions et de vieux jeux de société, dénichés dans des vide-greniers ou sur Ebay, qui avaient pour thème la bataille de Gettysburg, ou Waterloo, ou Iwo Jima. Certains soirs, on la voyait déambuler dans la maison en chantant comme une nonne du Moyen Âge, un volume consacré à Azincourt ouvert à la main. Si Lemaster ne tolérait pas ces excentricités, Julia avait le plus grand mal à la faire arrêter quand elle devait intervenir sans le renfort de son mari : « Ça me rend heureuse, M'man », insistait l'adolescente qui savait sur quelle corde jouer pour amadouer sa mère, laquelle en était réduite à souhaiter que les psalmodies de sa fille prennent moins souvent la coloration de lamentations funéraires.

En octobre de l'année précédente, tout allait encore très bien. Vanessa avait résolu de consacrer son mémoire à l'impact des résolutions de la Cour suprême contre la ségrégation raciale sur la communauté du Landing dans les années cinquante. Elle s'était mise à passer un temps considérable à la bibliothèque municipale, aux archives du Département de l'éducation et à la Société historique du comté. Et puis, il y avait eu ce changement de cap soudain. Ces histoires de déségrégation ne l'intéressaient plus mais elle avait développé une véritable fascination pour la mort de Gina, une fille solitaire et pensive comme elle. Julia, dont l'instinct restait celui d'une éducatrice d'adolescents, avait objecté un jour qu'elle allait avoir des difficultés à construire une thèse originale, et même une thèse tout court, sur cette tragédie. Car on savait déjà tout, sur ce sujet : Gina avait disparu une nuit après avoir été aperçue pour la dernière fois en compagnie d'un jeune Noir de la ville qui n'avait jamais été formellement inculpé de meurtre puisqu'il avait lui-même été abattu par la police deux jours plus tard, alors qu'il avait volé une voiture, une coïncidence et une bavure policière qui avaient provoqué les seules émeutes raciales de toute l'histoire du comté. Entre-temps, l'océan avait rejeté sur la rive le corps de Gina qui, d'après la police, avait été victime d'une agression sexuelle et avait tenté de se défendre.

Vanessa avait répliqué qu'elle se moquait d'avoir une thèse ou pas, que tout ce qui l'intéressait était la malheureuse Gina. Elle n'avait rien dit de plus et ses parents avaient commencé à se faire du souci. Son professeur d'histoire, Lynn Klein, avait mis en garde Julia, lui apprenant que d'autres lycéens avant sa fille avaient été hypnotisés par l'histoire de Gina mais qu'aucun n'avait rédigé un bon mémoire. Même Preston avait été brièvement tenté de s'y atteler avant de choisir un sujet plus riche. Julia s'est rassurée, et a voulu rassurer son mari, en remarquant que le mémoire ne devrait pas être rendu avant le mois de mars, et que si leur fille semblait certes dériver sur des eaux troublées elle avait au moins entrepris le voyage qui la ramènerait sur la terre ferme. Mais Vanessa avait commencé à éviter ses amis et à obtenir de moins bonnes notes et Lemaster, qui avec sa mentalité d'immigré vouait aux bulletins trimestriels un respect religieux, s'était dit prêt à « prendre des mesures ».

Sa fille l'avait devancé, toutefois, en mettant le feu à sa voiture au treizième anniversaire de la mort de Gina et en entraînant toute la famille dans la spirale où elle se trouvait aujourd'hui.

« Je l'ai fait pour Gina » : c'était la seule et unique explication qu'elle avait jamais donnée à l'équipe de psychiatres de l'hôpital universitaire, à son psychothérapeute, à ses parents et à ses camarades de classe sous le choc, y compris à « Casey-je-ne-sais-quoi », dont, à partir de l'incident de la Mercedes, l'intérêt pour Vanessa n'était jamais allé au-delà du rôle de petit ami conventionnel.

Vanessa avait finalement achevé sa copie, mais seulement en avril, et le résultat s'était avéré aussi désastreux que ses parents et son professeur l'avaient redouté : elle s'était bornée à reprendre une poignée d'articles de presse annonçant que Gina avait disparu, puis constatant que le cas n'avait pas été résolu de façon concluante. « Il vous faut une thèse plus solide », avait écrit Miss Klein dans la marge, « et des sources plus variées ». Vanessa ayant demandé si elle pouvait remanier son travail, l'enseignante avait répondu que oui, bien sûr, mais sans garantie qu'elle changerait sa note. Sept mois après, elle planchait toujours dessus. Julia avait une copie du mémoire original sur une étagère du placard de son bureau, dans ce qu'elle appelait pour elle seule le « dossier Vanessa ». Il s'y trouvait aussi la photo de Gina Joule qui avait jadis orné la chambre de sa fille. Comme tout le monde hormis la famille et le docteur Brady, Lynn Klein ignorait que, de temps en temps, Vanessa et Gina se retrouvaient pour bavarder un peu.

III

C'était une maison de deux étages en forme de boîte dans une rue ensoleillée. Les bardeaux bleus étaient repeints, les haies soigneusement élaguées, mais les vieux bacs à fleurs du perron étaient vides. Une horde d'une demi-douzaine de voitures bloquait le trottoir, avec à sa tête un pick-up blessé qui reposait dans l'allée du garage, épuisé. Le grand chien noir assoupi sur le ciment craquelé semblait trop âgé pour monter la garde. Les jolis rideaux que l'on apercevait derrière les fenêtres avaient été fabriqués par la maîtresse de maison, Julia en aurait mis sa main au feu. Assis sur la dernière marche avec une canette de Pepsi à la main, Seth Zant l'a observée caser sa voiture dans la dernière place libre. Elle se demandait quel cadeau il pouvait bien avoir pour elle.

— Vous êtes venues, a fait Seth. C'est bien.

— Mais oui, on est venues.

Il a longuement contemplé Vanessa.

— J'parie que tu dois te défendre des garçons avec un bâton, toi…

La jeune fille a piqué un fard et baissé les yeux, incapable de sortir une syllabe. Prenant la main paralysée de sa fille dans la sienne, Julia a répondu pour elle :

— On essaie d'être aussi gentilles que possible avec eux. On ne sort le bâton qu'en cas d'urgence.

Ce n'était pas vraiment hilarant mais Seth a tout de même ri, histoire de faire comprendre à la mère et à la fille qu'il avait saisi.

Le buffet suivant la cérémonie était de ceux où Lemaster brillait à chaque fois, où Julia avait toujours du mal à trouver sa place et où Vanessa ne trouvait jamais la sienne. Cette dernière s'est réfugiée dans le coin près du saladier de punch jusqu'à ce que l'un des trains de parentes qui ne cessaient de passer devant elle l'accroche, l'emmène à la cuisine et lui confie la tâche de regarnir les plateaux de poisson frit, de poulet pané et de *ribs* sauce barbecue qui couvraient la table de la salle à manger. Au lieu de lui remettre ce qu'il l'avait priée de venir chercher, Seth Zant a entraîné Julia dans une ronde de présentations, la définissant comme « le grand amour de Kellen », ou « la chance de sa vie qu'il a laissée passer », jusqu'à ce qu'elle finisse par le supplier d'arrêter car elle ne supportait plus d'être décrite de cette manière à des inconnus. Alors, il lui a donné la place d'invitée d'honneur au milieu du canapé et a laissé les gens faire la queue pour venir s'asseoir à côté d'elle susurrer : « Eh bien, Julia, j'ai entendu dire que vous avez été… », répétant plus ou moins les mots de Seth. Ils avaient tous une anecdote à propos de Kellen qu'ils brûlaient de partager avec elle.

Une corpulente dame patronnesse, Ellie, qui avait grandi avec Kellen et selon toute apparence avait eu un béguin fou pour lui, lui a dressé le portrait d'un garçon impatient et curieux de tout, qui se retrouvait souvent dans des bagarres – « même avec des gamins beaucoup plus grands que lui, Julia ! » – parce qu'il avait un tellement grand cœur qu'il cherchait toujours à protéger les faibles et les opprimés. Même s'il avait pu faire quelques bêtises une fois parti dans le nord, il avait « accompli l'œuvre de Dieu, Julia ». Celle-ci a poliment opiné du chef. Un vieillard que tous surnommaient « Vieux Tim » lui a raconté que Kellen avait même défié un sale type qui embêtait une fille dans une soirée alors qu'il n'était que lycéen et que l'autre avait un couteau : « Un p'tit gars, Julia, un collégien qui pesait pas quatre pincées de poivre, mais il a presque tué un homme fait, c't'nuit-là, et il en a pas perdu le sommeil, croyez-moi. »

— Raconte-lui le reste, est intervenue Ellie.

— Ouais, et il a eu la fille, aussi. C'est comme ça qu'il était, Kellen, a expliqué Vieux Tim pendant qu'une nouvelle escouade de parentes secondées par Vanessa débarrassaient la table pour apporter la tarte au citron meringuée et la glace faite maison dont Julia a pris une assiette malgré les admonestations silencieuses des anges gardiens qui veillaient sur sa santé.

— C'est toujours pour ça qu'nous autres hommes on fait les idioties les plus complètes, a constaté Vieux Tim avec un clin d'œil. – Sa part de tarte engloutie, il a tapoté sa vaste bedaine. – Pour impressionner les filles.

— Moi, je trouve qu'il était courageux, l'a contré Ellie.

Julia s'est demandé un instant si ce n'était pas cette grosse dame que Kellen avait défendue ce soir-là, il y avait si longtemps, mais elle s'est aussi souvenue d'autres rixes qu'il avait provoquées pendant les dix-huit mois où ils avaient vécu ensemble à Manhattan, le plus souvent avec des hommes plus costauds que lui, et dans des bars dont on finissait par le sortir de force ou des night-clubs où il était interdit d'entrée. Elle s'est rappelé une castagne qui l'avait envoyé sur une civière aux urgences de l'hôpital Saint-Luke's-Roosevelt pendant qu'elle regardait avec des yeux horrifiés un médecin indien à la mine fort désapprobatrice retirer des éclats de verre de son épaule à l'aide de pinces. Votre compagnon est un homme très coléreux, avait énoncé le docteur. L'une des raisons pour lesquelles la mémoire de Julia avait conservé cet épisode avec une telle précision ? C'était elle qui avait frappé Kellen avec une bouteille.

— Très, très courageux, a insisté Ellie d'un air attendri.

— Tu sais quelle est la différence entre « courageux » et « stupide » ? lui a demandé Vieux Tim, aucunement convaincu. T'es courageux quand tu t'bats pasque tu dois. T'es stupide quand tu t'bats pasque tu veux. C'était tout l'problème de Kellen, ça. Il aimait trop s'friter avec les autres.

Seth est réapparu.

— Je peux t'interrompre une minute, ma belle ?

Julia a eu le réflexe de lancer un coup d'œil dans la cuisine. De sa place de choix sur le canapé, elle a découvert Vanessa en train de récurer des marmites sous le regard vigilant de plusieurs mères de famille. Elle paraissait tranquille, détendue, comme apaisée par ces gestes répétitifs.

— Tout ira bien pour elle, lui a assuré Seth, qui avait suivi son regard. Et ça prendra pas longtemps, de toute façon.

Seth avait enfilé un pantalon en toile propre et une chemise tachée. Il l'a précédée dans l'étroit escalier qui conduisait à la pièce au-dessus du garage. À peine entrée, Julia a compris que cela avait été la chambre de Kellen, non tant à cause de l'ordre méticuleux, du décor à la fois simple et stylé, ni même des livres de sciences, de mathématiques et d'économie qui tapissaient les murs, mais grâce au miroir de poche en argent, délicatement ciselé, qui reposait sur la commode.

— Mais… c'est à moi, ça ! s'est-elle écriée, bien qu'elle ne l'ait pas revu depuis sa rupture définitive avec Kellen. – S'élançant vers la commode, elle l'a saisi d'un seul geste. – C'est mon miroir !

— L'est resté là des années, a dit Seth, qui ne la quittait pas des yeux.

— Des années ?

— Pour moi, c'était plutôt un truc de femme mais Kellen aimait l'avoir, là.

— Vraiment ?

Ses joues la brûlaient, soudain. Elle a levé le miroir devant elle. En écaille et argent ouvragé, c'était une pièce de la fin XIXe due au célèbre fabricant britannique William Comyns, dont le poinçon était dissimulé parmi les volutes du manche. Granny V. le lui avait donné quelques mois seulement avant sa mort et Julia le chérissait, mais elle l'avait oublié chez Kellen à Manhattan quand Tessa était venue la chercher de force et l'emmener loin de là pour lui éviter d'autres mauvais traitements. Pendant un temps, elle avait eu trop peur de le réclamer à Kellen, redoutant que le simple fait de lui reparler ne la précipite à nouveau dans son lit. Ensuite, lorsqu'elle avait connu Lemaster et s'était sentie plus forte, c'était la gêne qui l'avait retenue. Comme le miroir n'avait pas une grande valeur sur le marché des antiquités – deux ou trois cents dollars au plus –, Julia s'était dit que son ex-amant avait dû le jeter, ou le donner à une autre femme, ou le vendre dans une période de dèche sérieuse.

— Je ne pensais pas le revoir, a-t-elle murmuré, et c'était sincère.

— Il voulait que tu l'aies. Il me l'a répété des tas et des tas de fois. Au début, j'ignorais qu'il était à toi.

— Je… Je ne sais pas quoi dire.

C'est à cet instant que les digues de sa volonté, qui avaient tenu tout le trajet en avion et en voiture, tout le service religieux et même au cimetière, ont cédé : Julia a fondu en larmes. Assez avisé pour se taire, Seth Zant s'est contenté de lui tendre un mouchoir, dont elle s'est tamponné les yeux. La petite fenêtre donnait sur l'allée du garage où, à la lueur du crépuscule, des invités chargeaient des restes du buffet dans leur voiture. On riait, on s'embrassait, on se lançait des au revoir. Julia s'est mouchée. Puis s'est servie du miroir pour rajuster sa coiffure. Le retournant, elle en a frotté la surface avec un ongle. Comme Kellen ne s'était pas donné la peine de le nettoyer, l'argent était terni. Elle a observé le poinçon, presque indéchiffrable à présent à cause de plusieurs éraflures. Machinalement, elle a révisé son estimation à la baisse : non pas deux ou trois cents dollars mais entre vingt-cinq et cinquante, et… Une minute.

— Seth ?

— Oui ?

— Est-ce que Kellen m'a laissé… quelque chose d'autre ?

Elle savait qu'elle risquait de passer pour intéressée, voire cupide, mais le désir de comprendre était irrésistible, maintenant que Mary Malard lui avait mis cette idée dans la tête. *Capturer le surplus.*

Quelle formule bizarre…

— Quelque chose d'autre comme quoi ?

— Waouh, M'man ! Regarde-toi ! Non, mais tu étais trop belle, en ce temps-là !

Elle s'est retournée. Arrêtée sur le pas de la porte, sa fille contemplait en souriant une photo dans un cadre en plastique sur la commode. Julia l'avait vue en entrant mais n'y avait pas prêté attention. Elle s'en est approchée pour mieux la regarder et, oui, en effet, c'était elle et Kellen, bras dessus bras dessous sur Broadway, qu'il méprisait par principe, comme tant d'autres hommes noirs, mais où il consentait à l'amener voir un spectacle de temps à autre ainsi que Lemaster le faisait maintenant. Elle portait un short ridiculement petit, un dos nu et des chaussures à plate-forme vertigineuses. Était-ce vrai ? S'était-elle jamais habillée de cette façon ? De nouveau, elle a levé le miroir William Comyns sur son reflet de femme de quarante-trois ans en essayant de se remémorer comment cela avait été, d'en avoir vingt-trois…

— Non, non, je veux dire, tu es toujours magnifique mais quand même, waouh ! – Vanessa s'est approchée pour étudier la photo de plus près. – Super stylé, M'man ! J'adore cette tenue. J'en veux cinq pareilles ! – Elle a gloussé en pensant qu'elle en avait déjà au moins une de plus. – Mais bon, alors, vous deux, vous êtes sortis ensemble ou quoi ?

— Écoute, ma chérie, ça me gêne vraiment de parler de ça alors que…

— Ta mère a été le grand amour de mon neveu, a déclaré Seth, coupant toute tentative d'esquive. Il disait toujours qu'elle était la chance de sa vie qu'il n'avait pas su attraper.

— Oh, comme c'est romantique, a lâché négligemment Vanessa, qui était déjà passée aux étagères et y attrapait des livres ici et là comme si elle se trouvait dans une bibliothèque quelconque, non dans un mémorial entretenu avec amour.

Dehors, une brise soudaine a fait frissonner les arbres. L'hiver avait beau être plus clément ici, il allait finir par arriver.

— Et tellement cool, a ajouté Vanessa.

— C'était… il y a très longtemps, a murmuré Julia.

— Tu peux avoir cette photo aussi, si tu veux, lui a proposé Seth.

— Est-ce que P'pa est au courant ?

— Bien sûr que oui, a répondu Julia, qui avait l'impression de s'enfoncer lentement dans un marais.

Qui avait dit que ce serait une bonne idée que Vanessa l'accompagne ? Qui avait inventé les enfants, pour commencer ?

— Faut croire que tu as toujours eu un truc pour les hommes plus vieux, non ?

Vanessa s'était emparée d'un ouvrage d'arithmétique qu'elle feuilletait à toute vitesse, comme si elle espérait que de l'argent en tombe.

— Hmm… Ma chérie, ce n'est pas du tout, euh… convenable de parler comme ça.

— Le fait est que Kellen était ultracraquant, donc je peux comprendre.

— Vanessa !

Sa fille ne l'écoutait plus. Ses mains continuaient à s'agiter sur le livre parce qu'elles ne voulaient pas cesser, parce qu'elles refusaient de lui obéir, ce qui arrivait parfois quand elle tentait de refouler son traumatisme originel, selon le docteur Brady, un traumatisme qu'il n'était pas encore en mesure d'identifier, et dont Vanessa niait l'existence, mais qui, assurait-il, était bien présent. Son inquiétude maternelle l'emportant sur sa gêne, Julia s'est rappelé les consignes que le psychiatre lui avait données pour ce genre de situation : lui effleurant l'épaule, elle lui a dit tout doucement de remettre le livre à sa place.

— Laisse-la faire, est intervenu Seth Zant. Il n'y a rien qui ait de la valeur, ici. – Julia a tenté de lui expliquer mais il ne lui en a pas laissé l'occasion. – Je veux dire que les bouquins, les photos et ton miroir, c'est à peu près tout ce qu'ils ont laissé.

— Ils ?

Seth a posé son index sur le bureau.

— Tu vois, il arrivait à Kellen de venir passer une semaine ou deux ici. Pour travailler. Pour s'isoler, il disait. Il avait un ordinateur exactement à cet endroit-là, et une imprimante, et des carnets de notes, et je ne sais pas quoi encore. C'est ça qu'ils ont pris.

— Mais qui, « ils » ?

— On a eu un petit cambriolage pendant que j'étais là-haut, chez vous autres, pour récupérer le corps. Drôle de boulot, quoique. Parce que en bas j'ai une assez chouette télé, les bijoux de Sylvia, d'autres trucs… J'imagine que le chien a dû leur flanquer la frousse ou quoi, vu qu'ils n'ont fait que cette pièce et qu'ils n'ont fauché que ce sur quoi Kellen bossait.

6

Risque d'inventaire

I

C'est le petit Jeremy Flew qui les attendait à l'aéroport, et non Lemaster, comme prévu, celui-ci étant parti à New York pour une réunion de l'Empyrée, le club noir presque confidentiel auquel il participait assidûment. Entre-temps il a appelé Julia pour lui annoncer qu'ensuite il allait sans doute continuer en train jusqu'à Washington : un ami qui avait des billets pour le match des Redskins le lendemain l'avait invité à se joindre à lui. Sans prendre la peine de dissimuler sa colère, Julia a ordonné d'un ton sec au secrétaire de son mari de porter leurs bagages et Flew s'est exécuté sans protester. En chemin vers le parking, il n'a cessé de jacasser, à propos du temps pour l'essentiel mais aussi des dernières tirades radiophoniques de l'horrible Kwamé Kennerly, qui visiblement s'était mis en tête de dénigrer l'université, son nouveau président et le fait que ce dernier avait choisi d'habiter à Tyler's Landing. Sans prêter attention à ces dernières nouvelles,

Julia a ouvert d'un coup sec son cellulaire pour appeler Wendy Tollefson, à qui Lemaster avait demandé de prendre Jeannie chez elle pour la nuit. Wendy, amie de Julia depuis l'époque où celle-ci enseignait, adorait Jeannie, et comme elle n'avait pas d'enfants elle-même, il lui arrivait d'aller surveiller les deux filles à Hunter's Heights quand les parents Carlyle devaient tous deux s'absenter. La petite a supplié sa mère de la laisser rester pour la nuit quand même, parce qu'elle avait commencé une partie de Monopoly avec Wendy.

Toujours murée dans sa citadelle d'indignation, Julia s'est installée avec Vanessa à l'arrière de la Land Rover de l'université que Flew avait prise pour venir les chercher, en raison de sa plus grande stabilité sur la neige. Voulait-elle lui montrer de cette façon qu'elle le considérait à peine plus qu'un chauffeur sans casquette ? En réalité, ce n'est pas au secrétaire qu'elle en voulait, mais à son patron, et comme Lemaster n'était pas dans les parages pour recevoir son dû c'était Flew qui en prenait pour son grade. Voilà un aspect de sa personnalité qu'elle détestait : dans la vie quotidienne, elle aurait voulu être aussi chaleureuse et décontractée que la plupart des gens la croyaient être, mais elle avait hérité de Mona, entre autres traits, le besoin intermittent de faire étalage de son appartenance au Clan, en particulier devant les représentants de ce que les compagnons de Lemaster au sein de l'Empyrée aimaient appeler la « pâle nation ».

— Est-ce que vous avez faim ? s'est informé Flew au moment où leur véhicule, sorti du parking, pénétrait dans une bourrasque de flocons.

Julia : « Non. » Vanessa : « Oui. »

— Je vous ai préparé un petit quelque chose à la maison, a-t-il continué, ou nous pourrions nous arrêter en route, si cela vous dit. Il y a les fast-foods, bien entendu, mais aussi un ravissant petit restaurant de poissons que j'ai…

— Je vis dans le comté depuis le début des années quatre-vingt, l'a coupé Julia. – C'est-à-dire depuis le temps où Kellen avait failli la tuer. – Je sais où on peut dîner, par ici.

Le petit bonhomme était décidément impossible à déstabiliser. Ses yeux bleus pleins d'aménité ont fixé ceux de Julia dans le rétroviseur.

— C'est assez extraordinaire, Mrs. Carlyle, mais ne pensez-vous pas que nous arrivons toujours à apprendre quelque chose de neuf sur n'importe quel sujet, aussi parfaitement le connaissons-nous ?

Julia s'est empourprée, et plus encore quand elle a remarqué que Vanessa, sous des paupières supposément lourdes de sommeil, l'observait avec perplexité. Incapable de trouver une réplique appropriée, elle s'est excusée de s'être montrée si ronchonne et, sans tenir compte des protestations de Flew l'assurant qu'il ne s'était pas du tout senti offensé, lui a certifié qu'il n'avait rien à se reprocher. Ensuite, elle a regardé dehors pendant un moment, saisie d'une sensation d'abandon et de solitude qui la prenait souvent, dans le cadre des constantes obligations de sa vie matrimoniale. En écoutant Lemaster répéter à l'envi qu'en termes d'épanouissement moral le devoir l'emportait nécessairement sur le désir, Julia s'était maintes fois demandé, sans jamais aller jusqu'à lui poser la question, s'il incluait dans ce principe ses relations avec sa femme. Y avait-il quelque chose qu'il aurait préféré ?

Avec quelqu'un d'autre ? En vingt ans de mariage, elle ne pensait pas qu'il l'ait trompée, mais on ne pouvait jamais être sûre… Tessa Kenner, sa camarade de chambre, avait été brièvement mariée à un Noir, un historien assez réputé qui l'avait fort mal traitée. Alors professeur de droit, pas encore une star télévisuelle, elle lui avait pardonné presque volontiers – presque gaiement, en fait – ses « peccadilles », selon sa propre expression, et avait expliqué à son amie, un jour où elles prenaient un café ensemble, que l'aspiration à se libérer des structures répressives de la moralité sexuelle bourgeoise était une pulsion commune à tous les Noirs de sexe masculin, produite par des siècles d'oppression raciale.

« Je suis sûre que tu as le même problème avec Lemaster », avait murmuré Tessa, reprenant l'un de ces préjugés à rebours dont les intellectuels blancs sont friands. Elle tenait sa tasse à deux mains devant elle, comme on ne voit le faire que dans les spots publicitaires. « Certainement pas ! » Tessa avait hoché la tête, ses yeux bleus remplis de pitié envers toutes ces femmes prisonnières de leurs illusions romantiques alors qu'elles pourraient briser les entraves de la tradition et de la fausse conscience pour s'inventer une nouvelle existence, fascinante, si seulement elles acceptaient de voir la réalité dans toute sa rude authenticité.

— Tu peux vraiment être une garce, des fois, a dit Julia tout bas, et elle s'adressait peut-être à Tessa, peut-être à elle-même, peut-être même à Mona, abandonnée à une rêverie confuse dont l'a tirée brusquement le bruit des pneus de la Land Rover s'engageant sur le gravier de la longue allée qui montait à Hunter's Heights.

Elle a sursauté, jeté un coup d'œil à côté d'elle. Vanessa somnolait, cette fois pour de bon.

— Merci, a lancé Julia à Flew. Vous avez fait vite, et en douceur.

Mais Jeremy Flew n'écoutait pas. Ralentissant dans la courbe à plusieurs centaines de mètres de la maison, ses phares ont balayé une étendue neigeuse, puis les arbres pressés les uns contre les autres dans l'obscurité silencieuse.

— Euh… Est-ce qu'il y a eu un accident, Mrs. Carlyle ?

— Comment ?

Il a arrêté le 4 × 4. Le pinceau jaune des phares s'est immobilisé sur deux des bornes lumineuses qui balisaient l'allée des Carlyle de mètre en mètre. Brisées à la base, elles gisaient sur le sol.

— Oh, ça… C'est arrivé la semaine dernière, pendant le blizzard. Le soir où… où le professeur Zant est mort. Je pense que Mr. Huebner les a cassées avec son chasse-neige. Je lui ai laissé deux messages, déjà, mais il ne m'a pas encore rappelée.

Était-ce là trop d'informations pour pareil détail ? Julia s'est posé la question parce que Jeremy fixait sur elle un drôle de regard dans le rétroviseur. Désireuse de changer de sujet mais ne trouvant rien d'autre, elle a continué sur sa lancée :

— Vous ne le connaissez sans doute pas mais Mitch Huebner est toute une légende ici, au Landing. Il vit au milieu des bois avec ses fusils et ses chiens, et il peut passer des jours sans dire un mot à quiconque. Je crois qu'il est fâché avec le téléphone. Il va sans doute falloir que je lui envoie un mot.

Un silence épais a envahi l'habitacle tandis que Julia attendait de voir jusqu'à quel point le secrétaire de Lemaster gobait ses fariboles.

— Vous en êtes certaine ? a fini par réagir Flew. Que c'était Mitch Huebner ?

— Qui d'autre, sinon ?

— Eh bien… Les journaux ont rapporté que le pare-chocs avant du professeur Zant était abîmé sur la gauche. La police a demandé au public de lui signaler tout cas de collision ou d'accident survenu vendredi soir, et…

Julia s'est frotté les yeux avant de regarder par la vitre. De là où ils étaient, on ne pouvait apercevoir ni la maison ni la route en contrebas, et donc cet endroit de la courbe n'était visible ni de l'une ni de l'autre. Cette allée était en réalité une piste tourmentée qui tournait, plongeait, glissait, et flirtait souvent avec la mort. Chaque hiver, le chasse-neige d'Huebner finissait par entraîner tout le gravier au pied de la colline, et chaque printemps ils le payaient pour qu'il le remonte et l'étale à nouveau plus ou moins uniformément.

— Je ne vois quand même pas où vous voulez en venir, a menti Julia.

— Les lampes cassées sont sur le côté gauche de votre allée, Mrs. Carlyle.

— Oh, quand il commence à boire, Mitch Huebner, on ne…

— Vous devriez peut-être prévenir la police.

Panique à bord. Les inspecteurs avaient-ils remarqué ces bornes en montant chez eux le samedi précédent ? Pourtant, ils n'avaient pas posé de questions à ce propos, pas plus que Lemaster ni un seul de leurs nombreux visiteurs bien intentionnés.

— S'il vous plaît, Jeremy, écoutez-moi. Kellen Zant n'est *pas* venu chez nous vendredi soir dernier. Je vous prie de ne même pas l'envisager.

— Serait-il possible qu'il soit venu sans que vous l'ayez su ? Vous avez passé la majeure partie de la soirée à Lombard Hall, Mr. Carlyle et vous.

— Mais c'est justement pour ça ! a objecté Julia, qui avait du mal à rester calme. Il n'avait aucune raison de monter chez nous !

Au milieu de la courbe, une surface avait été aplanie sur le bas-côté afin de permettre aux automobilistes égarés de faire demi-tour. C'était à l'entrée de cette aire de dégagement que les deux bornes avaient été brisées. Julia s'est redressée sur la banquette.

— Lemaster et moi étions au dîner des anciens. Vanessa était sortie. Jeannie aurait dû passer la nuit chez une amie mais elle est tombée malade. Kellen a dû penser qu'il n'y aurait personne, alors à quoi bon faire toute cette route dans une tempête de neige pour aller dans une maison vide ?

— C'est la question que je me posais, a dit Flew.

Il a redémarré pour reprendre l'ascension vers la demeure qui est bientôt apparue au-dessus d'eux. Se tordant le cou sur le siège arrière, Julia a scruté le vallon jusqu'à ce que les ombres l'engloutissent.

II

Plus tard, debout devant sa fenêtre préférée du salon qui donnait sur le flanc abrupt de la colline et la route tout en bas, Julia se demandait si Kellen Zant avait bien emprunté leur allée le soir de sa mort, mais aussi pourquoi elle n'avait pas encore envisagé cette éventualité avec les policiers, ni même avec son mari. Elle était en pyjama de laine sous une ample robe de chambre bleue, bleue et usée, un vestige de sa lune de miel qu'elle portait très souvent, persuadée que cet habit portait chance à la famille. Elle avait mis des lunettes pour reposer ses yeux des lentilles de contact. Elle avait vérifié ses e-mails sans rien trouver dans sa messagerie qui exige une réponse immédiate. Elle avait tenté d'engager une séance de chat avec plusieurs de ses amies mais aucune n'était en ligne, pas même Tessa, pourtant un oiseau de nuit comme elle. Ses explorations sur Internet avaient ramené moins de mentions de Kellen qu'elle n'avait prévu mais un tas d'informations à propos de Mary Malard, entre autres une kyrielle de sites défendant ses théories conspirationnistes et autant les tournant en ridicule. Une boîte vide de truffes au cappuccino de chez Vera avait terminé dans la poubelle de la cuisine, serrée contre un sac – « 0 % de matière grasse », car elle surveillait son poids – de pop-corn micro-ondes également vide.

Elle était en train de penser à sa dernière rencontre avec Kellen. Au centre commercial de Norport, trois jours avant le meurtre. « J'ai des ennuis », avait-il chuchoté en lançant des regards à la ronde dans le café-terrasse, et Julia avait commencé à douter que leur rencontre fût purement fortuite. À ses pieds, elle avait plusieurs cadeaux de Noël empaquetés – elle aimait faire ses courses à l'avance. « J'ai besoin de ton aide », avait-il continué, mais c'était toujours ce qu'il disait.

Julia l'avait prié de s'expliquer.

« Je ne peux pas garder mon inventaire. Il faut que je partage le risque. – Quel risque ? – Mais le risque d'inventaire ! » Il lui avait pris la main, elle avait répondu à sa pression. « C'est un moment noir, avait-il ajouté, lui qui d'ordinaire évitait les métaphores associant le noir au mal. Un moment très noir, et la matière noire aussi, ou sombre... Il n'y a que toi qui puisses le garder pour moi. »

Julia avait entamé son habituel petit discours : il devait arrêter de la suivre, cela ne pouvait plus durer, elle voulait qu'il la laisse tranquille. Et Kellen, comme à chaque fois, avait plaidé que cette fois c'était sérieux, qu'il ne pensait pas à flirter mais avait réellement besoin de son aide. C'était alors qu'elle avait vu sortir du magasin Lord & Taylor, à l'étage supérieur, Regina Thackery et Bitsy Farnsworth, toutes deux membres des Coccinelles. Elle avait bondi sur ses pieds en disant à Kellen qu'elle était en retard et devait filer. La perspective des Coccinelles répandant des rumeurs sur ses rendez-vous clandestins avec « vous savez qui » était la dernière chose dont elle avait besoin.

Le risque d'inventaire, ou de stock. Encore un terme économique, comme cette « capture du surplus ». Énamouré de son jargon professionnel, Kellen en casait des bribes dans les conversations les plus anodines, généralement pour décontenancer ses interlocuteurs et brouiller ses intentions réelles. Il le faisait déjà à Manhattan, au temps où il attendait que Julia n'ait plus de voix à force de crier avant d'expliquer que ses aventures avec d'autres femmes n'étaient que des applications rationnelles de la fonction d'utilité maximale. Cette fois, pourtant, Julia avait l'impression qu'il avait essayé de lui dire quelque chose d'important. Quelque chose que Mary Malard était sûre de déjà connaître.

Les yeux sur la neige au-dehors, elle a continué à méditer. Avait-il sérieusement tenté de gravir l'allée par ce temps affreux, le soir où il avait été tué ? Alors qu'il devait s'attendre à ne trouver personne à la maison ? Avait-il fait précipitamment demi-tour, par exemple en apercevant la voiture de la baby-sitter devant lui, renversant ainsi les deux bornes lumineuses dans la courbe ? Elle ne comprenait pas davantage la raison qui aurait pu le pousser à venir que ses rébus à propos de partager son « risque d'inventaire » ou de l'importance du mot « sombre »… mais elle avait sans doute intérêt à ne même pas essayer.

Kellen Zant était le passé. Il n'avait pas le droit de la ramener de force à lui, même en mourant et en laissant un puzzle derrière lui. Il l'avait blessée, presque tuée. Il n'avait rien à attendre d'elle.

Sans quitter la fenêtre au-delà de laquelle la nuit de Nouvelle-Angleterre poursuivait sa vie furtive, Julia a pris Coalition-Arc-en-ciel dans ses bras. Un chat, parce que ses enfants étaient désormais trop grands. Elle avait convoité, elle avait été convoitée, et elle avait cru que le gâchis provoqué par la convoitise était resté derrière elle. Lemaster était son rocher, son havre, son rempart. Plus rien ne devait arriver. Et puis quelque chose s'était cassé. D'abord Vanessa mettant le feu à la voiture, et maintenant…

Reprenant le verre à vin qu'elle avait laissé vide sur un guéridon, elle s'est tournée vers le salon tout en longueur, tendu de papier peint vert classique, longeant la rotonde dont les grandes baies s'étiraient depuis le plafond, haut de deux mètres quatre-vingts, jusqu'à vingt centimètres du sol. Au centre du demi-cercle trônait l'antique Steinway, venu de la demeure d'Amaretta Veazie où, à la grande époque, Duke Ellington avait parfois laissé ses mains voler sur ses touches. Preston et Aaron jouaient du piano, mal, et Jeannie pas du tout, mais Vanessa était une merveilleuse pianiste. Lors du Thanksgiving de l'année précédente, Julia et elle avaient présenté à la famille proche et aux parents éloignés le fruit d'un mois et demi de répétitions avec un professeur chevronné : le *Capriccio Espagnol* de Rimski-Korsakov, l'un des duos pour piano les plus difficiles de tout le répertoire classique, et malgré deux ou trois accords mal placés elle avait fait venir des larmes dans tous les yeux, y compris ceux de Lemaster.

— Ah, comme je déteste ça ! a-t-elle soufflé, pensant à la profession de son mari et, implicitement, à la sienne. – Sans doute s'adressait-elle à Jay, son frère jumeau décédé. – Je déteste vraiment, vraiment tout ça…

Aucune réponse de Jay.

Elle se sentait seule, et glacée. Son vieil agacement pour le zèle avec lequel Lemaster participait aux réunions de sa minuscule fraternité s'était réveillé. L'Empyrée était moribond, d'après ce que tout le monde disait. Parmi l'élite de l'obscure nation, ce genre d'affiliations revêtait une importance que les amis blancs de Julia n'avaient jamais entièrement comprise. Lemaster aurait aisément pu adhérer à des clubs plus prestigieux et plus puissants, mais il avait toujours décliné leurs propositions. Et c'était cette nuit qu'il avait choisie pour s'esquiver à New York, puis continuer sur Washington, alors qu'elle…

Julia s'est obligée à s'arrêter. Il l'avait sauvée. C'était aussi simple que cela. Elle n'avait aimé pour de bon que deux hommes, dans sa vie, et l'un l'avait détruite tandis que l'autre l'avait reconstruite. Mais elle se demandait quand la vie cesserait de s'imposer à elle afin qu'elle puisse enfin s'imposer à la vie.

Kellen s'était posé la même question, à son sujet. Il l'avait souvent narguée en proclamant qu'elle perdait son temps, gâchait sa vie. Peut-être Mary Malard disait-elle vrai. Peut-être était-ce à elle que Kellen avait laissé son « surplus », et peut-être avait-il même espéré que… Non ! Elle n'irait pas plus loin. Elle allait garder son équilibre et son sang-froid, ce qui supposait de repousser toute pensée à propos de Kellen. Les yeux à nouveau sur les flocons de neige que le vent poussait en courants horizontaux à travers le ciel obscur, elle s'est dit que toute l'exubérante énergie qu'elle avait jadis consacrée à vivre s'en était allée quelque part. C'était comme si la mort de son frère se reproduisait. Au cours de l'opération de Grenade, il n'y avait eu que trois marines tués mais Jay Veazie avait été l'un d'eux. Il avait reçu la Navy Cross à titre posthume, pour « acte d'héroïsme hors du commun », décoration que Mona avait jetée dans l'étang le plus près de chez eux, North Balch Street. Depuis ce jour, ses convictions politiques étaient passées de radicales à effrayantes.

Quant à Kellen… Ce qui tourmentait Julia, surtout, c'était de se retrouver soudain devant le mur absolument gris et infranchissable de la cessation de la vie sans avoir eu le temps de rien. En l'absence d'un cancer diagnostiqué ou d'un infarctus imprévisible, l'organisme physique que nous disons humain n'est pas censé trahir la confiance que lui impose son propriétaire, du moins pas avant de nombreuses années. Elle a repensé à leur ultime dispute dans un banal centre commercial. Elle ne l'avait même pas laissé terminer ce qu'il tentait de lui dire avec ses « risques d'inventaire » et autres formules absconses. Quand elle avait bondi pour s'enfuir en apercevant Bitsy et Regina, Kellen l'avait saisie par le bras et lui avait demandé s'ils pouvaient prendre rendez-vous pour parler. Supposant que ses mobiles étaient comme toujours inavouables, elle était montée sur ses grands chevaux, lui avait dit que c'était certainement une mauvaise idée et que, d'ailleurs, il ferait mieux d'enlever sa foutue main de là… Elle était une autre personne, en sa présence, et cela se voyait notamment dans sa façon de parler. Il avait insisté, affirmé que c'était une urgence, suggéré qu'ils se rencontrent dans un endroit plus discret si cela pouvait la mettre plus à l'aise. Julia, peut-être en proie à une méfiance excessive, y avait vu une proposition malhonnête et l'avait envoyé sur les roses. « Je ne tolérerai plus tes manigances », avait-elle sifflé entre ses dents. Mais la virulence de ces derniers mots et sa décision de tourner les talons sans lui accorder la chance de répondre allumaient à présent une douleur persistante dans ses entrailles. Elle ne lui avait même pas dit au revoir.

7

Tony la Trifouille

I

Parmi les élèves favoris de Julia, il y avait un garçon tranquille nommé Poynting, un activiste brillant et dubitatif de la cause homosexuelle sur lequel le strict enseignement du christianisme orthodoxe avait exercé une profonde attraction et qui espérait y trouver toute sa place malgré cette déviation mineure, car pour le reste il acceptait le dogme sans réserve, et jusqu'à ce que orthodoxes et catholiques appellent « fidélité à la tradition apostolique » et autres « interdiction de la prêtrise aux femmes ». Le lundi matin suivant les obsèques, par un temps glacial mais clair, Poynting se trouvait dans le bureau de Julia pour discuter d'un possible financement universitaire du voyage à Bologne qu'il comptait faire l'été suivant afin d'effectuer des recherches sur les confréries apparues au cours du XIIIe siècle dans le but d'amener l'Église à des préceptes de moralité sexuelle plus rigoureux. Il était possible que la véritable intention de Poynting soit de se balader en Italie à l'œil mais Julia, considérant que la plupart de ses collègues auraient eux aussi bondi sur l'occasion, a profité du peu de temps qui lui restait avant sa réunion avec la doyenne pour chercher avec un vrai plaisir dans ses dossiers impeccablement tenus une fondation susceptible de soutenir l'équipée bolognaise. Au final, ils allaient en débusquer trois ou quatre, c'est-à-dire trois ou quatre fois plus que ce qu'elle trouvait habituellement pour ses étudiants cherchant des fonds en vue de recherches intéressantes, car la religion en général et les instituts de théologie en particulier étaient jugés peu sexy. S'arranger pour distordre des projets de recherche en reflets brouillés de ce sur quoi les fondations avaient réellement envie d'investir leur argent, tel était l'un des aspects de son travail que Julia préférait. Elle avait un faible pour les miroirs, après tout…

Comme Poynting s'apprêtait à partir tout content, elle l'a arrêté :

— Joe ? À Vanderbilt, votre unité d'études principale était l'économie, n'est-ce pas ?

— Ouais, il y a des années…

— Mais vous vous souvenez encore un peu de la terminologie, non ? – Elle remettait sa table en ordre, glissant les formulaires de demande de bourse dans les dossiers appropriés, et ceux-ci dans les tiroirs qui leur correspondaient. – *Capturer le surplus*, par exemple, qu'est-ce que ça vous dit ?

Déjà à la porte, Poynting s'est tapoté la bouche du bout des doigts.

— Hmm, voyons… En microéconomie, le surplus de consommation est la différence entre le prix d'un bien proposé sur le marché et le prix maximum qu'un individu est disposé à payer pour l'acquérir. La théorie, c'est que l'on achète quelque chose seulement quand le prix est inférieur à la valeur estimée. Le truc, c'est que le vendeur cherche à rendre cet écart aussi petit que possible. En d'autres termes, il veut arriver à capturer une partie de votre surplus, et il fait ça en vous amenant à payer un prix très proche de la valeur que vous donnez à tel ou tel bien… – Il a lâché un petit rire. – En gros, c'est ça !

Julia a réfléchi un instant. Était-ce aussi simple que ça ?

— Encore une question.

— Allez-y.

— Qu'est-ce qui amènerait quelqu'un à penser que des enchères seraient le meilleur moyen de « capturer le surplus » ?

— Est-ce que ça a à voir avec ce professeur qui a été tué ? Celui avec qui vous étiez amie. – Très diplomate, ce jeune. – C'est pour ça que vous posez ces questions ?

Julia a hésité. Elle savait que Joe Poynting, comme beaucoup d'autres étudiants noirs de l'université, avait nourri un respect ambigu envers Kellen Zant, qui passait à la fois pour un défenseur exemplaire de la cause black, sans cesse interviewé à la télévision quand il s'agissait de dénoncer la discrimination raciale dans les grandes entreprises d'Amérique, mais aussi pour une sorte d'affairiste africain-américain ayant construit un juteux empire de conférences et de missions de consultant grassement payées en spéculant sur la mauvaise conscience des patrons blancs. Sur le campus, certains le considéraient comme un vendu, ni plus ni moins, et comme Julia ignorait l'opinion de Poynting sur ce sujet, elle a préféré éviter la question plutôt que risquer de le froisser.

— Je vous demande juste de m'aider, d'accord ?

— Pour vous, toujours… – Ils ont échangé un sourire. – La réponse, c'est ce qu'on appelle « la malédiction du vainqueur ». Supposons que vous participiez à des enchères sur un bien que vous avez l'intention de revendre mais dont vous ne connaissez pas avec certitude le prix de revente. Vous misez au jugé, donc, et si vous n'êtes pas la seule à enchérir, vous serez sans doute obligée d'offrir plus que le prix de revente supposé. Parce que vous ne pourrez pas sortir de la pièce et revendre ce que vous avez emporté le prix que vous avez payé. En d'autres termes, si votre but premier est de revendre, le vendeur des enchères a de bonnes chances de capturer votre surplus.

— Est-ce que c'est toujours ce qui se passe ?

— Bien sûr que non. Le prix du marché n'est pas forcément le critère déterminant. Vous voyez, on peut vouloir remporter tel bien pour d'autres raisons que la revente. Et puis, il y a des moyens d'arranger les enchères pour échapper à la malédiction du vainqueur et à d'autres paradoxes célèbres. Enfin, je ne suis pas trop un expert de la théorie des enchères, moi… Mais, attendez ! Je crois que le professeur Zant a publié une étude là-dessus, il y a deux ou trois ans.

Pas étonnant du tout, a pensé Julia.

— Et quand quelqu'un dit de quelque chose que c'est son surplus, qu'est-ce que ça peut signifier ?

— S'il sait de quoi il parle, par exemple si c'est un économiste de profession, il voudra probablement désigner par là ce qu'il a réussi à conserver à la suite d'une transaction, ce qu'il était prêt à perdre mais qu'il a finalement pu garder. – Le regard du jeune homme lui a paru s'intensifier, chercher au plus profond de ses yeux. – Quelque chose qui a de la valeur pour lui, littéralement.

— Et un risque d'inventaire, qu'est-ce que c'est ?

— Oh, ça, c'est assez basique. Prenez un commerçant, il a un inventaire. Un stock à vendre. Son problème, c'est que sa valeur peut baisser à tout moment. Par exemple, il se retrouve avec plein d'ordinateurs dont plus personne ne veut sur les bras. Ou avec des robes qui ne sont plus à la mode. Réduire le risque d'inventaire, c'est le but. Un bon moyen est de confier la gestion de son inventaire à quelqu'un d'autre. De cette façon, le commerçant refait son stock au fur et à mesure, il n'est plus dépendant du risque d'inventaire, ou le risque est partagé.

— Un moment noir ? La matière noire ?

Cette fois, elle avait dépassé les ressources de son protégé.

— Là, je ne vois pas du tout…

De nouveau seule, elle a tenté de s'absorber dans les premières demandes d'admission de l'année mais son esprit revenait sans cesse à son échange avec Poynting, à la manière dont il faisait écho à ce que Mary Malard lui avait dit. Elle était sidérée d'avoir ainsi harcelé de questions ce pauvre Joe quelques jours à peine après s'être juré de ne pas chercher à élucider les petits mystères de Kellen. Mais celui-ci avait toujours eu le même effet sur elle : aussi souvent qu'elle s'était promis de couper les ponts avec lui, elle avait fini par retomber dans sa fascination. Même une fois mariée, elle avait été à sa merci chaque fois que Kellen, avec un instinct surnaturel, sentait que Lemaster n'était pas dans les parages. Kellen avec sa voix indolente et sirupeuse du Sud, qui savait la bercer et l'attendrir, dissoudre les défenses qu'elle essayait de bâtir autour d'elle... Il arrivait qu'elle ne doive qu'à un simple concours de circonstances de ne pas retomber dans ses filets.

Elle a consulté sa montre. L'heure de son rendez-vous était venue. Tout en se dirigeant vers le bureau de la doyenne, elle s'est fait la réflexion qu'elle avait élucidé au moins un élément du puzzle. Rien de déterminant, mais une indication. Kellen voulait vendre quelque chose. Quoi, c'était le grand point d'interrogation. Avait-il déjà conclu la vente, ou était-il sur le point de le faire lorsqu'il avait été tué ? Dans les deux cas, il avait prévu de se réserver la part du lion. Et il avait cherché à « partager le risque », il avait demandé à Julia de « garder » ce qui lui importait tant et dont elle ignorait la nature, il avait dit à Mary Malard que c'était Julia qui devrait l'avoir s'il lui arrivait quoi que ce soit. Il était mort moins d'une semaine après lui avoir demandé son aide, et avoir été éconduit.

Ce qu'elle ignorait, c'était s'il avait trouvé quelqu'un d'autre à qui le confier avant d'être abattu.

II

— Alors, comment va la famille ? a demandé Claire Alvarez d'un ton enjoué. Tous ces enfants ! C'est merveilleux, merveilleux ! Je vous envie énormément.

— Tout le monde va bien, a répondu Julia.

— Est-ce que Vanessa sait déjà où elle va faire ses études ?

— Eh bien… Pas encore, non.

— Quoi qu'elle choisisse, elle fera des étincelles. J'en suis convaincue. Elle est incroyable.

La doyenne de l'institut de théologie, une femme de haute taille à l'air éthéré, avait enseigné pendant quinze ans l'éthique chrétienne à des étudiants qui doutaient chaque année un peu plus que celle-ci existât. Sa douceur enveloppait comme un édredon. Le vieux Clay Maxwell, déjà chenu quand il avait été le professeur de Julia près d'un quart de siècle plus tôt, se plaisait à dire que Claire vous inspirait une telle impression de chaleur douillette que vous dormiez comme un bébé même au moment où elle vous annonçait que vous étiez limogé.

— Merci, a soufflé Julia malgré l'appréhension dans laquelle les mots « Vanessa » et « études » la plongeaient toujours.

— Est-ce qu'elle a aimé la France ? Elle y est allée tout récemment, n'est-ce pas ?

— Elle a adoré, a certifié sa mère sans préciser que le voyage remontait à un an, avant que tout tourne mal.

Ses parents l'avaient envoyée voir Granny Mo, le cadeau de son seizième anniversaire.

— Et moi, j'adore cette fille, a affirmé Claire comme si elles étaient en train de parler d'une musicienne ou d'un peintre, non d'une adolescente à problèmes.

C'est qu'il y avait peu de représentantes du sexe féminin qui n'avaient pas son affection. Elle était la principale – voire peut-être la seule – experte nationale des vues théologiques de la grande évangéliste méthodiste Phoebe Palmer. Des conférences aussi fréquentes que passionnées que Claire avait consacrées à cette théoricienne du sacré, Julia avait retenu que celle-ci s'était distinguée des autres pendant la période précédant la Guerre civile, quand le reste du clergé protestant se déchirait sur la justification de l'esclavage dans un pays qui se disait inspiré par les Saintes Écritures, d'abord en esquivant le sujet, puis le pays en question, puisqu'elle avait choisi de passer les années du conflit en Angleterre.

— À propos, a continué la doyenne, est-ce que vous avez des ennuis, Julia ?

— Des ennuis ? Je… Ah, j'espère que non…

— Pardon de paraître mélodramatique, s'est excusée Claire, ses traits bienveillants figés dans le demi-sourire permanent qui était sa seule expression publiquement connue. Je sais que nous étions censées faire le point sur les admissions et soutiens financiers. Nous allons y venir, mais je viens d'avoir la visite d'un avocat qui est aussi l'un de nos gros donateurs et cela a été une entrevue très bizarre parce qu'il ne voulait parler que de… vous. Étrange, non ? – Elle a posé ses mains croisées à côté de l'humidificateur à cigares en argent qui se dressait toujours sur sa table, une tradition devenue des plus saugrenues depuis sa nomination à la tête de l'institut. – Un certain Tice, Anthony Tice. On le voit dans des spots publicitaires qui passent tard le soir.

Elle s'est interrompue, comme si elle attendait des aveux.

— Je les ai vues, ces publicités, a acquiescé Julia avec prudence, et ses doigts se sont crispés sur le dossier contenant les propositions qu'elle devait soumettre au vice-président. Mais je ne le connais pas, lui.

— Vous ne perdez pas grand-chose. C'est quelqu'un de très malin, et de très séduisant, et qui en a extrêmement conscience. Il nous a donné deux cent mille dollars, dans les deux dernières années. Je ne suis pas certaine de comprendre pourquoi Mr. Tice estime que nous méritons ses largesses… – Elle a jeté un coup d'œil à la série de portraits de ses prédécesseurs, comme s'ils détenaient la clé de l'énigme. – Mais le fait est que les écoles telles que la nôtre ne sont pas précisément submergées par les donations, de nos jours.

— Qu'est-ce qu'il voulait savoir à mon propos, Claire ?

— Deux choses. Premièrement, votre relation avec ce pauvre Kellen Zant, et…

— Nous n'en avions aucune, a coupé Julia trop vite.

— … et deuxièmement, quel genre de personne vous êtes. Votre intégrité, si vous aviez le courage de vos opinions, si vous étiez prête à prendre des risques pour une grande cause. – Elle s'est levée et s'est mise à déambuler lentement dans le bureau caverneux que le vif soleil de novembre égayait à peine. – On aurait cru qu'il était là pour vous offrir une nouvelle carrière. C'est ce que j'ai pensé, en tout cas.

Arrêtée devant la fenêtre, la doyenne a rajusté sa coiffure en contemplant le paysage au-dehors, bien qu'il n'y ait rien de plus à voir que la morosité de Hudson Street en hiver et, sur le côté, la laideur opulente de la tour Hilliman qui, du haut de sa modernité tapageuse, regardait avec condescendance la ringardise superstitieuse du bâtiment Kepler, la première symbolisant un univers où la vérité est mesurable mais finie, le second se vouant à une vérité éternelle mais incommensurable.

— Je n'ai eu que des louanges à votre égard, bien entendu, a continué Claire. Je lui ai dit que notre institut avait toujours été fier de vous compter parmi nos diplômés, et que nous étions enchantés que vous soyez venue travailler avec nous il y a trois ans et demi.

— Merci, a soufflé Julia, qui en réalité n'avait jamais terminé son doctorat à Kepler.

— Il m'a demandé aussi si vous teniez le coup. Il parlait du choc d'avoir découvert le corps de Kellen. Je lui ai répondu que cela avait sûrement été une expérience terrible, mais que vous résistiez exceptionnellement bien à la tension. – Elle s'est détournée de la fenêtre, bras croisés. – Et c'est vrai, vous le savez. C'est l'une de vos multiples et merveilleuses qualités, Julia. Rien ne peut vous déstabiliser. Quoi qu'il puisse vous arriver dans la vie, vous continuez à vous réjouir de la création divine.

L'objet de ces dithyrambes a baissé la tête. Même dans la bouche de Claire, tout cela sonnait un peu excessif. La minute de vérité allait suivre. Julia s'est mise à se mordiller la lèvre inférieure, un tic nerveux que Mona avait jadis tenté de contrer, sans succès, en la badigeonnant de teinture d'iode.

— Vous êtes avec nous depuis plus de trois ans, a repris la doyenne. Les élèves vous adulent, le corps enseignant vous respecte. Vous n'avez que des amis, d'après ce que je vois. J'imagine que vous arriveriez à vous entendre même avec Mr. Tice, aussi déplaisant soit-il. Il veut vous rencontrer, Julia. – Au ton confidentiel qu'elle avait pris, cela ressemblait à un rendez-vous galant. – C'est certainement quelqu'un très imbu de lui-même, très intéressé aussi, et il n'a pas son pareil pour vous soûler de paroles, mais puisque vous pouvez supporter Boris Gibbs, ma chère, vous pouvez supporter n'importe qui.

— De quoi veut-il me parler ?

— De Kellen Zant, je suppose. Il m'a dit que le défunt et lui se connaissaient. Ils ont travaillé à un projet ensemble mais ils n'ont pas eu l'occasion d'achever leurs recherches. J'ai eu nettement l'impression que Mr. Tice voudrait vous proposer de prendre la place de Kellen.

— Oh, Claire ! Non, non, c'est impossible !

La doyenne a levé une main apaisante.

— Loin de moi l'intention de vous forcer à quoi que ce soit, Julia. Mais réfléchissez, s'il vous plaît. Mr. Tice est un important bienfaiteur de notre institut, dont vous êtes… l'une des dirigeantes. Vous pouvez lui parler, rien de plus. Ou refuser. C'est entièrement votre choix.

Son ton, pourtant, suggérait tout le contraire.

— Je vais y penser, a promis Julia.

Elle était redevable à Claire, ce que ni l'une ni l'autre n'oubliait. Dans les mois éprouvants qui avaient suivi son éviction de la fonction publique, Julia avait vu la doyenne lui tendre la main. Elle n'avait jamais bien compris pourquoi, sinon que, dans ses discours, Claire aimait présenter Kepler comme un modèle de diversité.

— Le moment vraiment étrange de cette conversation est arrivé à la fin, a conclu la doyenne. Il m'a demandé si vous vous acquittiez de vos fonctions de manière satisfaisante. Plus encore, lui ai-je dit :

merveilleusement. Et c'est vrai, Julia. Votre bureau est le plus efficace, le mieux tenu de tout l'établissement. Vous le savez bien. Mais là, il m'a dit qu'il aimerait pouvoir y jeter un coup d'œil. À votre bureau ! C'est alors que j'ai dû lui déclarer que, aussi reconnaissants que nous lui soyons de son soutien, il y avait tout de même des limites à…

Julia n'a pas entendu le reste. Elle s'était déjà précipitée dans le couloir.

III

— Tu es certaine qu'il ne manque rien ? a demandé Lemaster, bouillant de fureur.

— Pas à ma connaissance.

— C'est incroyable. C'est impensable !

— J'ai du mal à y croire moi-même.

Ils étaient dans le studio de Lemaster, construction d'un étage reliée à la maison par un passage couvert. À l'exception de l'espace consacré à quelques photos de famille et d'une succession de fenêtres donnant au sud, chaque pouce de mur était couvert de livres. Au temps où il faisait la cour à Julia, il lui avait confié que son rêve était de vivre dans une bibliothèque ; il y était presque parvenu.

— Je le connais, ce Tice. Je l'ai croisé à quelques réunions de l'Association du Barreau. La moitié de sa clientèle est composée d'ordures. Mafieux, terroristes convaincus, meurtriers ultraviolents… Sérieusement ! D'accord, d'accord, chacun a le droit d'être représenté légalement mais quand je vois qu'un seul zigue représente presque toute cette engeance, je me méfie.

Anthony Tice. « Tony la Trifouille », on l'a surnommé… – Grand soupir préoccupé. – Non que ce soit un mauvais avocat. Il est plutôt bon, mais il n'a aucun sens moral. Aucun. Et il n'a aucune indépendance d'esprit. Il ne traverserait même pas la rue s'il n'était pas payé par un client pour le faire. Donc, cette histoire d'aller voir ton bureau, c'est forcément parce que quelqu'un l'en a chargé.

Julia a avalé une petite gorgée. Ils avaient ouvert un blanc de la vallée de Napa qui se donnait des airs de grand vin.

— Quelqu'un comme qui ?

— Je n'en ai aucune idée. Mais le toupet de ce type, Jul' ! Venir sur mon campus, essayer de persuader l'une de mes subordonnés de lui ouvrir le bureau de ma femme ! – Il s'est mis à faire les cent pas. – Enfin, d'accord. C'est assez inimaginable mais il n'a pas violé le code déontologique de sa profession, ni la loi. Les avocats ont plein de latitude quand ils… Peu importe ! Il ne va pas s'en tirer comme ça, je te l'assure.

Mon campus, a-t-elle répété dans sa tête. *Mes* subordonnés. *Ma* femme.

— Tu viens de dire qu'il n'a commis aucune infraction.

— Et j'ai dit « peu importe ».

— Vraiment ?

Il a pilé sur place, et Julia a dû dissimuler un sourire. Quand Lemaster commençait à aller et venir ainsi, il lui faisait toujours penser à un gamin trépignant, à cause de sa petite taille.

— Les règlements en usage ne sont pas toujours l'instrument de mesure adéquat de ce qui est juste et de ce qui ne l'est pas, a-t-il déclaré d'un ton sentencieux.

— Qu'est-ce que tu projettes, alors ?

— M'assurer que ça ne se reproduira plus. – Il paraissait pressé de reprendre son travail, à présent, et Julia a eu l'impression d'être un plaideur reçu en audience royale. C'était souvent ce qu'elle ressentait, devant lui, et souvent ce qu'elle était. – Attends, Jul' ! Encore un point.

— Oui ?

— Est-ce que tu as une idée de ce qu'il voulait voir, dans ton bureau ? De ce qu'il cherchait ?

— Non.

— Le « dossier Vanessa » ?

Il faisait référence au classeur d'articles de presse et de rapports médicaux concernant les frasques de leur fille qu'elle conservait dans son bureau du bâtiment Kepler avec la conviction arbitraire qu'il y serait plus en sécurité qu'à la maison.

— Je ne sais pas. Je ne pense pas que Claire soit même au courant qu'il existe.

— Mais peut-être que Tony, si. – Il a caressé son bouc grisonnant. – Bon, encore une fois, peu importe. Je suis désolé que tu aies eu à subir tout ça, Jul'. À partir de maintenant, je m'en charge.

Julia a hésité. Au cours de leurs vingt ans de mariage, Lemaster s'était engagé à se « charger » de tous les problèmes qui pouvaient survenir, et sauf exceptions il avait tenu sa promesse. Elle s'est demandé si elle n'avait pas franchi la ligne à partir de laquelle la confiance devient de la dépendance.

— Merci, chéri.

De nouveau penché sur son ordinateur portable, il s'est contenté d'un sourire distrait.

Julia a repris le passage couvert qui conduisait à la maison. Peut-être que Tice avait voulu débusquer le « dossier Vanessa », après tout. Peut-être agissait-il pour le compte de quelqu'un se disposant à les traîner en justice à cause de quelque délit, encore inconnu d'eux, que leur adolescente de fille aurait commis. Mais elle avait aussi une autre explication, qu'elle n'était pas encore prête à partager avec son époux. Mary Malard avait supposé, à tort, que Kellen avait eu le temps de confier son « surplus » à Julia avant sa mort. Il n'y avait absolument aucune raison d'estimer qu'elle ait été la seule à penser ainsi.

8

Main Street

I

Le lendemain après-midi, soit deux jours avant Thanksgiving, Julia s'est glissée hors du magasin Cookie's comme une voleuse, chargée de diverses sucreries qu'elle se proposait d'offrir à des amies et des collègues pour la fête mais aussi, tout au fond du sac, d'une boîte de truffes au cappuccino destinée à sa consommation personnelle même si elles compromettaient gravement son régime. Quand elle se trouvait dans le royaume de Vera, elle avait tendance à identifier ses connaissances à leurs goûts : Tonya Montez, des Coccinelles, était caramel à la cacahuète, Iris Feynman, qui occupait le bureau face au sien, fondant à la vanille, et l'économe Boris Gibbs, qui dépensait son argent en friandises plus abordables au minimarché CVS et appréciait toute opportunité de se gaver à l'œil, cerises confites enrobées d'un chocolat onctueux et coulant.

Dans la rue principale du village, la journée était claire quoique lugubre. Des stalactites de glace pendaient aux devantures des magasins, aux branches des arbres et aux compteurs de parking. Julia n'a reconnu quasiment aucun passant mais à vrai dire elle ne les regardait pas pour de bon, distraite par ses pensées et une sourde inquiétude. Jeannie trottinait à côté d'elle, satisfaite, son petit visage caché par la capuche doublée de fourrure de sa coûteuse parka tandis qu'elle glissait délicatement des Jelly Belly dans sa bouche. Elle était toujours satisfaite, toujours contente, Jeannie. Contrairement à ses frères, elle semblait voir dans les faiblesses de sa sœur aînée un moyen de faire étalage de ses points forts. La cape de princesse du Clan qui, à la suite de Mona dans les années cinquante à Harlem, avait ceint les épaules de Julia, avait commencé à glisser de celles de Vanessa bien avant l'incendie, et Jeannie pensait visiblement qu'elle lui revenait de droit.

Dans ses pires moments de détresse, Julia contemplait avec perplexité ses quatre enfants et ne voyait dans leurs yeux que le reflet de l'échec maternel.

— Dépêche-toi, ma jolie.

— Pourquoi ?

Un autre Jelly Belly a disparu sous la capuche.

— Parce qu'il est presque cinq heures.

— Et alors ?

— Et alors, il faut que nous passions voir Mr. Carrington avant qu'il ferme.

— Pourquoi ?

Du pur Jeannie : sans être ouvertement rebelle et sans s'emporter, elle réclamait toujours des raisons. Mais Julia n'était pas prête à expliquer à sa fille cadette qu'au cours de l'un de ses monologues empoisonnés, Vera Brightwood avait laissé échapper qu'elle avait vu l'ancien amant de maman à Tyler's Landing trois jours avant sa mort, alors qu'il entrait dans la boutique d'antiquités de l'autre côté de la rue. Et qu'il y était resté une heure.

II

Aux yeux de Julia, Frank Carrington était l'archétype du citoyen de Tyler's Landing : blanc, solide et né sur place. Dans sa vie, il avait exercé à peu près toutes les fonctions locales, d'agent de la circulation à chauffeur d'autobus scolaire en passant par barman, puis il avait découvert qu'il avait un goût sûr en antiquités, ou du moins un vrai talent pour rouler les touristes, et il avait ouvert Old Landing. Le village se trouvait à près de vingt kilomètres d'Elm Harbor et grâce à la sagesse – ou au conservatisme – de ses édiles, il n'avait pas encore été entièrement colonisé par les jeunes couples aisés travaillant en ville, contrairement aux autres petites agglomérations de la côte. Le Landing fourmillait donc de villageois tels que Frank Carrington qui n'avaient que mépris et ressentiment envers les gens de l'université venant s'installer ici pour faire monter les prix de l'immobilier et élire des Démocrates au conseil municipal, mais d'un autre côté convoitaient les espèces sonnantes et trébuchantes que ceux-ci apportaient avec eux.

— Oui, et donc ? a fait Carrington lorsque Julia lui a posé la question qui lui brûlait les lèvres.

— Il est bien venu chez vous ?

— Je suis un commerçant, a rétorqué l'antiquaire avec hauteur, et le ton monocorde du vrai Yankee. –

Pâle comme la lumière d'hiver, longiligne comme peuvent l'être les habitants de la Nouvelle-Angleterre, ses cheveux couleur de porto étaient coiffés dans un style que l'on aurait attendu chez quelqu'un de plus jeune. Son magasin sombre et étroit était bondé de vieilleries, dont une bonne moitié restait plongée dans l'obscurité. – J'accueille tous ceux qui franchissent cette porte. Certains de mes confrères par ici n'aiment pas les, euh… minorités. Je ne suis pas comme eux. Vous savez que je suis toujours content de vous voir, vous et vos gens.

Oui, elle savait, parce que c'était ce qu'il lui disait chaque fois qu'elle passait faire quelques petits achats et même, de temps à autre, un grand.

— Nous avons besoin de plus de minorités, a-t-il déclaré sur le ton qu'il aurait eu pour suggérer la nécessité d'un feu de croisement sur Pleasant Road. De toutes les minorités, a-t-il précisé pieusement.

Occupée à examiner un chandelier, Julia n'a rien dit.

— Comment va Pres' ?

Comme tout le Landing, Frank était béat d'admiration devant le fils aîné de Julia. Quatre ans après que Preston en fut sorti avec les honneurs, et en avance, le lycée régional était encore sous le choc d'avoir découvert que son petit génie était noir. Et Lemaster aussi, la relation entre le père et le fils ayant été définitivement ruinée de part et d'autre par le constat que le plus jeune de la paire était également le plus intelligent.

— Il continue à rendre notre ville très fière, je parie, a continué Frank avec un sourire hésitant.

— Preston va bien.

— Le jeune Africain-Américain le plus doué qu'on ait jamais vu par ici, a-t-il édicté, ce qui se voulait un compliment. Bon, donnez-moi des nouvelles du reste de la famille.

— Qu'est-ce qu'il voulait, Frank ? a insisté Julia, refusant de se laisser distraire. – Elle a jeté un coup d'œil à Jeannie, qui était allée admirer la gare miniature en porcelaine dans la vitrine. Malgré l'écriteau recommandant aux clients de ne rien toucher, Julia s'attendait à tout moment à ce que sa fille s'empare d'une pièce et, très possiblement, la casse. – Kellen Zant. Quand il est venu ici. Qu'est-ce qu'il voulait ?

— Mais… pareil que tout le monde : acheter quelque chose.

— Il vous a acheté quelque chose ? Kellen ?

— Pourquoi pas ?

— Qu'est-ce que c'était ?

L'antiquaire a hésité un instant comme s'il calculait quelle somme il pourrait demander pour cette information. Grand mais voûté, on aurait dit sa taille trop élevée pour son ambition. Il ne cessait de regarder Jeannie par-dessus l'épaule de Julia. La petite fille venait de se mettre à genoux pour mieux observer la miniature en porcelaine.

— Vous vous souvenez de cette psyché XIXe que vous aviez vue il y a un mois ?

— Bien sûr.

Elle se rappelait aussi que Frank Carrington lui en avait réclamé mille huit cents dollars, ce qui était de la folie pure.

— Il l'a achetée.

— Qui ? Kellen ? Il a acheté ce miroir ? C'est impossible. Il ne connaissait rien de rien aux antiquités !

— Eh bien il l'a quand même acheté. – Frank s'est redressé, fort content de lui. – Et il a payé le prix qu'il fallait.

— Mais ça n'a pas de sens, voyons ! Qu'est-ce que Kellen aurait fait de ce vieux miroir ?

Ses yeux sont revenus sur Jeannie qui, comme sa mère s'y attendait, avait saisi la gare miniature, l'avait rapprochée de son visage et essayait de distinguer les détails à l'arrière. Les règles du magasin ne s'appliquaient qu'aux êtres moins parfaits qu'elle.

— Il a dit que c'était un cadeau.

— Un cadeau ? – Un frisson de jalousie instinctive est passé dans le dos de Julia. – Pour qui ?

— Pour vous.

Ne voulant pas que sa fille surprenne leur conversation, Julia a pris Frank par le bras pour l'entraîner dans un recoin encore plus sombre de la boutique.

— Ce n'est pas drôle, a-t-elle protesté à voix basse.

— Je ne plaisante pas, Julia. Il m'a demandé ce que vous aimiez et je le lui ai dit.

— Mais…

Elle s'est arrêtée, cherchant ses mots. Kellen et elle avaient jadis échangé de modestes cadeaux, certes, pour leurs anniversaires, par exemple, mais elle n'arrivait pas à l'imaginer déboursant près de deux mille dollars pour elle. Une femme mariée ! Comment aurait-elle pu expliquer la provenance de ce miroir à son mari ? Kellen avait certainement dû penser à ce problème, lui aussi, et d'ailleurs…

— … Mais il ne me l'a pas donné.

— Non, en effet. – Frank Carrington a frotté l'une contre l'autre ses mains spectrales comme s'il voulait les laver de toute responsabilité. – Je suis désolé. C'est juste qu'il m'a dit qu'il me téléphonerait pour les détails de la livraison et que… il ne l'a jamais fait.

— Vous voulez dire que…

— Il est toujours là, oui. Vous voulez y jeter un œil ?

III

Et c'est ainsi que Julia, avec l'espoir ténu que tout cela n'était qu'un rêve dont elle émergerait bientôt, s'est retrouvée devant le deuxième miroir que Kellen lui avait laissé.

— Vous comprendrez que je ne peux pas vous le donner, Julia, a annoncé Frank en retirant la housse. J'ai eu l'impression qu'il voulait vous en faire cadeau mais je n'en suis pas certain à cent pour cent, donc la psyché demeure sa propriété, en théorie. Partie de son héritage, je dirais.

— Je comprends, a-t-elle murmuré en faisant lentement le tour du haut cadre ovale.

Sans y penser, elle a noté les éraflures ici et là. Il n'était pas en bon état, non, mais elle aimait qu'il soit ancien. Depuis son enfance, elle avait développé toute une théorie sur ce qui rendait les glaces d'un autre temps différentes des autres pièces d'antiquité : en les regardant le temps qu'il fallait, on commençait à apercevoir les vagues contours de toutes les femmes qui, au fil des décennies, y avaient contemplé et admiré leur reflet. À Hanover, et plus encore chez Granny V. à Harlem, la petite Julia avait ainsi passé des heures devant ces plaques de verre au mercure, à attendre que l'histoire vienne lui rendre son regard. Cela ne s'était encore jamais produit mais elle imaginait toujours Mona derrière elle, Mona qui l'enjoignait de ne plus chercher avec tant de zèle ce qu'elle pensait lui être destiné de l'autre côté du miroir. De sa voix haut perchée où l'autosatisfaction se mêlait subtilement à l'autodérision, sa mère la mettait en garde, citant une remarque qu'elle attribuait à Granny V. : « Si tu restes devant ces reflets trop longtemps, tu finiras par en devenir un. »

— C'est un magnifique objet, non ? a chuchoté Frank d'un ton à la fois nerveux et pressant.

Elle a remarqué que ses mains s'étaient remises à trembler. Pourquoi ? Avait-il décidé de garder le miroir et de le vendre à un nouveau client ?

— Magnifique, oui.

Mais fort mal conservé. Quand elle a penché le cadre en avant, elle l'a senti osciller sur son support. Bien que nettoyée, la surface inégale distordait son image, presque comme dans une galerie de fête foraine. Plus elle l'examinait, plus la psyché lui rappelait quelque chose, sans qu'elle puisse dire quoi.

— Il y a un fleuron cassé, a-t-elle remarqué.

— Ébréché, seulement.

— Plus qu'ébréché.

Frank a ouvert les mains dans la gestuelle typique du vendeur déclinant toute responsabilité. Julia a scruté les jointures, les émerillons. Elle a essayé d'enlever une trace de colle séchée avec son ongle.

— Et Kellen a payé le prix demandé ?

— Mmm.

— Après que vous lui avez dit que je l'avais remarqué ?

— Mmm.

Elle a secoué la tête, entièrement perdue. La raison pour laquelle il avait voulu lui acheter un miroir antique en piètre état et à un prix excessif lui échappait. Et cependant elle avait reçu de Kellen deux glaces en une semaine, en comptant le Comyns que Seth lui avait rendu à Arkadelphia. Même quelqu'un d'aussi fantasque et impulsif que Kellen devait avoir un but précis en choisissant un double cadeau aussi énigmatique. Était-ce la rumeur que Boris Gibbs avait entendue ? Que Kellen s'était rendu au Landing afin de lui offrir une coûteuse pièce d'antiquité ? Mais pourquoi quiconque en aurait-il éprouvé de la colère à son encontre ? Avait-elle devant ses yeux le « surplus » dont Mary Malard avait parlé, celui dont Kellen avait dit qu'il lui revenait ? Elle a de nouveau touché le fleuron endommagé. Connaissant Kellen comme elle le connaissait, elle pressentait que ses intentions avaient été suspectes.

Il fallait qu'elle arrête d'y penser. Ce n'était plus son affaire. De son vivant, Kellen avait sans cesse essayé de la reprendre dans ses filets ; elle n'allait pas le laisser y parvenir alors qu'il n'était plus de ce monde. Pour la première fois depuis sa mort, l'hostilité qu'il lui inspirait a quelque peu estompé son chagrin.

— Et c'est tout ce qu'il a dit ? Que c'était un cadeau pour moi ?

— Non, ce n'est pas tout. – Frank s'était retiré dans la pénombre au point que sa voix semblait désincarnée. – Il a dit que vous alliez l'aimer parce que vous êtes passionnée d'histoire.

Comment ? L'histoire l'ennuyait, au contraire ! Elle avait répété au moins mille fois à Kellen que c'était l'avenir qui l'intéressait, non le passé, un crime que

Mona lui reprochait assez souvent. Et elle s'apprêtait à le dire encore à l'antiquaire, peut-être imprudemment, lorsqu'un bruit cristallin lui est parvenu de la devanture de la boutique.

Jeannie s'était remise debout et, avec de grands yeux innocents, les mains sagement croisées dans le dos, elle tournait gracieusement autour de la miniature en porcelaine qui gisait désormais en morceaux sur le sol.

— C'est pas moi ! a-t-elle proclamé candidement.

9

Énergie de surface

I

Astrid, la cousine au second degré de Lemaster, venait passer Thanksgiving avec eux. Flanquée de ses deux rejetons renfrognés, distants et lymphatiques, elle avait investi Hunter's Heights de son énergie aussi imprévisible que trépidante, et plongée en permanence dans un nuage de fumée de cigarette. Comme son cousin, Astrid Venable était petite, très sombre de peau, d'une beauté remarquable, et pourvue de la même intelligence hautaine. Ayant immigré tous deux durant leur adolescence, ils avaient été élevés par la même tante pleine d'ambition, eux et le frère cadet d'Astrid, Harrison, devenu un banquier d'investissement très en vue. Installée à Chicago, elle les avait inscrits dans une école catholique afin de mettre toutes les chances de leur côté.

Astrid appliquait ses exceptionnelles ressources intellectuelles à tout ce qui l'intéressait, en premier lieu son travail au Capitole et son implication enthousiaste dans la vie associative de l'obscure nation ; après avoir été vice-présidente nationale des Coccinelles, elle occupait désormais la fonction de secrétaire générale de l'un des clubs de femmes noires les plus fermés du pays, dont elle ne manquait jamais une convention ni une occasion de vous expliquer pourquoi vous auriez dû vous y rendre. Et elle ne pensait qu'à elle, constamment. Elle prenait ombrage si Lemaster ne répondait pas dans la minute à ses messages électroniques et ne se gênait pas pour téléphoner chez eux très tard, sachant que Julia serait encore debout, souvent dans le seul but de houspiller celle-ci pour qu'elle allume au plus vite la chaîne publique afin de ne pas rater un documentaire sur quelque sculpteur noir dont Julia entendait le nom pour la première et la dernière fois de sa vie, et si la femme de son cousin objectait qu'elle était occupée à autre chose, Astrid se plaçait aussitôt sur la défensive, sans déguiser son agacement.

Quant à ses enfants, ils étaient aussi snobs que sales, laissant à chaque visite vêtements, chaussures, jeux vidéo, bouteilles de Coca et autres miettes de gâteaux secs éparpillés à travers Hunter's Heights avec une négligence laissant entendre qu'ils se considéraient ici chez eux, ou du moins qu'ils attendaient que la nombreuse domesticité à laquelle ils avaient toujours été habitués par leur mère se charge d'effacer les traces de leur passage. Avant de partir à Washington, Astrid avait été avocate dans un cabinet de Wall Street, de sorte qu'elle avait plus d'argent de côté que son cousin, par ailleurs très à l'aise financièrement, n'en gagnerait en cinq ans. Alors que Lemaster évitait soigneusement de parler politique, Astrid n'avait que ce sujet en tête, en plus de ses associations, et elle était capable de prendre n'importe quel interlocuteur en grippe si ses opinions n'étaient pas servilement calquées sur les siennes. Dans son passé, et peut-être son avenir, il y avait plusieurs maris qui n'avaient pas toujours été les siens.

Bref, Lemaster considérait sa cousine comme une harpie égoïste doublée d'une mauvaise mère dont la progéniture, disait-il souvent à Julia, avait perdu toutes les vertus des gens des îles des Caraïbes, car il ne manquait jamais de revendiquer son héritage culturel, imaginaire ou pas, avec la fierté combative de l'éternel émigré. Quant à Julia, elle dissimulait tant bien que mal la peur panique que sa bruyante parente lui inspirait.

Arrivées le mercredi dans un tourbillon de baisers, d'accolades et de cadeaux de Noël échangés par sacs entiers, Astrid et sa famille ont été accueillis par un wok de légumes et tofu que Julia avait préparé en plus de la dinde traditionnelle de Thanksgiving puisque aucun d'eux ne consommait de viande ni de volaille, en tout cas pas en présence d'Astrid. Si cette dernière a annoncé que les enfants avaient apporté leurs devoirs de vacances avec eux, Julia a eu l'impression qu'ils étaient surtout accaparés par leurs Play-Station et le réglage de leurs ordinateurs portables sur le système sans-fil de la maison.

Le dîner de Thanksgiving a été à la fois bruyant et languissant, le niveau sonore étant assuré par les jappements incessants d'Astrid et par le nombre d'invités. En plus de Wendy Tollefson, une vieille amie du temps où elle enseignait dans le secondaire, Julia avait convié plusieurs collègues de l'université qui ne pouvaient passer la fête en famille. Mais le fait qu'aucun des deux fils de la maison ne soit présent rendait l'animation des Carlyle un peu forcée. Alors qu'Aaron avait été autorisé à aller célébrer Thanksgiving dans la famille de son riche camarade de chambre au Texas, Preston, dont le manque d'égards restait comme toujours entouré de mystère, s'était contenté d'informer ses parents par e-mail qu'il ne se joindrait pas à eux.

À la demande de Julia, Lemaster a prié Suzanne de Broglie, une enseignante de l'institut de théologie, de prononcer les actions de grâce et celle-ci a invoqué la bénédiction de « Dieu, notre Mère » pendant que le président de son université fusillait son épouse du regard. Suivant la tradition familiale, chaque convive a formulé un remerciement particulier après le dessert. Jeannie a remercié le Créateur de lui avoir donné ses merveilleux parents, sa merveilleuse sœur et ses merveilleux frères, ainsi que tous les autres êtres vivants, et ceux qui ne l'étaient plus. La prière de Vanessa a été inaudible de bout en bout. Son tour venu, Astrid a exprimé sa reconnaissance devant la déroute de l'ultime tentative de destruction de l'enseignement public menée par les forces réactionnaires, ajoutant que son plus fervent souhait était que Dieu démasque bientôt l'hypocrisie tartuffesque de la soi-disant « droite religieuse » américaine.

Eduard de Broglie, le père de Suzanne, également professeur de théologie, ayant été un fameux traditionaliste et l'un des grands héros de Lemaster, celui-ci était visiblement tenté de demander à sa fille ce qu'il aurait pensé de son invocation à peine le dîner achevé. Quelques années plus tôt, il l'aurait sans doute fait mais sa fonction de président l'appelait désormais à plus de réserve et il s'est résigné à attendre que la soirée soit finie pour exprimer son indignation à sa femme. Le problème, a-t-il déclaré à Julia alors qu'ils s'apprêtaient à se mettre au lit, vient de ce que les gens veulent un Dieu de poche, un Dieu étrique et transportable qu'ils exhibent lorsque cela peut servir leurs intérêts séculaires. Plus personne ne veut d'un Dieu qui nous instruise de ce que nous devons faire, a-t-il poursuivi ; maintenant, c'est nous qui disons à Dieu ce que nous voulons qu'Il nous ordonne, et tout ce qu'Il doit nous permettre. Nous voulons un Dieu encore plus petit que nous, toujours discipliné et prêt à Se plier à nos caprices. Comment s'étonner que plus personne n'aille à l'église, donc ? Qui se donnerait la peine d'adorer un Être aussi insignifiant ? Comme tout le reste de la famille, Julia avait entendu cette tirade des centaines de fois et elle a approuvé, car Lemaster n'aimait rien plus que l'approbation. Ensuite, allongée à ses côtés, elle a tenté d'imaginer ce que serait la vie avec un mari pourvu d'un certain sens de l'humour.

Le vendredi soir, Julia avait l'intention d'entraîner sa « belle-cousine », ainsi que les enfants avaient surnommé Astrid, à la réunion mensuelle des Coccinelles. Bien qu'habitant maintenant à Washington, celle-ci restait en effet membre de la célèbre section du comté de Westchester, devant laquelle toutes les autres s'inclinaient avec un mélange d'obséquiosité et de pure jalousie. Une fraction considérable de la richesse africaine-américaine de la métropole new-yorkaise était concentrée à Westchester, parmi laquelle le président d'une société listée dans le palmarès *Fortune 500* des grandes entreprises du pays, deux épouses de P-DG figurant sur la liste Fortune 100, deux personnalités de chaînes de télévision nationales, quatre femmes de sportifs multi-millionnaires attachés à la ville de New York, et bien sûr tous ceux et toutes celles qui, comme Astrid et pour reprendre une autre expression de Granny V., étaient « matériellement à l'aise ». Au grand étonnement de Julia, pourtant, la cousine de Lemaster a déclaré qu'elle était trop fatiguée pour sortir et elles ont donc entamé avec Vanessa une partie de bésigue à trois, le jeu de cartes favori du Clan à la grande période de Harlem. Puis elles ont picoré du pop-corn, regardé un vieux film et surtout attendu Lemaster, qui avait dû passer au dîner de départ à la retraite de l'avocat noir le plus âgé du barreau local. Avec son flair coutumier, Julia a eu l'intuition que c'était le désir de voir son cousin et non la fatigue – une preuve de faiblesse s'apparentant à un péché mortel, pour Astrid – qui avait retenu leur invitée à la maison.

— Est-ce que la presse a cessé de t'importuner, très chère ? a-t-elle soudain demandé à Julia, la troublant tellement que cette dernière s'est trompée de carte.

— Tu veux dire… à cause de ce qui est arrivé à Kellen ? – Petit rire tendu. – Au rythme où vont les informations, de nos jours, c'est déjà de l'histoire ancienne.

— Je me demande si c'est vrai.

— Si quoi est vrai ?

— Si c'est vraiment de l'histoire ancienne.

Elle semblait préoccupée et en manque de nicotine. Julia savait qu'elle n'allait pas tarder à s'excuser et à s'éclipser au jardin. Sentant son regard sur elle, Astrid s'est ébrouée :

— Moi, j'attends simplement la prochaine révélation. C'est comme ça que je gagne ma vie.

Pensant au miroir à pied, Julia a gardé le silence mais Vanessa, qui était en train d'additionner leurs points, a saisi une nuance qui avait échappé à sa mère et jeté un regard inquiet à Tante Astrid.

— Est-ce que le sénateur se demande sur quoi Kellen était en train de travailler ?

« Le sénateur » désignait l'employeur d'Astrid.

— Mais non, ma petite chérie, mais non ! Ne sois pas ridicule. Pourquoi poser une pareille question ?

Sans attendre la réponse de Vanessa, elle s'est levée pour aller faire ce fameux tour au jardin. Julia, tout autant intriguée, n'a pas eu le temps d'interroger sa fille ; celle-ci avait déjà trouvé refuge derrière son cellulaire pour recevoir un appel de « Casey-je-ne-sais-quoi ».

Plus tard, alors que Julia bavardait avec sa belle-cousine dans la chambre d'amis au sous-sol, dont les murs étaient décorés d'affiches de Broadway représentant des artistes de music-hall noirs, Astrid, reprenant une vieille critique, a dit qu'elle ne comprenait pas pourquoi son hôtesse n'écoutait jamais la musique authentique de la communauté africaine-américaine, désignant toutes ces chansons aux paroles violemment misogynes que Lemaster chérissait en secret. Vanessa est entrée en trombe. Elle voulait montrer à sa tante les photos que Seth Zant leur avait données après l'enterrement. Julia s'est sentie humiliée, elle qui avait cru les avoir bien cachées… Mais il était vain d'essayer de dissimuler quoi que ce soit à Vanessa, ainsi que ses parents le savaient depuis qu'elle avait été capable de localiser la cachette des cadeaux de Noël dans un placard verrouillé du bureau de Lemaster, et ce alors qu'elle marchait à peine.

— Ils formaient un couple super-sexy ! a décrété l'adolescente d'un ton triomphal.

Astrid a ouvert de grands yeux sur le cliché de Kellen et Julia.

— Ils… Quoi ? – Brusquement, Julia a eu une vision de son avenir. Les détails croustillants se répandant d'une section des Coccinelles à l'autre par la magie des commérages. Astrid lui a adressé un sourire intéressé. – Mais Lemaster ne m'en a jamais rien dit !

— Il… Il sait garder un secret, a bredouillé Julia, étonnée par son besoin impulsif de s'excuser.

— Je vois, a rétorqué Astrid avec dédain, comme si cette qualité de son cousin était encore un autre vice.

II

En dépit de la saison des fêtes, la visite d'Astrid n'était pas d'ordre familial mais intéressée, et son unique intérêt était désormais la politique. Elle faisait office de chef d'état-major pour le sénateur Malcolm Whisted, encore un vieil ami de Lemaster, leur relation remontant à leurs deux dernières années d'université, au temps où ils appartenaient au quatuor qui se partageait la « suite Hilliman », presque tout un étage de Hilliman Hall, la résidence universitaire, à ne pas confondre avec la tour des sciences sociales et une demi-douzaine d'autres bâtiments alentour, car la famille Hilliman était l'un des principaux bienfaiteurs du campus. En plus de la suite, qui revenait de droit à tout Hilliman faisant ses études ici selon un accord conclu avec l'administration à une époque reculée, l'étage comportait deux chambres bien plus modestes – elles avaient jadis été destinées aux domestiques – mais très convoitées par la population étudiante en raison de la proximité du prestigieux appartement.

Au temps de Lemaster, c'était à Jock Hilliman, un futur raider, que la suite était revenue et il avait scandalisé ses parents en invitant un garçon noir à partager sa spacieuse habitation. Jamais encore un homme de couleur n'avait franchi le seuil de la suite Hilliman, sinon un balai à la main, chuchotaient ses proches effarés. Il avait également convié à le rejoindre deux de ses meilleurs copains, alors surnommés Scrunchy et Mal', lesquels allaient devenir le premier président des États-Unis, le second un sénateur en vue qui s'apprêtait maintenant à concourir dans les primaires démocrates débutant d'ici trois mois dans l'Iowa et, si tout se passait conformément à son attente, à rivaliser avec Scrunchy à l'automne suivant pour la plus haute fonction politique du pays. Si la presse était déjà fascinée par la perspective de deux anciens camarades de campus s'affrontant aux présidentielles, la réalité était quelque peu différente, Jock, Scrunchy et Mal' n'étant pas restés en contact régulier au cours des années. Lemaster, pourtant, avait manifesté à nouveau ses dons exceptionnels de sociabilité en demeurant ami avec chaque élément du trio, et lorsque Jock était mort trois ans plus tôt – dans les bras d'une amante beaucoup plus jeune que lui, même si les nécrologies avaient évoqué une crise cardiaque alors qu'il était en visite chez des amis –, Lemaster avait prononcé un éloge funèbre tellement convaincant que même Scrunchy et Mal', tout politiciens à la peau dure qu'ils étaient, avaient réussi à verser quelques larmes pour les caméras.

Lemaster était celui qui avait aidé Astrid à obtenir le poste.

III

Astrid a passé la majeure partie du samedi après-midi enfermée avec son cousin dans le bureau de ce dernier. Comme ils parlaient assez fort, leur voix était très perceptible à tous ceux qui auraient descendu le passage couvert à pas de loup, puis collé l'oreille contre la lourde porte en bois dans l'antichambre, ainsi que Julia l'avait fait. Sans pouvoir distinguer leurs mots, elle avait compris, le soir précédent, grâce à certaines inflexions et attitudes, qu'Astrid était venue en demandeuse, pour une fois, et que son mari avait toutes les cartes en main. Mais elle ne pouvait s'attarder là, et pas seulement par crainte d'être surprise en train d'écouter aux portes : elle devait aller chercher les enfants au Multiplex où sa progéniture et celle d'Astrid étaient allées voir des films différents. Sur le trajet, dans l'Escapade désormais remis à neuf ou presque, elle a essayé de deviner ce que Lemaster et sa belle-cousine pouvaient avoir à discuter si chaudement.

Dans le cinéma, elle a trouvé Jeannie assise la mine grave sur un banc avec Odessa, la fille d'Astrid âgée de treize ans, qui venaient de voir le dernier Disney. Un peu plus loin, une canette de soda dans une main et son téléphone portable dans l'autre, Cedric, quinze ans et inhabituellement grand pour un Carlyle, tournait en rond comme un fou ; sa mère, l'esprit ailleurs, lui avait distraitement donné la permission de bluffer sur son âge pour un film classé R où il était question de vampires, de complot visant à la suprématie mondiale et de litres d'hémoglobine. Tous, ils attendaient Vanessa, encore accaparée par une comédie romantique dans une autre salle en compagnie de « Casey-je-ne-sais-quoi », et Julia s'est efforcée de ne pas penser à ce qu'ils pouvaient fabriquer dans le noir. C'était le film le plus court mais Casey était arrivé en retard, de toute évidence, et ils avaient décidé d'attraper la séance suivante. Sans penser aux autres, comme de bien entendu.

Jeannie s'est montrée intarissable sur le Disney, qu'elle avait adoré, tandis que la très snob Odessa prétendait l'avoir trouvé insignifiant et que cet échalas de Cedric était trop occupé à chuchoter dans son téléphone pour saluer sa tante. Ayant vérifié les horaires et constaté que le film de Vanessa ne se terminerait pas avant une heure dix, Julia a proposé aux enfants d'aller l'attendre au chinois de l'autre côté de la rue, puis de revenir la chercher. Alors qu'ils approuvaient bruyamment, elle a soudain remarqué Casey au fond du vestibule, serrant de près une fille que Vanessa aurait volontiers taxée de « blonde à deux balles », selon l'une de ses expressions, et qui malgré le froid de novembre était vêtue d'un minuscule bout de robe qui, au temps où Julia était jeune, aurait conduit à une interpellation pour outrage aux bonnes mœurs. Oubliant toutes les règles de la neutralité parentale tant elle se sentait furieuse pour sa fille, Julia a traversé le hall telle une fusée et tapé énergiquement sur l'épaule du poète impétrant. Comme d'habitude, elle a failli être désarçonnée par la candeur immaculée des yeux verts que Casey Wyatt a tournés sur elle.

— Mrs. Carlyle ! Hé, comment vous tenez le coup ? Ça a dû être un de ces chocs, non ? Vanessa a dit que ça l'avait été. – Déguisant sa curiosité, il a pris la blonde à deux balles par le coude pour des présentations des plus sommaires. – Hé, c'est la mère de Vanessa. Celle qui a trouvé le type mort, tu sais, le Noir…

La fille a grommelé quelque chose qui pouvait passer pour une formule de salutation.

— Donc, vous allez bien ? a repris Casey d'un ton qui suggérait moins la sympathie que l'affirmation de son statut de confident privilégié auprès de la famille dont tout le Landing parlait. Des boucles brunes enfantines se courbaient sur son front, lui donnant un air de Byron – c'était son côté poète qui avait attiré Vanessa, sans compter qu'il était son unique soupirant au lycée régional, où sur mille quatre cents élèves une vingtaine, au grand maximum, étaient noirs.

— Vanessa a dit que c'était un vrai gâchis, son crâne explosé et tout…

— Et où est-elle, Vanessa ? l'a coupé Julia. Qu'est-ce que vous faites ici, a-t-elle insisté en jetant un coup d'œil insistant à la blonde, puisque le film n'est pas terminé ?

— C'est pas ma faute, Mrs. Carlyle ! Elle a changé d'avis. Elle ne voulait pas voir le film, elle a dit qu'elle avait quelque chose d'autre à faire, et donc je suis tombé sur Melanie, vous voyez, qui est aussi au lycée, et je me suis dit que…

— Quoi d'autre, Casey ?

— Euh… pardon ?

— Qu'est-ce qu'elle avait « d'autre » à faire ? Où est ma fille, Casey ?

Il a vaguement désigné la direction du parking. Près d'eux, Jeannie ouvrait de grands yeux intéressés, comme chaque fois que l'éventualité que Vanessa ait fait une bêtise se présentait. Elle a pris la main de sa mère. Imitant le splendide isolement dans lequel s'était plongé son frère, Odessa avait elle aussi sorti son téléphone portable.

— Elle a dit qu'elle devait s'occuper de quelque chose. – Il avait l'air inquiet, maintenant. – Elle… Elle était très bizarre, en fait. J'ai essayé de l'arrêter, Mrs. Carlyle. Franchement.

— S'occuper de quoi ? Où est-elle allée ?

Casey a considéré la blonde à deux balles du coin de l'œil. Elle s'était reculée d'un pas et se rongeait les ongles.

— Elle fait toujours ça, a-t-il murmuré, tête baissée. À chaque fois qu'on est ensemble… – Malgré son irritation, Julia a capté la tristesse perplexe du garçon. Peut-être tenait-il vraiment à Vanessa ? – On va dîner, on va au ciné, on va n'importe où, tout se passe très bien et puis brusquement elle décampe. Et c'est toujours pour la même raison.

Son regard torturé a croisé celui de Julia et, l'espace d'un instant, ils ont partagé la culpabilité de se savoir incapables de contrôler, voire de comprendre, un être qu'ils aimaient tous deux.

— Gina a besoin d'elle. C'est toujours pour ça.

IV

Dans la palette des émotions de Julia, la panique n'avait jamais occupé une grande place. Les femmes de la famille Veazie étaient conçues pour planifier les vies, aplanir les difficultés ; elles étaient bien organisées, volontaires et juste un peu imprudentes parfois, quand elles préféraient l'erreur à l'inaction. Mona disait souvent que l'obscure nation n'avait pu survivre aux travers de ses hommes que grâce à la détermination et à l'énergie de ses femmes. Lorsque Julia s'était découverte enceinte quelques semaines seulement après avoir emménagé avec Lemaster, elle n'avait pas tergiversé ni sangloté, elle avait choisi de lui annoncer aussitôt la nouvelle avec la certitude que leur avenir dépendrait de sa réaction initiale : s'il avait suggéré un avortement, elle l'aurait giflé ; s'il avait rétorqué que c'était à elle de régler le problème, elle serait partie, non sans lui avoir enfoncé ses ongles dans les yeux avec l'espoir d'en rendre au moins un définitivement hors d'usage ; et quand il lui avait au contraire proposé le mariage, elle avait refusé tout de go, arguant qu'elle ne voulait pas le pousser à prendre cet engagement dans l'urgence. Lemaster avait assuré que sa proposition n'avait rien de précipité, qu'il y pensait depuis un moment mais que la timidité l'avait retenu de se déclarer, et Julia avait été sur le point de lui envoyer deux claques, là encore, parce que son amant était tout sauf timide. Les mains sur les hanches, elle l'avait défié abruptement de prouver sa sincérité. Il avait souri, et annoncé :

— Si c'est une fille, je voudrais l'appeler Amaretta.

Mais cela avait été un garçon et ils lui avaient donné le nom de Preston, celui du mari de Granny V., le seul grand-père connu de Julia.

Là, avec la même capacité de planification, elle n'a cherché à appeler ni son mari ni la police. Elle a composé le numéro du portable de Vanessa. Messagerie.

Réfléchir. Calculer. Agir.

Gina. Chaque fois que sa fille disparaissait dans la nature, elle disait que c'était pour Gina.

Après avoir entassé les gosses dans l'Escalade et contraint les cousins à éteindre leurs cellulaires en dépit de leurs protestations, elle s'est mise à descendre lentement la Route 48, scrutant les galeries marchandes à moitié vides, les parcs industriels désertés et les parkings de concessionnaires automobiles inquiets qui semblent pousser comme des champignons autour des cinémas de banlieue, de nos jours. Au bout de quelques minutes, chacun s'est pris au jeu, mais alors que Cedric commençait à envisager à voix haute toutes les calamités qui auraient pu la frapper, Vanessa a rappelé.

— Je suis à la Société d'histoire. J'ai vu que tu m'avais appelée mais je n'ai pas le droit de me servir du téléphone en salle de lecture.

— Comment ? Où ?

— Je fais des recherches. J'ai eu une idée.

Une idée !

— Mais comment tu es allée là-bas ? C'est à six kilomètres du cinéma, ou huit !

— J'ai appelé un taxi.

— Vanessa, tu…

— Je sais, M'man, je sais. J'aurais dû te demander la permission. – Irritée mais patiente, telle une adulte qui a la vie dure. – Mais tu aurais dit non.

— Exactement !

— Eh bien, c'est pour ça que je n'ai rien dit. Je ne voulais pas t'entendre répondre non. Si tu veux me punir, M'man, il n'y a pas de problème. – À l'entendre, on aurait cru que les parents punissent leurs enfants d'abord pour leur satisfaction personnelle, ce qui est en effet souvent le cas. – J'ai trouvé ce que je cherchais.

— Et c'était ?

— Je te raconterai plus tard. Ils vont bientôt fermer. Tu veux venir me prendre, ou pas ?

Julia a réorganisé son programme en conséquence, allant d'abord chercher Vanessa et gardant ses récriminations pour une explication en tête à tête dans la soirée. Elle avait prévu d'emmener sa fille se choisir une robe au centre commercial en prévision du « Grand Cotillon orange et blanc », l'événement mondain qui réunissait la branche de Nouvelle-Angleterre du Clan chaque année après Noël, mais Vanessa ne voulait pas y aller. C'était peut-être même la véritable raison de son départ impromptu : tout, plutôt que faire du shopping avec sa mère.

V

De retour à la maison, Vanessa avait des devoirs à terminer, Jeannie s'est absorbée dans la rédaction d'un poème à propos d'un chat envoyé sur la lune et les enfants d'Astrid se sont éclipsés au sous-sol faire on ne savait quoi. Lemaster était sorti, d'abord pour un dîner d'universitaires puis à une petite réception que le maire d'Elm Harbor offrait à un cercle d'amis proches. En réalité, Lemaster ne pouvait pas souffrir ce Shea, un homme politique impeccablement corrompu qu'il ne tolérait que parce que c'était là une autre obligation de son travail. Plus tard, Julia s'est rendue au supermarché en prenant Vanessa avec elle. L'adolescente a écouté son sermon tant attendu dans un silence buté, le visage tourné vers la vitre. Lorsque Julia s'est tue, épuisée, elle a eu sa réponse habituelle :

— Tu ne comprends pas.

Le couple n'a pu passer un moment en tête à tête que dans la nuit, au lit devant une partie de basket retransmise de la côte Ouest. Lemaster était encore hérissé par sa discussion avec Astrid.

— Tu sais quel est le gros problème d'Astrid ? a-t-il demandé à sa femme qui somnolait déjà, la tête sur la ferme épaule de son mari.

— Mmm…

— C'est le genre de personne qui pense qu'une élection est ce qu'il y a de plus important au monde.

— Mmm… Peut-être qu'elle a raison, cette fois.

— Non, ni cette fois ni une autre. – Il a déposé un baiser distrait sur le front de Julia, excluant d'avance toute possibilité d'erreur car, bien que nettement moins cassant que sa cousine, Lemaster était tout aussi certain d'être dans le vrai qu'elle. Il a cité l'une de ses maximes préférées. – Gagner n'est pas une vertu.

Julia a attendu mais il est apparu qu'après l'avoir à peine abordé son mari avait décidé de clore ce sujet. Comme chaque fois qu'elle se sentait exclue, elle a eu un élan de mauvaise humeur et, à la suite d'une série de spots publicitaires et d'une tentative infructueuse de réveiller l'instinct amoureux de Lemaster, elle a fini par lui narrer la nouvelle fugue de Vanessa en relativisant les manières cavalières de l'adolescente et en amplifiant le rôle de « Casey-je-ne-sais-quoi », histoire de lui donner quelqu'un à blâmer. Il l'a écoutée attentivement avant de se mettre à zapper entre les chaînes, s'arrêtant sur Book TV où un célèbre romancier expliquait pourquoi les auteurs masculins ne devraient jamais essayer de s'exprimer à travers des personnages féminins. Julia connaissait trop bien son mari pour interrompre ses méditations : Lemaster était de ces généraux qui ne font jamais feu avant d'avoir la certitude qu'ils vont réduire leur adversaire en miettes.

— Brady est un crétin, a-t-il enfin décrété. Un imbécile patenté. Comment aurais-je pu prévoir ? Le chef du département de psychiatrie des adolescents à l'école de médecine ! – Il répondait ainsi à une objection que Julia ne se rappelait pas avoir soulevée. – Tout le monde l'encense et lui, qu'est-ce qu'il fait ? Il pérore sur la nécessité de « respecter la voix intérieure » de Vanessa et de… Comment il dit ça, déjà ?

— La laisser exercer son libre arbitre.

Julia a frissonné dans la chambre étouffante car Lemaster, tropical jusqu'à la provocation, en particulier dans le contexte glacial de Nouvelle-Angleterre, tenait à monter le chauffage au maximum sans jamais demander l'avis de sa femme. Les mois éprouvants qui avaient suivi l'interpellation de Vanessa lui revenaient en mémoire, ce sinistre ballet d'avocats, de psychiatres, de travailleurs sociaux, de juges, de psychothérapeutes, d'entretiens, de délibérations, jusqu'à ce qu'elle en vienne à être tellement étourdie qu'elle ne se souvenait plus qui, de la mère ou de la fille, avait perdu la tête. Cela avait été une époque où, bien que ne voulant pas l'admettre, elle avait été soulagée d'avoir trois autres enfants normaux, même si l'attention exigée par

Vanessa les privait désormais de la majeure partie de sa dévotion maternelle. Sans soupçonner l'inconfort grandissant de sa femme, Lemaster s'est à nouveau concentré sur la télévision.

— Il dit qu'elle a besoin de l'espace suffisant pour devenir un agent actif indépendant.

— Voilà ! Notre fille tente de se suicider et Brady répond qu'elle a besoin de plus d'espace. Quel abruti… – Bien qu'il n'ait pas élevé la voix, Julia a perçu les reproches sous-jacents que Lemaster se faisait à lui-même. Il ne commettait que rarement des erreurs, son cher Lemmie, mais dans ces cas-là il se détestait intensément. – On devrait lui interdire d'exercer, a-t-il grommelé et Julia, sachant que son mari connaissait tous ceux en mesure de tirer de telles ficelles, s'est demandé s'il considérait sérieusement de tenter une intervention en ce sens.

— Qu'est-ce que tu proposes ? Consulter quelqu'un d'autre ?

— Je ne sais pas. Peut-être. – Irrité par sa propre indécision, il s'est remis à zapper, évitant les bulletins d'informations à la recherche d'une vérité plus fiable. – Je parie que Vanessa l'aime bien, maintenant. À force de l'entendre vanter son libre arbitre. Elle l'a encore bien exercé aujourd'hui, non ?

Julia admirait son mari, certes, mais elle était parfois tentée de le gifler. Avait-il aussi peu conscience de la plus grave crise jamais survenue sous son toit ?

— Allons, Lemmie, elle ne peut pas le souffrir ! Elle voulait une femme.

Mais les hommes de La Barbade ont du mal à reculer, même quand ils doivent se retrouver en contradiction avec leurs certitudes afin de conserver de l'avance.

— Peut-être que c'est la preuve qu'il fait du bon travail, après tout. Qu'elle ne l'aime pas, je veux dire. C'est excessif, cette dictature permanente de ce que les gens « aiment », ou « préfèrent », ou « ressentent ». – Comme souvent, Lemaster semblait maintenant s'adresser à tout un auditoire. – Je n'attends pas que Vanessa « aime » son psychiatre. En ce qui me concerne, elle peut lui vouer une haine absolue, tant que son influence sur elle est positive. Mais c'est justement ce que je ne sais pas, Jul', ce que *nous* ne savons pas : s'il est en train de l'aider ou pas. – Il a émis un son qui ressemblait à un féroce grognement. – Et Gina, encore ! Gina ! On avait bien besoin de ça. Chaque fois qu'elle s'enfuit, c'est pareil. Parce que Gina le voulait. Va savoir ce qu'elle doit raconter à ses amies. – Il voulait dire : ce que ses amies devaient raconter à leurs parents. – Ou ce qu'elle écrit sur son blog.

— Elle ne parle jamais de Gina, sur son blog.

— C'est ça. Parce que Gina le lui a interdit. – Il a soupiré. À son grand soulagement, Julia l'a senti se détendre dans ses bras. – Enfin, j'imagine que personne ne peut être idiot sur toute la ligne. Brady pense que nous ne devons plus tolérer toute cette histoire de Gina. Jusqu'ici, je n'étais pas certain qu'il avait raison mais maintenant je crois que oui.

Julia a été prise à contre-pied. Lemaster venait d'éviter toutes les questions plus embarrassantes qu'elle s'attendait à le voir poser à propos de la disparition momentanée de Vanessa et de l'éventuelle complicité de « Casey-je-ne-sais-quoi » pour bondir sur un terrain qu'elle désirait éviter à tout prix.

— La conclusion est simple, a-t-il continué : il ne faut plus qu'elle continue à perdre son temps en se demandant ce qui a pu arriver à Gina. C'est terminé. Brady peut continuer à chercher et à chercher la racine de cette obsession, lui, mais il veut que nous en détournions Vanessa. Il a été très clair, à ce sujet, alors c'est à nous de faire comprendre clairement à notre fille que nous sommes d'accord avec lui. – Sans laisser à sa femme la chance d'exprimer la moindre opinion, il s'est hâté d'ajouter : – Et tu sais quoi ? C'est un fait que Vanessa allait mieux, beaucoup mieux. En tout cas jusqu'à… eh bien, jusqu'à des événements récents.

Parlait-il du meurtre de Kellen ? De la visite d'Astrid ? Ou essayait-il, avait-il l'audace d'essayer d'accuser à mots couverts Julia d'avoir amené d'une manière ou d'une autre leur fille à reprendre ses divagations à propos de Gina ?

— Son état continue à s'améliorer, a-t-elle contré.

— On verra.

— On verra quoi ? a-t-elle insisté, réunissant toutes ses forces en se demandant à nouveau – oh, comme elle détestait ces moments ! – si son mari l'aimait un peu, même juste un peu, ou s'il considérait leur union, à l'instar de presque tout dans sa vie, à travers le prisme enlaidissant du devoir.

— On verra, a-t-il répété lentement, si elle renonce encore une fois à son obsession.

— À t'entendre, c'est comme si elle avait le pouvoir de choisir !

— Je crois qu'elle l'a, oui. Jusqu'à ce que tel ou tel événement l'attire à nouveau sur la mauvaise pente.

C'était exactement comme l'énergie de surface, s'est dit Julia qui restait au fond d'elle-même l'enseignante de biologie toujours à la recherche d'analogies afin de rendre la science plus accessible à des lycéens. Sa fureur rentrée était l'air pris à l'intérieur d'une bulle et poussant éperdument contre la membrane fragile de la maîtrise de soi, laquelle arrivait à contenir l'expansion du gaz jusqu'à ce qu'elle finisse par éclater. Et à ce moment, tout sortirait d'un coup. Aux abois, prête à lui hurler ses quatre vérités, elle s'est raidie contre le corps étroit de Lemaster. Percevant qu'il était allé trop loin, celui-ci a adopté un ton rassurant :

— Oh, et puis peu importe ! C'est terminé. Vanessa est tirée d'affaire. C'est ce qui compte, rien d'autre. Bon, elle a fait un petit écart, et alors ? Les pur-sang en font toujours, non ? C'est une fille bien, essentiellement. Elle n'a rien commis d'irréparable. – On aurait cru qu'il était en train de se convaincre de surmonter ses pires instincts. – Peut-être que Brady n'a pas été une catastrophe intégrale. Et quant à « Casey-je-ne-sais-quoi », rien ne sert de rejeter la faute sur lui. Il est ce qu'il est. Un petit Blanc gâté-pourri.

— Vanessa est moins renfermée, au moins, a risqué Julia sans illusion, maintenant que Lemaster avait achevé de juger tout le monde.

— Oui. – Le ton était froid, métallique. – Certainement.

Il a repris la télécommande. Un film d'action, à présent, dont le héros était le seul à connaître la vérité et devait abattre, sans scrupules apparents, tous ceux qui se mettaient sur son chemin. Ils l'ont regardé recharger son arme et se remettre à tirer en tous sens. Incorrigiblement rationnelle, Julia s'est demandé comment il arrivait encore à se mouvoir, avec toutes ces munitions sur lui.

— Lemmie ?

— Mmm ?

— Ce soir, pendant que nous t'attendions… – Elle a hésité, peu désireuse de prononcer le nom de sa fille alors que l'orage venait de passer. – … Je me posais la question de ce qu'Astrid pouvait vouloir, et si elle…

— Astrid veut de la boue, a-t-il coupé, sa voix toujours glaciale. Le président et moi avons été camarades de chambre, nous sommes des amis de longue date et donc elle se figure que je dois connaître tous ses petits secrets. Je lui ai dit que Mal' était avec nous au temps de la suite Hilliman, lui aussi, et que si elle voulait de la boue elle n'avait qu'à s'adresser à lui. Elle a répondu que le sénateur était quelqu'un de trop bien pour ça, et tout un boniment, mais j'ai l'impression qu'il ne sait rien et que ça la rend folle… – Une pause. – En plus, Jock est mort et, avec l'esprit qu'elle a, Astrid prétend que c'est une preuve qu'il y a du linge sale quelque part. Jock est mort d'une crise cardiaque, dans le lit de sa maîtresse, donc Astrid pense que la bonne femme en question était dans le coup.

Il a fallu un moment à Julia pour se rendre compte qu'il avait terminé.

— Mais… Est-ce qu'il y en a ? Des petits secrets ?

— Je ne peux parler de ça, Jul'.

— Je sais, je sais… Mais même si tu ne peux pas me dire de quoi il s'agissait, tu pourrais… hmm… C'est juste que… J'ai eu une idée, comme ça, que ça pourrait avoir un rapport avec la mort de Kellen.

Nouvelle interruption du jeu, pendant laquelle son mari a conféré avec l'étrange petit arbitre qui habitait son crâne.

— Cette vieille Astrid, toujours la même. Elle ne fait que ce qu'elle veut, et que le diable emporte le reste ! – Il a bâillé ostensiblement. – Quand elle est lancée dans l'une de ses croisades, il n'y a pas moyen de la ramener à la raison. Mais ne t'inquiète pas, je vais appeler Mal'. Il faudra qu'il dise à Astrid d'arrêter ses manigances.

Ne t'inquiète pas ?

— Et il le fera ? Juste parce que tu le lui demandes ?

— Bien sûr.

Encore une difficulté surmontée comme par magie, à la manière Lemaster. Il lui a donné un bref baiser, a éteint le téléviseur, roulé sur son côté du lit et fermé les yeux. Il n'avait pas répondu à la question de Julia à propos de Kellen.

10

Promenade sur la plage

I

Le lendemain matin, Lemaster a emmené Vanessa et Jeannie à l'eucharistie de onze heures à Saint-Matthias, une congrégation dont le nom seul proclamait la volonté de rigorisme traditionaliste qui l'avait conduite quelques années plus tôt à faire sécession de l'Église épiscopalienne. Alors que les enfants d'Astrid faisaient la grasse matinée, Julia et Astrid sont allées bruncher au Landing Club, le coûteux cénacle des nantis de la ville que les Carlyle avaient été finalement conviés à intégrer une fois que Lemmie avait eu un poste à la Maison Blanche. Avec son humour grinçant, Kellen avait affirmé que les dignes membres du club spéculaient sur le fait que la famille suivrait Lemaster à Washington, de sorte qu'ils n'auraient jamais l'occasion de profiter de ce privilège, et c'était peut-être la vérité.

— Il faut que tu fasses comprendre à ton mari qu'il a une vue trop étriquée des choses, a proclamé Astrid.

On ne peut pas vivre dans une tour d'ivoire, sans prendre parti. Les problèmes auxquels nous nous confrontons sont trop cruciaux. Les gens de son calibre, et du tien, n'ont pas le droit de s'abstenir.

— S'abstenir de quoi ?

Astrid a remué distraitement ses céréales baignées de lait de soja. Quelques tranches de melon complétaient son repas, tandis que Julia avait à peine touché à ses œufs pochés accompagnés de saucisses par crainte que le regard laser de sa belle-cousine ne détecte les kilos en train de s'accumuler sur ses hanches.

— Le président des États-Unis a été le meilleur ami de Lemaster, dans le temps. Étudiant, il s'est retrouvé dans plein d'embrouilles. Jadis, on pouvait penser que le dossier universitaire d'un personnage public ne concernait personne d'autre que lui, mais cette époque est révolue, Julia. Les défis sont trop cruciaux. – C'était son leitmotiv et, en un sens, son idéologie. – Scrunchy… Quel surnom bizarre, entre parenthèses ! Je me demande comment il lui est venu. En frottant quoi ? Mais enfin, bien après la fac, Scrunchy a confié à ses amis qu'il en avait fait des vertes et des pas mûres, dans le temps. Peut-être qu'il voulait parler de se soûler trop souvent et de se réveiller parfois dans un lit qu'il ne connaissait pas, ou peut-être qu'il y avait pire. C'est ce que nous aimerions éclaircir. – « Nous », dans le jargon astridien, désignait les forces du bien et de la vérité. En tout cas, ses paroles confirmaient le récit de leur altercation que Lemaster avait fait à Julia. – Scrunchy se serait confié à mon cousin plus qu'à quiconque. Nous aimerions savoir ce qu'il a pu lui dire. Que ton mari défende si farouchement ces secrets laisse penser qu'ils valent la peine d'être connus.

— Ou gardés, a murmuré Julia en pensant à nouveau à Kellen.

Mais Astrid a feint de ne pas avoir entendu. Elle convoitait les secrets de Lemaster comme Mary Malard convoitait ceux de Julia. Brusquement, tout le monde avait l'air de croire que les Carlyle détenaient des informations privilégiées. Julia a repoussé l'image des deux miroirs que lui avait laissés Kellen. Non, décidément, il ne parviendrait pas à l'attirer encore une fois dans son univers. Même mort. Le serveur leur a demandé si ce serait tout.

— Notre pays vient de connaître des années terribles, Julia. Un retour au Moyen Âge, ni plus ni moins. Lemaster invoque tout le temps l'honneur, la loyauté, le sens de la parole donnée, mais on ne gagne pas la bataille contre le mal en se liant une main dans le dos.

— Oui ? M'est avis que l'hôte de la Maison Blanche approuverait entièrement tes paroles.

La bouche d'Astrid s'est crispée, son regard a fui. La réaction typique des zélotes lorsqu'ils estiment que l'on a tourné leur foi en dérision.

— Il n'y a pas de quoi rire, Julia.

— Oh, pardon !

— Je m'inquiète sérieusement à ton sujet, tu sais. Tu étais beaucoup plus politisée, à une époque.

— Je crois que tu me confonds avec ma mère.

Deux ou trois connaissances s'étant arrêtées à leur table pour la saluer, Julia a procédé aux présentations même s'il était évident que personne n'allait se souvenir des noms qu'elle prononçait. Il y a eu des ébauches de bises dans le vide, des tintements de collier, et elles ont continué leur chemin. Astrid les a regardées s'éloigner, puis :

— Elles ont peur que je vienne m'installer ici.

— Tiens ! Pourquoi ça ?

— Si les nôtres viennent vivre ici en trop grand nombre, elles se sentiront obligées de partir.

Julia a défendu Tyler's Landing avec une chaleur en partie due à sa stupéfaction.

— Les gens ne sont pas comme ça, ici !

— Les Blancs sont comme ça partout.

Probablement dans le but d'exhiber sa carte American Express Platine, Astrid a insisté pour payer mais Julia lui a expliqué que tout était porté sur leur compte permanent de membres, ce qui a conduit sa belle-cousine à proposer de s'acquitter de sa part en liquide, ce qu'elle a poliment refusé – elle ne voulait pas plus se sentir redevable envers Astrid que celle-ci n'avait visiblement envie de l'être envers elle.

Elles se sont arrêtées un moment sur le perron, obligeant les clients appartenant à la pâle nation à s'excuser auprès d'elles pour entrer, un jeu auquel Lemaster aimait jouer quand l'envie l'en prenait. À leur droite, le plus beau terrain de courses du comté moutonnait, blanc et lisse. L'avion d'Astrid devait, simple saut de puce jusqu'à un aéroport plus important, quitter Elm Harbor à quatre heures.

— Nous avons eu le même problème avec les Coccinelles, a dit Astrid comme si elle reprenait le fil d'une conversation passée, ce qui était effectivement le cas. Au congrès de Dallas… Tu n'es pas venue, n'est-ce pas ? À Dallas, donc, plusieurs d'entre nous ont présenté une résolution très critique de l'administration actuelle du pays et de son bilan. Sans préconiser une consigne de vote pour les élections, bien entendu, ce qui serait illégal dans le cas d'une organisation caritative comme la nôtre, mais en allant aussi loin que possible dans ce sens. Dire la vérité sur la situation du pays, en laissant les Coccinelles choisir pour qui elles voteraient. Et tu sais ce qui est arrivé ? La motion n'est même pas parvenue à la tribune ! Elles l'ont laissée mourir dans une vague sous-commission ! Et Laurel Saint-Jacques a fait tout un speech sur la tradition strictement apolitique de l'association ! Comme si c'était un argument, la tradition ! Et toutes les vieilles routières, celles qui ont toujours été là, de hocher la tête et d'applaudir… À part Aurelia Treene, l'écrivain, tu sais ? Tu connais Aurie, non ? Non ? Ah, c'est un ange ! Elle doit avoir dans les soixante-dix-huit ans, quatre-vingts, plus. C'est une Coccinelle depuis quoi ? Un demi-siècle. Elle vivait à Harlem, au bon vieux temps. Elle appartient à plusieurs de nos clubs depuis leur création.

Julia a essayé de placer qu'elle avait en effet rencontré Aurie Treene grâce à Granny V., que dans sa jeunesse elle avait eu plusieurs de ses romans dédicacés à la place d'honneur sur ses étagères, mais Astrid n'écoutait qu'elle :

— Aurie était amie avec ta grand-mère, tu sais ? Et elle a dit que cette prétention à l'apolitisme était la malédiction de nos élites, et donc de nos associations. Tous ces clubs, ces fraternités, ces sonorités… Dès que les meilleurs d'entre nous atteignent un certain niveau, ils se mettent en tête qu'ils n'ont plus à se soucier de politique. Et l'une des raisons pour lesquelles ils s'investissent tellement dans ces clubs, comme l'a expliqué Aurelia, c'est que la vie associative leur permet de faire semblant d'être solidaires du reste de la communauté sans avoir à lever le petit doigt pour elle. Ils se retrouvent entre eux, se félicitent mutuellement de leurs succès et abandonnent la soif de justice à ceux qu'ils ont laissés derrière eux.

Au cours de ce monologue, elles avaient descendu les marches et même traversé la rue car il était strictement interdit de fumer dans toute l'enceinte du Landing Club, à l'exception du terrain de golf. Les caniveaux étaient gorgés de neige fondue et maculés de boue rejetée par les pneus des voitures.

— Mais Aurie a ajouté encore quelque chose, Julia. Elle nous a dit que le club le plus fautif de tous, celui qui regroupait jadis les hommes les plus entreprenants de la communauté, mais des hommes qui n'auraient rien risqué qui puisse mettre leur statut social en danger, était l'Empyrée. Celui de Lemaster ! – Cette inutile précision a été ponctuée d'un petit rire amer. – L'Empyrée n'a sans doute plus aucun poids, maintenant, mais il faut croire qu'il y a au moins une tradition qu'ils ont conservée : celle du non-engagement.

— Ce ne sont que des clubs, Astrid !

— Rien n'est *simplement* quoi que ce soit, a répliqué Astrid du tac au tac, avec la véhémence d'un professeur de théologie tentant d'expliquer les thèses de Heidegger.

— Ce que je veux dire, c'est que personne n'attend de prises de positions politiques… des boy-scouts, ou du club d'échecs, ou du centre de plongée sous-marine. Tout le monde a besoin d'un espace pour se changer les idées.

— Mais on ne peut pas *vivre* pour se changer les idées ! Surtout en des temps comme les nôtres.

Julia s'est mordu la langue. Polémiquer avec Astrid, comme avec Lemmie, était impossible. Ils avaient tous deux des bons mots à revendre, même quand ils n'étaient pas si bons.

— Tu es une femme bien, Julia, lui a assuré sa belle-cousine alors qu'elles se dirigeaient vers la plage municipale. – Une fine averse de neige faisait scintiller le sol dans le soleil de midi. Quelques mouettes qui avaient pris du retard sur leur migration cherchaient leur repas sur le trottoir. – Lemaster pourrait apprendre beaucoup de toi.

— J'ai beaucoup appris de lui.

— Tu es sa femme, Julia. Tu es plus proche de lui que n'importe qui. Il faut que tu lui fasses entendre raison, que… – Elle s'est arrêtée, prise d'une idée aussi soudaine qu'épouvantable. – Ou bien veut-il que cet… individu soit réélu ? Travailler à la Maison Blanche, c'était pour aider son pays d'adoption, n'est-ce pas ? Ou pour rendre service à *ce* président ? – Elle avait visiblement essayé cet argument auparavant, avec des amis de Washington dont elle avait dû éviter les critiques. – Lemaster ne *soutient* quand même pas ce type, dis ?

Julia a préféré éviter ce terrain mouvant.

— C'est ton cousin, Astrid. C'est à lui que tu dois poser la question.

— Il dit qu'il est neutre ! Pfff… Comme si c'était possible, la neutralité ! – Elle s'est passé une main lasse sur le visage. Elle n'était pas habituée à rencontrer de résistance. – Mais bon, s'il n'est pas dans leur camp, qu'il le prouve ! Il pourrait nous aider…

— Peut-être qu'il ne veut simplement pas se salir, a avancé Julia en remontant la fermeture Éclair de sa parka.

— Il n'y a rien de sale, là-dedans. Il y a une obligation morale, il y a…

— Astrid…

— S'il le faut, on se passera de lui. – Passant son bras sous celui de Julia, Astrid a rapproché sa bouche de l'oreille de celle qu'elle avait choisie pour confidente. Elles étaient arrivées à leur destination. – Je veux dire que tous ces secrets peuvent sortir au grand jour sans que Lemaster en soit forcément la source. Il n'a même pas besoin d'être au courant, en fait. – Un gloussement rauque de fumeuse tandis que, de sa main libre, elle agitait sa cigarette en l'air. – En tout cas, il n'a certainement pas besoin de savoir *comment* ils sont arrivés dans le domaine public, tu me suis ?

Julia a répondu en insistant sur chaque mot :

— Je ne suis pas au courant des secrets du président, Astrid.

— Nous devons le battre, cet automne. Pour le bien du pays.

Et si c'est le sénateur Whisted qui l'emporte, tu seras à tous les coups nommée secrétaire de la Maison Blanche ? À voix haute :

— Même si c'est vrai, je ne connais pas ses secrets. Jusqu'à hier, je ne savais même pas qu'il en avait.

— Il en a, c'est sûr. Nous en avons la certitude. – Encore ce « nous ». Nous, les bons contre les mauvais. – Scrunchy racontait tout à Lemaster, dans le temps, et Lemaster te dit toujours tout.

C'était le tour de Julia de lâcher un rire peu amusé. Elle a enfoncé ses bottes dans un banc de neige.

— Si c'est ce que tu crois, Astrid, c'est que tu ne connais pas aussi bien ton cousin que tu le penses.

— Il te l'aurait dit, ça. C'est trop tentant à raconter.

Combien de fois nous arrive-t-il de rejeter une affirmation en toute sincérité avant de se mettre à douter de notre propre version aussitôt après ?

— Lemaster ne raconte pas de secrets, Astrid. Point final. C'est pour ça qu'il en connaît autant. Pour lui, rien n'est plus important que l'honneur de notre nom. – Elle a secoué la tête, agacée et étrangement révulsée par elle-même, décidant de ne pas dire à Astrid (qui était sans doute déjà au courant) que son mari et elle devaient dîner à la Maison Blanche le mardi suivant. – Lemaster dit toujours qu'il faut penser que celui à qui on confie un secret le répétera à au moins autant de gens qu'on l'a fait soi-même.

— *Honneur ?* a répété Astrid d'un ton empreint du scepticisme que l'on réserve à la découverte d'un vice jusqu'alors insoupçonné.

— Oui. Loyauté. Tenir sa parole même quand c'est difficile, etc. Lemaster emportera dans la tombe une tête remplie de secrets. – Julia a cherché une façon de présenter son point de vue qui pourrait gagner l'approbation d'Astrid. Kellen et ses miroirs se sont à nouveau interposés dans ses pensées, et une fois encore elle s'est blindée contre cette intrusion. – Écoute, Astrid. Il connaît peut-être aussi des choses sur le compte de Mal' que celui-ci ne voudrait pas voir divulguées. Il les fréquente l'un et l'autre depuis trente ans et quelques. Tu y as déjà pensé ? Lemaster garde les secrets de Scrunchy et ceux de Mal'. Ça me semble juste.

Mais sa belle-cousine n'était pas si facile à amadouer.

— Ça n'a rien à voir ! s'est-elle récriée. Il y en a un qui veut sauver le pays et un autre qui est en train de le ruiner. La question n'est pas d'être *juste*, mais de faire le bon choix moral en soutenant le premier, et en essayant de neutraliser l'autre.

II

Tout en parlant, elles étaient parvenues à la plage de Tyler's Landing, aussi petite et blanche que la ville et, de l'avis général, la plus pittoresque de toute cette partie de la côte. Aussi tiraillée que sa célèbre mère entre l'élitisme du Clan et la soif de justice pour le peuple, Julia avait toujours éprouvé un délicieux et coupable frisson intérieur à la pensée que leur statut de résidents donnait à sa famille le droit d'accès à une plage qui, pour le reste du comté, restait un fantasme inaccessible. Des baigneurs venus d'autres agglomérations tentaient sans cesse d'y descendre frauduleusement et Kwamé Kennerly, le plus populaire de ces prédicateurs modernes que sont les animateurs de talk-show radiophoniques, du moins dans la région, ne manquait pas une occasion de fustiger cette plage « ségrégationniste ». Avant que Vanessa ait commencé ce qu'elle avait commencé, les Carlyle avaient l'habitude d'y faire une promenade chaque dimanche après l'église, même en plein hiver, quand le sable était dur comme la pierre et que le gris énigmatique de l'océan attirait autant qu'il effrayait Julia par sa promesse implicite d'éternité.

C'était là que, trente ans auparavant, Gina Joule s'était noyée.

Les deux femmes ont traversé le parking enneigé sous le ciel bas couleur d'ardoise. Astrid continuait à chuchoter à l'oreille de Julia diverses raisons pour lesquelles celle-ci devrait convaincre son mari de partager avec d'autres ce qu'il pouvait connaître de compromettant au sujet de Scrunchy. Le gardien de la plage, ce jour-là un adolescent boutonneux, les a regardées approcher d'un air morne et Julia lui a adressé un joyeux signe de la main, au cas où il serait du genre à prendre ombrage si elle ne le reconnaissait pas. Il était en train de retirer le célèbre ruban vert de Vera Brightwood autour d'une boîte de chocolats fondants et elle s'est dit qu'il ne se débarrasserait pas de sitôt de ses furoncles, s'il n'arrivait pas à en manger moins. Elle trouvait que payer un gamin pour garder la plage en hiver dilapidait inutilement les fonds municipaux mais cette surveillance de tous les instants, en toutes saisons, était une tradition qui remontait à « la guerre », terme par lequel les citoyens confirmés du Landing désignaient la Seconde Guerre mondiale, au temps où les ouvriers des arsenaux militaires des villes voisines avaient l'audace d'apporter ici leur gamelle pour casse-croûter au bord de l'eau. Un recours en justice contre les restrictions d'accès à la plage était en cours d'examen devant la plus haute cour de l'État, et les plaignants, parmi lesquels l'omniprésent Kwamé Kennerly, étaient représentés par plusieurs professeurs de la faculté de droit. Encore une fois déchirée entre ses prétentions égalitaristes et son snobisme congénital, Julia ne savait guère comment elle réagirait devant le spectacle de cette langue de sable si tranquille et si préservée grouillant soudain de corps humains.

Ayant épuisé les thèmes de l'avortement et de la guerre – l'actuelle, non celle du siècle précédent –,

Astrid s'était lancée dans une péroraison sur les énergies renouvelables lorsque le boutonneux est sorti de sa guérite.

— Seulement les résidents ! a-t-il jappé, une main levée.

Julia a pivoté sur ses talons, mains sur les hanches, menton levé très haut car la seule présence d'Astrid réveillait toujours particulièrement ses instincts claniques.

— Vous dites ?

— Cette plage est interdite au public. Accès uniquement pour les résidents et leurs invités. – Il a tapoté la pancarte rédigée en rouge et bleu sur fond blanc, pour le cas où cette femme aurait été sourde. – L'arrêté municipal est là.

D'habitude, les gardiens passaient leur quart à somnoler dans la cabane.

— Je *suis* résidente. Je viens sur cette plage depuis six ans.

— *Seulement* les résidents et leurs invités, a-t-il répété comme si elle n'avait pas saisi le problème.

— Vous ne m'avez pas entendue ?

— La plage est fermée au public, a-t-il recommencé, sa bande magnétique revenue au point de départ. Arrêté municipal.

Julia avait les joues en feu. Elle n'arrivait pas à croire qu'elle subissait cette humiliation sous les yeux d'Astrid, dont le demi-sourire ironique semblait dire que cet incident ne faisait que confirmer son point de vue. Quelques instants plus tôt, elles avaient bien vu un adolescent passer avec deux chiens devant le poste de garde sans susciter la moindre réaction. Un garçon blanc.

— Écoutez-moi, jeune homme, je vous…

— La plage est fermée. Uniquement les résidents.

La main de sa belle-cousine s'est posée sur son épaule.

— Voilà exactement pourquoi nous devons éjecter cet individu de la Maison Blanche. Pour que des idioties comme celle-là ne soient plus tolérées.

— Attendez ! – Julia a laissé aller son regard au-delà de la guérite, sur la dune soyeuse et froide, puis la mousse tentante du ressac. En imagination, elle sentait déjà le froid intense, revigorant. C'était une Veazie et elle n'accepterait pas la défaite. Mais en reportant les yeux sur le garçon elle s'est soudain rendu compte que l'affrontement ne serait pas nécessaire. – Je vous connais, vous, a-t-elle dit calmement.

— Arrêté municipal. Seulement les résidents et leurs…

— Vous êtes Petey Wysocki, c'est ça ?

Cela a suffi à clouer son bec boutonneux.

— Euh, ah…

— Je suis Julia Carlyle. Vous vous rappelez ? J'étais votre professeur de sciences en troisième.

— Oh, ah, ah… – On aurait dit qu'il était en train de soulever des haltères. – Ouais. Ouais ! Comment allez-vous, Mrs. Carlyle ?

— Très bien, Petey, très bien.

Des souvenirs ont amené un sourire sur ses lèvres. Elle avait bien aimé ce garçon, jadis, tout chahuteur qu'il ait été.

— Comment va la famille ? a-t-elle continué. Je crois que votre sœur s'est mariée, non ?

Il a rougi, manifestement flatté qu'elle se souvienne de cette information.

— Ouais, et elle en est bientôt à son deuxième gosse. Incroyable, non ?

— Bonne nouvelle. Transmettez à… – Elle a passé en revue l'une de ses innombrables listes mentales sous le regard impressionné d'Astrid. – Transmettez tous mes vœux à Doreen. Et votre frère, euh, Mikey. Dites bonjour à Mikey de ma part.

— J'y manquerai pas.

— Et à vos parents, également.

— Ça s'ra fait, Mrs. Carlyle, ça s'ra fait. Merci.

— Merci, Petey.

Et elle a fait quelques pas vers le sable immaculé. Malgré le froid, elle était tentée d'enlever ses bottes et ses chaussettes, de relever son pantalon et d'entrer jusqu'aux chevilles dans l'eau glaciale.

— Un moment, Mrs. Carlyle… – Elle s'est retournée. – Je suis désolé, Mrs. Carlyle, mais je peux quand même pas vous laisser entrer sur la plage.

— Vous… Pardon ?

— Je vous connais et tout, mais c'est seulement les résidents et leurs invités. – Il a encore tapé la pancarte du doigt. – Arrêté municipal, vous voyez ?

11

Dîner intime

I

— Je suis curieuse de savoir ce qu'il va te demander de faire.

Debout derrière son mari, Julia lui souriait dans le miroir tout en lui rajustant son col de chemise qui, pour être honnête, était déjà impeccable. Mais c'était le genre d'attention que son éducation le portait à attendre de son épouse, car si Lemaster Carlyle, en tant que professeur et président d'université, était convaincu de l'égalité des sexes, il demeurait en privé traditionaliste et fier de l'être, ce qui pouvait signifier un tas de choses. Notamment que, chaque matin, Julia rajuste son nœud de cravate et vérifie que son col était parfaitement lisse.

— Qui dit qu'il va me demander quoi que ce soit ? a répliqué l'important personnage. La seule raison de ces mondanités est sans doute que je viens de prendre une nouvelle fonction. Voilà bien longtemps que nous ne nous étions pas retrouvés, lui et moi…

L'ambition qui faisait briller ses yeux bruns envoyait pourtant un message bien moins modeste.

— Presque un an.

— À peu près, oui.

Lissant les pans de son veston, il s'est minutieusement inspecté devant la glace avant de jeter sur son bras un manteau de soirée noir. Après six mois à la tête d'une université renommée, Lemaster était prêt à passer à l'étape suivante. C'était également son état d'esprit au bout de vingt ans de mariage.

— Je crois que nous sommes prêts, a-t-il affirmé, et il a fallu un moment à Julia pour comprendre qu'il ne parlait pas de leur existence en général.

Elle-même n'était pas du tout dans cet état d'esprit, n'ayant jamais aimé son apparence en tenue habillée, mais elle s'est abstenue de tout commentaire. Alors que toute la garde-robe de Lemaster lui allait comme un gant, aucune de ses robes ne lui irait encore si elle ne renonçait pas aux cerises à la vanille et aux truffes parfumées au cappuccino. Elle s'est une nouvelle fois promis de ne plus jamais s'approcher de Cookie's ; comme on n'était qu'au premier mardi de décembre, il lui restait du temps pour enfin accomplir ce vœu solennel fait en janvier. S'asseyant sur le lit pour enfiler ses escarpins, elle a jeté un coup d'œil par la fenêtre. Ils étaient descendus au Hay-Adams, un hôtel qu'elle adorait pour ses chambres lambrissées chargées d'histoire, mais dans le cas présent leur choix avait été surtout dicté par le fait qu'il était situé tout près de la Maison Blanche. Bien que le service du protocole leur ait proposé un emplacement sur le parking intérieur tant convoité, ils avaient pensé que la fouille de leur véhicule allait prendre des heures, en ces temps de sécurité renforcée, et que le seul moyen fiable de se rendre à l'invitation était d'y aller à pied.

— Laisse-moi juste une minute, que j'appelle la maison.

— Pourquoi ?

Elle en est restée sans voix. N'était-ce pas évident, pourquoi ?

— Mais pour voir si les enfants vont bien ! S'ils ont besoin de quelque chose.

Lemaster a tendu un doigt vers le sac à main Isabella Fiore de sa femme. Elle en possédait plusieurs, tous de marques réputées – on lui avait appris qu'un sac de soirée élégant est le signe distinctif d'une vraie dame, statut qu'elle ne pouvait s'empêcher d'essayer d'atteindre, malgré tous ses efforts.

— Tu as ton portable. – Il a tapoté la poche de son veston. – J'ai le mien. Wendy n'est pas tombée de la dernière pluie : s'il y a une urgence, elle appellera.

— Je me sentirais mieux si je…

Il a levé ses deux mains en l'air, non en signe de reddition mais de victoire.

— S'il te plaît, Jul', ne te méprends pas. Je n'essaie pas de te dire ce que tu as à faire. Si tu as besoin de téléphoner, je t'en prie. Nous avons le temps. – Il a eu un grand sourire. – Tes besoins sont des ordres.

Elle aurait voulu le gifler, et c'est pour cela qu'elle lui a posé un baiser sur la joue.

Dans l'ascenseur, ils ont échangé des informations sur ce qui les avait occupés durant l'après-midi. Julia avait déjeuné avec Tessa Kenner, absorbant tous les ragots de la capitale que son amie lui communiquait et remarquant en silence que celle-ci était plus blonde encore à chacune de leurs rencontres. Lemaster avait rencontré des anciens élèves de l'université et des lobbyistes, mais avait surtout travaillé au téléphone. Alors qu'ils traversaient Lafayette Park dans la nuit frisquette de Washington, Julia vacillant sur ses talons hauts et lui prenant le bras plus pour garder l'équilibre que pour la galerie, Lemaster a soudain déclaré :

— À propos, j'ai oublié de te dire. Hier, ce détective, là, Chrebet, est passé me voir au bureau.

— Qu'est-ce qu'il voulait ?

Pitié. Pas les balises de l'allée. Pas les miroirs. En même temps, elle se faisait la réflexion que son mari n'oubliait jamais rien.

— Il voulait savoir… Ça va te sembler bizarre, je sais… qui aurait pu être au courant que nous allions passer par Four Miles Road cette nuit-là.

— Pourquoi ?

Lemaster a haussé les épaules.

— Chrebet a visiblement en tête que l'assassin de Kellen aurait intentionnellement laissé le corps là-bas. – Leurs semelles ont crissé sur le trottoir saupoudré de sel. – Pour que ce soit nous qui le découvrions.

— Quoi ?

— J'ai objecté que si ça avait été le cas, il aurait dû être certain à cent pour cent que nous allions nous arrêter. Qui aurait pu prévoir que nous aurions un accident ? – Un rire méprisant. – Mais Chrebet a dit qu'il devait suivre toutes les pistes, même les moins vraisemblables. Et ensuite, il a cité Conan Doyle. En se trompant.

Elle a serré son bras plus fort.

— Mais pourquoi ? Je veux dire, qui aurait…

— « Qui », et « pourquoi », je n'en ai pas la moindre idée.

Surprenant une très subtile insistance sur ce « qui », Julia a senti la colère monter en elle, au point de ne plus surveiller où elle posait les pieds. Ils étaient presque arrivés au poste de garde de l'entrée nord-ouest.

— Qu'est-ce que ça signifie ?

— Juste ce que j'ai dit.

— Non. Tu insinuais que je pourrais savoir qui c'était, moi.

— Bien sûr que non. Je lui ai répondu que ni toi ni moi n'avions la moindre hypothèse à partager. Ah, très bien, nous ne sommes pas en retard, je vois !

Il a désigné d'un geste le taxi qui venait de déposer le leader de la majorité à la Chambre et son épouse au coin de la 17e Rue. Dans le parc, des manifestants tapaient sur des tambours mais Julia a été incapable de se rappeler pour quelle raison ils protestaient.

— Attends, Lemmie… Attends !

Elle l'a retenu en le tirant par le bras.

— Qu'est-ce qu'il y a, Jul' ?

— Je veux que tu me dises la vérité.

— Je n'ai pas l'habitude de te dire autre chose. Je suis ton mari.

Comme si cela expliquait tout !

— S'il te plaît, Lemmie ! Dis-moi que tu es convaincu que j'ignore qui a pu faire ça.

Les sourcils de Lemaster ont formé ce V inversé qu'elle détestait tant. Le froid nocturne donnait du brillant à ses joues sombres. Dans la pénombre, ses traits virils paraissaient toujours encore plus beaux, encore plus inexpugnables.

— Non, Jul'. Je ne pense pas que tu en aies la moindre idée, toi non plus. Entendu ?

— Je… Je ne sais pas.

Elle se sentait perdue, déboussolée, au bord des larmes. Intentionnellement ou non, Lemmie avait toujours cet effet sur elle : il arrivait à transformer son indignation la plus justifiée en le plus illogique des embarras.

— Si, j'imagine… Je ne sais pas. Tout est si confus. Je hais cette confusion.

— Tout ira bien, Jul'.

— Tu ne sais même pas de quoi je parle !

— Intéressant…

— Quoi ?

— Que tu aies l'air absolument à cran dès qu'on mentionne le nom de Kellen devant toi.

— C'est absolument dégueulasse, de dire une chose pareille !

Ces yeux, si beaux, si profonds, si expressifs. Maintenant pleins de reproche, de critique, de dépit. Lemaster désapprouvait toute forme de vulgarité, et il le lui a fait à nouveau comprendre en adoptant son ton le plus amène :

— Calme-toi, Jul'. Je suis désolé. Je ne me suis pas bien exprimé. Je t'aime. Je ne te ferais du mal pour rien au monde et je ne laisserai personne t'en faire. Tu le sais. Alors, dis-moi, Jul'. S'il te plaît. Dis-moi ce qui te tourmente autant.

Ce qui me tourmente ? Que j'aie l'air absolument à cran dès que le nom de Kellen est prononcé devant moi. Qu'il ait cassé ces deux lampes dans notre allée. Qu'il m'ait laissé deux miroirs. Que j'aie laissé passer l'occasion de lui dire au revoir. Que notre fille se paralyse parfois d'un coup quand elle essaie de manger son bol de céréales le matin. Que l'amour soit pour toi un devoir, non un choix. Que je me sois retrouvée enceinte et que j'aie épousé l'homme qui arrivait à me calmer au lieu de donner une dernière chance à celui qui...

— Rien. – Avec un sourire bancal, elle a de nouveau rajusté la cravate de son mari. En se répétant c'est un type bien. Solide. Fiable. – Je te demande pardon, chéri. Bon, allons voir le Président et apprendre quel est le prochain boulot qu'il a pour toi.

À peine furent-ils entrés à la Maison Blanche, pourtant, qu'elle a perçu que la soirée n'avait aucun rapport avec la carrière de Lemaster, ni avec son mari en général. Le dîner était servi au Salon jaune, à l'étage de la résidence, d'où on voyait le Monument Washington et, au-delà, entre les colonnes du balcon Truman. Il y avait le Président et la première dame, Lemaster et Julia, et trois autres couples : avec leurs épouses respectives – et une petite amie, dans le cas du premier – avaient été conviés un romancier en vue qui s'était bruyamment opposé à l'élection de son hôte, le nouveau directeur de l'un des deux clubs de réflexion les plus influents de la capitale et le membre du Congrès qu'ils avaient aperçu dehors. Ce n'était pas un dîner de travail, donc, mais le genre de réunion hétéroclite que le Président avait la réputation d'apprécier. Mais pendant un moment Julia n'a pu voir personne d'autre dans la pièce que la cavalière du romancier, laquelle, selon les rieuses présentations menées par ce dernier, avait la plume encore plus acérée que la sienne.

— Nous nous connaissons déjà, Julia et moi.

— Vraiment ?

— Oui. Et je suis enchantée de vous revoir, ma chère, a déclaré Mary Malard.

II

Les deux femmes se tenaient sur le balcon, dans l'ombre de la colonnade massive, environnées de lumières délibérément atténuées pour des raisons de sécurité. À l'intérieur, la soirée en était arrivée au stade des « Vous vous rappelez le temps où… ? ». La pelouse sud, brillamment éclairée, elle, évoquait un terrain de football avant le coup d'envoi d'un match important.

— J'espérais que vous m'auriez appelée, depuis notre rencontre, a observé Mary Malard.

— Pourquoi l'aurais-je fait ?

— Pour m'annoncer que vous aviez trouvé le surplus de Kellen. – Elle a écrasé sa cigarette, l'excuse pour aller dehors avec Julia, qui ne fumait plus mais, contrairement à sa très sourcilleuse génération, tolérait ceux qui n'avaient pas renoncé au tabac. Bien que ses airs de canard fureteur soient moins agressifs que dans le souvenir de Julia, ses yeux d'obsidienne conservaient la même lueur fanatique. Elle portait au cou un autre foulard Hermès, cette fois d'un violet pimpant. – Sincèrement, Julia, je pense que nous devrions unir nos forces, vous et moi. Je suis persuadée que nous poursuivons le même but.

— Quel but, Mary ?

— La vérité. Chacune à notre manière, nous sommes vouées à la vérité.

— Je vois, a soufflé évasivement Julia en s'appuyant sur la balustrade.

— Vous n'êtes pas d'accord avec moi ? Pourtant c'est bien vous qui avez été limogée parce que vous aviez décidé de laisser une élève de treize ans expliquer à ses camarades de cours de sciences pourquoi elle pensait que l'histoire de la Genèse était authentique et que Dieu avait effectivement créé le monde en six jours.

Julia était stupéfaite. Elle n'aurait jamais imaginé que Mary Malard puisse entamer des recherches sur son passé.

— Je n'ai pas été *limogée*.

— Des parents se sont plaints, il devait y avoir une commission d'arbitrage, les syndicats se sont débinés et vous avez donné votre démission. – La journaliste était redoutablement précise. – Ensuite, on vous a proposé de tenir des conférences au sujet de l'incident, mais vous avez refusé. À propos, comment va votre fille ? Vincent Brady a une réputation impressionnante, vraiment. Diriez-vous qu'elle est justifiée ? Ou est-ce encore trop tôt pour vous prononcer ?

Revenue de son étonnement, Julia était prête à contre-attaquer.

— J'ai bien saisi le message, Mary. Et maintenant, voudriez-vous me dire ce que je fais ici, ou bien vous avez l'intention de faire encore étalage de vos talents d'enquêtrice ?

La femme blanche n'a pas bronché. Allumant une nouvelle cigarette, elle a aspiré la fumée à pleins poumons, les yeux fermés. Julia s'est rappelé la chaleur délicieuse que l'on éprouve à fumer – et pas seulement du tabac – dehors par une nuit d'hiver. De premiers flocons de neige, aussi menus et délicats que des nouveau-nés, leur caressaient le visage.

— Vous êtes ici parce que le couple présidentiel vous a invitée à dîner. Ne cherchez pas des explications où il n'y en a pas, s'il vous plaît.

— Je suis ici parce que vous vouliez me parler.

— Allons, Julia, je ne suis qu'un auteur de livres à succès. Le chef du protocole de la Maison Blanche n'est pas encore exactement à ma botte ! Si je voulais vous parler, je passerais au bureau 118 du bâtiment administratif au Quadrilatère Kepler, ou à la station-service Exxon de Langford, Route 48, où vous refaites le plein deux fois par semaine en rentrant chez vous, ou Chez Greta, la taverne de Main Street où il vous arrive de prendre un café après le travail, ou à la boutique de bagels au coin de King et Hudson Streets… là où il vous arrivait de prendre le petit déjeuner avec Kellen Zant.

En dépit de sa fureur, Julia était abasourdie par la quantité d'informations que cette intrigante avait réussi à glaner sur sa vie quotidienne. Mais pas question de baisser la garde. Les femmes de la famille Veazie ne s'avouaient jamais vaincues.

— À moins que vous n'ayez préféré me rencontrer dans un endroit où il n'y a pas une seule chance d'être entendue…

— Hmm… Malgré leurs dénégations, j'ai toujours pensé que les services secrets ont placé sur écoute chaque pièce de la Maison Blanche.

— Mais probablement pas le balcon.

Mary Malard a souri, ce qui a donné quelque consistance à ses lèvres maquillées d'un rouge vif, habituellement invisibles malgré sa bouche en bec de canard.

— Oui. Sans doute pas le balcon.

Elle a écrasé son deuxième mégot. En bas, les agents de sécurité en patrouille ont levé des yeux soupçonneux vers elles. Mary leur a adressé un petit signe de la main et Julia s'est décidée à l'imiter, dans l'hypothèse où ils choisiraient de tirer sur la seule silhouette restée immobile.

— En effet, vous avez raison : quand j'ai appris que vous alliez être à ce dîner, il m'a fallu, comment dire… persuader notre abonné au prix Pulitzer ici présent de me prendre pour cavalière à la place d'une autre. – Elle a lancé un regard à la porte-fenêtre. – Il a demandé beaucoup de persuasion.

— Je devrais me sentir flattée ?

— Non. Vous devriez cesser de m'agresser et m'écouter une minute. Je plaisante ! Non, d'accord, je ne plaisante pas. Sérieusement, Julia : accordez-moi un instant, rien de plus. C'est Kellen qui est venu me trouver, pas le contraire. C'est ce que je veux que vous compreniez. Il était sur la piste de quelque chose de très gros. Une vieille histoire sur laquelle tout le monde s'était trompé. C'est ce qu'il a dit. Et il a dit aussi que les retombées allaient être… fracassantes.

— Il n'a jamais eu de scrupule à se hausser du col.

— Peut-être. – Sortant une troisième cigarette, Mary a hésité quelques secondes à l'allumer avant de céder à la tentation. – Mais il avait peur, Julia, et je ne l'avais encore jamais vu effrayé. Il m'a proposé un tuyau. C'est comme ça qu'il l'a appelé : un tuyau. En disant qu'il me donnerait le reste dès qu'il aurait toute l'histoire en place. Pas avant. – Elle s'est interrompue.

– Il a dit que quelqu'un l'avait aidé à assembler son inventaire. La « Dame noire » l'avait aidé, Julia. Ses propres termes. La « Dame noire ». J'ai tout de suite pensé à vous. « Black Lady », « Coccinelles » … vous voyez le lien. Parce que vous êtes toutes noires, dans cette association. Non ?

— En fait, c'est une question en débat. Les statuts ne mentionnent pas la couleur de peau, même si c'est implicite. Et quelques sections ont essayé d'admettre des Blanches pour équilibrer le budget, parce que la cotisation est élevée et qu'elles n'arrivaient pas à trouver assez de… – Julia s'est obligée à s'arrêter. – Mais c'est pour ça que vous m'avez importunée à l'enterrement ? Parce que vous pensez que je suis la « Dame noire » de Kellen ?

— En partie. Mais il m'a dit aussi que s'il lui arrivait quoi que ce soit, il se débrouillerait pour transférer le surplus à la fille qui avait été la chance de sa vie. Je crois que c'est vous, également.

— Ou une douzaine d'autres. Il ne les comptait plus.

— Je ne pense pas, Julia, et vous non plus. – D'une pichenette, elle a envoyé le mégot allumé par-dessus la balustrade, le bout rougeoyant traçant un arc de cercle dans la nuit glacée, geste que Julia a trouvé vulgaire, grossier, mais aussi empreint d'une hardiesse attendrissante qui, étonnamment, lui rappelait Vanessa. – Allons, Julia ! Il voulait que ce soit vous qui terminiez son travail. Personne ne peut vous y forcer, évidemment. Si vous choisissez de ne même pas essayer, c'est votre affaire. Et je vous comprendrais.

— Très touchée, a sifflé Julia, horripilée par ses manières condescendantes.

— Je sais que ça paraît tiré par les cheveux mais Kellen a dit qu'il « tenait » une des principales figures politiques du pays. – Elle a encore fait un geste vers la porte-fenêtre. – Peut-être le type qui est dans cette pièce, peut-être quelqu'un d'autre. Je ne sais pas. Il a refusé de préciser.

Peut-être le type qui est dans cette pièce. Non. Non ! Ne plus y penser. Ne pas laisser Kellen revenir dans ma vie.

— Ce n'est pas mon combat, Mary.

Julia s'est détournée pour regarder le Monument dont les feux de signalisation aérienne continuaient à clignoter même si les avions n'avaient plus le droit de survoler ce périmètre.

— Non, sans doute pas.

Julia a perçu, ou cru percevoir, une intonation particulière dans sa voix. Elle s'est retournée pour la regarder en face.

— Il y a autre chose. Quelque chose que vous ne me dites pas.

— On devrait rejoindre les autres. – Les yeux toujours brûlants, la voix toujours placide. – On va commencer à leur manquer.

— Qu'est-ce que vous avez gardé pour vous, Mary ? Qu'est-ce que Kellen vous a dit d'autre ?

Le temps que la femme blanche soupèse sa réponse, leur est parvenu le rire de l'écrivain, amplifié par l'alcool.

— Il a dit qu'il allait arranger les choses de telle sorte que la fille qui avait été la chance de sa vie n'aurait qu'un seul… attendez, comment c'était ? Un seul choix de maximalisation des ressources.

— Un… À propos de quoi ?

— À propos de suivre ses pas ou non. De chercher son surplus. Son stock. Kellen avait l'air de croire qu'il pourrait, euh… vous forcer à aider. – Pendant que Julia méditait cette déprimante perspective, Mary a griffonné sur une carte de visite, qu'elle lui a tendue. – Le téléphone de travail et de la maison est le même. J'ai rajouté mon portable. Vous m'appelez, je prends le premier avion.

— Je doute que cela arrive.

— Parce que vous n'êtes pas intéressée par ce que Kellen préparait. C'est ce que vous m'avez dit, en tout cas. – Elle a sorti son paquet de cigarettes puis, changeant d'avis, l'a remis dans son sac. – Ou bien ce n'est qu'une façade ? Il paraît que vous adorez le théâtre…

Sans avertissement, elle lui a tendu une feuille de papier pliée en quatre. Toujours braquée, Julia l'a ouverte à contrecœur, y a jeté un coup d'œil, puis un autre, et ses genoux ont failli se dérober sous elle. Les flocons de neige dansaient à présent sur la pelouse illuminée. C'était la photocopie d'une lettre adressée à Julia par un électricien que lui avait recommandé Norm Wyatt, l'architecte qui avait conçu leur maison et aussi le père de « Casey-je-ne-sais-quoi ». Un devis pour le remplacement de deux lampadaires sur l'allée des Carlyle. La voix de Mary Malard lui est arrivée de très loin.

— Je pense que plein de gens seraient très intéressés de savoir ce qui est arrivé exactement à ces lampes, Julia.

Elle s'est agrippée à la balustrade. Toutes ses facettes les plus contradictoires, présentes comme passées – mère et fille, docile et agressive, irritable et patiente, pécheresse et pénitente, aimante et haineuse –, tourbillonnaient follement en elle, et elle n'avait aucune idée de ce qui subsisterait quand cette ronde hallucinée s'achèverait.

— Vous êtes une sacrée garce, vous en avez conscience ? a-t-elle fini par gronder sourdement. – Mary n'a pas bronché. – Alors, qu'est-ce que c'est, au juste ? Est-ce que vous m'accusez d'une sorte de… ?

À cet instant, le Président en personne a poussé les battants de la porte-fenêtre pour sortir sur le balcon. Il voulait voir ce qu'elles faisaient là et leur proposer de revenir jouer aux devinettes avec eux.

Bonne idée.

III

Une fois compris que le dîner n'était qu'une occasion mondaine, Lemaster a terminé la soirée de méchante humeur, ne cessant de pester contre tout et rien sur le chemin de retour à l'hôtel. Julia, qui hésitait à lui parler de Mary, a décidé que c'était impossible. Pas pour l'instant, du moins. Et donc elle l'a laissé s'énerver tout seul jusqu'à ce qu'il se rende compte de lui-même qu'il geignait comme un pleurnichard. Comme elle l'avait prévu, cela a suffi à le ramener à la raison. Parce que les Carlyle ne se plaignaient jamais. Ils battaient le fer quand il était chaud, saisissaient le taureau par les cornes, prenaient les manettes de contrôle en main, et ainsi de suite…

Ainsi, une fois encore cette nuit-là, Lemaster s'est transformé sous les yeux de Julia, redevenant l'être positif et sûr de lui qu'elle connaissait depuis leurs études de théologie, quelque vingt ans auparavant.

Pendant qu'ils s'asseyaient à la table de leur suite à l'hôtel devant un match de basket, Lemaster lui a raconté que le Président, sous le regard envieux des autres invités, l'avait entraîné à un moment dans un cabinet privé pour un échange en tête à tête.

— Qu'est-ce qu'il voulait ?

— Bah, il a pas mal tourné autour du pot mais enfin, pour résumer, il attendait que je lui promette de ne pas soutenir Mal' Whisted aux élections. Des rumeurs ont circulé, apparemment. Peut-être à cause de la petite visite qu'Astrid nous a rendue…

Elle attendait la suite, mais Lemaster l'a obligée à poser la question :

— Et tu as promis ?

— Je lui ai répété ce que j'avais répondu à Astrid. Que je ne fais plus de politique. Que je pratique la neutralité agressive. – Son sourire triomphant était teinté de tristesse, ce soir. – Je lui ai dit que les deux partis manifestent désormais si peu d'intérêt pour l'avenir des Africains-Américains que je me moque de qui gagnera. – Plus de sourire, soudain. – C'est la vérité, Jul'. Je m'en fiche.

— Je sais, a-t-elle répondu, parce qu'il le lui avait répété très souvent, mais cette fois l'affirmation sonnait plus sincère, comme un axiome fondamental de sa foi.

— Tu sais quel est le problème ? a-t-il poursuivi. C'est que les Caucasiens n'ont plus peur de nous. – Elle allait réagir mais, au dernier moment, a préféré le laisser s'en sortir tout seul. Il s'est redressé, déplissant son front. – En plus, ce n'est pas que mon soutien ait la moindre valeur.

— Oh, Lemmie, mais si !

Ensuite, ils ont parlé sport, se sont mis au lit, ont partagé un bref moment de conjugalité besogneuse et c'est seulement après qu'il y a eu un instant de gêne, quand Lemaster a demandé à une Julia somnolente de quoi elle et Mary avaient pu discuter pendant tout ce temps.

— Des trucs de bonne femme, a tenté Julia, cherchant à jouer sur sa vanité masculine.

— Quel genre ?

— Ça ne t'intéresserait pas, a-t-elle assuré.

Sa réaction, qu'elle avait correctement prévue, ne s'est pas fait attendre. La belle tête de son mari s'est soulevée de l'oreiller.

— Je t'en prie, Jul', ne me dis pas que vous étiez toutes les deux en train de fumer sur ce balcon. Je pensais que tu avais arrêté.

— Tu connais la blague : « Je suis sûre que je suis capable d'arrêter la cigarette, puisque je l'ai fait tellement de fois. »

Et elle l'a attiré à elle pour l'embrasser, prouvant que sur ce plan elle connaissait mieux son mari qu'il ne se connaissait lui-même, car croire qu'il l'avait prise en faute occupait suffisamment son esprit pour qu'il ne cherche pas le mensonge. Et comme prévu encore, dans l'obscurité, Lemaster s'est mis à expliquer tous les dommages causés par le tabac, comme si un seul adulte sur terre pouvait encore douter de leur réalité. Et Julia l'a pris dans ses bras, lui a caressé le dos, a hoché la tête dans le noir en promettant de se montrer plus forte, parce que son mari adorait les promesses. Ce n'était pas que Lemaster se jugeait supérieur aux autres, avait-elle expliqué un jour à Tessa, mais il prenait un plaisir énorme à leur faire la leçon.

12

Une journée presque normale

I

Les Jeunesses chrétiennes socialistes réclamaient une procédure de destitution contre le président des États-Unis, le professeur Helen Bohr recherchait un étudiant assistant de recherche ayant une bonne maîtrise de la langue d'Ougarit, la coalition gays-lesbiennes organisait une collation-débat pour tous ceux qui avaient des questions et les Vesperadoes avaient besoin de deux ténors supplémentaires. Bref, le panneau des annonces dans le couloir du bureau de Julia avait à peu près la même apparence que tous les autres jeudis après-midi, tout comme le hall d'entrée aux voûtes gothiques ; seule exception : l'homme mince en costume marron et casquette qui attendait patiemment sur le banc en bois usé.

Julia l'avait à peine remarqué, au début, encore trop énervée par son déjeuner de travail avec les administrateurs de Lombard Hall qui essayaient d'obliger l'institut de théologie à se montrer plus sélectif dans le choix de ses étudiants, prétendant que dans le cas contraire ils seraient contraints de réduire la taille des classes, ce qui signifierait moins de rentrées en termes de frais de scolarité et donc une nouvelle série de licenciements. La veille au soir, elle s'était plainte à Lemaster de ce que certains de ses subordonnés semblaient croire que le pays regorgeait de petits génies de vingt-deux ans prêts à se couper la main pour passer trois ans de leur vie à l'apprentissage du service divin, mais il avait rétorqué qu'il ne pouvait interférer et que Kepler devait améliorer son fonctionnement tout seul. Elle était donc revenue à l'institut pleine de courroux, de gêne et sans doute de colère envers son mari toujours tellement à cheval sur ses principes, comme si, depuis l'aube de l'humanité, personne n'avait jamais donné un coup de pouce quand il le fallait.

Elle bouillait toujours de rage contenue quand elle a ouvert la porte de son bureau. Depuis son retour triomphal de Washington au printemps dernier et sa nomination à la tête de l'université qu'il portait dans son cœur, elle n'avait jamais demandé la moindre faveur à Lemaster ; or désormais, tout l'institut, jadis son sanctuaire inviolable, semblait la considérer avant tout comme un moyen d'accès à son mari.

Il y avait une autre raison à son aigreur. L'avant-veille, à Washington, Tessa avait essayé de lui soutirer des informations sur les relations entre le Président américain et le sénateur Whisted au temps où ils étaient étudiants et, non sans nervosité, elle avait répondu qu'elle ne savait même pas s'ils avaient été des amis, et que de toute façon elle n'aimait pas parler de ce sujet ; mais le soir même, pendant son émission, Tessa avait confié à la planète entière qu'une source proche des deux candidats lui avait certifié qu'ils n'avaient jamais été liés d'amitié dans leur jeunesse, ajoutant d'un ton mystérieux que ladite source se montrait très réticente quand on l'entraînait sur ce terrain. Et le lendemain matin Tessa avait téléphoné à Julia, elle qui ne prenait la peine d'appeler son ancienne camarade de pensionnat qu'une ou deux…

— Mrs. Carlyle ?

De surprise, elle s'est retournée : personne ne l'appelait ainsi à l'institut, où les plus jeunes étudiants lui donnaient du « doyenne » tandis qu'elle était tout simplement « Julia » pour les enseignants et, sur son invitation pressante, les secrétaires et les étudiants de dernier cycle.

Retirant sa casquette, l'homme a exposé une coupe en brosse et un visage fermé qui lui disait vaguement quelque chose. Bien que ne souriant pas, son visiteur fixait sur elle des yeux pâles où se lisait un soupçon de sympathie.

— Je peux vous aider ? a demandé Julia d'un ton sans doute un peu trop cassant, et c'est alors, juste avant qu'il n'ouvre la bouche, qu'elle s'est rappelé qui il était.

— Je m'appelle Richard Chrebet, Mrs. Carlyle. Je suis lieutenant de la police de l'État, section criminelle. – Il lui a montré sa carte professionnelle. – Vous vous rappelez sans doute m'avoir reçu chez vous il y a une quinzaine. Je me demandais si vous pourriez encore me consacrer un moment.

« Les miroirs », a-t-elle décidé impulsivement. Seth Zant leur a parlé du Comyns, Frank Carrington de sa pièce surévaluée.

— Vous êtes allé voir mon mari, l'autre jour.

— Oui. Et maintenant je vous rends visite.

Comme dans un jeu d'enfants…

— Puis-je vous demander de quoi il s'agit ?

— De votre fille.

Panique maternelle.

— Ma fille ? Laquelle ? Que s'est-il passé ?

Il a levé les mains en signe d'apaisement. Il ne souriait toujours pas.

— Rien. Vos enfants vont très bien. Mais nous devons parler de Vanessa.

II

Dans son bureau rangé au cordeau, Julia lui a désigné un siège avant de fermer la porte, ce qu'elle ne faisait presque jamais, sauf quand elle recevait un étudiant pour discuter de son cursus, à la fois parce que le bâtiment Kepler poursuivait une longue tradition de refus des formalités et parce qu'elle aimait projeter une image bon enfant. Droit comme un I sur sa chaise, tel un soupirant prêt à demander la main de sa belle… Julia a soudain pensé que cette même comparaison avait conduit une bande d'élèves à boycotter le cours de ce vieux Clay Maxwell sur l'apôtre Paul pendant plusieurs jours, l'année précédente. Sexiste et hétérosexiste, avaient-ils proclamé. Elle a gagné du temps en arrosant ses plantes en pot, en retirant ses bottes pour enfiler ses chaussures plates, en bougeant des piles de papier sur sa table parfaitement ordonnée, bref en faisant tout pour retarder le moment où elle devrait entendre ce que le lieutenant Chrebet était venu lui dire. Il était arrivé à l'heure où ses deux assistantes étaient dehors, l'une pour déjeuner et l'autre pour faire des courses. Peut-être l'avait-il fait exprès. Malgré sa raideur, il ne semblait pas pressé, manifestant la patience de qui sait parfaitement comment battre à leur propre jeu les experts de la tergiversation.

Elle a fini par s'asseoir, à court d'idées.

— Donc, Vanessa ?

— Mrs. Carlyle, permettez-moi de commencer en notant que j'ai des enfants, moi-même, et que…

— S'il vous plaît. « Julia ».

— Alors, moi, c'est Rick. – Toujours pas de sourire, cependant. – Je suis père, moi-même, et je comprends très bien le besoin farouche qu'ont les parents de protéger leurs petits. Voilà, j'ai demandé à mes supérieurs l'autorisation d'interroger votre fille, Vanessa. De toute façon je serais venu vous voir avant de la contacter, puisqu'elle est mineure. Mais j'ai une autre raison. Vous êtes sa mère : vous pourriez être capable d'expliquer des points qui m'échapperaient, ou m'aider à formuler les bonnes questions.

Une faiblesse accablante l'a submergée une seconde, puis :

— Dites-moi tout, Rick. Inutile de me préparer. Dites-moi.

— Je ne veux surtout pas que vous vous fassiez une fausse idée. Loin de moi l'intention de laisser entendre que Vanessa serait impliquée de la moindre manière dans ce qui est arrivé au professeur Zant. Je pense néanmoins qu'elle pourrait nous aider à apporter un peu de lumière sur un aspect de l'enquête qui se révèle plus complexe que nous ne l'avions envisagé : découvrir à quoi le professeur Zant travaillait quand il est mort.

— Mais… pourquoi Vanessa saurait-elle quoi que ce soit à ce sujet ?

— Il est possible qu'elle ne sache rien. C'est pour cette raison que nous désirons lui poser quelques questions.

— Posez-les-moi.

— Elle suit un traitement psychiatrique, n'est-ce pas ? Votre fille. Problèmes de comportement… – Il a hoché la tête comme pour dire que c'était quelque chose à attendre de n'importe quel adolescent. – Comment est-ce que ça évolue ?

Julia ne voulait pas se laisser entraîner dans cette voie. La veille, devant elle, Vincent Brady avait émis la possibilité que Vanessa, en plus de la conduite d'anxiété et des troubles compulsifs-obsessifs qu'il avait déjà diagnostiqués, souffre de stress post-traumatique, soulignant notamment ses conduites d'évitement, ses accès d'indifférence sensorielle. Si tel était le cas, lui avait-il expliqué, le traumatisme initial avait annexé à la fois la mort de Kellen Zant et l'incendie de la voiture de son père, une évolution qui semblait s'inscrire dans ce que le psychiatre appelait sa trajectoire comportementale. Au cours des mois précédents, il avait estimé que l'adolescente présentait des symptômes relatifs à l'abus de drogues ou d'alcool, voire à un syndrome de sevrage, mais toutes les analyses de sang s'étaient révélées régulièrement négatives. Il avait déjà exclu un traumatisme lié à une agression sexuelle. Informé de cette conversation, Lemaster avait grommelé que Brady procédait comme un interne de première année suivant son manuel chapitre par chapitre.

— Qu'est-ce qui vous amène à penser que Vanessa aurait été au courant de ce que faisait Kellen ? a-t-elle dit, ignorant la question de l'inspecteur. Donnez-moi des raisons.

Chrebet a levé un doigt, prêt à commencer une énumération. Dehors, des éclats de rire ont appris à Julia que ses assistantes étaient de retour.

— Premièrement, l'été dernier, Vanessa a travaillé plusieurs heures bénévolement à la soupe populaire de l'église méthodiste proche du campus. Le professeur Zant y a lui-même été quelquefois volontaire.

— Je ne vois pas le rapport. Je parie qu'ils ont au moins cinquante bénévoles, là-bas.

— Sept adultes, quatre adolescents. Je parle des réguliers, ceux qui font au moins deux heures par semaine.

— Et alors ! Je ne saisis pas en quoi cela aurait une relation avec…

— Deuxièmement, en octobre, pour son dix-septième anniversaire, on a livré à votre fille une boîte de fondants à la noix et au sirop d'érable envoyée par un mystérieux admirateur.

Son débit très rapide, qui contrastait singulièrement avec sa circonspection lorsqu'il avait posé ses questions en présence de Lemaster, éveillait en elle le besoin de lui opposer des réponses immédiates. C'était sans doute l'effet qu'il recherchait.

— Elle a pensé que c'était son petit ami qui…

— Mais la carte ne portait qu'un mot : « Merci ». Exact ? – Abasourdie par la précision de ses informations, Julia n'a pu qu'opiner du bonnet. – Est-ce que votre fille a évoqué à un moment ou un autre le fait que ces chocolats aient été gâtés ?

La lumière venue des fenêtres s'était brouillée. Peut-être le soleil était-il passé derrière un nuage. Peut-être allait-il y rester pour toujours.

— « Gâtés » ? Pourquoi est-ce que quiconque enverrait des chocolats immangeables ?

— Est-ce qu'elle a mentionné ce point, Julia ?

— Non, autant que je m'en souvienne. Non.

On a frappé à la porte, qui s'est ouverte en grand. C'était Latisha, sa corpulente secrétaire à plein temps, celle que Boris Gibbs voulait licencier.

— Euh, Julia ? Les gars du département d'informatique m'ont rappelée. À propos de vos problèmes d'ordinateur.

Celui-ci s'était mis à se bloquer et à bugger à tout moment. Pour l'heure, il ne se trouvait même plus dans la pièce mais quelque part sur le campus, en quarantaine, soumis à une batterie de tests et de traitements.

— Pas maintenant, s'il vous plaît.

— Mais ils disent que c'est urgent, que…

— On en parlera plus tard, d'accord ?

Latisha a ouvert des yeux ronds en découvrant l'expression de Julia, puis la présence du policier. Elle a battu en retraite dans un flot d'excuses désespérées. Comme tout le staff de Kepler, elle vivait dans la hantise des licenciements à venir, convaincue qu'elle était déjà sur la liste des victimes car elle n'avait pas assez d'ancienneté pour être protégée par les accords-cadre que le comité d'entreprise avait imposés à l'administration.

Dès que la porte s'est refermée, Rick Chrebet a repris, imperturbable :

— Trois semaines avant que votre fille ne reçoive le paquet, vous aviez envoyé une boîte de fondants à Kellen Zant pour son anniversaire. Achetée chez Cookie's Place, dans Main Street à Tyler's Landing.

— Oui, en effet.

— Le parfum était noix-sirop d'érable, exact ?

Julia s'est sentie violée dans son intimité. Peu importait qu'un juge ait signé une dizaine de mandats : elle allait étrangler Vera Brightwood de ses propres mains.

— Je crois que les fondants reçus par votre fille provenaient du professeur Zant. C'était la même boîte que celle que vous aviez envoyée. C'est sans doute pourquoi ils n'étaient plus bons.

Silence total. La pièce a vacillé sous ses pieds. Julia savait que si elle tournait la tête elle découvrirait les personnages décorant les vitraux de ses fenêtres tremblant d'indignation réprobatrice. Elle s'est tue.

— Troisièmement, et plus important encore, nous aimerions comprendre pourquoi le numéro de portable de votre fille se trouvait enregistré dans celui de Kellen Zant.

— Le… Vous ne parlez pas sérieusement.

— Je crains que si, Mrs. Carlyle… Julia. Non seulement son numéro s'y trouvait mais le professeur Zant l'a appelée au moins cinq fois au cours des quinze jours précédant sa mort. Et elle lui a téléphoné à trois reprises, ou plus.

Il n'y avait pas si longtemps que Julia s'était révoltée contre l'implacable réalité de ne pas avoir pu dire au revoir à Kellen Zant avant que celui-ci ne disparaisse ; là, l'espace d'un instant de fureur, elle a souhaité de tout son cœur qu'il soit encore vivant afin d'avoir le plaisir de le tuer de ses propres mains. Lentement. Cruellement. Mais elle a gardé sa raison, certes avec difficulté, et le calme de sa voix l'a même impressionnée lorsqu'elle a repris la parole.

— Pourquoi est-ce que vous me racontez tout ça, Rick ? J'aurais pensé que vous auriez préféré nous tomber dessus par surprise, Vanessa et moi, au lieu de me prévenir. Vous savez bien que je vais lui poser la question.

Croisant ses jambes osseuses, Chrebet a refermé sa paume sur son genou et, pour la première fois, Julia s'est rendu compte qu'il n'avait pris aucune note.

— J'espère bien que vous le ferez, Mrs. Carlyle. Il est très possible que je n'en aie pas l'occasion, malheureusement.

— Je ne comprends pas.

— Nous n'aurons peut-être pas le feu vert pour interroger votre fille.

— Pourquoi pas ?

L'inspecteur l'a dévisagée rapidement de ses yeux pâles, comme s'il se demandait s'il valait la peine de lui donner des explications. Soudain, elle a capté l'expression qu'elle n'était pas arrivée jusqu'ici à définir sur ce visage pincé, renfermé : la frustration ; la fureur du coureur de fond qui chute dans la dernière ligne droite.

— Vous ne lisez donc pas les journaux, Julia ? L'affaire est sur le point d'être classée. C'était un vol à main armée.

C'est seulement après son départ que Julia a eu le loisir de méditer sur une autre énigme : pourquoi l'inspecteur n'avait-il pas posé toutes ces questions lorsqu'il était allé rendre visite à Lemaster ?

III

Restée seule dans son bureau, Julia s'est occupée à ne pas penser. Elle a rangé des étagères qui n'en avaient pas besoin, rempilé les trois tas de formulaires d'admission sur sa table jusqu'à ce que leurs angles s'alignent comme au rasoir. Ayant déjà arrosé les plantes, elle les a nourries de divers produits magiques, puis elle est allée à la fenêtre. À travers les vitres colorées serties de plomb, elle a regardé Rick Chrebet traverser péniblement le parking, se battant contre le vent du nord qui se levait chaque après-midi. Elle respectait l'amertume flamboyante qu'elle avait détectée dans ses yeux à la fin de leur rencontre, cette douleur brûlante de devoir renoncer à un combat que toute son âme appelait. C'était ce même feu qu'elle avait vu, dans le miroir qui lui renvoyait son image chaque matin, au cours des dernières semaines de son ultime tentative de vivre avec Kellen.

Elle a enfilé sa parka, remis ses Ugg aux pieds. La plupart du temps, elle quittait Kepler le plus tôt possible dans l'après-midi afin d'arriver à la maison avant les enfants, leurs cars de ramassage scolaire respectifs déposant Vanessa et Jeannie peu après trois heures. Il était près de deux heures, maintenant, et la maison était à vingt-cinq minutes en voiture. Dans l'antichambre, Latisha lui a remis le rapport des techniciens du département d'informatique tout en lui résumant leurs conclusions pendant que Foxon, son assistant blanc qui semblait n'avoir jamais rien à faire et ne cachait pas le peu d'enthousiasme que lui inspirait le fait d'avoir une supérieure noire, chuchotait dans son téléphone en affectant des airs importants. Foxon, le mi-temps qui prendrait du grade si Latisha était mise à la porte.

— Laissez-le-moi sur mon bureau, a dit Julia à celle-ci.

— Mais ils ont dit de vous prévenir tout d'suite. – Reproche. Perplexité. Peur. – Vous pourriez au moins y jeter un œil.

— Je dois m'en aller. Je le regarderai demain.

Mais Latisha a insisté, ce qui ne lui ressemblait pas.

— Ils ont dit *aujourd'hui* !

— S'il vous plaît, posez-le sur… Bon, d'accord.

Julia a pris le papier, l'a plié en deux et l'a enfoncé dans sa poche.

Alors qu'elle espérait pouvoir se faufiler hors du bâtiment sans autre contretemps, elle est tombée dans le couloir sur Boris Gibbs et Iris Feynman, les deux autres vice-doyens. Boris l'a saluée en brandissant son éternelle barre de chocolat entre ses doigts poisseux. Julia s'est rappelé son serment de découvrir ce que Kellen était venu faire à Tyler's Landing. Ce déjeuner paraissait remonter à des siècles. Boris a commencé à se plaindre d'Iris, pour changer :

— Moi, je prétends que Kepler est trop centré sur le christianisme, et elle répond que c'est ce qu'on attend d'un institut de théologie ! Alors qu'elle est juive ! C'est elle qui devrait être à la tête de la protestation !

L'humour façon Boris Gibbs.

— Ce n'est pas mon genre de discussion préférée, a concédé Julia, un œil sur la porte de sortie.

— Julia n'est pas une femme de Dieu, vois-tu, a expliqué Boris comme si Iris ne la connaissait pas. Elle va à l'église, oui, mais ce n'est pas une femme de Dieu. Elle est vieux jeu. Elle y va parce que son mari l'y amène. Lui, c'est un anglican traditionaliste, ce qui est une façon polie de dire qu'il apprécie un livre de prières tellement réactionnaire que le reste du monde civilisé l'a rejeté. – Il a mordu dans sa barre avant de la pointer sur Julia. – Hé, j'ai des infos pour toi !

Avec un sourire de soulagement, Iris a annoncé qu'elle allait les laisser parler tranquillement.

— Désolée, Boris, mais je n'ai vraiment pas le temps.

— Il se faisait construire une maison.

Cela a suffi à immobiliser Julia sur place, peut-être le but que Boris recherchait.

— Il… quoi ?

— Ton Kellen se faisait construire une maison au Landing. – Nouveau coup de dents féroce dans le chocolat caramélisé. – Il avait trouvé un super terrain avec plage privée, pris contact avec un topographe, et tout le tremblement.

Après l'entretien avec Chrebet, cette nouvelle information était un peu trop pour le cerveau embrumé de Julia.

— Tu me dis que Kellen Zant voulait venir habiter le Landing ?

— Y avoir une maison, en tout cas, a-t-il répliqué, très content de lui. Visiblement, il ne t'avait pas raconté ça, non plus. – Il a abattu sa main sur l'épaule de Julia, laquelle a visualisé les taches de sucrerie que sa parka venait de recevoir. – Il y a plus, mais comme tu es pressée je te le raconterai plus tard, hein ?

Boris a continué son chemin dans le couloir en riant tout seul. Julia ne devait s'apercevoir que bien plus tard que le principal indice avait été sa chamaillerie avec Iris.

IV

« Pas une femme de Dieu ! » a répété Julia à voix haute, blessée par le cruel persiflage de Boris. Alors qu'elle se hâtait vers la porte principale en se demandant comment elle allait formuler la question qu'elle devait poser à Vanessa, elle a brusquement changé de direction pour se glisser à l'intérieur de la chapelle Kepler, l'oratoire de l'institut, certes pas aussi grandiose que le temple de l'université, mais tout à fait convenable. Elle a jeté un regard circulaire dans la grande nef glaciale. Les fresques mangées de moisissures, les dorures écaillées et le plâtre pelé des corniches étaient tout à elle. Elle a lentement remonté la travée, face à l'autel vieux d'un siècle, aux panneaux de bois gravés de phrases tirées du chapitre huit de l'Évangile de Jean que le temps avait commencé à effacer, lui-même précédé d'une table d'offrande plus sobre, d'un bois plus clair et moins ancien. Le long des murs, et dans plusieurs remises, il y avait suffisamment de chaises, de crucifix, de nappes d'autel, de calices, d'encensoirs et de bénitiers pour satisfaire les besoins liturgiques de pratiquement toutes les tendances du christianisme, hormis les plus austères. Dans un coin sombre, un porte-chandelles en cuivre mal assuré sur ses pieds attendait qu'un fidèle en allume une. Le froid soleil de l'après-midi tombait des ogives dominant la nef.

C'était ici que Lemaster et elle s'étaient mariés vingt ans auparavant, leurs familles réunies par la même stupéfaction et le même stoïcisme rageur, chaque camp définitivement persuadé que Julia l'avait pris au piège car elle était alors dans son cinquième mois et sa grossesse devenait impossible à dissimuler. Elle avait senti l'humiliation muette de sa mère brûler dans son dos. Par la suite, elle avait souvent raconté que tout ce dont elle se souvenait de la cérémonie était d'avoir attrapé Lemaster par la main pour s'enfuir à toutes jambes. C'était un mensonge ; en réalité, elle se rappelait chaque douloureuse minute de l'épreuve, et même le moment où, alors qu'elle prononçait ses vœux, elle avait blâmé Dieu en silence de l'avoir mise dans une situation aussi impossible. Car Julia, en bonne protestante américaine qu'elle était, ne pouvait jamais accepter entièrement l'idée que la responsabilité de ses difficultés ne revenait qu'à elle.

Depuis son retour à l'institut trois ans et demi plus tôt, elle avait pris l'habitude d'aller à la chapelle quand elle avait besoin de réfléchir, parce qu'elle y trouvait une paix relative, presque personne ne s'y rendant pendant la semaine. Sauf, bien entendu, dans les cas où Kellen quittait son bureau de la tour des sciences sociales, juste de l'autre côté de Hudson Street, et venait se faufiler sur le banc derrière elle pour essayer de lui faire partager ses plus récentes petites misères. Ou bien, elle le trouvait en train d'errer dans le couloir lorsqu'elle remontait au premier étage pour regagner son bureau. Chaque fois, il traversait quelque nouvelle crise qu'il ne pouvait partager qu'avec elle, puisque personne d'autre ne l'avait jamais compris. Et quand Julia lui intimait de la laisser tranquille, il repartait avec cet air mélancolique si émouvant que certains importuns arrivent à adopter en deux secondes, puis se manifestait à nouveau une semaine plus tard par e-mail, message instantané ou téléphonique, pour proposer un déjeuner, un café, tout ce qu'elle pourrait lui accorder. Et comme son insistance finissait toujours par vaincre les défenses de Julia, ils se rencontraient, et Kellen lui parlait alors de la femme qui lui donnait du fil à retordre, ou du collègue qui venait de remarquer perfidement qu'il n'avait rien publié dans les revues scientifiques depuis un moment, ou d'un client potentiel qui avait donné le contrat à un économiste bien moins qualifié que lui.

« Il va falloir que tu prennes ça en main », répétait-elle à chaque fois, en citant Granny V. : « quand on est adulte, c'est ce qu'on fait : on se prend en main. »

« Je connais des choses que, en tant qu'adulte, je préférerais prendre dans mes mains », rétorquait-il en la couvant d'un regard sensuel.

« Si tu donnes la priorité au désir, tu ne parviendras jamais à mettre de l'ordre dans ta vie », répondait-elle, supposant que, cette fois, elle devait être en train de citer Lemaster.

« Qui a envie d'une vie ordonnée ? »

Brillant, couvert d'honneurs, envié, Kellen était aussi un gros bébé qui attendait que Julia joue la maman avec lui, le berce quand il avait pleuré, même si son espoir était qu'elle fasse plus que le bercer. Ce qu'il tentait de lui dire par dix mille petites allusions était ce que Seth Zant avait répété le jour de l'enterrement : qu'elle était la femme de sa vie. Et Julia, elle, avait gardé ses distances.

Au centre commercial de Norport, Kellen avait dit qu'il devait partager son risque d'inventaire, ou de stock, parce qu'il était en difficulté, que des temps sombres étaient arrivés et que l'obscurité importait. Elle n'y avait vu qu'une nouvelle entreprise de flirt pesant : Kellen avait prétendu traverser tant de phases difficiles dans sa vie qu'il était impossible d'imaginer que celle-ci fût la pire.

Elle n'en était plus si sûre, maintenant. Ce qu'elle avait pris pour des billevesées était en fait un message.

Boris avait raison, évidemment : Julia ne croyait pas en Dieu. Pas pour de bon. Vingt ans plus tôt, Lemaster et elle s'étaient installés ensemble après avoir abandonné leurs études à l'institut de théologie, lui parce qu'il en était venu à craindre que ce qu'il y apprenait soit entièrement faux, elle parce qu'elle avait eu peur que cela soit entièrement vrai. Avec le temps, ils avaient surmonté leurs frayeurs et ils étaient revenus au bercail. Quand le père Freed parlait du paradis à Saint-Matthias, ce qu'il faisait souvent, Lemaster l'écoutait avec attention, Julia avec indulgence, mais dès qu'elle portait son regard vers l'avenir dans le secret de son cœur, à vingt, trente, peut-être quarante ans de distance, elle se voyait au milieu d'un hôpital hostile, entourée de machines sans âme, un enfant ou deux à son chevet, son mari depuis longtemps disparu, attendant que le sombre rideau tombe sur la scène pour ne trouver derrière que le néant.

Assez rêvassé. En plongeant sa main dans sa poche pour prendre ses clés de voiture, elle est tombée sur le rapport du département d'informatique. Machinalement, elle a déplié la feuille et l'a parcourue d'un œil d'abord distrait, puis plus attentif. « Truffé de spyware… plus sophistiqué que les cookies-espions habituels… résiste aux antivirus les plus performants… repère chaque commande, chaque site Internet visité, chaque e-mail… uniquement utilisé par les agences fédérales, en général sous contrôle judiciaire… »

Et Kellen avait dit qu'il « tenait » une personnalité politique majeure du pays. Et c'était à elle qu'il en avait laissé la preuve.

Julia Carlyle avait beau demeurer une agnostique convaincue, comme elle l'avait toujours été, là, dans la chapelle vide baignée d'une lumière mourante, elle a baissé la tête et s'est mise à prier.

13

Mère, fille et amie : portrait de groupe

I

— Est-ce que je peux te parler, chérie ? a fait Julia en entrant dans la chambre de sa fille aînée.

Penchée sur son ordinateur avec sa meilleure amie, Smith, l'intéressée a haussé les épaules tout en s'empressant de faire disparaître la fenêtre de messages instantanés qui apparaissaient sans relâche sur son écran dès qu'elle était en ligne. Julia savait que tout adolescent, en cet âge artificiel pris entre l'insouciance de l'enfance et les responsabilités du monde adulte, avait naturellement besoin de protéger sa vie privée, mais elle ne s'inquiétait pas moins des amitiés que Vanessa pouvait nouer sur Internet, des secrets qu'elle partageait ou découvrait. Pelotonné sur les genoux de la jeune fille, Coalition-Arc-en-ciel a jeté un regard mauvais à Julia, comme si celle-ci venait les déranger. Quant à Smith, dont la moindre parcelle de peau blafarde laissée découverte par ses vêtements uniformément noirs était ornée d'un piercing, elle n'a même pas levé les yeux. Derrière les fenêtres, la nuit était claire mais de nouvelles chutes de neige étaient prévues le lendemain matin.

— Vanessa ?

— Hmm ?

Laconique, voire légèrement impertinente, ainsi qu'elle l'était toujours en présence de Smith qui, deux ans plus tôt, était encore une petite souris blanche nommée Janine Goldsmith. Celle-ci dodelinait de sa tête aux cheveux coupés court tout en contemplant quelque chose dans son giron. Julia s'est demandé si elle avait fumé une substance prohibée.

— Je te parle, Vanessa.

— Je t'entends.

Julia s'est approchée, l'ourlet de sa robe du soir frôlant le sol car elle s'était débarrassée de ses talons hauts à l'instant où Lemaster et elle étaient rentrés à la maison. Vendredi soir et encore un dîner habillé, cette fois un gala destiné à réunir des fonds pour un programme d'aide aux étudiants issus de minorités. Julia avait passé presque tout son temps à danser, Lemaster à soutirer de l'argent aux invités.

— Vanessa, a répété Julia. Ça te gênerait de te retourner ? Et de baisser un peu la musique ?

Si l'on n'entendait presque rien du couloir, en effet, la cacophonie régnant dans la pièce était étonnamment agressive.

— Naaan !

Vanessa a tournicoté sur sa chaise pivotante avec un grand sourire pour sa mère, tandis que Smith continuait à tripoter ce que Julia pouvait voir, à présent : un gadget électronique qui devait avoir été inventé à peine un mois plus tôt et ferait fureur d'ici quelques semaines ; ses parents, après un divorce au couteau, essayaient de regagner les bonnes grâces de leur fille en lui payant ses moindres caprices.

Vanessa lui a lancé un clin d'œil. Comme souvent quand il était tard, elle avait retiré ses lentilles de contact et portait des lunettes. Un pyjama ample, un peignoir, les pieds dans des pantoufles Jeannot Lapin tellement usées et distendues que Julia s'émerveillait chaque fois qu'elle arrive à marcher sans trébucher. Plus tôt dans l'après-midi, elle avait demandé à sa mère si elle pourrait être opérée de sa myopie. C'était le début du week-end et Smith devait passer la nuit chez eux ; même à cette heure tardive, elles ne manifestaient aucune intention d'aller se coucher.

— Bonsoir, Janine, a dit Julia. Comment ça va ?

Smith n'a pas réagi. Les enfants d'aujourd'hui… Elle est revenue à sa fille :

— J'aimerais te parler, Vanessa.

— D'ac.

— Tu n'es pas très loquace, cette nuit.

— Ouais.

C'était la version yankee de Nouvelle-Angleterre de Vanessa, l'une des multiples identités qu'elle pouvait revêtir quand il s'agissait de protéger son intimité la plus vulnérable. Vincent Brady les avait prévenus de ne pas se laisser distraire par ce que leur fille laissait transparaître à la surface.

— Tout va bien, chérie ?

— Hmm, a-t-elle répondu en caressant distraitement le cou gras de son chat.

— Est-ce qu'on peut parler seule à seule ?

Elle devait poser la question de Rick Chrebet sans que l'inspecteur soit là, mais elle ne s'en est pas moins voulu de demander la permission. D'un autre côté, elle continuait à avancer sur des œufs, quand il s'agissait de Vanessa, puisqu'elles n'avaient pas encore conclu d'accord sur sa participation au bal orange et blanc d'après Noël, auquel Julia répugnait de lui ordonner de prendre part. Parce qu'elle n'était plus certaine que ses ordres seraient suivis, aussi… Seigneur ! Qu'est-ce qui ne tournait pas rond, chez sa fille ?

— Seule à seule, c'est avec Smith, a corrigé Vanessa, dont la main s'était mise à trembler avant qu'elle ne parvienne à lui rendre son immobilité. De toute façon, je lui dis tout.

Smith-Janine a poussé un petit grognement qui pouvait aussi bien exprimer l'ennui ou l'ironie, le désaccord ou l'enthousiasme. À moins qu'elle n'ait été en train de ronfler ? Le boîtier sur ses genoux était muni d'un petit écran. Un lecteur DVD ?

— Tu peux venir dehors avec moi une seconde, chérie ? S'il te plaît ?

Vanessa a hoché la tête d'un air sombre, l'air de dire le devoir m'appelle, alors que Smith relevait brièvement la sienne, une expression désapprobatrice sur son visage spectral, comme si les bonnes manières étaient totalement passées de mode.

Une fois dans le couloir, un large espace qui s'étendait entre la chambre de Vanessa et le passage couvert menant au studio du maître de maison, Julia s'est approchée d'elle pour murmurer :

— Elle n'a rien qui cloche ? Janine ?

— Elle a fait vœu de silence. Jusqu'à ce que la violence s'arrête.

Ah, voilà qui expliquait tout…

— Écoute, chérie, ce ne sera pas long. Je voulais simplement te demander…

— Quatre.

— Pardon ?

— Le nombre de fois où j'ai croisé Kellen Zant. – Un énorme sourire. – J'attendais que tu me poses la question depuis un moment.

II

Julia a changé de position sur ses pieds endoloris. Elle s'était donné toute une journée avant de poser la question à Vanessa, sachant que si elle l'avait fait aussitôt après la visite de Chrebet elle se serait sans doute montrée trop pressante, et que ses relations avec l'aînée de ses filles étaient déjà suffisamment compliquées. Lemaster était en bas avec Flew, qui les avait attendus pour soumettre quelque problème pressant à son employeur.

— Attends une seconde, a soufflé Julia, ayant remarqué que la porte de Jeannie, décorée de quelques-uns de ses parfaits petits poèmes, était entrouverte avec une parfaite discrétion.

Elle a traversé le palier pour aller y frapper, n'obtenant pour réponse que le bruit de petits pieds détalant au plus vite.

— Au lit, Jeannie !

Après un murmure d'acquiescement de la cadette, elle est revenue à Vanessa et s'est laissée tomber sur le canapé ; elle n'arrivait plus à tenir debout.

— Est-ce que tu veux bien me dire ce qui s'est passé avec Kellen Zant ?

— Moi ? Je ne demande que ça.

Prenant sur elle, Julia a retenu une cinglante répartie. Elle ne tenait pas à imiter encore son impulsive et irascible mère, comme elle le faisait trop souvent.

— Arrête, s'il te plaît. Dis-moi.

— Si tu veux...

Vanessa s'est frotté les yeux avant de jeter un regard brûlant de nostalgie à la porte de sa chambre. Julia s'est demandé si sa fille regrettait déjà la compagnie de Janine – non, de Smith – ou celle de son ordinateur. Brusquement, elle s'est rendu compte que l'adolescente paraissait horriblement fatiguée et qu'elle aurait dû dormir. Mais les deux amies allaient certainement veiller jusqu'à l'aube, occupées à Dieu sait quoi...

— La première fois que je l'ai croisé, c'était à la bibliothèque de l'institut de théologie. En novembre, je pense. Il y a un an. Je crois.

Julia, qui jusqu'à une époque récente ne se rappelait pas avoir jamais constaté que sa fille avait la mémoire défaillante, en était encore au premier obstacle.

— Tu as croisé Kellen... à Kepler ?

— Hmm. Quand je faisais des recherches pour mon topo. Je suis sortie des archives et il était là, dans la salle de lecture, et...

— Une minute, chérie, une minute. Tu es *sûre* ?

— Non, M'man, j'invente au fur et à mesure. – Elle a laissé échapper un son plaintif qui pouvait exprimer la détresse aussi bien que la colère. – Mais si, je suis sûre ! Je me rappelle même que j'ai été surprise, genre, parce que je me suis dit : « Tiens, le grand économiste, le conseiller des vilains capitalistes, lui qui d'après papa ne se donne plus la peine de publier des travaux théoriques, qu'est-ce qu'il fabrique dans une bibliothèque ? Et de théologie, en plus ! » Mais il y était. Et après, ça a été en... janvier, je crois. Et la troisième fois en été. Et ensuite en septembre ou quoi... Une fois au même endroit, une autre à la Société d'histoire...

— La Société d'histoire du comté ?

— Ouais. Et je l'ai vu un jour à la sortie de l'école, aussi.

— Il... Il est venu au lycée ?

— Il passait par là en voiture quand je suis sortie, genre. Il m'a demandé si je voulais un café ou quoi.

— Le salaud, a sifflé Julia sans pouvoir se retenir. – Une fois de plus, elle aurait donné cher pour le tuer elle-même, si cela avait été possible. – Euh, chérie, de quoi... de quoi vous avez parlé ?

— Mais tu sais bien. De l'école. Du temps. De mes cheveux qui avaient l'air tellement bien ce jour-là.

— Il a parlé de tes cheveux ? a fait Julia, qui sombrait à vitesse grand V.

— Ben oui. Et que j'étais l'image crachée de ma mère. – Un sourire timide est apparu sur ses lèvres. – Et qu'il adorait comment je m'habillais. Et que j'étais super douée. Pour les rébus et tout. Il aimait les anagrammes, lui aussi. Il m'embêtait, M'man. – Elle a eu un frisson. – Il s'est mis à m'envoyer des e-mails, des messages, à me téléphoner. C'est devenu craignos. Il était trop vieux pour me téléphoner comme ça.

— Oh, chérie, mais il n'a pas... Je veux dire, vous deux... Je t'en prie, ne me dis pas que...

— Je n'ai pas couché avec lui, si c'est ce que tu essaies de sortir ! Trop dégoûtant à dire !

Vanessa s'est pris la tête dans les mains, s'est frotté les tempes. Toutes ces question, tout le temps… Cela devait être insupportable pour elle, et voilà que sa mère s'y mettait, elle aussi ! Julia était sur le point de regretter d'avoir même commencé. Sauf qu'elle avait l'obligation de protéger sa fille de… de ce qu'elle ne pouvait définir.

— Je suis désolée que tu aies eu à subir tout ça, chérie.

— Moi aussi. C'était comme s'il… me courait après. Craignos, vraiment.

— Si seulement tu m'en avais parlé… Ou à ton père. Nous aurions vite réglé ça.

— Ouais, eh bien ça a été « réglé », non ?

Un silence consterné. Les traits de Vanessa se sont affaissés tandis qu'elle prenait peu à peu conscience de l'implication de ses paroles, tandis que Julia était prise de répulsion en entendant une petite voix maligne en elle proclamer que Kellen n'avait eu que ce qu'il méritait. Et là, elle s'est risquée à poser la question qui lui tournait dans la tête depuis sa rencontre avec Rick Chrebet.

— Est-ce qu'il t'a interrogée à propos de ton travail, chérie ?

— Quel travail ?

— Celui… sur Gina Joule.

Baissant les yeux, Vanessa a lâché un rire amer.

— Allons, M'man ! Il s'en fichait, de mon mémoire. Ce qui l'intéressait, c'était de me mettre dans un lit.

— Oh, chérie…

— Vieux dégueulasse ! Cinquante ans ou presque, à tourner autour d'une ado… Il voulait que je prenne un « café » avec lui.

Julia devait lutter pour garder la tête hors de l'eau, ne pas laisser les arbres lui masquer la forêt, et tant d'autres métaphores qui se mélangeaient dans son cerveau, résister jusqu'à ce qu'elle obtienne sa réponse.

— Donc, il n'a jamais... Euh, il ne t'a pas demandé ce qui était réellement arrivé à Gina la nuit de sa...

Vanessa a relevé la tête d'un coup, envoyant ses nattes voler autour d'elle.

— Il n'est rien arrivé *réellement* à Gina, M'man ! Quoi, tu n'as pas lu mon texte ? C'est DeShaun Moton qui l'a tuée. Tu te rappelles ? – Elle a récapitulé l'histoire sans attendre, une autre habitude qu'elle partageait avec son père. – Gina s'était disputée avec sa mère, elle est partie de chez elle en claquant la porte, elle a marché un moment. DeShaun, qui venait de voler la BMW, a repéré une petite Blanche mignonne près du parc, alors qu'il allait quitter la ville ; il s'est arrêté, il l'a baratinée et elle, petite idiote qu'elle était, elle est montée dans l'auto. Juste parce qu'elle avait la haine contre sa mère, à tous les coups. Les filles font toujours des bêtises quand elles sont en colère contre leur mère. Enfin, je veux dire en général, pas des filles précises que nous connaissons ! Mais bon, DeShaun l'a amenée à la plage, il a essayé de faire ce que les mecs essaient toujours de faire, ils se sont battus, elle s'est noyée. Et DeShaun s'est tiré, sauf que c'était un idiot, lui aussi, parce que quoi ? Cinq, six jours après, il revient, il vole une autre caisse, les flics le prennent en chasse, bang, il est mort. OK, je sais, ils n'auraient pas dû tirer si vite, mais plus coupable que ça il n'y a pas, M'man, alors faut arrêter, je veux dire ! Toutes les preuves étaient contre lui. Évidemment, les gens auraient voulu que ce ne soit pas lui, parce qu'il était noir et Gina blanche et bon, les Noirs qui se font lyncher après avoir tué une fille blanche, c'est un scénario aussi vieux que… – La bouche de Vanessa s'est agitée un instant sans produire un seul son, tandis qu'elle tentait vainement de décider à quel lointain passé ce scénario remontait, et Julia a eu le bon sens de ne pas venir en aide à sa fille, cette fois. – Relis mon boulot, M'man. J'ai vu le dossier officiel. Pas de doute. Ils avaient des témoins, ils avaient les antécédents du garçon, ils avaient tout ! D'accord, il y a eu des émeutes mais ceux qui sont descendus dans la rue avaient tort. Moi, je voulais qu'ils aient raison, c'est pour ça que j'ai pris ce sujet, pour prouver que DeShaun était innocent mais il l'était pas, il l'était pas… – Elle s'est encore arrêtée, passant ses mains sur ses bras et sa poitrine comme si elle voulait se débarrasser des restes de sa tirade. Avec un sourire tranquille, elle a refermé sa parenthèse le plus calmement du monde. – De toute façon, il n'aurait pas dû m'embêter. Kellen. C'était ouf.

— Je sais. Et je suis désolée, chérie.

— Et honnêtement, M'man, je ne sais pas du tout à quoi Kellen travaillait. Il ne m'a pas dit. Mais si c'était revenir sur l'histoire de Gina ? Une chance sur mille ? Eh bien, s'il avait conclu que DeShaun n'était pas le coupable et s'il l'avait claironné au monde entier, ça aurait été encore un mensonge, tu vois ?

— Tu en es absolument certaine ?

— Hé, tu te rappelles ce que Papa m'a dit quand j'ai été prête à écrire mon mémoire ? Il a dit qu'un étudiant qui choisit tel ou tel sujet doit devenir comme l'un des experts mondiaux de la question. Ou une étudiante. Et donc voilà : je suis l'experte mondiale de l'affaire Gina Joule et je te dis oui, M'man, je suis absolument sûre que c'était DeShaun Moton. Et la famille du garçon aussi, j'imagine, parce qu'ils ont renoncé à poursuivre la municipalité en justice. Ils n'ont même pas eu de dédommagement.

— Tu l'as dit à Kellen ?

— Bien sûr que non ! a protesté Vanessa, ouvrant de grands yeux incrédules. On n'en a *jamais* parlé, je te l'ai dit. Kellen se fichait de l'assassin de Gina, il voulait juste mater mes jambes. Le pervers total.

— Et donc, qu'il t'appelle sur ton portable, c'était...

— Il voulait tout le temps qu'on se voie ! C'était un malade ! – Elle a soudainement recouvré son calme. On aurait dit qu'elle était capable de le contrôler en levant ou abaissant une manette. – Mais n'en parle pas à Papa, d'ac ? Il se mettrait dans tous ses états. Il est mort, après tout. Qu'il repose en paix.

Julia était parvenue à une conclusion assez similaire. Elle a cherché une ultime confirmation :

— Et donc, c'était tout ? Votre relation s'est bornée à ça ?

En voyant les nattes de Vanessa fuser à nouveau, elle a compris qu'elle avait mal choisi ses mots.

— Ce n'était pas une *relation* ! Je viens de te le dire ! Non, mais, c'est trop répugnant !

Janine a passé la tête par la porte, comme prête à venir à la rescousse de sa copine. Julia l'a fixée jusqu'à ce qu'elle et tous ses piercings redisparaissent à l'intérieur. Pendant ce temps, Vanessa continuait d'une voix morne :

— On n'était même pas amis, M'man. On n'était rien du tout. J'étais tranquille dans mon coin et il est venu m'embêter, compris ? Les mecs font ça, des fois.

Même les vieux. Je suis sûre que ça t'est arrivé, à toi aussi.

— Ce n'est pas ce que je voulais dire, chérie. Franchement.

Les enfants, et particulièrement les filles adolescentes, ont toute une collection de regards dédaigneux qu'ils réservent aux adultes. Vanessa en a offert l'un de ses plus éloquents à sa mère.

— Mais oui, M'man.

— Chérie ?

— Et tu sais quoi ? Maintenant que je sais que vous avez été ensemble, lui et toi ? Eh bien, ça explique tout. Il m'embêtait parce qu'il se disait que ça t'embêterait.

Julia a été frappée par la profondeur de cette réflexion, et par sa probable pertinence.

— Je regrette que tu aies dû subir tout ça, chérie. Sincèrement. Oh, ma petite… – Elle a ouvert ses bras à Vanessa qui, toujours immobile comme une statue, ne les a ni refusés ni acceptés. – Il s'est comporté d'une façon inqualifiable. Je suis fière de toi, de la manière dont tu as réagi, de…

La réponse de Vanessa l'a terrassée dans son élan :

— Oh, M'man, tu n'as même pas idée de comment j'ai réagi !

Une idée inquiétante s'est formée dans l'esprit de Julia, une idée qu'elle n'avait cessé de repousser depuis sa conversation avec « Casey-je-ne-sais-quoi » au cinéma, et qu'elle a étouffée à nouveau.

— Mais je suis fière de toi, chérie. Et je t'aime.

— Il y avait quelque chose d'autre ? a demandé Vanessa avec toute la superbe de son père. Parce que je t'assure que je vais bien, promis, et je voudrais bien retourner dans ma chambre.

— Non, non, rien d'autre, a soupiré Julia en dissimulant son exaspération contre elle-même, contre son incapacité à amener ses enfants à lui parler sérieusement. Oh, d'ailleurs, chérie ? Qu'est-ce que vous faites exactement, dans ta chambre ?

— On vous économise des tonnes d'argent avec les MP3, voilà ce qu'on fait. Mais ne t'inquiète pas, je copie surtout des CD que j'emprunte à Casey et j'utilise un décodeur complètement confidentiel, un programme que j'ai trouvé sur un site coréen vraiment cool. Ne prends pas cet air ! Tout ira bien. Mes systèmes anti-détection fonctionnent. Les flics de l'AP ne me repéreront jamais.

AP pour antipiratage.

— Mais encore ?

— On charge de la musique.

— Ah…

Flottement embarrassé ; Julia s'est creusé la tête à la recherche d'une explication. Pourquoi avait-elle perdu prise à ce point sur sa fille adolescente ? Le constat n'était pas nouveau, et cependant toujours dérangeant : à part les relations familiales ou amicales de leurs parents, aucun de ses enfants n'avait un seul véritable ami noir. Exactement ce contre quoi Mona l'avait mise en garde quand Lemaster et elle avaient opté pour la vie de province.

— Et c'est légal ?

— Non.

— Alors ne le fais pas, d'accord ?

— Oui, M'man.

— Vanessa ?

La main déjà posée sur la poignée de porte, sa fille ne dissimulait plus son impatience. Julia était certaine qu'elle lui mentait, sans arriver à deviner à propos de quoi.

— Ce truc que Janine tripotait, qu'est-ce que c'est ? Ce… cet appareil ?

— Elle s'appelle Smith, maintenant. C'est une forme de protestation, tu ne te rappelles pas ?

— Dis-moi.

Vanessa pouvait se montrer d'une précision sourcilleuse même quand il s'agissait de décrire une grosse bêtise.

— Ça balaie les réseaux cellulaires à la recherche des NSE et des identités d'EM. C'est censé marcher même pour les STMA. On est en train de le tester.

— En langage normal, s'il te plaît, Vanessa !

— Ça clone les numéros de série électroniques des portables. Le but, c'est de… passer des appels gratuits, tu vois ? – Elle a regardé le visage de sa mère virer au gris. – Ne t'inquiète pas. Elle ne s'en sert pas à des fins intéressées. Elle a trouvé les plans en ligne, elle voulait juste voir si elle était capable d'en construire un.

Le cœur soudain serré, Julia s'est souvenue du temps où Janine Goldsmith remportait tous les premiers prix aux concours d'innovation technologique du lycée. Et de celui où Vanessa n'aurait pas pensé l'aider dans… ce qu'elle pouvait être en train de fabriquer. Elle s'est également rappelé que Lemaster s'était opposé à ce que Janine-Smith passe la nuit chez eux, mais qu'elle lui avait arraché son accord avec l'idée que cela remonterait le moral de leur fille.

— Dis-lui de ranger ça, d'accord ? C'est plus qu'un petit peu illégal, et… – Elle a pensé ajouter un jugement éthique, mais ceux-ci sont de peu de poids, quand ils viennent après coup. – … Ce n'est pas bien, en plus.

— Entendu, M'man.

Le même gentil sourire, encore. Comme celui avec lequel on accueille un converti dans la religion qu'il vient d'embrasser.

III

Elle a tenu la semi-promesse faite à Vanessa, s'abstenant de parler à Lemaster des attentions déplacées que Kellen avait réservées à leur fille. Étendue auprès de son mari, elle s'est persuadée qu'il était inutile de chercher le sommeil. Kellen n'était plus là. Le fragile rétablissement de Vanessa avait été trop difficile. Quant à l'abandon imminent de l'enquête policière sur le meurtre de Zant, c'était la meilleure nouvelle qu'elle avait entendue depuis longtemps… en tout cas depuis sa mort.

— Lemmie ?

— Hmm ?

— L'inspecteur est venu me voir, hier. Chrebet.

L'obscurité lui a fait penser à celle qui régnait dans la tente quand Mona emmenait ses enfants camper à leur âge tendre, espérant ainsi les endurcir et les empêcher de devenir des mauviettes.

— Il a dit qu'ils sont sur le point de classer le dossier.

— J'ai entendu ça, oui, a fait Lemaster d'une voix ensommeillée. Vol à main armée, quelque chose de ce genre…

— C'est ce qu'il m'a dit.

— Ça paraît vraiment pratique pour eux. – Il a soulevé sa tête une seconde, l'a laissée rouler à nouveau sur l'oreiller. – En fait, ce n'est pas notre affaire, j'imagine. – Un bâillement. C'était typique de lui, cette capacité à repousser de côté ce qu'il ne pouvait pas changer. Dans sa mémoire, Julia revoyait le feu de camp, ses flammèches toujours plus rouges et jaunes se densifiant dans la nuit. – Oh, à propos. J'ai eu une conversation avec Mal' Whisted. – Un battement. – À propos d'Astrid.

Juste après être allé à la Maison Blanche et avoir passé quelques minutes en tête à tête avec le Président, a noté Julia, qui n'a pas voulu laisser ses pensées continuer dans ce sens.

— D'accord.

— Il a dit qu'il allait la mettre au pas. Il ne croit pas du tout en ce genre de…

— D'accord.

— Astrid est comme ça, que veux-tu, a soupiré Lemaster en la serrant contre lui. On ne choisit pas sa famille, hein ? – Un baiser. – Mais on peut choisir sa compagne, heureusement…

Gentil interlude dans les ténèbres, quelques attouchements attendris, puis :

— Lemmie ? D'après toi, qu'est-ce qui est réellement arrivé ? À Kellen ?

C'était à moitié une mise à l'épreuve, à moitié le désir sincère que l'esprit exceptionnel de son mari se saisisse du problème, parce qu'elle était lasse de spéculer toute seule. L'attente d'une réaction a été si longue qu'elle a craint qu'il ne se soit endormi. À nouveau, des pensées dangereuses se sont réveillées et à nouveau elle les a repoussées, non sans difficulté.

— J'imagine que celui qui a fait ça pensait avoir une bonne raison.

— Mais… Pourquoi l'aurait-il haï à ce point ?

— Ce n'était pas forcément de la haine, Jul'.

— Pas… Quoi d'autre, alors ?

Tout en guettant sa réponse, elle a eu l'image d'un sac de couchage, de braises mourantes, d'étoiles pures comme des diamants sur un fond de velours sombre.

— Je sais comment Kellen aurait appelé ça, a fini par répondre Lemaster. Maximisation rationnelle de ses intérêts personnels.

14

Invité surprise

I

Dimanche soir, Julia a dîné en ville avec deux des Coccinelles, Regina Thackery, obstétricienne à la faculté de médecine, et Kimmer Madison, associée du principal cabinet d'avocats de la ville. Techniquement parlant, elles formaient une sous-commission attachée à une sous-commission chargée de préparer une description des objectifs d'un bal de charité qui devait se tenir en mai, tâche complexe puisqu'il s'agissait de trouver des financements pour un programme d'aide aux adolescentes enceintes sans prendre position sur l'avortement. Regina s'y étant portée volontaire, Kimmer, sa meilleure amie, l'avait suivie même si elle ne participait jamais aux activités de l'association, bien qu'envoyant de temps à autre son fils aux réunions des « Mini-Coccinelles », l'organisation juvénile constituée des décennies auparavant afin que les mères de la bourgeoisie noire trouvent des camarades de jeu à leur progéniture, trop précieuse pour risquer des fréquentations parmi les masses de couleur, mais aussi trop noire pour être exposée à la proximité des Blancs. Julia, elle, ne se rappelait plus comment elle avait échoué dans cette sous-commission, qui jusqu'ici s'était réunie à deux reprises sans rien accomplir de notable. La présente réunion du trio, au restaurant Cadaver's, un établissement excentrique et coûteux du centre-ville, avait pris la même direction : excellent repas, bon vin, et agréable conversation roulant sur les sujets les plus divers, sauf ceux qu'elles étaient censées traiter.

Julia raffolait de ces dîners entre intimes, d'habitude, mais ce soir-là elle semblait préoccupée, ce que les deux autres Coccinelles ont remarqué :

— Tout va bien, chérie ?

— Pas de problèmes à la maison ?

Elles n'ont pas réussi à l'animer avec la politique, ni avec les derniers potins, même quand Kimmer leur a révélé sa sensationnelle décision de sortir à nouveau avec son ex-mari en raison du déficit local d'hommes noirs d'un certain âge et d'un certain rang. Elles ont été également incapables de l'entraîner dans une discussion sur les relations sentimentales, terrain où Julia dissimulait d'ordinaire ses véritables convictions car, tout en sachant combien le reste du Clan trouvait son mariage exemplaire, elle avait appris sous la houlette de Mona à ne jamais laver son linge sale en public et refusait donc de partager avec quiconque l'idée glaçante que la vie avec Lemaster était comme reprendre l'ascension de l'Everest tous les jours.

Sans oxygène.

— Pardon, a-t-elle fini par concéder alors que leur bavardage ne parvenait pas à la dérider. – Prenant une gorgée de vin, elle a examiné avec hostilité le filet de tilapia auquel elle avait à peine touché, comme si elle venait de se découvrir un nouvel ennemi. – Ces dernières semaines n'ont pas été faciles pour moi. – Elles comprenaient, bien sûr, et leurs regards compatissants la pressaient de poursuivre. – Je ne sais pas, nous avons peut-être commis une erreur en venant vivre en province, a-t-elle continué, elle-même surprise par cet aveu, leur accordant peut-être une part de vérité mais certainement pas de ses angoisses les plus secrètes. Parfois, j'ai l'impression que depuis que nous habitons le Landing…

— Hé, regardez qui est là ! a chuchoté Kimmer avec un soudain déplaisir, son beau visage couleur noisette froncé de répulsion alors qu'elle fixait un point de la salle de restaurant.

Comme Lemaster, Kimberly Madison, dite « Kimmer », connaissait visiblement tout le monde. Julia et Regina ont tourné la tête, découvrant un représentant de la pâle nation de haute taille, en bonne forme physique, qui se dirigeait vers leur table. Ses yeux bleus irradiant la jovialité sous ses cheveux impeccablement coiffés, il était l'incarnation de l'homme satisfait qui se réjouit de chaque instant de son existence.

— Ne vous levez pas, je vous en prie ! a-t-il lancé, bien qu'aucune d'elles n'ait fait mine de bouger. Kimberly, ma chère, vous allez me présenter à vos amies, n'est-ce pas ?

— Regina, Julia. Anthony Tice.

II

Bien que l'ayant reconnu grâce à ses spots publicitaires à la télévision, Julia le trouvait encore plus impressionnant en chair et en os. Il avait le sourire facile et le charme décontracté de qui a passé de longs moments à répéter ses mimiques devant la glace, ainsi que les larges épaules d'un habitué des gymnases. Elle avait entendu dire qu'il avait une aisance extraordinaire à captiver les jurys et là, en l'ayant devant elle, elle a pensé que ce n'était sans doute pas une légende.

— Eh bien, eh bien ! a-t-il fait avec un empressement qui a accéléré les battements de son cœur. Julia Carlyle ! Nous nous rencontrons enfin ! Je suis enchanté, vraiment.

— Allez-vous-en, a soufflé Julia, s'attirant les regards stupéfaits des deux autres Coccinelles.

Tice a pris une chaise et s'est assis.

— Il faut qu'on parle sérieusement, a-t-il continué, parfaitement à l'aise.

— Mais… tu le connais ? a chuchoté Regina.

Sans laisser le temps à l'Adonis des prétoires de poursuivre, Julia a entrepris de lui passer un savon en bonne et due forme, trouvant là un exutoire à des semaines de tension, tension à laquelle ce comploteur venu tenter de subvertir la doyenne de l'institut n'était nullement étranger. Tony Tice n'a paru ni surpris ni gêné, recevant l'algarade avec le plus grand stoïcisme. Quand elle a eu terminé, ses deux compagnes la dévisageaient d'un air abasourdi, et c'était aussi le cas de tous les convives autour d'eux.

— Je n'aurai besoin que de quelques minutes, a-t-il assuré. – Son costume lui allait comme un gant. Ses chaussures étincelaient. Il avait de très longs pieds, comme ses mains. – Si vous aviez répondu à mes messages téléphoniques, je n'aurais pas eu à vous importuner ici.

— Je n'y ai pas répondu parce que je n'ai rien à vous dire !

— Vous entendez ? Elle ne veut pas vous parler, est intervenue Kimmer, prenant le parti de son amie.

Le sourire automatique n'a pas vacillé.

— Ce ne sera pas long, ma très chère Kimberly. Vous allez pouvoir reprendre votre dîner dans deux minutes. – Il s'est tourné vers Julia. – Vous avez parlé de moi avec la doyenne ?

— Bien sûr. Elle a dit que vous risquiez de ne pas donner votre contribution cette année si je refusais de vous rencontrer. – Le téléphone portable de Julia s'est mis à sonner. Elle l'a ignoré. – Eh bien, c'est chose faite, maintenant, donc vous pouvez payer.

Kimmer a tenté de s'intercaler, à nouveau, mais Tice s'était déjà penché en avant, cherchant à amener Julia à faire de même pour pouvoir s'adresser à elle tout bas, mais elle n'a pas cédé à la manœuvre.

— Le fait est que… je représente un client, présentement. Celui-ci était en relation d'affaires avec le professeur Zant et, malheureusement, il semble qu'elle ne soit pas parvenue jusqu'à sa conclusion. Il m'a donc chargé de, disons, récupérer les pièces du…

Julia l'a arrêté en levant la main, ne voulant pas que ses amies soient mêlées à tout cela.

— D'accord, d'accord. Je vous accorde une minute. Pas plus.

Elle a quitté la table avec lui, traversé la salle et contourné la queue des clients sans réservation. Dehors, une pluie glaciale avait remplacé la neige et ils sont donc restés sous l'auvent. Rendue furieuse par les manières de Blanc sûr de lui que Tice affectait, tous ses réflexes claniques exacerbés, Julia est passée aussitôt à l'attaque :

— Comment osez-vous débarquer ici et interrompre notre dîner de cette façon ?

— Je suis avocat. C'est mon boulot d'être grossier.

— Oui, mais je ne suis pas intéressée par ce que vous avez à vendre.

— Je ne viens pas pour vendre, je viens pour acheter.

— Je n'ai rien à vendre, Mr. Tice. Contrairement à ce que vous avez l'air de penser, je ne suis pas la « Dame noire » de Kellen.

Si elle avait espéré le désarçonner, c'est lui qui l'a prise à contre-pied :

— Je sais que vous vous êtes entretenue avec Mary Malard. À votre place, je me méfierais d'elle. Le professeur Zant traitait avec moi, pas avec Miss Malard. Il était sur le point de vendre à mon client. Miss Malard est une intrigante. Vous ne devriez pas la laisser vous approcher.

— Dorénavant, c'est *vous* que je ne laisserai pas approcher !

Tice souriait toujours, imperturbable, et elle a dû reconnaître qu'il était difficile de ne pas le trouver séduisant.

— Permettez-moi de simplifier les choses, pour gagner du temps. Le professeur Zant était en possession d'un article dont mon client était prêt à se rendre acquéreur. Ils étaient parvenus à un marché. Zant lui a donné un aperçu, un « amuse-gueule », comme il disait, tout en promettant de lui remettre l'article lui-même d'ici une quinzaine. Et puis quelqu'un l'a abattu.

— Vous avez terminé ?

— Shari Larid, a-t-il prononcé à brûle-pourpoint.

— Quoi ?

— C'est le nom de quelqu'un. Shari Larid. – Il l'a épelé. – Une professeur remplaçante. Zant a dit que c'était elle qui aurait ce qu'il voulait vendre, et que *vous* sauriez comment la joindre.

Julia a secoué la tête.

— Je ne connais personne de ce nom. J'ai connu un Aird, un avocat, quand je travaillais à New York, mais c'est tout. Voilà. Nous avons terminé. Et maintenant, vous voulez bien me laisser ? – Comme Tice se contentait de lui sourire, encore, elle a tenté sa chance. – Qui est votre client ?

— C'est une information que je ne peux pas communiquer, désolé.

Il ne paraissait pas du tout désolé.

— Je vais vous répéter ce que j'ai déjà dit à Mary : je n'ai aucune idée de ce à quoi Kellen était occupé quand il est mort. Il ne m'a rien raconté, ne m'a rien laissé. Nous n'avions pas ce genre de, euh… relation. – Une bouffée de chaleur inattendue lui était montée au visage, la faisant trébucher sur ses mots. – Et je… Je ne tolérerai pas que quiconque insinue le contraire. En conséquence, retournez à votre mystérieux client et annoncez-lui que vous vous êtes planté. Dites-lui que vous vous êtes trompé de femme.

Il n'a pas été ébranlé le moins du monde.

— Vous n'imaginez pas l'importance de tout ceci. Si vous coopérez, il pourrait y avoir une récompense substantielle. Nous pourrions passer un accord, vous et moi. – Il a repoussé d'un geste toute nouvelle objection. – Réfléchissez-y, c'est tout ce que je vous demande.

— Vous êtes en plein délire.

Son portable, à nouveau. Elle a jeté un regard agacé sur l'écran. Claire Alvarez. Elle pouvait attendre.

— Très bien, Mr. Tice. Vous voulez conclure un marché ? Le voici. À mes conditions, non négociables. – Son doigt a fendu l'air, vengeur. – *Vous* revenez m'importuner, une seule fois, et je vous fais arrêter. Point final.

— Je reprendrai contact, a-t-il affirmé avec le même aplomb tout en glissant sa carte de visite dans la main de Julia.

Elle a eu un sourire féroce. Elle laissait peu souvent libre cours à sa colère, surtout depuis qu'elle était mariée à Lemaster, et c'était aussi bon qu'un joint, en plus naturel. Fixant l'avocat dans les yeux, elle a déchiré sa carte en petits morceaux qu'elle a laissés tomber sur la neige sale du caniveau, puis elle est rentrée dans le restaurant avec son roulement de hanches le plus méprisant. Lemaster était en Floride, à collecter encore des fonds pour l'université ; dès son retour, elle lui raconterait l'audace incroyable de cet avocaillon et elle le laisserait « prendre des mesures », ainsi qu'il l'avait dit, mais elle se sentait déjà triomphante. Elle avait rabattu son caquet à Tony la Trifouille. Après vingt années à laisser son mari régler ses problèmes à sa place, elle s'était chargée de celui-là toute seule, et victorieusement. Quand elle s'est rassise, son humeur avait si visiblement changé que Kimmer et Regina se sont cru autorisées à la taquiner en lui demandant des détails sur son tête-à-tête clandestin avec un homme aussi séduisant. Tout enivrée de son succès, elle s'est volontiers prêtée au jeu.

Son portable a encore sonné. Cette insistance était surprenante, de la part de la doyenne. Elle est retournée d'un pas vif dans l'entrée pour répondre. Claire Alvarez avait une drôle de voix lorsqu'elle lui a demandé si elle pouvait passer chez elle. Tout de suite. Julia a consulté sa montre. Presque neuf heures. Elle a demandé si cela ne pouvait pas attendre le lendemain. Non, a chuchoté Claire.

Deux heures plus tôt, alors qu'il traversait le parking bondé du grand centre commercial de Norport, les bras chargés d'achats de Noël, Boris Gibbs avait été écrasé par un monospace qui avait dérapé sur une plaque de neige, et ne s'était pas arrêté.

Plus : même si personne n'allait les croire, car les gens tendent à fabuler dans les situations extrêmes, deux témoins horrifiés devaient affirmer par la suite que le lourd véhicule avait fait marche arrière pour passer une deuxième fois sur le corps à terre.

III

Julia dans la salle de la télévision, zappant et zappant tandis qu'une nouvelle tempête hivernale hurlait dehors, cherchant à se ruer à l'intérieur de la maison douillette. Pas de neige, cette fois, mais des trombes d'une pluie glaçante, enragée, qui malgré les projecteurs faisait disparaître le jardin sous ses rafales crépitantes. CNN. Clic. Fox News. Clic. MSNBC. Clic. Rien. Contrairement à Kellen, ce pauvre Boris n'avait pas retenu l'attention des grandes chaînes d'information.

Ce n'était qu'un accident de la circulation, après tout. Et Boris était blanc, et inconnu en dehors de Kepler à l'exception de la poignée d'universitaires qui avaient partagé sa spécialité. Et même parmi ces derniers, certains n'avaient jamais soupçonné son existence.

Irritée, elle a éteint le téléviseur et s'est rendue à l'ordinateur de la cuisine pour consulter les informations en ligne. Elle ne pouvait s'empêcher d'essayer de s'imaginer ce qu'il avait dû éprouver. Le choc initial, vous êtes au sol, vous n'avez jamais autant souffert mais vous êtes encore vivant, et ce constat envoie une vague de soulagement dans ce qui vous reste de corps, puis le grondement du moteur, encore, et... Si la police avait dénié toute véracité aux témoignages, Julia savait qu'ils allaient continuer à hanter ses cauchemars.

Elle s'est demandé ce que Boris avait entendu, à la fin. Le lourd véhicule revenant sur lui ; des cris, bien sûr, dont peut-être les siens ; et le clapet final, annonciateur des ténèbres. Et Kellen ? Son cerveau avait-il eu le temps de reconnaître comme tel le claquement du coup de feu ? Non, elle ne pensait pas. Il n'y avait sans doute eu qu'un instant de douleur. Ou de surprise. Suivi par... allez savoir quoi.

La frontière entre la vie et la mort, entre tout et rien, est si facile à franchir... On laisse sa voiture du mauvais côté du parking et le miracle inexplicable s'arrête d'un coup : plus de cœur pour battre, plus de poumons pour oxygéner, plus de cerveau pour penser. Certains jours, Julia croyait avec ferveur en Dieu, la résurrection des morts, la vie dans l'au-delà et tous les autres dogmes du Symbole de Nicée qu'elle récitait le dimanche matin à Saint-Matthias ; d'autres, elle n'accordait de foi qu'à la logique de la biologie : tous les organismes vivants retournaient à la poussière et l'univers entier finirait par en faire de même, l'entropie mourant d'elle-même. Et pourtant elle n'était pas sans une certaine familiarité avec la mort, et pas seulement à cause du décès de son frère jumeau, Jay, vingt ans plus tôt : étudiante, elle avait tenté de se suicider quand Zellen avait rompu, un épisode de sa vie que seule Tessa connaissait. Rentrée du dîner dans leur appartement au-dessus de la librairie, elle avait rédigé un mot cinglant à l'intention de son amant, certainement, ou peut-être de sa mère, puis elle s'était soigneusement maquillée, avait passé sa plus belle robe et avalé un flacon de Valium. Pelotonnée sur le sofa, elle avait imaginé avec un plaisir morbide sa colocataire découvrant son cadavre ainsi mis en scène, mais Tessa n'était pas rentrée de la nuit et Julia avait eu la surprise de se réveiller le lendemain matin, percluse de crampes dans la position absurde où elle avait dormi et où, prise de nausées violentes, elle s'était débrouillée pour vomir la plupart des comprimés sans périr étouffée. Elle était assise dans ses déjections. Plutôt décevant. Les somnifères ne tuaient que dans les films, alors. Elle s'était sentie délicieusement incompétente.

Se remettre debout avait demandé un effort incommensurable. La vive lumière lui faisait tourner la tête. Dehors, le campus était couvert de neige fraîche et scintillante. Chaque battement de paupière projetait des nuées d'étincelles dans son cerveau. Elle avait jeté le flacon au loin, laissé sa robe tomber au sol et était restée sous la douche pendant des heures, des jours peut-être. Ensuite, elle s'était rendue à la faculté de sciences économiques, déserte car c'était un samedi, s'était glissée par une fenêtre et avait entrepris de lacérer la porte en bois verni du bureau de Kellen avec ses clés, sans oublier d'enfoncer le petit carreau rectangulaire, mais celui-ci était en verre renforcé et n'avait pas volé en éclats. Puis elle s'était traînée dans la neige jusqu'à la maison de North Balch Street, qu'elle avait évitée pendant ses deux ans ici, et avait annoncé à Mona qu'elle allait laisser tomber ses études pendant un moment pour, disons, voyager : le Sri Lanka, par exemple, un nom assez exotique pour paraître lointain, ou bien aller se joindre à la révolution dans ces contrées que les initiés appelaient Azania et le commun des mortels l'Afrique du Sud. Mona, en train de travailler dur dans son coin-bibliothèque devant un maigre feu de cheminée, avait observé le visage hagard de sa fille, ses hanches amaigries, ses mains tremblantes, ses yeux égarés, ou bien s'était-elle contentée de se remémorer les rumeurs qui lui étaient parvenues, mais dans un cas comme dans l'autre elle avait apprécié la situation comme il le fallait, en psychologue expérimentée qu'elle était.

— Pourquoi tu ne tues pas ce macaque, plutôt ? Parce qu'un homme qui met mon Bijou dans un état pareil ne mérite pas de vivre.

Et elle s'était replongée dans ses livres. Et Julia était revenue à Kellen, l'avait fui, était encore revenue. Pas seulement à Dartmouth : son diplôme obtenu, elle était entrée dans une agence de publicité de Manhattan, l'un des nombreux plans de sa mère qui, à l'époque, avant d'atteindre sa phase ultracontestatrice, avait conseillé les magnats du savon, de la bière ou de l'automobile sur les meilleurs moyens de capter les consommateurs noirs, et Kellen était lui aussi parti à New York, dont il appréciait l'ambiance, les opportunités, sans parler du salaire et des conditions alléchantes du poste qu'on lui avait proposé à l'université de Columbia, mais lorsqu'il était revenu tourner autour de Julia il lui avait assuré qu'elle était la seule raison de sa présence dans la Grosse Pomme et elle, comme toujours, s'était laissé prendre à son boniment. Et prendre encore.

Pendant cette période new-yorkaise, Kellen avait été le 4 × 4 qui la renversait, lui passait dessus, revenait s'acharner sur sa forme prostrée, et elle ne s'était pas défendue, elle n'avait pas fui cette douleur qui dépassait tout ce qu'elle avait imaginé, sous calmants nuit et jour. Jusqu'au week-end où Tessa, alors en deuxième année à la faculté de droit, était venue à New York déjeuner avec son amie et voir un spectacle à Broadway le soir. Après un seul regard sur son ex-colocataire, elle avait pris la décision à la place de Julia : elle l'avait obligée à faire une valise, l'avait jetée dans sa voiture et ramenée à Elm Harbor où, trois jours durant, elle ne l'avait pas quittée de l'œil, même dans la salle de bains, et lui avait donné l'ordre de s'inscrire à l'université, dans n'importe quelle discipline, et une fois Julia à court de hurlements injurieux elle…

Le téléphone sonnait. À près de minuit ! Julia a eu une brève hallucination. C'était Boris, à l'autre bout du fil. Qui d'autre aurait pu appeler à une heure pareille ? Boris avait enfin obtenu ses informations sur ce qui se tramait au Landing, le monospace l'avait raté, il était encore en vie…

Elle a décroché le combiné d'une main frissonnante. Bon, ce devait être Lemaster, Lemaster lui téléphonant d'East Podunk ou de quelque autre coin impossible de Floride, après une rude journée à trouver de nouveaux sponsors ou à en convaincre d'anciens. Non, c'était une amie de Vanessa qui venait d'apprendre qu'il n'y aurait pas cours le lendemain, à cause de la tempête prévue. Ou l'un des garçons, à propos de leurs plans pour Noël… Tout faux, à nouveau.

— Julia ? Bonsoir, c'est Bruce Vallely. Pardon d'appeler si tard. Vous ne vous souvenez peut-être pas de moi mais ma femme, Grace, faisait partie des Coccinelles.

— Bien sûr que je me souviens de vous, ne dites pas de bêtises ! s'est exclamée Julia, étonnée d'entendre cette voix masculine pleine d'assurance et de calme.

Bruce, chef de la sécurité du campus, avait probablement essayé de joindre Lemaster. Cet appel tardif ne pouvant qu'être porteur d'un nouveau lot de mauvaises nouvelles, elle a serré les pans de sa vieille robe de chambre contre elle dans un geste de défense instinctive tout en dressant mentalement la liste des êtres aimés et de l'endroit où ils se trouvaient à cet instant.

— Grace était une femme délicieuse. Je l'adorais. Je suis désolée, sincèrement. – Mais ils avaient tous deux déjà joué cette scène près d'un an auparavant, lors des obsèques, et ni l'un ni l'autre n'avait envie de la reprendre. Présumant qu'il devait s'agir de Boris Gibbs, Julia a poursuivi : – Si vous cherchez Lemaster, Bruce, il est actuellement à Miami et…

— Non, Julia. En fait, c'est à vous que j'aimerais parler.

Bruce était un vestige d'une génération de l'obscure nation où les hommes s'exprimaient avec pondération, voire circonspection. Chaque phrase sortant de sa bouche semblait avoir demandé des mois de gestation. Julia s'est dit que cela devait conduire nombre de gens à penser qu'il n'était pas très malin, parce que la culture américaine voue un culte à la vitesse, par exemple dans cette manie des tests d'intelligence qu'elle haïssait profondément ; quant à elle, elle était presque sûre que Bruce Vallely était beaucoup plus intelligent qu'on ne le suspectait.

— Que je vous rassure tout de suite, tout va bien, a-t-il continué. Pas d'urgence ni rien. Je me demandais juste si je pourrais passer vous voir à un moment ou un autre, demain.

— Vous voulez dire… ici ? Au Landing ?

— Oui.

— Parce que je serai toute la journée à l'institut de théologie, donc…

— Je sais où vous travaillez, Julia. Mais j'ai pensé qu'il vaudrait mieux avoir cette conversation loin de… des regards indiscrets.

« Regards indiscrets » ?

— Écoutez, comme je rentre à la maison vers trois heures, vous…

— Si cela ne vous ennuie pas, je préférerais que nous nous voyions ailleurs qu'à votre domicile.

Julia a froncé les sourcils, perplexe. Mais Bruce était un homme sérieux. Peut-être même trop sérieux, puisque chacun de ses mots devait s'entendre littéralement.

— Que se passe-t-il, Bruce ? De quoi s'agit-il ?

— C'est au sujet de Kellen Zant. Quelque chose d'important, et qui… vous concerne.

— Comment, *me* concerne ?

Toujours ces silences prudents…

— Je préfère attendre demain. Je ne veux pas influencer votre jugement.

Non, il veut m'interroger à propos des lampes cassées dans mon allée. Et des miroirs. Et du surplus, et du risque d'inventaire… Bruce lui a donné le nom d'une taverne qu'il connaissait sur la Route 48, en dehors des limites de la ville. L'esprit confus, Julia lui a dit qu'elle le retrouverait là-bas après avoir quitté Kepler.

Plus tard, dans sa chambre aux fenêtres fouettées par la pluie froide de décembre, elle a essayé de trouver une position favorable au sommeil mais son inconfort était mental, non physique. Seule, inquiète, elle s'est tournée et retournée dans le lit, interloquée par la dernière remarque de Bruce Vallely. Influencer son jugement ? C'était le genre de personne qui ne faisait ni ne disait jamais rien au hasard. Il avait été le mari de Grace, un être adorable, mais Julia devait admettre qu'elle ne le connaissait guère, et qu'elle ne l'avait jamais beaucoup aimé. Parce qu'il lui inspirait une crainte non formulée ? Avant d'être chargé de la sécurité du campus, il avait été inspecteur principal de la police locale. Un jour, il était allé arrêter chez lui un récidiviste, auteur de violences sur mineurs. Bien qu'accompagné par un collègue, il était entré seul dans la maison pour des raisons restées inexpliquées. Il y avait eu une altercation, elle non plus jamais clarifiée, et le suspect avait été tué alors qu'il n'était pas armé. Bruce Vallely lui avait brisé le cou, un acte d'héroïsme qui lui avait valu une médaille et, le mois de janvier suivant, une invitation à la tribune des hôtes du Président lors du discours annuel sur l'état de l'Union.

15

Le secrétaire

I

Dans son travail, Bruce Vallely ne détestait rien plus qu'être convoqué pour rendre des comptes, mais sa fonction de chef de la sécurité du campus l'y exposait constamment. Par la vice-présidente, par le doyen du conseil étudiant, par le commissaire de la police municipale, celui-ci toujours désireux d'améliorer la communication avec son vieux camarade même si, pour dire la vérité vraie, ledit commissaire avait haï Bruce dès le temps où ils avaient été collègues, ou encore par les innombrables comités universitaires devant lesquels il devait répondre de ses activités. Et puis il y avait les jours, réellement terribles ceux-là, où Bruce avait la charge de notifier aux parents, époux ou frères et sœurs quelque nouvelle éprouvante – « Je suis navré de devoir vous l'apprendre mais votre fille se trouvait à une soirée de fraternité étudiante hier et il semble qu'elle ait… » –, avant d'entendre les cris, les pleurs et les récriminations subséquents tout en se demandant pourquoi il n'était pas parti prendre sa retraite dans le Sud après avoir quitté la police, ainsi que Grace l'avait recommandé maintes fois.

Tout cela était difficile, certes, mais le pire avait été le mardi suivant la mort de Kellen Zant, deux semaines et demie avant son approche tangentielle de Julia Carlyle, parce que ce jour-là la convocation était venue du secrétaire général de l'université, un petit enquiquineur de la vieille école dont la calvitie rose luisait sous la blancheur mate des lustres, qui paraissait ne pouvoir s'exprimer qu'en chuchotant, surtout quand il se trouvait un peu loin de son interlocuteur, et que la hiérarchie complexe du campus désignait comme le supérieur direct du chef de la sécurité même si, pour les affaires courantes, Bruce traitait surtout avec la vice-présidente et à travers elle avec Lemaster Carlyle, le nouveau boss qu'il avait rencontré une demi-douzaine de fois et auquel il vouait un mépris sans borne.

Mais ce jour-là, c'était le tour du secrétaire, et il avait fallu aller le voir dans son fief, « Comp. Adm. », comme indiqué sur la carte du territoire universitaire, le complexe administratif dans lequel Bruce Vallely répugnait à se rendre même pour de quelconques festivités, trois bâtiments moroses aux façades de marbre et aux toits en tuiles qui s'élevaient à l'extrémité sud du campus. Pour abriter sa bureaucratie, l'université louait également deux tours de bureaux en ville, un espace bien supérieur à ses besoins mais qui lui permettait d'exciper fièrement de sa contribution à la prospérité locale, bien que le loyer pratiqué soit bien en dessous des prix habituels. Mais les postes de prestige se situaient dans les trois mausolées du campus, car c'était en effet ce à quoi ces immeubles ressemblaient avec leurs colonnades et leurs corniches et leurs perrons en marbre, leurs encadrements de fenêtres cannelés et leurs doubles portes en fer forgé qui semblaient peser trois tonnes chacune, ce qui était sans doute le cas. À la pointe méridionale, le plus massif d'entre eux, Marshall Lombard Hall, s'enorgueillissait de la présence du président en personne, de la vice-présidente et du secrétaire général, les trois principales autorités du campus.

Gravissant lentement les marches de l'accès principal, trop larges pour permettre une ascension plus rapide – c'était une caractéristique de tous les bâtiments datant de cette période –, Bruce avait spéculé que la convocation était liée au meurtre du professeur Zant. D'anciens amis policiers lui avaient confié que l'université exerçait des pressions considérables sur les forces de l'ordre pour que l'assassinat de l'un des leurs soit élucidé et puni au plus vite, et à Elm Harbor l'impact de la machine universitaire sur la vie locale n'était pas une mince affaire. Mais si Bruce avait calculé juste, ce n'était pas de la manière dont il s'y était attendu.

II

Les bureaux du secrétaire général – une fonction depuis toujours exercée par des représentants du sexe masculin – occupaient presque tout le fond du premier étage de Lombard Hall. Ses huit larges fenêtres offraient une vue magnifique sur Harbor Park et théoriquement sur le port lui-même, bien que les intentions premières de l'architecture aient entre-temps été contrecarrées par les hauts immeubles de bureaux qui, peu à peu, avaient conquis le paysage urbain depuis l'autoroute. Bruce soupçonnait qu'il devait y avoir un message caché, mais il n'était pas amateur de métaphores et il aimait les mots qui avaient un sens premier, les questions qui possédaient des réponses et les gens qui refusaient de chercher toutes sortes de raisons pour lesquelles le bien pourrait ne valoir guère mieux que le mal.

— Je crains que nous n'ayons comme une crise devant nous, a murmuré le secrétaire de son côté de l'éléphantesque table en acajou, survivance de l'ancien temps, trop grande pour y travailler sérieusement mais de la taille adéquate pour faire comprendre aux sous-fifres qu'ils n'étaient précisément que des sous-fifres.

Les murs étaient tendus de tissu vert pâle, la couleur de l'université. Des portraits d'hommes blancs morts depuis longtemps après avoir été en charge de ces lieux jetaient un regard désapprobateur sous l'éclairage indirect.

— Je ne demande qu'à aider, a dit Bruce, parce que sur son lit d'agonie Grace l'avait pressé de se montrer plus poli, notamment envers ceux qui contrôlaient son budget et son salaire.

« N'oublie pas que tu ne vas plus m'avoir pour réparer les dégâts derrière toi, Lee » : Lee, un surnom que personne d'autre n'employait et qu'elle-même réservait à leurs tête-à-tête, jeu de mots sur son nom de famille mais aussi clin d'œil aux films de kung-fu dont il avait été si friand dans les premières années de leur parfaite union conjugale.

— Vraiment ?

— Évidemment, monsieur.

— C'est le branle-bas de combat. Les fauteurs de troubles habituels crient au racisme et accusent l'université de je ne sais quelles fariboles… On me dit que c'est un peu explosif, tout ceci, vous comprenez, le professeur Zant étant noir et ainsi de suite…

— Dites-moi ce que vous attendez de moi, a proposé Bruce en espérant avoir l'air sincère car il tenait à garder sa place.

Il n'était pas tombé de la dernière pluie, d'ailleurs. Il savait le rôle que sa couleur de peau avait joué dans sa nomination, annoncée en fanfare après la démission calamiteuse de son prédécesseur à la suite d'une série d'incidents à connotation raciale dans lesquels la police du campus avait été impliquée, le plus flagrant – ou du moins le plus apprécié des journalistes – ayant été celui où un professeur noir avait été agressé en plein milieu du campus, environ deux ans plus tôt, et où les responsables de la sécurité avaient tourné leurs armes sur lui en laissant ses agresseurs blancs s'enfuir. Bruce Vallely avait eu le poste, donc, et Grace, encore l'image même de la bonne santé en ce temps, avait été enchantée. Il gagnait près de deux fois plus que son salaire de policier et les avantages sociaux étaient extraordinaires. S'il fallait parfois faire des courbettes devant le secrétaire général et consorts pour conserver sa position, Bruce n'y voyait rien à redire.

— Vous savez que vous pouvez compter sur moi, a-t-il ajouté.

Le petit grand homme a haussé ses sourcils grisonnants juste assez pour signifier à son visiteur qu'il n'en était pas persuadé. Trevor Land avait un cousin au premier degré qui avait été doyen et exerçait une certaine influence sur la faculté de droit, mais d'après ce que Bruce avait compris, sa principale base de soutien se trouvait parmi les anciens élèves de l'université d'un genre bien particulier, ceux issus des familles blanches fortunées. Il était leur champion, leur représentant dans les principaux comités, leur défenseur dans les multiples guerres menées au nom du politiquement correct, voire leur espion quand la situation était particulièrement grave. On disait tout bas que son veto avait pesé sur des décisions allant du choix d'un nouveau président de l'université à la construction d'un gymnase neuf. Au cours des années, il avait occupé une douzaine de fonctions différentes sur le campus, toujours d'ordre strictement administratif. Probablement proche de la fin de la soixantaine, il portait des lunettes à monture invisible devant ses yeux en bouton de bottine, des costumes trois-pièces avec une montre en or dans le gousset, et avec son menton gélatineux, ses mains molles et malhabiles, il était l'archétype du rond-de-cuir se piquant d'élégance, impression confirmée par sa manie de ponctuer ses phrases de formules creuses, « Je vois », « Sans aucun doute », « Oh juste Ciel ! », et un nombre incalculable de « Oui »… Mais au bout d'un an et demi à son poste, Bruce avait compris que Trevor Land n'était pas quelqu'un à prendre à la légère.

Un jour, à peine une ou deux semaines après son arrivée sur le campus, Bruce avait été convoqué au bureau du secrétaire à peu près de la même manière ; là, il avait écouté Land lui demander de faire disparaître l'arrestation pour conduite en état d'ivresse de la fille d'un ancien élève influent. Bruce, qui n'avait pas encore tout saisi de la nature de sa charge, se voyait alors plus comme un policier d'université que comme un politicien, et avait en conséquence répondu que la jeune fille ayant été arrêtée par les policiers de la ville, non ceux du campus, son sort se trouvait hors de sa juridiction.

D'habitude assoupis derrière leurs verres, les petits yeux de reptile s'étaient ouverts quelques secondes, et Bruce avait été stupéfait par la totale fourberie qu'il y avait découverte, mêlée à une volonté de puissance d'une rare intensité, puis le masque maniéré était retombé : « Oui, oui, je vois, si vous pensez que rien ne peut être tenté, sans aucun doute, j'imagine que c'est ce que je vais devoir apprendre à l'intéressé, oui… » Le ton était dubitatif, celui d'un homme de pouvoir partageant son dilemme avec un égal. « Seulement, ils sont habitués à demander de petits services, voyez-vous. Les anciens élèves, je veux dire. Oh, juste Ciel ! Quel est ce vieil adage, déjà ? Le changement est l'ennemi de la mémoire. Oui… Nos anciens tiennent au statu quo, tout à fait "quo", en fait, si vous me suivez, mon cher Vallely. » Un gloussement complice, pour souligner que cette plaisanterie n'était réservée qu'à eux deux. « Eh bien, eh bien, que pouvons-nous faire ? Ce sont leurs contributions qui nous permettent de survivre, n'est-ce pas ? Nous ne sommes pas socialistes, juste Ciel ! L'enseignement privé a besoin de fonds privés. Et quand ils sont contrariés, mon cher Vallely, ils sont *très* contrariés, nos anciens élèves. Ces petites choses-là, vous savez, la famille, les enfants, ils prennent cela très au sérieux. » Un bref mouvement de la main, comme si Trevor Land admettait que toute race a ses petites faiblesses. « Qui d'entre nous n'aime pas sa famille, après tout ? Et l'alcool, n'est-ce pas, la griserie, cela nous a tous tentés un jour, pas vrai ? Sans aucun doute, nous ne parlons pas de meurtre, ici, ni même de… »

Loin d'être bête, on l'a dit, Bruce avait saisi le message, souri, hoché la tête et déclaré qu'il allait voir ce qu'il pouvait faire avant de revenir à son bureau, bouillant de rage, et de lire quelques versets de l'Épître aux Corinthiens pour retrouver son calme. Ensuite, il avait téléphoné à deux ou trois connaissances, joué de ses anciennes amitiés et obtenu que le dossier soit enterré. Il s'était senti sali, avait pensé donner sa démission mais Grace, qui ignorait encore l'existence de la tumeur dans son pancréas, était en train de chercher une maison dans les nouvelles zones résidentielles qui apparaissaient alors à Norport, lui disait qu'ils devaient vivre dans un endroit qui conviendrait à son statut, sans savoir – parce qu'il ne lui aurait jamais imposé ce fardeau – que le « statut » de son mari sur le campus était à peu près équivalent à celui des employés de maintenance chargés de nettoyer les toilettes, à la différence que ceux-ci avaient un syndicat et lui non.

Tout cela pour dire que Bruce Vallely, sans savoir précisément ce que Trevor Land lui réservait avec cette nouvelle convocation, avait la certitude morale qu'il allait détester la chose. Et sur ce point il ne se trompait pas.

III

— Juste un peu de surexcitation, sans aucun doute, a chuchoté Land, ses yeux somnolents ne fixant rien en particulier. Ce n'est pas une crise, pas du tout, à moins que nous ne laissions certains en créer une. Vous savez comment c'est.

— Je sais comment c'est, a répété Bruce Vallely, dissimulant sa colère.

— Ces garçons s'amusaient un peu, voilà tout. Ils ne sont nullement impliqués dans ce qui a pu se passer par ailleurs. Affreuse affaire, certainement, mais on ne peut pas rester là à se lamenter, juste Ciel ! Et il faut considérer les intérêts de notre institution, bien sûr.

— En effet, monsieur. – Trevor Land appréciait les marques de déférence venues des inférieurs. – D'un autre côté, s'ils ont vu la voiture du professeur Zant près du stade de hockey ce soir-là, cela en fait des témoins.

— « Témoins » ? Ça paraît un bien grand mot, bien… officiel. Je ne suis pas certain de vouloir ça. – Il a levé les mains en signe d'innocence complète. – Parce que nous avons une réputation à protéger, n'est-ce pas ? Oui ?

— Oui, monsieur. Mais la police a une enquête en cours sur un homicide, elle, et le président Carlyle m'a donné pour instruction de coopérer avec elle dans toute la mesure de mes moyens.

— Et c'est ce que nous faisons, oh oui, oh oui ! Mais c'est exactement ce à quoi je veux en venir, mon cher Vallely. – Bruce n'a pas cillé. Grace lui avait appris à surveiller ses expressions, et dans ce cas il s'agissait de dissimuler l'extrême déplaisir qu'il éprouvait chaque fois que le secrétaire général lui donnait du « mon cher Vallely », une formule évidemment condescendante. Le petit homme a continué, toujours pontifiant : – C'est exactement mon argument : leur cas n'a rien à voir avec l'autre. Ce sont de bons garçons, mon cher Vallely. D'excellents éléments. Je connais presque tous les parents.

— Ce soir-là, avant les faits, ils sont allés boire dans un bar, monsieur. D'après ce que vous m'avez dit, deux d'entre eux n'avaient pas l'âge légal. – Il a hésité avant de poursuivre, parce qu'il le fallait : – Un ou deux de ces noms me sont familiers, monsieur. Ils sont connus pour leur mauvaise conduite. Je suis désolé.

— Oui, oui, j'imagine qu'on peut le caractériser ainsi. Entrer dans une bibliothèque avec effraction, ce genre de choses… – Les mains molles, innocentes et trop frêles pour les certitudes ont repris le chemin des airs. – Mais ce vendredi-là, mon cher Vallely, ils n'ont bu qu'un ou deux verres. Rien de plus, juste Ciel…

Prévoyant qu'il devrait finir par s'incliner, Bruce n'était cependant pas prêt à le faire sans résister.

— C'est illégal, monsieur. Et c'est dangereux.

— Mais oui, mon cher Vallely, mais oui ! Tout le monde veut que la loi soit respectée, et les étudiants protégés, et ainsi de suite. Mais il faut se montrer aussi un peu… compréhensif ? – Trevor Land était soudain devenu un parangon de tolérance. – De jeunes gens virils, pleins de vie, quel espace leur reste-t-il, de nos jours ? Les fraternités étudiantes sont moribondes, ou déjà mortes. Il paraît que l'une d'elles vient d'accepter les filles en son sein, si vous pouvez imaginer ! Un « club social », ils veulent s'appeler ! – Ses mâchoires se sont agitées comme s'il mâchait quelque chose, bien qu'aucune trace de nourriture ne soit visible dans le bureau immaculé. Telle une statue romaine, il a levé l'index très haut vers le plafond avant de l'abaisser sur sa propre poitrine. – Attention, vous avez devant vous quelqu'un qui n'a absolument rien contre le sexe féminin, sans aucun doute. Qu'elles adhèrent aux fraternités, à tout ce qu'elles veulent ! Le sexisme, très peu pour moi ! Mais d'un autre côté, c'est un fait de la nature que les garçons ont besoin de se retrouver entre hommes, parfois, et de lâcher un peu la vapeur. En toute responsabilité, mon cher Vallely, en toute responsabilité ! – Ils sont restés à se jauger un moment à l'instar de deux joueurs de poker essayant de deviner la main de l'adversaire. Puis, comme il était clair que le chef de la sécurité était disposé à rester ainsi jusqu'au soir, Trevor Land a repris son homélie. – Pas facile d'être un jeune, de nos jours. C'est mon point de vue, oui. Pas si vous avez un brin de tempérament. Juste Ciel, même le meilleur cheval du monde a besoin de tirer sur les rênes de temps à autre, n'est-ce pas ? Parfaitement naturel, tant qu'il n'y a pas de dégâts. Je l'ai fait, dans mon temps. Vous aussi. J'ose dire que les garçons le feront toujours.

— En effet, monsieur, je suis d'accord, mais il y a…

Le secrétaire n'avait besoin que de ce mot, « d'accord ». Aussitôt, son doigt s'est braqué sur le torse de Bruce.

— Donc vous voyez bien, mon cher Vallely ! Oui ! De jeunes gens au fort tempérament, voilà tout ! Mais imaginez un peu ce que la presse ferait de cela, si elle en avait vent, compte tenu des tragiques événements que nous venons de connaître… Il voulait parler du meurtre de Kellen Zant. – Je veux dire que oui, sans aucun doute, on peut prévoir comment tout cela pourrait être facilement gonflé et manipulé. À notre détriment mutuel, dois-je ajouter. Tout cela pour un… petit chahut. – Croisant les bras comme l'écolier contrit mais sournois qu'il avait dû être, Trevor Land a conclu son sermon d'une voix sépulcrale. – En tant que secrétaire général de cette université, mon cher Vallely, je suis responsable de la réputation de notre établissement. Et vous êtes là pour m'assister dans sa défense, sans aucun doute. C'est pour cette raison que nous vous avons pris avec nous.

Bruce s'est carré dans son fauteuil pour réfléchir, tandis que le cuir vert assoupli par les années émettait un confortable craquement. Il comprenait la difficulté qui venait probablement de faire passer une nuit blanche à son supérieur hiérarchique. Personne ne disait, du moins pour le moment, que Kellen Zant avait été tué dans le périmètre de l'université, et personne ne le soutiendrait ouvertement, peut-être, puisqu'il n'y avait aucune preuve formelle en ce sens. Mais, par ailleurs, les enquêteurs ne pensaient pas qu'il avait été assassiné à l'endroit où son corps avait été trouvé, ce qui faisait assurément de ce meurtre un crime crapuleux des plus bizarres. De surcroît, les étudiants en question avaient vu l'Audi couleur or sur le campus, du moins c'est ce qu'ils affirmaient. Bruce trouvait étonnant, et assez grotesque, que Land ait appris cet élément le premier et décidé de ne pas le communiquer à la police, sinon pour préserver la réputation de son employeur à n'importe quel prix, ainsi qu'il venait de le rappeler avec emphase. Ce qui avait dû se passer était plutôt évident : morts de trouille, les garçons étaient certainement allés parler à un bienfaiteur important de l'université, probablement l'un des parents, qui avait appelé quelqu'un, et ce quelqu'un avait réveillé Land en pleine nuit pour exiger qu'il règle cette embrouille.

Telle que le secrétaire la lui avait racontée, l'histoire était vague, peu plausible et donc peut-être vraie. Pourquoi leur attention avait-elle été attirée sur le véhicule de Zant ? Trevor Land ne s'était pas jugé qualifié pour répondre à cette question. Avaient-ils aperçu quoi que ce soit à l'intérieur ? Trevor Land ne possédait, hélas, aucune information à ce propos. Avaient-ils remarqué ou reconnu quelqu'un autour de la voiture ? Trevor Land était incapable, mon cher Vallely, d'envisager ou non cette éventualité. Pour quelle raison n'avaient-ils pas prévenu les forces de l'ordre ? Là au moins, Trevor Land s'était montré prêt à aider, non sans se départir de sa prudence diplomatique : certains de ces jeunes avaient déjà eu quelques ennuis, dans le passé, et vous savez comment c'est, mon cher Vallely, quand des esprits encore fragiles se mettent à s'inquiéter non du triomphe de la justice mais du risque d'accusations fallacieuses…

— Nous devrions contacter la police, a annoncé le chef de la sécurité d'un ton ferme. C'est la seule chose à faire.

— Oh, sans aucun doute, sans aucun doute ! Je comprends, bien sûr.

— Je parle sérieusement, monsieur. Ces garçons sont des témoins. Ou susceptibles de l'être.

— Oui, oui, peut-être. Sauf… qu'ils n'ont rien vu.

— Nous l'ignorons, monsieur. Vous, moi, nous ne pouvons le dire avec certitude. Ils n'ont pas parlé à la police.

Il avait failli dire : « Ils n'ont pas été interrogés. »

— Vous pensez qu'ils mentent ? Qu'ils couvrent mutuellement leurs arrières, si j'ose dire ?

Du doigté, maintenant.

— Je crois que quand un professionnel prend le temps de s'entretenir avec un témoin convaincu qu'il n'a rien vu, celui-ci finit très souvent par se souvenir d'une bribe d'information qui peut s'avérer susceptible de résoudre une affaire tout entière.

Trevor Land s'est massé son menton adipeux. Ses yeux étaient encore plus étrécis que d'habitude.

— Je vois. Bonne remarque, mon cher Vallely. Remarquable, oui : ils ne savent peut-être pas qu'ils savent ! Mais il reste un intérêt supérieur, celui de l'université. Nous ne pouvons pas nous permettre un autre scandale, après tous ceux de ces dernières années, juste Ciel ! Ni nous mettre les familles à dos, surtout *ces* familles-ci. D'un autre côté, nous ne voulons pas nuire à une enquête policière, bien entendu, et donc… Ah, si vous pouviez nous aider là-dessus, si vous pouviez trouver un moyen d'équilibrer toutes ces… priorités, sans aucun doute, cela représenterait beaucoup, à nos yeux. Énormément. La gratitude, pour commencer. La mienne, celle de l'établissement, et celle des familles, oui. On ne sait jamais, vous pourriez avoir besoin d'un coup de pouce… C'est le genre de personnes qu'il est bon de savoir redevables, si vous me suivez.

— Et par « vous aider », vous entendez ?

— Eh bien, peut-être démarrer la conversation avec eux, mon cher Vallely. Voir ce que vous arrivez à leur tirer de la tête.

Ils sont vite parvenus à un accord sur le plan que Trevor Land avait certainement formé à la minute où il avait reçu le coup de fil qui l'avait décidé à se mettre à l'œuvre. En tant que chef de la sécurité et ancien inspecteur, Bruce était au-dessus de tout reproche, a-t-il affirmé ; c'était lui qui se chargerait d'interroger les garçons, sans les enregistrer, sans personne d'autre présent, puis il communiquerait le résultat au secrétaire général qui considérerait, eh bien, la chose. Si ces jeunes avaient des informations qui devaient être partagées avec la police, Bruce les transmettrait et les garçons auraient à se conformer à la suite du processus.

Mais s'il n'y avait eu que « de la surexcitation », comme Trevor Land le soupçonnait fortement, personne n'aurait de raisons d'exagérer les lubies de quelques jeunes en goguette, n'est-ce pas ? Personne, a reconnu Bruce Vallely.

Là-dessus, Trevor Land s'est conduit comme on ne l'avait encore jamais vu se comporter, surtout avec un subalterne aussi dérisoire que le chef de la sécurité du campus : contournant l'immense table à la surface miroitante, il a passé un bras grassouillet autour des épaules de Bruce et l'a reconduit à la porte avec force clins d'œil, hochements de tête et promesses d'un avenir radieux au cas où son protégé parviendrait à une conclusion « raisonnable et satisfaisante ».

En retraversant le campus dans sa voiturette de golf, Bruce a de nouveau pensé à l'appartement de Caroline du Sud en copropriété que, jusque sur son lit de mort, Grace l'avait exhorté à acheter pour ses vieux jours. Cela valait peut-être le coup de retourner là-bas et de regarder les offres plus sérieusement, a-t-il songé avant de se remémorer que leur fille était encore étudiante et qu'il était très content d'avoir enfin les moyens d'appartenir au country club de Norport, où sa Mustang décapotable entièrement rénovée était sans conteste la plus spectaculaire de toutes les voitures de collection présentées aux fréquents concours entre membres. Toutefois, sa conscience refusait de capituler devant l'argent, et son esprit de se concentrer sur quoi que ce fût d'autre que la mise en garde de l'apôtre Paul : dans ce monde, le combat le plus déterminant était celui qui se menait contre les pouvoirs établis et le fait du prince.

16

L'étudiant dilettante

I

Bruce Vallely n'avait pas une personnalité encline à l'introspection. Il pouvait réfléchir intensément, certes, mais seulement sur les puzzles que l'existence plaçait devant lui, jamais sur ses motivations personnelles. C'est pourquoi, dès le lendemain matin, en entamant son tout premier entretien avec l'un des étudiants, il n'a pas cherché à se demander s'il se montrait trop cinglant ou trop sceptique à cause des souvenirs amers qu'il gardait de sa jeunesse à Elm Harbor, au temps où des garnements assez semblables à celui qu'il venait de retrouver dans son appartement mal tenu, c'est-à-dire blancs et riches, pour résumer, regardaient de haut son père parce qu'il était là pour tondre les pelouses du campus, tailler les haies et biner les plates-bandes, et sa mère parce qu'elle vidait les corbeilles à papier des professeurs, lavait leurs tableaux noirs et cirait leurs parquets.

Bruce avait grandi avec ces histoires navrantes où les étudiants les plus progressistes murmuraient un bonjour gêné quand ils croisaient ses parents dans le couloir en regardant ailleurs, où de jeunes blancs-becs appelaient effrontément sa mère « Danielle » parce que c'était le nom qu'ils lisaient brodé sur sa blouse, et donnaient du « Joe » à son père, homme d'aspect pourtant imposant, par ailleurs diacre de leur église. « Ils sont ainsi, c'est plus fort qu'eux », soupirait souvent sa mère ; « le Seigneur les a tellement comblés qu'ils en ont oublié de rester humains ». Mais Bruce, déjà tout gamin, était en désaccord avec l'analyse maternelle. Ce n'était pas qu'ils ne pouvaient s'en empêcher : ils étaient ainsi parce qu'ils le voulaient.

Tout en appréciant maints aspects de sa fonction, matériels et autres, Bruce Vallely avait constaté en son for intérieur qu'il était loin de porter dans son cœur ceux avec qui son travail le mettait en relation. Pendant ces dix-huit mois à la direction de la sécurité du campus, il avait combattu son inclination naturelle à répondre aux situations difficiles par l'hostilité, la colère ou l'agressivité en se rappelant chaque fois l'ultime promesse faite à Grace, celle d'éviter de se fourrer dans des guêpiers dont elle ne serait plus là pour le tirer. Et le lendemain de son entretien avec Trevor Land, soit encore plus de quinze jours avant l'appel téléphonique passé à Julia Carlyle, il avait plus que jamais besoin de tout son sang-froid afin de tenir sa parole, car la rencontre avec le premier des étudiants que le secrétaire général lui avait demandé d'interroger se déroulait plutôt mal, à vrai dire.

— Je ne suis pas obligé de répondre à vos questions ! a grogné pour la troisième ou trentième fois le garçon, un Blanc filiforme aux longs cheveux bruns, vêtu d'un tee-shirt appelant à réaliser certain acte sexuel avec le capitalisme, perspective que Bruce avait du mal à imaginer.

— C'est votre intérêt de coopérer avec moi, a répondu celui-ci d'un ton égal.

— Pourquoi ? Parce que vous le dites ?

— Parce que je ne suis pas ici à titre officiel. Ceci est entre vous et moi. Ce que vous me direz restera entre nous, a assuré Bruce, conscient de prendre de grandes libertés avec la vérité.

Le jeune s'est un peu secoué, enfin.

— Eh bien… On a vu la voiture, juste. Pas le type.

— Comment saviez-vous que c'était son véhicule ?

— Me rappelle pas.

— Qui d'entre vous a été le premier à la remarquer ?

— Me rappelle pas non plus.

Bruce a froncé les sourcils. Il n'ignorait pas que la plus infime expression de contrariété sur son visage était susceptible d'éveiller l'effroi chez ceux qui en étaient témoins. Cette fois encore, la mimique a produit un effet notable sur le maigrelet : Nathaniel Knowland s'est tassé sur lui-même comme s'il voulait disparaître dans le coûteux canapé. Bruce, lui, avait tiré à lui l'une des hautes chaises en bois de la table du coin salle à manger. La demeure de Nate Knowland se trouvait au douzième étage des tours Rogoff, version locale du gratte-ciel de luxe d'où l'on voyait tout Elm Harbor, le campus, le parc, les bâtiments pataudds du centre et jusqu'à l'océan sur lequel des voiliers voguaient même par le plus vilain temps. Peu d'étudiants auraient pu s'offrir un logement aussi prestigieux, mais le père de Nate, ainsi que Trevor Land avait pris soin de le rappeler à Bruce, comptait parmi les anciens élèves de l'université les plus riches. Plus encore, Cameron Knowland avait le titre de « curateur principal », ce qui faisait de lui le vrai patron de l'établissement.

Aux yeux de Bruce, ce statut de privilégié constituait un premier point négatif à l'encontre de Nathaniel Knowland, le deuxième étant les grands airs qu'il se donnait ; quant au troisième, c'était juste que la journée avait mal commencé pour lui et qu'il n'était pas d'humeur à perdre plus de temps. À vingt-trois ans, le garçon était venu achever sa dernière année de second cycle après avoir travaillé un temps dans la société du papa.

— Vous ne vous rappelez pas, a répété Bruce d'un air extrêmement dubitatif.

— Eh non.

— Vous êtes un gars intelligent. C'est impossible que vous ayez oublié ce qui s'est passé il y a quelques soirs.

Nate a reniflé avec dédain. Sur le campus, les étudiants étaient rois, les professeurs d'essence divine et Bruce Vallely, qui n'était ni l'un ni l'autre, une quantité négligeable. Un factotum parmi d'autres, comme celui qui tond les pelouses ou celle qui nettoie les tableaux noirs. Le chef de la sécurité s'est demandé quelle serait l'attitude du morveux s'il se retrouvait devant le président du campus. Encore que, vu qui était son père, il lui avait probablement déjà été présenté…

— Me rappelle pas, a-t-il répété, bougon.

— Vendredi soir. Quand le professeur Zant a été tué. Ce n'était pas un soir comme les autres, Nate. Et vous voudriez que je croie que vous ne vous souvenez de rien ?

— Si je dis que je me rappelle pas, c'est que je me rappelle pas.

Et là, Bruce a jugé qu'il en avait assez supporté.

II

Bruce Vallely recevait un salaire fort convenable de l'université, il avait des responsabilités vis-à-vis de sa famille et de son employeur, il s'était engagé auprès de Trevor Land à suivre une ligne de conduite bien précise, mais il restait aussi un flic, à la base. Se redressant brusquement, il a fait sursauter le jeune Nathaniel Knowland, qui jusque-là avait peut-être oublié qu'il était seul dans son appartement avec un homme qui était non seulement noir mais pesait aussi cent bons kilos de muscles en plus d'atteindre un mètre quatre-vingt-quinze sous la toise. Quelqu'un qui, par ailleurs, avait jadis tué un quidam à mains nues, seul exemple publiquement connu, mais qui en cachait peut-être d'autres.

Après avoir franchi en quelques souples foulées la distance qui les séparait, il s'est penché sur le visage pâle et convulsé du garçon, assez près pour capter son haleine malsaine.

— Vous me mentez, Mr. Knowland. Non, pas de discussion ! Vous mentez, je le sais et vous le savez. La seule question que nous devons résoudre, c'est : pourquoi ? Vous pouvez me le dire tout de suite, ou dans cinq minutes, ou dans une heure, mais il ne fait aucun doute que vous finirez par le faire.

Se tassant encore plus sur lui-même comme s'il courait un risque d'infection, Nate Knowland a détourné la tête, offrant à Bruce le spectacle d'une oreille délicate ornée d'un piercing, apparemment un vrai diamant. Il a marmonné deux ou trois mots.

— Qu'est-ce que vous dites ? Je ne vous comprends pas, Nate.

— J'ai dit que je veux un avocat.

— Ah, on joue les durs.

La tête dodelinante s'est dressée d'un coup, les yeux écarquillés.

— Je connais mes droits.

— Non, tu ne connais rien à rien.

Bruce s'est encore rapproché, la chaleur furibonde qui émanait de son corps atteignant Nate Knowland en plein visage. Depuis vingt-quatre heures, depuis sa rencontre avec le secrétaire général, le chef de la sécurité avait contenu sa mauvaise humeur et il prenait le plus grand plaisir à la laisser s'échapper, maintenant. Pardon, Grace.

— Tu te dis étudiant. Tu sais d'où vient ce mot, seulement ? Du latin. Ça veut dire quelqu'un qui se donne de la peine. Qui est attentif et bosseur, en d'autres termes.

C'était une tirade qu'il utilisait fréquemment, parfois avec succès, parfois sans. Mais ce Nate Knowland ne semblait pas être une forte tête. Au lieu de vivre à la résidence universitaire comme tant d'autres, il se pavanait dans un trois pièces luxueux. Pourquoi un blanc-bec célibataire avait-il besoin de tout cet espace, c'était une énigme sur laquelle Bruce Vallely se pencherait un autre jour, sans doute celui où il comprendrait également pour quelle raison les quatre membres de la famille Carlyle nécessitaient plus de deux mille mètres carrés. Ce dont il était sûr, dans le cas de Nathaniel, c'était que le papa casquait, et que tout en désirant chaque dollar dont son père le couvrait le petit bonhomme s'irritait de sa dépendance. C'était un état d'esprit qu'il avait souvent constaté, dans son travail présent comme chez ses camarades de cours à l'époque où il avait fréquenté l'université publique. Et son expérience lui disait qu'il pourrait retourner ce ressentiment en sa faveur, s'en servir pour briser la résistance du garçon. Il a donc soigneusement pesé ses mots pour faire le plus de dégâts possible :

— Vois-tu, Nate, tu seras peut-être un vrai étudiant, un jour, mais pour l'instant, à la manière dont tu te conduis, tu n'es qu'un petit gosse de riche qui a un paternel prêt à payer pour que tu aies un parachute chaque fois que tu décides de te jeter d'un avion sans même regarder ce que tu as sur toi. Et tu veux savoir quoi, Nate ? Papa n'est pas dans cette pièce, tout de suite. Il n'y a que toi et moi. Maintenant, tu me parles d'avocat. Si j'étais encore un flic, ce serait différent. Il faudrait que j'arrête de te poser des questions jusqu'à ce qu'un zigue dans un costard que je ne pourrais pas me payer avec un an de salaire t'ait expliqué comment raconter des mensonges sans avoir de pépins. Mais je ne suis plus flic, Nate. Je suis dans le privé, et tes droits constitutionnels, comme tu dis, m'impressionnent autant que le lapin de Pâques. D'ac ?

S'il était outrageusement gâté, Nathaniel Knowland n'avait rien d'un demeuré. Sans pouvoir empêcher sa voix de monter dans les aigus, il a répliqué :

— Alors, j'ai quand même des droits prévus par le règlement intérieur de l'université ! Il y a tout un tas de procédures que vous êtes bien obligé de suivre.

— C'est vrai, Nate, et tu peux les faire valoir tout ce que tu veux. Tu peux exiger un recours devant la commission judiciaire. Mais tu sais quoi ? Ça voudra dire un dossier d'instruction, et l'obligation pour nous de mettre la police au courant. – Cette fois, c'était Bruce qui mentait. Il n'aurait voulu pour rien au monde que le petit Knowland se retrouve devant la commission, dont les délibérations étaient secrètes et les archives classées confidentiel. – Écoute-moi, Nate. Tu as la trouille. Je comprends ça. Et tu crois que tu ne veux pas me parler. Je comprends ça aussi. Mais parler à la police, Nate ? Tout sauf ça. Cette ville est sur le point d'exploser à cause de l'affaire Zant. Mes anciens collègues, ils rêveraient de mettre la main sur un petit Blanc plein aux as qui a caché des informations à propos du meurtre. Et de le balancer à la presse. Et les journaleux, Nate, ils te boufferont vivant.

— Vous... Vous n'avez pas le droit de me parler comme ça.

— Je te dis juste ce qui va se passer, d'après moi.

— Non, vous me menacez !

Plaintif, à présent, mais avec une note de défi. Il était peut-être moins mou qu'il n'en avait l'air.

— C'est seulement comme je vois la suite, Nate. Rien d'autre.

— Vous pouvez pas me parler comme ça ! Il y a des lois pour ça ! Vous pouvez pas me menacer comme ça ! C'est de la... de l'abus de pouvoir !

— Bon, écoute-moi encore, Nate. Il faut que tu comprennes comment ça fonctionne, à partir de maintenant. Sur ce campus, c'est moi qui représente la loi. Et toi, tu es le suspect.

— Suspect ?

— Tant que tu ne me racontes pas quelque chose, oui.

Les yeux du garçon se sont affolés. Il cherchait de l'aide, qui sait ?

— Moi ? Je… C'était des voleurs ! Je l'ai vu dans les journaux ! Pourquoi est-ce que j'aurais attaqué je sais pas quel Black pour le voler ? Non, mais vous avez vu où je vis ?

Bruce a failli le gifler. La paume, sombre, large et palpitante, a fusé en l'air, retenue à la dernière seconde. « Je sais pas quel Black. » Mais c'était comme si les doigts aimants de Grace l'avaient retenu par le poignet, et il a aussi découvert une nouvelle nuance sur les traits du gamin, la peur se muant en panique. Parce que personne, et surtout pas un petit Blanc maigrichon trop choyé, n'a envie de se retrouver en tête à tête avec un homme noir en colère.

— Mon père vous fera vider ! a annoncé Nate avec une conviction que ses pupilles dilatées et sa voix perçante démentaient.

— C'est sûr. C'est pour ça qu'il t'a inscrit dans la même fac que lui. Pour se retrouver impliqué dans une histoire de meurtre.

— J'ai rien à voir là-dedans !

— Ou tu es impliqué, ou tu sais qui l'est.

Bruce s'est accroupi, passant un bras solide autour du cou frêle de Nathaniel Knowland qu'il mourait d'envie de tordre, à cet instant. Les cheveux étaient gras, les épaules frissonnantes. L'aîné des deux s'est composé un ton de vieux sage :

— Écoute-moi bien, Nate. Toi et tes amis, vous êtes dans de très, très sales draps. Vous avez vu quelque chose que tu me caches, et fait quelque chose que tu ne me racontes pas. Et vous ne dites rien aux flics, non plus, ce qui est nettement plus sérieux. Obstruction à la justice, tu sais combien ça va chercher ? Mais je te le dis, Nate, c'est encore de la petite bière, comparé à complicité de meurtre. Parce que c'est de ça qu'il est question, là. Complicité avant ou après les faits, peu importe. – Encore un mensonge, aussitôt suivi d'un autre. – Si tu as des informations et que tu ne les communiques pas, tu es dans le caca.

Les yeux baissés, le garçon a encore grommelé quelque chose que Bruce préférait ne pas comprendre, parce que alors il n'aurait pas été certain de sa réaction. Maîtrisant sa voix :

— Allez, Nate, c'est le moment ou jamais de te déboutonner. Si c'est gênant mais pas illégal, tu peux me le dire, plutôt que d'avoir à le sortir aux flics plus tard.

— Je veux compromettre personne, a déclaré le petit, surprenant Bruce par son aplomb. Mais je vous dirai ce que j'ai vu. Ce que j'ai fait. Rien d'autre.

— Ça me paraît un bon point de départ.

— Pas de départ ! Rien d'autre. Je veux pas que mes potes aient des ennuis.

Dans les petites salles d'interrogatoire de la police, Bruce avait entendu ce refrain à satiété, et parfois il avait tenté le coup du : « Pourquoi tu te tais sur eux ? Parce que eux, à deux pas d'ici, ils sont en train de déblatérer sur toi. » Une tactique parfois payante mais dont il avait toujours eu honte, en lui-même, et qu'il ne se sentait plus capable d'employer.

— Nate ? C'est à toi de fixer les limites de ce que tu es prêt à… raconter. – Il avait failli dire : « avouer ». – Je n'ai aucun pouvoir de te forcer à parler. Je suis sûr que c'est mieux pour toi, c'est tout.

Et là, le garçon a baissé sa garde.

III

Tout le truc, a commencé Nate Knowland, c'est qu'ils avaient voulu se marrer un peu. Des étudiants un vendredi soir, qui sortiraient bientôt de l'université et auraient des boulots sérieux, qui avaient travaillé toute la journée, à part un peu de squash dans l'après-midi – pour Nate, du moins – et cherchaient maintenant un peu d'action. Si un ou deux d'entre eux avaient des copines, c'était une sortie entre mecs. Cinq, en tout, moitié fils de riches, moitié profiteurs qui aiment bien fréquenter les fils de riches. Ils ont d'abord vidé quelques bières au Nelson…

— Le bar de Henley Street ?

Nate a confirmé d'un hochement de tête avant de préciser « Hors du campus, oui », comme s'il espérait ainsi rappeler à Bruce les limites de sa juridiction.

— Mais bon, on était presque tous en âge légal de boire, et il n'y a rien de mal à se pinter un peu, si on n'embête personne…

Et sans doute de la came pour accompagner les bières, a pensé Bruce en préférant ne pas évoquer le sujet, en tout cas tant que cela ne pourrait pas lui servir.

— Ensuite, on est allés voir le match de hockey, mais l'équipe se faisait donner une tannée par Dartmouth et on en a vite eu marre. L'un des gars devait retrouver sa copine à neuf heures, donc on était dehors à Town Street vers les huit heures et quart, huit heures et demie, je dirais, on essayait de décider quoi faire, et c'est là qu'on a vu la voiture… – Comme Bruce ne réagissait pas, choisissant de rester impassible, Nate a insisté : – L'Audi dorée, celle où Zant s'est fait tuer, garée juste là, dans la rue.

— Qui a dit qu'il a été tué dans sa voiture ?

Nathaniel a cligné des yeux, étonné plutôt qu'effrayé.

— Mais… c'était aux infos !

— Comment saviez-vous que c'était son véhicule ?

Retour au point de départ, sinon que cette fois Nate a répondu :

— Parce qu'on l'a vu, lui aussi.

C'était nouveau, ça, et différent de l'histoire que Trevor Land avait racontée, ou feint de raconter. Bruce s'est demandé si le secrétaire général connaissait ce détail et le lui avait délibérément caché. De toute façon, il est toujours mauvais de manifester sa surprise, quand on conduit un interrogatoire, et c'est pourquoi il a continué sans même élever la voix :

— Pardon, mais qui était ce « lui » ?

— Mais Zant ! s'est exclamé le jeune, agacé. Il est passé juste à côté de nous. L'un des gars termine ses études d'éco, il avait un cours avec lui.

— Et le nom de cet ami qui a reconnu le professeur Zant, c'est…

Nate a secoué la tête avec la véhémence d'un petit garçon têtu.

— J'ai dit que j'allais pas causer d'ennuis à ces types ! – Il a levé un index au plafond dans un geste qui rappelait étonnamment celui de Trevor Land. – J'ai mes principes !

— Je comprends.

Une petite tape dans le dos, puis Bruce s'est redressé pour faire les cent pas dans la pièce spacieuse. Parfois, il devait jouer à la fois le bon flic et le flic vache. Il a conservé un ton conciliant :

— OK. Donc, vous avez vu le professeur Zant. Qu'est-ce qu'il faisait ?

— Je vous l'ai dit. Il est passé près de nous et il est monté dans la voiture.

— D'où venait-il ?

— Je sais pas. De derrière nous. Je veux dire qu'ils arrivaient de… du campus, quoi. D'où, exactement, on n'a pas vu.

Là, Bruce n'a pu déguiser sa surprise :

— « Ils » ? Le professeur n'était pas seul ?

— Non. Si vous arrêtez de m'interrompre, je peux tout expliquer. – Il a pris sa respiration. – Il était avec une femme. C'est ce qu'on pense, en tout cas. Une femme ou un homme de petite taille. Et non, je crois pas qu'on la reconnaîtrait, si on la revoyait. Quand ils sont arrivés, elle était à l'intérieur du trottoir, lui au bord, donc les lampadaires l'éclairaient de temps en temps, lui, mais pas elle. On aurait cru qu'elle avait calculé le coup, qu'elle restait dans l'ombre pour que personne ne puisse distinguer ses traits. Mais je peux vous dire que c'était une Noire. Ça, c'est certain. Et elle avait un imperméable blanc avec une capuche qui dissimulait son visage.

— Quoi ? Un imperméable dans une tempête de neige ? Pas une parka ? Tu es sûr ?

— Oui ! Un imper. Un ciré blanc, assez brillant. Ça la rendait difficile à suivre, dans la neige. – Il a gonflé ses joues, serré ses bras autour de lui comme pour se tenir au chaud. – Mais bon, ils sont montés dans la voiture. Lui d'abord, du côté passager, et ensuite elle, au volant. Elle a démarré, ils sont partis et voilà.

Bruce s'est imaginé la scène. Quelque chose clochait, sérieusement, quelque chose qu'il n'arrivait pas à définir. Nate Knowland ne s'était pas arrêté :

— On s'est dit que, bon, il a une certaine réputation, euh, il avait… Donc, lui et cette nana… Enfin, ils s'embrassaient pas ni rien mais on a pensé…

— Que ce soit tout à fait clair : l'auto était garée Town Street, en face du stade de hockey.

— Ouais.

Le stade était lui-même en face de l'entrée de service de la tour Hilliman, là où Zant avait son bureau. Que l'Audi ait été arrêtée là était plausible.

— Et tu es certain que le professeur est monté le premier ? Et que cette femme, une Noire avec un ciré blanc, conduisait ?

— Exact. – Nate Knowland était en train de redescendre des sommets exaltants de la terreur. Ses traits fins s'étaient relâchés, ses yeux troubles restaient dans le vague. – Je sais pas… Je raconte juste ce qu'on a vu.

— Et vous étiez assez bourrés, bien entendu.

— Non ! On avait pris quelques bières, c'est tout. Et on a tous vu la même chose.

— La même femme en ciré blanc.

— Ouais.

Bruce a tracé un infime symbole dans son calepin, que lui seul pouvait déchiffrer. L'histoire de Nate était tellement simple et banale qu'elle sentait l'invention pure et simple du témoin cherchant à se dédouaner. À part ces deux détails.

— Tu ne te souviens de rien d'autre ?

— Si. Elle avait l'accent britannique.

— Elle… Donc, tu les as entendus parler ?

— Une phrase ou deux, pas plus. Ils parlaient du président Carlyle.

Un autre gribouillis dans le calepin. Là encore, on était très loin des informations curieusement limitées que lui avait données Trevor Land.

— Oui, et quoi ?

— Ah ! On n'a presque rien entendu, je vous ai dit. D'après ce qu'on a compris, elle essayait de dire à… au professeur Zant qu'il était… que le président Carlyle pesait trop lourd pour qu'ils puissent s'en prendre à lui.

— Tu peux me répéter les termes exacts ?

— Mais ça, en gros. « Il pèse trop lourd pour qu'on puisse s'en prendre à lui. » Quelque chose comme ça. – Un haussement d'épaules nerveux. – C'est tout ce qu'on a entendu, nous…

17

La dette

I

— Ça ne vaut pas grand-chose, j'en ai peur, mon cher Vallely, a soupiré tristement Trevor Land. Une histoire à dormir debout inventée par un collégien soûl. Nous n'allons pas ennuyer la police avec des bêtises pareilles.

— Ils ont vu la victime le soir du meurtre, monsieur. Ils l'ont vue sur le campus, où la police n'a même pas fait la moindre recherche. Et pas seulement : ils ont vu le professeur avec une autre personne, et ce environ une heure et demie avant la découverte du corps. Vous ne voulez pas *ennuyer* la police avec ça ?

Long silence à l'autre bout de la ligne. Bruce s'est demandé si le secrétaire général connaissait le détail que son chef de la sécurité avait omis de rapporter, à savoir le très troublant commentaire au sujet de Lemaster Carlyle. Mais Trevor Land a poursuivi sur le même ton geignard :

— Sans aucun doute, mon cher Vallely, je ne suis pas du genre à expliquer à quelqu'un comment il doit faire son travail, en particulier à quelqu'un de votre compétence. Juste Ciel ! Si vous pensez que vous devez en parler à la police, eh bien, c'est votre affaire, pas la mienne. Partage des responsabilités, telle est ma philosophie en matière de gestion. On vous demande seulement de ne pas oublier la réputation de l'université. Nous ne pouvons pas nous permettre un nouveau scandale.

— Oui, monsieur, mais je…

— Permettez-moi un mot de plus, mon cher Vallely. Une petite objection, oui ? Vous avez entendu le récit de ce jeune homme, d'accord, mais pour l'instant vous n'avez rien entendu d'autre. Réfléchissez ! – Bruce a imaginé le doigt levé vers l'azimut, statue romaine vivante. – Ou bien il était ivre et n'a aucun souvenir précis, ou bien sa version est fiable. Nous ne savons pas. Nous ne savons pas encore, du moins.

— C'est à la police d'établir ça, pas à nous.

— Certainement, certainement. Sans aucun doute. Mais voyez-vous, mon cher Vallely, à la notable exception de vous-même, la police de notre bonne ville n'est pas précisément connue pour sa discrétion. Pas quand l'université est susceptible d'être concernée. D'après mon expérience, mettre au courant la police revient à prévenir les journaux, presque toujours. Ils sont aussi incapables de garder un secret qu'Ulysse de résister au chant des sirènes, voyez-vous, et il n'y a personne pour les attacher au mât. Hmm ! Maintenant, le professeur Zant était un membre respecté de notre communauté et nous voulons naturellement contribuer à remettre son meurtrier à la justice. Et c'est pourquoi nous sommes extrêmement favorisés de disposer de quelqu'un de votre calibre, mon cher Vallely. Ce que vous déciderez est votre affaire, je le répète, mais puis-je proposer un modeste conseil ? Oui ? Nourri par mes nombreuses années au service de notre établissement ?

— Bien sûr, monsieur, a fait Bruce, anticipant l'ordre déguisé qu'allait être le conseil en question.

— Eh bien, si j'étais placé devant le dilemme qui est le vôtre, je préférerais sans aucun doute consolider un brin mon dossier avant de livrer la réputation de notre université en pâture aux journalistes locaux. Choisir le moindre des deux maux, en quelque sorte, et surtout attendre, simplement attendre d'avoir un tantinet plus d'informations.

Bruce a attendu la suite mais Trevor Land ayant visiblement décidé que c'était à son tour de s'exprimer, il a fini par demander, en séparant chaque mot :

— Êtes-vous en train de me proposer de me charger d'une… enquête plus approfondie, monsieur ?

La voix du secrétaire était plus lénifiante que jamais :

— Ah, mon cher Vallely, je n'irais pas jusqu'à proposer une interprétation aussi… extrême de mon conseil ! Disons que je propose que vous agissiez comme nous en sommes convenus lors de notre discussion précédente. Vous devez vous concentrer sur la tâche de recouper les éléments en votre possession, sans aucun doute. Mais pas de conclusions hâtives, surtout ! Pas de précipitation ! Remettez-vous au travail après Thanksgiving, disons. Patience et diligence, voilà ma devise. Oui ! Vérifiez chaque point, additionnez-les, écartez les spéculations et ensuite, seulement ensuite, remettez ce que vous aurez réuni aux autorités compétentes, avec ma bénédiction, bien entendu.

Le chef de la sécurité a laissé son regard se poser sur sa photo de mariage près du téléphone. Grace était si belle et si jeune, quoique toujours plus belle en prenant de l'âge. Si seulement il pouvait disposer de sa sagesse et de son humour pendant quelques minutes ! Mais elle était morte depuis plus d'un an aujourd'hui, à peine entrée dans la cinquantaine, et il n'avait que son intégrité personnelle pour faire face au cynisme répugnant de son supérieur. Et contrairement à un certain président d'université qu'il connaissait, il ne prétendait pas être le moins du monde exceptionnel, sur ce terrain.

— Je peux poser une question ?

— Faites, mon cher Vallely, faites !

— Supposons que j'accepte d'agir comme vous le... suggérez. Et supposons que le moment arrive, relativement vite, où je sois convaincu que j'ai tous les éléments en main, mais que vous ne pensiez pas de même.

— Oui ? Pardonnez-moi mais je n'ai pas saisi votre question.

Bruce préférait traiter directement avec les gens, ce qui lui permettait de se servir de sa présence physique à son avantage, mais là, aidé par le visage rayonnant de Grace devant lui, il s'est résigné à poursuivre jusqu'au bout ce filandreux échange téléphonique. Il avait survécu aux guerres intestines de la police locale et, dans un passé encore plus lointain, à la vraie guerre dans la jungle d'Amérique centrale. Ce n'était pas un vilain bras de fer avec un type comme Trevor Land qui allait l'intimider. En conséquence, il est entré d'un pas ferme dans un territoire où les anges eux-mêmes auraient craint de se risquer :

— Comme vous le savez, monsieur, l'une des principales règles qui fondent les principes directeurs de mon service est que toute preuve de délit ou de crime recueillie par nos soins soit immédiatement transmise à la police et autres autorités concernées. – Une pause calculée. – Je peux attendre quelques jours, certes, mais tôt ou tard j'aurai à ma disposition les éléments nécessaires. Supposons qu'à ce moment nous divergions sur la marche à suivre, vous et moi : qui aura gain de cause ?

La réponse, bien que probablement prête d'avance, a mis longtemps à venir, comme si le secrétaire voulait faire croire à Bruce qu'il était en train de l'étudier avec soin.

— Ah, je vois votre souci, mon cher Vallely. Mais n'oubliez pas que c'est à vous de choisir les mesures qui s'imposent. Mes suggestions ne sont rien de plus que cela, juste Ciel ! Naturellement, je trouverais fort improbable que nous puissions être en désaccord mais si par extraordinaire cela devait être le cas, alors… Il faudrait aviser à ce moment, bien entendu. Traverser le pont une fois arrivés devant et non le brûler par avance, si vous suivez ma pensée.

— Je crois que oui.

— Excellent, mon cher Vallely, excellent ! Et n'oubliez pas qu'une fois cette épreuve terminée, le scandale évité, l'université renforcée, la justice assurée, eh bien vous aurez en moi un ami pour la vie, un allié qui n'est pas sans influence, comme vous le savez. Et on s'occupera de vous, soyez-en sûr. Vous avez ma promesse.

La patience de Bruce était à bout.

— Qu'est-ce que vous voulez dire par là ?

Vieux routier, le secrétaire a immédiatement perçu le changement d'humeur chez son homme de main.

— Certainement rien d'offensant, mon cher Vallely. Rien de déplacé, assurément.

— Mais encore ?

— Eh bien, que je vous considère comme un membre de notre famille, mon cher Vallely. Sans aucun doute. Et que vous verrez que je peux être très utile, lorsque je m'acquitte d'une dette envers quelqu'un.

Il a émis un petit rire, conscient d'être allé trop loin, sachant que Bruce l'avait également saisi et qu'il était très possible qu'il vienne de se faire de son inférieur un ennemi implacable.

Bruce l'a prié de patienter une minute. Posant le combiné sur la table branlante, il a fait pivoter sa chaise vers la fenêtre et sa vue déprimante sur la rangée d'autobus vides. Une étrange conversation avec son ancien partenaire dans la police, Rick Chrebet, lui est revenue à l'esprit. Le lundi soir précédent, ils avaient pris un verre ensemble et Bruce s'était préparé à quelques vannes, car les « vrais » policiers aimaient plaisanter sur la bonne vie de leurs collègues de campus, mais à la place Chrebet lui avait confié que ses chefs avaient déjà conclu que le meurtre de Zant était de nature crapuleuse, peut-être un vol de voiture qui avait mal tourné, et qu'ils faisaient pression sur les inspecteurs pour que ces derniers embrassent leur théorie. Rick pensait qu'il pourrait continuer à travailler sur le cas pendant une semaine, voire deux, mais qu'il finirait par devoir céder. Devant la stupéfaction de Bruce – quoi, ce type avait été flingué à peine trois jours plus tôt –, l'autre avait souri, commandé une autre bière et précisé que la décision venait de très haut, mais qu'il ne pouvait en dire plus.

En reprenant le téléphone, Bruce a soudain eu l'idée qu'il allait peut-être réussir là où son ancien coéquipier avait échoué, et arracher à l'université qui avait tellement mal traité ses parents une reconnaissance durable. Il pouvait dire non à Trevor Land et cependant garder son poste jusqu'à sa retraite. Ou il pouvait répondre oui, que ce soit pour de mauvaises raisons – l'ambition personnelle, par exemple – ou une très bonne : se mettre en position de percevoir la dette qui lui revenait.

— Je serai heureux d'aider, a-t-il déclaré au secrétaire, sans bien comprendre pourquoi son instinct de survie lui hurlait de donner la réponse inverse.

18

Un original

I

— Attendez une minute, d'accord ? a lancé Arthur Lewin en faisant les cent pas dans son bureau de la faculté de sciences économiques, vaste mais d'un dépouillement spartiate.

Il en avait aussi un dans l'immeuble du département de mathématiques, et un troisième offert par l'un des innombrables programmes interdisciplinaires dont toute université s'enorgueillit. Bien qu'âgé de trente-deux ans seulement, il était déjà une légende, sur le campus.

— Parce que bon, franchement, c'est un peu zarbi. Zarbi mais passionnant, aussi.

C'était le 2 décembre, un mardi. Cinq jours après Thanksgiving, Bruce continuait à « recouper les éléments » ainsi qu'il en avait reçu l'ordre.

— Vous trouvez ?

— Eh bien, c'est que, Bruce… Vous voulez bien que je vous appelle Bruce ? C'est que je ne pense pas avoir été jamais interrogé par les flics. Enfin, si on ne compte pas les années de fac, évidemment…

Bruce Vallely était assis de l'autre côté de la table ronde chargée de dossiers et de polycopiés. Deux puits de lumière perçaient le mur étroit, surplombant un ordinateur de bureau et un ordinateur portable. Sur l'écran du premier, des chiffres défilaient à une vitesse vertigineuse ; sur le deuxième s'affichait ce qui ressemblait à un brouillon d'article scientifique bourré d'équations, mais aussi une fenêtre occupée par un jeu que Bruce n'a pas tout de suite reconnu. Il était apparemment question de placer des jetons de couleur sur des carrés en perpétuel mouvement, et Art Lewin semblait en train de gagner la partie. Entre les deux appareils, l'unique photographie de la pièce, montée dans un vieux cadre doré, représentait deux fillettes qui avaient les yeux gris de Lewin. C'était la seule allusion à une vie de famille.

— Pourquoi, vous avez eu des ennuis, au temps où vous étiez étudiant ?

— Qui n'en a pas eu ?

— Ça, je ne sais pas. Je me demandais juste si vous en aviez eu, vous.

Art Lewin a gardé son grand sourire. Il portait des bottes éraflées, un jean et un pull marron effiloché. Sa tignasse rousse n'était pas peignée, une barbe d'au moins dix jours hérissait ses joues molles d'éternel bébé. Il avait un regard pétillant et chaleureux derrière ses minuscules lunettes, l'optimisme pétulant d'un coach et les habitudes vestimentaires d'un potache en pleine période d'examen. C'était un jeune professeur d'économie et, d'après les deux ou trois universitaires que Bruce avait interrogés à son sujet, possiblement le plus grand génie en la matière depuis Kenneth Arrow. Non que le chef de la sécurité du campus ait su qui était Kenneth Arrow, ou s'en soit soucié ; son champ d'intérêt, plus limité, était Kellen Zant, et l'homme qu'il avait à présent devant lui avait été, de l'avis général, le meilleur ami du défunt. Voire son seul ami.

Plus âgé qu'Art Lewin, Zant avait été son professeur, son guide à travers les pièges universitaires et son protecteur à la faculté. La plupart de ceux à qui Bruce avait parlé s'accordaient à penser que le protégé avait depuis longtemps surpassé son mentor.

— Incroyable mais vrai ! a repris le professeur Lewin. Tout le monde a des embrouilles, à la fac. Enfin, pas tout le monde, pour être précis, mais la majorité de la population masculine américaine a eu des problèmes avec la loi avant d'atteindre l'âge de trente ans. Vous le saviez ? Il y a plein de statistiques, là-dessus. La proportion de jeunes de sexe masculin qui ont été arrêtés au moins une fois ? Et ce n'est pas seulement une question de race, hein ? Vous lisez toutes ces études qui affirment qu'un quart des hommes noirs de Washington ont eu affaire au système judiciaire ? C'est bidon ! Les chiffres sont trafiqués. Ils sont beaucoup plus élevés que ça, forcément ! Parce que si on prend la population totale masculine… La proportion des mecs qui ont été arrêtés, sur le total, c'est entre un tiers et un quart, peut-être encore plus, en fonction de jusqu'où on remonte, des tranches d'âge considérées, et de ce qu'on définit par arrestation, évidemment.

— Pour moi, une arrestation, c'est quand je passe les menottes à quelqu'un.

— Oui, oui, mais prenez ça en compte…

Sans plus s'intéresser à Bruce, le jeune économiste a bondi devant l'un des murs, entièrement couvert d'un tableau blanc, et l'a attaqué avec une paire de marqueurs de couleur. Il a tracé une ligne verticale, puis une horizontale à sa base, les axes d'un graphique entre lesquels il a établi une courbe qu'il a appelée *f(x)* :

— Cette fonction représente, disons, la probabilité d'être arrêté, par âge. D'accord ? Vous voyez comment elle monte ? Chez les bébés, point zéro… On ne fait que le sexe masculin, entendu ? Puis ça grimpe chez les ados et là, cette dent de scie, autour de vingt ans, qui commence à descendre régulièrement… Trente ans, c'est vraiment bas ; cinquante, plus personne ne se fait arrêter. Maintenant, cette courbe, là, ça devient compliqué, c'est la population selon l'âge. Nous vieillissons vite, et j'imagine que nous savons ce que ça veut dire. Quoi ? Que la criminalité va baisser. Obligatoire. Parce que ce sont tous ces jeunes types, là… – Il a tapoté le tableau avec son marqueur – … qui sont les criminels. Suivez le même groupe au fil des années, ils arrêtent de faire ce qu'ils faisaient avant. Plus de crime. Enfin, pas zéro, non, mais un chiffre arbitrairement bas.

— Parce qu'ils sont en taule.

— Ah, marrant ! Elle est bonne ! Mais non. La réponse, c'est : ils commettent moins de crimes parce qu'ils sont plus âgés. Maintenant, on doit…

— Professeur Lewin, s'il vous plaît ? On peut remettre ce cours à plus tard ?

— Oui, oui, mais tout le truc est ici, regardez ! Tous ces points d'intersection, vous voyez ? D'après vous, ils représentent quoi ?

— Je vous en prie, professeur Lewin… Assez, Arthur !

L'économiste a pivoté lentement sur lui-même, ses yeux gris innocents encore dans le vague. Quand il est revenu sur terre, on aurait dit un enfant prodige boudeur parce qu'un adulte grossier venait de le couper dans la représentation de ses talents.

— Pardon, pardon. Je croyais que ça vous intéresserait.

— C'est fascinant, professeur, a répondu Bruce, qui n'avait pas voulu le blesser. Vraiment. Une autre fois, peut-être, vous pourrez m'expliquer tout ça en détail.

— J'ai écrit un article là-dessus. J'ai une copie quelque part… – Art a fouillé dans une pile de feuilles sur une étagère derrière sa table, finissant par exhumer une dizaine de feuillets agrafés ensemble. – … Tenez, vous lirez ça à vos heures perdues. Et après, on pourra en parler, d'accord ?

— Mais oui.

— Sur ce sujet, les statistiques sont tout simplement fausses. Je l'ai prouvé.

— Je vous crois.

Il a souri timidement.

— Je sais que je m'emballe, je m'emballe… C'est juste que j'adore ce que je fais, Bruce.

Celui-ci lui a souri à son tour. Les sourires ne coûtent rien.

— Je vois ça.

— Vous comprenez, dans les années quarante et cinquante, l'après-guerre, quand l'Amérique était seule, sans rivaux, dans le délire complet, les mathématiciens pensaient qu'il suffisait de tracer la bonne fonction pour résoudre n'importe quel problème social. Même la criminalité. Je parle des économistes qui étaient aussi des matheux.

— Et maintenant ?

— Maintenant, je dirais que l'approche mathématique continue à dominer. Il faut être un peu calé en théorie, certes, mais la profession recommence à s'intéresser de plus en plus aux mathématiques appliquées, et à juste titre à mon avis. Nous sommes beaucoup à penser que nous devons nous secouer et nous porter au secours du monde. Je sais que vous pensez que j'exagère mais si vous me donnez une minute… – Ses mains s'agitaient en tous sens, maintenant. Il dégageait une telle énergie que c'était comme s'il y avait eu une troisième personne dans la pièce. – Bon, l'économie, c'est quoi, au juste ? La science de la catastrophe ? Non. Réponse : c'est l'étude de la distribution de biens et de services sujets à contrainte. Qu'est-ce qui n'est pas sujet à contrainte, allez-vous me demander. Réponse : rien. La stratégie militaire, les campagnes politiques, la production d'œufs, même la sexualité, tout est sujet à contrainte, Bruce. Donc, d'une certaine manière, l'économie est la synthèse de tout ce qui concerne l'existence humaine. Et donc, nous, les économistes, nous avons *réellement* entre nos mains les outils qui permettent de sauver le monde. C'est cool, non ?

— C'est ce que Kellen Zant pensait, lui aussi ?

La question a stoppé net l'énergie trépidante d'Arthur Lewin. Toujours devant le tableau blanc sans manifester la moindre intention de s'asseoir, il a laissé ses épaules se voûter un peu et hoché à deux reprises son menton poilu comme s'il se résignait devant l'intrusion de la réalité.

— Ouais, Kellen. Quel sale coup…

— On peut parler de lui une minute ?

— De Kellen ? Écoutez, Bruce : ne vous faites pas une fausse idée de lui. Ce que les gens racontent est bidon. Il ne pensait pas qu'à l'argent. Il disait toujours que les économistes seraient capables de rendre ce monde meilleur si nous arrivions à nous concentrer sur les vrais problèmes.

— Ce n'est pas exactement ce dont je voulais parler, a objecté Bruce sans agressivité.

— Non ? De quoi, alors ?

— Eh bien, par exemple, de qui pourrait avoir voulu le tuer.

Le sourire est revenu, cette fois dépourvu de la jubilation avec laquelle Arthur Lewin évoquait son travail. Avec ce sourire-ci, il se contentait de reconnaître une vérité absurde mais indéniable.

— Ouais, j'imagine que vous pourriez dire que je le voulais, moi.

II

Ils déambulaient à travers le campus principal parce que Art Lewin avait décidé qu'il avait besoin de bouger pour parler de tout cela, et qu'il était le genre d'individu qui faisait pratiquement toujours ce qu'il voulait. C'était un Nathaniel Knowland entièrement développé, en quelque sorte, mais avec beaucoup plus de charme naturel. Une neige grisâtre giclait sous leurs pieds. Bruce Vallely s'est recommandé en silence de ne pas oublier que Lewin était une étoile montante de l'université. Son prédécesseur avait perdu son poste à cause d'un scandale qui avait pris des proportions encore plus considérables parce qu'il n'avait pas été capable de soigner ses relations avec le corps enseignant.

— Laissez-moi vous dire quelque chose à propos de l'œuvre de Kellen. Je ne parle pas de l'axiome Zant-Feldman, plutôt de…

— Excusez-moi, professeur. On a déjà mentionné ce « Zant-Feldman » devant moi mais personne ne m'a vraiment expliqué de quoi il s'agissait.

Art Lewin a souri, imité par Bruce qui était secrètement impressionné que le jeune génie n'ait pas levé les yeux au ciel en entendant sa requête, comme tant de ses collègues l'auraient fait. L'ancien inspecteur de police s'est dit que l'amour de son sujet était une qualité essentielle, chez un pédagogue : quand on est passionné par sa spécialité, aucune question ne paraît idiote, et celui qui la pose a droit au respect.

— C'est une formule qui permet d'établir la valeur de titres, notamment de titres boursiers, à part qu'elle fonctionne à rebours du principe de Black-Scholes, par exemple. En clair, c'est un moyen de répondre au problème suivant : compte tenu de ce que nous savons maintenant, quelle était la valeur de telle ou telle option d'achat à son émission il y a dix ans ? Un moyen vraiment efficace de mesurer la volatilité du processus aléatoire en se servant du différentiel de… Enfin, vous voyez le truc, en gros. Kellen finissait ses études à Dartmouth quand il a mis cette théorie au point, et ensuite ce Feldman l'a aidé à l'affiner quand il a passé deux ans à Columbia après son doctorat. Et ces racontars comme quoi il n'aurait pas pu terminer tout seul, Bruce, c'est du racisme, rien d'autre. Mais j'imagine que vous savez déjà tout ça, non ? Enfin, tout ça pour dire que Zant-Feldman a rapporté plein de contrats de consultant à Zellen. D'accord ?

— D'accord, a soufflé Bruce, qui n'y voyait guère plus clair.

— Dans les derniers temps, cependant, il avait laissé tomber Zant-Feldman. Il essayait de développer des outils plus perfectionnés pour prévoir l'impact des événements sur les marchés à terme. Voir si les experts seraient capables de calculer ce qui se passerait pour les contrats à terme, disons à un an ou à dix. Cette idée que les masses pigent le mieux ce qui se passe, c'est très à la mode maintenant mais ce n'est pas nouveau, en économie. C'est comme ça que les marchés fonctionnent. La théorie du chaos s'intéresse à la même question. Vous avez lu un peu la littérature là-dessus ? On en voit plein dans la presse populaire, de nos jours.

Dans sa bouche, le mot « populaire » sonnait comme une obscénité.

— Je crains d'avoir raté ça.

Mais Art Lewin était trop captivé par sa démonstration pour prendre garde aux interruptions :

— Disons que vous voulez savoir combien de pastilles de chocolat il y a dans un carton lambda. Le mieux à faire, a-t-on constaté, c'est de demander à des tas et des tas de gens et de faire une moyenne de leurs réponses. Même si aucune d'elles n'est proche de la réalité, il est probable que la moyenne le sera, parce que les erreurs cognitives s'équilibrent entre elles. Ou bien, vous voulez prévoir les résultats d'une élection. Est-ce que vous allez demander aux gens ce qu'ils ont l'intention de voter ? Réponse : non. Ça, ce sont les élucubrations des médias. Vous obtenez une bien meilleure approximation si vous leur demandez qui va gagner, d'après eux. Maintenant, en admettant que vous montiez un marché virtuel et que vous laissiez les gens vendre et acheter des contrats à terme à propos des élections, vous arrivez généralement tout près des pourcentages réels du vote. Cool, non ?

Bruce a dû une nouvelle fois tirer gentiment sur la bride, persuadé que, sinon, Lewin serait capable de continuer comme ça tout l'après-midi :

— C'est très intéressant, professeur, et je serais enchanté de continuer à vous écouter un jour où nous aurions plus de temps, mais pour l'instant j'aimerais que nous soyons plus concrets.

— *Concrets ?* s'est récrié l'économiste d'un air dégoûté, comme si seules les grandes abstractions valaient la peine de vivre. Concrets comment ?

— Eh bien, parler de Kellen Zant, par exemple. Pas de ses recherches, mais de lui, personnellement.

— Il vivait pour son travail. Vous ne pouvez pas le comprendre si vous ne comprenez pas ce à quoi il travaillait.

— Je n'essaie pas de le comprendre, professeur ; j'essaie de comprendre ce qui lui est arrivé. – Bruce s'est hâté de poursuivre, profitant de la perplexité momentanée de Lewin. – Pourquoi ne pas commencer par la dernière fois où vous l'avez vu, disons ?

— La dernière fois, je l'ai déjà dit à la police. C'est le jour où il est mort. Vendredi. On a joué aux échecs dans mon bureau, comme chaque vendredi. Blitz. Cinq minutes chacun. De cette façon, on peut faire assez de parties pour avoir une évaluation convenable de… – Il s'est arrêté, l'enfant en lui prêt à se défendre contre des accusations pas encore formulées. – Écoutez,

Bruce, c'était notre fun à nous, d'accord ? Il y en a qui jouent au football, d'autres qui se murgent… Attendez, non, ce n'est pas un bon exemple : moi aussi, je me soûle ! Mais enfin, vous voyez, il y en a qui… font voler des cerfs-volants, ou quoi.

— Quelle heure était-il ? Quand il est venu à votre bureau ?

— Oh, quatre heures, probablement. C'était à cette heure-là qu'on commençait, d'habitude. Je n'ai pas vérifié ma montre ni rien, évidemment, mais je dirais quatre heures.

— Qui a gagné le plus de parties ? Ce vendredi-là, le jour de sa mort ?

Bruce a laissé transparaître une toute petite nuance d'impatience dans sa voix.

— Oh, ça ? C'est moi, a fait négligemment Lewin, comme si son interlocuteur passait complètement à côté de la question. Mais ça ne comptait pas. Kellen était distrait, il n'était pas au jeu, et en plus on n'est pas allés jusqu'au bout. D'habitude, on jouait longtemps, passé dix heures. On commandait de la bouffe chinoise, on parlait boulot, on jouait aux échecs. Mais là, on s'est arrêtés tôt. – Pilant devant une énorme congère de neige, il a levé une main en direction de Bruce. – Une minute, hein ? Je veux mettre quelque chose au clair, ici. Ce qu'on raconte à propos de Kellen n'est pas vrai. Il était doué. Aussi doué que moi. Il ne pensait pas qu'aux contrats de consultant, non. Il était dévoué à ses recherches, il n'était pas cossard… Tout ça, c'est du racisme. Il travaillait à un livre sur les jeux, c'était très sérieux pour lui. Il avait plein de projets en cours.

— Je n'en doute pas, a répondu Bruce après avoir inscrit en mémoire ces données.

Le ciel avait viré de couleur mais il sentait que ni la tombée de la nuit ni le froid ne ralentiraient Art Lewin dans sa marche de scientifique exalté.

— Notamment un, dans la dernière année. Très confidentiel. Une nouvelle approche d'un vieux problème. C'est tout ce qu'il a voulu me dire. Et que ça allait lui rapporter des millions. Des millions, Bruce. C'est ce qu'il m'a déclaré.

— J'en suis certain mais bon, ce soir-là, qu'est-ce que vous avez fait, tous les deux ?

— On a joué aux échecs, et puis il est parti.

— À quelle heure ?

— Pas tard. Cinq heures, cinq heures et quart, je ne sais pas. Je lui ai demandé… À Kellen, je lui ai dit : « Pourquoi tu es si pressé ? » Il m'a répondu qu'il avait un rendez-vous. Oui, je connaissais sa réputation, Bruce, donc j'ai pensé que c'était une femme. Une femme mariée, sans doute. C'étaient celles qu'il préférait, comme vous devez le savoir, non ? Il disait souvent qu'il préférait les épouses aux célibataires, et encore plus avec deux ou trois gosses à la maison, si possible en bas âge. C'était moins compliqué, d'après lui. Il n'était pas trop dans les engagements solennels, la fidélité, tout ça, Kellen… Ce goût des femmes mariées, c'est typique d'une stratégie rationnelle en vue de maximiser la satisfaction sexuelle et de minimiser les risques de s'attacher. S'attacher, cela représente des coûts, voyez-vous, ce que nous appelons des « coûts d'option », c'est-à-dire la valeur estimée d'autres opportunités non réalisées, et puis encore des risques postérieurs, par exemple celui de découvrir qu'on s'est trompé, ou qu'on hait la femme que l'on a fini par épouser, ou qu'on en aime davantage une autre. Maintenant, certains hommes voient le mariage comme une forme de gestion des risques, par exemple celui de rester seul toute sa vie. Dans les deux cas, c'est un compromis. Pour Kellen, le principal risque était de se faire passer la corde au cou, et vous pouvez considérer sa préférence pour les femmes mariées comme une sorte d'assurance. Pourquoi ? Si vous y réfléchissez, vous conviendrez que coucher avec une femme mariée entraîne un plus grand coût que de coucher avec une célibataire. Ce coût, c'est la valeur estimée du risque d'être pris la main dans le sac, avec le fait que le dommage subi au cas où l'on est attrapé est relativisé par la faible probabilité que ça arrive. Ce coût supplémentaire, donc, représente le prix qu'une personne opposée au mariage est prête à payer afin de, disons, contracter une assurance contre le risque de finir dans une relation stable qui…

Une nouvelle fois, Bruce a dû couper court à la digression :

— Pardon, mais pour en revenir au moment où le professeur Zant vous a quitté. Il a dit qu'il avait rendez-vous et vous avez supposé que c'était avec une femme.

— Voilà. C'est ce que j'ai…

— A-t-il été plus clair, à ce sujet ? Est-ce qu'il vous a dit qu'il allait retrouver une femme, mariée ou non ?

Ils étaient arrivés devant le bâtiment des sciences, cette monstruosité architecturale dans laquelle l'université jouait son avenir en essayant, certes un peu tardivement, de se transformer en centre d'étude des nouvelles technologies. Des groupes d'étudiants pressés les croisaient de tous les côtés.

— Non, a répondu Art Lewin, dominant soudain Bruce d'une tête car il avait grimpé sur l'énorme tas de neige sale amassée le long de l'immeuble d'informatique par un conducteur de chasse-neige ayant décidé, Dieu sait pourquoi, d'enlever à la pelouse sa couverture blanche et propre. Il n'a pas dit ça. Mais il a sorti une petite blague, avant de partir. Il a dit qu'il pensait qu'il avait des chances d'aller à la Jamaïque.

— La Jamaïque ? Il a parlé de la Jamaïque ?

— Oui. Il a dit qu'il avait des affaires urgentes à régler là-bas.

— Vous êtes sûr ?

L'économiste a continué à gravir son perchoir, peut-être pour avoir plus de perspective de cette hauteur, ou parce qu'il commençait à être las de toutes ces questions. Ce n'était plus « passionnant », plus « cool », alors que la vie ne devait être que cela, pour les Art Lewin de la planète.

— Oui. Il a dit qu'il allait partir à la Jamaïque et que si j'avais encore une moitié de cerveau dans la tête j'arriverais à deviner pourquoi. C'était le genre d'expression qu'il aimait, Kellen.

— Que vous deviez pouvoir deviner où il allait ?

— Oui. Encore un de ses petits jeux, quoi… – Art était presque au sommet, maintenant, les pieds à deux mètres du sol, en équilibre prudent sur cet observatoire d'où il était en mesure de surveiller son domaine. N'ayant plus à élever la voix, car Bruce l'avait rejoint là-haut, il a continué : – Je lui ai rappelé que si c'était une devinette, il devait me donner au moins quelques éléments, pour que je commence à y réfléchir. Vous savez ce qu'il m'a répondu ? « C'est déjà fait. »

III

Ils étaient redescendus de la montagne de neige, les épaules d'Art Lewin encore un peu plus voûtées. Non, ce n'était vraiment, vraiment pas marrant. Bruce avait l'impression de saisir ce que le jeune homme ressentait. Celui qui avait été un guide et un ami avait disparu à jamais ; avoir été forcé à repenser à leurs bons moments ensemble – les controverses théoriques, les échecs, la compétition intellectuelle – l'avait amené à mesurer pour de bon ce qu'il venait de perdre.

— Réfléchissez bien.

— Je réfléchis ! a protesté l'économiste d'un ton courroucé.

— Il n'a pas laissé un mot ? Un e-mail de dernière minute ? Ou même une équation sur un tableau noir, que sais-je ? Vous êtes sûr qu'il ne vous a donné aucun indice sur ses raisons d'évoquer la Jamaïque ?

— Sûr et certain.

— Anonymement, peut-être ? Un message parvenu de quelqu'un qui en apparence n'aurait rien à voir avec…

— Il n'y a rien, Bruce. Honnêtement. Vous croyez que je ne me suis pas creusé la tête, depuis ? – Un soupir juvénile, puis ses yeux se sont à nouveau éclairés. Ils étaient sur le trottoir, tentant d'échapper aux giclées de neige fondue que les autos projetaient en passant. – J'ai quand même eu une idée, en fait.

— Allez-y.

— Bon, c'était un coureur, je l'ai dit. Donc, j'ai pensé qu'il allait peut-être retrouver une femme, ce soir-là. Une Jamaïcaine, qui sait ? Passer le week-end avec elle dans un motel, genre.

— Pourquoi aurait-il eu à aller dans un motel ? Il vivait seul, non ?

— Oui, c'est vrai, a concédé Art, agacé de voir son esprit logique pris au dépourvu. Ou alors… une Jamaïcaine qui serait venue chez lui ?

Bruce a laissé peser son regard sur l'économiste qui, énervé, s'est un peu écarté. Tandis qu'ils repassaient la grille en fer forgé du bâtiment qu'ils avaient quitté auparavant, l'idée qui avait germé dans le cerveau du chef de la sécurité s'est précisée.

— Est-ce qu'il vous est arrivé de parler de Lemaster Carlyle avec le professeur Zant ?

La pomme d'Adam du jeune Lewin est montée et redescendue dans son maigre cou.

— Oh, bien sûr, tout le monde a une… opinion sur Lemaster. Mais c'était toujours en passant, rien de spécifique.

— À votre connaissance, Zant pouvait-il avoir une raison de lui en vouloir ?

— Kellen était le genre de types qui en veulent à des tas de gens, surtout ceux qu'ils ne connaissent pas personnellement. Hommes politiques, activistes, éditorialistes… Il leur reprochait souvent de mal utiliser leur influence. – Prêt à revenir en territoire connu, il s'est redressé. – Vous connaissez tout ce qu'on écrit sur les motivations des élus, en termes de science politique ? Quel est le meilleur critère pour prévoir les positions qu'ils vont prendre, comment ils vont voter ? Réponse : leur volonté d'être réélus. Défendre des principes impopulaires est un choix tellement rare, en politique, que les études scientifiques ne l'évoquent pour ainsi dire jamais. Kellen détestait tous ceux qui font n'importe quoi pour s'imposer, et pour garder leur pouvoir ensuite.

Comme Lemaster Carlyle, s'est dit Bruce en pensant aussitôt que ses propres préventions à l'encontre du président risquaient de l'égarer.

— Et Mrs. Carlyle ?

La réponse a fusé comme si elle cherchait à étouffer la suggestion dans l'œuf :

— Non, Bruce. N'y pensez même pas. Beaucoup de temps avait passé. Kellen avait beau aimer les femmes mariées, il n'était pas fou.

— Fou ?

— On ne s'amuse pas à tourner autour de la femme de quelqu'un comme Carlyle. Surtout pas. Vous avez peut-être entendu des rumeurs sur ce qui se passait ou ne se passait pas entre Julia et lui, mais oubliez. En plus, c'est une femme séduisante, d'accord, mais elle a la quarantaine, non ? C'était trop vieux, pour Kellen. Il les préférait plus jeunes.

— Pourquoi pas ?

— Pourquoi pas quoi ?

— Pourquoi on ne pourrait pas tourner autour de l'épouse de quelqu'un comme Lemaster Carlyle ? Pourquoi ce serait si fou ?

Art Lewin a eu une grimace suggérant que c'était peut-être Bruce qui avait perdu la raison.

— Hé, allez ! a-t-il soufflé avec un rire forcé. Disons qu'il ne prendrait pas ça trop bien, si ?

— J'imagine que non, a concédé Bruce, persuadé que quelque chose lui échappait.

Devant la porte, le professeur d'économie a sorti sa carte magnétique, la vieille serrure métallique n'étant plus utilisée. Le chef de la sécurité, pour sa part, avait un passe qui ouvrait tous les accès du campus. Art Lewin ayant levé les yeux vers le ciel, son compagnon s'est attendu à quelque considération sur la fiabilité des prévisions météorologiques, mais le jeune homme était devenu pensif :

— Vous savez quoi ? Ce n'est pas seulement Kellen qui détestait Lemaster Carlyle. Je crois que celui-ci ne portait pas Kellen dans son cœur, non plus.

— Pourquoi dites-vous ça ?

— Bon, il y a eu cette polémique entre eux, dans les journaux, mais même avant ça… Je me souviens d'une fois, au conseil enseignant. Lemaster n'était encore qu'un prof de droit, c'était avant qu'il aille à Washington et tout le reste, et moi je venais d'avoir mon diplôme… Bref, on parlait d'un amendement au code d'éthique de l'université, une proposition qui aurait interdit formellement toute relation sexuelle entre étudiants et enseignants, quelles que soient les circonstances. Lemaster le soutenait à fond alors que Kellen était l'un des plus farouchement opposés, disant qu'il fallait laisser des adultes être responsables de leurs actes… même s'il devait sans doute penser à son intérêt personnel, aussi. Bref, ils se sont croisés dans le couloir pendant la pause et Kellen lui a demandé pourquoi il était aussi virulent alors que tout le monde savait que la proposition allait être ajournée sans vote, et Lemaster lui a lancé ce regard glacial qu'il peut avoir, vous savez, celui du paternel méprisant ? Et il a dit : « Tu es contre cette disposition, c'est une raison suffisante de la soutenir, pour moi. » Kellen a répondu qu'il ne devrait pas prendre ça personnellement, quelque chose comme ça, et Lemaster continuait à le jauger comme s'il appartenait à une espèce de nuisible mal connue. Et il a rétorqué : « Ce n'est pas personnel, c'est public : je crois simplement que tu es quelqu'un de dangereux. »

— Quelqu'un d'autre que vous a entendu ça ?

— Je ne sais pas. Possible. Il y avait pas mal de monde, dans le couloir. Ce n'est pas qu'ils aient hurlé, tous les deux, ils étaient plutôt calmes, mais je ne pense pas qu'ils se soient souciés qu'on surprenne leur conversation.

Bruce a soupesé l'information. Pas assez de substance. Même en la combinant à ce qu'Art lui avait raconté à propos du dernier après-midi de Zant, c'était trop léger.

— Je vois, s'est-il borné à dire.

Un moment d'observation, comme au poker.

— Eh bien, si vous n'avez plus besoin de moi, j'aimerais aller prendre mes affaires et rentrer chez moi.

— Attendez.

— Je suis fatigué, Bruce.

L'enfant boudeur était de retour.

— Juste une petite chose.

Art a soupiré en regardant à la ronde comme s'il espérait de l'aide. Un crépuscule gris avait envahi le campus. Le vent glacial annonçait une nuit à ne pas mettre le nez dehors. Quand le jeune professeur a glissé ses mains délicates dans ses poches en lui lançant un regard torve, Bruce s'est soudain dit qu'il avait devant lui quelqu'un de terriblement malheureux.

— D'accord, Bruce. Une petite chose.

— Quand nous étions là-haut, dans votre bureau, vous avez dit que vous pourriez avoir voulu tuer Kellen Zant.

Les yeux de Lewin se sont agrandis.

— Mais… Je ne parlais pas sérieusement ! C'était juste une sorte de… J'essayais de donner une indication.

— Vous croyez que vous pourriez être plus précis ?

— Ce n'est pas un secret, Bruce. J'en ai parlé avec les inspecteurs, déjà. Si vous cherchez un mobile, retrouvez les maris de toutes ces femmes qu'il a séduites. Dans le tas, il y en aura bien un assez furax pour avoir fait ça. Ou assez… blessé.

Bruce a tout saisi, d'un coup. Il a revu la photographie des deux filles qui avaient les yeux d'Arthur, sans leur mère à côté d'elles. À la main gauche de celui-ci, pas d'alliance mais une marque visible là où il en avait porté une.

— Vous êtes divorcé.

— Exact.

— Kellen Zant a eu quelque chose à voir avec ça ?

Art Lewin a encore détourné le regard, son visage de bébé reflétant une douleur intense.

— Vous… On peut le dire, oui.

— Kellen a… couché avec votre femme ?

— M'a volé ma femme.

— Pardon ?

— Une petite erreur de calcul, de sa part. – Son rire glapissant n'était pas tout à fait normal. – Carol m'a laissé, moi, les petites et tout le reste, pour lui courir après. Ce n'est pas ce qu'il avait prévu.

— Votre femme vous a quitté pour Kellen Zant ? Quand ?

— Oh, il y a neuf mois, dix… Presque un an, en fait.

Bruce a froncé les sourcils. C'était quelque chose qu'il n'avait entendu d'aucune de ses sources. Pas même une allusion.

— Euh, Art, permettez-moi d'essayer de comprendre. Votre femme est partie pour un homme avec qui vous avez continué à jouer aux échecs ? Tous les vendredis après-midi ?

— C'était sa personnalité que je détestais. Ça ne changeait à rien à ce que son esprit m'inspirait.

Cette donnée dépassant Bruce, il a choisi de reporter son analyse à plus tard.

— Donc, votre femme… Carol. Qu'est-ce que Zant a fait quand elle a dit qu'elle s'en allait ?

— Kellen ? D'après vous, qu'est-ce qu'il a fait ? Avec tout ce que je vous ai dit de lui ? Il l'a envoyée balader, évidemment. Il a dit que ça ne faisait pas partie du deal.

— Il lui a dit de… revenir à vous ?

— Oui… Le lendemain de son départ, elle est revenue taper à la porte en pleine nuit. En pleurs, dans un état pas possible. Elle m'a dit qu'elle s'était trompée. J'ai trouvé ça hilarant, moi. J'ai ri tout ce que j'ai pu. Je l'ai laissée entrer mais je lui ai dit que le jour suivant, c'est moi qui partirais.

Bruce était au-delà de la stupéfaction. Rire, dans ce contexte ? Et puis, en étudiant ces traits marqués par une tristesse vorace, il a cru comprendre.

— Vous avez quitté votre foyer, vous ?

— Non, c'est ce que je lui ai dit. Ce n'était pas mon intention, pas véritablement.

— Je vois, a soufflé Bruce, qui en réalité ne voyait pas grand-chose. Je devrais peut-être parler à… Carol. Où est-elle, maintenant ?

— À la maison.

— Quelle maison ? Vous voulez dire, chez ses parents ?

— Non, je veux dire chez nous. *Notre* maison. C'est pour ça que je dois y aller. Carol m'attend pour dîner.

— Mais je croyais que vous étiez…

— Divorcés, oui.

— Mais alors comment vous…

— Nous ne sommes « que » divorcés, Bruce. Ça ne signifie pas que nous ne pouvons pas vivre ensemble. C'est un choix de gestion rationnelle du risque qui a beaucoup d'avantages : tout en conservant les avantages de la vie conjugale, Carol et moi ne sommes plus légalement limités si l'un ou l'autre veut voir ailleurs. Il lui arrivera de passer la nuit avec quelqu'un d'autre, ou cela m'arrivera, ou cela nous arrivera à tous les deux… – Il a rougi sous sa pâleur hivernale. – Et puis ma belle-mère s'occupe des petites… En fait, ce n'est plus ma belle-mère, techniquement… Il y a un terme qui conviendrait ? Mon ex-belle-mère ? Le truc, c'est que nous sommes libres d'avoir d'autres relations, Carol et moi. Si c'est ce que nous voulons. De ce point de vue, l'histoire avec Kellen a eu un impact positif sur notre vie. On peut dire que cela a libéré nos facultés de rationalisation. Nous ne sommes plus arrêtés par des barrières artificielles. Nous sommes en mesure de faire des choix à partir de meilleures informations. Nous sommes devenus plus performants dans l'exercice de la poursuite du bonheur. – Pris d'une exaltation adolescente, Art Lewin ne remarquait même

pas la fureur médusée qui s'était emparée de Bruce.
– Il y a plein de gens qui ne sont pas mariés et qui vivent ensemble, vous savez ? C'est l'avenir, ça. Je doute que l'on puisse encore défendre l'institution traditionnelle du mariage de manière rationnelle. Sans pressions extérieures, religieuses ou sociales, aucun individu rationnellement attaché à la maximisation rationnelle du bien-être n'a envie de ça, de nos jours. D'ailleurs, si on étudie bien les statistiques, on voit que…

Lancé dans son soliloque, il n'a pas vu que Bruce, incapable d'en entendre plus, s'était esquivé dans la pénombre du hall. Bruce, qui venait de décider que le monde universitaire n'était décidément pas fait pour lui.

Ce que le jeune économiste avait soutenu à propos de la nuptialité avait plongé le chef de la sécurité dans une colère qui ne l'empêchait pas de voir la réplique rationnelle qu'il aurait pu apporter à ses théories, même s'il doutait qu'un scientifique de l'école moderne l'aurait comprise. Pour lui, l'argument en faveur de l'institution conjugale se limitait à un seul mot, un mot d'une beauté incommensurable : Grace.

19

Troublantes nouvelles

I

De passage dans son bureau pendant quelques précieuses minutes avant de tenter de rentrer chez lui en prenant de vitesse la tempête, Bruce a téléphoné à Rick Chrebet. Bien que répugnant à demander d'autres services à ses anciens collègues, il avait besoin de progresser. Rick était à son bureau, pour une fois. Oui, ils avaient interrogé Art Lewin avant que l'enquête ne soit suspendue ; oui, ils avaient noté la référence à la Jamaïque et oui, ils avaient vérifié, car ils n'étaient pas devenus totalement incompétents depuis que Bruce les avait quittés, a plaisanté l'inspecteur, mais non, aucun système informatique consulté n'avait trace d'un projet de voyage pour ce week-end, ni Jamaïque, ni Caraïbes, ni hôtels, ni locations de voiture, ni réservations d'avion. Zant venait de rentrer de Dallas et d'Atlanta, où il avait rencontré certains de ses clients ; sur le chemin du retour, il s'était arrêté voir son oncle à Arkadelphia et la semaine suivant le meurtre il devait se rendre à Los Angeles, encore pour son travail de consultant, mais n'avait pas encore réservé son trajet, le service des voyages de la société qui l'employait attendant ses instructions – « Ils le bookaient en première classe », a précisé Rick, très impressionné. Zant avait aussi pris un billet aller-retour à l'avance, afin de réduire les frais de ceux qui l'invitaient, pour participer à un symposium à l'université de Chicago en avril, le thème de son exposé devant être « le niveau d'adultère optimal ».

— C'est pas une blague, a ajouté Chrebet.

Encore une chose, a-t-il continué en baissant la voix. Récemment, le professeur s'était servi de son Easy-Pass, sa carte d'autoroute magnétique, à plusieurs péages du Massachusetts, mais aucun hôtel ou motel ne l'avait accueilli, et aucune de ses connaissances dans cette partie de la Nouvelle-Angleterre ne l'avait vu. Un casse-tête, a conclu Rick, et Bruce n'a pu qu'abonder dans ce sens.

— Bon, mais Zant avait des tas de contrats de consultant.

— Exact, a confirmé l'inspecteur.

— Tu sais sur quoi il travaillait, quand il est mort ? – Un silence. Les deux compères de jadis se reniflaient mutuellement. – Quoi, c'est un secret d'État ?

À sa grande surprise, la pique de Bruce n'a pas provoqué de rire, pas même un ricanement poli signifiant qu'elle n'avait rien de drôle. Rick Chrebet est resté coi, comme s'il considérait d'accablantes options que son ancien partenaire ne pouvait même pas imaginer. Quand il a repris la parole, la réticence perçait dans sa voix habituellement neutre et posée :

— C'est un crime crapuleux, Bruce. Tu le sais, n'est-ce pas ?

— J'ai lu les journaux, oui, mais…

— Nous ne nous intéressons pas à son boulot de consultant, ni à sa vie privée, ni à rien de tout ça. – Son élocution était péniblement précise. – Nous recherchons un délinquant armé qui tue ses victimes d'une balle dans la tête. Point final. Il va y avoir bientôt un communiqué de presse là-dessus.

— Mais suppose que ce ne soit pas un voleur. Suppose que…

— D'autres hypothèses ont été envisagées. Elles ne le sont plus.

— Ça veut dire que…

— Écoute, Bruce, on se connaît depuis longtemps. Je sais comment ta petite caboche soupçonneuse fonctionne. Tu dois te dire que ça ressemble au travail d'un pro, tout ça. Et que Zant a peut-être dérangé quelqu'un d'important avec ce sur quoi il bossait, quoi que ça ait pu être. Mais tu fais fausse route, mon vieux. Toutes ces possibilités ont été abandonnées.

Bruce a réfléchi. Ils avaient opéré ensemble pendant des années, s'étaient liés d'amitié, et pouvaient communiquer par de simples inflexions. Rick avait utilisé la forme passive ; il avait dit que les autres pistes avaient été écartées, impliquant que ce n'était pas son équipe qui avait fait ce choix. En conséquence, il a décidé de se montrer tout aussi circonspect :

— OK, juste une minute, tu veux ? D'accord, c'était un vol à main armée. J'accepte ça. J'essaie simplement de recouper certains trucs.

Rick a eu un rire sombre. Soudain, Bruce s'est rendu compte à quel point son camarade, d'habitude toujours prêt à prendre les choses avec humour, était perplexe, voire accablé.

— Tu n'es plus flic, mon vieux. Recouper des trucs, ce n'est plus vraiment ton affaire.

— Si, quand ça concerne l'université. Je n'ai pas dit que je participais à l'enquête.

La réponse a tardé, de nouveau. Bruce s'est demandé quelle ligne invisible il venait de franchir. « Il a dérangé quelqu'un d'important. » Dans le bureau d'à côté, des cris se sont élevés à propos d'un match de basket à la télé.

— Désolé, Bruce. Les activités professionnelles de Zant, ça ne mène nulle part. C'est la conclusion.

— La conclusion de qui ?

— Je ne peux vraiment pas rentrer dans ces détails, Bruce.

Les mots étaient pesants, tels de lourds trésors difficilement exhumés d'une sépulture.

— Quoi, ça vient de si haut que ça ? C'est ce que tu veux dire ?

La neige annoncée s'est mise à fouetter les vitres, mais c'était surtout de la pluie glacée. Les rares flocons vraiment formés se dissolvaient dès qu'ils touchaient le verre. Comme l'enquête officielle, a songé Bruce tout en se demandant pourquoi son partenaire, d'abord très coopératif, s'était crispé dès qu'il avait été question du travail de Zant.

— Désolé.

Bruce s'est abstenu d'insister. Il avait déjà demandé, sans succès, à avoir accès à l'Audi et au domicile de Kellen Zant. S'il quémandait trop, il pousserait Rick au stade où « non » serait la réponse la plus simple.

— OK. Une dernière chose.

— Vas-y, Bruce, a fait son camarade de golf, dont le ton sec sonnait à présent comme une mise en garde.

— On dit que Zant était, bon, un coureur. Qu'il s'intéressait particulièrement aux femmes mariées.

— Ce n'est pas une question, a rétorqué Rick, ouvertement agacé.

— Vous avez dû interroger certains des, euh… maris concernés.

— Maris, et femmes. Où tu veux en venir ?

— Est-ce que l'un d'eux vous a paru… Est-ce que vous en avez considéré un comme un suspect possible ?

Flottement à l'autre bout de la ligne. Bruits de papier froissé, des gens parlant à l'arrière-plan. Rick avait-il posé le téléphone ? Non. Il avait retiré son casque pour parler, chuchoter dans le combiné :

— Tu dépasses les bornes, Bruce. Je ne peux pas parler de ça.

— Allons, Rick. C'est moi.

— Ouais, c'est toi. Si je me tais, tu vas me mettre ton poing dans la figure ?

— Je n'ai jamais fait une chose pareille, et tu le sais.

— Certains des types que tu as arrêtés dans le passé t'en croyaient capable. – Un soupir accablé. – Tiens, si je me rappelle bien, il y en a deux ou trois qui ont déposé plainte pour abus de pouvoir.

— Hein ? Jamais !

— Je crois que si.

— Qu'est-ce que c'est, une mauvaise blague ?

— Il y a deux recours en justice qui sont examinés en ce moment. Peut-être qu'ils ont démarré après ton départ.

— Il y a des règles. On aurait dû m'informer.

— C'est que ça a dû s'égarer dans la paperasse, alors.

Bruce a passé la main dans ses cheveux courts et drus. Il ne pouvait prendre tout cela que comme une menace voilée.

— Qu'est-ce que tu me racontes, Rick ? Il y a une action contre moi ?

La voix de Chrebet a perdu de sa dureté, un peu.

— Tout ce que je dis, c'est que je ferais gaffe, si j'étais toi.

II

Bruce a souhaité bonne nuit au deuxième quart qui venait de prendre son service : un planton et un sergent dans l'immeuble, deux voitures de patrouille dehors, en tout trois policiers et un administratif pour un campus de plusieurs centaines d'hectares, la cruelle quadrature du cercle d'un budget équilibré. Six autres véhicules rapides et un trio de fourgons attendaient des jours moins frugaux dans un enclos grillagé. Il a poussé la double porte en verre qui conduisait au parking public. Il ne garait jamais sa Mustang à la place qui lui était réservée, la manœuvre étant trop périlleuse ; depuis que sa femme n'était plus là et que ses enfants étaient grands, s'inquiéter des rayures sur la carrosserie d'un rouge onctueux était sa façon de répondre au besoin de se faire du souci. Il a eu un sourire morose en ouvrant la portière, se rappelant toutes les années où il avait d'abord tenu ouverte celle du passager pour Grace, qui se disait une femme libérée sauf pour… des attentions de ce genre. Mais cette pensée pour son épouse a réveillé quelque chose dans son esprit, quelque chose qui concernait Kellen Zant et son Audi… Il s'est immobilisé. Il s'était senti surveillé.

Ses yeux alertes, qui avaient connu la pénombre de la jungle et le reflet aveuglant du désert, se sont portés tout au fond du parking, là où le périmètre du campus s'arrêtait, une frontière diffuse marquée par quelques pavillons isolés, deux ou trois usines désaffectées et, plus loin, une molle colline au sommet de laquelle des promoteurs immobiliers espéraient créer une zone résidentielle de luxe. La vue humaine peut capter un mouvement dans la plus sombre des nuits mais Bruce, gêné par l'éclat des lampes qui éclairaient et – théoriquement – protégeaient le parking, n'a rien perçu.

Si. Un frémissement dans les bois près de l'une des maisons, à peine plus qu'une brève crispation de l'air nocturne. Et qui a disparu. Une bête, sans doute ; une rafale de vent ; son imagination surmenée, car il connaissait aussi cette faiblesse. Mais Bruce Vallely était quelqu'un qui suivait son instinct plus qu'il ne le mettait en cause : s'il s'était senti observé, c'est qu'il l'avait été. L'attente la plus patiente n'a toutefois pas suffi à conjurer de nouveau l'étrange et mouvante image qu'il avait surprise là-bas. Bruce a secoué la tête. Son regard s'est posé sur sa main, demeurée agrippée à la poignée de la portière ouverte. Ses pensées ont fait marche arrière. Ce geste de galanterie pour Grace…

Bien sûr ! C'était un détail qui l'avait gêné depuis sa rencontre avec Nathaniel Knowland. L'étudiant en théologie avait parlé d'une femme qui accompagnait Kellen Zant, un spectre menu, une Noire avec l'accent britannique qui portait un ciré blanc. Ils étaient montés dans l'Audi dorée de Zant en face du stade et… L'inconnue conduisait. Et Zant s'était installé le premier sur le siège passager. Malgré ses questions insistantes, Knowland n'avait pu en dire plus. Kellen Zant, le fameux bourreau des cœurs, avait non seulement laissé une femme conduire à sa place mais ne lui avait pas tenu la portière avant de monter en voiture.

En se mettant au volant et en démarrant, Bruce a laissé deux thèses jumelles se former dans son esprit. La première était que Kellen Zant avait été sur le moment trop distrait, ou trop fâché, pour penser à être courtois. C'était peu probable : ouvrir la portière à une dame était, pour la génération de Zant, un réflexe susceptible de supplanter toute émotion. Que celles d'après, celle de Nathaniel Knowland, n'y ait vu qu'une forme de plaisanterie ironique, ou même une insulte, n'y changeait rien.

Ce qui laissait place à la deuxième hypothèse tandis que Bruce contournait le cimetière et s'engageait sur Royal Road avant d'atteindre North Elm et la maison : Kellen Zant était monté dans l'Audi le premier parce que la personne qui l'accompagnait le lui avait ordonné.

Mais pourquoi avait-il obtempéré ? Rien n'était certain, là encore, mais il est un fait que les membres des forces de l'ordre, ou ceux des services secrets, ne connaissent que trop bien : contrairement à une veste ou à un manteau ajusté, un ciré flottant est une tenue idéale pour cacher une main tenant une arme.

20

Visite nocturne

I

Dimanche soir. Environnée d'arbres sur une parcelle de trois mille mètres carrés retirés de la route, la maison aux formes modernes, angulaires, de Kellen Zant se trouvait à Hobby Hill, l'une des zones résidentielles les plus anciennes et les plus prisées d'Elm Harbor. Elle avait été si souvent et si assidûment visitée par les enquêteurs qu'elle était maintenant « froide », selon le jargon policier, c'est-à-dire qu'il n'y restait plus une seule preuve intouchée ou ignorée. Mais si Bruce Vallely se tenait dans sa Mustang garée dans une allée adjacente à cette heure tardive, ce n'était pas parce qu'il était venu chercher la pièce à conviction qui éclairerait toute l'affaire. Non, il était venu dans le seul but de mieux connaître l'homme en passant une heure dans son milieu, en étudiant ses goûts dans les placards de la cuisine ou sur les photos encadrées au mur, ce qui était sa méthode préférée lorsqu'il tentait de comprendre la logique de ceux qui n'étaient plus là pour répondre à ses questions. Le hic, c'était qu'il n'avait pas l'autorité légale d'entrer sur cette propriété, et que son contact au sein de la police locale avait sèchement refusé de l'aider, sur ce plan. Comme il n'y avait pas de propriétaire en titre à qui demander la permission, puisque Kellen Zant n'avait pas laissé de testament et qu'il faudrait des mois, voire des années, avant que son héritage soit résolu, Bruce avait choisi l'alternative de la vieille école : il allait s'y introduire par effraction.

Il avait estimé que l'alarme devait être coupée, puisqu'il n'y avait plus personne pour payer la note ou recomposer le code de sécurité, et que les voisins ne risquaient pas de trouver étrange de voir un homme – même un Noir – s'activer sur la porte d'entrée (ou la porte de service, plutôt) : ils avaient vu tellement d'experts de la police se succéder sur les lieux qu'ils préféraient désormais garder leurs rideaux fermés et ignorer le bruit.

Mais il y avait plus : Bruce avait parlé à un certain Bischoff, un professeur de latin-grec à la retraite dont la maison se trouvait derrière le terrain de Zant, et celui-ci lui avait certifié avoir vu deux personnes entrer par la porte de service chez son voisin la nuit du meurtre. Le point particulièrement intéressant, c'était sa certitude que cela s'était produit à huit heures et quart, au moment même où Nathaniel Knowland avait aperçu l'économiste près de sa voiture, Town Street. Bischoff était formel : il se trouvait alors dans sa salle de bains pour avaler ses comprimés, qu'il devait prendre à heure fixe. Il avait même montré à Bruce l'horaire contraignant que son médecin avait établi pour lui, traçant une analogie avec un passage d'Ovide dont le chef de sécurité n'avait jamais entendu parler, et encore moins lu. En admettant que le jeune Knowland se soit trompé dans son évaluation de l'heure, on pouvait supposer que Zant et son accompagnatrice s'étaient hâtés de monter à Hobby Hill, à cinq ou six minutes du stade seulement ; mais dans ce cas, pourquoi n'avaient-ils pas emprunté l'entrée principale et pourquoi, ainsi que Bischoff l'affirmait, étaient-ils passés par les bois au lieu d'arriver par l'allée ? Quand Bruce lui avait demandé s'il en avait parlé à la police, l'ancien latiniste avait répondu par l'affirmative, sortant une carte de visite que l'inspectrice lui avait laissée – Janey Wei, un jeune élément prometteur de la police locale que Bruce connaissait – en l'assurant qu'elle le recontacterait. Elle ne l'avait jamais fait.

De sorte que Bruce Vallely était à cet instant garé sous les arbres entre lesquels les mystérieux visiteurs étaient passés pour pénétrer dans la maison que Zant avait quittée, mais pour y pénétrer avant sa mort ; ensuite cela aurait été trop risqué, la police pouvant débarquer à tout moment, et ils étaient entrés parce qu'ils savaient que le propriétaire des lieux ne pourrait pas les surprendre. Cela voulait dire qu'ils avaient dû traverser un autre jardin, et même si Bruce doutait que quiconque ait pu les apercevoir, cela signifiait que ce qu'ils étaient venus faire était tellement important qu'ils avaient décidé de courir ce risque.

Outils en poche, il est descendu de la Mustang et s'est engagé sur Hobby Road, où des manoirs sinistres de style victorien livraient compétition à d'autres manoirs sinistres de style colonial pour arracher le prix de la demeure la plus solennellement coûteuse de toute la ville. Il n'y avait guère de résidents noirs, dans ces parages. Si les souvenirs de Bruce étaient exacts, Zant excepté, il n'y avait qu'une femme, célibataire, associée d'un cabinet d'avocats en vue. Comment s'en étaient-ils tirés au milieu du gratin blanc, ces pionniers solitaires ? Il n'en avait pas idée et ce n'était pas le moment d'y penser. Il devait se concentrer sur sa mission. Il avait choisi de venir à huit heures, comme les intrus, afin d'avoir la même vision des environs qu'eux. Il y avait de la lumière dans presque toutes les maisons, salons et salles à manger donnant sur les pelouses principales. Comment s'étaient-ils débrouillés pour passer inaperçus, surtout cette nuit-là, où le sol était couvert de neige immaculée ? Le risque était décidément énorme, à une heure où un adulte pouvait encore rentrer du travail, un adolescent sortir les poubelles, un chien rester assez éveillé pour déclencher un concert d'aboiements.

Puis il a vu une possibilité. Au coin de la rue, l'une des bâtisses les plus imposantes était en travaux, apparemment depuis un certain temps. En passant derrière, Bruce s'est aperçu que le bois qui s'étendait à l'arrière de tout le pâté de maisons était assez dense pour s'y faufiler jusqu'à la hauteur de la propriété de Zant. C'est exactement ce qu'il a fait, et bientôt son œil expérimenté d'ancien commando a remarqué les branches cassées et les mauvaises herbes écrasées qui signalaient le passage d'êtres humains. D'abord dans un sens, lorsqu'ils étaient allés à la maison, puis dans l'autre, quand ils s'étaient enfuis selon une trajectoire légèrement différente. Bischoff le latiniste avait bien vu ce qu'il avait vu.

Bruce a vérifié ses outils. Trevor Land aurait été plus que surpris par sa décision mais il n'y en avait pas d'autre, à sa connaissance. Il ne s'attendait pas à trouver une preuve désignant l'auteur du crime de manière irréfutable. Ce qu'il voulait apprendre, c'était qui Kellen Zant avait réellement été. Il allait entrer et sortir de cette maison à l'insu de tous, et Trevor Land n'aurait jamais à le savoir.

II

Il a traversé le jardin à la lueur de la lune, ayant appris depuis longtemps que la nature éclaire presque toujours assez votre route si vous laissez le temps à vos yeux de s'accoutumer à la pénombre. Une déclivité dans la neige indiquait une piscine bâchée pour l'hiver. Les murs de la maison étaient en bardeaux verticaux peints en gris, percés de blocs-fenêtres ; trente ou quarante ans plus tôt, à sa construction, le style architectural avait dû paraître dernier cri. Il lui a fallu moins de deux minutes pour forcer la serrure – il avait eu raison : l'alarme était coupée, pas même laissée sur une fonction « latente » qui aurait signalé l'ouverture de la porte sur quelque ordinateur situé à Kansas City ou Karachi. Sans rien allumer, il est allé à la cuisine, attendant que ses pupilles s'habituent aux ombres plus intenses. Des traces fluorescentes ici et là indiquaient les endroits où les enquêteurs de la nouvelle génération s'étaient servis de la poudre de relevé d'empreintes qu'ils aimaient tant ; Bruce, lui, restait un partisan de la poudre noire, peut-être parce qu'elle semblait moins frivole.

La cuisine, tout en acier inoxydable, n'avait pas beaucoup servi. Casseroles et vaisselle d'avant-garde, impeccables ; livres de cuisine à la tranche intacte : Zant se donnait des airs de gastronome mais ne s'était pas souvent mis aux fourneaux, et à l'évidence personne ne l'avait davantage fait pour lui. Les coupelles des feux de la plaque étaient couverts de papier aluminium froissé, une vieille pratique de ménagère prévoyante du Sud qui n'était plus guère d'usage. En ouvrant le réfrigérateur, Bruce en a trouvé une autre : une boîte de bicarbonate de soude ouverte, un truc du temps jadis destiné à absorber les odeurs. Un peu de soude s'était répandue sur l'étagère, lui indiquant que la police avait vérifié le contenu de la boîte, voire prélevé un échantillon. La police, ou les visiteurs qui l'avaient précédée. Pourquoi ? Que pouvaient-ils chercher là ? Un temps pour chaque chose, s'est-il dit.

Le couloir, puis le salon-salle à manger, meublé d'un étrange assemblage de lourdes pièces modernes et de mobilier scandinave aux formes épurées qui avait été à la mode vingt ans auparavant. Zant ayant les moyens de suivre les tendances du design d'intérieur, c'était donc qu'il avait tenu à conserver cet élément de son décor. Pourtant il n'était pas du tout du genre conservateur, savait Bruce, alors ? Pas le temps de renouveler son mobilier, ou désir de préserver quelque chose d'autre en le gardant ? Et si oui, quoi ?

Plus loin commençait le royaume des livres. Ils avaient été sortis et remis en place par une main moins soigneuse que celle du professeur, qui avait été, très clairement, un maniaque de l'ordre. Les policiers avaient dû chercher, certes, mais aussi ceux qui les avaient précédés, et Bruce a été impressionné par la circonspection avec laquelle ceux-ci avaient travaillé, ne voulant surtout pas alerter les enquêteurs officiels.

Une première conclusion provisoire : les intrus étaient des professionnels. Une deuxième : ils avaient calculé, ou su, qu'en l'absence de preuves d'une effraction chez la victime, la recherche de son meurtrier finirait vite par être abandonnée.

Ayant repéré le bureau de Zant, il n'a pas été surpris de voir les murs tapissés des certificats, diplômes et photographies de rigueur. Ces dernières abondaient, démontrant un homme amoureux de son image. Le classeur en métal avait été fouillé, et Bruce était prêt à parier que tous les documents concernant les finances personnelles de l'économiste avaient été emportés. Dans les tiroirs de la table, pas de chéquier, ni de porte-cartes, ni d'agenda, ces objets qui lui avaient si souvent permis de reconstituer une vie entière et qui avaient dû être saisis et mis sous scellés par ses anciens collègues ; en tant qu'enquêteur officieux et sbire officiel de Trevor Land, il n'y aurait pas accès. Tant pis. Il ferait sans.

Il y avait de la place pour un ordinateur mais il n'en voyait aucun ; probablement emprunté par la police, lui aussi, afin d'inspecter le disque dur. Il était pratiquement exclu que quelqu'un comme Kellen Zant n'en ait eu qu'un chez lui. Non, un homme tel que lui devait avoir un portable de la dernière génération – Art Lewin lui-même en possédait deux ou trois. Dans son carnet de notes en cuir, Bruce a noté de se renseigner pour savoir s'ils en avaient trouvé un. Au moment où il allait quitter la pièce, il a remarqué un tas de feuilles encore sur le chariot de l'imprimante ; peut-être l'ultime travail de l'économiste, sans doute encore au stade du brouillon. Le voyant jaune qui clignotait devait indiquer une anomalie : que l'imprimante n'était plus connectée à un ordinateur, par exemple. Puisque ces pages avaient été négligées à la fois par les énigmatiques visiteurs et par les policiers, elles étaient sans doute peu significatives, mais Bruce, méthodique comme il l'était, s'est néanmoins emparé de la liasse pour la feuilleter, s'arrêtant sur certains passages. Il y avait là trois projets d'articles scientifiques différents, visiblement, tous trois de bonne taille. Il a noté que le premier était cosigné par Art Lewin.

« [...] Toutefois, étant donné que le succès relatif des transformations féministes a minimisé l'importance économique du mariage pour les femmes, et de ce fait l'a rendu moins indispensable à leurs yeux, on peut prévoir que le nombre de femmes s'engageant dans une union conjugale va diminuer ou que, parmi celles qui continueront à choisir d'être mariées, moins nombreuses seront celles qui le resteront. Les statistiques confirment nos deux présupposés, puisque [...] »

Révolté de voir les liens matrimoniaux réduits à une analyse de chiffres, Bruce a frissonné, s'est ressaisi – que pouvait-on analyser d'autre ? – et s'est remis à parcourir les feuillets.

« [...] Bien entendu, l'enchère scellée au premier prix ou l'enchère de type "all pay" présenteront la même convergence à long terme si les joueurs adoptent des stratégies leur permettant de tirer les leçons des résultats des parties précédentes, et ceci est vrai, que les préférences des enchérisseurs soient convexes ou non. Si les joueurs ne participent qu'à une seule enchère, toutefois, les bénéfices de l'organisateur sont susceptibles d'être plus importants, puisque [...] »

Cette fois, Bruce a presque souri dans la pénombre moite. Les universitaires avaient tellement de façons de dire : « Inclinez-vous devant mon savoir »… Il a abandonné cet article aussi. Le troisième l'a fait sursauter :

« […] sans qu'aucune trace du corps de Gina n'ait été retrouvée pendant des jours. Bien que les preuves, encore aujourd'hui, pointent dans la direction du jeune DeShaun, des rumeurs ont continué à balayer la ville comme la bise d'hiver des années après […] »

Bizarre. Bizarre que Kellen Zant se soit penché sur cette vieille affaire de meurtre. Et le style lui-même était surprenant, moins celui d'un docte professeur que d'un… adolescent. Revenu en hâte à la première page du texte, il a compris. Que lui disait son instinct, maintenant ? Qu'étant déjà coupable d'effraction, il pouvait se permettre de voler un essai de douze pages, dont la victime n'était d'ailleurs pas l'auteur. Il les a fourrées dans sa poche.

Un dernier regard circulaire dans le bureau. Pourquoi la police avait-elle saisi l'ordinateur ? Était-ce un principe de base, désormais, ou poursuivait-elle un but précis dont elle avait encore à informer l'université ? Ou avait-il été emporté par les intrus ? Bruce a secoué la tête. Ses yeux se sont arrêtés sur le mur d'égotisme photographique, attirés par une particularité qu'il n'arrivait pas à définir, et… par la fenêtre, maintenant ! Il était sûr d'avoir capté un éclair de lumière dans le jardin, comme un signal. Il a attendu, attendu encore, mais la chose ne s'est pas répétée.

Il est monté à l'étage. Trois chambres, pas particulièrement vastes ni modernes. L'une d'elles semblait inutilisée, une autre avait une certaine touche de féminité, avec des fleurs mortes dans un vase – les seules que Bruce avait vues dans la maison, ce qui prouvait que Zant n'en raffolait pas – et un assortiment de poudriers et de pots de crème sur la commode. Les tiroirs étaient vides, la penderie aussi. Une femme avait-elle vécu ici ? Si oui, avait-elle emporté ses affaires avant le meurtre, ou après ? Mais pourquoi avoir laissé les produits cosmétiques ? Parce qu'ils ne sont pas faciles à transporter quand on est pressé. Donc, soit elle était revenue ici clandestinement après la mort de Zant, soit elle était partie en hâte quand il vivait encore. La police s'était posé les mêmes questions, puisque plusieurs traces de marqueur d'empreintes digitales luisaient dans l'obscurité. Bruce a pris une nouvelle note dans son carnet puis, le feuilletant à rebours, il a tracé un trait à côté de deux lignes de réponses d'Art Lewin, le protégé du professeur assassiné.

L'instinct, encore. Il a pris deux pots, l'un de crème hydratante étrangère et visiblement coûteuse, l'autre de fond de teint, avec le contour de l'Afrique sur le couvercle, les a placés dans des sachets en plastique qu'il avait apportés avec lui et les a empochés. Il serait peut-être intéressant d'analyser leur contenu, et même si les inspecteurs revenaient sur les lieux, ce qui paraissait très improbable maintenant, ils ne remarqueraient sans doute pas leur disparition.

Il a gardé pour la fin la chambre à coucher du maître de maison. À nouveau du mobilier scandinave, dont une commode qui avait dû beaucoup voyager car l'un des pieds manquants était remplacé par un gros livre d'économie poussiéreux. Alors que Zant était très à l'aise financièrement. La double penderie était bourrée de tenues chic, de quoi habiller la moitié d'Hollywood pour la soirée des Oscars. Le premier tiroir de la commode contenait un présentoir pour épingles de cravate et boutons de manchette qui, étrangement, était vide. Dans les deux tiroirs inférieurs, des sous-vêtements, des chaussettes, des pyjamas, des pulls, des habits de sport, le tout repassé et plié avec un soin maniaque ; tout en bas, des albums de famille, des photos en vrac, de vieux bulletins scolaires, un bric-à-brac indéchiffrable.

Dans la salle de bains, l'armoire à pharmacie était vide, son contenu certainement emporté par les enquêteurs. Le carrelage datait de l'époque de la construction de la maison, les joints usés et certains carreaux descellés, mais il était étincelant. Peut-être que Zant n'attendait rien d'autre de son environnement qu'une propreté pointilleuse. Et pourtant il voyageait en première classe, ne fréquentait que les meilleurs hôtels et s'habillait comme un lord. Ou une rock star. Perplexe, Bruce allait sortir mais il s'est ravisé et il est retourné à la commode.

Il était attiré par le tiroir du bas, par les photos. Rien de mieux pour faire connaissance avec quelqu'un. Mais il avait besoin de lumière, cette fois. S'asseyant par terre, il a glissé sa torche électrique sous le lit, l'a allumée, et s'est mis à examiner les albums et les tirages dans le discret faisceau. Famille. Un jeune garçon avec un couple assez âgé, probablement l'oncle et la tante qui l'avaient élevé. Diverses photos, à tous âges, du fils qu'il avait en Californie et ne voyait jamais. Kellen Zant recevant tel ou tel prix, donnant telle ou telle conférence. Kellen Zant à la cérémonie de remise des diplômes. Kellen Zant serrant la main à des dignitaires. Il y avait quelque chose qui clochait, dans tous ces clichés. Bruce a réfléchi. Oui ! Dans tout cela, pas une seule photo de Zant en compagnie d'une femme de son âge. Aucune de son ex-épouse, ni d'une de ses petites amies à une fête foraine, à un bal, ou même ces séries idiotes de photomaton que tout le monde avait, dans le temps. Dans ces portraits, il n'était pas seulement la star de la représentation : il était l'unique acteur.

Toujours assis par terre, Bruce a tenté de développer une hypothèse. Il a imaginé Art Lewin près de lui, expliquant que ne pas garder de photos d'anciennes amantes était un moyen rationnel de maximiser les chances de faire plaisir aux amantes actuelles. Quelle femme avait envie de se réveiller dans la chambre d'un étranger, de farfouiller dans ses affaires et de tomber sur les registres photographiques de sa vie amoureuse passée ?

Ça se tenait. Une autre possibilité, cependant : l'amour-propre de l'économiste était tellement développé qu'il n'aurait eu aucun plaisir à contempler les reflets d'aventures passées, et même de celles qui s'étaient mal terminées. Le pasteur de Bruce, Morris Young, disait souvent qu'il n'y avait pas une seule personne rencontrée au cours de notre existence qui n'était pas à la fois digne et dans le besoin de nos prières éternelles, et dont nous n'étions pas nous-même dignes et dans le besoin des prières.

— Analysez un peu ça, professeur, a soufflé Bruce, les premiers mots qu'il prononçait à voix haute depuis qu'il s'était introduit dans la maison.

Éteignant la torche, il a remis les albums à leur place. Il est allé à la fenêtre pour regarder dehors, devant la façade et sur le côté, parce qu'il croyait avoir entraperçu un autre éclat de lumière. Ses yeux entraînés n'ont cependant capté que les jeux trompeurs des rayons de lune sur la neige glacée, scintillante.

III

De retour dans la cuisine, se préparant à opérer sa sortie, Bruce a marqué une nouvelle pause. Le décor continuait à le tracasser. Il a lancé un ultime regard autour de la pièce, précis, professionnel. Les marmites impeccables, l'acier inoxydable, le frigidaire pratiquement vide, la cuisinière de gourmet que Zant n'avait presque jamais utilisée… Voilà ! Ces pellicules de papier alu avec lesquelles Zant avait protégé les coupelles des brûleurs, cette touche d'humble vie domestique du Sud, totalement incongrue au milieu de cet univers high-tech. Même si c'était un souvenir de son enfance, pourquoi aurait-il pris cette peine, puisqu'il ne cuisinait presque pas ? Bruce s'est approché, a soulevé la grille, puis un premier brûleur. C'est au troisième qu'il a trouvé, sous la feuille d'aluminium, une épaisse couche de papiers. Pourquoi l'avoir cachée là, où elle risquait de prendre feu ? Parce que personne n'aurait pensé chercher à cet endroit ; et parce que, si besoin était, il était possible de la brûler en deux secondes.

Agenouillé sur le sol de la cuisine, il a délicatement ouvert les feuilles pliées en deux, se servant à nouveau de sa torche. Pièce numéro un : la copie au carbone d'un rapport d'expert d'assurances tapé à la machine, daté de mars 1973 et présentant le devis de réparation d'un véhicule sérieusement endommagé. Il connaissait cette compagnie d'assurances, qui avait depuis disparu ;

le garage mentionné ne lui disait rien mais l'adresse était à Scottsville, une petite ville industrielle en pleine déroute à quelques kilomètres au nord d'Elm Harbor, donc loin de Tyler's Landing. Le nom du propriétaire de la voiture n'était pas indiqué. Seulement les chiffres de la police d'assurance et du dossier. Bon, ce genre de document pouvait éventuellement intéresser un économiste. Mais que prouvait-il ? Où Zant l'avait-il trouvé ? Et pourquoi l'avait-il dissimulé avec le même zèle que s'il s'était agi d'un précieux parchemin ?

Pièce numéro deux : un rapport de police sur papier pelure jauni, adressé au premier *selectman* – le nom donné aux conseillers municipaux en Nouvelle-Angleterre – de Tyler's Landing. La feuille avait été déchirée là où s'étaient trouvées la date et la signature. Un récapitulatif des activités récentes, peut-être destiné à l'adoption d'un nouveau budget pour les forces de l'ordre. Plusieurs phrases avaient été soulignées :

« Ces dernières semaines, il a été maintes fois constaté que le nombre de Nègres traversant la ville en voiture était en augmentation. Il y a quelques jours, des officiers de police ont intimé à l'un d'eux l'ordre d'arrêter son véhicule près du parc municipal. Sa carte d'identité leur a appris qu'il s'agissait d'un général d'aviation, qui a déclaré ne faire que passer par notre ville. Le même soir, un autre suspect s'est révélé être la secrétaire d'un membre du Congrès. Il est possible qu'ils aient été invités par certains des plus "libéraux" de nos concitoyens. »

— C'est ça, c'est ça, a marmonné Bruce, qui n'avait jamais compris pour quelle raison des Noirs décidaient d'aller vivre dans les banlieues riches et blanches du pays.

Pièce numéro trois : une feuille arrachée d'un calepin ou d'un agenda, couverte d'une écriture fantasque et pâteuse, sans doute d'une main d'homme. Le passage commençait au milieu d'une phrase et s'achevait à mi-chemin d'une autre :

« … mais d'après l'adjoint Nacchio, aucune de ses amies ne dit l'avoir vue cette nuit-là. Il a aussi signalé qu'elle était allée frapper à la porte de l'un de ses professeurs le même soir, vers neuf heures. Elle a demandé à cette Mrs. Spicer si elle pouvait se servir de son téléphone. Cette déclaration a été par la suite… »

Rébus. Enfin, il allait falloir essayer de trouver qui était cet adjoint Nacchio, ou plutôt qui il avait été, car le papier était fort vieux. Bon. Sa conversation avec Art Lewin ne lui avait décidément pas apporté d'éléments suffisants sur la question qui s'avérait toujours plus centrale : à quoi travaillait Kellen Zant quand il avait été tué ?

Après avoir mis ces documents dans sa poche, Bruce a replacé le papier alu sur la coupelle, espérant ne laisser aucune trace. Il hésitait encore à s'en aller. Certes, il avait localisé ce que personne d'autre n'avait soupçonné mais son cerveau restait en alerte, aiguillonné par l'impression qu'il était en train de passer à côté de quelque chose d'évident. Il a refait mentalement tout son parcours dans la maison. Il en retirait le portrait confus d'un homme que, à vrai dire, il n'aimait déjà guère en arrivant ici.

— On y va, a-t-il murmuré, une main sur la poignée de la porte, et soudain il a compris ce qu'il avait failli rater.

Retour dans le bureau. L'assortiment de photographies encadrées sur le mur. Celle-là. Kellen Zant en tenue de soirée, souriant, reçoit une distinction quelconque des mains de Bill Clinton. Au premier rang des invités, debout, Lemaster et Julia Carlyle applaudissent.

Oui, et après ? Son regard a glissé plus loin. Une photo découpée dans un journal. Kellen Zant à une course à pied destinée à recueillir des fonds pour la prévention du sida. Et là, séparée de lui seulement par deux ou trois autres coureurs, Julia Carlyle.

Et celle-ci ? Kellen Zant, en costume mais la chemise laissée col ouvert, à un cocktail. Riant aux éclats à une vanne lancée par Johnnie Cochran. À côté de lui, les visages rieurs de Spike Lee, Skip Gates, Charles Ogletree… et Julia Carlyle. Et encore : Kellen Zant prenant la parole dans une église remplie d'une foule de Noirs attentifs et recueillis. La commémoration d'une date importante du mouvement des droits civiques, certainement. Sur le premier banc, ses traits radieux levés vers lui, Julia Carlyle.

Son inspection terminée, il a constaté que l'épouse de Lemaster se retrouvait sur pas moins de huit des dix-sept photos exposées dans le bureau de Zant. C'était là la chapelle secrète d'un amant redoutablement intelligent, un hommage imperceptible à l'œil de liaisons passagères, et même d'enquêteurs professionnels. Aucune autre femme n'apparaissait autant que Julia Carlyle, et dans certains cas les photos avaient été recadrées pour lui donner la place de choix.

Mais il y avait davantage. Bruce était prêt à mettre sa main au feu que le mobilier scandinave que Zant n'avait jamais eu le cœur d'apporter à la décharge datait de la période où elle et lui avaient été ensemble. Il l'avait peut-être laissé au garde-meubles durant son escapade à Palo Alto et son bref mariage californien, mais il l'avait récupéré dès qu'il était revenu sur la côte Est. Volage et cynique en public, l'économiste avait caché chez lui le cœur transi d'un amoureux éperdu. Bruce ignorait si ses sentiments avaient été partagés, mais il savait désormais une chose : Art Lewin se trompait. Deux décennies après leur rupture, Kellen Zant restait obsédé par son ancienne maîtresse, Julia Carlyle.

21

La réponse

I

— Comment va, depuis le temps, Julia ?

— Bien, bien.

Bruce Vallely a hoché gravement la tête. Il était assis en face d'elle à une table dans la taverne enfumée de la Route 48. La lumière grise de l'hiver de Nouvelle-Angleterre bruinait à travers les vitres teintées de couleurs criardes. Deux heures et demie, seulement une poignée de clients. D'emblée, Julia l'avait prévenu qu'elle n'avait que quelques minutes à lui accorder car elle voulait être rentrée chez elle avant le passage du premier bus de ramassage scolaire, à trois heures. Elle était pressée, et d'ailleurs si Bruce n'avait pas été le mari de Grace – son veuf, plutôt –, et si celle-ci n'avait pas jadis appartenu aux Coccinelles, elle aurait probablement refusé de le voir, le statut de première dame de l'université présentant nombre d'obligations mais aussi quelques avantages.

— Comment Vanessa s'en tire ? J'ai appris ce qui s'est passé. Je suis navré.

— Elle va mieux, merci.

— Et le reste de la famille ?

— Tout le monde est en pleine forme, merci.

Julia était abasourdie : jusqu'ici, la rencontre « urgente » dans ce restaurant vieillot n'avait été que le prétexte à des banalités, sans qu'elle puisse décider si Bruce poursuivait une destination particulière dans toutes ses circonvolutions, ou s'ils l'avaient déjà dépassée sans qu'elle s'en soit rendu compte. Elle a jeté un coup d'œil à la ronde avec l'espoir de ne découvrir personne de sa connaissance dans la salle, parce qu'elle avait l'étrange impression de participer à un rendez-vous secret. Elle se rappelait, et supposait que Bruce s'en souvenait aussi, le soir où ils s'étaient connus. Elle ne s'était pas encore mise en ménage avec Lemaster et Vallely, alors beaucoup plus jeune et plus brut, s'était présenté avec un autre policier à son petit appartement d'Elm Harbor qui venait d'être cambriolé ; elle avait flirté avec lui sans prendre la peine de remarquer l'alliance à sa main gauche, cette bague qu'il portait encore maintenant, un an après le décès de Grace ; Bruce, froissé et ne cherchant pas à le cacher, s'était montré distant, froid et pressé de s'en aller ; il avait fallu longtemps à Julia pour apprendre à apprécier la réaction du jeune homme, qui sur le moment lui avait paru blessante et embarrassante.

— Et votre mari ? Comment se fait-il à sa fonction ?

Elle a été surprise par le gloussement nerveux qui lui a échappé, vestige de son enfance multiraciale à Hanover, quand glousser de tout était une façon de se protéger, de charmer les gamins blancs comme les noirs.

— Lemaster ? Toujours aussi actif. – Se rappelant que Bruce était un subordonné de son mari, techniquement parlant, elle a voulu que son interlocuteur ne l'oublie pas, lui non plus. – Il adore son travail, positivement. Je crois qu'il l'avait déjà dans la peau le jour où il a commencé.

Bruce a souri.

— Il a déjà eu à faire face à certaines polémiques, donc je dirais qu'il s'est bien adapté, oui.

— Euh… Tout à fait, oui, a confirmé Julia, estomaquée.

— C'est quelqu'un d'exceptionnel, a-t-il affirmé avec la même solennité que si elle attendait de noter sa remarque pour le cas où la question sortirait à l'examen. Vous avez de la chance de vous avoir, l'un et l'autre.

— Eh bien, oui, merci… Et Grace… était merveilleuse, aussi.

Un sourire poli. Elle a senti qu'elle n'avait pas dit ce qu'il fallait, sans comprendre exactement pourquoi. Mona et Granny V. ne l'avaient guère initiée à l'étiquette concernant l'évocation d'une amie morte, surtout devant l'époux de l'amie en question.

— Oui, a fait Bruce d'un ton neutre.

— Elle a eu de la chance de vous avoir, a-t-elle lâché, aussitôt atterrée par sa maladresse.

— C'était une bénédiction de l'avoir près de moi.

Comme on ne pouvait rien ajouter à cela, Julia s'est tue. À une table voisine, un consommateur racontait une blague grivoise dont elle ne saisissait que des bribes. Sa nervosité s'est accentuée. Elle s'est dit qu'ils devaient attirer l'attention sur eux, dans leur coin, le seul couple noir – ah, les gens ! – présent. Mona lui avait appris à placer sa réputation au-dessus de presque tout. Elle avait hâte qu'il en vienne à ses raisons et la laisse enfin partir.

Soit qu'il n'ait pas eu conscience du malaise de Julia, soit qu'il ne s'en soit pas soucié, Bruce a continué sur le même sujet, comme s'il avait passé les dix minutes précédentes à attendre qu'elle l'évoque.

— Grace était une femme très intelligente, Julia. Oh, vous savez ça ! Quand j'ai accepté mon poste, elle a été inquiète, d'abord. C'était de l'argent en plus pour nous, elle le comprenait, mais elle voulait aussi que nous partions nous retirer en Caroline du Sud. J'aurais peut-être dû l'écouter.

Il avait dit cela sans rancœur, ni colère contre lui-même. C'était un homme qui ne faisait pas de phrases, suivait le fil de sa pensée avec rigueur, se bornait généralement à énoncer des faits. Un oiseau rare, sur le campus.

— Elle vous a toujours soutenu, Bruce. Quels qu'aient été vos choix.

— Je le sais, mais merci de le dire. Et elle me répétait souvent : « Si tu dois faire ça, fais-le bien. » J'ai essayé de suivre son conseil. – Se penchant en avant, il a croisé ses mains gigantesques sur la table afin de lui montrer qu'ils étaient maintenant sur le point d'entrer dans le vif du sujet. – Écoutez, Julia. Laissez-moi vous expliquer mon job. Je suis le chef de la sécurité de l'université. Je suis assermenté, j'ai le pouvoir d'appréhender, ce qui est aussi vrai de mes hommes, mais je n'ai pas autorité à enquêter, sauf dans des limites très strictes. La police du campus est une force chargée de prévenir les crimes, non de les élucider. D'accord ?

— Oui… d'accord, a-t-elle fait, encore plus perdue.

Il donnait l'impression de reprendre une discussion dont elle avait manqué le début.

— Notre cahier des charges l'indique très clairement : si nous tombons sur des preuves qui nécessitent une enquête criminelle en bonne et due forme, nous avons l'obligation de les communiquer à la police de la ville ou de l'État.

— D'accord.

— Très bien. Dans les limites que je viens de mentionner, donc, j'aimerais, si c'est possible, vous poser deux ou trois questions à propos de Kellen Zant.

La luminosité et la température avaient-elles brusquement changé dans la salle, ou était-ce un jeu de son imagination ? Que le soleil ait choisi ce moment pour se cacher derrière un nuage, et le vent pour secouer durement les fenêtres de la taverne aurait été une coïncidence trop troublante.

— Quel genre de questions ?

— Rien de compliqué, a promis Bruce avec un sourire rassurant. Je suis juste en train de… recouper des éléments mais voilà, je n'ai pas connu le professeur en personne et je me suis dit que vous pourriez peut-être m'aider à me faire une idée de son caractère.

— Je croyais que l'affaire avait été classée ? Vol à main armée. C'est ce que j'ai lu dans les journaux.

— Encore une fois, il s'agit seulement de recouper des…

— Vous ne pouvez pas vous adresser à la police ? Lire les rapports d'enquête ?

— Ils sont inaccessibles, croyez-moi. Au niveau du Landing, d'Elm Harbor, de l'État. Je n'ai que leurs conclusions, deux ou trois pages à chaque fois, pas plus. Ils ne m'ont rien donné. Pas de minutes d'interrogatoires, pas de notes d'enquête, rien que les conclusions.

Avec son esprit scientifique, Julia a complété ce qu'il lui disait :

— D'habitude, vous avez accès à plus ?

— D'habitude, oui. Ils ne sont pas forcés de me donner plus mais j'obtiens souvent davantage, soit à l'amiable, soit par mes… contacts.

— Pourquoi est-ce différent avec ce cas, alors ?

Il a pris une grande inspiration, se demandant visiblement s'il allait enfin lever le dernier voile. L'issue de secours s'est ouverte brusquement, quelqu'un ayant appuyé sur la barre de sécurité, et deux têtes sont apparues dans l'embrasure. Deux lycéens en quête d'un verre en loucedé. Du premier coup d'œil, ils ont pris Bruce pour un flic et Julia pour une enseignante, ce qui était finalement bien vu, et se sont éclipsés.

— Franchement, je ne sais pas. Mais je veux comprendre pourquoi, moi aussi.

— Pardon, je ne vous suis pas.

Bruce a poussé un soupir et allongé ses longues jambes sur le côté. Ses yeux se sont posés sur la porte battante en inox qui menait à la cuisine. Il semblait capable de sentir le moindre changement une demi-seconde avant qu'il ne se produise car une quinquagénaire de la pâle nation l'a poussée à cet instant, portant un sac rempli de serviettes en papier, et a entrepris de regarnir les porte-serviettes des tables en prévision de la cohue du soir. Son regard s'est arrêté sur Julia et

Bruce, sans curiosité particulière, puis elle s'est remise à l'ouvrage. Apparemment satisfait, le chef de la sécurité a tourné la tête vers l'épouse de Lemaster Carlyle.

— Pour une raison qui m'échappe, Julia, j'ai l'impression qu'ils ont reçu la consigne de ne pas partager les résultats de l'enquête avec moi.

— Vous parlez sérieusement ?

— Tout à fait, a-t-il confirmé, aucunement vexé par cette question. Je ne sais pas exactement ce qui se passe. C'est peut-être une embrouille bureaucratique quelconque, je n'en suis pas sûr. Le résultat, c'est que je dois beaucoup me démener pour combler les trous. Et j'aimerais en savoir plus sur Kellen Zant et sur son travail, pour commencer.

— Vous devriez interroger ses amis.

Son ton lui a paru trop cassant mais elle n'y pouvait rien ; le jeu du chat et de la souris qu'il semblait avoir commencé avec elle la mettait à cran, soudain. Où cherchait-il à l'amener ?

— Il n'en avait pas beaucoup, Julia. Des collègues, oui, et je leur ai parlé. Mais pas de vrais amis. En fait, certaines personnes m'ont dit que vous étiez sans doute celle qui l'avait le mieux connu.

Son cœur a chaviré quand elle s'est rappelé leur dernière rencontre au centre commercial de Norport, leur dispute…

— Je ne le voyais presque plus, toutes ces dernières années.

— Vraiment.

Sans point d'interrogation.

— Oui, vraiment.

— Le soir où il a été tué, il a dit à quelqu'un qu'il s'apprêtait à partir pour la Jamaïque. Mais on n'a trouvé ni billet d'avion ni réservation d'hôtel ou de croisière… – Elle a eu l'intuition que le brusque durcissement de la voix de Bruce était un stratagème visant à la déstabiliser et, ainsi, à l'amener à parler. – Je crois que c'était un symbole, pour ma part. Une sorte de message codé. La Jamaïque représentait quelque chose d'autre.

— Je n'ai aucune idée, a assuré Julia, trop vite et en se sentant envahie par la même torpeur que quand Kellen essayait de la prendre dans ses filets. Jamaïque. Jamaïque ? – Elle s'est mordu la lèvre. – Aucune idée, a-t-elle répété en affectant l'innocence d'une bibliothécaire vieille fille.

— À quoi travaillait-il au moment de sa mort, c'est une question qui se pose, a continué Bruce après un silence. Apparemment, vous étiez la seule à qui il était prêt à confier ses secrets.

— Moi ?

— C'est ce que tout le monde dit.

— Eh bien, tout le monde a tort.

Elle a cherché une autre diversion, tout en se disant que les interrogatoires les plus réussis devaient justement être ceux qui en regorgeaient.

— Un avocat est venu m'importuner. Un certain Tice, Anthony Tice. Il a dit qu'il travaillait avec Kellen. Il saura peut-être, lui…

Bruce a braqué sur elle un regard insistant, qu'elle a soutenu. Quelqu'un a fait tomber une assiette, quelqu'un d'autre a éclaté de rire mais Julia n'a pas détourné la tête. Se confronter avec Mona pendant toutes ces années lui avait appris à résister à la tentation d'être celle qui rompt un silence. Finalement, Bruce a baissé les yeux sur son calepin, un changement de plan plutôt qu'un aveu de défaite. Elle ignorait quelle ligne il avait voulu suivre dans cet échange mais elle se doutait qu'il était sur le point de faire un détour. Sans lui en laisser le temps, toutefois, elle a créé une nouvelle surprise, ce qui l'a fait se sentir délicieusement rusée :

— Oh, et puis il y a une femme à Washington. Mary Malard. Elle affirme que Kellen et elle étaient amis. Vous devriez lui parler.

— L'écrivain ?

— C'est ce qu'elle dit, oui. – Elle a hésité une seconde. – Bruce ? Est-ce que la police a appris quoi que ce soit au sujet de Boris Gibbs ?

— Un chauffard, a-t-il répondu sans cesser de prendre des notes. Pourquoi ?

— Parce que… Parce que je le connaissais. Nous étions collègues.

Et il voulait me dire quelque chose, tout comme Kellen…

— Je sais. – Sans relever les yeux, il a contre-attaqué. – Autre chose, Julia : j'aimerais m'entretenir avec Vanessa.

Elle a eu du mal à encaisser le choc. D'abord Rick Chrebet, maintenant son ancien partenaire dans la police.

— Vanessa ? Pourquoi ? À quel sujet ?

— Au sujet de Kellen Zant.

— Allons, Bruce, a-t-elle répliqué avec une hâte excessive, encore une fois, Vanessa ne sait rien qui puisse concerner Kellen Zant ! Pour quelle raison voudriez-vous lui parler ? – Elle a frissonné. – Elle ne doit pas être troublée, Bruce, ni par ça ni par quoi que ce soit. Elle continue à voir son psychothérapeute deux fois par semaine.

— Mais vous avez dit qu'elle allait bien, a-t-il rétorqué du tac au tac, comme dans une salle de tribunal.

— Elle ira bien si vous la laissez tranquille, vous tous.

Il a marqué une pause. Il paraissait sincèrement préoccupé pour la jeune fille, ou bien Julia se faisait-elle des idées ? En reprenant la parole, il a choisi ses mots avec la même prudence qu'un alpiniste qui sait que la moindre erreur d'appréciation peut le précipiter dans le vide :

— Mon intention n'est pas de troubler Vanessa, Julia. Mais il y a quelques détails que j'aimerais vérifier avec elle. N'oubliez pas que Kellen Zant était l'un de nos professeurs : techniquement, donc, son meurtre entre dans ma charge de protéger le campus. – Elle a gardé un visage de pierre sous l'assaut. – Je pense que lui parler est important. Il y a des informations que je ne pourrai obtenir nulle part ailleurs.

— Des… Comme quoi ?

— Eh bien, par exemple : pourquoi y avait-il une copie du mémoire de Vanessa sur l'imprimante de Zant ?

II

En son temps, Bruce Vallely avait vu nombre de témoins s'efforçant de rester impassibles ou de ne pas détourner le regard, afin de projeter une innocence assurée qu'ils étaient loin d'éprouver. C'était ce qu'il percevait à présent en Julia Carlyle, à ces multiples signes que le corps trahit sous l'emprise de la nervosité, voire de la peur. À l'instant où il avait découvert le nom de Vanessa sur la page de garde du document que Kellen avait photocopié, il s'était dit qu'il avait sans doute trouvé une mine que les autres enquêteurs avaient ignorée ; désormais il en avait la certitude.

Il a fixé Julia, acculée, hésitante. Il n'éprouvait pas une grande sympathie pour elle, ni pour tous ces parents noirs bien nantis, toujours plus nombreux, qui s'empressaient d'aller se perdre avec leur progéniture dans des banlieues résidentielles blanches comme les lys, mais il pensait la comprendre, aussi : elle avait poussé ses enfants à suivre la trajectoire qui avait été la sienne. C'était une mère qui protégeait ses petits et qui, sous l'aiguillon de la peur, se battrait plus farouchement que jamais. Il fallait donc la rassurer, en premier lieu.

— Personne n'a le moindre soupçon à l'encontre de votre fille, Julia. Personne ne pense qu'elle pourrait être impliquée d'une manière ou d'une autre. Je voudrais que ce soit bien clair. – Les yeux de la mère de Vanessa disaient que cela n'avait rien de clair, pourtant. – Mon problème est le suivant, voyez-vous : je ne peux pas faire mon travail tant que je n'aurai pas tiré au clair ce sur quoi Kellen Zant travaillait. Vous me dites que vous l'ignorez, admettons que ce soit vrai. Ses collègues et ses… amis disent pareil. Mais il y a des gens qui essaient de savoir, eux, et cela laisse penser que ses recherches devaient intéresser quelqu'un. – « Quelqu'un d'important » : il s'est retenu de reprendre la formule de Rick Chrebet. – Là, je m'aperçois qu'il avait une copie du travail scolaire de Vanessa. Et pas faite dans une bibliothèque, ni rien : imprimée à partir de son ordinateur. Comment est-ce possible ? Il faut qu'elle le lui ait envoyé par e-mail, ou qu'elle lui ait donné le fichier sur un CD. Ce qui signifie qu'elle le connaissait et plus encore, qu'elle était en de tels termes avec lui qu'elle…

— Comment vous en êtes-vous « aperçu » ? l'a interrompu Julia avec une douceur qui a paru trop sucrée à Bruce.

— Je l'ai vue de mes propres yeux.

— Ah oui ? Est-ce que vos « recoupements » comprennent des visites illégales au domicile d'enseignants de l'université ?

Il avait assez de route derrière lui pour ne pas prendre ombrage d'une telle attaque.

— C'était peut-être l'imprimante de son bureau, Julia. C'est surprenant, que vous ayez pensé à celle de chez lui… – Elle l'a fusillé du regard. – Comprenez-moi, Julia. Je n'essaie pas d'embarrasser Vanessa ou votre famille. Je dois juste savoir pour quelle raison elle lui a donné son mémoire de fin d'année.

Elle s'est levée, brusquement.

— Désolée, Bruce. Il est tard, il faut que je rentre pour les enfants.

Il s'est mis debout, à son tour. Il la dominait de sa haute taille mais elle n'en a pas été intimidée pour autant.

— Une minute, Julia. S'il vous plaît. Je ne voulais pas laisser entendre que…

— Encore pardon, Bruce. Ma réponse est non. Pas de « si », pas de « mais ». Non, vous ne parlerez pas à Vanessa, ni à personne d'autre de ma famille. À propos de ce soir-là ou de n'importe quoi d'autre.

— Julia…

— Nous nous connaissons depuis longtemps, Bruce. J'aimais Grace et elle vous aimait, donc je ne voudrais vous faire du mal pour rien au monde. Je ne parlerai pas de cette discussion à Lemaster. Mais si vous faites la moindre tentative d'approcher ma fille, ou si vous mentionnez une seule fois cette histoire de Vanessa et Kellen Zant devant quiconque et que je l'apprenne, je mettrai mon mari au courant ; non seulement vous serez congédié mais nous vous poursuivrons avec toute l'influence que nous avons ici. Et elle est considérable, Bruce. Ne l'oubliez pas.

Elle avait terminé avec moins de panache et d'aplomb qu'elle ne l'avait voulu. Bruce l'a fixée d'un regard non pas effrayé mais assurément étonné, voire dénotant une étrange satisfaction. Elle a compris qu'elle était allée trop loin, un trait de la famille Veazie, mais qu'il n'était plus temps de faire machine arrière.

— Ne l'oubliez pas, a-t-elle répété puisque le chef de la sécurité gardait le silence. – Elle a montré leurs tasses de café du doigt. – J'imagine que vous vous chargez de ça. Je trouverai la sortie, ne vous inquiétez pas.

Et elle a quitté la taverne sur des jambes qui tremblaient de frayeur plus que de rage.

Au volant de l'Escalade, un CD de musique de Broadway à plein volume pour faire taire son angoisse, elle se répétait : « J'ai survécu. » Elle, et Vanessa, et sa famille. L'enquête officielle était close, Tony Tice et Mary Malard n'avaient rien trouvé et Bruce Vallely restait à la surface, cherchant un meurtrier au lieu d'une vérité plus profonde. Pas plus que les autres, il ne semblait s'intéresser à ce que Kellen avait découvert, qui était la raison de sa mort ; il ne savait pas qu'Astrid était venue chercher ici quelque chose d'incriminant ; il n'envisageait pas une hypothèse qui l'avait tenue éveillée jusqu'au point du jour dans son immense maison : que trente ans auparavant, alors étudiant, l'actuel président des États-Unis avait commis un crime effroyable, et que l'actuel président de leur université l'aidait à dissimuler ce fait.

III

Bruce retournait à Elm Harbor dans sa chère Mustang de collection. Il avait oublié à quel point le métier de flic lui convenait mieux que celui d'administrateur. Il avait obtenu tout ce qu'il était venu chercher. S'il n'avait pas imaginé un instant que Julia Carlyle le laisserait interroger sa fille, ses réactions lui avaient montré qu'elle connaissait l'existence d'une connexion quelconque entre Vanessa et Kellen Zant. Par quoi ces deux-là avaient été liés, il l'ignorait, mais ce n'était pas vraiment essentiel. L'important, c'était que le lien avait existé.

Il a récapitulé dans sa tête les données qu'il avait réunies. Julia Carlyle avait eu une relation sentimentale avec Kellen Zant qui, à ce qu'on disait, l'avait profondément affectée. Ces dernières années, elle avait été souvent vue en sa compagnie. L'économiste, quant à lui, restait obsédé par elle et n'avait pas dissimulé le peu de cas qu'il faisait des limites traditionnellement apposées au champ conjugal. Pour ce qui était de Vanessa, sa proximité avec Kellen Zant était le genre de choses qu'aucun père de famille originaire des

Caraïbes n'aurait toléré une minute, à quoi il fallait ajouter la vieille animosité qui avait opposé le mari de Julia à ce non-conformiste de Zant. Restait la mystérieuse femme noire à l'accent britannique, mais Bruce était presque certain de détenir une réponse à cette énigme aussi.

Remontant l'autoroute à vitesse régulière, Bruce Vallely contemplait avec émerveillement la possibilité, ou même la probabilité grandissante, que la mort de Zant n'ait pas été un crime crapuleux, certes, mais également qu'elle n'ait eu aucun rapport avec son travail. Indubitablement, le crime avait été commis à travers une série d'intermédiaires tellement complexe que son instigateur pouvait rester à jamais non identifié. L'instinct de Bruce Vallely, cependant, lui disait que c'était Lemaster Carlyle qui avait commandité le meurtre de Kellen Zant.

DEUXIÈME PARTIE

RÉPONDRE À LA DEMANDE

Courbe d'offre : En sciences économiques, un graphique montrant la variation de l'offre d'un bien ou d'un service en fonction du prix proposé. Les courbes d'offre sont généralement ascendantes, ce qui signifie que la demande accrue de tel ou tel produit, tout en provoquant une augmentation de son prix, entraîne aussi une augmentation de l'offre. Si les producteurs du secteur considéré ne peuvent répondre à la demande, de nouvelles entreprises seront probablement attirées sur ce marché.

22

Semi-précieuse

I

Cameron Knowland est apparu un jeudi. Fonçant allégrement le long des couloirs venteux du quadrilatère Kepler, évitant les pelures de plâtre qui tombaient des plafonds, contournant les boîtes en carton remplies de vieux dossiers qui s'accumulaient partout, il a fini par trouver le petit bureau immaculé de Julia, son mobilier vieillissant, sa part de radieux soleil de décembre et son ambiance sonore assurée par la cacophonie venue de Hudson Street, qui parfois semblait ne se trouver qu'à quelques centimètres de sa table.

La porte de Julia était ouverte, une tradition remontant à la création de l'institution de théologie et qui répondait alors à la nécessité d'éviter la tentation. Latisha, la tenace assistante à plein temps que Boris Gibbs avait vainement projeté de limoger, s'étant absentée pour une tâche quelconque, c'est Minnie Fox, la lymphatique intérimaire que Boris avait voulu garder, qui l'a annoncé, d'une voix désinvolte et d'un air insouciant destinés à montrer au reste du monde qu'elle aurait préféré être ailleurs. Mais c'était l'une de ces journées où Julia se découvrait dans le même état d'esprit, se demandant pourquoi elle avait échoué ici, elle, une enseignante de biologie ne croyant qu'à moitié à la science dans une école de religion où l'on ne croyait qu'à moitié en Dieu.

— Coucou, je passais par là ! a trompetté Knowland, car il était le genre de petit homme rondouillard qui parvient à se créer assez d'espace autour de lui par la seule vibration de son importance. Rendez-vous avec Claire Alvarez. Votre doyenne, a-t-il précisé comme si Julia pouvait avoir oublié qui elle était.

— Toujours un plaisir, a-t-elle menti, surprise par cette visite inattendue. Qu'est-ce qui vous amène sur mon territoire ? – Le ton, qu'elle avait voulu espiègle, était sans doute plutôt hautain. – J'aurais pensé que vous seriez resté en bas, avec les laïcs.

Elle se montrait aussi chaleureuse qu'elle en était capable, son interlocuteur étant ni plus ni moins que le patron de Lemaster, techniquement parlant, et donc le sien également, mais en réalité elle était d'humeur sombre. Elle revenait d'un trop long déjeuner avec Suzanne de Broglie et Stanley Penrose, qui avaient tenté de la convaincre de ne pas supprimer un programme au titre duquel deux étudiants étaient envoyés chaque année en Amérique latine afin d'analyser sur le terrain l'impact de la théologie de la libération et de jouer les maçons, les instituteurs, les syndicalistes – leur manière de participer à la guerre globale contre les forces de la réaction. Julia avait fait de son mieux pour ne pas lâcher que ce poste de dépense était déjà condamné en raison des moqueries cinglantes que son mari, dans l'intimité domestique, ne manquait pas de lui réserver.

— Pas vraiment à Elm Harbor pour le boulot, a annoncé Cameron qui, tel quelqu'un ayant appris à ne s'exprimer que par e-mail, avait tendance à oublier l'usage des verbes. – Ses yeux d'un bleu terne irradiaient une sympathie angélique, comme s'il éprouvait déjà une souffrance qu'elle ne tarderait pas à connaître. – À New York pour voir des financiers, d'abord, et ensuite monté ici, histoire de régler un problème que mon fils a eu. Harcèlement par un flic du campus. J'ai pas tous les détails en tête. Certainement exagérés. Ça lui arrive toujours, à mon Nate. – Il a croisé ses jambes replètes. Son costume gorge-de-pigeon était si habilement coupé qu'il faisait presque oublier sa graisse. – Pensé monter à Kepler parce que j'entends toujours les mêmes jérémiades. Que personne ne veut plus financer Dieu, de nos jours. – Presque certaine que la doyenne de l'institut n'aurait jamais présenté leurs difficultés en ces termes, Julia a cependant préféré s'abstenir de tout commentaire. Son visiteur a lancé un bref coup d'œil autour de la pièce avant d'ajouter, dubitatif : – Je voulais m'en rendre compte par moi-même. Pas trop porté sur Dieu, pour ma part, mais hé, quand on peut aider…

— Ce serait si gentil.

Elle parlait sérieusement mais Cameron a eu le même froncement de sourcils que si ce commentaire cachait une insulte. Sexagénaire parti de rien, il dirigeait aujourd'hui, de son magnifique château de San Marino, près de Los Angeles, un empire de fonds mutuels qu'il avait bâti près de quarante ans plus tôt. Malgré ses formes rondelettes, il exsudait une énergie extraordinaire dont les réserves, apparemment inépuisables, faisaient vibrer l'air d'optimisme, de volonté et même d'espoir : tout de suite, on sentait que c'était un homme plein de ressources, au double sens du terme, et capable de résoudre n'importe quel problème pour peu qu'on lui en donne l'opportunité.

— Un coup d'œil dans la chapelle, en venant. Des échafaudages. C'est quoi ?

— Une partie du toit s'est effondrée.

— Hmm. Pesant, le symbole… – Quand il a changé de fesse sur la chaise en bois sans coussin, ses yeux sont tombés sur les scènes bibliques des vitraux. – Alors, le corps enseignant toujours sur le pied de guerre ? Motions et résolutions ? Lemaster un pion dans les mains des anciens élèves, ils pensent ? Prêt à remettre en cause le multiculturalisme ou quoi ? Ils estiment à tous les coups que nous autres devrions donner notre argent et la fermer ?

Prise à contre-pied par ce brusque changement de sujet, Julia a eu conscience qu'elle allait s'enferrer dans les explications.

— Tout ça a été beaucoup grossi. En tout cas, la presse a exagéré les choses. Ce n'était qu'une poignée de professeurs et en plus, vous connaissez Lemmie, avec son charme il serait capable de convaincre les…

— Bien, oui, en effet. – Elle s'est rendu compte, trop tard, que Cameron n'avait pas posé une vraie question. – Que je vous dise pourquoi je suis là.

— Certainement, s'est empressée Julia, qui malgré son sourire s'inquiétait du temps que cela pourrait lui prendre car sa journée de travail devait se terminer dans une heure, si elle voulait être à la maison avant le retour des enfants. Le curateur principal a lu dans ses pensées :

— Pas l'intention de vous retenir longtemps, a-t-il fait en consultant sa montre afin de lui montrer qu'il considérait son temps encore plus précieux que celui de Julia.

— C'est juste que j'aime bien rentrer à la maison avant les enfants…

— Oui, oui… Vous en avez deux à l'université, non ?

— Un. L'aîné, Preston.

— À son goût ?

— Je crois. Il est en second cycle, là. – À vingt ans. – Il réussit très bien.

— Mais vous avez une fille qui va y entrer cette année ?

Évidemment, et Knowland le savait très bien. Il devait aussi connaître la pagaille entourant la candidature de Vanessa à différentes facultés depuis ses difficultés de l'année précédente. Tout cela n'était donc qu'une manifestation de pouvoir.

— On est encore au début du processus, a-t-elle répondu prudemment.

— Idée de ce que j'ai fait, ces deux dernières années ? a-t-il demandé, négligeant sa réponse.

Amasser encore plus d'argent ? Rouler les investisseurs ? Apprendre à ses enfants à mesurer les conséquences de leurs actes ?

— Je ne crois pas, non.

— J'aide le Président à collecter des fonds, notamment dans l'Ouest. Donner un coup de main à tout le parti. – Julia n'a pas compris tout de suite, ayant d'abord pensé qu'il parlait de l'université avant de se rendre compte qu'il s'agissait de la campagne électorale présidentielle. – Pas un vantard, moi, mais je suis peut-être le meilleur qu'ils ont, dans ce boulot.

— Je vois, a-t-elle fait, ce qui était très exagéré.

Il n'était tout de même pas venu essayer de lui soutirer de l'argent ! Prévoir la date du retour du Christ sur terre serait plus facile. Non qu'elle ait cru en ce dogme, d'ailleurs.

— Le fait est, Julia : je ne pense pas que votre mari se montre raisonnable.

Cela a suffi à la sortir de sa perplexité.

— Raisonnable ? À quel sujet ?

— Mais les élections, évidemment. Les plus importantes depuis des dizaines d'années. Besoin de toutes nos chances ou les gauchistes risquent de l'emporter. Il est malin, Lemaster, il devrait voir ça. Mais il ne veut pas aider.

— De quelle aide voulez-vous parler ?

— Hmm, pas facile mais j'ai tendance à dire ce que j'ai en tête, hein ? – Il s'est penché en avant, acculant Julia à un étroit espace entre sa table et le mur. – Donc, c'est bref. Lemaster connaît le sénateur Whisted depuis plus de trente ans. Camarades de chambre, tout ça. M'a toujours eu l'air d'un prétentieux, le Whisted. Paraît qu'il a beaucoup de choses à cacher. Dont un truc qui se serait passé au temps de ses études. Et Lemaster…

Julia n'a pu retenir un rire étranglé. Rien de neuf sous le soleil, comme disait l'autre. Même question, même réponse.

— Mon mari est quelqu'un qui a des principes, Cameron.

— Au diable les principes ! a lancé le brasseur d'argent, très sérieux, les mains posées sur le bord du bureau de Julia. – Ces élections ne sont pas comme les autres. Elles vont *compter*.

— Je vais vous dire pourquoi je viens de rire, malgré moi. Est-ce que vous seriez surpris d'apprendre que Lemaster a été contacté récemment par, euh… le camp adverse pour essayer de compromettre votre champion ?

— Pas surpris une minute. Les gauchistes sont prêts à tout pour s'emparer du pays. Ce sera invivable, croyez-moi. Surtout pour l'économie. Voilà pourquoi Lemaster doit aider. – Il l'a arrêtée d'un geste. – Pas d'inquiétude, ça peut se faire discrètement. Inutile qu'on sache que l'info vient de Lemaster. Possible de se servir d'un intermédiaire, par exemple…

Julia était à bout de nerfs. Rien ne l'horripilait plus que la rhétorique creuse, même au nom de positions qu'elle soutenait. Le verbiage la détournait de ceux dont elle se serait sentie proche, au départ. Jadis, les autres étudiantes noires de sa faculté, ayant découvert que Mona aimait la surnommer « Bijou », lui avaient donné le sobriquet de « Semi-précieuse » afin de tourner en dérision son refus obstiné de s'engager pour des causes qu'elles jugeaient importantes.

— Lemaster a rejeté les avances des autres, Cameron. Il en fera de même avec vous.

— Déjà fait. Mais vous pourriez l'amener à revoir sa décision. Lui montrer que c'est dans son intérêt. – Le curateur principal s'est levé, parcourant son interlocutrice de ses yeux pâles, rapides mais qui s'attardaient une fois de plus là où ils n'auraient pas dû. – *Votre* intérêt, aussi. Julia ? Faites-le changer d'idée.

— Je ne pense pas que ce soit à moi de…

— On va s'occuper un peu d'ici, a promis Knowland en désignant les alentours d'un geste distrait. On trouvera l'argent quelque part. Pas d'inquiétude. – Un grand sourire, brusquement. – Ah, Julia ? Par hasard, vous ne sauriez pas à quoi travaillait votre ami, là, Kellen Zant ? Quand il est mort ?

Elle a été tellement saisie qu'elle a répondu en toute honnêteté :

— Non, non… Je me suis moi-même posé la question.

— Le truc intéressant, Julia ? Il m'a téléphoné. Moins de quinze jours avant sa mort. Pas de secrétaire ni rien : il voulait parler au boss. Ma société l'avait employé, dans le temps, un petit travail de consultant. Concevoir un système permettant à nos analystes de repérer les actions qui allaient monter, un jeu boursier où il n'y avait pas vraiment de perdants. Un trader dans le sang, ce Zant, a-t-il noté avec une admiration goulue. Bref, il m'a dit qu'il avait du nouveau. Quelque chose qui allait faire basculer la campagne électorale. De quel côté, il n'a pas précisé. Malin, le salaud ! Il a ajouté que c'était à vendre. À vendre, Julia ! Vous imaginez ? Mettre un prix sur l'avenir du pays !

— Vous l'avez envoyé balader ? s'est-elle enquise, encore plus attentive maintenant car elle redoutait qu'il en vienne à parler de la « Dame noire », ainsi que Mary Malard l'avait fait.

— Je lui ai dit qu'on en parlerait la prochaine fois que je reviendrais sur la côte Est. On devait avoir un petit déjeuner ensemble le lendemain du jour où il s'est fait truffer la tête de plomb. – Il lui a serré la main, sa poigne tel un bref coup de tonnerre. – Et, Julia ? Le bonjour chez vous, entendu ?

II

Elle était en train de corriger l'un de ses rapports quand le vieux Clay Maxwell a passé la tête par l'embrasure de sa porte. Vingt ans plus tôt, il avait été son professeur préféré, même s'il avait été loin de la tenir pour son étudiante favorite.

— J'imagine que vous avez appris la nouvelle ? a-t-il commencé.

— Quelle nouvelle ?

— La cousine de votre mari, Astrid Venable ?

— Oui, qu'est-ce qu'il y a ? a-t-elle demandé, soudain en proie à la panique.

— Whisted l'a mise à la porte ce matin. Une histoire d'initiatives personnelles non autorisées en vue de campagne négative contre leur adversaire. – Il a haussé ses épaules consciencieusement apolitiques. – Ça lui a donné l'occasion d'un joli petit discours, ramener la décence dans le jeu électoral, etc., mais je suis sûr qu'il y a une autre raison. Personne ne serait congédié pour les motifs reprochés à Astrid. Parce qu'ils font tous ça, non ? Les candidats ? Chercher à enfoncer les autres.

III

Cet après-midi-là, dans son spacieux bureau de Lombard Hall, Lemaster a été en mesure d'accorder dix minutes à sa femme avant une réunion avec la vice-présidente et le trésorier général, habituellement capables de déprimer jusqu'à quelqu'un d'aussi solide que leur président, et juste après avoir reçu les représentants d'un comité d'action étudiante exigeant que l'université rompe ses liens avec toutes les sociétés impliquées dans tout pays où des troupes américaines étaient stationnées, sans se douter qu'il n'en existait plus qu'une dizaine dont ce n'était pas le cas à travers la planète, et encore moins avec une devise nationale qui rendait les investissements attractifs.

— Je n'ai rien à voir là-dedans, Jul'. Tu m'attribues plus de pouvoir que je n'en ai.

— Tu m'as raconté que tu avais parlé à Malcolm. Que tu lui avais demandé de retenir Astrid.

— Exactement, a-t-il confirmé sombrement. Je ne me suis pas plaint d'elle, je n'ai rien exigé, je lui ai juste suggéré de la calmer sur la campagne négative, parce que autrement la presse allait faire ses choux gras non de ce qu'elle pourrait déterrer mais du fait qu'elle cherchait à déterrer quelque chose.

— Rien de plus ?

Lemaster et son sourire de lutin charmeur.

— Nous n'avions ni le besoin ni le temps pour plus. J'ai exprimé mes objections et Mal' a dit qu'il allait voir, qu'il devait partir à une réunion. L'échange a duré, quoi, cinq minutes ? Six ou sept, au maximum.

Julia a froncé les sourcils. Elle était sûre de ne pas avoir eu tous les éléments, non de l'explication de son mari mais de celle de Malcolm Whisted. Mais tenter d'arracher un complément d'information par la force serait comme essayer de capturer de l'air dans son poing pour le respirer.

— Et tu as parlé à Astrid ?

— Évidemment.

— Comment va-t-elle ?

À son habitude, conformément à son désir de toujours dominer la situation, Lemaster a choisi de répondre à la question qu'il aurait préféré qu'elle pose. Lorsqu'il avait été choisi pour assumer la présidence de l'université, au printemps dernier, il s'était plié au rituel obligatoire de l'interview au *New York Times*. La journaliste lui ayant demandé quelles mesures il comptait prendre alors que sa future administration était accusée de ne pas rechercher assez activement la diversité culturelle, n'ayant que des Blancs aux échelons les plus élevés, Lemaster avait répondu avec son sourire le plus arrogant – qui avait fait frémir Julia, présente durant l'entretien, dès qu'elle l'avait vu se former – qu'il comptait accepter le poste. Aucunement amusée, la journaliste avait présenté sa réponse d'une manière qui laissait entendre qu'il se désintéressait du problème et Lemaster, avant même de recevoir sa première paie, avait dû se fendre de l'une de ces humiliantes lettres au directeur de la rédaction sur le thème de « Je n'ai sans doute pas utilisé les meilleurs termes pour exprimer ma pensée ». Et non seulement il n'y avait eu que sa femme pour savoir qu'il en avait été affecté mais cette douloureuse expérience n'avait pas du tout modifié son comportement : il ne pouvait toujours pas supporter de ne pas être celui qui damait le pion à tout le monde, dans tous les contextes. Chaque soir, aux réceptions et aux dîners officiels comme à la maison, il fallait qu'il prouve son génie de la répartie aussi courtoise que condescendante.

Cela avait été encore plus vrai lorsque Kellen s'était trouvé dans les parages, la compétitivité intellectuelle de Lemaster puisant alors dans de nouvelles réserves d'agressivité décontractée tandis que le quant-à-soi de l'économiste se hérissait pareillement, comme si le corps à corps entre mâles de la horde primitive s'était transformé, à leur stade, en un affrontement verbal pétri de jargon d'initiés, de références à des fréquentations prestigieuses et d'étalage d'érudition. Kellen semblait avoir le chic pour provoquer son mari, sans doute à dessein, et Lemaster, malgré tout son charme et son élégance feutrée, savait se servir de sa langue pour hacher menu un adversaire et le laisser sanguinolent sur le sol.

— Astrid m'a assuré qu'elle ne me gardait aucune rancœur, ce qui est vraisemblablement inexact. Je pense qu'elle me rend responsable de ce qui lui est arrivé, que cela soit fondé ou non. De sa part, blâmer qui que ce soit d'autre serait une… anomalie.

— Elle pourrait se blâmer elle-même, pour commencer, a proposé Julia, qui voyait à l'attitude de son mari que le temps qu'il lui avait accordé était déjà écoulé. Ou le sénateur. – Lemaster s'est contenté de hausser les épaules. – Je dis juste que bon, Lemmie, ce qu'elle a fait, ou tenté de faire, n'a pas l'air si grave que ça. Pas sur le moment, du moins. Le vrai motif nous échappe.

— J'en suis certain, a concédé Lemaster, dont le regard avait dérivé sur les notes qui devaient lui servir à se préparer à sa réunion budgétaire.

Après l'avoir laissé lui donner un baiser de propriétaire bienveillant sur le pas de la porte, Julia a glissé :

— Et Cameron ? Tu vas obtenir son renvoi, à lui aussi ?

— Je n'ai pas obtenu le renvoi d'Astrid, Jul'. – Il s'est remis à feuilleter le document qu'il avait à la main. – En plus, Cameron pèse un peu trop lourd pour que je m'y attaque comme ça.

Il a eu un petit rire, que sa femme n'a pas imité.

— Lemmie ?

— Oui, Jul' ?

Elle était obligée d'aller droit au but.

— Le soir où il est mort, Kellen a dit à quelqu'un qu'il allait se rendre à la Jamaïque.

— Peut-être.

— Mais pas de billet d'avion, pas d'hôtel réservé.

— Eh bien, cela regarde la police, alors.

— Plus maintenant, a corrigé Julia puisque l'enquête venait d'être officiellement close, ainsi que Chrebet l'avait prédit.

— Il faut croire que non, plus maintenant.

Lemaster l'a encore embrassée. Un murmure de conversation derrière la lourde porte en chêne a confirmé à Julia qu'elle s'était attardée et que l'agenda ultra-organisé de son mari en était bousculé. Mais c'est lui qui a repris :

— Pourquoi me parles-tu de cette histoire de Jamaïque ?

— Je me disais que tu pouvais avoir une idée.

Son expression lui a fait comprendre qu'il n'en avait aucune, malgré son désir d'aider.

— Jul' ?

— Oui, Lemmie ?

Les yeux sur les feuillets, à nouveau.

— Que penses-tu de Bruce Vallely ?

— Bruce ? Pourquoi ?

— J'ai cru comprendre qu'il explore d'autres pistes, a fait Lemaster, toujours sans la regarder. Je me demandais si nous devrions essayer de le persuader d'arrêter.

Julia a péniblement avalé sa salive en rectifiant sa position. Brusquement, elle avait l'impression d'être revenue au lycée, le jour où un surveillant l'avait accusée de mentir à propos du vol de son sac dans le seul but d'incriminer une autre élève.

— Oh… Eh bien, c'est… c'est à toi de juger, j'imagine.

Un sourire éclatant.

— Merci, chérie.

IV

De retour à Kepler, Julia a expédié son travail de la journée. Elle a sermonné une étudiante qui avait manqué trop de cours, donné des conseils à une autre, que son petit ami n'appelait plus. Elle a lu quelques dossiers de candidature et s'est efforcée de découvrir où ses assistantes étaient passées. Elle a aussi essayé à plusieurs reprises de joindre Astrid, l'imaginant en train de faire les cent pas dans sa maison de ville près du Capitole en fumant comme un pompier et en ignorant le téléphone qui n'arrêtait pas de sonner.

Ou bien était-ce seulement les appels de Julia qu'elle refusait de prendre ?

« Que penses-tu de Bruce Vallely ? »

Prenant un crayon et un papier, elle a passé un moment à faire des anagrammes à partir de « Shari Larid », le nom sur lequel Tony Tice l'avait interrogée. Kellen aimait jouer avec les mots, lui aussi. Aucun résultat ne lui a paru satisfaisant, et une recherche sur Internet n'a rien donné, mais peut-être orthographiait-elle mal un nom qu'elle avait seulement entendu prononcer…

Deux heures et demie : temps de plier bagage et de battre de vitesse les bus de ramassage scolaire à Hunter's Heights. En quittant son bureau, une idée lui est venue. Bruce Vallely disait avoir trouvé une copie du mémoire de Vanessa sur l'imprimante de Kellen, mais de quelle version s'agissait-il ? Le texte original rendu à sa professeur, qui lui avait valu une note épouvantable, ou celui complété des recherches supplémentaires que sa fille avait menées par la suite ? Répondre à cette question lui permettrait de mieux comprendre ce qui avait existé entre Vanessa et Kellen, même si tôt ou tard, en dépit des réticences du docteur Brady, elle devrait sans doute interroger directement sa fille, tout comme Rick Chrebet l'avait suggéré.

Dans le tiroir supérieur de droite de son bureau, caché sous divers formulaires administratifs destinés à ses étudiants, elle gardait le « dossier Vanessa » qui contenait, outre diverses coupures de presse concernant l'incendie et la photographie décolorée de Gina que sa fille avait longtemps eue sur sa commode, les deux versions du mémoire.

Ou aurait dû contenir, car lorsqu'elle l'a ouvert elle n'a trouvé que les bouts de journaux soigneusement découpés, rien d'autre.

Ses soupçons se seraient immédiatement portés sur Tony la Trifouille, l'avocat sans scrupule, si les preuves accablant un autre coupable ne s'étalaient pas sur toute la chemise d'un vert terne : telles les éclaboussures de sang sur la scène d'un meurtre, des traces de doigts imprégnés de chocolat noir incriminaient à elles seules le regretté Boris Gibbs.

23

Miroir, mon beau miroir…

I

Vera Brightwood était absolument ravie que le monospace qui avait réduit en bouillie ce pauvre Boris Gibbs sur un parking de Norport ne soit autre que le sien, volé deux jours plus tôt chez elle, à Pleasant Road. Devant les habitués de Cookie's, et tous ceux qui entraient dans la boutique, elle ne tarissait pas sur les heures qu'elle avait passées en compagnie des inspecteurs de police, alors que personne ne s'était soucié d'elle au moment où elle avait signalé la disparition de son véhicule. Ils se décidaient enfin à s'intéresser à la vague de criminalité qui s'abattait sur le village, clamait-elle, précisant que le nombre d'agressions avait doublé dans la dernière année, et pour une fois ses statistiques étaient correctes sinon qu'elle omettait de dire que cette progression signifiait que leur nombre était passé de deux à quatre. Mais enfin, Vera était à peu près la seule source d'information disponible, au Landing, et ainsi que Lemaster le soulignait ironiquement devant sa femme, ce travers qui consistait à passer sous silence les chiffres insuffisamment impressionnants était partagé par presque tous les médias.

Julia a passé deux ou trois après-midi à faire les magasins de Main Street pour recueillir des histoires, écouter les rumeurs et chercher la vérité. Beth Stonington, la principale agente immobilière de Tyler's Landing, celle qui avait vendu le terrain de leur maison aux Carlyle, était formelle : personne n'aurait pu s'intéresser aux rares parcelles du front de mer encore vacantes sans qu'elle l'ait su ; et non, a-t-elle certifié quand Julia a insisté, pensant que Boris n'avait peut-être eu qu'une version déformée de la réalité, Kellen Zant n'avait visité aucune des propriétés actuellement sur le marché. Elle en aurait entendu parler.

Parce que c'était un Noir, s'est dit Julia, mais elle a préféré se taire.

Carrie Bissette, la directrice de nuit du drugstore CVS, n'avait jamais vu Kellen Zant mais elle en connaissait long sur Boris Gibbs. Dans le village, on disait qu'ils avaient eu une historiette, jadis. Mais elle était formelle : Boris ne lui avait jamais posé de questions au sujet de l'économiste. Greta Hudak, la patronne de la taverne qui portait son nom, a confié à Julia qu'elle avait signalé à la police qu'un homme de race noire et de haute taille qui n'habitait pas le Landing était venu déjeuner une ou deux fois dans son établissement, mais elle n'avait pu reconnaître Zant sur sa photographie. Comment savait-elle qu'il ne vivait pas ici ? s'est étonnée Julia. Parce qu'elle s'en serait souvenue. Danny Weiss, le propriétaire de la librairie locale qui avait du mal à joindre les deux bouts, se rappelait avoir vendu au professeur un traité d'antiquaire environ une semaine avant la mort de ce dernier. À la boutique de cadeaux, Lurleen Maddox lui a dit que Kellen était entré chez elle le jour où il avait acheté ce livre.

— Est-ce qu'il a acheté quelque chose ?

— Rien qu'un petit miroir, un jouet, a-t-elle répondu, encore amèrement déçue par la modestie de cette emplette.

II

Il ne faisait maintenant plus de doute que Kellen Zant avait voulu lui dire quelque chose. Il avait acheté, rendu, tenté de lui faire livrer des miroirs, et ce même si la mort ne lui avait pas laissé le temps de mener à bien tous ses plans. Il avait voulu qu'elle suive sa trace, tel un fantôme manifestant son errance à travers le Landing, lui laissant des signaux qu'elle devait trouver à la fois impérieux et irréfutables, et elle n'en revenait pas d'avoir ignoré sa présence si proche jusqu'à ce qu'il soit trop tard. On aurait cru que les commerçants de Main Street s'étaient ligués pour lui masquer la simple réalité de ce que Kellen préparait.

Mais quelle était-elle ? « Risque d'inventaire ». « La matière noire ou sombre ». Elle ne pouvait concevoir comment il s'était persuadé qu'il allait crever le décor convenu de la campagne présidentielle. L'hypothèse la plus plausible était qu'il avait trouvé la preuve que, alors étudiant à Elm Harbor, le président des États-Unis avait tué Gina Joule et réussi à dissimuler ce fait pendant trente ans. Dans la tension de sa rencontre avec Bruce Vallely, elle avait réellement considéré cette éventualité mais, son calme revenu, elle avait désormais l'impression qu'en l'envisageant elle ne faisait que se laisser prendre au piège d'une paranoïa qui n'était pas la sienne. Il n'y avait aucune raison de porter tous les soupçons sur Scrunchy, d'ailleurs. Au premier semestre 1973, Lemaster, parti étudier à Oxford, n'était plus là pour veiller au bon ordre de la suite Hilliman, et n'importe lequel des trois larrons, Scrunchy, Mal' ou Jock, aurait pu se livrer à toute sortes de bêtises sans que « Big Brother », ainsi qu'ils avaient surnommé Lemaster, s'en rende compte.

Pourtant, Vanessa continuait à soutenir que le coupable du meurtre ne pouvait être que DeShaun Moton. Le dimanche suivant, Julia a emmené sa fille dîner Chez Greta pour essayer d'en apprendre plus.

— Je t'ai déjà dit que nous n'en avons jamais parlé, avec Kellen.

— Vraiment jamais ?

— Bon, il m'a demandé quel sujet j'avais choisi, je lui ai dit Gina Joule, et quand j'ai ajouté que DeShaun était coupable, sans doute possible, il m'a félicitée de ne pas avoir peur d'adopter des positions minoritaires. – Sa fourchette a fait tinter l'assiette, car sa main s'était mise à trembler. – Le pervers pourri…

— Pourquoi ne pas me l'avoir raconté, jusqu'ici ?

— Quoi ?

— Que tu lui avais parlé de Gina.

Vanessa n'avait visiblement pas de réponse à cette remarque, ou bien elle n'arrivait pas à la formuler, car elle a baissé la tête pour cacher son visage derrière ses nattes. Elle a posé sa fourchette, n'arrivant plus à contenir ses tremblements. Dehors, la nuit était froide et claire ; les voitures dérivaient sur la neige de la veille avec une majestueuse indifférence.

— Chérie ?

— Oui, M'man ?

— Est-ce que tu as donné une copie de ton mémoire à Kellen ?

La jeune fille a eu le sourire méditatif d'une vieille dame se souvenant de sa jeunesse.

— Il m'avait promis qu'il m'aiderait à le faire publier. C'était un vieux dégoûtant, il ne pensait qu'à… Ah, tu sais à quoi il pensait. – Elle a coupé une bouchée de saumon, l'a mâchée rapidement. – Je le lui ai envoyé par e-mail mais il ne m'en a jamais reparlé. Pas assez bon, j'imagine. – Ses traits se sont fanés. – Tu sais, M'man, il pouvait être plutôt cruel, ton Kellen.

— Je sais, chérie, a battu en retraite Julia. Je sais.

Dans la voiture, Vanessa s'est penchée sur un devoir de mathématiques posé en travers de ses genoux pendant que sa mère cherchait à comprendre l'enchaînement des circonstances. Peut-être. Peut-être pas. Disons que Kellen traîne du côté de Kepler dans l'espoir de surprendre Julia, de faire encore des histoires. Il tombe sur Vanessa et, agréablement surpris, se met à la taquiner un peu, soit parce que c'est un moyen d'atteindre Julia à distance, soit parce que Vanessa elle-même… Tout est possible. Il revient à l'institut, trouve encore sa fille qui bûche à la bibliothèque. Il flirte, peut-être. Ils bavardent. Elle lui parle de son mémoire, de Gina. Est-ce qu'il se lance dans quelque extrapolation ? Calcule que la jeune Blanche est morte au temps où Scrunchy et les autres étaient encore à la suite Hilliman, ou bien le sait-il déjà et se contente-t-il de soutirer plus d'informations à Vanessa ? En tout cas, il est intrigué, il mène sa propre enquête et découvre… Quoi ? Le Président ? Kellen a-t-il perdu la vie parce qu'il avait conclu que le coupable était… lui ? Et Boris aussi ?

Julia a frissonné, à la fois d'inquiétude et de soulagement : Vanessa avait déclaré récemment qu'elle ne continuerait plus à s'intéresser au cas de Gina.

— Chérie ?

— Oui, M'man ?

Elle griffonnait à la lumière du plafonnier, les équations se succédant sur la page à une cadence furieuse.

— Tu es sûre que c'était DeShaun ? Absolument sûre ?

— Hmm.

— Pas d'autre piste sérieuse ?

— Non.

D'un coup sec, Vanessa est allée à la section des solutions à la fin de son livre de maths avant de commencer à tout gommer, les sourcils froncés. Elle avait oublié un maillon du problème.

— Bon, quelqu'un aurait toujours pu inventer des preuves. Tu piges ? Pour essayer de coincer quelqu'un, genre. – Elle a souri en regardant la nouvelle succession d'équations. C'était correct, cette fois. – Mais je ne vois pas Kellen faire ça.

— Pourquoi pas, chérie ? a demandé Julia, comme toujours émerveillée par la rapidité d'esprit de sa fille.

— Parce que impliquer quelqu'un à la place du vrai coupable, ça demande… de la passion. De la constance. Et tu sais quoi ? Il faut vraiment détester celui qu'on veut compromettre, pour prendre un risque pareil. – Elle était déjà passée au problème suivant dans le cahier d'exercices. – Je veux dire : qui Kellen aurait-il pu détester à ce point ?

III

À une heure et demie du matin, Julia s'est réveillée en sursaut. Un rêve qui revenait souvent : dévalant une pente entre des arbres enneigés, elle était poursuivie par un être cauchemardesque qui hurlait qu'elle n'était pas aussi gentille que les gens le pensaient. Là-haut, il y avait un refuge, un sanctuaire qu'elle n'arrivait jamais à atteindre. Cette fois, ce qui l'avait ramenée à la réalité était une plainte aiguë, qui s'était à présent arrêtée et avait donc appartenu au rêve, peut-être. À côté d'elle, le président de l'université continuait à ronfler. Elle s'est rallongée avant de bondir sur son séant, encore. Non. Le gémissement haut perché était toujours là, très ténu certes, mais Julia, comme sa fille, avait une oreille exercée, toutes deux jouant du piano. Elle a enfoncé ses pieds dans ses pantoufles, s'est drapée dans sa vieille robe de chambre. Cela venait de la chambre de Vanessa. Elle est allée écouter à la porte. Une sorte de vagissement mélodique. Qui s'est arrêté.

Elle se demandait toujours si elle devait frapper, quand la porte s'est ouverte. En pyjama, pieds nus, Vanessa ne lui a pas laissé le temps de l'interroger :

— C'est un site Internet vraiment cool que j'ai trouvé, des chants funéraires de toutes les cultures du monde. Avec le casque, ça ne donne rien. Il faut vraiment les baffles, pour sentir le truc.

Julia a regardé par-dessus l'épaule de sa fille. La chambre était un amas impossible de vêtements et de livres en désordre, dans lequel elle a cependant repéré les haut-parleurs Bose disséminés çà et là. Huit, a-t-elle cru compter.

— J'ai mis aussi bas que possible, pardon, mais c'est bien, aussi, parce qu'on peut écouter ensemble. Tu vas adorer, M'man !

— Tu as école, demain.

— Je peux dormir en cours de français. Viens, assieds-toi.

Elle a pris sa mère par la main pour l'entraîner à l'intérieur. Julia a ramassé un livre sur la bataille de Stalingrad laissé ouvert sur une chaise pour y prendre place. Derrière une paroi de petites bouteilles de Perrier et de boîtiers de CD transparents, elle a distingué l'ordinateur portable de Vanessa. Une mélopée douce et triste en sortait, une récitation cadencée que la jeune fille accompagnait en bougeant ses pieds de droite à gauche.

— Ils dansent là-dessus, M'man, a-t-elle expliqué avec une jolie moue. C'est ce que j'écoutais quand tu es venue. Rien de morbide, vraiment. Ça, ça vient du peuple Ewé, au Ghana. Ils ont une danse spéciale pour la mort d'un ancien. Je ne connais pas tous les mouvements, alors j'ai improvisé.

Fermant les yeux, elle a levé ses bras comme des roseaux au-dessus de sa tête et s'est mise à se balancer sur ses jambes, lentement, plus vite, et bientôt Julia s'est retrouvée debout en face d'elle, deux femmes dansant sur un rite de mort, trouvant le rythme dans leurs hanches, ondulant, se cassant, tourbillonnant tandis qu'elles luttaient pour se souvenir et pour oublier. Vanessa a effleuré la commande de son ordinateur et un autre chant est monté, plus rythmé, sans accompagnement, juste une plainte funèbre plus enlevée, et Julia s'est mise à tourner, tourner, parce que la danse était vraie, et la mort une supercherie, et si elle arrivait à se mouvoir assez vite plus personne n'aurait besoin de mourir. Rire aux lèvres, Vanessa dansait avec elle tout en lui expliquant de quel peuple venait cette musique, pourquoi tant de cultures loin de l'Occident éprouvaient le besoin de danser aux funérailles, mais sa mère n'écoutait plus, ou à peine, elle n'était plus que déhanchements à l'écoute du rythme, des larmes de bonheur coulant étrangement sur ses joues couleur de miel, parce que Kellen n'était plus là, peut-être, et Jay et Granny V. non plus, mais elle était en vie, elle, et elle dansait avec sa fille, et ensemble elles allaient recréer cette joie qu'il fallait... elles allaient tout reprendre du début, elle allaient...

— Et ça, c'est mon préféré.

Silence.

Julia s'est arrêtée, en attente, mais rien n'est venu. Voûtée sur sa table, Vanessa avait posé un doigt tremblant sur la souris, incapable de donner cette infime impulsion, perdue, luttant contre elle-même, contre des forces inconnues, et finalement levant des yeux éperdus sur sa mère.

Julia s'est approchée d'elle, a pris les mains de sa fille dans les siennes, les a serrées entre ses doigts jusqu'à ce que l'impulsion qui l'avait paralysée sur place se délite en sanglots.

Et là, en écoutant de tout son cœur les larmes de sa fille, et ce traumatisme que d'après Vincent Brady elle ne cessait de refouler, elle a compris qu'elle n'avait plus le choix. Elle devait accomplir point par point ce que Mary Malard et Tony Tice attendaient d'elle. Elle devait agir, discrètement mais avec détermination. Découvrir ce que Kellen poursuivait quand on l'avait tué. Pas pour lui. Pour Vanessa. Et peut-être, commençait-elle à entrevoir, peut-être pour elle-même.

24

Les cavaliers

I

Même parmi les Forces spéciales de l'armée américaine, Bruce Vallely avait rarement opéré seul. Il avait été entraîné au travail en équipe et c'était maintenant d'un coéquipier dont il avait le plus besoin. Se saisissant d'un prétexte, il a donc pris pour ce rôle son adjointe, Gwendolyn Turian, une bosseuse plutôt rigide qui avait le rang de lieutenant dans les services de sécurité du campus et, peut-être influencée par les feuilletons télévisés, tenait à être appelée par son seul nom de famille tandis qu'elle ne se référait à son supérieur, y compris en sa présence, que par le titre de « Chef ».

Ce vendredi, en fin de matinée, Bruce Vallely frappait ses semelles sur le perron pour les débarrasser de leur neige sale devant l'entrée de l'immeuble qui abritait sa petite poignée de subordonnés, s'efforçant de laisser derrière lui le moment de tension qu'il venait de vivre : statutairement, il avait dû assister à la descente de la brigade antidrogue dans l'un des dortoirs du campus où diverses substances interdites avaient été vendues par deux étudiants en sciences politiques binoclards dont les parents n'étaient, hélas pour eux, pas assez bien introduits pour avoir la ligne directe de Trevor Land. Dans la panique, l'un de ces dealers improvisés avait sauté par la fenêtre pour s'enfuir, se cassant un doigt de pied à l'occasion, de sorte que Bruce s'attendait à devoir esquiver des protestations contre les brutalités policières durant le mois suivant, voire celui d'après. Il venait de retirer son courrier et ses messages de son casier dans le hall lorsque Turian a surgi derrière lui, grande, maigre, à la fois nerveuse et distante, paraissant presque déguisée dans son uniforme en serge bleu.

— Bonjour, chef, a-t-elle prononcé avec raideur tout en lui tendant une enveloppe. Voici la recherche que vous avez requise.

— Merci, Gwen.

Son adjointe a froncé les sourcils, sans doute parce qu'à l'écran il l'aurait appelée « Turian ». Le revolver à sa hanche était plus gros que le règlement ne le prévoyait, et maintenu par plus de courroies que l'uniforme de la sécurité du campus n'en comptait, semblait-il à Bruce, mais le seul fait qu'elle ne soit pas en civil, comme sa charge administrative l'aurait voulu – seuls les agents en patrouille revêtaient le bleu réglementaire, d'habitude –, était un signe d'affectation. Comme elle lui emboîtait le pas alors qu'il se dirigeait vers son bureau, il lui a lancé :

— Un problème, Gwen ?

— Je peux parler franchement, monsieur ?

— Bien sûr, lieutenant.

À ce mot, les yeux verts de la jeune femme se sont éclairés. Contrairement à Bruce, et à presque tous les autres, Turian n'avait jamais servi dans la « vraie » police.

— Cette information, chef… Fait-elle partie d'une enquête autorisée ?

— Disons que ce dont elle fait partie me regarde, entendu, Gwen ?

— Oui, chef. Mais j'ai dû utiliser un canal détourné pour l'obtenir, et il m'a fallu leur donner une raison, vous…

— Qu'est-ce que vous leur avez dit ? a coupé Bruce, soudain inquiet.

— Que l'université était susceptible de faire face à une procédure judiciaire à cause d'une affaire classée depuis longtemps. Je m'excuse, chef, mais c'est tout ce que j'ai pu trouver…

Bruce a souri.

— Très bon travail. Bien joué, G… Turian.

— Merci, monsieur, a soufflé l'adjointe sans lui rendre son sourire.

II

L'automobile correspondant au numéro d'identification sur le formulaire d'assurance que Kellen Zant avait caché dans sa cuisine était une Jaguar XKE, ou plus exactement l'avait été, car l'expert en sinistres l'avait finalement jugée irréparable. Son propriétaire était un certain Jonathan Hilliman. Bruce a froncé les sourcils. Ce nom lui disait quelque chose.

Pivotant sur sa chaise pour faire face à l'ordinateur, il l'a entré sur Google. Jonathan Hilliman, surnommé « Jock » par tout le monde, ancien élève de l'université, héritier de la famille Hilliman, dont la prospérité remontait à la nuit des temps. Comme cette autre tribu de nababs, dans *Gatsby le Magnifique*, les Hilliman vivaient derrière des murs d'argent dont ils n'émergeaient que pour voir un immeuble ou un autre baptisé en leur honneur. Jock, qui avait eu une certaine réputation de play-boy, était mort d'une crise cardiaque trois ans plus tôt. S'il n'avait pas laissé d'enfants, il restait encore plein de Hilliman ici et là.

Et après ? Pourquoi Kellen Zant s'était-il tant soucié d'un accident d'auto survenu à Jock Hilliman dans un lointain passé ? Et pourquoi ce nom éveillait-il tant d'échos imprécis dans sa tête ? Gwendolyn Turian, avec le désir de bien faire qui la caractérisait, avait ajouté un mot au document et en le lisant Bruce s'est souvenu d'un fragment du briefing qu'il avait reçu à sa prise de fonction. Au dernier étage de l'une des résidences universitaires, avec une vue imprenable sur la ville et la mer, la suite Hilliman était un fabuleux appartement de quatre chambres, certainement le logis le plus fastueux de tout le campus. La famille, après avoir financé la construction de l'immeuble un demi-siècle plus tôt et payé pour son entretien chaque année, avait obtenu la faveur suivante : chaque fois qu'un Hilliman – ce n'était jamais « une », en ce temps-là – ferait ses études ici, il habiterait automatiquement la suite et serait libre de choisir ses camarades d'internat.

Voilà pourquoi le nom avait éveillé l'attention de Bruce. Mais pour quelle raison avait-il produit le même effet sur l'économiste assassiné ? Reparti sur

Google, il a tenté une recherche associant « Hilliman » et « Zant ». Rien de substantiel. Il fallait réfléchir encore. De toute évidence, Kellen Zant avait été principalement guidé par son amour-propre. Le besoin d'échapper à son passé en s'enrichissant, par exemple. D'accord, mais c'était une banalité. Bruce a repensé à toutes les photographies dans son bureau, celles où Julia Carlyle partageait subtilement la vedette avec lui. Une autre motivation, celle-là. Pourquoi pas ?

Quand il a entré le nom de feu Jonathan Hilliman et celui de Carlyle, son écran a commencé à afficher des milliers de résultats. Quelques-uns, ouverts au hasard, lui ont apporté une connexion, certes différente de celle à laquelle il s'attendait. Les deux noms revenaient souvent ensemble dans les portraits journalistiques consacrés au grand Lemaster. Bien sûr. « Le Quatuor fabuleux », « les Quatre Cavaliers », tous ces surnoms inventés par d'autres ou par eux-mêmes… Sur le campus, ils avaient été respectivement un fêtard, un agitateur étudiant, un athlète hors pair et un bûcheur qui avait battu tous les records des meilleures notes à l'examen final ; à présent, les trois encore en vie étaient le Président du pays, un sénateur décidé à entrer à la Maison Blanche, et Lemaster, qui réussissait dans tout ce qu'il entreprenait.

Les Cavaliers.

Turian avait aussi joint un portrait de Jock Hilliman publié par le *New-Yorker* dans les années quatre-vingt-dix, quand tous les quatre étaient activement occupés à se faire un nom. Bruce a parcouru l'article sans rien chercher de précis, juste pour laisser une impression se former au détour des phrases :

« Je crois que c'est Mal' qui a inventé ça, "les Quatre Cavaliers"... Nous n'avons commencé à habiter ensemble que plus tard... Une drôle d'équipe, on était... Des fauteurs de troubles amateurs... Ça nous a fait une certaine réputation, à l'université... D'autres ont voulu se joindre à nous mais je me suis toujours refusé à augmenter le nombre de membres... D'après mon père, les meilleurs doivent rester ensemble... J'ai décidé que le groupe devrait se dissoudre de lui-même dès que le dernier d'entre nous finirait ses études... La suite Hilliman n'était pas exactement un lieu de fiestas générales mais on avait nos soirées... Une sorte de société secrète à quatre... Fondée sur la confiance... On partageait à peu près tout... »

Pas d'autres membres : Lemaster devait avoir adoré cet aspect, s'est dit Bruce. Un club de Blancs très fermé, préludant à tous les clubs noirs exclusifs auxquels il appartiendrait par la suite. « *Les meilleurs doivent rester ensemble.* » Il a repris sa lecture en diagonale, fasciné à mesure qu'il déroulait les pages sur son écran :

« Chacun avait sa particularité... Lemaster tenait absolument à terminer premier de sa promo, parce que ça n'était encore jamais arrivé à un... Il ne lui a manqué qu'un demi-point à cause d'un B en mathématiques avancées aux examens finaux. »

Bruce a souri, cédant à un instant d'admiration envers un homme qu'il continuait à soupçonner à moitié d'avoir joué un rôle dans le meurtre de Zant ; déterminé à sortir premier, il avait pourtant pris le risque de passer un examen en mathématiques de haut niveau au lieu de choisir une matière facile, une équivalence où il aurait pu rafler un A les doigts dans le nez… Arrivé à la dernière page, ses yeux ont été arrêtés par un paragraphe qu'il a lu plus soigneusement, cette fois :

« Pendant notre dernière année, l'université a ouvert ses portes aux filles pour la première fois et, pour nous comme pour tous les garçons de notre âge, l'afflux des étudiantes a été le Nirvana. Avant ça, nous satisfaisions notre appétit, si je puis dire, selon le tempérament de chacun. Lemaster, toujours très discret, fréquentait une fille de l'université catholique de Norport ; Mal' était très entiché d'une étudiante en anthropologie un peu cinglée qui rêvait de faire sauter la planète pour tout recommencer de zéro ; et moi, eh bien, ils m'accusaient de changer de "nana" toutes les semaines, comme on disait alors, ma spécialité étant de séduire les filles innocentes de nos dignes professeurs… »

Bruce a abandonné l'article, s'est frotté les yeux. Quelle piste Kellen Zant avait-il cru avoir levée ?

« Les filles innocentes de nos dignes professeurs. » Comme Gina Joule, choyée par son enseignant de père jusqu'à mener une existence protégée, plutôt stricte, même pour l'époque ? Jock Hilliman avait-il simplement voulu plaisanter, en faisant cette remarque au cours de l'interview ? Sinon, le mystère de la nuit où elle s'était noyée pourrait être plus simple qu'il n'en avait l'air. Bruce a sorti la copie du mémoire de Vanessa Carlyle qu'il avait trouvée chez l'économiste.

Gina avait dix-sept ans ; après une dispute avec sa mère, elle s'était enfuie de la maison, s'était arrêtée prendre une glace au magasin Cookie's, puis avait apparemment erré sans but jusqu'à ce que DeShaun la repère. Une certaine Janet Spicer, une enseignante depuis décédée qui habitait à l'époque près du parc, l'avait vue monter avec le garçon dans la BMW volée. L'histoire s'arrêtait là.

Ou non ?

Bruce est allé à son coffre-fort, a repoussé son arme de service qu'il n'était pas autorisé à porter dans l'enceinte universitaire s'il n'était pas en uniforme et a sorti ses autres trouvailles glanées chez le professeur Zant. La page de calepin : « Il a aussi signalé qu'elle était allée frapper à la porte de l'un de ses professeurs ce soir-là, vers neuf heures. Elle a demandé à cette Mrs. Spicer si elle pouvait se servir de son téléphone. Cette déclaration a été par la suite… » Quel avait été le mot sur la page suivante : « retirée » ou « confirmée » ?

Il a trituré le problème dans sa tête. Disons que Jock Hilliman s'était débrouillé pour passer à travers le bouclier protecteur dont les parents de Gina entouraient la jeune fille, qu'il était arrivé à la rencontrer, voire à la séduire ; chez Cookie's, elle avait dit à ses amies qu'elle rentrait chez elle mais elle avait peut-être un rendez-vous secret avec lui ; même la dispute avec sa mère pouvait être un stratagème : c'était la Saint-Valentin, ce jour-là, et elle avait sûrement eu envie de retrouver son amoureux, et elle s'était arrêtée chez Mrs. Spicer pour téléphoner à Jock – pas de portables, en ce temps-là… –, qui était venu la chercher dans sa Jaguar. Selon le rapport de l'expert, celle-ci avait été accidentée une semaine après la disparition de Gina Joule, et à Scottsville, en plus, c'est-à-dire loin de Tyler's Landing. Oui. Mais un rapport, objectait l'ancien flic en lui, n'était qu'un bout de papier…

Entendu. Juste pour pousser la logique plus loin, supposons que la famille Hilliman, aussi riche qu'influente, avait soudoyé l'expert, le garage, les enquêteurs, tous ceux qu'il fallait pour que les circonstances de l'accident soient maquillées. Ensuite, tout s'emboîtait : Gina était morte cette nuit-là dans la Jag, et le secret avait été gardé depuis.

C'était forcément ce que Kellen Zant avait découvert. La raison de son luxe de précautions. Il avait appris que l'université, en la personne de l'un de ses anciens élèves les plus importants, était impliquée dans la mort de Gina, que celle-ci eût été fortuite ou préméditée. Bruce s'est demandé combien ils étaient à avoir su, combien ils étaient à dissimuler la vérité.

« On partageait à peu près tout… » Était-ce là que se trouvait la clé ? Les Quatre Cavaliers avaient-ils tout partagé, y compris la Jaguar ?

Sauf qu'un témoin avait vu la jeune fille parler à DeShaun Moton, un petit délinquant de seize ans qui avait incontestablement volé une voiture au Landing, ce soir-là, et que la police avait abattu quelques jours plus tard, pendant son arrestation. Affaire classée. Oui, mais de tous les témoins ayant vu les deux jeunes bavarder, seule Janet Spicer avait soutenu que Gina était montée dans l'auto volée. Et DeShaun n'avait été mentionné comme suspect qu'après avoir été tué.

Bruce est revenu au mémoire de Vanessa. Merrill Joule avait été l'un des professeurs les plus appréciés du campus. Et très bien placé, aussi : sa femme était la cousine de Cicero Hadley, alors président de l'université. Quant au parrain de Gina, c'était un fonctionnaire subalterne de Lombard Hall, un nommé… Trevor Land.

Feuilletant son carnet de notes, Bruce est revenu à une indication donnée par Nate Knowland. Le gamin affirmait avoir entendu Zant et l'inconnue en ciré parler de Lemaster Carlyle. Dire qu'il pesait trop lourd pour que l'on puisse s'en prendre à lui… Le chef de la sécurité est allé à la fenêtre de son bureau, qui donnait sur le terrain vague où étaient parqués les anciens bus de ramassage scolaire repeints aux couleurs de l'université qui, chaque jour, sillonnaient poussivement le campus en essayant de paraître utiles. D'habitude, on remisait aussi là les chasse-neige de toutes tailles, mais la région venait de connaître un radoucissement inattendu et ils étaient tous sur les routes, à batailler tant bien que mal contre la gadoue de neige à moitié fondue. Comme il en avait assez, des hivers de Nouvelle-Angleterre…

Gina avait été vue en compagnie d'un jeune Noir. Et les Quatre Cavaliers partageaient tout.

Pas étonnant que Julia Carlyle l'ait envoyé paître avec une telle véhémence : elle devait connaître, ou soupçonner, la vérité que Bruce venait de découvrir.

Lemaster Carlyle. Trop puissant pour que le professeur Zant puisse s'y attaquer.

Mais aller jusqu'au meurtre ? Cela semblait assez… extrême. Sauf si l'économiste avait réuni des preuves autrement plus substantielles que ces fragments trouvés sur sa cuisinière. Et puis, lui rappelait son expérience de policier, les assassins ne sont que très rarement rationnels…

Le téléphone a sonné. Un appel interne. L'identificateur d'appel a affiché le numéro de poste qu'il aimait le moins.

— Mon cher Vallely ? Trevor Land. Joyeux Noël et tout ce qui s'ensuit. Je me demandais si vous pourriez faire un saut à mon bureau en repartant chez vous. Oui ?

III

Ils ont pris place dans des fauteuils confortables devant un feu de cheminée, sans doute la dernière encore en fonctionnement sur le campus, probablement en infraction avec la réglementation contre les risques d'incendie. Un miracle, donc, mais le conduit ne devait pas avoir été ramoné depuis des lustres car la pièce était enfumée. Le secrétaire général voulait d'abord évoquer la descente dans une résidence universitaire qui avait eu lieu dans la matinée, un incident qui allait « forcément avoir un impact négatif sur la réputation » de l'établissement, selon lui. Bruce a dit qu'il trouvait que l'opération avait été une erreur, et qu'il avait élevé une vigoureuse protestation au nom de l'université.

— Mais comment aurait-on pu traiter le problème différemment, juste Ciel ? Trafic de drogue et je ne sais quoi…

— Je les aurais arrêtés sur le campus entre deux cours. Aucun risque de dérapage.

— Peut-être, oui. – Les lourdes paupières de Trevor Land dissimulaient ses véritables pensées. – Mais notre procureur doit rendre des comptes devant ses électeurs, mon cher Vallely, ce qui n'est pas votre cas. Salir l'université, la compromettre, est une regrettable erreur de la police mais c'est aussi payant, sur le plan de la politique politicienne. Surtout au moment où elle est en butte à tous ces racontars avec l'affaire Zant, n'est-ce pas ?

— En effet, monsieur, a approuvé Bruce, comprenant que la véritable raison de sa convocation allait enfin être abordée.

La fumée que dégageait le feu de cheminée illicite rendait le bureau encore plus sombre. Le secrétaire a annoncé ce dont il avait besoin : un récapitulatif des progrès accomplis par son chef de la sécurité, un compte rendu détaillé de ses entretiens. Mais l'ancien inspecteur de police, qui n'oubliait pas que Gina Joule avait été la filleule de Land, n'était pas prêt à partager la totalité des informations qu'il avait recueillies.

— Je suis encore au début de mon enquête, a-t-il déclaré.

Le secrétaire a hoché la tête, l'air distrait. Bruce avait du mal à distinguer ses traits dans l'atmosphère enfumée.

— Le hic, c'est que ce Zant a pris pas mal de gens à rebrousse-poil, visiblement. Je ne sais pas quel est le problème, exactement, mais tout le monde est à cran. J'ai des donateurs qui me téléphonent tous les jours, juste Ciel ! Et maintenant nous avons deux morts d'enseignants sur les bras, mon cher Vallely, deux au lieu d'une, donc nous faisons face à des temps difficiles. Difficiles pour cet établissement que nous chérissons, n'est-ce pas ? Entendu : pour Gibbs, c'était un accident, et pour Zant un crime crapuleux. Mais enfin nous ne croyons pas au Père Noël, n'est-ce pas ?

Nous ne sommes pas tombés de la dernière pluie. Et il n'est pas encore temps de sortir les canots de sauvetage, sans aucun doute. Tout compte fait, nous ne pouvons pas laisser l'université continuer à pâtir, ne pensez-vous pas, mon cher Vallely ? Certes, le commandement du navire est un peu défaillant, en ce moment. Bon, ce n'est pas sa faute, l'histoire avec sa fille, d'autres circonstances regrettables, nous le savons, les professeurs sur le pied de guerre pour un rien, et donc… Ce n'est pas le meilleur contexte pour aller demander une décision au président, d'accord ? Hiérarchiquement parlant, il faudrait saisir la vice-présidente, mais que fera-t-elle ? Elle consultera le président. Nous ne devons pas le tracasser avec nos problèmes, telle est ma philosophie. Je les prendrai tous sur moi, mon cher Vallely. – La fumée brûlait les yeux de Bruce mais Land semblait très bien la tolérer. – L'institution a besoin de nous. Lui épargner de nouveaux dommages. Essayer de garder profil bas. Ne pas importuner les professeurs, qui réagissent mal et commencent à se plaindre. Pareil pour les étudiants. Le père de ce Knowland est venu me voir, juste Ciel ! Il ne faut pas fâcher les anciens élèves. En apprendre plus sur le compte de Zant, oui, mais pas de vagues, pas de vagues ! Ah, j'ai une piste pour vous.

Il s'est interrompu, faisant tourner le cognac dans son verre.

— Je vous en serais reconnaissant, a soufflé Bruce, qui chauffait son verre dans sa paume, lui aussi, mais n'y avait pas touché, Grace l'ayant persuadé de ne plus boire une goutte d'alcool ; il n'avait pas l'intention de renoncer à une seule des promesses faites à sa femme.

Ils étaient maintenant arrivés dans le vif du sujet. Derrière les hautes fenêtres étroites, le soleil déclinant projetait l'ombre de bâtiments invisibles sur la pelouse ensevelie sous la neige.

— Oui, mon cher Vallely, et ce sera mon dernier point. Il y a encore une raison pour que les anciens élèves soient sur mon dos. Ce n'est pas seulement à cause du scandale, voyez-vous : plusieurs d'entre eux étaient en affaires avec Zant. Recherche, consulting, je ne sais pas trop. La plupart étaient contents de son travail, visiblement. Ce qui est normal. Esprit supérieur, d'après ce qu'ils disent tous. Mais, mais, mon cher Vallely, il y en a qui estiment qu'il a pris quelque chose qui… qui leur appartenait, sans aucun doute.

— Quelque chose comme quoi ?

Trevor Land a baissé ses yeux avisés sur le nectar brun dans son verre.

— Je n'ai pas de détails, chef. Secrets commerciaux, délit d'initié, méthodes d'évaluation… À chacun sa spécialité, n'est-ce pas ? Mais ils semblent prêts à tout pour récupérer ce qu'il leur a pris, cela je puis vous l'affirmer.

— Et vous pouvez me dire si c'est quelque chose de concret ? Un carnet de notes, par exemple, ou des documents ? Ou bien c'était juste dans sa tête ?

— Je l'ignore, très franchement. Mes interlocuteurs ne sont pas très bavards, je dois dire. Ils veulent retrouver ce qu'ils ont perdu sans dire de quoi il s'agit. Travail d'enquête approfondie. C'est plus votre rayon que le mien.

— Je pourrais peut-être parler à ces… anciens élèves ?

— Hors de question, mon cher Vallely ! Sources confidentielles, etc. Croyez-moi. Je les connais depuis toujours.

— Je vois, a murmuré Bruce en se fondant dans la pénombre enfumée.

— Si vous retrouvez ce qu'ils cherchent, ils en seront très reconnaissants, oui ? Vous le verrez. – À nouveau l'index levé, tel un empereur romain. – Un conseil, mon cher Vallely : ne fâchez jamais ces gens. Le pouvoir tourne la tête, comme on dit, et ce sont de braves gens, sans aucun doute, mais plutôt habitués à ce que tout marche comme ils l'attendent. – Son regard entendu s'est allumé d'une lueur amusée. – Je vous assure qu'ils ont tendance à se crisper, quand ils n'obtiennent pas ce qu'ils veulent.

— Je vois, a répété Bruce, dont les épaules venaient également de se crisper sous le coup de la colère.

— Pas le genre d'individus que l'on veut se mettre à dos, vous savez ? – Le secrétaire général s'est servi un autre doigt de cognac, a opiné du chef d'un air de vieux sage, et il a eu le sourire de conspirateur avec lequel il concluait tous ses entretiens. – Nos bienfaiteurs, a-t-il prononcé avec une bonne dose d'ironie avant de vider son verre.

IV

De retour dans sa voiture après cet étrange entretien, Bruce a cru commencer à entrevoir les plans grandioses de Kellen Zant. Pourquoi aurait-il spolié un client de ce qui lui revenait ? Pas pour l'argent, certainement : d'après Rick Chrebet, ses avoirs s'élevaient à près de deux millions en banque, à sa mort, sans compter ce qu'il avait mis de côté pour sa retraite. Mais c'était un économiste, avant tout, quelqu'un qui concevait la vie en termes de transaction et d'efficacité. S'il avait pris le risque de voler quelque chose, c'était parce qu'aucune somme ne le lui aurait procuré, et ce quelque chose n'était pas destiné à sa consommation personnelle : il s'en était emparé pour sa valeur d'échange, afin de le troquer contre autre chose qui n'était pas plus monnayable. Et Bruce avait une idée de ce que cela pouvait être.

Il s'est demandé si Trevor Land avait entrevu ce qu'il était en train de découvrir. Probablement. Malgré ses airs évaporés, le secrétaire était l'un des êtres les plus retors que Bruce ait jamais connus, quelqu'un avec qui il ne chercherait pas à jouer au plus malin. Le petit bonhomme devait avoir compris ce que Zant complotait avant d'être abattu.

Trevor Land avait beaucoup gâté sa filleule, Gina. Tout le monde le disait. Si Zant avait eu pour intention de démasquer l'assassin de la jeune fille, le secrétaire avait toutes les raisons de maintenir Bruce sur la piste qui remonterait à lui. Coûte que coûte.

25

Un peu de musique

I

C'est l'imposante Tonya Montez, Coccinelle en chef du comté d'Elm Harbor, qui allait fournir l'indice. Même si, en toute vérité, elle n'avait eu aucune conscience de le faire sur le moment, elle s'est pavanée par la suite, lorsque les journalistes ont débarqué pour mesurer les dégâts et distribuer les mauvais points, se rengorgeant comme si elle était la principale responsable des moins scandaleuses des décisions que Julia avait prises en conséquence. Et c'était peut-être le cas, d'une certaine manière, puisque Kellen Zant plaisantait souvent en soutenant que les ragots exercent une fonction de régulation importante, moins grâce à l'information qu'ils véhiculent que par celle qu'ils omettent, les gens ayant tendance à éviter des comportements que la société réprouve par crainte d'être la cible des racontars.

Non que Tonya ait été une commère. Pas du tout. Ces dames coccinelles voletaient bien au-dessus de préoccupations aussi vulgaires et, afin de démontrer leur mépris pour les cancans, répétaient souvent en gloussant les absurdités que leurs concitoyens moins sourcilleux répandaient de manière irresponsable. Et donc le désir de ragoter était entièrement absent de son esprit quand, juste après l'heure du dîner un mardi, Tonya s'est arrêtée devant la gigantesque demeure sur la crête du mont du Chasseur. Certes, elle vivait à une bonne quinzaine de kilomètres de là, sur le bord occidental du comté, loin de ce bastion de la blanchitude, mais elle avait tout de même fait le déplacement en zélée Coccinelle qu'elle était, dans le but d'examiner avec Julia les résultats de la réunion de leur section tenue quinze jours plus tôt, dont le thème avait été leur future contribution au grand Cotillon orange et blanc qui devait se tenir à Boston juste après Noël. Telle était son intention, et non de glaner la matière à de nouveaux commérages concernant la descendante déséquilibrée du Clan dans cet avant-poste de Nouvelle-Angleterre.

Lorsque Tonya a sonné, et a eu la surprise de voir la lourde porte s'ouvrir allégrement sur ce gringalet de Flew, Julia se trouvait « d'humeur pas possible », pour reprendre une expression de Granny V. Lemaster était censé rentrer plus tôt à la maison, ce soir-là, afin de l'aider à encadrer une toile afro-cubaine assez intéressante qu'elle avait dénichée dans une galerie de la ville. Toujours serviable et consciencieux, son mari lui avait rappelé le cadre ancien qu'elle avait acheté quelques mois plus tôt à Frank Carrington, avec une petite remise parce qu'il était cassé, et qu'elle avait eu l'intention de réparer plus tard. Comme sa taille convenait pour cette peinture, Lemaster avait déclaré qu'ils y travailleraient ensemble, et elle aurait probablement dû se douter à ce moment qu'en réalité il lui enverrait son assistant. Depuis la faculté de droit, depuis leurs études communes à Kepler, quand il lui avait affirmé un jour, à la bibliothèque de l'institut, qu'il comptait lire tous les livres qui passeraient à portée de sa main, puis dans sa carrière d'avocat et à la Maison Blanche, Lemaster avait toujours été un travailleur acharné. L'outrance du serment fait par ce jeune juriste envisageant la prêtrise avait tout simplement transporté la jeune fille, même s'il ne lui avait pas échappé qu'il avait surtout cherché à l'impressionner, et le résultat de sa tactique d'approche ne s'était pas fait attendre – ce n'était sans doute pas une coïncidence qu'ils aient fait l'amour pour la première fois le soir même de cette déclaration, dans les archives en sous-sol de la bibliothèque, après la fermeture, parce que c'était là que Lemaster passait le plus clair de son temps.

— Deux amis de l'université très riches en visite imprévue, avait glissé Mr. Flew en guise d'excuse.

Celui-ci passait toujours davantage de temps chez eux, d'ailleurs, même quand son maître était absent, et Julia était arrivée peu à peu à l'accepter bon gré mal gré comme un élément incongru mais immuable de leur vie de famille. Parfois, après une réunion tardive ou une corvée quelconque, il restait passer la nuit dans la chambre d'amis, Lemaster répugnant à obliger Flew à reprendre sa voiture en pleine nuit pour regagner son appartement en ville, et Julia, qui était trop bien élevée – ou avait trop bon cœur – pour protester, en venait même à accepter les tics de ce jeune homme tatillon, par exemple le fait qu'il ne pouvait passer devant leur plaque de cuisson en vitrocéramique sans se saisir d'un chiffon et du produit de nettoyage spécial afin d'astiquer la surface noire polie jusqu'à la laisser scintillante. En réalité, elle avait du mal à cerner la personnalité de ce farfadet presque chétif bardé de diplômes et d'expériences professionnelles aux quatre coins du monde, surqualifié pour le poste qu'il occupait, qui d'après Lemaster espérait être un jour à la tête d'une petite organisation non gouvernementale mais qui, pour l'heure, se contentait d'évoluer dans l'ombre du grand homme.

Julia, elle, n'était contente de rien, ce soir-là, d'autant qu'au moment où la cloche de la porte avait retenti elle venait de passer près de deux heures à l'atelier qu'ils avaient improvisé sur l'une des quatre places de stationnement de leur garage, s'escrimant sur le vieux cadre mais aussi maudissant tout haut Mary Malard, qui la harcelait de coups de téléphone et, son mari n'étant pas là pour entendre ses menaces, informant le petit Flew de sa ferme intention d'envoyer balader la fâcheuse dans un avenir très proche.

— Je m'en charge, a annoncé le farfadet et Julia, emportée par ses émotions, a cru un instant qu'il parlait de dire ses quatre vérités à Mary, non d'aller ouvrir la porte d'entrée.

Elle a hoché la tête en essuyant la sueur sur son front. Le projet de restauration se révélait plus délicat que prévu, notamment parce que tous les tenons et mortaises du bois ramolli par le temps devaient être consolidés. Heureusement, Flew, naturellement doué pour comprendre d'un coup d'œil la vie secrète des objets, avait vite trouvé l'angle adéquat pour insérer dans les joints la seringue hypodermique remplie de colle forte tandis que Julia maintenait les montants l'un contre l'autre, avant de les réunir prestement avec du ruban adhésif.

— Merci, a-t-elle murmuré.

Jeannie, qui était venue assister à leurs efforts mais surtout regarder Jeremy Flew, pour lequel elle avait développé un léger béguin dont elle s'imaginait être la seule à connaître l'existence, avait déjà bondi sur ses pieds et répété, dans une imitation parfaite de la voix mélodieuse et fluette :

— Je m'en charge.

— Laisse Mr. Flew voir qui c'est, a ordonné sa mère.

Trois minutes plus tard, Flew était de retour et annonçait à Julia, tel un majordome accompli, que « Mrs. Montez » était arrivée et attendait la maîtresse de maison dans le jardin d'hiver.

— Je vais finir, ici, l'a-t-il assurée.

Et Julia, renonçant à comprendre ce que son mari avait en tête dans son insistance à immiscer cet étranger chez eux sous n'importe quel motif, a décidé de le laisser là, en effet. Se passant un chiffon sur le front, elle a lancé à sa fille cadette :

— Viens avec moi, chérie.

Les yeux fixés sur son héros, Jeannie s'est contentée de singer :

— Je vais finir, ici.

— Tu devrais aller avec ta mère, Jeans, a conseillé le petit Flew et c'est seulement alors que la fillette, sautant à bas de son perchoir, a trottiné vers la cuisine.

II

Tonya avait apporté une bouteille, un très agréable chardonnay de la Napa Valley, non seulement parce que Julia aimait le vin mais aussi parce que, le bruit courant parmi les Coccinelles que cette dernière traversait une phase de morosité, elle espérait l'adoucir à défaut de lui remonter le moral. Assises au salon, elles ont siroté le blanc – fruité mais avec une note de chêne un peu trop prononcée, a pensé Julia – tandis que Tonya, dont les courbes étaient aussi généreuses que le tempérament, tentait de bavarder sur tous les sujets possibles et imaginables à l'exception de celui qu'elle brûlait d'aborder. Jeannie s'était esquivée, probablement pour aller se replonger dans la contemplation de Mr. Flew. D'un ton empreint d'une espiègle réprobation, Tonya a rappelé à son hôtesse que toutes les adhérentes étaient censées prendre part à la dernière réunion de la section, chez Alice Henner – « Et tu sais, ma chérie, on dirait qu'elle n'arrivera jamais à retrouver son poids normal, depuis la naissance de son deuxième » –, qui avait aussi été la deadline pour commander les billets d'entrée au Cotillon, réservés aux membres et à leurs invités.

— Parce que tu comptes toujours venir, pas vrai ? s'est-elle enquise, ses yeux de biche parcourant le vaste salon comme si elle allait y voir apparaître la véritable raison de sa visite.

Mais celle-ci se trouvait présentement à l'étage, en train de faire ses devoirs, ou d'échanger des messages instantanés avec Janine Goldsmith, désormais Smith tout court, ou encore d'écrire une entrée dans son blog – intitulé « *Gainful nonsenses* » (« Bêtises qui valent le coup ») – bien qu'il restât à voir si Vanessa conserverait ses lecteurs une fois qu'elle abandonnerait l'univers du meurtre authentique et en reviendrait à sa préférence naturelle pour les lamentations médiévales, l'histoire de la guerre à travers les âges et l'oppression subie par les adolescents du monde entier. Si Julia ne trouvait pas le titre que sa fille avait choisi particulièrement intelligent, ni les anagrammes qui surgissaient régulièrement en fond d'écran sur sa page, et si Lemaster détestait les blogs par principe – c'est-à-dire parce qu'ils avaient été inventés après le temps où il avait été jeune –, le docteur Brady estimait que cette entreprise était un signe encourageant dans l'évolution de sa patiente.

— Nous allons au Cotillon, oui. Nous ne le manquons jamais. – Ce qui était vrai. Pour le Clan, le bal « orange et blanc » était le grand événement social de l'année, dont l'importance ne tenait plus à lancer les « débutantes » dans le monde mais à permettre à l'élite communautaire de se rappeler que, malgré le vide de son existence quotidienne, elle restait au-dessus des autres. – Et puis je t'avais dit que je ne viendrais pas à la réunion. Tu as oublié ? Nous étions invités à dîner à la Maison Blanche.

Tonya a plaqué une main horrifiée sur sa bouche, avant de s'exclamer :

— Oh, mais, chérie, je n'allais pas dire ça aux autres, si ?

— Ce n'était pas un secret, Tonya. Le Président et Lemaster se connaissent depuis toujours.

La Coccinelle en chef a posé une main aussi douce que non sollicitée sur la cuisse de Julia.

— Oui, oui, mais ça non plus, tu ne veux pas que ça se sache trop.

— Ah bon ? Et pourquoi ?

— Nos gens n'aiment pas du tout le Président, Julia.

— Vraiment ? – Tout comme Tonya, elle avait voté pour l'autre candidat, mais les femmes de la famille Veazie supportaient mal qu'on leur dise ce qu'elles devaient penser. – J'ai dû rater la consigne du Comité central de la Black attitude.

Prête à riposter du tac au tac, Tonya a remarqué le début de sourire au coin des lèvres de Julia et s'est détendue.

— D'accord, c'était un peu cassant. Mais vois-tu, chérie, il faut que je m'assure que tu seras au Cotillon. C'est pour ça que je suis passée ce soir. Pour une requête personnelle. Parce que bon, c'est ta famille qui a pratiquement *fondé* ce machin-là.

— Et donc ? Je dois y figurer en tant que potiche ?

— Allez, Julia ! Tu es l'âme de cette soirée, voilà.

L'écran de fumée, plutôt, a pensé Julia en elle-même. Mais la plupart des autres avaient certainement acheté leurs billets à temps, car le Cotillon était une affaire sérieuse, dans la vie de l'association, presque autant que les interminables débats sur la nécessité de modifier l'article X-lambda du règlement intérieur, ou les discussions passionnées au sujet de la robe que Bitsy Farnsworth portait à la conférence régionale de Syracuse le mois dernier – était-ce la même que deux ans plus tôt ou, plus impardonnable encore, une autre qui ressemblait trop à celle-ci ?

— Il n'y a aucune requête à faire, Tonya. Je te l'ai dit, nous serons là.

Flew a passé sa tête blonde par la porte. L'encadrement était terminé. Où Julia voulait-elle suspendre le tableau ? Oui, tout à fait, la bibliothèque était une excellente idée. Il voyait très bien l'emplacement idéal, juste au-dessus de la commode signée Heppelwhite. Il suffirait d'enlever la reproduction d'Escher, qui n'allait pas du tout. Voyait-elle un inconvénient à ce que Jeannie l'aide ? Cette enfant avait un goût tellement sûr… Oh, et il leur avait aussi apporté un peu de brie, une gourmandise. Mais d'ailleurs, et il s'est tourné vers Tonya en inclinant légèrement le torse, qui était cette délicieuse invitée ? Pourquoi ne s'étaient-ils encore jamais rencontrés ? Ah, ils allaient être les meilleurs amis du monde, a-t-il déclaré à la Coccinelle en chef. Il en était certain.

— C'est qui, *ça* ? a soufflé une Tonya toute colorée quand elles ont été à nouveau seules.

— Jeremy. Mr. Flew. Il travaille pour Lemmie. – S'étant glissé dans la pièce, Coalition-Arc-en-ciel s'est assis gravement parmi les plantes vertes sous le bow-window, immobile comme une statue en céramique. Dehors, les halogènes illuminaient la pente douce de la pelouse jusqu'à l'étang. Plus loin, les lumières de quelques maisons éloignées perçaient faiblement la nuit. – C'est un peu son… homme à tout faire. Presque tout le monde l'appelle Flew, tout court.

— Mais qu'est-ce qu'il fait ici ? Tu n'as pas dit que Lemaster était encore au bureau ?

— Oui, mais… Enfin, Jeremy est ici, oui.

Rumeurs. C'était bien ce dont elle avait besoin, encore des racontars…

— Il est plutôt bizarre, non ? – Tonya a enfourné un morceau de fromage et un cracker. – Ah, que je te raconte une histoire amusante ! L'autre jour, j'étais chez Sandra Maxson pour une réunion du comité, et brusquement Alice Henner nous dit qu'un avocat est venu la voir à son travail, un certain Tice, je crois, et qu'il l'a bombardée de questions à propos de Kellen Zant, de ce qu'il faisait, etc. Elle l'a jeté dehors, évidemment. Avec ce caractère de cochon qu'elle a, de toute façon… Mais là, Patrice Pomeroy s'écrie : « Tiens ! Moi aussi ! » Et Bitsy Farnsworth pareil ! Enfin, ce n'est pas que Bitsy ait un bureau, elle, puisque tout ce qu'elle fait de son temps est de dépenser l'argent que son mari gagne et de…

— Tu veux dire qu'Anthony Tice est allé trouver toutes les Coccinelles ?

Encore une fois, Tonya a couvert sa bouche moqueuse d'une main brune, aux ongles laqués d'un rose incroyable.

— Oh, je ne dirais pas ça ! Certaines. – Directrice d'école primaire, elle tenait toujours à être précise. – Mais alors dis-moi, chérie ? Tu le connais donc, cet avocat ?

— On s'est croisés.

— Ça ne s'est pas trop bien passé, visiblement.

— Il m'a posé les mêmes questions, a répondu Julia, cherchant à se fondre parmi la masse.

— Eh bien, j'attends mon tour, alors ! – Tonya a mordu dans un autre cracker, cette fois avec une délicatesse surprenante. – Ce n'est pas que je relativise tes soucis, ma chérie. Ça a été dur pour toi, je le sais bien. Mes enfants sont fascinés par Vanessa. Ils croient qu'elle a une vie extraordinaire. Ils ne comprennent rien. Moi, je sais que c'est dur. Et tout le monde se met à ta place, chérie, mais les femmes commencent à jaser, aussi. Elles disent : « Julia se croit mieux que les autres, c'est pour ça qu'elle ne vient plus aux réunions. » C'est faux, bien entendu, même s'il faut reconnaître que personne d'autre n'habite un palais... Et si ça ne tenait qu'à moi, ma chérie, tu pourrais venir ou ne pas venir à ta guise, seulement il y a un minimum de participation obligatoire, dans nos statuts. La moitié des réunions chaque année. Ça en fait six, seulement. Tu peux y arriver. Nous devons refuser les demandes, on se bouscule pour entrer chez nous... – C'était un mensonge. – Je ne critique pas, Julia, mais tu pourrais te retrouver temporairement exclue. Heureusement, nos statuts prévoient le droit de suspendre sa participation en cas de difficultés personnelles. Article 10-b-5. À condition d'avoir l'accord de la majorité du comité exécutif, plus celle des présentes à la réunion plénière suivante...

Julia avait cherché en vain le moment de l'interrompre, le bourdonnement d'une Coccinelle expérimentée pouvant devenir aussi inexorable qu'une bourrasque d'hiver, et à peu près aussi réconfortant.

— Arrête, Tonya. Une minute ! Il faut que tu les préviennes, toutes. Dis-leur qu'Anthony Tice est un faiseur d'histoires. Quelqu'un de dangereux. Elles doivent garder leurs distances.

Un sourire vorace, guettant l'information privilégiée.

— Pourquoi tu dis ça, chérie ?

— Fais-moi confiance, je sais de quoi je parle.

— Tu peux me donner un indice, tout de même.

— S'il te plaît, Tonya. Il faut que tu me croies. Personne ne devrait lui adresser la parole. Surtout...

– Elle a hésité. – Surtout s'il pose des questions sur moi.

— C'est ce qu'il va faire, tu penses ? À propos de toi ? – Dans son excitation, elle a bondi du canapé pour aller se jeter sur le tabouret du piano, tripotant le clavier jusqu'à produire ce que le professeur de piano de Julia appelait un accord imparfait.

— Ne fais pas ça, s'il te plaît, a coupé la maîtresse de maison, se sentant aussitôt ridiculement collet monté.

— Ne fais pas quoi ?

— Ne t'amuse pas avec ce piano.

— Ah ! Je croyais que tu voulais dire : « N'insiste pas. » – Elle a estropié quelques notes de la *Mélodie du bonheur*. – C'est ça que tu aimes, non ? Les comédies musicales ? Broadway ?

— Je t'en prie, Tonya ! Arrête !

— Attends, attends, je crois me rappeler… Duke Ellington a joué sur ce piano, c'est ça ?

— Mais… Oui, c'est vrai.

Irritée, Tonya a rabattu bruyamment le couvercle.

— Tu es plutôt tatillonne, tu sais ça ?

— C'est de famille, a rétorqué Julia, peut-être en guise d'excuse.

— Mais donc, c'est ce qu'il va faire ? Tice ? – À nouveau debout, Tonya cherchait son manteau du regard. – Nous interroger au sujet de toi et Kellen ? C'est ce qu'il a en tête ?

Julia a frissonné en pensant à toutes les histoires qui devaient circuler.

— Voyons, Tonya. Il n'y avait pas de « moi et Kellen ».

— Ah oui ?

— Pas depuis des années, je veux dire. Bien avant Lemmie, même.

Elles étaient devant la porte.

— Dis, ma chérie ?

— Oui ?

— Est-ce que tout va bien, entre Lemaster et toi ?

— Entre… Qu'est-ce que ça signifie, cette question ?

— Je me demandais, c'est tout.

— Mais pourquoi demander une chose pareille ? – Julia tremblait d'indignation, maintenant. – Franchement, Tonya !

— Non, non rien. Oublie.

Elle a tourné les talons.

III

Au sous-sol, plus tard. Julia faisait du rangement, la maison ne s'étant pas encore tout à fait remise de la soirée offerte par Jeannie à ses amies la veille pour fêter le début des vacances d'hiver. Selon les principes de Lemaster, chaque enfant était responsable du comportement de ses invités, et dans le cas de Jeannie cela avait été une bande de petites de la pâle nation qui avaient laissé derrière elles un désordre renversant. Mona Veazie n'aurait pas manqué de critiquer leur éducation devant sa fille, qui elle-même était tentée de le faire à cet instant. Elle a trouvé des assiettes de pizza, interdites ici, et des traces de boissons gazeuses renversées ; DVD et jeux vidéo sortis de leurs boîtiers jonchaient le sol, et l'état des toilettes était indescriptible. Elle aurait pu attendre la prochaine venue du service de nettoyage qui intervenait deux fois par semaine, mais sa mère lui avait appris à ne jamais laisser la saleté s'accumuler. Toujours plus déterminée à se prouver qu'elle était parfaite, Jeannie insistait malheureusement pour ne fréquenter que les filles des meilleures familles du Landing, c'est-à-dire les plus riches, ou celles qui avaient des liens avec l'université.

Julia a frotté, rangé, passé l'aspirateur, enlevé les draps des matelas sur lesquels les invitées avaient dormi, ainsi que ceux du lit et du canapé de la chambre d'amis. Cette dernière était décorée d'affiches d'artistes noirs de Broadway, une collection qu'elle avait commencée à Manhattan, s'attirant les railleries de Kellen, lequel soutenait que la musique de Broadway était celle de l'Amérique blanche. « Il y a trois choses que tu as l'air de vouloir fuir tout le temps, lui répétait-il : ton peuple, ton passé et ton Dieu. » Mais là, dans sa vaste demeure, entourée par les images d'Ethel Waters, de Lena Horne, de Paul Robeson et d'Eartha Kitt, Julia s'est dit qu'il avait eu tort : son peuple était ici, sur ces affiches, et son passé.

Elle s'est demandé ce que les amies de Jeannie pouvaient penser de sa collection. Et Astrid, qui dormait toujours ici quand elle venait. Elle s'est assise sur le matelas nu. Peuple, passé. Histoire. Ce que Kellen avait dit en achetant la psyché, rapporté par Frank Carrington : « Elle va l'aimer, parce qu'elle adore l'histoire. » Était-il possible qu'il y ait ici encore…

Comédies musicales. Tonya l'avait taquinée à ce sujet, comme Kellen, comme tous ceux et toutes celles qui la connaissaient. Qui savaient ce qu'elle appréciait.

Ses yeux se sont arrêtés sur le poster de Lena Horne. Jamaïque. Le soir de sa mort, Kellen avait dit à quelqu'un qu'il partait à la Jamaïque. Pas de billet d'avion, ni de réservation. Personne n'avait compris. Julia venait de comprendre, elle.

L'air célèbre de *Jamaïque*, le spectacle de Broadway. Célèbre parmi ceux qui s'intéressaient à l'histoire des Africains-Américains sur la scène musicale de New York, en tout cas. Lena Horne chantant la petite île sur le fleuve Hudson. Lemaster, dans son discours dont Kellen s'était moqué, comparant l'institut de théologie à « un îlot de clarté transcendantale dans une mer de perplexité séculaire ». Le bâtiment Kepler, une petite île… Hudson Street.

Le message de Kellen était là, destiné à l'oreille de Julia et d'elle seule. Et si elle avait réellement été sa « Dame noire » ? Quelques heures avant sa mort, il était venu à l'institut, et s'il voulait que son message ne soit déchiffrable que par elle cela voulait dire qu'il avait laissé quelque chose là-bas, quelque chose que seule Julia pouvait…

— Maman ? – Jeannie la parfaite était apparue sur le seuil. – J'allais t'aider à nettoyer, tu sais ? Toutes ces filles ont mis une de ces pagailles… – Elle a claqué la langue avec désapprobation, exactement comme le faisait Granny V., morte vingt ans avant sa naissance. – Oh, tu as déjà fini ? – Feignant la surprise. – Ah, j'arrive trop tard, alors. Bon…

Et elle a détalé.

26

Persona grata

I

Bruce Vallely n'était pas heureux. Occupé à préparer le projet de budget de son service pour l'année suivante, il avait eu la désagréable surprise de recevoir inopinément une note de la trésorerie l'informant qu'il devrait tenir compte d'une réduction de 2,5 % de ses fonds à venir, dans le cadre des efforts d'économie que l'université devait déployer face à la baisse de ses revenus. Et c'était accompagné d'instructions très précises : il devait parvenir à des coupes budgétaires sans opérer aucun licenciement, ni retarder l'acquisition d'équipements « essentiels », ni compromettre « la sécurité globale du campus ». Il y avait là un tour de passe-passe que des illusionnistes légendaires tels que Penn et Teller pouvaient peut-être assurer mais qui dépassait les capacités de Bruce Vallely. Mais comme il était le chef, et que cela faisait partie de son travail, il était pour l'heure assis dans son bureau mal isolé, jetant sur le bloc-notes devant lui des volées de chiffres qui ne parvenaient jamais au total recherché.

Il a jeté un coup d'œil à la flotte d'autobus garée sur le parking en contrebas, plusieurs d'entre eux prisonniers d'une enveloppe de neige. Noël allait arriver dans dix jours et Grace ne serait pas là pour illuminer la fête. Ce serait la première fois.

Repoussant ces idées noires, il s'est penché sur la calculatrice, tentant à nouveau de répondre aux exigences insensées de l'intendant. Une image, lointaine et confuse, lui est venue, celle de législateurs de l'État et de membres du Congrès s'escrimant à concevoir un budget équilibré en période de restrictions financières. Non, s'est-il promis, il ne dirait plus jamais que les hommes politiques avaient la vie facile ; la presse et la majorité des électeurs avaient beau les accabler de mépris, ils étaient là pour accomplir l'impossible et, parfois, ils y arrivaient…

Il ne parvenait pas à se concentrer sur son travail. Pas sur cet aspect de son job, en tout cas. En esprit, il était toujours sur le dossier Zant.

Grâce à une amie coreligionnaire de l'église baptiste que Grace et lui fréquentaient, et où il se rendait encore de temps à autre, il avait remonté la piste des produits de beauté trouvés au domicile de l'économiste. Ils provenaient d'un petit fabricant de Detroit spécialisé dans la clientèle noire, et n'étaient en vente que dans un seul magasin de cosmétiques de la ville, dont Julia Carlyle était une habituée, ainsi qu'il l'avait découvert.

Très bien, mais ils auraient pu appartenir à une autre Africaine-Américaine, qui les aurait laissés dans la chambre d'amis de Zant. Sauf que Kellen Zant ne s'intéressait pas aux femmes noires. C'étaient les Blanches qui l'intéressaient. Julia exceptée.

Néanmoins, Bruce n'arrivait pas à imaginer cette dernière se rendant régulièrement à la maison de Hobby Hill. Non seulement elle aurait risqué qu'on la voie mais, pressentait-il, ce n'était tout simplement pas son genre ; pétrie de la mentalité du Clan comme elle l'était, elle aurait trouvé cet arrangement indigne d'elle.

Alors, une autre Noire ? Avec l'accent britannique, elle ? De plus en plus déroutant… Bruce s'est forcé à revenir à son bloc-notes et il était en train de se battre avec les chiffres lorsque la standardiste l'a appelé pour lui passer un appel de Rick Chrebet.

— On devrait se voir, a déclaré laconiquement l'inspecteur.

II

— Ça n'a rien de personnel, a affirmé Rick.

— Tu me rassures…

— Sérieusement, Bruce. Ça n'a rien à voir avec toi.

Le dégel était du passé. L'hiver mordait, à nouveau, et Bruce a enfoncé ses fameuses paluches dans les poches de son manteau en regrettant de ne pas avoir mis sa parka. Ils marchaient sur le chemin de halage qui courait le long du canal aux eaux fétides, séparées de la boue gelée par un cordon de roseaux fatigués. Au-dessus de leur tête, des voitures passaient sur Deepwater Street, un raccourci connu des automobilistes voulant éviter les embouteillages aux heures de pointe. En théorie, le terrain bordant le canal était un parc municipal ; en pratique, c'était une zone à l'abandon où presque personne ne se risquait.

Les petits malins de la police locale aimaient à dire que Dieu avait fait Rick Chrebet avec le peu qui lui restait après qu'il eut conçu Bruce Vallely, le premier étant moins grand, moins massif, plus lent, plus calme et moins pigmenté que son coéquipier. Vingt ans plus tôt, quand les deux hommes avaient débuté leur carrière, il était plus blond, aussi, mais le temps avait depuis aboli cette différence en couvrant leurs crânes respectifs du même gris argenté. Bruce avait pris sa retraite, et Rick était sur le point d'en faire autant, après avoir été récemment promu capitaine, mais il aimait toujours son travail.

Pendant un moment, il n'y a eu que les bruits de leurs pas sur la neige, lourds et légers, lourds et légers, un rythme binaire aussi régulier et prévisible qu'une vieille amitié.

— Si ce n'est pas personnel, c'est quoi ? a fini par reprendre Bruce. L'enquête a été arrêtée, à part pour la piste du vol à main armée.

— Merci, je suis au courant.

— Et c'est ça ? Un VMA ? C'est la décision finale ?

Rick a jeté dans les roseaux le bâton avec lequel il avait joué un moment, dérangeant ce qui pouvait vivre là-dedans car ils ont entendu un vilain farfouillement apeuré.

— Je t'avais prévenu, non ?

Bruce a levé son visage vers le ciel maussade de l'après-midi, où une tache lumineuse prouvait que le soleil n'était pas complètement mort.

— Comme ça, brusquement, plus personne ne veut me parler ?

— Je te parle, moi ! – Bruce s'est soudain rendu compte que son ancien coéquipier était très en colère. – Oh, bon, peu importe. Je sais ce que tu ressens.

— Et donc ? Qu'est-ce qui se passe ?

Rick l'a considéré un moment en silence.

— Pourquoi tu t'intéresses tant à cette histoire ? Tu es à la retraite, non ?

Bruce a préféré laissé tomber ses allusions à la nécessité de « recouper divers éléments ».

— On me demande des comptes, Rick. Mes employeurs veulent être sûrs que tout est clair comme de l'eau de roche. Tu sais comment c'est…

— Écoute, Bruce, et ça reste entre nous, évidemment : personne n'est vraiment content de ça. – Une pause. – Il paraît que Ben Church a menacé de démissionner. Et Janey Wei a poussé une gueulante pas possible.

Bruce a tenté, vainement, d'imaginer la petite Janey perdre son sang-froid.

— Mais pourquoi ? Pourquoi ils sont tellement furax ?

— On obéit aux ordres, hein ? On s'incline devant ce qui vient de plus haut, disons. Bon, deux ou trois jours après le meurtre, ça piétinait pas mal, mais Ben et Janey ont eu quelques pistes intéressantes. Ils avançaient bien, ils… Je ne te donne pas de détails, mais ils progressaient, d'accord ? – Ils étaient arrivés à une ancienne pâture dont les hautes herbes semblaient menaçantes. – Donc, ils accumulent les indices, et il y a quelqu'un qu'ils veulent interroger. Pas un suspect, non, juste quelqu'un qui pourrait les aiguiller dans la bonne direction mais qui est un peu réticent à parler parce que… bon, pour certaines raisons. Et ils ont besoin du feu vert pour continuer, c'est pour ça qu'on a des supérieurs, hein ? Alors ils attendent, un jour, deux, trois, et finalement la consigne tombe : pas d'interrogatoire, pas de spéculations. Une semaine passe, deux, et là on apprend : pas d'enquête, non plus. Le boulot est fini. Il faut dire que c'est un vol à main armée, clore le dossier, rendre toute la docu, hop, tout ça sous scellés. Tu veux savoir pourquoi ?

— Oui !

— Nous aussi. Surtout Ben et Janey. Tout ce qu'on sait, c'est que c'est venu de la procureur générale en personne. Il y en a qui disent que le FBI l'a poussée dans ce sens, d'autres qu'elle ne voulait pas que le dossier reste ouvert avec les élections de l'an prochain. En tout cas, nous, on doit s'écraser. À partir de maintenant, on ne recherche que des suspects qui auraient voulu lui faucher son portefeuille et ses clés. Point final.

— Et Ben, et Janey ?

— Hé, elle a des gamins en bas âge, maintenant, et Ben aussi, même s'il ne les voit plus depuis son divorce. Et ils ont des crédits, la retraite à payer… Écoute, Bruce, c'est vrai que tout ça a été pas mal traumatisant mais la thèse du VMA se tient. Les gens se satisferont de ça. Ils vont nous clouer au pilori si on ne trouve pas le coupable mais ils accepteront l'explication.

Ils étaient arrivés au bout du chemin, barré par une bicyclette rouillée. L'eau du canal était saumâtre et glauque, là où Bruce et son frère aîné descendaient leur kayak quand ils étaient gosses. Même les blocs de glace à la dérive paraissaient pollués.

— La procureur, a murmuré Bruce. Theresa Pappas. C'est une grande amie des Carlyle, non ?

Rick a haussé les épaules.

— Bah ! Si j'ai appris quelque chose de cette enquête, c'est qu'à part Kellen Zant tout le monde est pote avec Lemaster Carlyle. D'accord, il en intimide plus d'un, parce qu'il a des entrées en haut lieu, mais soit par amitié, soit par trouille, personne ne dira un mot contre… – Il s'est arrêté d'un coup. Les traits tendus, il a donné une tape dans le dos de son ancien camarade. – Hé, c'est pas pour ça que je voulais te parler, mon vieux. Qu'on ait eu l'ordre de dire que le meurtre de Zant était crapuleux ou quoi, ce n'est pas ton problème.

— Qu'est-ce que tu voulais me dire, alors ?

— C'est absolument entre nous, hein ? Voilà : il se trouve que tu n'es plus exactement *persona grata*, si c'est comme ça qu'on dit.

— Hein ? Qu'est-ce que ça signifie ?

— On a eu quelques pépins, tu vois ? Des preuves matérielles qui ont disparu. Même le téléphone portable de Zant, tu te rends compte ? Donc Mrs. Pappas a exigé le silence absolu. Et ce n'est pas seulement que nous n'avons pas le droit de parler, c'est encore plus spécifique que ça. – Dans les yeux globuleux de Rick, la détermination se mêlait à une peine sincère. – On nous a demandé d'éviter particulièrement tout contact avec Bruce Vallely, chef de la sécurité du campus.

Les blocs de glace continuaient à défiler sur le vieux canal. Sur l'autre rive, des promoteurs immobiliers ayant su attendre leur heure avaient édifié un complexe résidentiel qui comptait sa propre galerie marchande et ses terrains de jeux. Entièrement blanc, par une heureuse coïncidence. Un paradis du nettoyage ethnique en plein milieu de la ville, et assez abordable, en plus, de sorte qu'il accueillait surtout des familles d'immigrés de la troisième génération.

— Tu es sérieux ?

— C'est encore pire que ça, Bruce.

Les mains dans les poches, lui aussi, Rick l'a regardé par-dessus les petits nuages de buée que faisait sa respiration dans l'air glacé.

— Ils savent que tu as entrepris une enquête non autorisée, Bruce. Ils savent que tu es allé chez Zant. La Pappas ne me fait pas ses confidences, pas pour un truc comme ça, mais il paraît qu'ils étudient la possibilité d'un recours contre toi. Pour obstruction à la justice.

27

Encore le miroir Comyns

I

Julia s'est mise à l'œuvre de manière à la fois méthodique et impulsive, une combinaison paradoxale qui, tout au long de sa vie, lui avait valu nombre de succès et un aussi grand nombre de revers. Mary Malard et Tony Tice étaient tous deux persuadés que Kellen lui avait remis un bien précieux, le « surplus » qu'il entendait capturer, le « stock » qu'il ne voulait pas garder. En dehors de ses messages abscons et d'une ou deux boîtes de fondants, Julia ne voyait qu'un seul objet qu'il s'était arrangé pour lui remettre, dans les derniers temps : le miroir.

Le miroir à main en argent et écaille de William Comyns, l'orfèvre londonien, que Granny V. lui avait donné peu avant sa mort et que, selon toute apparence, Kellen avait conservé près de lui pendant vingt ans.

Ce même mardi soir, donc, une fois sa maisonnée assoupie, Julia a pris la petite glace qu'elle gardait dans un coin discret de sa chambre et l'a descendue à la cuisine, une longue pièce solennelle aux coûteux plans de travail en granit noir qui avaient paru magnifiques dans le show-room où elle les avait choisis mais qui, une fois installés, happaient toute la lumière ambiante dès que le soir tombait. Lors de l'un de ses rares passages chez eux, à l'occasion d'une réception que Lemaster avait offerte aux enseignants noirs de l'université, Kellen avait fait observer que ces comptoirs lui rappelaient le Clan, parce qu'ils étaient solides, sombres, entêtés, et décidés à préserver avec fierté tout ce que la culture africaine-américaine contenait d'inutile. Julia lui avait répondu qu'il la fatiguait.

Elle a placé le miroir sous la lampe d'architecte qui flanquait l'ordinateur de la cuisine. Elle l'avait nettoyé et lustré, mais sans l'insistance qu'il aurait fallu ; l'observant sous toutes les coutures, elle s'est dit qu'elle devrait le confier à un spécialiste. « Allez, Kellen », a-t-elle adjuré en silence le disparu ; « si je suis ta Dame noire, parle-moi. Pourquoi est-ce que tu m'as laissé cette glace ? Quel est le sens ? Le miroir, le surplus, le risque d'inventaire. Et la Jamaïque. Où voulais-tu en venir ? Et pourquoi es-tu passé à l'institut, ce soir-là ? » Elle ne discernait aucune logique, aucune cohérence dans toutes ces données.

Elle a parcouru d'un doigt les fines ciselures, les bords décorés de feuillage encadrant un soleil symbolique au milieu, ponctué de blasons royaux. Sa frustration a grandi, non seulement parce que le message lui échappait mais parce qu'elle était indignée de la négligence avec laquelle Kellen avait traité cette pièce, ternie et rayée au point qu'elle arrivait à peine à distinguer le célèbre poinçon, W.C…

Le poinçon ? Julia a mieux orienté le dos du miroir sous la lumière. Comyns signait ses œuvres d'un W et d'un C séparés par un petit cercle en relief, dissimulés dans les motifs mais immédiatement repérables pour un œil expert. Là, la signature n'était pas éraflée : on l'avait délibérément effacée. Elle l'a placé tête en bas pour mieux voir. Quelqu'un avait voulu modifier les lettres, leur donner un autre sens, une entreprise destinée uniquement à ceux qui connaissaient le poinçon original. Julia, par exemple. Le « C » s'ouvrait maintenant à gauche, traversé d'une coupure horizontale, tandis que le premier V du « W » avait été effacé, et le second retourné pour pointer vers la droite. Incompréhensible, à moins que… C'était un *miroir*, non ?

Avec un sourire entendu, Julia, qui avait déjà compris l'intention de Kellen, s'est rendue aux toilettes du rez-de-chaussée pour s'en assurer devant la glace. Le reflet a confirmé sa déduction : à la place de « W.C », on lisait désormais « E.K ». Mais encore ? « E.K » ? Pour Eddie Krueger ? Non, le fameux serial killer s'appelait Freddy Krueger. Edward Kennedy ? Ernst Kaltenbrunner ? Elegant Kellen ? Elle n'était plus du tout fière de sa découverte. Peut-être cherchait-elle une explication là où il n'y avait rien d'autre que l'usure normale d'une surface en argent. Comme elle était soigneuse, toutefois, elle a pris plusieurs photos du poinçon avec son appareil digital, directement et dans la glace, qu'elle a ensuite chargées sur son ordinateur portable et envoyées sur le site de stockage de Kodak, où elle avait un compte.

Si la patience n'était pas son fort, elle s'est toutefois dit que seul le temps lui permettrait de percer le secret du message, au cas où il y en aurait eu un.

II

Dans la journée, elle avait prié Latisha de contacter Joe Poynting, qui était accouru aussitôt, craignant que la vice-doyenne ne soit tombée sur une clause qui rendrait son projet de recherche à Bologne impossible à financer. Mais Julia, retournant le bloc-notes sur lequel elle essayait diverses combinaisons des lettres formant le nom de Shari Larid, avait fermé la porte derrière lui avant de demander au jeune homme de lui jurer qu'il ne répéterait rien de cette conversation, puis elle lui avait posé la question qui lui brûlait les lèvres :

— Vous travaillez tous les soirs à la bibliothèque, je le sais. Jusqu'à la fermeture, quelquefois après, même. Il faut que vous me disiez si vous y avez vu le professeur Zant.

— Ici, à Kepler ?

— Oui.

— Mais… oui. Souvent. Parfois le soir, parfois en fin d'après-midi.

— Qu'est-ce qu'il faisait ?

— Mais… des recherches, j'imagine. Je ne lui ai jamais demandé.

— Qu'est-ce que vous avez *vu* ?

Joe était assis les jambes serrées l'une contre l'autre, les mains sur le ventre. Julia avait l'intuition qu'il n'avait guère aimé Kellen.

— Eh bien, en général, il allait aux archives, il en ressortait, il y retournait.

Ce qui confirmait la version de Vanessa, à part que…

— Combien de fois vous l'avez remarqué là-bas, aux archives ?

— Je dirais une fois par semaine, au moins.

Bien sûr. Il s'était régulièrement rendu à l'institut de théologie après le départ de Julia, donc ses visites n'étaient pas destinées à venir l'importuner. Et guetter Vanessa, qui n'était passée à la bibliothèque que cinq fois dans l'année, n'était pas un mobile suffisant. Non, Kellen avait fréquenté le bâtiment Kepler parce qu'il était occupé à un projet spécifique. Un projet qui le ramenait aux archives.

III

Se réveillant en l'entendant se glisser dans leur chambre, Lemaster a tendu un bras vers Julia au moment où elle se mettait au lit. Elle avait besoin de ce contact, tant elle avait l'esprit confus et étreint par une sourde inquiétude. Elle avait besoin d'une preuve physique de la réalité de leur union. Lemaster faisait l'amour comme tout le reste, avec intelligence, sens du devoir, maîtrise de soi et de ce qui l'entourait. Au-delà de sa fierté de mâle à lui donner du plaisir, il avait trop de quant-à-soi pour imaginer que moins de contrôle pourrait être un bien, de temps à autre. Parfois, dans leur étreinte, elle surprenait ses yeux sombres qui surveillaient avec attention l'expression de sa partenaire, car il était seulement occupé à la combler alors qu'un peu d'égoïsme viril aurait rendu excitant ce qui n'était qu'agréable. Il arrivait à Julia de se demander si son mari était capable de perdre la tête ; durant toutes ces années de vie commune, elle ne l'avait encore jamais vu.

Elle était tombée amoureuse de lui une semaine après être entrée à l'institut de théologie, en le voyant subjuguer tout un amphithéâtre alors qu'il répliquait avec brio à un intimidant professeur de philosophie venu de Cambridge et occupé à prouver à l'assistance muette que Dieu était logiquement le créateur de tous les maux. Elle avait été séduite par son intelligence peu commune, et par le fait que, déjà engagé dans une remarquable carrière d'avocat, il l'avait interrompue pour déterminer s'il avait la vocation du service divin ; puis par son charme assuré, par le calme surnaturel qu'il irradiait en toute situation, même au lit, antidote bienvenu à la tension épuisante qu'elle avait connue avec Kellen. Et elle avait aimé le trouble dans lequel leur liaison avait plongé le Clan, parce que Lemaster Carlyle, en dépit de toutes ses qualités, n'était « pas un des nôtres, chère petite ». Plus, ils avaient découvert qu'il appartenait à l'Empyrée ! Quoi, il existait encore, ce malheureux club ? Tous ses membres n'étaient-ils pas morts, ou mourants ? Comment Julia, dont la grand-mère avait fondé l'association des Coccinelles, pouvait-elle épouser un membre de l'Empyrée ? Et puis il était originaire des Caraïbes, et très foncé de peau ! Les préjugés du vieil Harlem résistaient dans les recoins les mieux gardés.

Après le dénouement sexuel, elle a laissé ses bras autour de lui, se demandant quels secrets il cachait pour de bon, ce qu'il avait refusé de révéler à Astrid Venable et à Cameron Knowland, ce qu'il conservait pour lui seul de l'époque de la suite Hilliman. Lemaster, ancien élève d'une école catholique, s'était enfermé dans les strictes limites des principes et du devoir, et Julia se disait que c'était aussi pour cela qu'elle l'aimait, mais des vertus comme la loyauté et la discrétion pouvaient faire obstacle à la recherche de la vérité, parfois…

— Tu es un homme bon, a-t-elle murmuré en déposant un baiser sur l'épaule de son mari endormi. – Elle s'est serrée contre lui, un peu plus. – Un homme bon, a-t-elle répété dans le silence de la nuit, en espérant que cela soit vrai.

28

Dignité au placard

I

Tout au fond de la vaste salle de lecture de la bibliothèque Kepler, on accédait aux archives de l'institut de théologie par une sorte de narthex que gardait une grille en fer forgé. Ce mercredi, Julia, qui s'y rendait le moins possible, a traversé rapidement le parquet grinçant, insuffisamment protégé par des bandes de moquette fatiguée. L'un des murs était masqué par des échafaudages, les autres surchargés de livres, de fenêtres à vitraux et de portraits de grands prédicateurs ou théologiens qui avaient étudié ici et qui, presque tous, arboraient une mine déçue. Ici, des bibles de toutes sortes ; là, les œuvres des penseurs de la religion les plus illustres, ou des ordinateurs sur lesquels on pouvait trouver des résumés de résumés. Quelques lecteurs ont levé la tête à son passage, indifférents.

À la grille, une employée apathique a eu l'audace de lui demander son badge de l'université, puis elle a descendu une volée de marches en fer et elle s'est retrouvée dans le saint des saints où, pour l'heure, personne ne fouinait. La collection de sermons, de brochures édifiantes et d'épîtres ronéotées, beaucoup d'une valeur inestimable, était accessible « sur demande uniquement », ce qui signifiait qu'il fallait d'abord remplir un formulaire décrivant sa recherche, puis attendre dans la petite salle de travail que l'archiviste ou l'un de ses assistants apporte les documents demandés. Il fallait les étudier sur l'une des quelques tables disponibles, puis les rendre, mais les chercheurs les plus assidus avaient le droit de les entreposer sur un chariot roulant pendant qu'ils devaient revenir à des activités aussi frivoles que suivre leurs cours, s'occuper de leur famille ou dormir. Climatiseurs et déshumidificateurs gardaient l'air sec comme un coup de trique toute l'année, et Julia s'est dit que sa peau allait la démanger pour le reste de la journée.

Réfléchissons. Joe Poynting lui avait confié avoir vu Kellen à plusieurs reprises ici, au cours des derniers mois, en fin d'après-midi ou le soir, quand elle avait déjà quitté l'institut. Qu'est-ce qu'il y faisait ? Elle s'est approchée de l'un des chariots, dont les étagères étaient couvertes de dossiers en carton bleu, fermés par un cordon brun. Les étiquettes lui ont appris que quelqu'un s'intéressait fortement aux homélies prononcées dans les églises de France au temps de la Commune de Paris. Ce n'était pas le genre de Kellen. Le suivant accueillait divers documents concernant les bilans financiers de ce qui avait été le Conseil fédéral des Églises d'Amérique, avant la Seconde Guerre mondiale. C'était un thème qui correspondait plus à l'économiste, mais…

— Puis-je vous aider, Mrs. Carlyle ?

Plaquant les bras contre ses flancs telle une gamine surprise en train de faire une bêtise, Julia s'est retournée avec un sourire de petite fille modèle à Hanover et s'est retrouvé devant Rod Rutherford, le spectral archiviste en chef de Kepler.

— Pardon, je ne vous avais pas vu…

— Puis-je vous être utile ? a-t-il insisté, sa courtoisie glacée manifestant plus son respect pour la hiérarchie qu'envers la personne de Julia.

— Je suis désolée de vous déranger, a-t-elle murmuré en adoptant sans le vouloir le ton du bibliothécaire, mais je… j'avais une question.

— Je vois.

— Une question importante, a-t-elle ajouté tout en trouvant la précision idiote.

— Importante. Oui ?

— Puis-je vous parler en privé ?

— Certainement.

Il l'a précédée dans son minuscule bureau peint à la chaux, au mobilier en métal d'une frugalité notable, car Rod Rutherford n'entendait consacrer le budget qui lui était imparti à rien d'autre qu'à l'acquisition de nouveaux ouvrages. Frissonnante dans cette atmosphère de caveau, Julia a passé quelques minutes à lui exposer une version de la réalité fortement retouchée mais néanmoins crédible, estimait-elle.

— J'aimerais réellement vous aider, Mrs. Carlyle, a fait l'archiviste quand elle a eu terminé, mais j'ai peur que vous ne demandiez l'impossible.

— Pourquoi ? Je voulais juste savoir quels documents le professeur Zant avait pu consulter.

— Et moi, je ne suis même pas en mesure de vous confirmer qu'il soit jamais venu ici.

Roderick Ryan Rutherford l'a gratifiée d'un sourire sévère. C'était un homme cadavérique, livide comme tous ceux qui passent leur vie loin de la lumière du jour, tatillon, dédaigneux et affligé de la désagréable habitude de surgir n'importe où sans que l'on ait pu détecter son approche. Julia le connaissait peu, car son travail la mettait rarement en contact avec celui qui dirigeait à la fois la bibliothèque et les archives, jusqu'alors placées sous la supervision de Boris Gibbs. À vrai dire, son passé d'étudiante irrégulière, qui avait interrompu ses études avant leur conclusion, lui donnait encore des scrupules à s'aventurer au milieu de la collection d'ouvrages savants, et hormis la visite de rigueur lors de sa prise de fonction elle ne s'était risquée aux archives qu'une seule fois auparavant, un an et demi plus tôt, lorsqu'elle était venue présenter Vanessa qui désirait y mener des recherches.

— Il est donc encore moins en mon pouvoir de dire quel matériau le professeur a retiré, ou non, de notre fonds, a continué Rutherford.

— Mais… quelqu'un d'autre le pourrait ?

— Oh, non, non, Mrs. Carlyle, je ne dis pas que je ne dispose pas de l'information que vous souhaitez recevoir, mais il m'est impossible de vous la communiquer. Tout à fait impossible. – D'un doigt, il a tracé dans les airs un grand cercle qui visait sans doute à lui rappeler l'existence du vaste monde. – Le règlement, voyez-vous ?

— Le règlement ?

— C'est sûrement une notion en laquelle vous croyez, Mrs. Carlyle, a sifflé l'archiviste, frottant ses mains blafardes l'une contre l'autre comme un croquemort âpre au gain. Sans règlements, c'est l'anarchie. Et une bibliothèque ne peut survivre à l'anarchie. Encore moins un service d'archives.

— Oui, mais…

— Les bulletins de consultation sont to-ta-le-ment confidentiels. En votre qualité, vous n'ignorez pas l'article 22-C de la résolution adoptée par notre collège directorial en 1973, suite à l'approbation par le Congrès de l'amendement Buckley, résolution confirmée par le conseil d'administration de l'université le…

— Mais c'est de la plus haute importance, Mr. Rutherford, l'a-t-elle interrompu aussi poliment que possible. Je ne peux pas vous donner toutes les raisons, mais…

— Nul doute que ce soit une affaire de vie ou de mort, a-t-il relevé d'un ton des plus sceptiques. Cependant, je suis au service d'une autre muse, Mrs. Carlyle. Une bibliothèque est un réceptacle de la connaissance, voyez-vous. Un lieu de mémoire et de conservation. Jadis, cette mission était respectée. Ce n'est plus le cas, hélas. De nos jours, le savoir est un caprice. Ce qui ne plaît pas ne peut être tenu pour vrai. L'ignorance moyenâgeuse nous guette à nouveau. En conséquence, nous devons protéger notre sacerdoce par des règles contraignantes. Ceux qui voudraient jouer autrement n'ont qu'à aller jouer ailleurs.

Sous le regard menaçant du chef archiviste, Julia a eu un instant l'impression que cet obstacle imprévu était un mauvais rêve. Elle s'est raisonnée, toutefois, se consolant d'abord en s'assurant que la brutale fin de non-recevoir n'était pas due à la couleur de sa peau, une consolation en pointillés, certes, car elle se disait souvent que, même sur un campus aussi progressiste que celui-ci, certaines portes, intellectuelles, sociales, professionnelles, ne s'ouvraient en grand que pour les représentants de la pâle nation. Mais Roderick Rutherford était connu pour se montrer condescendant envers tout le monde et là, devant sa manie de détourner légèrement la tête tout en s'exprimant d'une voix d'outre-tombe, elle se sentait moins insultée qu'effrayée.

Il fallait tout reprendre du début, peut-être.

— Je ne demande pas grand-chose, Mr. Rutherford. Je *sais* que le professeur est venu ici plusieurs fois durant le mois précédant sa mort. Le soir, tard. Tout ce que je voudrais, c'est…

— « Tard le soir » ? Ah, dans ce cas, nous ne sommes en aucun cas concernés. Les archives ferment à cinq heures et demie, six jours par semaine. Le septième, nous nous reposons… Je plaisante.

Aucun des deux n'a ri. Au-dessus de la tête chevaline du bibliothécaire en chef, il y avait le portrait d'un célèbre abolitionniste de Nouvelle-Angleterre, flanqué de deux fenêtres à soupirail jaunies et protégées par des barreaux, à hauteur du trottoir, derrière lesquelles on voyait passer des pieds en ombres chinoises. Dans cette pièce glaciale, il était impossible de savoir que le soleil brillait au-dehors.

— Eh bien, d'après ce que je comprends, le professeur Zant a travaillé ici plus tard que cela.

— Je ne vois pas comment ce serait possible, Mrs. Carlyle. C'est moi qui ai les clés. Mrs. Bethe a un double, bien entendu, mais il est exclu qu'elle soit revenue ouvrir à quelqu'un sans autorisation expresse. J'imagine que la police du campus pourrait entrer, aussi, mais je dois dire que cela ne passerait pas inaperçu, car ils ignorent les codes désactivant l'alarme.

— Mais Claire Alvarez serait sûrement en…

— Que non, ma chère, que non ! La doyenne n'a aucune clé en sa possession, ni aucune connaissance des codes. M'est avis que seuls Mrs. Bethe et moi-même disposons de cette information.

— Mais… Si quelqu'un a besoin de travailler ici à une heure tardive, comment faites-vous ? Enfin, Suzanne de Broglie vient tout le temps chez vous le soir, que je sache !

— Le professeur de Broglie nous indique les dossiers qu'elle désire, nous les lui laissons à la salle de lecture principale, elle signe le reçu et les emporte à la bibliothèque de sa faculté. Inutile de dire que nous ne serions pas si accommodants avec n'importe qui, mais l'excellent professeur de Broglie manifeste un rare respect pour nos collections.

— Est-ce que vous avez accordé ces mêmes conditions au professeur Zant ?

Ce frottement de mains sinistre, encore.

— Ma chère Mrs. Carlyle, je ne pourrais le dire, sincèrement.

Julia s'est creusé la tête. Sous le règne de Roderick Rutherford, tout était noté sur le papier. Les ressources informatiques étaient considérées avec dédain, car l'archiviste pouvait croire en Dieu ou non mais il croyait certainement aux bienfaits de la vieille école avec le zèle d'un néophyte.

— Entendu, vous ne pouvez pas me dire quels documents il a demandés, mais s'il est venu ici, vous devez avoir sa signature. Quand il arrivait, ou quand il repartait.

— Indubitablement.

— Est-ce que je peux voir votre registre de visites ? a-t-elle demandé en surmontant à peine son exaspération.

— Oh, non, Mrs. Carlyle. Je crains que ce soit hors de question. Je vous renvoie encore à l'article 22-C sur la confidentialité des consultations en bibliothèque. Une règle adoptée après cinq mois de débats… Je ne vois pas bien comment nous pourrions la changer. D'ailleurs…

— Mr. Rutherford, s'il vous plaît ! s'est-elle exclamée en levant les deux mains devant ce flot d'arguties bureaucratiques. – Il s'est tu, sans pour autant abandonner son expression courroucée. – Mr. Rutherford, je ne suis pas quelque petite étudiante qui chercherait à savoir si son petit ami lui a menti en lui disant qu'il travaillait ici tel ou tel soir. – En son temps, pourtant, c'était une démarche à laquelle elle s'était abaissée. – Ma requête concerne, euh… ce qui est arrivé au professeur Zant.

— Oui. Tout à fait désolant.

— Donc, vous comprendrez que…

— Avez-vous un mandat ? Une décision de justice quelconque ? – Il a jeté un coup d'œil à ses mains, comme s'il espérait y découvrir un papier officiel. – Une attestation d'une autorité ou d'une autre ?

— Non, non, mais je suis sûre que…

— Ah, dans ce cas, Mrs. Carlyle, je suis au regret de ne pouvoir vous aider.

Une idée, soudain.

— Supposons que je revienne avec le chef de la sûreté du campus ?

— Vous voulez dire de la sécurité, je suppose. Le chef de la sécurité. – Son front translucide s'est encore plissé un peu plus tandis qu'il posait un doigt osseux et pensif sur son menton. – Oui… Hélas, Mrs. Carlyle, à moins que le chef de la « sécurité » ne se présente avec l'autorisation adéquate, il repartirait lui aussi les mains vides. – Il a secoué la tête pour souligner son argumentation. – Pas de mandat, pas d'autorisation officielle, ce serait contrevenir à tous nos règlements, Mrs. Carlyle. Que vous devriez relire, si je puis me permettre.

Une dernière chance. Ravalant son orgueil, Julia a glissé :

— Vous savez qui je suis, Mr. Rutherford. Et qui est mon mari…

— Assurément. Et laissez-moi vous dire que je suis très peu impressionné par tout ces grommellements contre lui, de toutes parts.

— Oh… Merci. Je veux dire, bien sûr… – Elle s'est ressaisie. – Mr. Rutherford ? Si le président de l'université en personne vous en donnait l'ordre, il va de soi que vous…

— Un instant, Mrs. Carlyle ! Permettez-moi d'éclaircir pour vous une erreur malheureusement fréquente : je ne suis pas l'employé de votre mari, ni moi ni aucun membre du corps enseignant ici. La fonction de président d'université est, comment dire, plus honorifique que hiérarchique, du moins en ce qui concerne notre mission académique. Et puis, quoi qu'il en soit, je suis absolument lié par l'article 22-C.

Julia a failli contester encore, puis s'est reprise en comprenant la futilité de la bataille : autant lutter contre une machine à la programmation rudimentaire. Si Lemaster adorait les bibliothèques, les livres, les traditions, elle leur préférait Internet sans aucune hésitation. Sans un mot de plus, elle s'est levée pour aller à la porte. Il l'a suivie dans le couloir.

— Mrs. Carlyle ? a-t-il prononcé tout doucement.

Elle a à peine tourné la tête, ne voulant plus l'avoir devant elle.

— Oui, Mr. Rutherford ?

— Je vous suggère d'étudier le règlement avec soin. Vous y trouverez peut-être une exception valide.

Ça suffisait ! Ce n'était plus de la condescendance, c'était de la provocation ! Mais quand Julia a pivoté sur ses talons, prête à lui dire ses quatre vérités, le couloir était vide.

II

Après avoir servi à dîner aux enfants et à Lemaster et leur avoir assuré qu'elle avait eu une journée sans histoire, Julia a sauté à nouveau dans l'Escalade pour retourner en trombe à Elm Harbor, encore sur les nerfs à cause de sa rencontre avec Rod Rutherford. Elle est arrivée juste après sept heures et demie chez Kimmer Madison, une adorable maison de style victorien de Hobby Hill où la commission chargée de rédiger un prudent projet de résolution sur l'avortement s'était à nouveau réunie pour allégrement bavarder, déguster des vins et envisager la possibilité de se mettre au travail. La contribution de Mrs. Carlyle, une blanquette de Limoux Saint-Hilaire, lui venait de Mona, grande francophile devant l'Éternel. Kimmer et Regina Thackery cancanaient au sujet d'autres femmes avec leurs bouches, et sur le compte de Julia avec leurs regards. Grâce à diverses allusions qu'elle avait surprises au cours de la semaine, elle avait déduit qu'une version indéterminée de son rendez-vous avec Bruce Vallely circulait maintenant parmi les Coccinelles du comté et, pour la première fois de sa vie, elle s'était dit que Lemaster était peut-être chanceux d'appartenir à un club à bout de souffle, fort d'à peine quatre cents adhérents, alors que les Coccinelles voletaient à travers tous les États-Unis, et même dans seize autres pays au-delà des frontières. Rencontrant les yeux curieux de ses amies, elle s'est demandé ce qu'elles avaient bien pu entendre ; comme personne ne se risquait à lui en parler directement, elle ignorait combien d'affirmations erronées circulaient à la ronde. Alors, Veazie jusqu'au bout des ongles, elle s'est installée confortablement sur le canapé, s'est mise à parler des derniers remous à Washington ou de films récents tandis que le fils de Kimmer, âgé de six ans, galopait bruyamment à l'étage, et elle s'est gardée de poser la question qui tournait dans sa tête.

Souffrant en silence, soupesant une idée qui était revenue la titiller durant toute la journée, elle a consulté sa montre plusieurs fois mais elle a dû attendre qu'il soit près de dix heures pour prendre congé, afin de respecter les convenances. Elle a soutenu une Regina un peu vacillante tandis qu'elles descendaient les marches du perron, rendues glissantes par la neige fondue qui tombait de nouveau.

— Tu peux rentrer chez toi ? s'est-elle enquise, attentionnée.

— Hé, tu as bu autant que moi ! a rétorqué Regina, froissée.

Julia a réprimé un sourire. En fait, elle était toujours prudente, en public, et s'était contentée d'un seul verre de vin mousseux, juste de quoi la stimuler sans troubler sa raison.

— Je trouve que je marche plutôt droit, a-t-elle objecté.

— Tu marches comme tu veux, et moi aussi !

— Je devrais peut-être te raccompagner.

— Arrête de jouer la maman de tout le monde, toi ! – Regina l'a repoussée mais, par un effet de physique des forces que l'ancienne professeur de sciences aurait pu lui expliquer, elle a perdu l'équilibre et s'est retrouvée les quatre fers en l'air. Julia a voulu l'aider mais l'autre, plus jeune qu'elle, l'a brusquement repoussée. – Hé ! Est-ce que tu n'as pas déjà assez de soucis avec ta vraie fille ?

Choquée, Julia a gardé son calme.

— Je m'inquiétais pour toi, c'est tout.

— On est en Amérique, chérie ! – Les yeux exorbités, Regina s'est péniblement remise debout. Chancelante, mais debout. – Tu n'as pas à me dire ce que j'ai à faire ! Joue selon tes règles, je joue selon les miennes.

Au lieu de lui prendre ses clés des doigts, Julia, abasourdie par la soudaineté de l'attaque, l'a laissée se hisser dans sa luxueuse Acura RL et s'en aller lentement sur la route givrée. Elle est restée là, suivant du regard les feux de position. L'ultime pique de Regina venait de lui ouvrir une nouvelle porte.

— Oh, Kellen ! a-t-elle murmuré. Quelle tête tu avais, salaud...

En montant dans son véhicule, elle a pensé à prononcer une rapide prière pour le salut de Regina, au cas où quelqu'un l'entendrait. Mais son esprit était surtout concentré sur sa destination, et la folle audace dont elle allait devoir faire preuve. « Les règles du jeu », a-t-elle répété en elle-même ; « Oui, il est temps que je me forge les miennes… »

III

Il tombait de vrais flocons, maintenant. Pas de lune. Julia est descendue de voiture dans l'ombre maussade projetée par la tour Hilliman, où quelques bureaux étaient encore allumés malgré l'heure tardive. En glissant sa carte magnétique dans le lecteur de la porte de service, à Kepler, elle s'est demandé si Kellen en avait eu une pour venir ici en pleine nuit, et si oui, qui la lui avait fournie. « Tu es folle, s'est-elle gourmandée en prenant la voix de Mona. Complètement folle. On sait de qui Vanessa tient, maintenant ! Tu finiras à l'asile. »

Dans le couloir faiblement éclairé, ses pas résonnaient comme des portes de cellule se refermant brutalement. Elle ne pouvait se rappeler la dernière fois où elle était venue à l'institut aussi tard. Certainement pas seule, en tout cas. Dans son bureau, elle a arrosé ses plantes, remis de l'ordre sur sa table parfaitement rangée, sorti quelques rapports en prévision d'une réunion avec Iris Feynman le lendemain, papiers qu'elle avait délibérément laissés là afin d'avoir un alibi au cas où quelqu'un remarquerait son retour à près de onze heures, ou vérifierait le registre digital des entrées.

Revenue dans le hall, elle est tombée sur trois étudiants aux yeux cernés qui débattaient mollement de Kierkegaard et ont paru aussi étonnés qu'elle de découvrir leur vice-doyenne dans les locaux à une heure pareille. Après leur avoir souhaité bonne nuit, elle est sortie ostensiblement, elle est allée poser les rapports dans l'Escalade puis, sans s'accorder le temps de penser à ce qu'elle allait faire, elle a pataugé dans la neige pour contourner le bâtiment silencieux. Indifférente au froid qui mordait ses jambes, elle s'est accroupie au bord du puits ménagé en face des fenêtres du sous-sol, ces soupiraux qu'elle avait eus devant elle l'après-midi, dans le bureau de Rod Rutherford.

Pour l'archiviste en chef, ceux-ci étaient solidement protégés par des barreaux mais Julia, qui recevait souvent des confidences en sa qualité de vice-doyenne chargée des relations avec les étudiants, avait d'autres informations. Deux mois plus tôt, environ, une jeune fille était venue la voir et, sous le sceau du secret, lui avait avoué qu'elle s'était introduite une nuit aux archives afin de vandaliser le portrait d'un ancien professeur de l'institut, accusé de harcèlement sexuel sur certaines de ses élèves.

— Mais comment êtes-vous entrée ? s'était exclamée Julia, qui admirait le rare toupet de cette étudiante combative.

Celle-ci lui avait alors expliqué que, travaillant à mi-temps aux archives pour payer ses études, elle avait remarqué un jour, en remplissant des formulaires dans le bureau de Rutherford, que plusieurs barreaux des fenêtres étaient mal vissés. Depuis, dès qu'elle se trouvait seule un moment, elle montait sur une chaise et s'activait dessus. Les encadrements en brique avaient plus de cent ans, les barreaux eux-mêmes près d'un demi-siècle et ils se détachaient avec une surprenante facilité. Elle les avait laissés en place pour donner le change, puis tordu le loquet d'une fenêtre de sorte qu'il ne ferme plus complètement sans que cela soit visible de la pièce.

— Et tout ça pour dessiner une moustache sur la figure du professeur Millikan ?

— Ce n'était pas une moustache.

Pas étonnant que Rutherford se soit empressé d'envoyer le tableau à l'atelier de nettoyage, sans donner d'explication à sa hâte… Mais il n'avait pas remarqué le stratagème de l'étudiante, en revanche car, quand Julia, pliée en deux, a poussé sur la vitre, le soupirail s'est ouvert avec un soupir étonné. Elle s'est faufilée dans la trappe, piétinant la neige de ses bottes fines. C'était Broadway qui l'inspirait, encore – la remarque acerbe de Regina lui avait rappelé Elphaba, l'antihéroïne de la comédie musicale *Wicked* qui chante que le temps est venu d'arrêter de respecter les règles du jeu d'autrui : maintenant, il faut fermer les yeux et sauter.

Après toutes ces longues et paisibles années de confort conjugal, quel plaisir de flirter avec le danger… Alors elle a fait comme Elphaba, elle a fermé les yeux et elle a sauté.

IV

En dégringolant dans le bureau, elle a manqué se fracasser le crâne contre un classeur en métal et aussitôt aperçu deux graves erreurs qu'elle venait de commettre : premièrement, elle n'avait pas pris de lampe électrique avec elle ; deuxièmement, elle n'avait nullement réfléchi à la manière dont elle repartirait. Les yeux sur le soupirail béant, elle s'est dit qu'il existait sans doute une région de l'enfer spécialement réservée aux imbéciles patentés. Raisonnant que personne ne passerait devant cette façade en pleine nuit, elle s'est décidée à allumer le néon de la pièce ; après tout, rares étaient ceux qui savaient que les archives étaient fermées et placées sous alarme à cinq heures et demie, et ce six jours par semaine, car Mr. Rutherford se reposait le septième.

D'ailleurs, un juge considérerait-il comme une effraction criminelle le fait qu'elle se trouve à cette heure-ci au sous-sol d'un bâtiment auquel elle avait légalement accès vingt-quatre heures sur vingt-quatre ? Qu'importe. Fermer les yeux et sauter.

Tous les tiroirs du bureau étaient verrouillés, mais ce n'était pas la paperasse de Rutherford qui l'intéressait. Elle a gagné la salle de travail : l'accès aux archives proprement dites était bloqué, lui aussi, ce qui n'était pas un problème. Pas cette nuit, du moins. À pas de loup sur le lino troué, elle s'est rendue dans le petit réduit réservé à Mrs. Bethe, où l'assistante conservait les formulaires de demande de consultation dans de longs boîtiers gris empilés avec soin derrière sa table, qui n'avaient pas de serrure, eux.

Ils étaient rangés par ordre chronologique. Aucune requête de Kellen le soir de sa mort. Elle a continué rapidement, ce qui n'était pas difficile car les cartons n'étaient pas très nombreux. Jadis la gloire de Kepler, les archives n'intéressaient plus grand monde, visiblement.

Novembre, octobre… Vers le milieu du mois, elle a trouvé une demande signée par Kellen, qu'elle a examinée sous toutes les coutures. C'était bien son nom, oui. Très vite, elle en a découvert d'autres, presque toutes concernant la même section des archives : volume tant, folio tant de la collection Merrill Barnes Joule. Celle-là même que Vanessa avait consultée un an plus tôt, quand elle travaillait à son désastreux mémoire.

Julia s'est laissée aller contre la table, le regard perdu dans la petite pièce au plafond bas, la pulsation du sang dans sa tête étouffant le ronronnement des climatiseurs.

À présent, elle en avait la certitude. Toute cette agitation, l'insistance affolée ou menaçante d'Astrid, de Cameron Knowland, de Tony Tice, de Mary Malard… Il était là, le « surplus » que Kellen avait voulu capturer, le « risque d'inventaire » qu'il voulait désespérément partager. Tous ses soupçons se confirmaient : au moment de sa mort, Kellen était occupé à enquêter sur celle de Gina Joule.

Et quel qu'ait été l'avis de Vanessa, il avait été convaincu que la clé du mystère changerait le cours des élections présidentielles.

29

L'investisseur

I

Si Lemaster Carlyle était du genre à avoir des relations plutôt que des amis, Marlon Thackery, le mari de Regina la Coccinelle, était à coup sûr la personne la plus proche de lui dans tout le comté. Conseiller financier d'une compagnie new-yorkaise très lancée, il avait été engagé par le prédécesseur de Lemaster pour gérer les donations destinées à l'université. Il était grand, encore plus que Bruce Vallely, mais si mince qu'un seul mot cinglant paraissait capable de le casser, et tellement effacé qu'en le voyant passer sur le campus, tête baissée et épaules voûtées, on aurait pu le prendre pour un humble Africain-Américain rejoignant son poste de travail dans quelque arrière-cuisine. Là, dans son bureau ultra-moderne au sommet d'une tour en verre du centre-ville avec une vue superbe sur la plage et l'océan, assis derrière un bureau design, il avait l'air déplacé au point que Bruce Vallely s'attendait à voir le vrai patron arriver et déloger cet usurpateur de son fauteuil.

— Lemaster adore sa femme, a chuchoté Marlon, les yeux baissés. Pourquoi penseriez-vous le contraire ? Votre question est vraiment étrange…

C'était un génie de la finance, tout le monde le disait à Elm Harbor. Des trophées de golf se dressaient çà et là sur les étagères en verre, flanquées de photographies de son épouse, une beauté, et de trois fillettes angéliques. Il ne pouvait donc pas être tout le temps replié sur lui-même comme ça, a pensé Bruce. On disait aussi qu'il était un père extraordinaire.

— Je ne conteste pas qu'il aime sa femme. Je voulais juste savoir comment ils s'étaient rencontrés.

— Eh bien, je trouve que c'est une question… bizarre.

— J'essaie seulement de mieux comprendre le passé du professeur Zant, Mr. Thackery. Donc, si vous voulez bien…

Mais le financier n'arrivait toujours pas à lever les yeux, à présent occupés à regarder par en dessous l'un des nombreux écrans d'ordinateurs autour de lui, sans que Bruce arrive à deviner ce que ces colonnes de chiffres et ces graphiques pouvaient signifier. Toutes les deux minutes, de jeunes assistants entraient et sortaient à la hâte, déposant quelque information vitale devant leur chef. La compagnie semi-privée qui s'occupait des investissements de l'université employait trente-six personnes sur deux étages ; dix-sept milliards de dollars sont tout de même une grosse somme à gérer.

— Lemaster n'est pas quelqu'un de facile, s'est-il enfin décidé à remarquer. Et Julia, c'est… c'est Julia. Un cœur gros comme ça. Tout le monde le sait. Lemaster est déterminé, avisé, réaliste… C'est un immigré, a-t-il ajouté comme si ce fait expliquait tout le reste. Il est parti de rien et il a maintenant le monde à ses pieds. Droit, politique… Les deux partis le courtisent pour qu'il se présente en leur nom, sénateur, gouverneur, ce qu'il veut… Vous savez combien de chasseurs de tête téléphonent tous les mois ? Combien de banques d'investissement ? Aujourd'hui, il pourrait déjà être à la direction de… Ah, peu importe. S'il est arrivé là, c'est parce qu'il a une cohérence interne en acier, et il doit ça à son mariage. Julia ne se rend sans doute pas toujours compte du rôle qu'elle joue pour lui mais c'est son roc, c'est elle qui le rend tel qu'il est. Sans son couple, Lemaster ne pourrait pas fonctionner.

Bruce a cru surprendre un sous-entendu, mais il n'était pas sûr de ne pas l'avoir imaginé.

— Vous dites « sans son couple ». Pas « sans Julia ». Comme si leur union était un symbole, ou quelque chose de ce style.

— Je voulais dire Julia.

Pas du tout, a pensé Bruce, puis il a essayé de reprendre dans l'ordre :

— Donc, ils étaient étudiants quand ils se sont connus…

— En théologie, oui. À l'époque, Lemaster était procureur adjoint, ensuite il a été avocat à Wall Street. Il a tout lâché, il est parti faire le tour du monde ou presque, il a passé un an en Afrique, il est retourné au pays natal un moment, La Barbade, et puis il est revenu, il a été travailleur social bénévole à Brooklyn, et il s'est mis en tête qu'il voulait devenir pasteur épiscopalien. Il s'est inscrit à Kepler, il a rencontré Julia, il n'a pas terminé son diplôme, ils se sont mariés, il est devenu prof à la faculté de droit. Il s'est stabilisé. Il a trouvé son équilibre. Plus de vagabondage. Vous connaissez la suite : la magistrature, le passage à la Maison Blanche, etc.

C'était tout ?

— Quand vous dites qu'il s'est « stabilisé », vous…

— Professionnellement parlant. Je… Une minute ! – Il a pianoté sur un clavier, cliqué une fois sur la souris. – Pardon, mais il faut faire vite, avec ces choses-là…

— Juste professionnellement ?

— Quoi d'autre ?

— Mais… sa vie privée. Il y a dû avoir d'autres femmes, avant Julia.

— Évidemment, a fait Marlon Thackery, les lèvres pincées, si clairement sur ses gardes que Bruce a compris qu'il approchait de ce que son interlocuteur tenait tant à garder pour lui.

— Quand il a rencontré Julia, il avait, voyons… trente ans ? Vous le connaissiez depuis combien de temps, vous ?

— Cinq ans, je dirais. Six.

— Il avait beaucoup de femmes dans sa vie ?

Nouveau mitraillage de touches sur le clavier. Quelque part dans le monde, le cours des devises venait sans doute de changer. Les yeux fixés sur l'écran, Marlon Thackery a laissé tomber du bout des lèvres :

— Je ne pense pas que cela vous regarde.

— Ça signifie que vous n'allez pas me le dire ?

— Exactement.

S'il avait été officiellement mandaté pour être là, ou si Marlon Thackery avait occupé une position moins notable, Bruce aurait peut-être tenté la confrontation.

Jetant un coup d'œil à la mer houleuse au loin, il s'est résigné à une approche plus prudente.

— Vous avez dit que Lemaster avait trouvé son équilibre avec Julia, qu'il avait cessé de vagabonder...

Thackery a fait pivoter son fauteuil dans sa direction.

— Plus de vagabondage, oui. Il ne tromperait sa femme pour rien au monde, si c'est ce que vous avez en tête. Pas tel que je le connais. Et franchement, vous devriez arrêter vos insinuations. Vous frisez la diffamation, là. Il y aurait matière à action en justice, je pense. Et vous ne pourriez même pas vous servir de votre fonction officielle pour vous protéger, puisque vous n'en avez pas.

— Non, je n'insinue rien. Ce qui m'intrigue, c'est votre empressement à esquiver la question. Je vous demande dans quelles circonstances il a rencontré sa femme et vous me répondez qu'il ne « vagabonde » plus, que Julia est son « roc », donc... – Bruce a fait semblant de revenir en arrière dans son carnet de notes. – Donc, je me sens autorisé à penser que sa vie privée avant de connaître Julia était plus... complexe. Est-ce que c'est acceptable ?

Marlon Thackery l'a observé un instant.

— D'accord. Disons « complexe », oui.

— Tous les cinq ou six ans pendant lesquels vous l'avez connu avant leur rencontre ?

Une autre pause, plus longue.

— Je suppose que oui.

— Vous savez quelles filles il fréquentait, à l'université ?

— Écoutez, est-ce que tout ça est véritablement lié à ce qui est arrivé à Kellen Zant ? – Ses yeux fuyants se sont allumés d'une brève lueur de colère. – Ou bien est-ce que vous menez je ne sais quelle vendetta personnelle ?

— Je vous en prie, a répondu Bruce en se contrôlant difficilement, surtout grâce aux encouragements que Grace murmurait en lui. Je sais que ça paraît éloigné, mais…

— Plus qu'éloigné. Une autre galaxie.

— Et à Washington ? Les dix-huit mois qu'il a passés à la Maison Blanche ?

— Oui, quoi ?

— Sa famille est restée ici. Vous savez pourquoi ?

— Pour ne pas bouleverser la scolarité des enfants, j'imagine. Quelle question, encore ! Vous devriez faire attention, Bruce. Sérieusement. – Un bip est monté de l'un des ordinateurs, attirant son attention sur l'écran. – Vous comprenez bien que je vais informer Lemaster de cette conversation. Je veux que ce soit très clair.

— Mais oui, a répondu Bruce, aucunement surpris. – Il était indéniable qu'il cherchait à aiguillonner un peu son président par personne interposée, avant leur rencontre en tête à tête désormais inévitable, mais Thackery avait raison de lui rappeler qu'il marchait sur des œufs, dans sa situation. – Je ne vous demanderai certainement pas autre chose.

— Bien. Parce que je refuserais, dans ce cas. – Après quelques secondes, l'expert en investissements a choisi de répondre à côté. – Je ne connaissais pas Lemaster, à cette époque, mais il semble qu'il ait fréquenté une étudiante de l'université catholique. Longtemps avant Julia, cela va de soi. – Il lui a lancé un bref regard sans humour. – Cette discussion me met considérablement mal à l'aise, Bruce. Pourquoi êtes-vous tellement intéressé par ce que Lemaster a fait quand il était étudiant ? Et avec qui ? D'abord Kellen Zant, et maintenant vous !

— Vous voulez dire que le professeur Zant vous avait aussi interrogé à propos de…

— Écoutez-moi, Bruce ! Nous avons parlé de vous, Lemaster et moi. Il ne sait pas très bien ce que vous poursuivez, et moi non plus. Et j'ai l'impression que vous ne le savez pas vraiment vous-même, mais je vais vous dire une chose : on ne cherche pas des histoires avec quelqu'un comme Lemaster Carlyle. Et autre chose ? Avec Julia Carlyle non plus. Ils se protègent mutuellement, Bruce. Férocement. Et ils protègent leur famille. Bec et ongles.

— Vous essayez de me dire quoi, là ?

— Puisque je gagne ma vie en analysant des chiffres et en faisant des pronostics, considérons froidement les faits, d'accord ? – Thackery s'est penché sur la table en verre transparent, ignorant un nouveau signal émis par l'ordinateur. – La cousine de Lemaster fait des histoires ? Elle se retrouve sur la touche. Cameron Knowland cherche la petite bête ? Eh bien, et c'est entre vous et moi, la Maison Blanche n'apprécie pas du tout et il risque même de renoncer à sa charge d'administrateur principal. Anthony Tice devient gênant ? D'après ce que j'ai entendu dire, le barreau du comté a ouvert une enquête sur son comportement dans plusieurs affaires. C'est simplement une mise en garde à votre intention. Pourquoi est-ce que vous me regardez de la sorte ?

Bruce Vallely s'était levé. « Et Kellen Zant, aussi, il gênait ? » a-t-il hurlé. Mais la question n'est pas sortie de ses lèvres.

II

De retour à son bureau, il a essayé de faire les comptes, à son tour, tout en regardant vaguement la neige tomber. S'il avait attendu que Thackery prononce une seule fois le nom de Gina Joule, cela avait été un espoir extrêmement ténu. La visite à l'investisseur n'avait pas été peine perdue, cependant. Marlon Thackery avait non seulement laissé entendre que Lemaster pourrait aller en justice, et suggéré que Bruce risquait de perdre sa place, mais il avait aussi été le deuxième interlocuteur à le mettre en garde sur le sort de tous ceux qui avaient « cherché des histoires » au président de l'université. Pas de représailles violentes, certes, juste l'engrenage implacable des relations et des influences, de toutes les ressources que Carlyle pouvait avoir en main. Entre amener le barreau de Elm Harbor à ouvrir une enquête disciplinaire contre un avocat qui avait importuné sa femme et payer un tueur pour liquider l'ancien amant de cette dernière, il y avait une frontière qui sautait aux yeux. Une frontière que personne ne franchirait par hasard.

Abandonnant son carnet de notes, il s'est absorbé dans les messages laissés à son attention. L'un de ses hommes s'étant cassé le poignet pendant une partie de basket, il ne faudrait pas compter sur lui le lendemain soir, alors que Bruce envoyait toujours trois agents du campus au stade quand il y avait un match de hockey. Il devait lui trouver un remplaçant, parce que la surveillance de la foule à l'intérieur demandait des effectifs, et celle de la circulation aux abords du stade tout autant, la municipalité interdisant ces soirs-là le stationnement dans Town Street, ce qui était sage mais…

Un instant ! Reprenant son calepin, il a tourné les pages à toute vitesse, jusqu'à revenir à l'une des toutes premières. « L'un des gars devait retrouver sa copine à neuf heures, donc on était dehors à Town Street vers les huit heures et quart, huit heures et demie, je dirais, on essayait de décider quoi faire, et c'est là qu'on a vu la voiture… L'Audi dorée, celle où Zant s'est fait tuer, garée juste là, dans la rue. » Impossible. Ni ce véhicule ni aucun autre ne pouvait être stationné là un soir de match. Il y avait au moins un flic en patrouille toute la soirée, et un camion-grue prêt à intervenir en cinq minutes, s'il le fallait.

Nathaniel Knowland avait effrontément menti. S'il avait vu Kellen Zant ce soir-là, ce qui restait à prouver, ce ne pouvait être alors que l'économiste montait dans l'Audi, Town Street.

Vertement tancé par le puissant Knowland père, Trevor Land avait bien instruit Bruce de ne plus approcher ce témoin, mais le chef de la sécurité du campus, qui détestait que l'on vienne se mêler de ses affaires, a attrapé son téléphone. Hélas, le répondeur automatique de Nate Knowland lui a fait savoir que le fils à papa avait déjà quitté la ville pour les vacances de fin d'année.

30

Retour chez l'antiquaire

I

Julia voulait revoir Frank Carrington pour maintes raisons. Parce qu'elle l'aimait bien, comme tous les commerçants de Main Street, et qu'il « appréciait les minorités », et qu'il avait parlé à Kellen seulement trois jours avant sa mort, mais surtout parce qu'elle s'était souvenue de son passé, et parce qu'elle pensait connaître la cause de la nervosité qu'il avait manifestée lors de sa dernière visite.

Nonobstant, l'un et l'autre ont fait comme s'il était seulement question d'antiquités. Alors que la psyché de Kellen se trouvait toujours au fond du magasin, Frank venait de mettre la main sur un trumeau du XIXe siècle décoré de motifs nautiques, qu'elle avait remarqué dans un catalogue du Winterthur Museum et dont elle lui avait demandé de suivre la trace, au cas où.

— Il était dans une collection privée depuis des années, a expliqué l'antiquaire en le déballant sur son comptoir. Je traite avec la fille. La mère vient de mourir, elle débarrasse la maison. – En toute mauvaise foi, il a ajouté : – Plutôt cotée, cette pièce.

— Hmm.

— Elle veut trouver un acheteur rapidement. Je parie qu'elle est prête à transiger.

— J'en suis sûre.

Elle a senti son regard sur elle pendant qu'elle examinait la glace. Les mains de Frank tremblaient, comme toujours, mais cette fois plus encore que d'habitude. Quelle en était la cause ? Maladie, tension nerveuse ? Il s'est rapproché d'elle. Elle avait parfois l'impression qu'il la scrutait avec trop d'insistance, mais elle a décidé de l'ignorer. Observant la patine, elle lui a demandé avec quoi le cadre avait été nettoyé. Il ne savait pas. Et ces retouches de peinture blanche sur les montants en chêne, étaient-elles d'époque ? Il l'ignorait tout autant. Avec une humble fierté, il aimait rappeler qu'il n'avait pas de formation d'antiquaire, mais qu'au cours des années dans le métier il avait appris au moins une chose, l'inutilité de vanter une pièce ou de garantir son authenticité. Il attendait de ses clients qu'ils examinent son stock et qu'ils décident par eux-mêmes, sans qu'il ait à faire l'article. Ou ils avaient l'œil ou ils ne l'avaient pas.

— Je pense que cette peinture est plus récente, a-t-elle asséné avec sa méfiance habituelle.

Elle voulait ce miroir mais elle voulait des réponses, aussi. Il arrive que la vie vous amène à rechercher les deux.

— Je ne puis dire.

— Cela réduirait la valeur.

— Si vous le dites.

Après s'être livrée à un rapide calcul mental, elle a fait une offre. À prendre ou à laisser, ainsi que Granny V. le lui avait appris : « Ne marchande jamais. N'insiste pas, va-t'en poliment mais va-t'en. C'est comme ça qu'on reste riche. » Avec Kellen, elle n'avait pas été capable de suivre ce conseil d'Amaretta. Elle n'avait pas pu s'en aller, et Tessa avait dû l'emmener de force. Cette fois, pourtant, c'était promis. Elle ne resterait pas autour de Kellen, même mort. Elle le jurait. Elle s'en irait, mais dès qu'elle aurait obtenu quelques réponses.

Frank Carrington a invoqué d'autres clients intéressés, et des frais importants. Finalement, il a cédé, parce qu'il savait aussi bien qu'elle que le prix proposé par Julia était honnête.

Alors qu'ils se serraient la main pour conclure la transaction, Julia a remarqué d'un ton aussi dégagé que possible :

— Dites-moi, les gens racontent que vous étiez dans la police, avant.

— Pas policier, adjoint du constable, a-t-il relativisé aussitôt sans lever les yeux de son lecteur de cartes de crédit ancien style, de ceux qui sont raccordés à la ligne téléphonique. C'était il y a très longtemps.

— Trente ans.

— Pardon ? Oui, à peu près.

— À l'époque où Gina Joule a été…

— S'il vous plaît ! Vous voulez bien signer ici ?

Il avait pivoté d'un coup, serrant dans ses mains jointes le reçu dans la position d'un saint en prière sur un bas-relief. Ses mains qui tremblaient.

— Je voulais simplement vous demander si…

— Je sais ce que vous voulez demander.

— Frank, sincèrement, je…

— Nous ne parlons pas de ça.

— Hein ? Qui, « nous » ?

Il a posé la copie du reçu sur le comptoir.

— Vous êtes nouvelle ici, Julia. Vous ne faites pas partie du vieux Landing. Cela dit, je vous apprécie beaucoup, vous et votre famille. Je suis heureux que vous soyez là. Vous connaissez mes idées, ma conviction que nous avons besoin de plus de diversité. Mais il y a des choses… – Il a tourné son regard inquiet vers la vitrine, là où Jeannie avait cassé par mégarde la petite gare en porcelaine un mois plus tôt. – … il y a des choses dont il est imprudent de parler.

— Imprudent ?

— Je ne suis pas courageux, moi, a-t-il dit tout bas, baissant la tête pour le prouver.

Julia s'est avancée devant lui, bouchant sa vision, l'obligeant à lui faire face.

— Écoutez-moi bien, Frank. Vous avez dit que vous saviez pourquoi j'étais venue. C'est à propos de Gina Joule. De ce qui lui est arrivé. Vous étiez… adjoint du constable, à l'époque. Ce n'est pas comme s'il y avait des dizaines de crimes, ici. Vous avez forcément travaillé sur le dossier. – Il la dévisageait de ses yeux méfiants. – Tout le monde dit que c'est DeShaun Moton qui l'a tuée. À votre réaction, là, maintenant, je déduis que vous n'êtes pas de cet avis. – Il a fait non de la tête, n'osant plus soutenir le regard de Julia. Il ne niait pas, il se dérobait. Elle l'a pris par les épaules, regrettant de ne pouvoir le secouer jusqu'à ce qu'il lâche la vérité. – Je vous en prie, Frank. Ce n'est pas que de la curiosité, c'est… c'est important. Il faut que je sache.

Il a hésité un moment en se mordant les lèvres. Soudain, il est allé à la porte, a retourné la pancarte « Entrez, nous sommes là ! » sur la face « De retour dans cinq minutes ! », puis a fait signe à Julia de le suivre dans l'arrière-boutique. Tout en notant qu'il venait de faire tout ce qu'il ne fallait pas pour ne pas attirer l'attention, elle a imaginé les regrettables rumeurs qui, une nouvelle fois, allaient sans doute se répandre comme une traînée de poudre dans cette petite communauté trop bavarde. Mais elle ne lui en a pas moins emboîté le pas.

II

Assis à une table de ferme, ils buvaient du café. Une bise glaciale s'engouffrait par un carreau cassé mais Frank Carrington, en frugal Yankee qui se respecte, n'était pas disposé à monter le chauffage : dans sa tradition, on enfilait un chandail de plus et le tour était joué. Pénitent forcé qui a décidé de tout confesser, il est allé droit au but :

— Vous avez raison, Julia. J'ai travaillé sur l'affaire Joule, à l'époque. Comme nous tous. Oh, nous n'étions pas une force impressionnante : nous cinq, du bureau du constable, plus les policiers de l'État et deux inspecteurs prêtés par la police municipale. Il y avait des pressions. Politiques. Et la presse. En ce temps-là, le village était pauvre, nous n'avions pas tous ces professeurs qui vivent maintenant ici. Les belles maisons du front de mer existaient déjà, évidemment, mais Tyler's Landing, pour l'essentiel, c'étaient des fermiers et quelques commerçants le long de Main Street.

On n'était pas encore une agglomération à la mode, donc vous voyez la situation ? Une jeunette assassinée, qui plus est la fille de l'un des rares universitaires à vivre ici plutôt qu'en ville ? Oui, il y avait une pression terrible. Ce vieux Arnie Huebner était le constable, à l'époque, et il rendait compte à Tommy Highsmith, le premier « selectman » du Landing depuis que Moïse a descendu les tables de la loi du mont Sinaï… Il avait dans les quatre-vingts ans, pratiquement, mais en ce temps-là c'était le territoire de Tommy, ici. Et tous les jours, Arnie nous disait que Tommy n'était pas content, qu'il se plaignait. En plus, les Joule avaient des relations haut placées, alors le gouverneur téléphonait, des gens de Washington… Vous voyez le tableau. Ils pesaient sur Tommy, qui pesait sur Arnie, qui nous mettait la pression.

Il avait attaqué sa deuxième tasse de café alors que Julia avait à peine siroté la sienne. Le petit pain à la cannelle qu'il lui a proposé semblait dater de l'époque de Moïse, lui aussi. Le vent de l'après-midi faisait tourbillonner la neige dehors.

— Pressions locales, également. Le président de l'université. La famille Land. Gina appartenait à ce monde-là, vous comprenez ? Et les Whisted…

— Les Whisted ? Comme le sénateur Whisted ?

— Mais oui. Vous savez qu'il était à l'université à cette époque, bien sûr. Et sa famille jouait un rôle politique important, au niveau de l'État. Vous savez ça aussi. Ce que vous ignorez peut-être, c'est que Merrill Joule, le père de Gina, était le parrain du futur sénateur. Ce dernier allait dîner chez les Joule au moins deux fois par mois. Et après la mort de la petite, il a été l'un de ceux qui faisaient le plus de raffut pour demander justice. Il avait quoi, vingt et un ans ? Il a organisé des battues, des équipes de recherche… jusqu'à ce que le corps soit rejeté par la mer, je veux dire. Et ensuite, il téléphonait cinq fois par jour pour réclamer des résultats, où était le coupable, etc. Au bout d'une semaine, environ, quelqu'un l'a envoyé paître.

— C'est-à-dire ?

Un soupir fatigué, une gorgée de café, et Frank a jeté un regard si tendu à la porte d'entrée du magasin que Julia a presque cru qu'il avait vu une escouade ennemie arriver.

— Eh bien, il a cessé de nous enquiquiner. C'est tout ce que je sais. Mais nous, on a continué à chercher. En fait, on ne travaillait pratiquement qu'à ça, le dossier Joule… Enfin, c'est la version officielle, ça, et elle doit être en partie vraie. Beaucoup de pressions, de toutes parts. Mais il y a autre chose. Comme vous devez le penser, Julia, je dirais que le Landing est une communauté assez… conservatrice, n'est-ce pas ? Eh bien, à l'époque, nous l'étions encore plus. Ou plutôt, je crois que nous sommes aujourd'hui conservateurs dans le bon sens du terme, tandis que nous l'étions alors dans le mauvais sens… Ah, ce n'est pas facile à expliquer correctement mais… – Il s'était levé, s'agitait comme si la pièce était devenue trop petite, observait ses étagères de rangement, soulevant un objet ici et là, peut-être dans l'espoir d'y trouver la suite de son récit. – Ils ne voulaient pas trouver le coupable. Voilà, c'est dit, c'est clair. Ils ne voulaient pas, Julia. À la minute où DeShaun a été tué, ils ont tout mis sur son compte. Personne d'autre. Rien que lui. On chuchotait que Gina avait eu un petit ami mais nous n'avons pas creusé dans ce sens. Et il y avait d'autres pistes que nous n'avons pas poursuivies. – Il s'était finalement juché sur un banc, ses longues jambes de chaque côté, coincé entre deux machines à coudre d'époque dont l'une pouvait être, ou non, une authentique Shaw & Clark. – Tout ce qu'on a fait, c'est de nous concentrer sur DeShaun. C'est ce qu'on nous a dit, et on l'a fait. Et le constable, Huebner, il était fou de rage, n'est-ce pas, mais quel choix avait-il ? C'est une bonne place, constable, surtout dans une petite ville tranquille comme la nôtre, alors il s'est incliné.

— Qui, « ils » ?

— « Ils » ?

— Vous avez dit qu'« ils » ne voulaient pas, qu'« ils » vous ont demandé… Je suppose que c'étaient les mêmes gens qui faisaient pression sur le constable. Qui c'était ?

La réponse est venue avec réticence, comme s'il se forçait à parler :

— Je ne sais pas. Aucun de nous ne savait. Mais il y a eu des pressions, c'est sûr. Et le constable a dit…

Frank a bondi sur ses pieds et, tournant le dos à Julia, a pressé son visage contre la vitre. Quand il a continué, elle a d'abord cru qu'il avait changé de sujet.

— C'était un jour comme celui-ci, tenez. De la neige à n'en plus finir, des tombereaux venus du ciel. Nous étions dans la salle des opérations… Enfin, on l'appelait comme ça, plutôt pour rire. Une toute petite pièce à l'entresol de la mairie. On devait être quatre, si je me rappelle bien, parce que je venais de prendre mon quart. Il y avait Arnie, et Ralph Nacchio, il est mort depuis… Et la secrétaire, Cheryl Wysocki, qui est partie vivre en Floride, je crois. Arnie revenait d'une réunion qui avait duré des heures, il est arrivé dans le blizzard, il est entré et il nous a dit : « OK, ça y est, vous pouvez mettre les chaises sur la table. » C'était une expression à lui, pour dire qu'une mission était terminée. Ça s'est passé, voyons, trois ou quatre jours après la mort du jeune Noir. Quatre, je dirais. Et Arnie se pointe couvert de neige et il nous annonce que c'est fini, qu'il faut qu'on reprenne le boulot normal. Et Ralphie, Ralph Nacchio, qui n'avait pas la langue dans sa poche, ça non, lui a demandé ce qu'il entendait par « normal », exactement. Parce que c'est lui qui avait entendu les rumeurs à propos d'un petit ami secret de Gina, et qui avait eu d'autres tuyaux, aussi. C'était un bon, Ralphie... Il a dit que si résoudre une affaire de meurtre ne faisait pas partie de notre travail « normal », il ne voyait pas trop ce que nous faisions ici. Alors Arnie a répondu qu'à sa connaissance c'était lui qui donnait les ordres, pas Ralphie, et donc il s'est écrasé. C'était un type bien, Arnie Huebner, et il devait obéir aux ordres, mais dans cette histoire ils étaient révoltants, les ordres... Vous allez peut-être penser que j'ai eu l'indignation facile, parce que sur le coup je me suis tu, oui, mais six, sept mois plus tard, j'ai donné ma démission. Ralphie a fait de même l'année suivante. Et voilà, terminé.

— Non, a protesté Julia, dont l'esprit d'analyse parvenait à contenir la colère que ce récit avait éveillée en elle. Non, Frank, ce n'est pas terminé.

— C'est tout ce que je sais, moi.

— Je ne crois pas. Vous n'arrivez toujours pas à me regarder dans les yeux, Frank. Il y a autre chose que vous me cachez.

— Julia, je…

— L'histoire n'est pas complète. Et Kellen Zant avait compris qu'il y avait quelque chose de plus, pas vrai ? Et il vous a même posé des questions là-dessus quand il est venu acheter la psyché, non ?

Silence, mais l'antiquaire a brièvement relevé le menton avant de se replonger dans la contemplation de la neige.

— Allez, Frank ! Pourquoi m'avoir raconté tout ça ?

— Parce qu'il est temps, Julia. Il est temps d'arrêter les mensonges. Il est temps que cette ville paie.

— La ville ?

Ses yeux ont enfin rencontré ceux de Julia. Ils étaient vibrants de souffrance, et cernés par la peur.

— Arnie tenait un journal, voyez-vous, et je pense… Eh bien, je crois qu'il a noté dedans toutes les raisons pour lesquelles il était sûr que DeShaun n'était pas le coupable. Il a peut-être même écrit qui il soupçonnait, et je parie qu'il a aussi indiqué qui l'avait obligé à désigner DeShaun. – Une pause. – Personne ne sait où ce journal est passé. On savait qu'il en tenait un, tous, mais que lui est-il arrivé, mystère. Même son fils, Mitch, l'ignore. Il y a dix ans, douze, il a offert une récompense en liquide si quelqu'un le retrouvait. Aucun amateur ne s'est manifesté. Ce que j'en pense, moi ? Je pense que le journal d'Arnie n'existe plus.

— Pourquoi ?

— Mais parce qu'il n'est jamais réapparu ! Réfléchissez, Julia : quelqu'un fait pression sur Arnold Huebner pour qu'il abandonne une enquête, puis le journal d'Arnold Huebner disparaît… Si j'étais dans la peau de ce « quelqu'un », je me serais arrangé pour avoir le journal et je l'aurais brûlé dans la minute.

Julia a revu Tony Tice devant le restaurant, lui parlant d'un article que son client désirait acquérir.

— Vous aviez parlé à Kellen Zant de tout ça ?

— Tout quoi ?

— Du journal ?

Frank Carrington s'est retourné en secouant la tête, comme étonné par cette idée.

— Désolé, Julia, mais c'est ce que je vous ai déjà dit : Kellen Zant n'était pas venu ici pour parler de Gina, mais pour faire l'acquisition d'un miroir ancien.

Son nouvel achat soigneusement enveloppé, Julia s'est dirigée lentement vers la sortie. Avant de prendre congé, une dernière question :

— Et si celui qui avait fait pression sur le constable et celui qui a obtenu son journal étaient deux personnes différentes ?

— Je… Je crains de ne pas comprendre.

— Le journal d'Arnold Huebner. Peut-être que celui ou ceux qui ne voulaient pas que l'enquête continue n'ont jamais pu mettre la main dessus. Peut-être que quelqu'un d'autre l'a caché pour qu'ils ne le voient pas.

— J'imagine que c'est possible, a-t-il concédé d'un ton sceptique. Je ne sais pas trop, parce que si c'était moi qui l'avais eu en ma possession, je me serais empressé de le rendre public. Pour restaurer l'honneur de ce pauvre garçon.

— Ou alors, il y a deux autres possibilités, a murmuré Julia presque pour elle-même.

— Lesquelles ?

— Soit il est toujours caché, et ceux qui veulent la vérité ne l'ont pas encore trouvé, soit…

Elle s'est interrompue, horrifiée à l'idée d'exprimer tout haut la pire hypothèse de toutes, celle que Kellen avait mis la main sur le journal d'Arnold Huebner et que, guidé par sa rapacité, il avait choisi de le vendre au plus offrant au lieu de s'en servir pour innocenter DeShaun.

— Ah, Julia, vous feriez peut-être bien de ne plus revenir ici pendant un moment, a soudain chuchoté l'antiquaire. Parler de ces choses-là, ça nous expose à… à de gros ennuis.

III

Le trumeau de l'époque fédérale sous le bras, Julia se hâtait sur le trottoir, désireuse d'atteindre Cookie's avant la fermeture. Elle a glissé, le miroir est allé se fracasser sur le sol et elle se serait sans doute cogné la tête contre le mur le plus proche si une forte poigne ne l'avait pas retenue dans sa chute. Ensuite, tout a été enveloppé de brouillard.

La bouille rougie par la boisson et mal rasée de Mitch Huebner, sous sa casquette, est apparue au-dessus d'elle. La prenant fermement par les épaules, il l'a remise sur ses pieds, puis il l'a reconnue et l'instant d'après il hurlait, son haleine âcre dans le nez de Julia, secouant un gros doigt menaçant devant ses yeux, éructant qu'elle devait arrêter de répandre tous ces mensonges sur son compte, qu'il avait cassé les lampes de son allée et refusait de payer, sacré nom ! Étourdie par sa chute, et plus encore par la coïncidence surnaturelle de se retrouver en face de quelqu'un dont Frank Carrington venait de lui parler, elle n'a d'abord rien compris à ses rugissements, puis les mots ont commencé à prendre un sens. Il disait que sa réputation professionnelle en avait souffert, qu'il n'avait jamais refusé de payer des dégâts occasionnés par son chasse-neige mais qu'il trouvait « imbuvable » qu'on lui réclame des dédommagements alors qu'il n'était pas responsable…

Et puis il s'est tu brusquement, lui a tourné le dos et a produit un son qui ressemblait exactement à un « Wooouuff ! » de bande dessinée de l'ancien temps, et soudain Jeremy Flew s'est matérialisé entre eux, les mains levées en signe d'apaisement face à Mitch mais en réalité tenant à distance de Julia cet homme beaucoup plus costaud que lui, non sans risque, a-t-elle pensé dans sa confusion, car Mr. Huebner pouvait très bien éprouver l'envie d'écraser ce farfadet de son gros poing.

— Je vous prie de laisser Mrs. Carlyle tranquille, a prononcé Flew très calmement. Nous ne voulons pas d'histoires.

— Qui qu'vous êtes, vous ? a fait Mitch, dont les yeux troubles ont jaugé l'assistant de Lemaster avec incrédulité avant de revenir furieusement sur Julia. – J'fais pas d'histoires ! C'est elle qu'en fait !

— Je vous demande de ne plus lever la main sur Mrs. Carlyle.

— Elle raconte partout toutes ces menteries sur mon compte, elle…

— S'il vous plaît, a insisté Flew, la voix de la raison au milieu de la rue enneigée.

Deux ou trois passants s'étaient arrêtés pour goûter la scène. Aussi éberluée que Mitch Huebner, Julia n'arrivait toujours pas à comprendre d'où le petit Jeremy avait pu surgir.

— C'est une conversation entre nous ! a jappé Huebner en essayant de le contourner, mais Flew s'est déplacé avec lui afin de garder sa position entre les deux adversaires.

— Gardez vos distances, s'il vous plaît.

— Elle me… difframe !

— Vous voulez dire « diffame », je suppose, l'a repris Flew en souriant.

Alors Mitch Huebner a attrapé le petit bonhomme pour l'envoyer valser au loin, sauf que c'est lui, le grand mastard, qui s'est retrouvé les fesses sur le trottoir verglacé, surveillé par Flew qui restait en garde, un bras étendu, et qui l'a renvoyé par terre d'une bourrade lorsque l'autre a tenté de se relever. Il semblait se battre sans aucun effort, toujours le sourire aux lèvres.

— Qui vous êtes ? a répété Mitch, cette fois avec moins de véhémence.

Sa force était légendaire, au Landing. Trente ans plus tôt, il avait été la terreur de tous les écoliers du village qui, devenus adultes, tremblaient encore en racontant ses méfaits. Et maintenant il était là, les quatre fers en l'air et visiblement peu pressé de se relever. Julia en a eu de la peine pour lui.

— Qui suis-je ? Un ami de Mrs. Carlyle.

— Ouais ? Eh ben z'avez pas intérêt à me toucher encore.

— Je vous prie de garder vos distances, a débité Flew à nouveau, tel un automate.

— Attendez, Jeremy, est intervenue Julia.

— Je voudrais juste m'assurer que…

— Laissez-le se remettre debout.

Aussitôt, le farfadet a fait un bond de côté. Mr. Huebner s'est redressé, brandissant un doigt menaçant vers Flew.

— T'essaies encore ça, petit morveux, et tu vas voir qui des deux s'retrouve avec la gueule qui pend !

— Non, merci, a lancé l'assistant de Lemaster avec une courbette, mais il ne s'est pas moins placé de nouveau entre Mitch et Julia, et ce qu'elle a vu dans les yeux du gaillard humilié lui a donné la chair de poule.

— Vous avez raison, Mr. Huebner. Je suis désolée.

— Vous quoi ?

— Je suis navrée de vous avoir accusé à tort. Je suis sûre que vous n'avez pas cassé ces lampes et je n'aurais pas dû en parler. Veuillez m'excuser, s'il vous plaît. J'espère que vous allez vous occuper de notre allée pendant encore des années et des années.

Elle a plongé sa petite main dans l'énorme paluche de Mitch, qui n'en revenait toujours pas.

— J'aimerais vous poser une question, Mr. Huebner, si vous voulez bien.

— Quelle question ? a-t-il grommelé en jetant un regard méfiant à Jeremy Flew.

— C'est à propos de votre père…

— Quoi, mon père ?

— Je me demandais si vous aviez jamais retrouvé son journal.

Une rage menaçante a explosé dans les yeux bouffis et injectés de sang de Mitch Huebner. Sentant le danger, Flew s'est rapproché de lui. Après avoir fusillé Julia du regard, cependant, il a tourné les talons et s'est éloigné d'un pas furieux.

Alors qu'il l'escortait jusqu'à sa voiture, Flew s'est laissé emporter par un accès de rire nerveux, incontrôlable. Puis il s'est ressaisi :

— Ça ne m'était jamais arrivé ! Je prends des cours d'autodéfense depuis des années mais ça ne m'avait encore jamais servi. Et vous savez quoi ? Je comprends pourquoi il y a des gens qui aiment la guerre, maintenant. C'est génial !

— Quand on est le vainqueur, a-t-elle murmuré, se souvenant de l'humiliation et de la pulsion de meurtre, cousine directe de la première, qu'elle avait décelées dans les pupilles de Mitch Huebner avant qu'elle ne sonne la retraite.

Mais Jeremy Flew a continué à s'enivrer de son hilarité de guerrier triomphant et Julia, tout en pataugeant dans la neige, a oublié de lui demander comment diable il s'était arrangé pour être là juste au moment où il le fallait. Elle était trop occupée à se dire que le jeune homme que Lemaster tenait à avoir chez eux était décidément très surprenant. Qui était-il, au juste ? Et pourquoi son mari avait-il tant besoin de lui ?

31

Un conseil d'ami

I

Le lendemain après-midi, le sénateur Malcolm Whisted a tenu un meeting électoral aux abords du campus, un choix hasardeux alors que les examens de fin d'année battaient leur plein, mais dicté par son agenda surchargé car il n'avait pas trouvé d'autre moment pour revenir dans la ville de sa jeunesse. Ce jour-là, il a assuré pas moins de quatre apparitions publiques à Elm Harbor, sans compter une rencontre informelle autour d'un thé avec plusieurs étudiants en sciences politiques, la spécialité qu'il avait lui-même suivie avant d'entrer au Département d'État, de passer son doctorat, de se trouver une niche universitaire à son goût et enfin de se lancer dans la haute politique. Le soir, il devait dîner chez ses grands amis, les Carlyle, un raout que Lemaster et Julia, à la fois en raison de leurs fonctions officielles et de leur amitié avec Malcolm et sa femme, Maureen, avaient pris soin de ne pas concevoir comme un acte de soutien partisan, le maître de maison et par ailleurs président de l'université insistant particulièrement sur ce point.

À la surprise des météorologues, le temps ne s'était pas encore gâté, si bien que tous les invités ont fait la route jusqu'à Tyler's Landing, la résidence du président sur le campus n'étant pas encore prête. Quarante-deux personnes, sans compter leurs divers assistants et secrétaires, avaient été conviées au sommet de Hunter's Heights. Comme il s'agissait d'un buffet, des assiettes surchargées se balançaient en équilibre sur nombre de genoux tandis que les deux anciens camarades de chambre échangeaient très bruyamment maintes anecdotes. Les enseignants, qui formaient la grande majorité de l'assistance, courtisaient avec assiduité le sénateur, soit qu'ils cherchent à se placer en vue d'occuper des postes dans la prochaine administration, soit parce qu'ils exultaient à l'idée que les forces de l'Antéchrist allaient bientôt être boutées hors de la Maison Blanche. Il y avait là des dignitaires d'Elm Harbor, et aussi des connaissances des Carlyle à Tyler's Landing, car se faire de véritables amis au sein de la petite communauté avait jusqu'ici dépassé les capacités du couple. Lorsqu'ils habitaient « la ville », un environnement à la dérive que Julia avait été tellement pressée de fuir, des voisins de toutes les couleurs de peau possibles et imaginables s'étaient présentés à leur porte dès qu'ils avaient emménagé, apportant les gâteaux et les gratins requis par la tradition de bon voisinage, et bientôt, à la faveur d'invitations réciproques, la famille Carlyle avait compté de vrais amis dans tout le quartier. Mais au bout de six ans à Hunter's Meadow Road, où les maisons étaient séparées par des kilomètres, Julia connaissait peut-être le nom de trois familles dans les environs… C'était toute la subtilité de la réalité ségrégationniste dans ce haut lieu de l'intégration. Aucun acte de vandalisme n'avait été commis, aucune croix brûlée devant leur entrée, aucune insulte marmonnée dans leur dos : les Carlyle n'avaient pas été attaqués, mais tout simplement ignorés.

Pour le dîner offert à Malcolm Whisted, en revanche, tout le monde avait voulu venir, et on s'agglutinait à présent autour de l'invité d'honneur qui, à l'instar de tout politicien chevronné, donnait à chacun l'impression de considérer avec le plus grand intérêt la moindre question ou inquiétude alors qu'il tournait dans sa tête son discours du lendemain, ou l'éditorial du *New York Times* du matin. Ses assistants ne cessaient de venir chuchoter à son oreille, l'une des nombreuses compétitions opposant les deux anciens copains d'université consistant à gagner le duel de qui serait obligé d'aller répondre au téléphone le plus souvent. De l'autre côté du foyer, une bibliothèque disposant d'une salle de bains privative servait de chambre d'amis supplémentaire, au besoin, et c'était là que le sénateur avait établi son bureau de campagne pour la soirée, s'y enfermant de plus en plus souvent avec son staff.

Julia passait consciencieusement de groupe en groupe, bien qu'elle eût préféré avoir son mari à côté d'elle plutôt qu'en train de faire la même chose à l'autre bout du salon. Près du piano, Suzanne de Broglie expliquait distraitement à la plus âgée des dames de la bonne société locale, Donna Newman, pourquoi il était moralement impossible de soutenir l'addiction au pétrole de la présente administration ; dans le jardin d'hiver, Marcus Hadley, professeur de droit et vieux compère de Lemaster, pontifiait devant Gayle Gittelman, l'avocate en droit pénal la plus respectée du comté, sur la nécessité de rejeter les aides scolaires offertes aux familles noires démunies puisqu'elles n'étaient qu'un ectoplasme sur la jambe de bois raciste. Julia, qui se souvenait encore avec attendrissement de la joyeuse et pagailleuse animation des soirées du Clan à Harlem, en était venue à abhorrer l'étalage de bonne conscience blanche que chaque événement social du campus autorisait ici, mondanités auxquelles sa position l'obligeait néanmoins à se rendre.

De temps à autre, Lemaster lui adressait un sourire au milieu de la foule qu'il était en train de charmer, voire lui donnait un baiser lorsqu'il passait près d'elle, mais comme elle voyait tout en noir, ce soir-là, elle a soupçonné son mari de ne le faire que pour la galerie. Alors qu'elle tentait d'échapper à quelque fâcheux qui l'avait acculée dans un coin et se demandait à voix haute comment la famille Carlyle arrivait à fréquenter une assemblée de fidèles aussi farouchement réactionnaire que Saint-Matthias, Jeremy Flew lui a soudain effleuré l'épaule en s'excusant auprès de l'importun d'avoir à lui soustraire Mrs. Carlyle une minute.

— Le sénateur aimerait vous dire un mot, lui a-t-il chuchoté avant de la confier à une assistante qui a frappé discrètement à la porte de la bibliothèque et s'est effacée pour la laisser entrer.

Malcolm Whisted était perché sur le bureau, une jambe ballante, la cravate desserrée. Toujours très élégante, Maureen était affalée dans un fauteuil, épuisée.

— Merci de nous recevoir à dîner, Julia, a-t-elle soufflé.

— C'est un plaisir, pour nous. Et un honneur.

— Il faut vraiment qu'on se voie plus. Tu dois me téléphoner, la prochaine fois que tu passes à Washington. – C'était un ordre, plus qu'une invitation. – On ne va pas encore attendre tout ce temps avant de pouvoir parler un peu ensemble.

— Je suis d'accord, a dit Julia, qui tentait vainement de les regarder l'un et l'autre à la fois.

Mais ils avaient très bien pu échanger un coup d'œil entre eux.

— Je voudrais t'expliquer ce qui est arrivé avec Astrid, a commencé le sénateur.

— Oh non, il n'y a aucune nécessité, c'est…

— Mes campagnes sont toujours impeccables, Julia. Je ne fais pas dans les coups bas.

— Il faut bien comprendre ça, a déclaré péremptoirement Maureen en épouse de politicien accomplie, voire plus car certains affirmaient qu'elle était le cerveau du couple. Il ne faut jamais que tu oublies quel genre d'homme mon mari est.

Est-ce que Whisted n'était pas en train de la fusiller du regard ? s'est demandé Julia, mais juste à ce moment le sénateur s'est arrangé pour y faire naître une lueur affectueuse, tout en adoptant le ton convaincu qu'il aurait eu en répondant à une question de journaliste :

— Astrid Venable a travaillé pour nous avec le plus grand dévouement. Je lui souhaite tout le bien possible, mais elle a cherché à salir nos adversaires et ce n'est pas dans nos méthodes. – Il a encore consulté sa femme d'un coup d'œil. – Il y a les bons et les méchants, Julia. Nous, on est les bons.

— Je comprends, a-t-elle fait tout en se frottant nerveusement les mains dans le dos.

— Et nous attendons la même correction de nos adversaires, a continué Malcolm Whisted.

— C'est évident.

— Personne n'est un saint, Julia. Chacun a des aspects de son passé qu'il ou elle ne veut pas voir tomber dans le domaine public. Des secrets, si on veut. C'est vrai pour moi, pour toi, pour n'importe qui.

Elle s'est raidie, d'un coup.

— Ce que mon mari veut dire, a expliqué inutilement Maureen, les paupières fermées, c'est que nous avons tous eu nos moments de folie.

Elle a repoussé une mèche grise de son front. Elle avait enlevé ses escarpins. À une époque lointaine, avant que son mari ne s'implique dans la compétition politique nationale, elle se disait capable de lire les lignes de la main, de percevoir le karma d'autrui. Un soir, à une soirée chez de riches amis dans les Hamptons, elle avait pris celle de Julia entre les siennes et lui avait promis un avenir de bonheur et de chaleur.

— Je n'imagine même pas pourquoi on voudrait aller fouiller dans la vie de quiconque, a repris Maureen. Tu dois comprendre que ces méthodes n'ont rien à voir avec le style de gouvernement que Malcolm entend suivre.

— Une campagne électorale doit se mener sur les idées, a renchéri le sénateur.

— Pas sur les personnes, a complété sa femme.

— Une campagne électorale, c'est à propos de l'avenir.

— Pas du passé.

— Critiquer notre adversaire tel qu'il est maintenant.

— Pas tel qu'il a pu être.

Toc-toc à la porte. Une tête s'est montrée. Dans une minute, a lancé le sénateur, et elle a disparu. Brusquement, la pièce a repris vie. Whisted resserrait son nœud de cravate, Maureen renfilait ses chaussures et Julia a reculé d'un pas, mais Malcolm a réussi à lui attraper une main, qu'il a pressée à deux reprises et gardée un moment. Ses yeux, sombres et sincères, ont fouillé ceux de son hôtesse.

— Faisons que cette campagne reste propre, a-t-il prononcé avant de se glisser dehors pour aller rejoindre ses admirateurs.

— Julia ?

Maureen s'était attardée derrière lui.

— Oui ?

— Mon mari est un homme bien. Il faut que tu le saches.

Julia s'est sentie accablée de fatigue et, inexplicablement, en proie à une peur sourde. Elle avait pensé que c'était Scrunchy qui était en cause. De tous les « Cavaliers », cela ne pouvait être que lui, s'était-elle convaincue. Elle n'en était plus si sûre.

— Je le sais, Maureen. Je t'assure.

— Il a été jeune. Nous avons tous été jeunes.

— Je comprends.

— Écoute-moi, Julia. – À son tour Maureen a pris ses mains dans les siennes. Elle était très grande, et ses gestes avaient parfois une maladresse touchante sous le vernis d'élégance gourmée. – Personne ne s'intéresse à ce qu'on a pu faire à un âge pareil. Presque tous, nous regrettons un tas de choses que nous avons faites dans notre jeunesse. Mon mari est dans le même cas, j'en suis certaine. Mais je suis tout aussi certaine qu'il n'aurait jamais pu faire de mal à personne. Jamais.

— Maureen…

— Mon mari n'est pas riche, Julia. – Un sourire inattendu, comme la découverte d'un trésor. – Les Whisted ont toujours accordé la priorité au service de la nation.

— Je comprends, a répété Julia, qui ne comprenait rien.

— Je regrette beaucoup, pour Astrid. Sincèrement. Mais je t'en prie, n'en veux pas à mon mari à cause de ça. La campagne va être très dure, Julia. Astrid voit bien ça.

— Crois-moi, Maureen, je n'ai aucun reproche à faire à ton mari.

— Parfait. Je suis si contente… – Elle l'a regardée avec insistance, comme si elle se demandait s'il fallait en dire plus. À la place, elle a choisi une esquive bien rodée. – Appelle-moi quand tu viens à Washington. Il faut qu'on passe plus de temps ensemble.

— Merci.

— Ou le moindre service que nous puissions vous rendre. Tu me téléphones, c'est tout.

— Je le ferai. – Julia a cherché à dégager ses mains, sans succès. – Merci.

— C'est le Landing, a dit Maureen. – Sans la lâcher des yeux, sans abandonner sa prise. Ses paumes étaient brûlantes, glissantes. Julia a réprimé un frisson. – Je me rappelle le temps où nous vivions ici. C'est un endroit qui exerce une… influence sur ceux qui y habitent. Tout ce qui se passe ici est tellement…

Elle s'est tue, l'a serrée rapidement dans ses bras et a quitté la pièce.

II

Dans le hall d'entrée, Julia a raccompagné le sénateur et son épouse à la porte. Tout en se frottant les yeux, elle a regardé le flot des convives prenant congé se tarir, les derniers invités se diriger en bavardant vers la sortie.

Malcolm Whisted voulait qu'elle s'arrête. C'était aussi simple que cela. Lui et sa femme attendaient que le surplus de Kellen ne refasse jamais surface. En d'autres termes, elle…

— Alors, vous avez entendu, pour Tony Tice ?

Marcus Hadley était arrivé à sa hauteur sans qu'elle l'ait remarqué. Une masse blanche de certitudes bien-pensantes. Sa famille était liée à l'université depuis encore plus longtemps que les Land. L'un de ses oncles en avait assuré la présidence bien avant Lemaster. Son grand-père avait découvert un fossile de dinosaure désormais connu de tout le monde scientifique. Au temps où Marcus et Lemaster étaient collègues, ils aimaient se livrer à un duel qu'ils prenaient très au sérieux, dont eux seuls connaissaient les règles et qui avait pour but de décider qui des deux était l'esprit le plus brillant de la faculté de droit.

— L'avocat ? Celui qui a des spots publicitaires à la télévision ?

— Voilà. Lemaster m'a dit qu'il vous avait embêtée.

Julia s'est rendu compte qu'elle avait un verre à la main depuis des heures. Elle l'a tendu à un serveur qui passait par là. Le hall tanguait devant elle.

— Oui, et donc ? Qu'est-ce qu'il a encore fait ?

— Frappé sa compagne. C'est Gayle Gittelman qui vient de nous raconter ça.

— Quoi ? Il a fait quoi ?

— Tice. Tony la Farfouille. – Il guettait chaque mouvement sur le visage de Julia. – Il a été arrêté.

32

Dennison

I

Le lundi suivant, Julia et Lemaster sont partis dans le New Hampshire. Ils allaient chercher Aaron à l'Exeter Academy, où leur fils de quatorze ans jouissait d'une merveilleuse popularité due certainement à son charme personnel, considérable, mais peut-être aussi au fait que son père présidait une université qu'un nombre non négligeable de futurs diplômés de son école espéraient intégrer.

Bien qu'ils aient décidé de faire la route ensemble, leurs échanges en voiture ont été moins animés que d'habitude. La veille au soir, Preston avait téléphoné de Cambridge pour annoncer qu'il ne passerait pas Noël avec eux, puisqu'il avait décidé de partir au Mexique pour les vacances avec sa dernière petite amie en date. Julia en était restée sans voix : aucun de leurs enfants n'avait encore été absent de la maison pour la fête. Puis elle avait argumenté, supplié, mais Preston s'était montré inébranlable, comme toujours. Et quand elle avait déclaré qu'ils feraient un détour pour l'embrasser, au moins, il lui avait dit de ne pas se donner cette peine : ils devaient prendre le premier vol du matin.

Selon une formule chère à Tonya Montez, la Coccinelle en chef du comté, être parent est un processus qui consiste à observer ses enfants perdre peu à peu tout intérêt pour leurs géniteurs. Avec son fils aîné, méditait Julia, ils étaient arrivés au bout du processus.

Ils se sont tout de même arrêtés à l'appartement de Preston, au cas où. Pas de réponse à l'interphone.

— Il faut croire qu'il est déjà parti, a observé Lemaster.

— Je suppose, oui, a-t-elle acquiescé, mais en son for intérieur elle se demandait avec inquiétude si Preston ne faisait pas comme s'il n'était pas là.

Elle aurait tant voulu savoir pourquoi leur aîné s'acharnait à éviter ses parents... Un dicton de Granny V. lui est revenu : si les souhaits étaient des chevaux, aucun mendiant n'irait à pied. Avec Preston, Julia avait toujours l'impression d'être une mendiante.

Quittant Cambridge, ils ont traversé le pont, sont entrés à Boston et ont continué jusqu'à une rangée de petites maisons au milieu du dédale de rues anciennes et tortueuses qui couvre Beacon Hill. Toujours impossible de se garer, dans ce quartier, et pourtant Lemaster a accompli le miracle de caser la Mercedes dans une place qui, à première vue, paraissait à peine assez grande pour accueillir un vélo d'enfant. Tandis qu'il brandissait triomphalement le poing, parce que relever des défis était son passe-temps préféré, elle lui a posé un baiser sur la joue, parce que le sien était de le féliciter. Le ciel était plombé, mat, comme seuls une intense pollution ou un mauvais temps persistant peuvent le rendre. Leurs pieds glissaient et tâtonnaient sur les vieux pavés inégaux du trottoir, pas toujours déblayés de la gadoue hivernale par les riverains. Les maisons en brique étaient trapues, serrées les unes contre les autres et hors de prix. Très peu disposaient d'un jardin digne de ce nom ; leurs fenêtres donnaient directement sur la rue, comme souvent en Europe, et en passant on pouvoir voir les habitants dormir encore, se raser, s'habiller, échanger un au revoir, tous ces gestes qui accompagnent le début d'une nouvelle journée. Julia avait l'impression qu'elle venait de se réveiller, elle aussi : pour la première fois depuis des années, elle s'était mise à prendre des risques. Elle allait retrouver les preuves laissées par Kellen et ainsi sauver sa fille. À moins que sa fierté ne précipite sa chute, ce qui, admettait-elle, était toujours possible…

La maison où ils se rendaient était semblable aux autres, à ceci près qu'elle s'élevait à un angle et que son jardin, ceinturé par une grille en fer forgé très basse qui aurait eu besoin d'un bon coup de peinture, était un peu moins ridiculement étriqué. Du haut du perron, on avait une très belle vue sur le Public Garden et le Boston Common, le plus ancien parc public du pays. Le heurtoir, un aigle en cuivre, devait avoir plus de cent ans. Une infirmière immense et d'une beauté aberrante leur a ouvert et a chuchoté avec un fort accent haïtien que Mr. Dennison se sentait un peu mieux, aujourd'hui. Mieux que quoi ? aurait voulu interroger Julia, qui a préféré se taire. L'infirmière les a précédés dans le couloir étroit qui s'étendait sur toute la profondeur de la bâtisse jusqu'à une vaste pièce qui aurait pu servir de salon, de salle à manger ou encore de salle de jeux, car Bay Dennison avait jadis tenu une table de poker où les citoyens importants venaient parier gros sans risquer d'attirer l'attention de la presse, ceci ne concernant pas les nombreux journalistes renommés qui s'asseyaient à ces discrètes parties.

Le vieillard était dans son fauteuil roulant, des couvertures remontées à mi-poitrine, ignorant la vue qui s'ouvrait par les fenêtres. Si ses multiples affections – son organisme s'étant rendu coupable d'autant de défections que les médecins avaient essayé d'en rechercher – l'avaient amaigri, il conservait une insolente carrure d'épaules et cette crispation déterminée de sa mâchoire malicieuse qui rappelaient le pouvoir qu'il avait exercé un jour sur la vie politique américaine. D'ordinaire, il aurait eu quelque larbin près de lui mais il s'en lassait vite, finissait toujours par les mettre à la porte et, d'après Lemaster, n'avait pas encore trouvé le suivant au moment de leur visite. Sur la table à roulettes devant lui, plusieurs pages d'épreuves étaient étalées, celles du troisième volume de son autobiographie – déjà un grand succès de librairie – qu'il était en train de corriger furieusement, penché en avant, un stylo à la main, ajoutant avec une joie mauvaise un paragraphe venimeux contre un ancien adversaire, même s'il ne devait en rester aucun qu'il n'avait pas passé à la moulinette dans ses écrits précédents.

— À vous dans une minute ! a-t-il aboyé sans relever la tête à leur entrée.

— Prenez votre temps, sir, a dit Lemaster d'une voix soumise.

Julia a lancé un coup d'œil à son mari. Il était prêt à attendre ainsi toute la journée, debout, presque au garde-à-vous. Personne n'avait un effet pareil sur lui. En fait, elle ne l'avait entendu donner du « sir » à personne d'autre qu'à ce vieil homme. Quelle relation les liait, d'ailleurs, elle ne l'avait jamais vraiment compris sinon que, trente-deux ans plus tôt, Byron Dennison, distingué membre du Congrès, avait lancé le jeune Lemaster sur sa glorieuse orbite, immédiatement conscient des potentialités de ce petit stagiaire d'été, et l'avait placé sous son aile, une aile immense qui allait couver la carrière de tant d'Africains-Américains de cette génération. Il lui avait ouvert les bonnes portes, l'avait mis sur sa voie et, les années passant, avait veillé à ce qu'il ne s'en écarte pas. Et contrairement à beaucoup d'autres dans son cas, Lemaster n'avait pas oublié.

— M'en reste guère, du temps, a répliqué le vieux sans cesser de faire courir son stylo rouge sur le papier.

Par-dessus son épaule, Julia a vu qu'il était occupé à pourfendre les fantômes de ses anciens amis au sein du mouvement des droits civiques. Juste ce dont le pays avait besoin…

— Oh, vous nous enterrerez tous, Mr. Dennison, a affirmé son mari.

— Seulement si vous avez tous décidé de casser votre pipe dans les six mois qui viennent.

— Vous devriez essayer d'être plus positif, Mr. Dennison.

— Donnez-moi une seule raison pour ça ! – Retournant la feuille, il a poursuivi d'une plume féroce son ajout incendiaire. – Être positif, ça n'a pas vraiment servi à Zant, non ? Le pauvre couillon. Je croyais qu'ils avaient renoncé à lyncher les nôtres, dans votre coin par là-bas…

Lemaster a souri dans le dos de son protecteur.

— Je vous ai amené Julia.

La tête s'est relevée, le fauteuil a accompli un rapide demi-cercle et un grand sourire de bienvenue est apparu sur le visage grisâtre et ravagé de Bay Dennison. Sa peau pendait en plis lâches, comme si elle allait peler ; l'un de ses yeux, éteint, roulait sous la paupière sans parvenir à se fixer sur quoi que ce soit, mais l'autre restait aussi vif et pénétrant que jadis.

— Mais oui, elle est là ! C'est pas que vous l'ayez jamais méritée. Elle est trop bien pour vous, Little Master.

Dennison employait donc toujours ce sobriquet ironique… Mais enfin, Lemaster l'adorait et tout le monde le savait. Dans deux mois ce serait son anniversaire et cela restait l'occasion d'une fête tapageuse que ne rataient jamais des centaines de gros bonnets, ni Lemaster, qui avait l'habitude d'aider à son organisation.

— Et vous, Julia ? Sur vos quinze aventures extraconjugales autorisées, vous en avez encore combien ? Ah, vous devriez chercher quelqu'un de mieux que ça, belle femme comme vous êtes ! Moi, si j'étais marié à ce Little Master qui est là, je l'aurais lâché depuis des années ! Je ne comprends pas comment vous arrivez à le supporter. Vous êtes une sainte, Julia. Une martyre. On vous fera une statue, juré… Tiens, vous pouvez prendre la mienne ! Ils doivent dévoiler mon buste au Capitole. Une idée d'abrutis ! Mais je n'irai pas. Ils m'ont dit : « Ce ne sera rien, juste quelques pas pour y arriver. » Et moi : « J'ai l'air de pouvoir marcher ? » Amateurs !

— Je suis contente de vous voir, Bay, a dit Julia, souriante elle aussi, parce qu'il n'attendait jamais que l'on réponde à ses sorties théâtrales, et qu'il l'avait priée de l'appeler par son petit nom des années plus tôt, un de ses nombreux stratagèmes destinés à remettre Lemaster à sa place.

C'était ce qu'il faisait avec tous ses protégés, d'ailleurs : les remettre à leur place. Lemaster se distinguait des autres parce qu'il l'acceptait volontiers, un aspect de lui que sa femme admirait sans arriver vraiment à s'en expliquer la raison.

— Comment va votre mère ?

— En pleine forme.

— Toujours en France ? Toujours à débaucher des jeunots ?

Mona vivait près de Toulouse avec un Anglais plus jeune qu'elle de vingt ans, qu'elle appelait « Hap », ce qui d'après elle était l'abréviation de « Happiness », bonheur.

— Elle dit qu'elle ne rentrera pas tant que nous ne serons pas redevenus une démocratie.

Chez Bay Dennison, le rire était un hennissement ravi, aussi amusé que condescendant, devant la vraie nature du monde, qu'il pensait être le seul à discerner.

— Pas demain la veille ! – Il a henni encore une fois. – Et elle a un nouveau livre en train ? – Il a montré d'un geste les épreuves sur la table roulante. – Il faut que je puisse juger la compétition, n'est-ce pas ?

Julia a fait non de la tête. Sa mère n'avait pas publié d'ouvrage depuis près de dix ans, même si ses articles au vitriol trouvaient toujours un public dans le lectorat des revues de la gauche radicale la plus marginale et la plus farouchement persuadée de la justesse de ses vues.

— Vous allez avoir les librairies pour vous tout seul, Bay.

— Je l'ai invitée une fois ou deux. Vous n'étiez encore qu'une petite fille, vous. – Son bon œil l'a léchée comme l'aurait fait un homme bien plus jeune. D'après Lemaster, l'une de ses tumeurs les plus graves grossissait derrière l'autre, l'œil malade. – Elle ne vous a jamais raconté ?

— Si, Bay. Et vous aussi.

— Je l'ai emmenée avec moi à la Maison Blanche. Au temps de Lyndon Johnson. On a dansé toute la nuit. Le Président a dansé avec elle, aussi. Oh, il ne voulait plus la lâcher ! Et cette pauvre Lady Bird qui vient me chuchoter à l'oreille : « Qu'il danse avec elle, ça m'est égal, mais pourquoi doit-il lui baver dessus comme ça ? »

Comme Bay hennissait une nouvelle fois, ses visiteurs ont ri, à leur tour. L'anecdote avait paru dans le second tome de ses Mémoires, et la plupart des historiens ou des gens qui avaient bien connu Johnson avaient estimé qu'elle n'était pas plus véridique que le reste de ses souvenirs, très exagérés par le ressentiment et qui avaient pour la plupart provoqué des démentis exaspérés dans la presse, mais il s'était astucieusement protégé des risques de poursuites légales en ne diffamant que les morts.

— J'aimais bien LBJ, moi, a-t-il poursuivi. On l'a détesté à cause du Vietnam, ça oui, mais c'était le meilleur. Les lois sur les droits civiques, c'est lui. Et sur le droit de vote. Et l'égalité sociale, et tout. Ah, il était capable de venir s'asseoir avec vous, d'écluser du whisky et de conclure un marché. Une fois qu'on lui avait serré la main, il tenait sa parole, pour sûr. C'est ça qui est important, Julia. Savoir tenir sa parole.

Un regard en coin à Little Master, comme s'il s'attendait à le voir protester.

— Je suis d'accord, a réagi Lemaster au quart de tour.

Mais Dennison continuait, ostensiblement, à ne s'adresser qu'à Julia.

— Vous savez quel est notre grand problème, aujourd'hui ? Nous n'avons pas eu un vrai buveur à la Maison Blanche depuis Nixon. Je ne vois pas comment ils arrivent à accomplir quoi que ce soit sans jamais s'en jeter un derrière la cravate. Pas étonnant qu'ils soient tellement agressifs entre eux. Trop de gens sobres et ennuyeux comme la pluie, à Washington. Voilà mon avis.

— Vous avez peut-être raison, Bay.

« Nous rendons visite aux mourants pour leur demander la permission de continuer à vivre », disait Granny V. Ce qui pourrait expliquer pourquoi nous acquiesçons à tout ce qu'ils disent.

— J'aimais bien Nixon, aussi. On pouvait faire affaire, avec lui. Il fallait juste enfermer l'argenterie et garder les mains sur la table.

— Vous me l'avez souvent dit, Bay.

— Venez vous asseoir sur mes genoux.

— Je ne peux pas, Bay, je dois faire attention à ma pression artérielle.

Un autre hennissement monté d'une gorge qui semblait encombrée de glaires. Souriant afin de lui montrer qu'elle restait de joyeuse humeur, Julia a tenté la question que son allusion au professeur lui avait inspirée :

— Est-ce que vous le connaissiez, Bay ? Kellen Zant, je veux dire.

Il a donné une grande tape hilare sur la table.

— Ah, tout le monde le connaissait, ce vieux filou.

— Filou ?

— Comment il les embobinait tous pour avoir un contrat ! Il a amassé une fortune en jouant à l'économiste noir de service, estampillé officiel ! – Son bon œil la jaugeait avec gourmandise. Lemaster restait debout à sa place, muet, simple spectateur. – Je l'aimais bien. Et, oui, c'était un filou, mais le genre de filou qui me plaît !

— Je ne comprends pas.

— Mais si, mais si. Zant téléphonait à tel ou tel grand patron, et il disait : « Comment expliquez-vous que vous n'ayez aucun consultant africain-américain ? » Ensuite, il menaçait de faire du foin à ce sujet la prochaine fois qu'il passerait à la télévision. Et devinez quoi ? Ils le signaient tout de suite !

Malgré la présence de son mari et le respect qu'elle éprouvait envers le vieil homme, Julia a durci le ton.

— Il était très bon, dans son métier. Cette méthode de calcul de la valeur des titres en fonction de…

Dennison l'a coupée d'un rire chevalin. Comme la plupart des gens habitués au pouvoir, il estimait ses opinions plus pertinentes que les faits rapportés par autrui.

— Il était très bon dans son métier, oui ! Et son métier, c'était de gagner de l'argent pour lui. Oh, je sais qu'il disait que c'était pour ses clients. Il le *disait*, mais ce qu'il *faisait*, c'était pour lui.

— Je voulais simplement dire que…

— Vous n'avez pas besoin de défendre vos petits amis devant moi, Julia. Je vous ai dit que je l'aimais bien.

Les joues brûlantes, elle allait répliquer mais le vieillard l'a saisie par le poignet, soudain, et l'a attirée vers lui pour glisser à son oreille, cette fois très sérieux :

— Faites confiance à votre mari.

Son haleine de grand malade était chaude et moite.

— Je… J'essaie, a-t-elle répondu tout bas, elle aussi.

Elle n'en revenait pas. La poigne de Dennison était d'acier. Et Lemaster s'était absorbé dans la contemplation des photos sur le mur.

— Essayez encore plus. C'est important.

Après est venu le moment qu'elle détestait toujours dans ces visites. Ils ont plaisanté ensemble, tous les trois, ont bu ensemble, parlé ensemble des enfants, et puis elle a été congédiée poliment mais fermement. Scrutant l'expression de son protégé, Bay Dennison a dit à Julia d'aller faire un tour et de revenir dans une heure. Comme elle s'y attendait, elle était venue en pantalon de survêtement et chaussures de sport. Un peu de marche ne lui ferait d'ailleurs pas de mal, après tout un automne passé trop près de Cookie's. Elle a laissé les deux hommes dans leur élément, à comploter en tête à tête. Bay Dennison avait été longtemps le principal dirigeant de l'Empyrée et Lemaster, pendant les vingt années qu'elle avait vécues avec lui, n'avait jamais pris une décision majeure sans consulter préalablement son mentor. Malgré le rôle marginal qu'occupait désormais le club, son mari tenait énormément à cette relation et faisait tout pour l'entretenir. Mais quelle décision était-il sur le point de prendre, cette fois ?

Après s'être arrêtée acheter une bouteille d'eau dans une épicerie, elle a gagné le parc, qu'elle a trouvé étonnamment animé. De la vieille neige traînait sur le sol mais il faisait assez doux, la température idéale pour marcher. Elle est restée sur les allées principales, traversant les ponts à plusieurs reprises, passant d'un pas rapide devant les statues et les monuments car elle était là pour faire de l'exercice, non pour admirer les alentours. Elle venait de laisser derrière elle pour la troisième fois le buste verdi de Wendell Phillips, le célèbre leader antiesclavagiste, quand ses yeux sont tombés sur une femme assise sur un banc, qui lui souriait largement.

— J'adore faire des surprises, a lancé Mary Malard.

II

Comme Mary avait des chaussures de sport, elle aussi, elles ont marché ensemble. Elle a certes allumé une cigarette mais Julia l'a obligée à la jeter.

— Vous avez changé, a noté Mary Malard en rajustant son foulard.

— J'espère bien que oui.

— Je vous préfère comme ça. La tête sur les épaules. Vous regardez droit dans les yeux. Vous avez confiance en vous. Même votre démarche est différente.

— Tout ça en quelques semaines ? a répliqué Julia sans pouvoir réprimer un petit rire, puis elle est redevenue sérieuse : Mais qu'est-ce que vous faites ici, Mary ? Vous m'avez suivie, c'est clair.

— Depuis Elm Harbor ? Sans me faire repérer ? Vous surestimez mes talents de conductrice.

— D'accord, vous êtes une conductrice hors pair.

Elles sont passées devant les barques de l'étang aux cygnes, entassées et bâchées pour l'hiver. Sur la rive, une nuée d'enfants jouaient à chat, une version compliquée du jeu de base, sous le regard vigilant de bonnes sœurs.

— Je suis là parce que vous avez besoin d'aide, Julia. Vous ne pouvez pas faire ça toute seule.

— Moi ? Je vais marcher presque toujours toute seule.

— Je veux parler de votre petite enquête au sujet des occupations de Kellen. Ce à quoi vous vous préparez est évident. Pour moi, en tout cas. Et c'est ce qui explique votre transformation, l'aura que vous dégagez. – Elle a ri, à son tour. Elle avait même une bouteille d'eau, elle aussi, à laquelle elle a bu longuement. – Sérieusement, Julia. Vous avez besoin de mon aide. Je peux vous épargner des ennuis. Vous faire éviter des erreurs. Partager mes ressources, mon expérience.

— Écoutez, Mary…

— Ah, et je peux vous révéler des choses qu'il est impossible que vous sachiez.

— Comme quoi ?

Mary s'est assise sur l'un des rochers qu'elles venaient d'atteindre pendant que Julia s'étirait.

— Comme, par exemple, le fait que je n'étais pas la seule à vous suivre, aujourd'hui.

La première réaction de Julia, presque irrésistible, a été de jeter un coup d'œil affolé autour d'elle, même si elle ignorait ce qu'elle devait chercher. La seconde a été de fusiller Mary du regard.

— Vous fabulez !

La journaliste a haussé les épaules.

— Peut-être que oui, peut-être que non. Mais c'est exactement le problème que je soulevais : vous ne vous êtes même pas posé la question, vous. Et si vous l'aviez fait, vous n'auriez pas su comment vous assurer que vous étiez filée ou non.

— Parce que vous savez, vous ?

— Évidemment ! Avec le genre de livres que j'écris ? Ça me vaut d'être placée sous surveillance, de temps à autre…

Et ça vous amène aussi à vous prendre pour le centre du monde, et à sacrifier à la paranoïa, a complété Julia en silence, mais elle devait reconnaître que Mary avait raison : elle n'y arriverait pas toute seule. Plus encore, ce n'était pas ce qu'elle voulait. Avoir un coéquipier ou une coéquipière, elle ne demandait que cela. Le problème était de savoir si Mary Malard constituait un bon choix, dans ce rôle.

— Dites-moi exactement ce que Kellen vous a raconté.

— Vous avez *vraiment* changé !

— Allons, Mary. Disons que c'est un entretien d'embauche, pour vous. Qu'est-ce que Kellen préparait ? Que vous a-t-il raconté ?

La sculpture de la cane et de ses canetons, hommage au célébrissime livre pour enfants de Robert McCloskey, brillait sombrement sous le vif soleil hivernal. Mary paraissant clairement en manque de cigarette, Julia a éprouvé une fierté un peu perverse en lui refusant la permission d'en prendre une.

— Eh bien, il est venu me voir il y a quelques mois. On se connaissait depuis que je l'avais interviewé pour mon livre sur les grands scandales des comptes d'entreprise. Il gagnait plein, plein d'argent avec ses conférences, et c'était un sujet qu'il abordait souvent devant ses auditoires, donc nous nous sommes rencontrés. C'était un inconditionnel du capitalisme, il ne voyait pas de problèmes dans les excès de l'économie de marché, il pensait qu'elle pouvait se réguler toute seule. Et il adorait la polémique. J'ai appris à ne pas lui donner la contradiction, parce que c'était trop important pour lui d'avoir le dernier mot. Et bon, si vous vous êtes posé la question, il a essayé de m'emballer deux ou trois fois mais ça n'est allé nulle part… – Les mains à plat sur la pierre, Mary a jeté la tête en arrière et fermé les yeux pour laisser le soleil réchauffer son visage. – Mais donc, l'été dernier, il m'a téléphoné et m'a dit qu'il était tombé sur quelque chose qui m'intéresserait. Je lui ai proposé de prendre un verre ensemble la prochaine fois qu'il serait à Washington. C'est ce qu'on a fait, environ une semaine plus tard. Fin juillet, je crois, parce que je passe les mois d'août dans le Maine. Il m'a raconté l'histoire de Gina Joule, dont je n'avais encore jamais entendu parler. Je lui ai dit qu'elle n'avait rien d'extraordinaire, qu'il y en avait des millions identiques, que ça ne m'intéressait pas s'il n'y avait pas matière pour un livre, même pas un article. Il a répondu que c'était différent, que ce n'était pas simplement un jeune Noir lynché parce qu'on l'accusait d'avoir tué une petite Blanche : c'était un jeune Black qui était mort à la place de quelqu'un qui comptait. C'est comme ça qu'il l'a dit : « quelqu'un qui comptait ».

— Et du coup, vous avez été intéressée.

— Un peu. Pas trop. Dans mon métier, on est tout le temps sollicités par des gens qui croient tenir une histoire formidable et qui n'ont rien du tout. Mais Kellen s'est mis à me parler de la suite Hilliman, de ceux qui y avaient vécu ensemble, et là j'ai été très, très intriguée.

Il a dit qu'il était presque certain de pouvoir prouver que l'un des gars de la suite Hilliman était sorti avec cette fille, ou la voyait régulièrement, et que c'était un élément suffisant pour flanquer par terre la version officielle, et peut-être bouleverser complètement les prochaines élections présidentielles. Et avec plus de temps, il se faisait fort d'apporter d'autres preuves. Il a dit qu'il voulait « les mettre sur le marché ». Une vente aux enchères pour capturer le surplus. Des enchères « all-pay ». Je ne savais pas ce que ça voulait dire, mais bon… Je lui ai demandé pourquoi il me confiait tout ça. Je lui ai expliqué que je ne payais jamais pour mes informations, même un tuyau qui remettrait en cause les élections. Il m'a répondu qu'il avait besoin de quelqu'un qui sache bien présenter les choses. Il voulait que j'écrive une présentation de ses découvertes pour le moment où il les mettrait aux enchères. Je lui ai dit que ce n'était pas vraiment mon job mais le fait est que j'étais complètement accrochée, Julia. Cette histoire, il me la fallait ! Le hic, c'était qu'il posait une condition : je ne devais en parler à personne ! Bon, je gagne ma vie en écrivant ce que j'ai appris, pas en le gardant pour moi ! On a discuté pendant quelques semaines, il a fini par me dire qu'il allait m'envoyer un « échantillon », pour que je me rende compte sur pièces que c'était du sérieux. En septembre, j'ai reçu une photo par la poste. Pas d'adresse d'expéditeur, pas de mot, rien qu'une photo, mais le cachet sur l'enveloppe était d'Elm Harbor.

— Qu'est-ce qu'il y avait, sur cette photo ? a demandé Julia, parce que Mary s'était tue et plissait les lèvres, comme pour tirer sur une cigarette imaginaire.

— Un jeune type endormi sur un canapé. La vingtaine, à peine. Rien d'autre. J'ai rappelé Kellen et je lui ai dit que ça ne m'avançait pas du tout. Il m'a répondu que si j'arrivais à identifier le type, il était en mesure de prouver où elle avait été prise. Je me suis mise au travail et ça n'a pas été long, puisque je savais qui était dans sa ligne de mire. C'était une photo du sénateur Whisted au temps de la fac. Quand je l'ai annoncé à Kellen, il m'a envoyé une lettre qui contenait juste une adresse, à Tyler's Landing. J'ai fait quelques recherches, en remontant à l'époque où Whisted était étudiant, et voilà, c'était le domicile de Merrill et Anna Joule.

— C'est tout de même plutôt maigre.

— C'est ce que je lui ai dit. Et je vous l'ai redit à l'enterrement. Que le futur sénateur Whisted ait dormi une fois chez cette fille ne prouvait rien du tout. Ils connaissaient tout le monde, les Whisted. Kellen m'a demandé s'il était important de préciser que le jeune Mal' était soûl, sur cette photo. Je lui ai répondu que non, que tout le monde se soûle tout le temps, quand on est étudiant. Il a rigolé et il a dit qu'il avait bien parlé d'un échantillon, rien de plus.

— Et c'est tout ?

— Pas tout à fait. – La bouche de Mary se crispait, en manque de tabac. – Il a dit que toute cette affaire montrait que la consommation antirivale était pratiquement impossible.

— Pardon ? Quoi ? Je peux noter ça ?

Mary lui a passé un bout de papier et un stylo.

— Ça signifie que…

Julia l'a arrêtée d'un geste. Elle n'avait pas besoin de ses explications. Ni de ses déformations.

— Merci. – Elle a consulté sa montre. – Je dois y aller.

— Lemaster est avec Bay Dennison, n'est-ce pas ?

— Vous êtes très forte, Mary.

— Hé, pas besoin de me le dire ! – Elle s'est redressée. – Bon, on a un accord, donc ?

— Non.

Le bec de canard s'est affaissé.

— Mais je vous ai raconté, je vous…

— Écoutez, Mary. Vous avez raison, mais seulement à moitié. J'ai besoin d'aide, effectivement, et je ne refuse pas la vôtre. Je serais très heureuse de vous avoir avec moi, seulement il faut que vous compreniez que c'est *mon* truc, pas le vôtre, et que je ne vous donnerai que les informations que je jugerai utiles de partager avec vous. Et aussi… vous ne pourrez rien publier sans mon autorisation.

— Dites, vous êtes sûre que vous n'avez jamais été mariés, Kellen et vous ? Vous vous exprimez exactement pareil !

— Ah, encore autre chose : on arrête le travail pendant Noël.

— Quoi ? s'est récriée Mary. Vous ne savez pas que les primaires de l'Iowa sont dans deux mois ?

— Si vous arrivez à résoudre l'énigme sans moi d'ici là, ne vous gênez pas.

— Hein ? Je croyais que c'était moi, la vacharde des deux !

Julia a souri. Sa nouvelle personnalité lui plaisait bien, décidément.

33

Noël, Noël

I

La fête est passée à côté de la famille tel un panneau publicitaire au bord de l'autoroute : d'abord une lueur lointaine qui grossit à l'horizon, vous explose soudain au regard avec ses couleurs vives et ses slogans bien lisibles, puis vous tourne le dos dans le rétroviseur et se fait happer par la prochaine courbe. Les deux cousins ayant d'évidence enterré la hache de guerre, Astrid et ses enfants sont venus et ont même accompagné les Carlyle à la messe de minuit à Saint-Matthias. Là, Lemaster a fait preuve d'un manque de tact surprenant en critiquant vertement devant tous ceux qui voulaient bien l'entendre la crèche qui avait été installée près de l'autel. Que le petit Jésus soit très blanc et très blond, que Marie et Joseph aient l'air d'Aryens pur sucre ne l'indignait pas autant, a-t-il proclamé, que la présence et le nombre des Rois mages. Tandis que le café était servi dans le hall de la paroisse, il a fait remarquer que l'Évangile de Matthieu, s'il ne précise pas combien ils étaient, indique explicitement qu'ils étaient venus voir l'enfant Jésus – déjà plus un nouveau-né – chez ses parents, et non dans l'étable ainsi que le soutient la tradition. C'étaient les bergers, non les Rois mages, que l'on avait fait entrer à l'étable ! L'intendant de l'église, aussi pâle et presque aussi inanimé qu'un cadavre, est sorti de sa torpeur sépulcrale pour chuchoter que c'était grâce à la tradition que les Anglicans survivaient mais Lemaster n'en a aucunement été ébranlé : les coutumes sont une chose, a-t-il martelé, et le mépris des Saintes Écritures en est une autre.

Plus tard, alors que l'Escalade négociait bravement les lacets glissants qui montaient jusqu'à chez eux, Lemaster a continué à pester, pour le bénéfice de sa femme et de l'une de ses filles – les autres étaient avec tante Astrid dans sa Lincoln Navigator –, contre l'obstination avec laquelle l'Église résistait d'après lui aux vérités les plus simples. Au moment où il reprenait haleine, Vanessa, assise à l'arrière, s'est penchée entre les sièges baquets ultrarembourrés et, d'une voix douce, a demandé s'il était possible que Pap' soit le seul à connaître cette vérité pendant que tous les autres, qui depuis des siècles fêtaient « con mucho gusto » les *trois* Rois mages, se trompaient lourdement. Sans lui laisser le temps de répondre, elle a poursuivi :

— C'est comme pour les voyages de saint Paul au Ier siècle, non ? Nous ne connaissons pas tous les endroits où il s'est rendu. La Bible ne le dit pas mais la tradition a rempli les pointillés. Elle enseigne qu'il est allé en Espagne et comme personne n'a vraiment prouvé le contraire on dit tous, OK, il est probablement allé en Espagne, genre… Donc, qu'y a-t-il de mal à accepter la tradition selon laquelle les Rois mages étaient trois ? Ce n'est pas que la Bible donne un autre chiffre, après tout…

Lemaster a commencé à répondre, d'un ton indigné comme chaque fois qu'il s'adressait à Vanessa, puis il s'est arrêté brusquement en se rendant compte, comme les autres occupants de la voiture, que la bouche de sa fille continuait à s'agiter mais qu'aucun mot n'en sortait plus.

À la maison, Jeremy Flew, qui visiblement n'en avait pas une à lui, leur a servi un lait de poule – tradition, encore… – parfaitement corsé, et il a aidé les enfants à préparer quelques friandises pour Santa Claus quand il passerait. Ensuite, quatre des cinq jeunes ont détalé dans leurs chambres afin de laisser les adultes emballer les cadeaux. Mona n'en avait envoyé aucun ; elle oubliait toujours et s'excusait par la suite. Julia aurait voulu que Vanessa se mette au lit, elle aussi, mais celle-ci a soutenu qu'elle n'avait plus l'âge pour ces bêtises et elle est restée dans la cuisine à boire cannette sur cannette de Sprite Light tout en relisant une étude sur l'art militaire des Romains dont elle avait déjà marqué plusieurs pages.

— Qu'est-ce que tu fais ? s'est enquise Astrid, qui venait de les rejoindre.

— Je lis.

— Non, je veux dire, pourquoi passes-tu tout ton temps à t'intéresser à la guerre ? Alors que nous devrions tous œuvrer ensemble à la paix ?

— Je me prépare, a rétorqué Vanessa sans lever les yeux.

Et c'est ainsi qu'ils ont passé le soir de Noël.

II

En fin d'après-midi, cette veille de fête, Bruce Vallely se trouvait au centre commercial de Norport bien qu'il n'ait eu aucune intention de faire des courses. Dans la Mustang décapotable au toit relevé, ayant choisi un coin retiré du parking, il s'entretenait avec Rick Chrebet, que sa famille croyait à la recherche des cadeaux de dernière minute.

Tout en répétant qu'il risquait de perdre sa retraite s'il se faisait pincer, Rick lui a tout de même passé certaines de ses notes d'enquête. De retour chez lui, Bruce n'a pu qu'être époustouflé par la quantité de travail que son ancien coéquipier avait abattue avant de recevoir la consigne de clore le dossier. Grâce à un fil de raisonnement similaire mais non identique au sien, il était même parvenu à la conclusion que Lemaster Carlyle était potentiellement suspect. Moins impulsif que lui, il s'était donné la peine de se procurer un document que Bruce avait négligé : une copie du CV de l'actuel président de l'université.

Un seul coup d'œil a suffi à balayer sa théorie. Gina Joule avait disparu en février 1973, quand Carlyle était dans sa deuxième année d'études, et le curriculum indiquait sans aucune ambiguïté possible : « Janvier-juin 1973, étudiant à Oxford. »

Lorsque l'administration reprendrait ses activités après les vacances, il irait vérifier la véracité de ces dates, certes, mais il savait déjà que ce serait inutile. Sauf dans le cas où Lemaster aurait fait l'aller-retour en avion juste pour tuer Gina Joule et rentrer en Angleterre, il ne pouvait être impliqué dans ce crime. Cela ne voulait pas dire qu'il n'avait pas trempé dans la mort de Zant, mais du coup cette éventualité perdait beaucoup de sa force.

Pour une fois, Bruce Vallely devait renoncer à suivre son intuition et, bon gré mal gré, explorer d'autres pistes. Après avoir rangé ses papiers, il est allé au salon où Laurie, sa fille, venue passer Noël avec lui, était en train de décorer le sapin.

III

Le jour de Noël, dissimulé derrière le brusque assoupissement du cycle des actualités, Cameron Knowland a discrètement rompu tous ses liens avec la campagne en vue de la réélection du président des États-Unis. Dans un communiqué publié par son service de presse et resté pratiquement ignoré des médias pendant une semaine, il s'excusait joliment d'avoir « pris des initiatives pouvant donner l'impression qu'il désirait trouver des informations compromettantes sur le compte de candidats du parti adverse ». Le communiqué de la Maison Blanche, de son côté, le remerciait de son dévouement au cours de toutes ces années, et soulignait l'amitié qui le liait au Président, mais ne faisait aucune mention d'un quelconque regret à voir leurs chemins diverger.

Prévenue par un texto, puis par un coup de téléphone, Astrid a été la première de la famille à le savoir. Le 26, la nouvelle a obtenu une minute et demie au bulletin télévisé du soir, qu'elle a suivi d'un air effondré. Voyant qu'elle souffrait réellement, Julia a renoncé à son intention de lui demander comment elle avait appris ces rumeurs selon lesquelles Lemaster aurait dissimulé des éléments plus qu'embarrassants.

Le lendemain, elle est repartie avec ses enfants et, dans la soirée, Julia a regardé le programme de Tessa. Les deux amies de jeunesse s'étaient réconciliées après la petite trahison de la journaliste, comme elles le faisaient toujours, parce que la première ne cesserait jamais de lui être reconnaissante de lui avoir sauvé la vie, et la seconde de spéculer sur cette gratitude.

Après avoir résumé les faits, Tessa a brodé sur l'idée que ces deux récentes démissions, celles d'Astrid Venable et de Cameron Knowland, tous deux des rouages significatifs de la machine politique dans leurs camps respectifs, pouvaient représenter une éruption de savoir-vivre, un tournant bienvenu après les vilenies de toutes les dernières campagnes électorales. Julia, elle, craignait qu'elles ne soient les signes d'une éruption d'une tout autre sorte. De quoi, elle n'aurait su dire, mais elle se rappelait encore que, le même soir où Lemaster lui avait dit que Knowland était un trop gros poisson pour qu'il s'y attaque, elle l'avait entendu plus tard parler sur son téléphone portable de « ce type qui a eu le toupet infernal de débarquer et de me menacer au beau milieu de *mon* campus. Je ne le tolérerai pas ! Quoi ? Oui, je sais, mais je m'en moque ! Je ne vais pas laisser passer ça, c'est clair ? Ni ces manigances de Tony Tice, en train d'interroger n'importe qui au sujet de *ma* femme ! Je ne permettrai pas des choses pareilles dans *ma* ville. Est-ce que je suis bien clair ? ».

Sur le moment, elle avait été tentée de se glisser jusqu'à Lemaster et de dissiper ses derniers tracas par quelques caresses, mais c'était encore une fois l'usage qu'il faisait du pronom possessif qui l'avait clouée dans le lit, et obligée à tirer les couvertures par-dessus sa tête.

34

Derrière le miroir

I

Le quarante-troisième « grand cotillon orange et blanc de Nouvelle-Angleterre » se tenait comme d'habitude dans un grand hôtel de Boston, quelques jours avant le début de la nouvelle année. Cocktail, puis dîner, puis bal jusqu'à l'aube, parfois : le gratin africain-américain prenait du bon temps en contemplant avec satisfaction son reflet, sa réussite et son élégance « cool ». L'Amérique blanche n'avait rien d'équivalent et n'était pas conviée. Les Coccinelles avaient inventé cette tradition à New York, d'abord, puis à Washington, et maintenant dans huit grandes régions du pays, au temps où les grandes familles de l'obscure nation éprouvaient le besoin de lancer leurs filles dans la bonne société, et si de nos jours fort peu d'adolescentes noires voulaient se voir dans le rôle de « débutantes », ces bals restaient l'événement mondain de l'année. Les femmes de l'association continuaient à s'habiller en blanc, avec une touche d'orange de leur choix, et leurs invités – jadis limités à leurs maris, exclusivement – étaient en tenue de soirée, bien que Julia, debout dans la salle de bal en compagnie de Lemaster, de Regina et Marlon Thackery, ait repéré deux ou trois couples dont les deux partenaires étaient en robe du soir blanche, résultat de deux années de véhémentes discussions au sein des Coccinelles.

— Je crois que Bitsy a la même tenue que l'an dernier, a déclaré Regina, qui semblait avoir presque oublié son accrochage avec Julia devant la maison de Kimmer.

— Non, c'est une neuve, lui a assuré son amie. J'étais avec elle quand elle l'a achetée.

— Oui ? Elle ressemble à l'autre, en tout cas. Et je suis sûre que j'ai déjà vu son sac à main.

— L'an dernier, c'était une robe dos nu.

— Tu appelles ça dos, toi ?

Entre-temps, Lemaster et Marlon s'étaient joints à un petit groupe d'éminents représentants de la nation en terre de Nouvelle-Angleterre, six ou sept nantis qui observaient la foule d'un regard indulgent, comme s'ils se résignaient au mélange des classes. Contrairement au bon vieux temps, quand le Clan était une société fermée, limitée en nombre et difficile d'accès. Égal à lui-même, Lemaster enchaînait des plaisanteries tonitruantes qui plongeaient dans l'hilarité ces capitaines de l'industrie, de la politique et des arts, tous conquis par un humour ravageur qu'il ne manifestait jamais à la maison. En de telles occasions, Julia avait l'impression de passer derrière le miroir qui ouvrait sur un monde magique où Lemaster était un charmeur et non l'homme distraitement affectueux qui partageait son lit, et elle l'objet de l'attention et de l'envie de toutes les autres femmes. Pendant que Regina continuait son papotage, elle a tendu l'oreille pour essayer de suivre la conversation du groupe des mâles, encore une fois fascinée par les talents mondains de son mari, mais elle n'entendait que des rires.

— Ils feraient mieux de danser, a dit quelqu'un derrière elle. Et toi aussi.

Julia s'est retournée et elle a souri. Aurelia Treene, à soixante-dix ans passés, restait l'un de ses écrivains préférés et un être qu'elle aimait sincèrement, même si les deux femmes ne se voyaient que dans des réunions de ce genre. Grande, mince et amicale, Aurie irradiait une autorité tranquille qui faisait immédiatement sentir à ses interlocuteurs qu'elle avait tout vu. Mona et elle avaient été camarades et rivales à Harlem, dans leur jeunesse, mais Aurie était originaire du Tennessee, au départ. Elle leur avait rendu visite à Hanover au moins une fois par an, quand Mona y habitait encore, et vivait désormais dans le Maine.

— Comment va ta maman ?

— En pleine forme.

— C'est une grande dame. – La piste de danse était bondée, et l'orchestre jouait très fort, mais Aurelia n'avait pas élevé la voix. On aurait dit qu'une bulle de silence les entourait. – Tu as encore plein de choses à apprendre d'elle.

— Je sais.

Julia a bu une gorgée de champagne. Les mains délicates d'Aurie étaient vides. Elle portait un châle orange sur sa robe du soir. Arrivée seule, elle avait dansé à quelques reprises, surtout avec des femmes surprises et flattées par l'attention, presque toutes mariées.

— C'est juste qu'on ne se voit pas beaucoup, et vous savez qu'elle a horreur du téléphone.

— C'est très raisonnable de sa part, dans le contexte.

— Quel contexte ?

— Mais tout ce qui se passe, voyons.

Julia s'est rapprochée d'elle.

— Qu'est-ce qui se passe ?

En souriant, Aurie a tapoté sa tempe comme pour signifier que Julia devait comprendre ce qu'elle voulait dire. Julia a attrapé une flûte pleine sur le plateau qu'un serveur faisait passer, et Aurie aussi, mais sans la porter à ses lèvres. La romancière a décidé de changer de sujet :

— Eh bien, tu dois être très fière, non ?

— Fière de quoi ?

Elle a montré Lemaster avec son verre.

— Mais de lui. C'est un grand honneur. Énorme. Il y en a si peu qui l'ont eu.

— Oui, bien sûr. Quoique ce ne soit pas tous les jours une sinécure, de présider une université, et il y a des enseignants qui aimeraient le clouer au pilori. Mais enfin, ça a été…

— Je ne parle pas de ça, Julia.

— Mais… de quoi, alors ?

Aurie lui a serré rapidement l'épaule, ses doigts comme des griffes.

— Allons, Julia. J'ai une vie entière derrière moi passée à recevoir des confidences. Tu n'as pas à me cacher tes secrets.

— Quels secrets ? – Elle a tenté de sourire. – Est-ce que j'oublie une autre prouesse de Lemaster ? C'est que la liste est tellement longue… – Comme elle détestait ce rôle de l'épouse modèle ! – … On s'y perd.

— Qu'il est le Grand Frère.

— Il est… quoi ?

— Le Grand Frère ! Il perpétue la tradition familiale, donc. – Encore une vigoureuse caresse sur l'épaule. – Ce n'est pas la peine de faire semblant, Julia. Je sais, les non-initiés ne sont pas censés savoir, mais moi j'ai mes canaux d'information, chez les garçons…

Julia a secoué la tête, toujours plus perdue. Était-ce le champagne ? Une fois de plus, elle se sentait comme l'idiote de service à un congrès de génies.

— Désolée, Aurie, mais je ne vois pas du tout de quoi vous parlez.

— Quoi, alors ? Ne me dis pas qu'il t'a confié le vrai nom ? Pas « Grand Frère », mais comment ils appellent entre eux leur numéro deux, à l'Empyrée ? – Elle a eu un frisson extasié. – Mais c'est formidable, Julia ! Exquis ! Allez, quel nom t'a-t-il dit ? Ne sois pas égoïste, partage !

— Vous… Vous me dites que mon mari est le… numéro deux de l'Empyrée ?

— Comment, tu ne savais pas ? Ah, Julia, ne me raconte pas que tu es avec quelqu'un de la vieille école, respectueux des moindres traditions, « il ne faut pas que les autres sachent » et tous ces boniments ?

— Eh bien… Lemaster est tout à fait de la vieille école, en effet.

— Donc il fait tout le machin dans les règles ? Il se choisit un successeur ?

— Un successeur ?

— Ils les recrutent jeunes, là-bas. Enfin, tu dois savoir ça. Plein de membres font entrer leurs propres fils. Évidemment, puisque Bay Dennison n'avait pas d'enfants, il a… – La stupéfaction patente sur les traits de Julia l'a arrêtée. Un masque est tombé sur le visage distingué d'Aurie. Le voile du secret. Comme si Lemaster et elle appartenaient à l'univers derrière le miroir, là où Julia n'entrerait jamais. – Bon, peu importe. Mes félicitations. Mais s'il te plaît, oublie que je t'en ai parlé.

Du coin de l'œil, Julia a vu son mari approcher d'elles, leur faire signe de la main en souriant, prêt à reprendre son offensive de charme devant un nouvel auditoire. Aurie paraissant disposée à s'éloigner, elle l'a arrêtée :

— Pardon. Une seconde. Vous pouvez me dire une chose ?

— Juste une, a fait la romancière d'un air ennuyé, comme si elle se reprochait d'avoir mis les pieds dans le plat.

— Je pense que si Lemaster ne m'a rien dit, c'est parce que l'Empyrée appartient au passé. – Elle a dévisagé Aurie. – Ce sont tous des vieux, n'est-ce pas ? Un club mineur, sans importance, que les gens oublient quand ils citent les plus prestigieux ? J'ai raison, Aurie ? Dites-moi.

— Tout à fait.

— Vous êtes sûre ?

Aurelia Treene a jeté un coup d'œil à Lemaster, maintenant à quelques pas d'elles, puis, adressant à Julia un sourire qui était une radieuse fin de non-recevoir :

— Oh, tu es tellement mignonne. Adorable.

Déposant un baiser sur le bout de son nez, elle s'est hâtée de retourner à ses admiratrices.

II

Ils avaient pris trois chambres d'hôtel, une pour les parents, une autre pour Aaron et la troisième partagée par les filles, car Vanessa, remportant le dernier de ses bras de fer psychologiques avec sa mère, avait obtenu de ne pas compter parmi les jeunes filles présentées au monde lors du cotillon. Quand ils sont rentrés vers une heure du matin, Lemaster est allé se mettre au lit pendant que Julia faisait sa ronde maternelle. Aaron parlait sur son portable, Jeannie était endormie mais Julia s'est assise un moment pour regarder avec son aînée un feuilleton idiot que Vanessa adorait, jetant de temps à autre un regard inquiet à sa plus jeune fille pour s'assurer qu'elle ne se réveillait pas et n'écoutait pas ces répliques horriblement grossières, bien qu'elle les absorbe peut-être dans son sommeil. Étendues l'une contre l'autre, elles ont ri un peu ensemble en se moquant des personnages, bavardé à voix basse, et soudain Julia s'est redressée d'un bond : à côté d'elle, Vanessa ronflait doucement et il était près de trois heures à l'horloge digitale du réveil.

Revenue à pas de loup dans sa chambre, elle a rapidement passé sa chemise de nuit et s'est glissée entre les draps en essayant de ne pas réveiller son mari. Il a aussitôt ouvert les yeux. Ils se sont embrassés et caressés un instant, mais ils étaient tous deux trop fatigués pour aller plus loin alors elle a posé sa tête sur l'épaule de Lemaster pendant qu'il lui massait la nuque comme elle l'aimait. Ils ont parlé du bal, de la cuisine administrative de l'université, de ce que Preston pouvait faire au Mexique, puis Julia lui a demandé pourquoi il ne l'avait pas informé de ce qu'il avait été… élu Grand Frère ? Était-ce ainsi qu'il fallait le dire ?

— Nous jurons de garder le secret, Jul'. Tu le sais.

— Mais tu m'as bien raconté que Bay Dennison avait été le… le chef suprême, ou comme vous l'appelez, chez vous.

— Le Prééminent. Ou des fois, l'Auteur. – Il a ri dans la pénombre, et elle aussi. Une autre tradition bien ancrée de l'obscure nation était la multiplication de tous ces titres ronflants. – Tiens ! Je viens de te confier un secret de l'Empyrée. Tu es contente ?

Elle lui a donné un baiser.

— Et donc, toi, tu es le… Grand Frère ?

Une pause avant la reprise du communiqué.

— Oui, Jul'. C'est ce que je suis. Et maintenant on n'en parle plus, s'il te plaît.

— Tu peux au moins me dire si vous avez un autre terme, pour cette fonction ? C'est ce qu'Aurie prétend. – Silence. – Bon, et combien de temps tu vas l'être ?

— Dix ans.

— Pourquoi si longtemps ? Je n'ai jamais entendu une chose pareille.

— Parce que nous sommes des gens patients.

Elle s'est abandonnée à la chaleur du lit. C'était agréable, d'apprendre certains secrets de son mari. Même si elle se doutait que d'autres, plus déterminants, se cachaient derrière.

— Lemmie ?

— Mmm ?

— Je peux te poser une question ? Importante ?

— Pourquoi, celles d'avant ne l'étaient pas ?

Elle ne s'est pas laissé intimider.

— Aurelia a dit que c'est une tradition familiale qui se poursuit. Qu'est-ce que ça signifie ? Il y a une section de l'Empyrée, à La Barbade ?

Il l'a fait attendre, à nouveau, puis :

— Elle parle beaucoup, Aurelia.

— Mais qu'est-ce qu'elle voulait dire, Lemmie ?

— Je n'en sais rien, Julia.

— Et cette histoire de successeur ? Tu t'en es choisi un ? – Silence. – Alors dis-moi autre chose : est-ce que l'Empyrée est vraiment sur le déclin ? Aurelia s'est moquée de moi, quand je le lui ai demandé. Tu te rappelles comme Mona était fâchée, au temps de notre mariage ? Parce qu'elle aurait voulu un gendre qui appartienne à un club important. Et comme elle était furieuse que tu ne quittes pas l'Empyrée pour rejoindre le cercle Boulé, ou les Gardes… Tu te souviens ? Ça nous faisait rire, qu'elle prenne toutes ces conventions sociales tellement au sérieux. On en a ri, Lemmie.

— Je me rappelle.

— Mais on avait raison ? Ou il y a des aspects de l'Empyrée que j'ignore ?

— Bien sûr qu'il y en a. Nous ne racontons pas tout aux non-initiés. Et tu en es une, mon amour.

Impasse, donc. Mais la délicieuse torpeur du feu de camp était trop prenante. Elle a tenté une autre ouverture.

— Lemmie ?

— Mmm ?

— Tu te rappelles l'année où Gina Joule est morte ?

— A été tuée, a corrigé Lemaster, implacable.

— Oui. – Elle l'a serré dans ses bras, reconnaissante pour cette honnêteté. – L'année où elle a été tuée. Et où tu es rentré d'Angleterre… Quand c'était, en mai ?

— En juin.

— Est-ce que les gens parlaient encore de… du meurtre ?

— Pas vraiment.

Elle a hésité quelques secondes.

— Et Mal' ? Et Scrunchy ? Ils en parlaient, eux ?

— Je ne me rappelle pas vraiment.

— Ce que je veux dire, c'est que…

— Il est trois heures passées, Jul'. Nous avons une longue route, demain.

Il s'est dégagé d'elle, a roulé sur son côté du lit. Julia a frissonné dans l'obscurité soudain glacée. Dans sa solitude.

35

Une conversation amicale

I

— Je vous remercie d'avoir pris le temps de me voir.

Bruce Vallely souriait. C'était seulement la seconde fois qu'il se trouvait dans le bureau du président et il ne voulait surtout pas faire de faux pas, surtout après sa désastreuse expérience avec Marlon Thackery. Lemaster Carlyle s'est montré remarquablement accueillant, toutefois.

— De rien, Bruce. C'est le moins que je puisse faire. Et permettez-moi de vous renouveler toutes mes condoléances.

— Merci.

— Comment va Laurie ? Elle étudie à Penn State, n'est-ce pas ? Je parie que c'est la star de l'équipe de course de fond.

— À peu près.

Le président de l'université a hoché la tête en souriant. Il n'avait pas de notes devant lui et au lieu de faire asseoir Bruce de l'autre côté de son immense table il l'avait conduit au canapé, où un sémillant secrétaire leur a servi du thé. En ce premier jeudi du mois de janvier 2004, le campus n'avait pas encore retrouvé son agitation coutumière.

— Elle voulait être vétérinaire, si je me rappelle bien. C'est toujours le cas ? Et Brucie ? Toujours la terreur de la Navy ? Il servait sur un sous-marin, non ?

— Oui, sir. USS Michigan, de la flotte du Pacifique.

Il devait reconnaître que Lemaster Carlyle était excellent, dans ce rôle, et c'était un rappel qu'il devait se tenir sur ses gardes : le président restait suspect de meurtre, même si Bruce et peut-être Trevor Land étaient les seuls à le soupçonner.

— Il n'a pas voulu faire comme son père et rejoindre les Forces spéciales ?

Les yeux de Lemaster ont pétillé en vérifiant l'effet que sa petite bombe avait eue sur Bruce. Personne n'avait la mention « Forces spéciales » sur ses états de service. Quelqu'un devait avoir su où chercher, et recevoir l'aide nécessaire à l'échelon qu'il fallait.

— Non, sir.

— Eh bien, que puis-je pour vous, Bruce ? Je crois comprendre que vous vouliez me voir à propos de ce pauvre Kellen…

— Oui, sir.

Lemaster a rempli leurs tasses.

— Trevor m'a dit que vous donnez un coup de main à l'enquête. Je trouve que c'est une idée splendide.

Combien de gens employaient le mot « splendide » de cette manière, à part dans les films ?

— Je ne fais que mon métier, sir.

— Vous pouvez laisser tomber les politesses, Bruce. Nous ne sommes pas à l'armée, et puis nos épouses étaient de grandes amies. – Il a croisé les jambes en sirotant son thé, l'image même de la décontraction. – Je suis heureux que vous examiniez de près cette affaire. Je ne crois pas du tout à cette histoire de vol à main armée et je pense que presque tout le monde pense comme moi. J'espère sincèrement que vous allez trouver des réponses.

Bruce Vallely avait déjà tiré son calepin de sa poche.

— Pouvez-vous me dire pourquoi vous ne croyez pas au crime crapuleux ?

— L'instinct, peut-être. Et puis c'est trop commode.

— « Commode » ?

— Eh bien ! Le pauvre bougre se fait tuer la veille d'une réunion avec notre administrateur général ? Et qui m'a raconté que Kellen disposait d'informations qui pouvaient influer sur les élections ? Donc oui, Bruce, je pense que c'est trop commode.

— Savez-vous quel camp ces informations étaient censées aider ?

— Non, non. Et je ne pense pas que Cameron le sache, non plus. Mais vous êtes libre de le lui demander.

— Pourriez-vous décrire vos relations avec Kellen Zant ?

— Mais nous n'en avions pas ! Il y a longtemps, bien avant notre mariage, Julia et Kellen avaient été proches, je suis sûr que vous connaissez ce point. Mais depuis, eh bien… Nos occupations respectives ne nous mettaient guère en contact. Pendant presque tout le temps où j'ai enseigné le droit ici, Kellen était professeur à Chicago ou à Stanford. Après, j'ai rejoint le barreau, il est revenu ici, mais à la faculté de sciences économiques. Et ensuite, j'étais à Washington, donc… je n'étais pas là.

— J'ai cru comprendre que Kellen Zant et votre femme étaient restés en termes amicaux.

Pour la première fois, le président a perdu un peu de sa jovialité.

— Je… Je suppose.

— Est-ce que cela vous gênait ?

— Qu'ils soient amis ? J'imagine, oui. – Si son sourire s'est effacé, Bruce a vite vu que son interlocuteur n'était pas désarçonné, loin de là. – Écoutez-moi bien, Bruce. Tout cela reste strictement confidentiel, évidemment ? Voyez-vous, le problème est que ma femme a beaucoup souffert à cause de lui, quand ils étaient… liés. C'était quelqu'un de possessif, très violent. Pas physiquement, je ne pense pas, mais la violence psychologique, émotionnelle, est une réalité, et elle peut provoquer autant de dégâts. Mon inquiétude, c'était qu'il arrive à faire encore du mal à ma femme.

Bruce a hoché la tête, griffonné dans son carnet et, sans relever les yeux :

— Avez-vous quelque raison de penser que Kellen Zant lui faisait du mal ?

— Je ne suis pas sûr de vous suivre.

Mais si, et très bien…

— Je veux parler des dernières années. Depuis que le professeur Zant était de retour sur le campus. A-t-il fait du mal à votre femme, d'une manière ou d'une autre ?

— J'espère bien que non ! – Lemaster s'est radossé à son fauteuil. – J'aime croire que j'en aurais été informé.

Ce n'était pas une dénégation formelle, et Bruce a aussi noté la prudence de ses formules, mais il a décidé de remettre à plus tard une explication sur cette esquive.

— Bien. J'ai seulement quelques questions à propos du soir où vous avez découvert le corps.

— Je vous en prie.

— Vous vous êtes arrêtés parce que vous avez eu un accident, c'est cela ?

— À mon grand embarras, la réponse est oui. – Lemaster a secoué la tête d'un air contrit. L'un de ses téléphones s'est mis à sonner mais il l'a ignoré. – D'accord, c'est un tournant plutôt raide et il y avait une tempête de neige, mais je prends cette route depuis six ans et il ne m'était encore jamais rien arrivé.

— Est-ce qu'il y aurait eu quelque chose qui vous a fait rater le tournant ? Un chevreuil qui a fait mine de traverser, par exemple ?

— Je crains que non. Je n'ai aucune excuse.

— Vous n'avez pas ralenti parce que vous aviez vu le corps dans le fossé ?

La bonhomie s'est estompée à nouveau, laissant le carriériste froid, l'ami de chefs d'État et de milliardaires pointer sous le vernis d'affabilité.

— Je comprends pourquoi vous devez poser cette question, Bruce. J'ai été procureur, je sais comment ça fonctionne. Alors, pour vous faire gagner du temps, laissez-moi vous dire une chose : je n'ai pas tué Kellen Zant, ni chargé quelqu'un de le supprimer, et je ne savais pas que sa dépouille était à l'endroit où j'ai eu un accident. D'accord ?

— Oui, sir. Je n'avais pas l'intention de vous poser ces questions.

— Mais vous ne feriez pas votre travail si vous ne *vous* les étiez pas posées.

Assez respectueux de la hiérarchie bureaucratique pour savoir qu'il ne pouvait y répliquer sans risque, Bruce a laissé passer cette fine remarque.

— Juste un dernier point, sir, si vous voulez bien.

— Bien sûr.

— D'après des gens qui étaient invités ce soir-là, vous avez quitté le dîner à trois reprises pour prendre des appels sur votre téléphone portable.

— Cela me paraît probable.

— Ce qu'il y a, c'est qu'on m'a dit que vous êtes plutôt sourcilleux là-dessus, d'habitude ; que vous ne répondez jamais au téléphone pendant les repas, surtout des repas officiels. À part pour des urgences, bien entendu. Je peux vous demander qui vous a appelé, ce soir-là, et s'il y avait urgence ?

— Il y a eu un appel de ma fille, a commencé Lemaster en comptant sur ses doigts. Elle était au cinéma et elle voulait que nous passions la prendre à la fin du film. Il y en a eu un de la Maison Blanche ; je réponds toujours, quand c'est le Président – le « grand » Président, je veux dire –, mais cette fois je lui ai dit que j'étais occupé et je lui ai demandé si je pouvais le rappeler. – La mine effarée de Bruce l'a amusé. – Mais oui, ça se fait. Ce n'est qu'un être humain, après tout…

— Et le troisième appel ?

Lemaster Carlyle a froncé les sourcils.

— Je ne me souviens que de deux. Vous êtes certain qu'il y en a eu trois ?

— C'est ce qu'on m'a indiqué.

— Eh bien, je consulterai mon agenda et je verrai ce que je peux trouver. – Comme par magie, il avait déjà fait lever Bruce et le reconduisait à la porte du bureau. Ils ont échangé une poignée de main. – Merci de vous charger de ça, Bruce. Vraiment. Nous sommes tous reconnaissants.

Une ultime flèche.

— Oh, j'allais oublier…

— S'il vous plaît, Bruce. C'est encore un plus vieux truc, celui-là.

Bien qu'ils aient ri ensemble, il était clair que la bonne humeur du président était en train de s'épuiser, ce qui était probablement le but recherché par Bruce. L'alerte secrétaire est réapparu, visiblement chargé d'entraîner l'importun au plus vite. Brusquement, Bruce s'est dit qu'il l'avait déjà vu quelque part, sans arriver à se rappeler où.

— Ces appels téléphoniques ? C'était sur votre portable personnel ou sur celui de l'université ?

— Mais… Je suis sûr que ma fille se sera servie de mon numéro personnel. Et la Maison Blanche aussi, sans doute.

— Et le troisième ?

— Je vous l'ai dit. Je n'ai pas souvenir d'un troisième appel.

II

Revenu dans son bureau bien moins grandiose, Bruce a repris ses notes. Oui, les témoignages se recoupaient : le président avait répondu au moins trois fois au téléphone, quatre selon l'un des témoins. Deux fois, l'échange avait été bref, ce qui cadrait avec la demande de sa fille et avec sa laconique réponse au président des États-Unis, une manifestation d'assurance – ou de toupet – dont le chef de la sécurité ne revenait toujours pas. Mais le troisième avait été plus long, et là-dessus encore tous les présents interrogés concordaient.

Il aurait voulu être officiellement chargé de l'enquête. Être en mesure de demander un mandat de perquisition. Pouvoir aller fouiller dans les registres d'appels téléphoniques, les relevés bancaires, les dossiers de crédit, tous ces endroits où les gens exposent leur vie la plus secrète. Mais il n'avait aucune autorité pour ce faire. Il se contentait de rendre un service à ses employeurs, et à son université. Il avait seulement le droit de poser des questions. Enfin, à condition de trouver des gens qui lui répondent.

À la fin de son carnet, il avait dressé la liste de personnes encore à voir, y compris un nouvel entretien avec Nathaniel Knowland, qui avait donné une version des faits mensongère pour le soir du meurtre et n'était pas encore rentré des vacances d'hiver. Il avait déjà rencontré Carol Lewin, l'ex-femme de l'économiste prodige, et elle était en mesure de prouver qu'elle n'était pas en ville le jour de la mort de Zant. Mais les témoins dignes de ce nom devenaient des oiseaux rares…

Un détail de sa conversation avec Rick Chrebet lui est revenu. Des preuves matérielles en possession de la police avaient disparu, dont le téléphone cellulaire de Kellen Zant. Pourquoi ? Quel était le mobile, ici, puisqu'il leur était facile de vérifier tout ce que l'on voulait auprès de la compagnie téléphonique… Cellulaires… Une minute ! Revenant aux notes de sa conversation avec Lemaster Carlyle, il s'est arrêté sur une donnée qui ne lui avait pas paru vitale, sur le moment : les deux premiers appels étaient parvenus sur son portable personnel, d'accord, mais en supposant que le troisième ait été destiné à son téléphone professionnel…

Bruce a sorti son guide du campus. Le service des télécommunications de l'université était certainement placé sous la responsabilité du secrétaire général. Voyons ce que Trevor Land avait à lui dire. Il l'a aussitôt appelé.

— Je me demandais, monsieur, si vous pourriez obtenir le listing d'activités d'un téléphone appartenant à l'administration.

— Eh bien, mon cher Vallely, n'est-ce pas, je ne saurais dire si les règlements indiquent très spécifiquement que…

— Je prends ça pour un « oui ».

36

Huebner

I

Bien que Julia ait toujours su que Mitch Huebner était « farfelu », pour reprendre un terme cher à Granny V., c'est seulement quand elle a arrêté la voiture devant sa cabane isolée dans la forêt d'East Woods qu'elle s'est rendu compte que le terme de « dérangé » était encore trop faible. Elle a contemplé un moment les lieux, médusée. Huebner avait un chien, évidemment, un monstre noir et dégoûtant qu'il appelait Goetz, qu'elle avait déjà vu gronder et baver dans l'habitacle du chasse-neige, et qui est venu la renifler à quelques pas, retenu par une chaîne que son œil inexpert a jugé trop mince pour le cas où l'animal voudrait lui sauter dessus. Des piles de bûches s'élevaient de-ci de-là, certaines couvertes de bâches, d'autres écroulées au sol – peut-être le résultat d'une fausse manœuvre de la part d'un conducteur d'engins ivre.

La maison était en bois sombre, avec deux fenêtres aux vitres fêlées sur la façade et des crevasses hâtivement bouchées avec de la créosote ou du goudron. Un totem inachevé, taillé dans une moitié de tronc équarri, s'élevait près de la porte, présentant aux visiteurs un visage capable de terroriser le diable en personne. Surplombant le toit, une croix faite de deux grosses branches couvertes de peinture dorée donnait à la bicoque une allure d'église de communauté rurale dans le Sud profond, mais sans l'allégresse bruyante de la prière collective. Le pick-up du sieur Huebner n'était pas là mais la carcasse d'un vieux camion Ford reposait sur des parpaings et Julia a deviné d'un coup d'œil qu'il l'avait dépouillé de certaines pièces pour retaper celui qu'il conduisait. Elle avait entendu ce fervent bricoleur de ses propres véhicules railler avec un dédain rageur la nouvelle génération de garagistes qui avaient besoin de brancher les moteurs sur un ordinateur pour faire leur diagnostic et trouvaient les notices de réparation sur Internet, tandis que le très diplomate Lemaster, qui se vantait d'être à l'aise avec n'importe qui, approuvait gravement du bonnet.

Elle aurait aimé ne pas venir seule ici, mais elle n'avait pas eu le choix. Les enfants étaient de retour à l'école, à part Aaron qui avait une semaine de vacances supplémentaire. Lemaster était en déplacement. C'était le moment ou jamais de vérifier la pertinence de sa théorie, de découvrir si Kellen Zant avait réellement trouvé dans cette impossible cahute le journal d'Arnold Huebner, le constable de Tyler's Landing à l'époque de la mort de Gina.

Un œil sur Goetz, qui restait immobile mais montrait les dents et laissait goutter des filets de bave blanchâtre, elle a fait un pas vers la porte, puis un autre.

— Gentil chien-chien, a-t-elle murmuré, ayant lu quelque part que ce genre de babillage donnait de bons résultats. Qu'il est mignon, le chien-chien… Gentil. – Le clebs a eu un aboiement sec, mais en gardant ses distances. C'était peut-être un trouillard, après tout. – Gentil chien-chien, oui… Et moi aussi je suis gentille, tu vois ? – Tout en lui montrant ses mains vides, elle s'est demandé s'il était capable de capter l'odeur de chat qu'elle devait avoir sur elle, et si cela pouvait changer son comportement. – Oh, il est mignon, ce brave chien…

Goetz a posé son énorme tête sur ses pattes hérissées de poils. Il tremblait, peut-être de froid même si sa fourrure était très épaisse. La niche derrière lui paraissait bien trop petite pour sa masse velue. Il l'a suivie des yeux, langue pendante.

— Oui, voilà, gentil chien…

Elle était parvenue à la porte. Une pelle à neige était posée contre le mur, qui aurait pu avoir sa place dans un musée tant son manche était vieux et sale. Mitch Huebner avait ouvert un passage jusqu'à la maison, fort étroit à vrai dire. Elle a frappé deux coups, parce qu'il n'y avait pas de sonnette et qu'elle avait déjà déduit qu'il n'était pas chez lui, ce qui était sans doute ce qu'elle désirait.

— Mr. Huebner ?

Pas de réponse. Elle a jeté un coup d'œil par une vitre sale, mais c'était comme essayer de regarder dans le rêve d'une autre personne car tout n'était qu'ombres à peine traversées de palpitations livides, une vision qui lui a donné froid dans le dos.

— Mr. Huebner ? Vous êtes là ? – Rien. – Mr. Huebner ? C'est Julia Carlyle. J'aimerais vous parler.

Elle a encore frappé, plus fort. Quelque chose a remué dans le sous-bois et le chien a tourné la tête dans cette direction. Elle aussi. Un oiseau avait été dérangé, un aigle à queue rouge apparemment, et elle a essayé de se rappeler si les aigles migraient, en hiver ; si oui, pourquoi celui-ci n'était-il pas parti au sud ? Elle a attendu. Le calme est revenu sous les arbres enneigés. La piste grisâtre qu'elle avait empruntée pour venir restait silencieuse. Un amas de neige est tombé bruyamment de quelque branche. L'Egglamise, a-t-elle pensé bêtement.

— Qu'est-ce que tu crois ? a-t-elle demandé au chien. Ton papa est là, ou non ? Il t'a laissé seul ?

Quand elle était petite, c'était ainsi que l'on appelait le maître d'un animal domestique. Celui-ci lui a jeté un regard mauvais, faisant rouler sa grosse langue rose entre ses crocs. Encore quelques coups à la porte.

— Mr. Huebner ? Je n'aurai besoin que d'une minute !

Pas de réaction. Elle a hésité. Goetz la regardait sans bouger mais en haletant pesamment. Quel âge pouvait-il avoir ? Était-ce un « il », seulement ? Et Anthony Tice, que faisait-il, en ce moment ? Et Bruce Vallely, travaillait-il toujours sur le cas ? Et pourquoi les proches des deux candidats avaient-ils cherché à déterrer la même affaire ? Qui des deux camps avait fait le coup ? Et Lemaster, l'aimait-il vraiment ou se contentait-il de faire son devoir envers elle ? Ses pensées prenaient toutes les directions possibles, son cerveau se refusant uniquement à se demander pourquoi sa main était en train de tourner la poignée et pourquoi son instinct, souvent infaillible, lui disait que la porte ne serait pas verrouillée, et pourquoi elle appelait une dernière fois Mitch Huebner, alors qu'elle savait pertinemment qu'il n'était pas là.

Au moment où la pointe de sa botte passait le seuil, le chien a bondi en avant sans un seul grondement de mise en garde. Le seul son qu'elle a perçu a été le claquement sec des maillons de la chaîne qui venaient de se rompre.

II

Moitié persifleur, moitié admiratif, Lemaster avait remarqué un jour que Julia était comme un insecte, capable de penser avec certaines parties de son corps plutôt qu'avec sa tête. Il avait eu cette observation par un matin câlin dans leur lit nuptial, il y avait bien longtemps de cela, mais Julia avait conscience que c'était en effet un trait qui conditionnait son existence quotidienne. Et c'est pourquoi elle n'a pas eu à raisonner qu'elle n'aurait pas le temps de bondir à l'intérieur de la maison et de claquer la porte : elle l'avait déjà pressenti alors que Goetz était encore vautré devant sa niche, elle l'avait su avec la même certitude qu'elle savait quels CD se trouvaient dans le chargeur de l'Escalade et quelle chemise portait Jeannie au petit déjeuner, informations simplement stockées dans sa mémoire et qu'elle n'irait jamais rechercher, sauf en cas de besoin imprévu. Elle ne pouvait battre le chien de vitesse, ni lui échapper, ni se protéger derrière quelque obstacle, et elle n'avait pas non plus le temps de concevoir un plan. Il n'y avait que la pelle à neige qu'elle serrait déjà fermement dans sa main gantée car elle l'avait attrapée sans réfléchir à l'instant même où elle avait senti l'animal se mettre en mouvement derrière elle.

Elle a pivoté sur les talons quand la bête a bondi sur elle, et s'est servie de la pelle comme de la batte de soft-ball au temps où elle jouait dans l'équipe du lycée de Hanover. L'outil a atteint le crâne du chien et c'était comme si elle venait de frapper un rocher, la vibration irradiant ses paumes. Déporté par le choc, Goetz est retombé plus loin sous le porche, s'est ébroué, a agité furieusement ses pattes pour retrouver son équilibre sur les lattes couvertes de glace, et il est revenu à la charge, cette fois avec un grognement menaçant. Elle s'est dit qu'elle n'avait atteint que sa fierté.

La peur s'était installée, maintenant, et quand elle a frappé une deuxième fois elle a raté la tête, atteignant le chien sur le poitrail. Il a jappé de douleur mais ne s'est pas arrêté. De lourds paturons se sont plaqués sur sa parka. Le chien poussait de tout son poids, l'entraînant en arrière. Julia a hurlé. Ils sont tombés ensemble, tous deux également éberlués durant quelques secondes, le tranchant de la pelle coincé entre son visage et les mâchoires qui claquaient dans le vide. L'haleine fétide et brûlante de l'animal l'a tirée de son étourdissement comme les sels les plus puissants auraient pu le faire. Elle avait devant elle deux yeux noirs de haine, un museau qui se pressait obstinément contre la pelle, le chien étant trop stupide pour comprendre qu'il aurait pu écarter la pièce de métal de côté, mais assez obstiné pour arriver à ses fins, tôt ou tard. Julia avait connu la panique, mais rien de semblable. C'était comme si son cœur allait sauter hors de sa poitrine.

Elle a tenté de se redresser mais elle était trop faible, ou bien l'angle lui était défavorable, ou bien le chien était trop lourd. Elle a libéré sa main prise sous le manche, ce qui a eu pour unique effet de fournir une cible à son ennemi. Les crocs se sont plantés dans le gant, qui est resté pris entre eux lorsqu'elle a retiré instinctivement ses doigts du piège. Tandis qu'il secouait la tête pour se débarrasser du bout de tissu rembourré, elle a pu dégager une jambe et asséner un coup de pied, de toutes ses forces. Malgré ses efforts, le chien a glissé sur le côté et elle a réussi à échapper à son poids, mais ses bottes dérapaient trop sur le plancher glacé pour qu'elle puisse se remettre debout et il est revenu sur elle, cette fois dans le dos. La pelle n'était plus là pour la protéger, il n'y avait que la parka entre les dents et sa peau, dérisoire protection. Elle a hurlé, encore, lui décochant des coups maladroits par-derrière, elle a entendu un cri mais il devait être sorti de sa gorge puisque Goetz continuait à l'attaquer, alors elle a crié, à nouveau, et…

La détonation a été une surprise absolue.

III

Plus rien ne pesait sur elle. Elle était par terre, le souffle coupé par la terreur, paralysée.

— Sale chienne !

Sous l'insulte, son sang s'est remis à circuler et elle a roulé sur le côté, encore frissonnante de peur mais prête à faire face. Ses yeux sont tombés sur Mitch Huebner, qui fixait Goetz d'un regard courroucé. Le chien… non, la chienne ! Elle n'était pas blessée, visiblement, même si l'épaisseur du pelage pouvait dissimuler une plaie. Mais le coup de feu l'avait matée car elle était en train de ramper piteusement vers sa niche, surveillée par l'homme qui tenait négligemment son fusil sous le bras.

Huebner était debout sur le marchepied de son pick-up, dont le chasse-neige jaune était pointé vers la bicoque comme s'il se disposait à la balayer hors de là. Il n'a pas accordé un regard à Julia. Quand il s'est penché pour couper le contact, elle s'est attendue à ce qu'il remette la carabine sur son support dans l'habitacle, mais il l'a gardée avec lui. Un détail qu'elle n'avait jamais remarqué : les autocollants sur la lunette derrière la place du conducteur étaient tellement pressés les uns contre les autres que l'on aurait pu prendre le sigle de la NRA, l'association nationale des détenteurs d'armes à feu, pour celui du NCC, le conseil des églises d'Amérique… Posant pied à terre, il s'est dirigé avec ostentation vers la niche, s'est accroupi près de la chienne toujours vexée, lui a adressé quelques mots apaisants et a déposé devant elle ce que Julia a d'abord pris pour un os mais qui s'est révélé être un hamburger entier. Goetz s'est immédiatement assise, a arboré cette espèce de sourire qu'ont les chiens lorsqu'ils veulent complaire à leur maître, et s'est attaquée à la viande avec le même entrain qu'elle aurait certainement mis à déchiqueter Julia.

— Désolé pour ça, a lâché Mr. Huebner, qui s'était rapproché du perron mais n'avait toujours pas accordé un regard à sa visiteuse, laquelle était en train de se creuser la tête pour trouver une explication à sa présence et n'a donc été que plus surprise par son ton conciliant. Elle casse toutes les chaînes que j'lui mets. Elle finira par esquinter quelqu'un, un d'ces jours. Elle sait pas se contrôler, c'est tout. – Gros soupir. – Sans doute que j'aurais déjà dû l'abattre mais je l'aime trop, c'te vieille peau.

— Vous pourriez mettre une barrière, a suggéré Julia après s'être relevée en se frottant les fesses, douloureuses de sa chute.

Elle avait encore la respiration inégale. Huebner ne lui avait même pas demandé si elle allait bien.

— J'pourrais, oui. Quoique c'est d'l'argent.

— Il faut… Il faut quand même faire quelque chose. Comme… vous disiez, elle risque de blesser quelqu'un.

— Bah, pour ce qu'il lui reste de chicots…

— Ses crocs m'ont paru bien assez acérés, à moi.

— Ouais, j'ai failli avoir à la flinguer, c'te chienne à la noix. – La visière de sa casquette à carreaux dissimulait son expression. – Ça m'était jamais arrivé. Z'avez dû l'énerver sacrément.

— Moi ? Cet animal est dangereux !

— Ah, on a pas trop de visiteurs, ici… Et j'en attendais pas, aujourd'hui.

Il s'est enfin tourné vers elle. Ses joues cramoisies étaient hirsutes, comme d'habitude, car Mr. Huebner semblait préférer prendre un verre que son rasoir, le matin. Un vieux jean, des bottes de chasse qui avaient de la route, une chemise et un simple blouson en toile, sans doute dans le but de prouver qu'il était trop enraciné dans le sol limoneux de la Nouvelle-Angleterre pour se laisser impressionner par un petit coup de froid.

— Je ne pensais pas venir comme ça, s'est défendue Julia. Votre téléphone ne répondait pas. J'ai frappé et puis la porte s'est ouverte toute seule, et alors elle m'a…

— Elle aurait pas bougé, à moins que vous ayez essayé d'entrer.

— Eh bien, je…

— Z'êtes entrée chez moi, Mrs. Carlyle ?

Prise en défaut par un homme blanc. Il n'y avait rien qu'elle détestait plus. Mitch Huebner l'avait entièrement à sa merci, et il était armé, aussi. Sa bouche s'est agitée comme celle d'un poisson hors de l'eau jusqu'à ce qu'elle trouve les mots qu'elle cherchait.

— Je… J'ai peut-être mis un pied à l'intérieur, c'est tout.

— Pt'êt que c'est c'que vous avez fait. – Il a abaissé le canon du fusil vers le sol. – D'après comment j'ai été élevé, ça s'appelle violation d'la propriété.

Un silence, pendant lequel elle a compris qu'il attendait qu'elle reconnaisse son indulgence.

— Je m'excuse, Mr. Huebner. Ce n'était pas mon intention. La porte était ouverte.

Il lui avait peut-être pardonné, sous sa froideur yankee, mais pas complètement.

— Alors, j'peux que'que chose pour vous, m'dame ?

— Eh bien, c'est que… J'aurais voulu vous poser une ou deux questions, si vous avez le temps.

Un frisson a parcouru son échine, à la fois reste de sa frayeur, nouvelle appréhension et froid, décidément. Elle avait les doigts gelés, surtout, et s'est demandé où Goetz avait envoyé son gant percé.

— Pas sur les loupiotes, hein ? C'est pas moi qui les a cassées, Mrs. Carlyle. – Bougon, mais convaincu. – Depuis l'temps, j'ai renversé une ou deux lampes, en bossant. Ou une boîte aux lettres. Même un muret qu'on voyait pas sous la neige. Ça se sent, quand on passe sur que'que chose. Vos lampes, c'est pas moi.

Elle a souri, une vraie prouesse alors qu'elle claquait des dents.

— Je vous l'ai dit, Mr. Huebner, et je vous le redis : je ne vous reproche rien. – Elle a massé son coude endolori. – Je *sais* que vous n'avez pas touché ces lampes. Je suis désolée d'avoir seulement pensé que c'était vous.

Il a réfléchi, à son tour. Puisque cette affaire était éclaircie, que voulait-elle d'autre ? Haussant les épaules, il a gravi pesamment les marches du perron.

— Allez, venez, si vous voulez pas geler, a-t-il lancé sans se retourner.

Il semblait nerveux, même après avoir obtenu gain de cause, et Julia s'est dit qu'il ne devait guère recevoir de visites féminines, sauf peut-être de celles qui traînent dans les bars sordides de la Route 48. Elle l'a suivi, a passé le seuil, cette fois, et elle est entrée dans sa folie.

Tout clochait, là-dedans. Une distorsion de la normalité à la fois subtile et profondément dérangeante. Dans l'âtre en pierre, elle a vu non seulement quelques bûches calcinées mais plusieurs longs couteaux noirs de suie qu'il avait mis à chauffer pour quelque raison. Sur le manteau de la cheminée, il y avait un miroir d'une saleté qui paraissait étrangement délibérée, comme si un enfant s'était défoulé sur sa surface avec un marqueur. Est-ce qu'il le couvrait, d'habitude ? Car il y avait sur le plancher en bois brut une couverture mitée, qui avait dû être bleue, dont la taille semblait correspondre. À part celle de la porte d'entrée, toutes les fenêtres étaient fermées par des volets intérieurs, avec une branchette desséchée – qu'est-ce que cela pouvait être ? des tiges de charbon ? – coincée entre les battants, eux aussi barrés de croix noires grossièrement peinturlurées. Des armes en tout genre, revolvers, fusils, semi-automatiques, étaient exposées partout, de quoi soutenir un siège et sans doute exterminer tous les assaillants. Telles les plaques de détection à l'entrée d'un magasin de vidéos, deux Vierges Marie en faïence se dressaient de chaque côté de la porte. D'autres portes, soigneusement closes, devaient conduire à une cuisine, une salle d'eau, peut-être une chambre à coucher même si Julia a déduit que Mr. Huebner passait la plupart de ses nuits sur le vieux canapé en cuir rouge sang, recouvert d'un plaid lui aussi décoré de croix peintes à la bombe. Une banderole déployée sur l'un des murs proclamait la suprématie de la race blanche.

Quelle excellente idée d'être venue ici, Julia...

S'arrêtant devant la table au milieu de la pièce, Mitch Huebner y a posé ses gants et sa casquette puis, s'emparant d'un sachet de gâteaux secs Oreo qui devait se trouver là depuis au moins un an, il a replié ses bords béants avec le soin d'un enfant protégeant ses friandises préférées.

— Je vous sers que'que chose ? s'est-il enquis en continuant à l'éviter du regard.

— Merci, non, a-t-elle soufflé, et elle s'est sentie très raide, très hautaine et très effrayée.

La porte d'entrée était restée ouverte, et il ne lui avait pas demandé de la refermer derrière elle ; s'il l'avait fait, elle aurait certainement couru à sa voiture, préférant se confronter une nouvelle fois à Goetz que de rester avec cet homme dans son petit monde démentiel. Sa folie était comme une présence vivante qui habitait Huebner ; elle avait l'impression de pouvoir l'inhaler comme un fumeur passif absorbe la fumée d'autrui, et d'en être affectée à son tour.

— Alors, vous vouliez me demander quoi ?

— Eh bien…

Remarquant qu'elle avait les yeux aimantés par l'emblème du pouvoir blanc, il a ricané.

— Hé, vous en faites pas pour ça ! C'est juste pour lui mettre les foies, pour qu'elle approche pas. Juste pour ça.

Elle a senti qu'elle faisait un pas dans les eaux glaciales de la déraison.

— Qui, « elle » ?

Il a braqué sur elle ses pupilles à la fois ternes et brûlantes, celles d'un animal mort que l'on évite la nuit sur la route.

— J'pense que vous avez la réponse à ça, Mrs. Carlyle. Autrement, vous seriez pas là…

Elle a résisté au besoin de s'humecter les lèvres. Dehors, le vent a soudain changé de direction, la chienne a ululé et, malgré sa parka, la bise est venue glacer ses reins à travers la porte ouverte. Elle ne devait pas continuer sur ce terrain, même instinctivement, surtout pas. Surmontant son angoisse, elle s'en est tenue au texte qu'elle avait préparé.

— Vous… Vous avez connu le professeur qui a été tué. Kellen Zant.

— Ah ouais ?

— Il est venu vous voir. Il voulait le journal que votre père tenait.

— Possible. – Il a croisé ses bras épais. Sous le blouson qu'il n'avait pas retiré, il pouvait dissimuler un pistolet, même deux… – Qu'est-ce qui vous chiffonne, Mrs. Carlyle ?

Malgré elle, son regard est revenu au miroir crasseux, aux fenêtres barrées, aux symboles religieux qui dominaient l'endroit. On aurait dit que tout cela était ainsi depuis très, très longtemps.

— Votre père était le constable du village, quand Gina Joule a été tuée. Les Joule ont fait du raffut pendant un temps, et puis l'enquête a été close, DeShaun Moton a été officiellement tenu responsable de sa mort. Votre père était à la conférence de presse où ils ont donné cette version des faits. – Elle a scruté les traits de Mitch Huebner. – Après, il y a eu les émeutes, le Landing s'est acquis une mauvaise réputation et ça a torpillé la carrière de votre père, et le statut de votre famille… Jusque-là, les Huebner avaient été respectés mais votre père s'est… – Elle répugnait à dire qu'Arnold Huebner s'était tué à l'alcool, même si c'était ce qui s'était passé, d'après Vera Brightwood. – … il n'a plus été bien vu. Vos sœurs sont parties vivre ailleurs et vous, vous êtes venu vous installer ici, loin de tout, pour échapper à… à…

Elle s'est interrompue, regardant autour d'elle d'un regard neuf.

— Tout ça, c'est à cause de Gina, n'est-ce pas ? a-t-elle chuchoté, et elle n'en croyait pas un mot, pas un, mais l'important était que Mitch Huebner y croie, lui. – Elle vous… tourmente. Elle vous hante. – Elle a attendu, mais cet homme était bâti dans le plus dur granit de Nouvelle-Angleterre. – Pourquoi ? Parce que votre père a désigné un meurtrier qui n'en était pas un ? – Elle a tendu le doigt vers les Vierges. – Vous essayez de la repousser, de l'effrayer. Ces croix, ces branches, là, sur les volets… C'est de l'ail, j'en suis sûre.

Le fusil est apparu dans ses mains, incroyablement vite. Julia se tenait prête à prendre ses jambes à son cou mais il s'est contenté de l'ouvrir pour extraire la cartouche restante, qui est tombée dans sa main.

— Et puis quoi, si c'en est ? a-t-il maugréé, les yeux baissés.

— Votre père n'a jamais cru que DeShaun était le coupable. Dans son cœur, jamais. Et il l'a écrit dans son journal. C'est ce qui explique tout le reste. C'est ce que Kellen Zant voulait retrouver. Le journal de votre père. – Elle a essayé de se rappeler les termes employés par Frank Carrington. – C'était une famille puissante, n'est-ce pas ? Qui voulait se protéger. Kellen vous a dit qu'il était en mesure de le prouver, mais qu'en échange il voulait le journal de votre père.

— C'est possible, Mrs. Carlyle, mais même si j'avais voulu j'aurais pas pu lui donner. Il est perdu.

— C'est ce que tout le monde croit. Moi, je n'en suis pas si sûre.

— Hé, j'ai offert une récompense, j'ai…

— Je sais, mais à mon avis c'était une feinte, une couverture. Je pense que vous avez toujours eu le journal et que vous avez prétendu le contraire parce que vous ne vouliez pas avoir d'ennuis. Et je crois que Kellen vous a persuadé de le lui confier. Au nom de la justice, peut-être, je ne sais pas. Ce dont je suis persuadée, c'est que vous le lui avez donné et que c'est pour cette raison qu'il était sûr de savoir…

— De savoir quoi, Mrs. Carlyle ?

— Qui a vraiment tué Gina Joule.

IV

Comme Julia refusait de s'asseoir à l'intérieur, et que Mitch Huebner refusait d'aller où que ce soit, ils ont trouvé le compromis de la galerie devant la maison, d'où elle surveillait d'un œil méfiant la chienne pelotonnée par terre, à nouveau occupée à bouder près de sa chaîne cassée. Ils avaient tous les deux une cannette de Budweiser à la main, parce qu'elle n'avait pas voulu se le mettre à dos en refusant. Mitch a vidé la sienne en deux gorgées pendant qu'elle faisait mine de siroter.

— J'vais vous dire quoi, Mrs. Carlyle. Moi, personne me demande jamais rien. Ils croient tous que j'suis dingue, ils disent que j'suis sale, pas fréquentable. Tout le monde s'interroge sur c'qui s'est passé ce soir-là mais personne me posera de questions. Quand vot' Vanessa est venue me parler y a un an, un an et demi, c'était la première depuis très, très longtemps. Possible que j'aie été un brin dur avec elle, Mrs. Carlyle. J'lui ai pas dit grand-chose. J'lui devais rien, pas vrai ? Mais j'lui ai raconté comment mon paternel a été pratiquement éjecté de la ville quand il a pas pu trouver qui avait tué la p'tite Gina. En c'temps-là, c'était pas comme maintenant, le Landing. Surtout des fermiers. Les Joule sont venus habiter ici, et deux ou trois autres familles de professeurs, pas plus. Ils vivaient tous autour du jardin municipal. Et on avait besoin d'eux, Mrs. Carlyle, de leur influence, de leur argent. À l'époque, le plus riche de nous, c'était Mr. Brightwood, le père de Vera, qui était le directeur de la banque, mais même lui, il aurait pas été grand-chose dans une grande ville, ou même à Elm Harbor.

Et donc, les Joule, ils pesaient lourd. Et les autres profs aussi.

Le rire de gaillard bien bâti de Mitch Huebner semblait curieusement altéré par une tristesse secrète. Le vent arrachait des lambeaux de neige aux arbres touffus et solitaires.

— Et bon, nos grosses têtes municipales ont voulu transformer le Landing en « cité-dortoir grand standing », comme ils disaient. Nous autres, on pensait presque tous qu'ils bavassaient, mais c'était leur grand rêve. Si Gina avait été qu'une fille du pays, tout se s'rait bien passé, Mrs. Carlyle, mais la fille d'un prof de l'université ? Comment faire venir les autres, si on découvrait pas ce qui s'était passé ? Et les Joule ont remué ciel et terre pour connaître la vérité, on peut pas les blâmer pour ça… Merrill Joule a alerté toutes ses connaissances, jusqu'au gouverneur. Et le président de l'université, Cicero Hadley, celui qui était à fond dans les trucs de droits civiques, il avait ses entrées dans l'entourage de Nixon, donc le FBI a senti la pression aussi… Et la famille de Mrs. Joule, ils avaient des journaux à eux, alors ils ont envoyé des reporters connus…

Repensant au mémoire de sa fille, Julia a objecté :

— Il n'y a pourtant pas eu un seul grand article consacré à l'affaire. Des entrefilets dans des quotidiens de l'État, rien de plus…

Mr. Huebner a hoché la tête en finissant sa Bud. Julia a porté sa cannette à ses lèvres réticentes. Elle qui avait toujours détesté la bière, elle a trouvé le goût moins horrible qu'elle ne se le rappelait. Les bruits hivernaux de la forêt la calmaient. Était-ce l'âge qui l'adoucissait, ou ces quelques gorgées de bière qui créaient ce plaisant murmure ?

— C'est vrai, Mrs. Carlyle. Y a pas eu de gros titres. D'après c'que mon paternel m'a dit, Merrill Joule a changé d'état d'esprit. Sa fille était morte, ou pire, et il a pensé qu'attirer une attention négative sur la ville la ferait pas revenir, de toute façon. Les parents de Gina croyaient pas que c'était le garçon noir qui avait fait le coup, ils ont décidé de maintenir la pression pour avoir la vérité, mais pas publiquement. C'était un progressiste, Mrs. Carlyle. De l'ancien style, pas ceux d'aujourd'hui, qui parlent beaucoup et font rien. Le genre qui croyait aux sacrifices, au devoir d'aider ceux qui sont dans l'besoin… Le Landing était pauvre, en c'temps-là, pas comme maintenant, et il voulait pas que son malheur personnel appauvrisse encore le village. Et Mrs. Joule, elle a promis de créer une fondation au nom de Gina, pour aider les jeunes du coin à faire des études supérieures, mais avant qu'elle ait pu le faire elle a… bon, elle a eu ses problèmes.

C'était un point du travail de Vanessa que Julia n'avait pas oublié, non plus. Après la mort violente de sa fille, Anna Joule était partie en Europe, une année en voyage, et à son retour son équilibre mental s'était rapidement détérioré. Elle avait passé les dix années suivantes dans différents établissements psychiatriques, soutenant que Gina venait lui parler presque toutes les nuits. Quant à Merrill, accident ou suicide, il s'était noyé sur la même plage, un soir très tard, cinq ans après la disparition de leur fille.

— Parlez-moi plus du journal, a proposé Julia.

— Mais j'vous en parle, Mrs. Carlyle.

Mitch Huebner ne cessait de la surprendre par son ton réfléchi, par la portée de ses remarques. Elle s'est demandé si les positions politiques qu'on lui attribuait, et son dédain affiché pour tout ce qui était intellectuel, n'étaient pas qu'une pose.

— Voyez-vous, vous vous faites des idées à partir de ce que les gens d'ici racontent. Mais ils disent pas tout ce qu'ils savent. Pas à vous. Pas à votre Vanessa. Vous êtes des étrangers, vous autres. Pas seulement parce que vous habitez le Landing depuis pas longtemps, mais aussi parce que… eh bien, vous étiez pas là quand ça s'est passé. Prenez n'importe quelle petite ville de Nouvelle-Angleterre, Mrs. Carlyle, et vous verrez qu'elle est coupée en deux. D'un côté, il y a ceux qui connaissent pas ses secrets ; de l'autre, ceux qui sont nés là, qui ont toujours été là, qui tiennent à l'histoire du coin comme un arbre tient à ses racines. Vous les séparez de leurs secrets, en les rendant connus de tous, et toute la ville s'étiole, flétrit et se fait déraciner par le prochain coup de nordet… – Il a posé sa cannette de bière, a regardé Julia de côté. – Et y a une autre raison, aussi, pour qu'ils vous causent pas. Vous vexez pas, Mrs. Carlyle, mais c'est que… vous êtes pas des Blancs.

— Quelle différence ?

— Y en a une. J'suis désolé, mais c'est comme ça. C'est la vie.

Elle s'est forcée à conserver le calme qu'elle avait si nettement senti quelques minutes plus tôt.

— Quel est le secret d'ici, Mr. Huebner ? Qu'est-ce que les gens du Landing veulent garder pour eux ?

Une autre longue gorgée. Il en était à sa troisième ou quatrième bière. Julia, qui sirotait sa deuxième, ne se souvenait même pas d'avoir fini la première.

— Eh ben, vous avez vu juste, Mrs. Carlyle. C'est vrai, j'ai eu le journal de mon paternel, un temps. J'l'ai trouvé y a dix ans ou quoi, dans un placard au sous-sol de la mairie, avec d'autres paperasses de mon père qu'ils voulaient balancer. Mais je l'ai plus. J'ai donné à Zant, comme vous avez dit. – Il a levé la main, répondant de lui-même à la question qu'elle allait poser. – C'qu'il en a fait avec, j'en sais rien. Et moi, je l'ai jamais lu. Jamais ouvert, sérieux. Vous pouvez me traiter de lâche, c'est égal. Je voulais pas savoir, voilà. Mais mon paternel m'a toujours dit un truc : que Gina avait un p'tit ami. Un étudiant qu'elle fréquentait.

— J'ai entendu ça, moi aussi, a remarqué Julia, vaguement déçue. C'est ce qu'il y aurait, dans le journal ? Le nom de ce garçon ?

Mitch Huebner a laissé son regard errer dans le sous-bois.

— Plus que probable, ouais. Mais y a encore autre chose que mon père m'a raconté, Mrs. Carlyle. Le soir que Gina est morte, un témoin, une femme, a dit qu'elle l'avait vue monter dans la voiture de ce DeShaun, et…

— Mrs. Spicer. Sa professeur.

— Exact. Mrs. Spicer. Eh bien, elle est revenue sur ce qu'elle avait dit. – Il a attendu que Julia annonce qu'elle connaissait ce point, également, mais cette fois elle a eu le bon sens de se taire. – D'après mon père, il est retourné la voir et il a obtenu la vérité. Comme elle l'avait raconté d'abord, Gina est bien venue sonner à sa porte, ce soir-là, mais plus que ça : elle a demandé si elle pouvait se servir du téléphone. Elle l'a fait, et une demi-heure après, ou trois quarts d'heure, une belle voiture de sport est entrée dans l'allée de Mrs. Spicer, avec deux gars dedans.

— Deux !

— Ouais. Deux gars, l'âge d'être étudiants. Blancs. Un est venu à la porte mais Mrs. Spicer a bien vu l'autre dans la bagnole. Et ensuite, Gina sort, elle serre dans ses bras le type, elle s'approche de la voiture et… La prof était toujours à sa fenêtre, hein ? Gina a comme l'air d'être pas contente de découvrir l'autre à l'intérieur. Elle s'attrape avec son p'tit copain, elle est furieuse mais elle finit par monter quand même. Et c'est la dernière fois qu'on l'a vue vivante. – Il a haussé les épaules, bu une nouvelle gorgée. – Mon paternel lui a demandé pourquoi elle avait changé son histoire. Elle a dit qu'elle avait eu peur mais lui, il a pensé qu'il y avait pt'êt eu de l'argent en cause, aussi… – S'interrompant, il a dressé l'oreille. Il avait entendu quelque chose qui avait échappé à Julia. – Est-ce que vous êtes venue toute seule, Mrs. Carlyle ?

— Mais oui, bien sûr…

Tournant les yeux dans la même direction, elle n'a vu que la beauté silencieuse d'un bout de forêt sous la neige.

— Vous êtes certaine ?

— Mais oui, Mr. Huebner.

Prenant le fusil qu'il avait posé au sol, il l'a placé sur ses genoux.

— Quelqu'un s'balade dans mon bois, a-t-il dit posément, et il fait un potin d'enfer en essayant d'être discret.

— Des enfants qui s'amusent…

— Les enfants se risquent pas par ici, Mrs. Carlyle. Vu que Mitch Huebner est cinglé. Mitch Huebner est un fou d'extrême droite. Mitch Huebner bouffe du gamin au petit déjeuner. Ils ont peur de moi.

Julia a regardé ailleurs. Rien.

— Un chevreuil, alors ?

— Ou des Martiens. Non, c'est des pas d'homme. Mais s'il approche trop, Goetz va s'occuper de lui. – Répondant au petit geste de la main que son maître lui avait adressé, la chienne a bondi sur ses pattes, aussi vive que si elle n'avait pas livré un combat féroce quelques minutes plus tôt, et s'est élancée sous les arbres. – Bon, où j'en étais, moi ?

— Hein ? Ah, ce que votre père vous a raconté à propos du soir où Gina a disparu.

— Ouais… Je l'ai connue, Gina. Pas trop. Un peu. J'avais quoi, treize, quatorze ans, quand c'est arrivé. Je la croisais dans la rue. Je l'ai remarquée comme un gosse de cet âge remarque une jolie fille plus vieille que lui. Je l'ai jamais vue avec un garçon. À cause de ses parents. C'est pas qu'ils l'aimaient pas, au contraire : ils avaient qu'un enfant, et ils avaient eu du mal à l'avoir, alors ils la traitaient comme si c'était l'être le plus précieux que Dieu ait jamais créé… Et les garçons autour d'elle, évidemment, ils avaient la trouille de lui adresser la parole, même. C'était une beauté, Gina, mais Merrill Joule, lui, c'était une terreur ! Alors qu'elle aurait pu avoir tous les gars qu'elle voulait, tellement qu'elle était jolie…

Julia a dissimulé un sourire derrière sa cannette. Le petit Mitch Huebner avait eu un sérieux béguin pour cette belle adolescente, de toute évidence.

— On dirait que vous… que vous aviez une haute idée d'elle, Mr. Huebner.

— Pas que moi, Mrs. Carlyle. Tout le monde. Les gens l'aimaient au premier coup d'œil, très naturellement, p'têt parce que… – Percevant enfin ce que Julia devait penser, il a baissé son menton hirsute en secouant la tête. – Non, vous méprenez pas, hein ? J'étais pas du bon côté de la barrière, moi. D'accord, le paternel était constable mais Gina, c'était le gratin, l'université, et ces deux mondes se mélangeaient pas. – Une autre gorgée de bière, plus mesurée celle-là. – En tout cas, mon père avait bien raison de dire que ceux de la haute, faut pas s'y frotter. Le fait est qu'au temps jadis, Mrs. Carlyle, y avait des gens si haut placés qu'on pouvait pas lever le p'tit doigt contre eux. Pas comme maintenant, où la presse se jette sur le premier politicard un peu obsédé de la braguette. Non, à cette époque… – Il s'est levé d'un bloc, attrapant son fusil dans sa main, quelques secondes avant que Julia n'entende un cri dans la forêt, suivi par les aboiements de Goetz. – Allons voir c'qui s'passe là-bas, a-t-il lancé en sautant sur le sol couvert de neige.

Julia lui a emboîté le pas. Elle n'avait aucune envie d'entrer dans le sous-bois mais elle voulait avoir la fin de son récit. Ils se sont enfoncés parmi les arbres, essentiellement des conifères tellement grands que le soleil a peu à peu disparu au-dessus d'eux, et c'était comme un crépuscule en plein jour.

— C'est à vous, tous ces bois ?

— Moins fort ! a-t-il chuchoté, suivant les traces de sa chienne d'un pas étonnamment léger.

— Mais qui pourrait…

— S'il vous plaît. Faites-moi confiance.

Ils sont arrivés à une clairière. Goetz était là, remuant joyeusement la queue. Elle tenait entre ses pattes de devant un mocassin noir bien ciré, appartenant à quelqu'un qui avait de très grands pieds. La pointe de la chaussure portait la trace de ses crocs. Mitch Huebner s'est accroupi et il a soulevé le mocassin en glissant le bout du canon de son fusil à l'intérieur.

— Hmm ! Pas donnée, comme grolle.

— En effet, a concédé Julia d'un ton réticent.

— Vous la voulez ? J'ai pas trop besoin de ce genre de croquenots, moi…

— Moi non plus, a-t-elle fait, pressée d'en finir.

Avec un haussement d'épaules, il a jeté la chaussure dans les fourrés plus loin mais la chienne, croyant que c'était un jeu. s'est précipitée pour la rapporter.

Quand ils ont été de retour devant la maison, Julia est repartie à la charge :

— Ce que vous disiez à propos de Gina, Mr. Huebner…

— Mon paternel, il a dit qu'il fallait toujours choisir les bagarres qui valaient la peine, et que ce serait mieux pour tout le monde qu'il s'en choisisse une autre.

— Et vous avez trouvé son journal il y a dix ans.

— Exact, Mrs. Carlyle.

C'était l'époque où l'un des Quatre Cavaliers se présentait pour la première fois aux élections sénatoriales, et où un autre briguait son premier mandat de gouverneur.

— Vous aviez confié à quelqu'un que vous l'aviez ? Il y a dix ans ? – Il a encore haussé les épaules, sans qu'elle puisse déchiffrer ce qu'il exprimait ainsi. – Et puis vous l'avez donné à Kellen Zant. Et vous ne l'avez jamais revu, ce journal…

— Hmm.

Elle a hésité à poser la question suivante, inévitable.

— Pourquoi est-ce important, que je ne sois pas blanche ?

Mitch Huebner s'est tu. Était-ce une protestation, un refus, ou tout simplement le bon vieux laconisme yankee ?

— Est-ce parce que… – L'horrible hypothèse venait de se former dans sa tête. – Vous voulez dire que… Ce petit ami… c'était un Noir ?

— Les garçons qui sont venus la chercher chez Mrs. Spicer l'étaient pas.

— Il faut que je sache, Mr. Huebner. Il le *faut !* – Encore ce silence obstiné. Prenant conscience de l'énormité de la chose, Julia a continué d'une voix oppressée. – Et il n'y avait que Kellen à savoir qui elle devait retrouver, ce soir-là…

Il a opiné du bonnet, éprouvant soudain le besoin d'astiquer le pare-chocs de son pick-up avec un chiffon sale.

— Vous voyez pourquoi j'veux pas m'en mêler ? a-t-il soufflé. – Il a jeté le chiffon dans l'habitacle. – Ils l'ont tué pour ça.

— Je… Je vois.

— J'crois qu'il est l'heure que vous vous en alliez, Mrs. Carlyle.

— Sans doute, oui.

Elle avait la gorge comme du bois. Trop d'informations, trop de progrès, trop vite. Elle s'est corrigée en se remémorant que Lemaster était alors à l'étranger, même s'il avait pu connaître Gina, et que Mitch Huebner n'avait même pas confirmé que le garçon que cette dernière fréquentait était noir, et… Non, Lemaster se trouvait à Oxford ! – Merci de m'avoir consacré tout ce temps, Mr. Huebner.

Elle était au volant de l'Escalade, moteur déjà allumé, lorsqu'il a surgi devant sa portière, un sourire incertain aux lèvres. Il avait un petit paquet dans la main, qu'il lui a tendu.

— Qu'est-ce que c'est ?

— De la part du professeur Zant. M'avait demandé de vous le donner.

En elle, crainte et colère se mêlaient.

— À moi ? Et vous avez attendu jusqu'à aujourd'hui ?

— Il m'a dit de vous le donner si vous posiez la question du journal de mon père. Seulement dans ce cas. – Son sourire s'est effacé. – Vous devriez y aller, a-t-il insisté, buté.

Elle a roulé près d'un kilomètre dans la forêt, guettant sans cesse l'apparition d'un homme claudiquant avec un seul mocassin noir. Un homme qui s'habillait avec recherche, comme Tony Tice, par exemple, dont elle avait entendu dire qu'il avait été laissé en liberté sous caution. Ne voyant personne, elle s'est arrêtée au bord de la route pour ouvrir le paquet.

Elle s'en était doutée. Encore un miroir. Ou plutôt un reste de miroir. La glace en plastique pour enfant qu'il avait achetée à la boutique de cadeaux de Tyler's Landing. Cassée en deux au milieu, elle ne reflétait que la moitié de son visage, ce qui lui a paru très approprié.

Il y avait une carte de visite, avec. A.W. ACME, LAND SURVEYORS. Au-dessous, de l'écriture penchée de gaucher que Kellen avait été, un seul mot : « – Secrétaire ? »

Oh, quel fabuleux indice…

Elle a retourné la carte. Trois lignes de la même écriture :

« Mon adorable J., montre ce miroir à ce type, le Roide. Et si tu as du mal à trouver Shari Larid, prends le train. À toi pour toujours, K. »

Encore ses jeux de mots absurdes, ses rébus sans queue ni tête…

Sous le verre brisé, cependant, se trouvait la récompense : deux pages jaunies arrachées au journal disparu. Après avoir balayé du regard la route devant et derrière elle, Julia s'est radossée à son siège et s'est mise au travail.

37

Deux rencontres

I

A.W. ACME, LAND SURVEYORS : Julia connaissait cette entreprise, qui avait réalisé plusieurs relevés nécessaires à l'obtention du permis de construire pour leur maison de Hunter's Heights, un processus interminable pendant lequel les autorités du Landing avaient soulevé un obstacle après l'autre jusqu'à ce que Lemaster rende visite au principal édile en compagnie de son ami Jerry Nathanson, partenaire du plus gros cabinet d'avocats d'Elm Harbor, lequel avait eu l'amabilité de calculer le coût probable pour la municipalité d'un recours en justice que les Carlyle étaient assurés de gagner. Le conseil des *selectmen* avait cédé, le manoir avait surgi du sol et, pendant un temps, Tyler's Landing avait été ravagé par la jalousie. Que Lemaster et Julia aient eu une aussi grandiose demeure, et si peu d'amis autour, avait fait frissonner Mona de ravissement communautaire quand Julia lui avait raconté l'histoire, un jour qu'elles se promenaient dans les vignes derrière sa maison à Plaisance-du-Touch. « Vous devriez être contents d'avoir ce que les Caucasiens désirent et ne peuvent même pas avoir, avait déclaré Mona. Exception faite des Oprah Winfrey et des Tiger Woods, il n'y en a pas beaucoup qui peuvent se vanter de ça, dans notre peuple ». Il y avait même un mot pour cela, avait-elle continué, un mot que Julia l'avait soupçonnée d'avoir inventé à cet instant mais qu'elle avait ensuite remarqué dans plusieurs articles de la grande Mona : « Afrofaberphilie ». Ce terme, avait expliqué sa mère, apparemment séduite par sa trouvaille, désignait l'attirance des « Caucasiens » – ainsi qu'elle, et Lemmie, tenaient à appeler les Blancs – pour les objets fabriqués ou conservés par la « diaspora africaine », autre concept qu'elle affectionnait. « Ils nous détestent mais ils adorent nos jolies petites choses, avait-elle asséné. Ils les convoitent ». Elle avait lancé un regard coquin à sa fille qui, pendant quelques secondes étourdissantes, avait cru entrevoir la raison pour laquelle Mona ne s'était toujours intéressée qu'aux hommes blancs dans sa vie sentimentale. « Des fois, ils convoitent nos jolies petites femmes… »

De même que Kellen avait convoité Julia et tout tenté, encore après sa mort, pour l'entraîner dans son univers…

Le cabinet de topographes au nom prétentieux d'« Acme » était installé dans une grange reconvertie de la zone la moins cotée de la ville. Quant à « A.W. », il s'agissait d'Amy Warren, la fondatrice de la société qui se cachait derrière ces initiales et n'employait que des hommes car les femmes n'étaient pas prises au sérieux, dans cette profession. Elle se souvenait de Kellen Zant et l'avait même dit aux policiers, après le meurtre. Il n'était venu qu'une seule fois, selon elle. Il cherchait une propriété en bord de mer et pensait avoir besoin de relevés.

— Je lui ai donné ma carte de visite.

— Et ensuite ?

— Il ne m'a jamais recontactée.

Parce que Kellen n'était pas réellement à la recherche d'un terrain, a conclu Julia sur le chemin du retour, pas plus qu'il n'avait l'intention de construire une maison. C'était encore un écran de fumée. Ou un message. Et il lui était adressé, à elle. Tout ce qu'il avait écrit sur la carte avait un sens qu'elle finirait par déchiffrer, avait-il calculé.

II

Comme le verso de la carte s'avérait décidément trop indéchiffrable, elle a commencé par le recto. Le secrétaire de l'université avait pour nom « Land », un indice certes tiré par les cheveux mais qui était tout de même mieux que rien. À la cafétéria des enseignants, où elle lui avait proposé de se retrouver pour prendre un thé, Trevor Land a avoué qu'il avait très peu connu Zant, tout comme l'immense majorité des professeurs, parce que chacun était trop occupé, de nos jours.

— Ah, le progrès… On court après, juste Ciel ! On ne pense qu'à cela. Être fameux ou rien, telle est la morale de notre temps. Mais notre sérieux académique en souffre, évidemment, ma chère vice-doyenne.

Elle a marmonné ce qui ressemblait à un assentiment, puis la conversation a porté sur la motion de confiance que certains enseignants entendaient présenter contre le président de l'université, une attaque répondant à plusieurs motivations. Il semblait que la décision de son mari de fondre en une seule la chaire d'histoire des sexes et celle d'histoire des femmes jouait un rôle notable, une mesure recommandée non seulement par la commission budgétaire mais encore plus par sa grande amitié avec le pensionnaire de la Maison Blanche.

— Lemaster dit que cela n'ira pas jusqu'à un vote, a objecté Julia.

— Ah, je ne saurais dire, ma foi ! Je n'appartiens pas aux coteries, ma chère vice-doyenne, je ne fais pas de politique, oh que non ! Cultivons notre jardin, n'est-ce pas ? Moi, c'est l'institution que je veux protéger. – Un sourire timide. – Et je pense que votre mari est l'apport le plus positif qu'elle ait eu depuis des dizaines d'années. – Elle lui a rendu son sourire, mais Land lui réservait une surprise : – Je crois comprendre que le professeur Zant et vous étiez en termes amicaux, d'une certaine manière.

— En… D'une certaine manière, oui, est-elle convenue prudemment, masquant son embarras derrière un mini-sandwich au concombre.

— Je posais la question juste parce qu'il avait de nombreux amis et partisans parmi les anciens élèves, sans aucun doute. Plein. Ils font tout ce qu'ils peuvent pour aider, il suffit de demander…

— Aider à quoi ?

— À tout ce qui pourrait se présenter, ma chère vice-doyenne. Tout ce qui pourrait se présenter.

Comme il attendait, très clairement, qu'elle prenne l'initiative, Julia s'est décidée à faire le pas.

— Gina Joule était votre filleule, Mr. Land.

— Tout à fait.

— Je crois que Kellen Zant s'intéressait à ce qui lui est vraiment arrivé… – Silence. – Ah, il y a toutes ces histoires qui circulent, au Landing ! De vieilles histoires. On dit par exemple que la version officielle ne serait pas…

Il l'a arrêtée d'une main blafarde mais impérieuse.

— Pas exactement un sujet agréable à aborder, ma chère vice-doyenne.

— Je comprends. Mais vous étiez plus proche de Merrill Joule que quiconque… – Le secrétaire général n'ayant pas l'air de vouloir contester ce point, elle s'est enhardie. – Le sénateur Whisted était le filleul de Merrill Joule, et je me demandais dans quelle mesure il connaissait la famille, les Joule…

— Oh, les Whisted sont le genre de famille qui cherche à connaître absolument tout le monde, voyez-vous ? C'est sans doute un atout, en politique… – Elle a décelé une note de dédain dans sa voix maniérée. – Il est sûr que le jeune garçon allait dîner de temps en temps chcz eux, ce genre de choses.

— Donc, il connaissait Gina ?

— Mais j'imagine, oui.

Cela confirmait une partie des éléments de Mary Malard, celle de la photo.

— Et avait-il une opinion à propos de, euh… de la véracité de la version officielle ? Du fait que le, ah… meurtrier était ce jeune Noir ?

— Eh bien, personne ne veut polémiquer avec la police, juste Ciel ! Mais enfin, la famille d'abord, n'est-ce pas ? Tout faire pour les protéger, et ainsi de suite. Punir les coupables, merci, non, ce n'est pas notre affaire. C'est ce que j'ai dit à Merrill. À Anna.

Au jeune Whisted. Que la vengeance ne redonnerait pas la vie à Gina, ce genre de choses. Qu'il vaut mieux construire que détruire, etc.

— Le jeune Whisted ? Vous voulez dire Malcolm Whisted ? – Trevor Land n'a pas répondu. Posant sa tasse, Julia a lancé un coup d'œil à la ronde. Personne ne les écoutait. – Attendez, Mr. Land : si vous avez eu cette conversation avec Merrill et Anna Joule, et avec Malcolm Whisted, c'est forcément parce *qu'ils* savaient qui était le coupable, et que cette personne était encore en vie.

— Vous devriez parler à Vallely.

— Bruce ? Pour quoi faire ?

— Parlez-lui. – Il a pris une gorgée de thé et fait une grimace destinée à informer le monde qu'il ne fallait attendre que le pire de tout changement. – Je pense que notre chef de la sécurité travaille sur les circonstances de la mort du professeur Zant, oui ? Je ne serais pas surpris qu'il soit en mesure de répondre à vos questions.

— Nous nous sommes déjà rencontrés et, pour être très franche, je n'ai pas apprécié la manière dont il…

— Juste Ciel, voyez l'heure ! C'est toujours un plaisir de bavarder avec vous, ma chère vice-doyenne, mais le devoir m'appelle, comme on dit. Ah, mais j'ai une réunion de par chez vous, cet après-midi ! Je pourrais même vous reconduire à votre domicile, sans aucun doute, mais je suppose que vous avez votre propre véhicule, n'est-ce pas ?

Ressortant du club universitaire avec de nouveaux motifs d'inquiétude, Julia n'a pas remarqué la Mustang rouge garée de l'autre côté de la rue, ni Bruce Vallely assis au volant.

III

Filer Julia Carlyle était un point mineur et occasionnel de son enquête. Bruce Vallely ne s'attendait pas à la voir s'arrêter soudain sur le bord de la route, plonger la main dans une souche pourrie et en sortir ce à quoi Kellen Zant travaillait quand il avait été tué. Si cela devait arriver, même, il n'y avait aucune raison qu'elle le fasse précisément au cours des trois ou quatre heures pendant lesquelles il la suivait chaque semaine. Mais c'était un jeu avec le hasard qui valait la peine d'être joué. Les chances qu'elle tombe sur la clé de l'énigme pendant qu'il l'avait sous sa surveillance étaient fort minces ; elles le seraient encore plus s'il ne la filait pas.

Le monospace, massif, au moteur puissant et cependant discret, était facile à suivre dans les rues de la ville. Elle ne se dirigeait pas vers l'autoroute, préférant certainement rentrer chez elle par un plus long chemin. Il a gardé une distance confortable entre les deux voitures, juste assez pour réagir si elle obliquait brusquement, mais sans être repérable dans le rétroviseur de Julia.

Une fois arrivés à Langford, il est resté encore plus loin derrière, parce que la circulation était moins dense. Julia roulait vite au milieu de cet alignement de stations d'essence et de supermarchés. On avait dit à Bruce qu'elle aimait chanter en conduisant. Il s'est demandé quel genre de musique elle préférait, au volant. Lemaster, c'était le hip-hop, avait-il appris, ce qu'il avait trouvé incroyable mais enfin, on ne discute pas des goûts et des…

Minute ! Quelqu'un d'autre filait Julia Carlyle ! Une petite berline blanche, qu'il n'aurait pas remarquée s'il n'avait pas ralenti, mais quand elle s'est arrêtée à une pompe pour remplir l'énorme réservoir de l'Escalade, l'autre s'est garé sur le parking du fast-food d'en face. Bruce a continué tout droit et s'est rangé devant un immeuble de bureaux, à une place d'où il pouvait voir le monospace dans son rétroviseur.

Bon, ce n'était pas si étonnant, après tout. Plein de gens s'intéressaient à ce que Kellen Zant avait fricoté avant sa mort, et plus ils seraient nombreux à penser qu'il avait laissé ce qu'il avait trouvé à Julia, plus elle serait susceptible d'être surveillée. Elle ne devait pas courir de danger, véritablement. Ils allaient juste attendre qu'elle trouve, et… Action !

La berline blanche l'a dépassé rapidement avant de se garer un peu plus loin. Son conducteur avait adopté la même tactique que Bruce, mais beaucoup moins discrètement. En apercevant son visage derrière la vitre, il a été tellement étonné qu'il a presque raté l'Escalade, qui avait repris sa route. Machinalement, il a redémarré la Mustang.

Il avait reconnu l'homme dans la berline blanche. C'était l'alerte assistant qui l'avait fait entrer, et sortir, quand il était allé voir Lemaster Carlyle.

38

Retour sur Main Street

I

Revenue au Landing après sa conversation codée avec Trevor Land, Julia s'est arrêtée dans Main Street juste au moment où la neige recommençait à tomber. Elle est sortie de voiture, s'apprêtant à se précipiter chez Cookie's pour une dose de sucre dont elle avait un besoin urgent et qu'elle déguiserait, comme d'habitude, en achats de cadeaux et de Jelly Belly destinés à la coupe qui ornait le bureau de Lemaster à Lombard Hall. Elle bouillait de colère.

Bruce Vallely ! Est-ce que Trevor Land voulait sérieusement qu'elle parle à Bruce Vallely ? Lui qui, au moindre encouragement, s'empresserait de disserter sur la complicité qui aurait existé entre Vanessa et Kellen ? Et qui avait posé des questions plus qu'indiscrètes sur Lemaster à Thackery, d'après ce que l'épouse de ce dernier, Regina, avait rapporté à Julia ?

Pour elle, il ne faisait pas de doute que Bruce Vallely devait partir en retraite anticipée. Oh, c'était un brave homme, incontestablement, s'est-elle dit en se hâtant sur le trottoir pour retrouver son calme ; balourd, bourru, mais probablement sans une once de méchanceté. Grace lui avait voué une véritable adoration, aussi, mais les risques posés par toute collaboration avec quelqu'un de si… Cookie's était fermé !

Bizarre. Personne n'avait jamais vu Vera Brightwood prendre de congés, et elle n'était jamais malade, Lemaster ayant souvent affirmé qu'elle se débarrassait de ses microbes en les refilant à ses clients par le truchement de ses diatribes interminables.

Julia a regardé sa montre. Pas encore deux heures trente. Cookie's Place était ouvert jusqu'à quatre heures et demie. Vera fermait le dimanche et le lundi, mais on était vendredi. Les marches avaient été balayées et salées, et comme la propriétaire était trop grippe-sou pour payer quelqu'un cela voulait dire qu'elle avait ouvert le magasin, plus tôt dans la journée. Elle a frappé à la porte, scruté l'intérieur par la vitre sans voir personne. Très étonnée, elle a continué un peu plus loin afin de demander à Lurleen Maddox, patronne de Luma's Gifts et seule amie de Vera, si la commère du Landing avait eu un accident, ou un décès dans sa famille. Problème : la boutique de souvenirs était close, elle aussi…

Elle est restée sur le trottoir à se mordre les lèvres. Était-ce un jour férié qu'elle ignorait, particulier à Tyler's Landing ? Non, puisque le fleuriste était ouvert, et la taverne de Greta, et l'agence immobilière, et la librairie, et le drugstore CVS édifié à l'emplacement jadis occupé par la belle maison où Anna et Merrill Joule avaient élevé leur fille unique. Sur l'autre trottoir, l'antiquaire était fermé ; Frank avait-il quitté la ville, poussé par la peur ? Mais où étaient Vera et Lurleen, elles ? Impulsivement, Julia s'est dirigée vers la librairie parce que Daniel Weiss, l'ancien professeur spécialiste de Shakespeare devenu libraire, était un fidèle allié de Lemaster lorsque celui-ci partait en quête de livres rares. Et il devait savoir ce qui se passait au Landing.

Hélas, son aide lui a appris que Mr. Weiss était parti plus tôt que d'habitude, en disant qu'il avait un rendez-vous.

— Ah oui ! s'est exclamée Julia en improvisant piètrement ; j'avais oublié que Danny et mon mari déjeunaient ensemble, aujourd'hui…

— Vraiment ? Euh… il a dû y avoir un malentendu, alors. Mr. Weiss m'a dit qu'il devait aller voir Mrs. Brightwood…

À nouveau dans la rue, elle a tenté de se raisonner. Les amitiés entre commerçants de Main Street n'étaient pas son affaire, après tout. Si certains d'entre eux voulaient se retrouver quelque part un vendredi après-midi, grand bien leur fasse ! Elle-même appartenait à plusieurs associations du Landing et elle n'ignorait pas que celles-ci pouvaient convoquer des réunions aux heures les plus surprenantes afin de mettre à l'épreuve la loyauté de leurs membres. Mais c'était plaider contre ses certitudes, et en se remettant au volant de l'Escalade elle est convenue que la coïncidence était décidément impossible : Trevor Land, qui était le parrain de Gina Joule, n'oublions pas, lui avait dit qu'il devait se rendre à une réunion au Landing dans l'après-midi, et voici que soudain toute une kyrielle de boutiquiers de Main Street, par ailleurs citoyens de longue date de Tyler's Landing, disparaissaient de leur travail… Ils étaient à cette mystérieuse réunion, eux aussi.

Que lui avait dit Boris Gibbs, déjà ? Qu'il y avait « des gens du Landing pas mal fâchés contre Kellen ». Julia a pris sa respiration. Devenait-elle une émule de Mary Malard, à voir des conspirations partout ? Les mains crispées sur le volant du véhicule encore immobile, elle a décidé d'en avoir le cœur net. Et elle avait une idée de l'endroit où elle devait se rendre.

En quelques minutes, elle avait quitté le village proprement dit et remontait la route en direction du nord. Dans son rétroviseur, les maisons étaient de plus en plus dispersées au cœur des lotissements boisés ; elle a passé un pont étroit et bientôt il n'y a plus eu que de vastes champs d'un blanc immaculé, ponctués d'assez de murs en pierre et de fermes vétustes pour inspirer un régiment de poètes de la Nouvelle-Angleterre. La neige tournait à la pluie. Ce n'était pas le plus court chemin, elle le savait bien, mais elle l'avait pris parce qu'elle avait remarqué une auto qui la suivait, auparavant, et elle voulait voir si son conducteur, ou sa conductrice, poursuivrait sa filature dans cette partie plus rurale du Landing. Quand son monospace a avalé une montée, elle l'a aperçue derrière elle, à cinq cents mètres peut-être. Et ensuite, après avoir filé à travers un bosquet de sapins. Brusquement, elle a obliqué dans une sente à peine débarrassée de neige et s'est arrêtée, presque crânement. Elle a attendu que l'autre véhicule passe sur la route et continue, son téléphone portable à portée de la main, au cas où…

Rien. Pianotant sur le volant, elle a patienté, son regard allant de l'horloge de l'Escalade au ciel en train de virer d'un noir d'ardoise à un gris sale. De grosses gouttes gelées se sont mises à crépiter sur le toit et les vitres. Concluant qu'elle s'était trompée, elle est ressortie en marche arrière. Cinq minutes après, elle était à nouveau dans la forêt. Ayant trouvé Pleasant Road, elle l'a descendue jusqu'à la maison rouge terne de Vera Brightwood, au milieu des arbres, presque au bout de cette route qui se terminait en impasse.

Elle n'a pas ralenti. Atteignant le cercle qui bouclait le cul-de-sac, elle l'a négocié rapidement. Un crissement de pneus et elle était repartie dans la direction d'où elle était arrivée.

Trois ou quatre autos étaient garées dans l'allée de Vera. Elle a reconnu le pick-up Ford de Frank Carrington, et l'Infinity bleue qu'elle avait vue plusieurs fois chez eux, à Hunter's Heights : la voiture de Trevor Land.

Apparemment, les « gens pas mal fâchés » du Landing avaient décidé de tenir un petit concile.

II

Après avoir battu d'un cheveu les bus de ramassage scolaire en revenant chez elle, Julia a écouté Jeannie lui raconter sa journée à une cadence effrénée tandis que Vanessa entonnait ses chants de couvent médiéval à l'étage. Ensuite, la doyenne a téléphoné pour parler de la réunion qui devait avoir lieu la semaine suivante avec les grands argentiers de Lombard Hall, mais malgré tous ses efforts pour l'écouter, Julia a dû reconnaître en silence que les affaires de l'institut de théologie n'étaient pas vraiment en haut de sa liste de préoccupations. Elle ne cessait de jeter des coups d'œil par la fenêtre du salon, comme si elle s'attendait à ce que les participants du cénacle chez Vera décident de conclure leurs travaux en menant une expédition punitive contre les Carlyle. Elle a envoyé un e-mail à Mary Malard, dans lequel elle indiquait la possibilité que certains notables du Landing soient en train de préparer quelque chose, puis elle a fait dîner les filles et les a envoyées faire leurs devoirs. Montée dans sa chambre, elle s'est pelotonnée sur le lit avec Coalition-Arc-en-ciel et un verre de vin à portée de main, choisissant un vieux film à la télévision. Quand elle a rouvert les yeux, il était près de onze heures.

La parfaite Jeannie s'était parfaitement couchée, mais elle a trouvé Vanessa à la cuisine, assise devant l'un des comptoirs en pierre noire, un bol de Cheerios à côté d'elle, se hâtant d'achever des devoirs qu'elle avait commencés bien trop tard. Tentant de débrouiller dans sa tête un écheveau d'hypothèses conspirationnistes, Julia a essayé de formuler la question qu'une seule personne au monde, celle présentement assise devant elle, était capable de ne pas trouver aberrante, mais sa fille l'a prise de vitesse :

— Ah, M'man, pendant que tu dormais, tu as eu un message de Mary. Elle dit que c'est urgent.

— De Mary ? a-t-elle répété, surprise, car la journaliste évitait le plus possible le téléphone, comme Mona. – Mary Malard ? – Vanessa a fait oui de la tête, tout en continuant à corriger à toute allure une version française. – Elle voulait que je la rappelle ?

— Elle n'a pas appelé.

— Tu veux dire qu'elle est… venue « ici » ?

— Non, M'man, non. – Un début de sourire derrière les nattes. À l'instar de Kellen, Vanessa aimait cultiver le suspense verbal. – C'était un e-mail.

— Elle t'a envoyé un e-mail ? À toi ? Non, c'est incroyable !

— Non, M'man. À *toi*.

— À… Tu lis mes messages, maintenant ?

— Il faudrait vraiment que tu changes ton mot de passe plus qu'une fois tous les deux ans.

Julia était trop en colère pour crier. Et trop effrayée.

— Combien tu en as lu ?

— Suffisamment pour savoir que tu perds ton temps. DeShaun était le coupable. Rien que lui. N'oublie pas que je suis l'experte mondiale de Gina Joule, genre… – Elle n'avait pas levé le nez de son cahier. Dans le silence nocturne, sa voix était d'un calme rassurant, celle de l'autorité adulte, et donc Julia n'a été que plus médusée par l'explosion qui a suivi : – Alors, pourquoi vous vous mêlez de ce qui ne vous regarde pas, vous deux ? C'était DeShaun ! Pourquoi est-ce que tu laisses cette bonne femme te monter la tête ? Toi qui ne t'occupais jamais de *rien*, avant, pourquoi tu t'occupes de ça ? – L'adolescente tremblait de rage, mais elle a réussi à reprendre un ton plus mesuré. – De toute façon, elle dit dans son e-mail qu'elle a trouvé le témoin qui… Bah, tu le liras.

— Pourquoi tu te mets dans un état pareil, ma chérie ? Qu'est-ce qui ne va pas ?

— Rien. – Vanessa a tourné une page, fait semblant de lire. – Bon, et la suite, c'est quoi ? Chercher Shari Larid ?

Julia a posé une main mal assurée sur l'épaule de sa fille.

— Il ne faut pas que tu sois mêlée à ça, chérie. – Silence entêté, furieux. – Je parle sérieusement. C'est pour ton bien.

— Qui voudrait être mêlé à ça ? Toi et tes amis tarés…

— Promets-moi seulement que tu resteras en dehors de ça. – Elle a posé un baiser sur le front de Vanessa, qui ne la regardait toujours pas. Julia a sursauté. Elle avait oublié un point important. – Et ne recommence jamais à lire les e-mails des autres ! C'est très mal !

— Je te dis que c'était DeShaun. – Encore sa litanie. Vanessa s'est avachie sur la table de la cuisine, épuisée. Le docteur Brady avait à maintes reprises insisté pour que les Carlyle vérifient qu'elle dormait suffisamment. – Tu perds ton temps…

— Ce n'est pas que je ne te fais pas confiance, mais je crois que je vais changer mon mot de passe.

— Bonne idée.

Julia est allée s'asseoir à l'ordinateur de la cuisine. Après quelques clics de la souris, elle a froncé les sourcils.

— Chérie ?

— Hmm ?

— Tu peux me montrer comment on fait ?

39

Prière commune

I

Presque tous les dimanches, la famille Carlyle se rendait à la messe en l'église de l'Apôtre-Saint-Matthias, une paroisse anglicane de Norport qui avait tourné le dos à l'apostasie, selon les termes de son très polémique recteur, et comme le diocèse épiscopal s'était permis d'objecter à ses vues le titre de propriété sur le bâtiment, lui-même était toujours la cause d'une intense bataille judiciaire. Quand le nom de Lemaster Carlyle avait été évoqué pour la première fois comme possible président de l'université, le journal du campus avait envoyé un reporter suivre l'office dominical plusieurs semaines consécutives ; dans l'article qu'il avait tiré de cette expérience, il avait signalé, avec une grande indignation, que le père Freed, le ministre de Saint-Matthias, tenait apparemment la Bible pour le Verbe de Dieu, stricto sensu, et deux professeurs de l'institut de théologie consultés par le journal avaient souligné les dangers inhérents à de telles conceptions.

Les deux services du dimanche attiraient une assistance exemplaire d'intégration raciale, un mélange d'émigrés des Caraïbes élevés dans la tradition anglo-catholique mais choqués par la version nord-américaine de celle-ci, qu'ils trouvaient débraillée et incohérente – nombre de fidèles masculins venaient à l'église sans cravate, l'officiant faisait face à ses ouailles et non au Seigneur lors de la bénédiction du vin et du pain et, horreur des horreurs, quel sens avaient toutes ces histoires ridicules à propos de femmes évêques ? –, et des survivants les plus coriaces des vieilles familles blanches de Nouvelle-Angleterre, qui n'avaient toujours pas digéré les retouches apportées au *Livre de la prière commune* un quart de siècle plus tôt.

Lemaster puisait son énergie dans la tradition. Pour lui, le simple terme d'« église » symbolisait la continuité d'une institution dépositaire du vénérable enseignement des apôtres – le « réceptacle », ainsi que les traditionalistes disaient encore de nos jours, auquel les croyants, tout au long de leur transitoire existence dominée par la foi et par la crainte, n'auraient pas osé changer une virgule. Quant aux enfants, Saint-Matthias était le seul temple qu'ils aient jamais connu, et Julia… Julia, craignant que son mari puisse trouver que ce cas de synesthésie frisait l'impiété, n'aurait pour rien au monde confié que l'odeur entêtante de l'encens, inévitable pendant toute l'année à l'exception bienvenue de la période allant du mercredi des Cendres à la vigile pascale, transformait dans sa tête les *chorals* de l'orgue en des thèmes de la bande musicale des vieux films de Dracula, ceux avec Bela Lugosi, qu'elle regardait jadis sur sa télévision en noir et blanc dans sa chambre de jeune fille, le samedi soir, très tard.

Bref, s'il aurait été erroné de dire que la célébration de l'eucharistie à Saint-Matthias était la seule chose qui comptait dans la vie de Lemaster Carlyle, on aurait été en droit d'affirmer que cela constituait l'une de ses priorités essentielles. En dépit des convictions libérales qu'il aimait afficher, il avait voulu une vie familiale conservatrice, et comme il obtenait toujours ce qu'il voulait, en ce troisième dimanche après Noël, la nichée presque au complet des Carlyle a bravé un verglas qui transformait le trajet jusqu'à Newport en une véritable aventure pour assister à la messe solennelle de onze heures.

II

Mains tavelées étendues devant lui, le recteur a déclamé la convocation à l'autel telle que l'édition de 1928 du *Livre de la prière commune* la stipule, car le père Freed et ses ouailles toujours plus minoritaires n'en reconnaissaient aucune autre. Offertoire, agenouillement. Dans un silence respectueusement troublé par les bruissements de tissu, la communauté a quitté les bancs pour s'agenouiller sur les banquettes en cuir rouge. Comme elle le faisait depuis des années, la famille Carlyle s'est elle aussi « préparée à la fessée », ainsi que Preston, l'esprit fort du foyer parti voler de ses propres ailes, aimait persifler.

Tous, sauf Vanessa, qui est restée assise, très droite. Tête humblement baissée à côté d'elle, son père l'a tirée par la manche. Elle a libéré son bras d'un geste brusque. Sur l'autel principal, les flammes de deux bougies ont vacillé, comme sous un brusque courant d'air. Quelqu'un a éternué, quelqu'un d'autre a lâché un gémissement.

— Il faut te confesser, ma chérie, a murmuré Lemaster d'un ton pressant.

— Non.

— Tu ne peux pas recevoir le Saint Sacrement si tu n'as pas fait ta confession.

— Tant pis.

Lemaster n'a pu réprimer une grimace irritée.

— Mais c'est tout le but de la prière eucharistique !

— Je sais.

— Qu'est-ce qu'il y a, Vanessa ?

Il chuchotait toujours, mais déjà on les regardait, pas seulement Julia et les enfants : Mrs. Galloway qui, sur le banc devant eux, avait tourné ses yeux toujours inquisiteurs vers eux, et le reste du clan jadis puissant des Traynor sur celui de derrière… Ainsi que sa femme le savait fort bien, Lemaster ne détestait rien de plus que de commettre un faux pas en présence de témoins blancs.

— Rien ! a répliqué sa fille d'un ton coupant, si fort que l'on avait dû l'entendre de l'autel.

Jeannie observait la scène d'un air étonné et ravi.

— Vanessa, a risqué Julia en caressant légèrement son bras. Allez, chérie… – Elle a élevé la voix pour répéter : – Allez, chérie !

— Non !

Bondissant sur ses pieds, enjambant son père, Vanessa s'est ruée dans la travée pour quitter la nef. Comme sa mère s'apprêtait à lui courir après, Lemaster lui a fait signe de rester à sa place. Elle avait cru qu'il avait l'intention d'y aller, lui, mais il n'a pas bougé, tête inclinée au-dessus de ses mains soigneusement jointes qu'il avait posées sur le prie-dieu devant lui, à nouveau absorbé dans son acte de contrition. Alors, elle l'a imité, fermant les yeux pour refouler les larmes qui menaçaient, et elle a invoqué le pardon de Dieu, pour elle, pour Vanessa, et aussi pour Lemaster.

Mais la fureur de l'amour maternel était trop forte. Elle s'est levée et, sans prendre la peine de murmurer une explication à son mari, elle s'est glissée entre les bancs pour aller retrouver sa fille.

III

— Je ne peux plus prendre la communion.

Elles avaient marché un moment en silence dans la rue principale de Norport. Quelques voitures passaient, mais pour l'essentiel le centre-ville était désert. Julia a hoché la tête, comme si cette information allait complètement de soi. Elle s'est demandé ce que Lemaster faisait, pour quelle raison il ne les avait pas suivies ; il devait avoir conduit Jeannie devant l'autel, à cette heure.

— D'accord.

— Tu ne me demandes pas pourquoi ?

— Tu veux que je te demande pourquoi ?

— Oh, je t'en prie, M'man, pas de ça ! J'en ai suffisamment, avec mon psy.

Admettant son faux pas, Julia a tenté de passer un bras autour des épaules de sa fille, qui s'est dégagée avec souplesse.

— Très bien, dis-moi pourquoi tu ne peux plus prendre la communion.

— Parce que je ne suis pas en paix et en amour avec mes semblables. – Vanessa a désigné la ville autour d'elles d'un grand geste de la main. – C'est bien ce que la prière dit ? « En paix et en amour » avec ça…

Une fois encore, Julia a tenté, sans succès, de la serrer contre elle.

— Oh, chérie, ça ne veut pas dire que tu dois l'être avec *tous* tes semblables…

— Non ? Qu'est-ce que ça veut dire, alors ? – Tandis que sa mère cherchait une réponse, elle a perdu toute sa combativité. – Je suis désolée, M'man… Écoute, ce n'est pas ta faute, tu comprends ? C'est juste que… – Pendant un instant si bref que Julia n'aurait pu jurer qu'elle l'avait vraiment vu, les yeux de Vanessa se sont emplis de larmes. – Je ne peux plus, c'est tout. Plus jamais.

— C'est pour cette raison qu'ils ont mis la confession avant la communion, chérie… – Pour quelqu'un comme elle, qui était loin d'être totalement convaincue par la logique de la tradition anglicane, cette dialectique était quelque peu fatigante. Mais elle sentait poindre chez sa fille le traumatisme initial que le docteur Grady avait mentionné. – Si tu ne peux pas me le dire à moi, tu peux le dire à Dieu.

— Bon, je n'ai pas envie de parler de ça, d'accord ? On peut arrêter ? Pourquoi est-ce que vous avez toujours besoin de parler, vous tous ?

Il arrivait à Julia de monter sur ses grands chevaux sans s'en rendre compte.

— Par « vous tous », tu entends ton père et moi, je suppose.

Vanessa s'était arrêtée devant la vitrine d'une petite sandwicherie où ils laissaient les viandes exposées même quand ils étaient fermés, ce que Julia jugeait une très mauvaise idée, et certainement en contravention avec une bonne vingtaine d'articles du code de l'hygiène publique.

— Je veux dire tout le monde. Tout le monde veut parler, tout le temps. Tout le monde veut que je parle. Mais il y a des choses dont on ne peut pas parler, enfin !

— Pas parler avec moi, ou avec « tout le monde » ?

— Pourquoi tu réagis comme ça ? – Elle pleurait, maintenant, avançant d'un pas de somnambule, s'écartant de sa mère. – Écoute, je ne veux plus aller... à l'église, je ne veux plus me confesser, je ne veux plus parler à Dieu !

— Tu ne crois pas en Dieu ?

— J'ai pas dit ça ! J'ai dit que je ne voulais plus Lui parler. Plus jamais...

Elle a accéléré l'allure et Julia a dû faire de même pour ne pas se laisser distancer.

— S'il te plaît, Vanessa ! Qu'est-ce qui s'est passé ? – Elle a réussi à l'enlacer, cette fois, mais c'était comme tenir une anguille entre ses bras. – Est-ce qu'on t'a fait quelque chose ? Kellen ? C'est à cause de Kellen ? Arrête, Vanessa !

— Oublie, d'accord ? J'ai rien dit. Je m'excuse d'être partie comme ça. C'est tout !

Julia avait son caractère, elle aussi, bien qu'elle ait appris à le contrôler sur les recommandations du docteur Brady, notamment devant Vanessa. Elle aurait voulu que sa voix soit plus douce, mais elle n'a pu faire mieux :

— Je t'aime, Vanessa. Je traverserais le feu pour toi. Tu le sais. Je ne sais pas ce qui te ronge mais dans tous les cas je veux t'aider. Je t'aiderai. Je veux que tu sois heureuse.

Comme elle le redoutait, son petit discours n'a pas eu l'effet désiré.

— Heureuse ! Tu veux que je sois *heureuse* !

— Mais oui, chérie. Bien sûr que oui.

— Alors, dis au sénateur Whisted d'abandonner !

— Hein ? Quoi ?

— Ils vont le nommer candidat, non ? – À nouveau ces larmes fugitives, apparues et disparues en l'espace d'une seconde. – Empêchez-les, c'est tout !

— Chérie, je…

— Papa est capable d'obtenir tout ce qu'il veut, non ? Il prend son téléphone et il fait virer n'importe qui. S'il dit à Whisted de renoncer à se présenter, il lui obéira.

Frissonnante dans la bise, mains dans les poches, Julia a résisté à accueillir la délicieuse possibilité que le mystère soit enfin résolu. Elle avait voulu que ce soit Scrunchy mais tous les indices pointaient dans l'autre direction, désormais. C'était une photo de Mal' Whisted que Kellen avait transmise à Mary ; Maureen Whisted lui avait martelé que n'importe qui avait des choses à se reprocher dans son passé ; Mitch Huebner était parti à la recherche du journal de son père dix ans auparavant, quand Malcolm Whisted s'était présenté pour la première fois aux élections sénatoriales ; et il y avait maintenant Vanessa, la soi-disant « experte mondiale » de l'affaire Gina Joule, qui se disait toujours convaincue de la culpabilité de DeShaun Moton mais pensait néanmoins que Whisted devait se retirer de la course à la présidence…

Il fallait qu'elle insiste.

— Est-ce que ça à voir avec Gina, chérie ?

Vanessa a relevé la tête, sa bouche s'est entrouverte et, l'espace d'un merveilleux instant, Julia a cru que sa fille cadette allait tout expliquer.

— Écoute, c'était même pas mon idée, d'accord ? Mais il m'a dit…

Elle a plaqué une main sur ses lèvres. Le vent s'attaquait à son blouson. Elles étaient tout près du but, si près que c'en était douloureux.

— Vas-y, chérie. Dis-moi.

Vanessa a essayé. Elle a montré sa paume comme si la réponse s'y trouvait.

— Il m'a dit d'essayer de…

Silence.

— Qui t'a dit ça, chérie ? Quoi ?

— C'est pas important, M'man. C'est rien.

— Mais, chérie…

— Non. – Vanessa a pris la posture qu'elle avait déjà tout enfant lorsqu'elle se fermait, les deux mains ouvertes devant elle en signe d'abnégation entêtée. Parfois, elle pouvait se montrer aussi inflexible que son père, l'homme de La Barbade, et vivre avec ces deux êtres semblait alors consumer tout l'oxygène ambiant. – C'est fini, compris ? Laisse tomber, c'est tout.

« Soyez fermes mais montrez votre amour », avait recommandé Brady ; « Ne lui donnez pas l'impression d'être à un interrogatoire, ne la poussez jamais dans ses derniers retranchements, mais il faut que ni elle ni vous n'oubliez un seul moment qui est l'enfant et qui est la mère ou le père. »

— Entendu, Vanessa. On n'en parle plus. Pas maintenant. Mais on va retourner là-bas, toi et moi.

Un soupçon de fermeté, histoire de rappeler qu'une fille de Harlem pouvait être aussi dure qu'un gars des Caraïbes.

— Non.

— Qu'est-ce que tu viens de dire ?

— J'ai dit non. Je n'y retourne pas.

Serrer encore un peu la vis.

— Je ne fais pas un sondage d'opinion, là.

— Et moi je ne donne pas une opinion, je constate un fait. Je ne peux pas revenir dans cette église. – Elle s'est radoucie, soudain. – Vraiment, je t'assure, M'man. C'est impossible. Je suis désolée, je ne veux pas vous manquer de respect mais… Je ne peux pas. Ne me force pas, je t'en prie.

Julia a contemplé le visage torturé de sa fille, vu la buée dans ses yeux, senti les siens se voiler aussi. *Oh, Vanessa, qu'est-ce que tu as ?*

— Alors, je reste ici avec toi.

— Tu ne dois pas faire ça.

— C'est ce que je veux.

— Non, non, tout va bien. – Elle a effleuré le manteau de sa mère d'un geste qui était à la fois une caresse et une prise de distance. – Franchement. Tu y retournes, toi. Peut-être qu'il y aura encore une hostie pour toi…

— Vanessa, je…

— Je vais bien, M'man. Juré. Je te promets de ne mettre le feu à rien du tout, d'accord ?

— Ce n'est pas ce que je…

— Je ne suis plus une petite fille, M'man. J'ai envie d'être seule un moment, c'est tout. – Un regard implorant. – Fais-moi confiance, s'il te plaît.

Elle savait comment Lemaster aurait réagi, lui, mais pour une fois il n'avait pas son mot à dire. Vincent Brady leur avait conseillé de démontrer leur confiance à leur fille plus souvent, et c'est ce qu'elle a décidé de tenter.

— Entendu, chérie. Nous aurons fini dans un quart d'heure, peut-être moins.

— Je vous attends à la voiture.

— Promis ?

Vanessa lui a donné une petite tape sur l'épaule.

— T'inquiète ! Je te l'ai dit. J'y serai.

— D'accord.

Mais elle n'était pas là, lorsqu'ils ont quitté l'église. Et il allait s'écouler dix heures avant qu'ils ne retrouvent sa trace.

TROISIÈME PARTIE

AJUSTEMENT DU MARCHÉ

Ajustement du marché : En économie, la tendance des marchés à rechercher l'équilibre, que ce soit par l'augmentation de l'offre afin de répondre à une demande croissante, ou par une baisse de cette dernière en raison de l'augmentation des prix. La plupart des économistes s'accordent à estimer que cet ajustement, la rencontre de la courbe de l'offre et de celle de la demande, ne demande guère d'intervention extérieure, mais nombre d'entre eux pensent aussi que des marchés complexes comme ceux d'aujourd'hui ne peuvent s'équilibrer efficacement sans une certaine forme de régulation. Celle-ci a-t-elle un effet négatif ou positif sur le libre échange ? Le débat, passionné, continue.

40

Retour à Boston

I

— Je vous avais dit de ne pas avoir d'enfants, Julia.

Ses traits volontaires tirés par la souffrance, Byron Dennison n'avait plus qu'un filet de voix.

— Oh, ce n'est pas vrai, Bay…

Elle a essuyé le coin de la bouche du vieil homme avec une serviette en lin. Il était à nouveau à l'hôpital, contre sa formidable volonté mais trahi par plusieurs fonctions corporelles qui avaient simultanément commencé à lâcher. S'il avait eu de la famille, elle aurait sûrement accouru pour se relayer à son chevet ; à la place, hommes politiques et célébrités étaient venus faire un tour pour les photographes, proclamant hypocritement leur affection pour ce vieux grincheux impossible, mais son lit d'agonie était surtout surveillé par une petite poignée de fidèles dont la vie professionnelle était bien trop trépidante pour qu'ils y passent plus de quelques minutes. Au cours de la semaine écoulée, toutefois, Lemaster avait fait trois apparitions dans sa chambre.

— Vous avez juste dit qu'il y a deux sortes de personnes au monde, a continué Julia : ceux qui savent être parents et ceux qui savent profiter de la vie.

Il a toussé, ri, postillonné, s'étouffant. L'une de ses mains a jailli dans les airs, sans destination précise. Il avait une suite pour lui tout seul, élégante et coûteuse mais où flottaient néanmoins toutes ces odeurs que les hôpitaux cherchent désespérément à supprimer. Dans son corps en déroute, son bon œil continuait à pétiller et son esprit semblait avoir gardé tout son mordant.

— Et vous, vous profitez de la vie ? Vous et votre petit maître de mari ? Ah, vous voyez, j'avais raison ! – Il s'est redressé. Julia a rectifié la position des oreillers. Après avoir raccompagné Aaron à son école, elle s'était arrêtée deux jours à Boston pour voir Byron, précisément, mais aussi pour rencontrer Mary Malard. – Il vous aime, Julia. Ne l'oubliez jamais. Il vous aime autant qu'il en est capable. Écoutez-moi. C'est quelqu'un de… blessé. Diable, nous le sommes tous ! Little Master l'est, je le suis, vous… vous l'êtes aussi, mais c'est différent, avec les femmes. Vous autres, vous avez le droit d'être blessées. Pas nous.

— C'est un peu passé de mode, ce que vous dites, Bay.

— *Je* suis un peu passé de mode, bon sang ! Et Lemaster aussi. Il a huit ans de plus que vous, Julia ! C'est énorme. C'est une autre génération. Rappelez-vous toujours ça. Et vous voulez savoir la différence entre les hommes d'avant et ceux de maintenant ? Nous, nous ne portons pas nos blessures comme des médailles, mais comme des blessures. Vous comprenez ? – Comme il n'arrivait pas à refermer correctement la commissure gauche de sa bouche, elle a de nouveau passé la serviette sur ses lèvres. – Quand je dis qu'il vous aime autant qu'il en est capable, je le dis sérieusement. Il ne vous ferait jamais de mal. Jamais. Ni à vous ni aux enfants.

— N'importe qui, dans le bon contexte, serait…

— Vous voulez dire le mauvais contexte ! Et ce n'est pas *n'importe qui*, c'est *le petit maître* ! Il est tellement obnubilé par le devoir et les responsabilités qu'il n'a pas une minute pour réfléchir à qui il est. S'il vous trompait, vous le sauriez le lendemain. Il serait incapable de continuer à fonctionner. Vous êtes sa femme, d'accord, mais moi je le connais depuis plus longtemps que vous. Beaucoup plus longtemps. C'est vous qui faites tourner son monde, Julia. Pas besoin d'aller plus loin…

Il n'aurait pas pu : paupières vacillantes, souffle court, il s'est affaissé sur le côté. L'un des nombreux moniteurs auxquels il était relié s'est mis à émettre des bips plus rapprochés. Julia s'est demandé s'il fallait appeler l'infirmière. Il n'avait le droit qu'à un visiteur à la fois mais personne n'attendait, après elle, et Dennison l'avait priée de rester.

— Vous avez besoin de quelque chose, Bay ?

— Juste… juste de quoi soudoyer saint Pierre. – Elle a souri. Il l'a regardée avidement de son œil intact. – Vous voyez ? C'est le genre de trucs qui ne passerait jamais, avec Little Master. Il déteste que l'on plaisante sur sa religion.

— Il lui arrive d'être un peu… sentencieux.

— Sentencieux, mes fesses ! Il n'a aucun sens de l'humour, voilà tout.

— Bay ?

— Oui, je sais, je sais. Ce dont on parlait… – Comme mue par un ressort, sa main a bondi, retombant sur celle de Julia. Elle a serré la chair glacée dans la chaleur de sa paume. – Mon avis, c'est de laisser tomber.

— Laisser tomber ? a-t-elle répété, très surprise.

— Écoutez-moi bien. Vous devez vous occuper de votre fille. Et de l'autre, la petite. Votre travail, votre couple… Vous avez deux millions de choses à faire. Il y a des gens qui sont prêts à se gâcher la vie à essayer de peser un peu sur une campagne électorale. – Une quinte de toux rauque, déchirante. – Laissez-leur ce boulot, Julia.

— Je ne pense pas à la politique, mais à la justice.

— La justice ? – Il y avait presque de la raillerie dans sa voix éteinte. – Je vais vous dire une chose : ceux qui veulent la justice, dans ce monde, provoquent plus d'horreurs que… Ah, peu importe ! Je suis vieux, je suis presque mort, ne faites pas attention à moi.

Tout le contraire : elle avait soif de ses conseils, surtout parce que c'était un adulte, un vrai, pas comme la plupart des gens de son âge. Derrière les grandes baies vitrées, le soleil inondait un ciel d'un bleu idéal.

— Si l'un des candidats a tué cette adolescente, Bay, il…

— Vous savez ce que Lincoln a dit un jour ? Qu'en politique, la prescription doit intervenir rapidement.

— Allons, Bay ! On ne parle pas d'une aventure extra-conjugale ou d'une déclaration d'impôts trafiquée, là ! Il s'agit de quelqu'un qui a commis un meurtre et qui l'a dissimulé. Et si c'est l'un ou l'autre qui l'a fait, qu'il soit sénateur ou Président ne…

— *Si*. Peut-être. Au cas où. D'après une source… C'est ce qui détruit notre démocratie, Julia. Tout est au conditionnel, tout reste à l'état de rumeur, mais comme c'est à la télévision, ou sur Internet, ça prend l'allure de la vérité. Ou c'est la vérité à condition que ça aide notre camp. Sinon, c'est affreux, c'est de la calomnie, de la politique partisane. Pas vrai ? – À la stupéfaction de Julia, Bay a presque réussi à s'asseoir dans son lit, provoquant un concert de protestations de l'une des machines, qui a persuadé une deuxième de s'y joindre. – Si vous avez des faits… Pas des on-dit, pas des idées, pas des hypothèses, mais des faits, des preuves, alors remettez-les aux autorités compétentes. FBI, CIA, je me moque de qui… – Il s'est laissé aller en arrière, exténué. – Sinon ? Des insinuations, des témoins anonymes, toutes ces fariboles ? Laissez tomber. Oubliez. C'est le conseil d'un vieillard. Vous n'êtes pas forcée de le suivre.

Il a fermé les yeux. Un flottement : l'infirmière de garde est entrée, tripotant des manettes de-ci de-là, prenant des notes avec un crayon magnétique sur son ordinateur de poche. Bay a vaguement flirté avec elle, pour la forme, et elle a eu un sourire fatigué. L'interruption était bienvenue, du moins pour Julia, encore sous le choc des remontrances du malade. « Les autorités compétentes » ! C'était une réaction normale, certes, de la part d'un homme qui avait si longtemps appartenu aux sphères du pouvoir. Elle s'est souvenue des réunions d'étudiants noirs auxquelles elle avait participé dans sa jeunesse, prétextes à condamner tout membre de l'obscure nation qui acceptait de « faire le jeu du pouvoir », au nom de la théorie plutôt spécieuse que leur succès était en soi une forme de trahison de leur peuple. On chuchotait notamment que Byron Dennison n'était entré au Congrès que grâce au soutien de

Blancs riches et influents. Comme s'il aurait pu en être autrement…

Si l'argumentation de Bay la plongeait dans la panique, c'était parce qu'elle avait immédiatement pensé que « les autorités » s'intéresseraient sûrement aux relations qui avaient pu exister entre Vanessa et Kellen. Pour le reste, le vieillard paraissait surtout prendre le parti de Lemaster dans une dispute qui l'avait opposée à son mari des dizaines de fois. Alors que Little Master éprouvait un respect qu'elle jugeait souvent excessif devant tout ce qui était officiel, Julia, comme nombre d'Africains-Américains élevés dans un milieu à la fois privilégié et progressiste, se sentait instinctivement réticente dès qu'une forme ou une autre d'autorité étatique était en jeu. Était-ce l'influence de Mona la pétroleuse, qui continuait à prêcher que les États-Unis étaient la source de tous les maux de la planète ? Ou celle du métier des relations publiques, que Julia avait songé embrasser au cours de l'une de ses multiples vies précédentes ? Ou encore, ainsi que Lemaster ne manquait presque jamais d'argumenter quand bien même cette remarque la heurtait profondément, était-ce un moyen d'associer symboliquement son sort à celui de tous ceux qui avaient eu moins de chance qu'elle au sein de sa communauté et avec qui, dans sa jeunesse protégée au New Hampshire et encore moins après, elle n'avait presque pas entretenu de contacts ?

L'infirmière repartie, Byron Dennison s'est laissé retomber sur ses oreillers, le souffle court.

— Bay ?

— Toujours là, oui.

Elle s'est humecté les lèvres mais sa gorge restait affreusement sèche.

— Le problème… Je ne peux pas contacter les… autorités. C'est impossible. – Sa voix a flanché, un instant. – Pardon…

— C'est votre problème, pas le mien. Je l'ai dit, vous faites ce que vous voulez de mon avis. – La toux est revenue, plus rauque, beaucoup plus pénible à entendre. – Encore un petit secret, cependant : si la fille ne vous dit pas où elle est allée, c'est qu'elle a ses raisons. Futée, cette Vanessa. Je l'ai toujours bien aimée, moi. Bon, elle a trouvé qu'on lui tenait les rênes un peu serrées, mais c'est ce qui arrive aux pouliches, Julia. Et votre Vanessa en est une. Une pouliche de race. Excellents gènes. Enfin, ne m'écoutez pas. Je suis fatigué.

— Bay…

— Chut ! Je dors.

— Non, c'est faux.

Gardant les paupières fermées, il a souri.

— Alors, quoi ? Vous m'avez dit que vous l'avez retrouvée dans une boîte de nuit ?

— Pas nous. Le chef de la sécurité du campus. Son amie, Smith… Janine Goldsmith… est venue la prendre à l'église et l'a amenée à la gare. Ensuite, Vanessa est allée à New York. Où, elle refuse de le dire. Elle dit qu'elle n'a pas trouvé ce qu'elle cherchait, mais qu'est-ce qu'elle cherchait, là-dessus aussi, motus… Donc, elle a repris le train, et ensuite un taxi jusqu'à cette boîte…

— Elle avait peut-être besoin de se changer les idées, rien de plus.

— Peut-être, a concédé Julia en surveillant sa voix. – Sur le coup, elle s'était emportée, gravement. Et Lemaster aussi, mais il était furieux contre le docteur Brady, lui, non contre Vanessa, et il avait juré de lui donner congé dès qu'ils auraient débusqué un autre psychothérapeute. – Mais je ne crois pas. Je pense que c'est lié à… Enfin, le résultat, c'est que Vanessa est punie. Elle n'a pas le droit de voir Janine, ni de lui téléphoner, ni de lui envoyer des mails, ni rien ! – Elle s'est interrompue, parce que la pièce tanguait autour d'elle et que les machines s'étaient mises à vrombir dans ses oreilles, mais c'était probablement la pulsation de son sang. – Et Bruce Vallely l'a retrouvée dans cette boîte, en train de danser avec des types qui avaient le double de son âge ! Elle a dit qu'elle voulait s'amuser un peu avant de devenir trop vieille. S'amuser comme Gina n'avait pas eu le temps de le faire… – Julia se rappelait également que Vanessa avait répété qu'elle n'avait pas le choix, ce qui avait ajouté à la fureur de sa mère. – Elle n'avait pas l'âge d'entrer, même si elle n'a pas bu d'alcool, et j'imagine que Lemmie s'est déjà débrouillé pour faire sauter leur licence…

— Bien joué.

— C'est vous qui lui avez appris, n'est-ce pas ?

— Appris quoi ?

— Le pouvoir. Comment s'en servir. Et quand.

Son œil valide s'est rouvert. La sueur brillait sur son visage grisâtre.

— Je le leur ai dit à tous : « Servez-vous du pouvoir comme vous voulez. Enrichissez-vous, aidez les pauvres, faites ce qui vous chante. L'important, c'est de vous servir de votre pouvoir, sans arrêt. Si vous le laissez traîner sans usage, quelqu'un le prendra. Quand on ne se sert pas du pouvoir, il n'a plus de réalité. » – Il a encore toussé. – « Si vous vous en servez, les gens disent que vous êtes un décideur, ils s'habituent à faire ce que vous voulez d'eux et ça vous donne encore plus de pouvoir. Ça, c'est la réalité. Les gens. Alors que la justice est une abstraction. Et quand on est dans l'abstrait, c'est là que les tueries commencent. »

Julia la réaliste, qui détestait les abstractions au point qu'elle n'avait pratiquement pas mis les pieds dans une salle de cours depuis qu'elle avait commencé à travailler à l'institut de théologie, bouillait intérieurement mais écoutait poliment.

— Bay ? Ah, l'autre chose, c'est que…

— Ne dites pas à Little Master de quoi nous avons parlé. Je me rappelle, moi.

— Je suis désolée de vous mettre dans cette situation, Bay. Surtout maintenant.

— Je suis le gardien d'un tas de secrets, Julia. C'est comme ça que les gens comme moi gagnent leur vie. En gardant des secrets. – Son ventre a gargouillé. – Comme je suis passé de mode… On m'a appris que l'on emportait les secrets dans sa tombe mais aujourd'hui, on en confie un à quelqu'un et sa première réaction est de se demander quel journaliste il va appeler en premier. Plus d'honnêteté, plus d'honneur, et Dieu sait que la loyauté a disparu. Incapables de la fermer. Il faut qu'ils voient leur nom dans les journaux, même si c'est « une source ayant requis l'anonymat », ou « un observateur informé ». Et les journaleux, pareils ! Ils raisonnent à l'envers. Pour eux, que quelqu'un ne veuille pas s'exprimer nommément, ça prouve qu'il dit la vérité ! Comme si un interlocuteur digne de respect allait trahir ses collègues… Ah, pardon ! Je me tais. Ne faites pas attention à moi.

Elle avait eu du mal à capter ses dernières phrases.

— C'est… C'est simplement que Lemaster est, comment dire, très soucieux. Je crois qu'il ne comprend pas pourquoi il faut que je continue.

Un gloussement laborieux.

— Pas de souci, Julia. Je comprends, moi. Et maintenant, écoutez. Vous m'écoutez ?

— Bien sûr. – Elle a pressé la main du vieillard, ne sachant soudain plus s'il arrivait à la voir.

— À votre place, qu'est-ce que j'essaierais de savoir ?

— Oui ?

— Pas *où* ma fifille a passé tout ce temps quand elle était à New York, mais *pourquoi* elle a passé tout ce temps à New York. Je vous ai dit qu'elle est très futée. Et elle est tenace, comme sa mère. Je me demande si elle a…

Son œil s'est refermé. Il s'était endormi.

II

— Qu'est-ce que Kellen vous a dit exactement, au sujet de sa Dame noire ?

Julia et Mary étaient sur les banquettes d'un restaurant de Cambridge, face à l'Auberge de Harvard où la première allait passer la nuit, de l'autre côté de la place. Ayant tenté sans succès de joindre Preston, elle avait choisi un hôtel non loin de son appartement, même si, commençant à comprendre son fils, elle soupçonnait qu'il ne répondrait pas au téléphone tant qu'elle n'aurait pas quitté la ville.

— Avant de se faire arrêter, a-t-elle expliqué, Tony Tice est allé poser des questions à plusieurs Coccinelles. Il a l'air de penser que l'une d'entre nous est cette fameuse Dame noire.

Mary a grappillé quelques feuilles de sa salade de roquette au poulet grillé, qui n'existait pas sur le menu mais qu'elle avait persuadé le serveur d'inventer pour elle, à force de charme. Comme beaucoup de gros fumeurs, elle était exigeante en matière de nourriture. La table d'à côté, une bande d'étudiants, était aussi bruyante qu'il le fallait, la journaliste ayant assuré à Julia que le meilleur contexte pour une conversation discrète était un endroit bondé.

— Sauf que la Dame noire l'aidait dans ses recherches, petit un, et petit deux… elle était l'une de ses ex ! – Un sourire pincé. – Rassurez-vous, ça ne peut pas être votre Vanessa : Kellen disait qu'elle était dans le circuit depuis un bon moment, et qu'elle avait vu plein de choses.

Julia mâchait distraitement une bouchée de hamburger spongieux.

— C'est l'autre raison pour laquelle vous aviez décidé que c'était moi ? Parce que j'étais « l'une de ses ex » ?

— À moins qu'il n'ait couché avec une autre Coccinelle. – Elle a remarqué l'expression de Julia. – Désolée, je ne prends pas de pincettes.

— C'est le moins qu'on puisse dire…

Piquant une feuille de salade sur sa fourchette, Mary l'a inspectée un moment, s'est ravisée et l'a reposée sur son assiette.

— Et puis j'ai conclu que je me trompais. Pour moi, il est assez clair que la « Dame noire » qui l'aidait dans ses recherches et la petite amie de New York qui devait reprendre son risque d'inventaire sont deux femmes distinctes.

— L'une de ses ex, a répété Julia, en train de concevoir une idée qu'elle n'était pas prête à partager avec Mary Malard. Bien, maintenant parlez-moi des relations entre Tice et Kellen, a-t-elle exigé d'une voix impérieuse.

— Vous êtes pas mal autoritaire, vous savez ?

— Plus encore que vous ne pensez, a-t-elle répliqué, secrètement ravie de sa nouvelle personnalité, laquelle était bien plus proche de la Julia d'antan que de la femme qui partageait le lit et les soucis de Lemaster Carlyle.

« Semi-Précieuse » s'était éclipsée. « Bijou » était de retour.

— Bah, je ne sais que ce que Kellen m'a dit. Tony avait un client prêt à faire une offre pour son surplus. J'ai cru comprendre que cette personne n'était pas très recommandable, disons, et si Kellen était arrivé à prouver ce qu'il croyait avoir découvert, eh bien ça aurait été logique, en effet.

— Les gens disent que tous les clients de Tony Tice sont ou des mafieux, ou des terroristes, ou…

— Ou un groupe de magnats du pétrole texans, ou des nababs de la Silicon Valley. Et ils sont tout aussi dangereux, Julia, tout aussi corrompus. – Mary a pris un air grave. – Ne vous laissez pas abuser par les étiquettes, « légal », « illégal », « présentable » ou non… Quel que soit le client, quelqu'un prêt à payer pour ce surplus est quelqu'un de dangereux. – Elle a pioché dans la roquette, finissant par exhumer un champignon qui lui a paru acceptable. – Ce que je veux dire, c'est que quelqu'un a tué Kellen. Et peut-être votre ami Boris, également. Et Dieu sait qui encore…

Julia a hoché la tête, mais elle était dubitative. Elle a mordillé une frite. Dans son salon de beauté dans le quartier noir de la ville comme à la radio sur le programme de Kwamé Kennerly, elle entendait tellement de théories du complot toutes plus scabreuses les unes que les autres qu'il était facile d'oublier que les Blancs, eux aussi, étaient capables de gober n'importe quoi.

— Au départ, c'est Kellen qui avait pris contact avec Tice, ou l'inverse ?

— Bonne question. Je l'ai posée à Kellen. Malheureusement, il n'a jamais répondu. – Mary a poussé son assiette de côté. – Ce qu'il m'a dit, par contre, c'est qu'il avait l'intention de mettre son stock aux enchères. « All-pay », il a précisé. Vous savez ce que c'est ? J'ai dû vérifier, moi. C'est une enchère dans laquelle on doit payer son offre même quand on ne remporte pas l'objet.

— Hein ? Qui accepterait une chose pareille, à part un crétin ?

— Non, non, si vous y réfléchissez, ça se tient. Les compétiteurs vont moins enchérir, parce qu'ils savent qu'ils perdront leur argent s'ils ne sont pas le plus offrant ; du coup, si vous arrivez à deviner ce que sont les autres offres, vous finissez par avoir ce que vous voulez à moindre prix. Ce qui ne tient pas debout, c'est que Kellen croyait qu'il pourrait garder tout le truc secret même après avoir commencé à lâcher des indices par-ci par-là. Vous avez fini ?

Julia a eu un grand sourire. Elle avait compris.

Cinq minutes plus tard, elles traversaient Harvard Yard dans l'air glacé de la nuit. La plupart des portes étaient closes, des fenêtres brillamment éclairées perçaient les façades des grandes résidences universitaires de style colonial, et Mary en était déjà à sa deuxième cigarette.

— J'ai rencontré Bruce Vallely à deux reprises, l'a informée Julia. C'est Trevor Land qui l'a proposé. Et vous savez quoi ? Il n'est pas trop mal. Un peu balourd, mais assez sympathique, dans son genre.

— Ho ho !

Mary lui a décoché un coup de coude amusé.

— Arrêtez ça ! Non, il a même partagé avec moi des informations plutôt utiles. Grâce à elles, j'ai pu reconstituer une sorte de… chronologie.

— Allez-y.

— La nuit de sa mort, on a vu Gina en train de parler avec DeShaun. OK, mais l'intéressant, c'est qu'un témoin, une enseignante, a dit qu'elle avait vu Gina vivante après le moment où elle était censée être montée dans l'auto du garçon, et ensuite elle s'est rétractée, elle a prétendu qu'elle s'était trompée… Mais d'après Mitch Huebner, il y a plus que ça. Non seulement cette prof l'a vue mais elle lui a permis d'entrer chez elle pour téléphoner, et une demi-heure plus tard une voiture de sport s'est garée dans son allée, avec deux jeunes hommes ; l'un d'eux est sorti, Gina s'est disputée avec lui et finalement ils sont partis tous les trois. La suite, vous la connaissez… – Elles ont marché en silence un moment. – Alors, qui était-ce, ces deux garçons ? Mitch Huebner soutient que Gina avait un petit ami qu'elle allait retrouver à l'insu de ses parents. Et Bruce Vallely dit que la Jaguar de Jock Hilliman a été accidentée, cette même nuit. Et Jock en personne s'est vanté d'avoir la spécialité de draguer les filles de professeurs. C'était très risqué, en ce temps-là. Encore plus qu'aujourd'hui. Peu de garçons s'y seraient essayés. Résultat, je pense pouvoir affirmer que le petit ami en question était Jock.

— Et Mal' Whisted, juste un ami de la famille.

— Ça ne signifie pas que Scrunchy n'ait pas pu être le deuxième garçon dans la voiture. Nous savons qu'ils étaient deux, mais lesquels de la bande ? – Elle s'est mordu les lèvres. – Pour être honnête, cela aurait pu très bien être Jock et quelqu'un à qui nous n'avons pas du tout pensé…

— Mais ce n'est pas ce que vous croyez, et moi non plus. Bon, à mon tour. Je vous ai dit que j'ai trouvé le témoin qu'il fallait. C'est un gars qui était en cours avec le Président et il se dit prêt à parler, publiquement. Il vit quelque part dans le Midwest. D'après lui, ce soir-là, Scrunchy était à une « boum », comme on disait dans le temps, il a trop bu, il s'est endormi sur le canapé et il n'en a pas bougé de la nuit. Il affirme qu'il se rappelle très précisément de cette soirée parce que c'était une fête de la Saint-Valentin, Scrunchy était venu avec une fille qui est repartie avec un autre et c'est pour ça qu'il s'est soûlé, un chagrin d'amour… Donc, si ce gus dit vrai, ce ne pouvait pas être lui dans la Jaguar.

— Trop facile.

— C'est sûr, un témoin qui apparaît juste quand quelqu'un en a besoin… – Mary a lâché un panache de fumée. – Mais il n'est pas venu me trouver, Julia, il a fallu que je remonte sa trace. Je ne sais pas, il ne m'a pas donné l'impression d'avoir inventé cette histoire.

— Il a vraiment employé ces mots, « chagrin d'amour » ?

— Et alors ?

— Vous allez dire que j'ai des préjugés mais ça ne me paraît pas être le genre de termes qu'un ex-étudiant fêtard emploierait. – Ses bottes sur la neige produisaient un craquement agréable. – D'ailleurs, combien d'anciens compagnons de fiesta de Scrunchy avez-vous retrouvés qui étaient disposés à vous parler ?

Mary a souri.

— Et dire que c'était moi qui voyais des complots partout… Enfin, j'ai essayé de trouver un contact dans la famille Hilliman elle-même, mais ils sont ultra-protégés par tellement de cordons d'avocats et de larbins que je n'ai pas trouvé l'accès, pour l'instant. Il se trouve que j'ai un ami qui a écrit un livre sur eux et il m'a confié qu'il n'avait pas pu obtenir de bonnes sources directement dans la famille, lui non plus. Bref, je ne crois pas que les Hilliman nous aident beaucoup… Mais, mais… J'ai découvert quelque chose à propos de votre petit copain… Hé, ne me regardez pas comme ça ! Bruce Vallely, je voulais dire. Voilà : quand il appartenait aux Forces spéciales en Amérique centrale, il a failli tuer à coups de poing un pauvre agent de la CIA parce que l'Agence ne voulait pas évacuer un informateur qui avait été repéré par les escadrons de la mort. Il a un instinct protecteur très développé, votre Bruce !

— Hmm, a fait Julia, qui ne savait guère comment prendre cette information et venait d'avoir la fugitive impression d'être observée. Dites, Mary ? Quand vous avez évoqué l'hypothèse que je sois sous surveillance, il y a quinze jours, vous parliez sérieusement ?

— Évidemment.

— Qu'est-ce qui vous fait penser ça ?

Le bout de la cigarette de Mary Malard a rougeoyé.

— C'est une impression. Quand on fréquente des gens qui gagnent leur vie en filant des quidams, ce qui a souvent été mon cas, on finit par développer ce sixième sens, je crois. Deux ou trois fois, même dans votre ville, je me suis trouvée tout près de vous et vous n'avez rien remarqué. Je pense que je ne suis pas la seule. Il y a des gens très bien placés que Kellen inquiétait, Julia. Des gens puissants. Qui veulent savoir ce que vous fabriquez, vous aussi.

— La semaine dernière, pas loin de chez moi, j'ai eu la quasi-certitude qu'une voiture me suivait.

— Ça ne me surprendrait pas.

— Et puis ils ont trouvé tout un tas de machins-espions sur mon ordinateur, très sophistiqués paraît-il…

— C'est ce que je disais, non ? Ces gens-là ont les moyens, Julia.

— Qui sont-ils ? Vous avez une idée ?

— J'y travaille.

— Et là, nous sommes suivies ? a interrogé Julia en baissant la voix.

— Je ne crois pas. On ne peut jamais être sûr mais là, je ne pense pas. – Deux filets de fumée sont sortis de son nez. – D'après mes amis qui sont du métier, les campus constituent un terrain très difficile. Les étudiants qui traînent en regardant partout, ça n'attire pas l'attention, mais un adulte, si. Un adulte sur un campus va forcément quelque part. Les universités appartiennent aux gamins, de nos jours.

— J'espère que vous avez raison.

— À cause de vos petites acrobaties du mois dernier, c'est ça ? – La journaliste a souri dans la pénombre. – C'était assez courageux de votre part, cambrioler le sous-sol de votre bureau… Mais vous avez dû laisser des empreintes digitales dans tous les coins, vous savez ?

— J'y ai pensé, oui. Ce ne devrait pas être un problème : que l'on retrouve mes empreintes à la bibliothèque de mon institut, c'est assez normal, non ?

— Même sur les barreaux d'une fenêtre à un mètre du sol ?

— Ah, je n'y ai pas assez pensé, alors… – L'odeur du tabac dans ses narines réveillait une vieille envie qu'elle était déterminée à repousser. De petits groupes de jeunes encapuchonnés les croisaient, tête baissée face au vent, mais Julia habitant le New Hampshire et Mary le Maine, ni l'une ni l'autre n'aurait admis qu'il faisait un froid du diable. – De toute façon, je me suis trompée.

— Sur quoi ?

— Eh bien, j'ai un étudiant qui… me devait un service. Joe. Je voulais vérifier quelles parties des archives Joule Kellen avait consultées, exactement, mais comme il ne fallait pas éveiller les soupçons de l'archiviste – il ne m'aime déjà pas du tout – j'ai donné les références à Joe et je lui ai dit de raconter qu'il en avait besoin pour ses recherches personnelles.

Entrées dans une impasse, elles ont rebroussé chemin. Julia a eu l'impression que Mary l'avait fait exprès, pour inspecter leurs arrières de façon naturelle.

De l'autre côté de l'esplanade, un éclat de voix a troublé le silence. Un couple en train de rompre, du moins temporairement. À Dartmouth, Kellen et elle avaient souvent eu des disputes nocturnes aussi tonitruantes en plein milieu du campus ; ils se haïssaient tellement, à ces moments, qu'ils devaient retourner au lit afin de se le prouver.

— Malin, ça, a approuvé Mary. De se servir d'un étudiant. Et c'était quoi, ces références ?

— Rien du tout ! C'est le plus bizarre de toute l'histoire. Sur chaque demande de consultation, Kellen a écrit « Collection Merrill Joule », mais les numéros portés sur les fiches ne correspondent à aucun document de ces archives. Joe a trouvé ça étonnant, bien sûr, et il a interrogé Mrs. Bethe… C'est l'assistante de l'archiviste en chef. Il lui a demandé si elle pouvait lui dire à quoi renvoyaient ces chiffres. Et elle a refusé. Contraire au règlement ! Il devait prouver que ces recherches avaient une justification universitaire et elle a dit qu'une feuille couverte de chiffres, ce n'en était pas une.

— Mmm, elle a l'air commode, la brave dame ! Vous en voulez une ?

Mary lui a tendu son paquet de cigarettes, les esclaves d'une addiction détestant souffrir seuls. Non sans un grand effort de volonté, Julia a refusé d'un geste.

— Oh, ces deux-là, ils s'occupent des archives comme si leur principale mission était d'empêcher que quiconque les consulte. Je suis certaine que Rod Rutherford dépense plus d'argent en équipements de sécurité qu'en acquisition de livres. – Elles se sont arrêtées d'un même mouvement, comme si elles s'étaient donné le mot. – Vous… vous pensez à ce que je pense ?

— Serrures partout, alarmes, barreaux aux fenêtres, un personnel qui se méfie de tout le monde, qui suit un règlement draconien et qui veille à ce qu'on laisse dix preuves écrites de son passage quand on a réussi à pénétrer dans la forteresse…

— Oui ! C'est l'endroit parfait pour cacher quelque chose !

— Comme des pages du journal d'Arnold Huebner, par exemple. Ou le « surplus » sous quelque forme qu'il puisse être…

— Parfait, oui ! – Julia a réfléchi quelques secondes. – Sauf que nous ne pouvons pas y entrer.

— Nous, non. Vous, si.

— Et comment, au juste ?

— Je l'ignore, mais je ne suis pas inquiète : ces dernières semaines, vous avez eu une idée brillantissime après l'autre. Je suis certaine que vous en aurez une pour ce petit problème aussi.

Julia n'en était pas si sûre, mais en admettant…

— Et quand j'y serai, qu'est-ce que je devrai chercher ?

— Je vous laisse résoudre ça, également.

— Trop gentil.

— Non, je suis sérieuse, Julia. C'est à vous que Kellen a laissé les indices, pas à moi, ni à Tony ni à personne d'autre. C'est à vous qu'il faisait confiance donc c'est à vous de les interpréter.

Julia l'a observée, mains sur les hanches.

— Oui ? Et pendant que je risquerai ma peau en m'introduisant dans les archives Kepler et en cherchant quelques pages de journal intime parmi les douze mille documents et quelques qui doivent s'y trouver, vous ferez quoi, vous ?

— Des recherches. Des interviews. Des récapitulatifs.

— Rien, quoi !

— Travailler dur sur la présentation de mon livre.

— Je veux dire, que ferez-vous pour *m'aider* ?

Un doigt sur son menton, Mary Malard a battu des cils :

— Ah, voyez-vous, j'étais pom-pom girl, au lycée… – Son rire s'est envolé dans le vent d'hiver. – Taratatam !

41

Matière noire

I

Elle n'avait pas tout dit à Mary Malard. Une fois seule, elle a repris sa voiture, s'est faufilée dans les ruelles de Cambridge et s'est – mal – garée à trois pâtés de maisons de sa destination parce qu'elle n'arrivait pas à trouver de places assez grandes pour son monospace. Comme elle savait que son fils inventerait quelque défilade si elle l'appelait à l'interphone, elle a lambiné près de l'entrée de la petite résidence jusqu'à ce qu'un groupe d'étudiants en sorte, et elle s'est glissée par la porte que l'un d'eux lui tenait poliment. Au troisième étage, elle a entendu les éclats de voix avant même de parvenir à l'appartement. Elle a frappé, assez fort pour surmonter le vacarme. Une rouquine d'une vingtaine d'années a ouvert brutalement et aboyé : « Quoi ? », les yeux encore bouffis de larmes. Une seconde plus tard, Preston est apparu, petit, solide, parfaitement fait, n'ayant besoin de personne dans ce monde et surtout pas d'une petite amie en pleurs ou d'une mère envahissante.

— Tiens ! a-t-il lancé à la fille. Tu le crois ou pas mais cette bombe, c'est ma maman. – Un silence s'est installé, chacun attendant que l'autre le rompe. – Bon, tu peux entrer, si tu veux…

Le salon et la cuisine étaient sales et en désordre. Ils n'ont pas proposé à Julia de voir le reste.

— Megan n'est pas très maîtresse de maison, a noté Preston en guise d'explication. Normal, non ? C'est une historienne, pas une scientifique. – S'il avait le sourire irrésistible de son père, ses yeux étaient aussi froids qu'un hiver de Nouvelle-Angleterre. – Ah, j'oubliais ! Toi non plus, tu n'en es pas une, hein, Ma ? Tu es une biologiste. Non, une biologiste et une théologienne !

Ils se sont assis autour d'une table bancale. Après avoir servi du café et des croissants racornis, Megan s'est esquivée. Julia a tenté d'engager la conversation, elle a même osé dire à son fils qu'il lui avait manqué mais celui-ci estimait visiblement que les bavardages étaient un petit plaisir que l'on ne s'accordait qu'entre égaux. Devant lui, elle se sentait hésitante, inférieure. Mary Malard n'aurait pas reconnu la « nouvelle Julia ».

— Qu'est-ce que tu veux, Ma ? Tu n'es pas venue pour faire la causette. Si tu avais téléphoné, j'aurais pu te dire de t'épargner le dérangement.

— Tu me détestes à ce point ?

— Je ne te déteste pas du tout ! a-t-il répliqué avec emportement.

Julia aurait difficilement pu passer à côté de l'insinuation.

— Qu'est-ce que c'est, Preston ? Toujours ce problème avec ton père ?

— Que fais-tu ici, Ma ?

Elle s'est rendu compte qu'elle l'avait mis aussi mal à l'aise qu'elle l'était. Ils n'arrivaient pas à avoir le moindre échange naturel. Elle s'est souvenue du petit garçon si fier des gestes tendres de sa mère chaque fois qu'il réussissait quelque chose. À l'époque, tout le monde disait que Preston serait à jamais le fifils à sa maman, et Vanessa la fifille à son papa ; à l'instar de presque toutes les généralisations que les adultes appliquent aux enfants, celle-ci s'était révélée erronée.

— Est-ce que ton père t'a déjà parlé de son club, Preston ? L'Empyrée ? De la possibilité que tu sois son, euh… successeur ?

— Bien sûr. – Il était intéressé, maintenant, mais il attendait qu'elle joue une meilleure carte. – Comme un seigneur féodal avec son fils aîné. Droit d'aînesse et ainsi de suite.

— Et tu as refusé ?

— Ces bêtises ne sont pas pour moi. Les familles « respectables », les traditions, toutes ces fadaises… – Dans la pièce d'à côté, Megan s'était remise à pleurer mais il était trop occupé par son orgueil pour le remarquer. – Moi, je trime pour découvrir la matière noire pendant que lui, il s'inquiète de la nation noire.

— La quoi ?

— La matière essentielle de l'univers. Les équations prouvent que… Oh, pas la peine, tu ne comprendrais pas. Alors, qu'est-ce que tu veux, Ma ?

Julia avait le cœur qui cognait. « La matière noire ou sombre », avait dit Kellen.

— Eh bien, je veux que tu m'expliques ce que c'est, cette matière noire.

— Sérieusement ?

— Mais oui.

— Bon, le truc, c'est qu'il n'y a pas assez de matière. Nous n'arrivons à détecter qu'un pour cent de toute la matière et de l'énergie qu'il doit y avoir dans l'univers. C'est ce que les équations montrent. La gravité, les rayonnements ionisants, rien ne tient, sans ça. Alors cette matière introuvable, c'est ça, la matière sombre, ou noire. On a pensé que c'étaient des étoiles mortes, ou des neutrinos, mais c'est une hypothèse qui a été écartée. Il y a des physiciens qui soutiennent que c'est un mythe mais la majorité d'entre nous y croit. Elle se trouve dans l'univers très loin ou peut-être même ici, elle nous traverse tous les jours sans que nous arrivions à la détecter… – Il s'était animé, à présent qu'il parlait de son travail. – Tu saisis l'idée ? C'est juste en dessous de la surface, on ne peut pas mettre la main dessus mais on sait que ça *doit* être là. Parce que l'univers que nous voyons, c'est juste une infime partie de ce qui existe. Tellement mince que c'est presque un mirage, une illusion… Si on pouvait trouver la matière noire, on saurait enfin comment ça marche, ce qui se passe vraiment.

C'était forcément ça, ce que Kellen avait attendu qu'elle comprenne. « Ce qui se passe vraiment en dessous de la surface. » Et Preston lui avait donné la clé sans même qu'elle la lui demande. Et il avait comparé les deux démarches, celle des physiciens et celle de l'Empyrée. Ce qui était apparent était une illusion, et la réalité ignorée était la matière noire, là où l'Empyrée évoluait en secret. Mais que faisaient-ils, exactement ? Quelle était leur véritable fonction ?

II

Preston avait hâte qu'elle s'en aille. Il a soutenu qu'il devait se rendre à son laboratoire, ce qui était peut-être vrai. Dans la cuisine, Megan s'escrimait furieusement sur la vaisselle. À la porte, Julia a regardé son fils.

— Ton amie a l'air très gentille.

— Elle ? Juste une diversion.

Vlan !

— Tu me manques. Tu nous manques à tous.

— Je suis ému.

Encore un coup raté.

— Preston ? Tu as dit que tu ne me détestais pas, moi. Est-ce que ça veut dire que… tu détestes ton père ?

Une expression malicieuse sur ses traits volontaires. Il semblait prêt à répondre mais il a préféré attendre de saisir quel plan Julia poursuivait, avec la rigueur intellectuelle qu'il tenait de Lemaster, celle qui lui avait donné la troisième place au championnat d'échecs junior de tous les États-Unis.

— Je suis en retard, Ma.

— C'est pour ça que tu ne viens plus nous voir, Preston ? À cause de ce que ton père t'aurait dit au sujet de l'Empyrée ? – Fermant brièvement les yeux, elle a fait le grand saut. – Qu'est-ce qu'il t'a dit, Preston ?

— Non, Ma, ce n'est pas pour ça.

— Pourquoi, alors ? Pourquoi vous vous êtes disputés ?

— Il n'y a pas de dispute, Ma. Simplement, on ne s'apprécie pas, tous les deux.

Elle a compris à sa mimique que le sujet était clos, et elle s'est gardée d'insister : les gens avaient beau dire qu'il ressemblait à sa mère, sa bouche autoritaire et ses yeux, souvent inflexibles, étaient l'héritage de son père.

— D'accord, Preston, très bien, a-t-elle soupiré en se demandant si l'un de ses enfants la prendrait encore un jour pour confidente, ou si ce temps était définitivement révolu.

Aussitôt, il s'est montré plus conciliant.

— Hé, comment va 'Nessa ? Avec toutes ces histoires autour de Gina qu'il y a en ce moment ?

— Elle va bien, elle est d'une force incroyable et… – Julia s'est brusquement plaqué une main sur la bouche. – Quelles « histoires autour de Gina » ? Comment es-tu au courant de ça, Preston ?

— Je prenais juste des nouvelles d'elle. Avec ses fugues et tout.

— Et qui t'a parlé de ça ? Du fait que c'est lié à Gina ? – Elle a répondu pour lui. – C'est Vanessa, n'est-ce pas ? Tu n'as jamais de contacts avec nous mais tu as l'air de savoir tout ce qui la concerne. Pourtant elle ne t'appelle pas, ça se verrait sur les notes de téléphone… – Soudain, elle a repensé à l'écran d'ordinateur de sa fille le soir où Smith était dans sa chambre, la hâte avec laquelle Vanessa avait refermé sa fenêtre de messagerie instantanée. – Bon, peu importe, tu es en relation avec elle, et elle te raconte des choses, et… toi aussi, tu lui en racontes ?

— J'aime ma sœur, a répondu le garçon, sur la défensive.

— Mais oui, mais oui ! – Elle était furieuse contre elle-même. Quelle idiotie, de ne pas avoir compris tout de suite. « Il m'a dit d'essayer », avait mentionné laconiquement Vanessa… – « Ces histoires autour de Gina », comme tu dis. Sauf que tu as oublié de préciser une chose : que c'est toi qui lui as donné l'idée de s'y intéresser, depuis le début. Il y a un an, elle avait un autre sujet, et un mois plus tard elle annonce qu'elle veut travailler sur l'affaire Gina Joule. Qui lui aurait mis ça en tête, à part toi ? – Son fils se taisait. – Qu'est-ce qui s'est passé, Preston ? Toi, tu as renoncé à t'en occuper et ensuite tu conseilles à ta sœur de le faire. Pourquoi ?

— C'est un sujet intéressant, Ma. C'est tout.

— Non, ce n'est pas tout, Preston ! Tu es comme ton père, tu ne fais jamais rien au hasard, tu as toujours une raison ! – Elle a vu de l'impatience sur le visage harmonieux. – Qu'est-ce qui t'a poussé à convaincre ta sœur de changer de thème de mémoire ?

La vraie question, en fait, était : « Quel but poursuis-tu, au juste ? »

— Je ne ferais de mal à 'Nessa pour rien au monde.

— Du mal ? Cette obsession pour Gina Joule n'existait pas, avant que tu la persuades de prendre ce sujet ! Et c'est ça qui la ronge, qui la…

— Assez parlé de Gina, Ma. – Un sourire d'enfant, brusquement. – Maintenant, tu vas devoir m'excuser, il faut que j'aille raconter quelques mensonges à ma copine. Tu sais comment ça se passe, sûrement.

— Qu'est-ce que tu veux insinuer par… – La révélation a été si saisissante que, l'espace d'un glorieux instant, sa colère a égalé celle de son fils. – Ah, Kellen Zant est venu te voir, c'est ça ? Il t'a fait partager de vieilles histoires sur le compte de ta mère, n'est-ce pas ? Et ensuite il t'a posé les mêmes questions que moi, et tu lui as dit… quoi ?

— Que je ne crois pas aux fantômes, ni au Père Noël, ni aux petits Blacks qui tombent juste à point pour endosser le meurtre de charmantes petites Blanches.

— Mais ta sœur a l'air convaincue que c'est…

— Je t'ai dit que je ne parlais plus de ça, Ma. Terminé. – Il a poussé un très long soupir, et Julia a compris que la concession qu'il allait faire serait la dernière. – Mais je vais te répondre, pour Papa.

— Qu'est-ce que ton père a à voir avec…

— Pas Gina, l'Empyrée ! Tu m'as demandé ce qu'il m'a dit. – Il a jeté un coup d'œil à sa montre, puis pardessus son épaule. Prenant sa mère par le bras, il l'a entraînée d'une poigne ferme dans le couloir faiblement éclairé. – Tu sais, dans la Bible ? Quand Satan emmène Jésus en haut de la montagne, lui montre les royaumes de la terre et lui dit qu'ils seront tous à lui s'il s'agenouille devant le diable et le vénère ? – D'un pas en arrière, il est retourné à l'intérieur de l'appartement. – C'est Lemaster Carlyle, Ma. C'est ton mari. Le diable.

— Mais… Qu'est-ce que ça veut dire ?

— Juste ça. Me tenter avec le pouvoir terrestre. Qu'est-ce que j'en ai à foutre, moi ? Je fais un travail important, Ma. Je me sers des étoiles à branches horizontales bleues pour mesurer le degré d'absorption d'alpha-Lyman dans les spectres de quasar. – Il se moquait d'elle, là, et ils le savaient l'un et l'autre. – Et ne reviens pas sans téléphoner d'abord. Ce n'est pas poli.

Il a fermé la porte.

III

Puisque les femmes de la famille Veazie ne pleuraient jamais, Julia a essayé de retrouver son chemin dans les rues enneigées de Cambridge en concentrant son esprit sur ces nouvelles données. Elle avait obtenu de Preston tout ce qu'il accepterait de donner, et c'était ce que Kellen avait voulu. Oui, elle devait se rappeler ce point : Kellen avait tenu à ce qu'elle entende la version de Preston, et même si elle manquait de détails elle avait au moins les grandes lignes. Chaque membre de l'Empyrée était censé former un jeune successeur. Lemaster avait cherché à recruter son fils aîné, qui avait rejeté ses flatteries, mais ce désaccord n'était pas la source de la haine que Preston nourrissait avec une telle constance envers son père. Lemaster avait-il tenté sa chance avec Aaron, une fois éconduit ? En reconduisant le cadet à Exeter, Julia l'avait interrogé discrètement mais fermement, et elle était sûre qu'il ignorait tout de cela. Lemaster avait donc dû s'adresser à quelqu'un qui n'appartenait pas à la famille.

Un jeune Noir. Mais qui ? Un étudiant, un ancien stagiaire en droit ? Julia a secoué la tête. Les possibilités étaient trop dispersées, ses informations trop parcellaires.

Matière noire. Le pouvoir caché de l'univers. Lemaster soutenait que l'Empyrée n'était rien de plus qu'un club masculin de Harlem sans influence, mais Aurelia Treene avait suggéré que c'était beaucoup plus que cela, et maintenant Preston, avec l'encouragement implicite de Kellen…

« Me tenter avec le pouvoir terrestre. » Quel rôle occulte pouvait avoir l'Empyrée ? Quel rapport avec le surplus de Kellen ? Avec l'histoire de Gina Joule ? « On ne peut pas mettre la main dessus mais on sait que ça *doit* être là. » Tu sais quoi, Preston ? Je ressens exactement la même chose !

Ayant dépassé, à dessein, sa voiture d'au moins deux pâtés de maisons, elle a fait demi-tour. Elle a remarqué une femme qui venait de l'imiter avec la même soudaineté et qui a plongé une main dans sa poche, dont elle a sorti un téléphone portable. Répondait-elle à un appel inattendu ou était-elle en train de suivre Julia, qui n'avait pris aucune précaution depuis qu'elle avait quitté Mary Malard ? Ou bien les tendances paranoïaques de cette dernière lui jouaient-elles des tours ? Julia a hésité, puis continué à avancer, puisque l'Escalade était garée par là. Arrivée à la hauteur de l'inconnue qui, à présent arrêtée devant une vitrine, chuchotait dans son portable, elle a ralenti. Leurs regards se sont croisés, paniqués, mais Julia a réussi à former un sourire téméraire.

— Il va falloir que vous fassiez mieux que ça, a-t-elle lancé à la femme, qui a sursauté et reculé d'un pas.

Remise de sa frayeur, elle a de nouveau fouillé dans la poche de son manteau. Ce qu'elle en a retiré n'était pas un revolver, ni un couteau, ni la facture de réparation des lampes de balise sur l'allée des Carlyle, mais deux billets d'un dollar tout froissé. Elle les a tendus à Julia.

— J'espère que ça aidera un peu.

Et elle a repris sa conversation téléphonique à voix basse.

42

Une autre promenade sur la plage

I

— Tout ce que je lui ai dit, c'est que des gens comme Byron Dennison pouvaient l'aider dans sa future vie professionnelle, et lui, il a rigolé ! – L'incrédulité se lisait sur les traits crispés de Lemaster. – Je n'avais encore jamais entendu Preston rire aussi fort. Il a répondu que non, que ces gens ne pouvaient rien pour lui parce qu'ils ne connaissaient rien à la science. Et quand j'ai voulu lui expliquer que la question n'était pas là, il a rétorqué que mon genre de vie ne l'intéressait pas, de toute façon. Mon « genre de vie » ! Il n'a même pas précisé ce qu'il entendait par là…

Ils rentraient chez eux dans la Mercedes après encore un autre raout universitaire, le dîner d'ouverture d'un symposium d'experts non gouvernementaux en politique étrangère.

— Tu aurais dû me le raconter, a observé Julia, enfoncée dans le cuir souple du siège, les paupières closes.

Le ton de sa voix lui a paru timoré : de retour au Landing, elle ne se sentait plus aussi déterminée qu'elle en avait donné l'impression à Mary Malard, à moins que cette dernière ne lui communiquât une assurance que son mari ne lui procurait jamais.

— Bon, vers qui vas-tu te retourner, alors ? – Elle s'est redressée d'un coup. – Tu vas recruter Aaron ?

Pendant un bon moment il n'y a plus eu dans l'habitacle d'autre bruit que le ronronnement de la berline sous une méchante pluie d'hiver, puis Lemaster a fini par répondre :

— Je suis assez limité par nos traditions, vois-tu ? Pour le moment, je n'ai pas de protégé.

Julia a cherché une ouverture.

— Mais ce n'est pas grave, si ? Puisque d'ici quelques années l'Empyrée ne sera plus qu'un souvenir ?

— Tôt ou tard, c'est ce que nous serons tous, Jul'.

À la maison, Vanessa était en train de massacrer sa tante au Scrabble, car Astrid, toujours fidèle quand une crise éclatait, était arrivée en renfort chez les Carlyle. Comme Julia lui rappelait qu'elle avait cours le lendemain, sa fille a répliqué calmement que l'éducation scolaire était une convenance, non une nécessité, mais elle est tout de même montée dans sa chambre.

— On a à faire, Astrid et moi, a annoncé Lemaster d'un ton peu commode.

— Ça tombe bien, j'avais l'intention de me coucher tôt, justement, a rétorqué Julia.

Après être passée dans la chambre de Jeannie, endormie, elle a gagné la sienne d'un pas lourd. Dans le miroir de la salle de bains, elle a vu le reflet d'une femme épuisée. De nouvelles rides s'étaient formées sur son visage ovale, ou ne les avait-elle encore jamais remarquées ? Elle avait de grands yeux d'enfant perdu. Ses lèvres étaient raides et gercées à force de les mordre et de les tordre de contrariété, ravivant la vieille mise en garde de Mona : « Mon Bijou, tu devrais sourire plus souvent. » Les soucis me vieillissent prématurément, a pensé Julia, immensément lasse d'un coup. La dernière fois qu'elle s'était vue comme ça dans une glace, c'était après avoir avalé le flacon de somnifères, à vingt ans, s'imaginant dans toute son immaturité que le chagrin qu'elle éprouvait était unique, inaccessible à la compréhension d'autrui.

La veille, à Kepler, elle avait laissé sans voix Iris Feynman en répliquant vertement à une remarque des plus anodines : à la fin d'une réunion celle-ci avait dit qu'elle lui trouvait l'air fatigué, et Julia avait répondu qu'elle en avait assez de faire des sourires à tout le monde. Une heure plus tard, quand Clay Maxwell s'était arrêté à son bureau pour lui raconter quelque anecdote datant de l'âge d'or de l'institut, ainsi qu'il aimait le faire, elle lui avait annoncé qu'elle était occupée, sans mentionner qu'une bonne part de ces « occupations » était de se reprocher d'avoir été aussi agressive avec Iris. Et puis la doyenne avait téléphoné pour demander si Julia avait fait la paix avec Tony Tice, et là…

Au rez-de-chaussée, le murmure des voix s'est élevé de plusieurs décibels. Astrid hurlait.

— À partir de la semaine prochaine, Mr. Flew va pratiquement passer ses journées ici, a déclaré Lemaster en bâillant une fois qu'il l'a rejointe dans le lit.

— Ici ? – Elle était serrée contre lui, plus réveillée qu'elle ne l'aurait voulu. – Tu veux dire ici, à la maison ?

— Hmm.

— Mais pourquoi, Lemmie ?

— Pour mettre de l'ordre dans mon bureau. Plein de papiers à trier. Quelques semaines, pas plus.

— Eh bien, c'est passionnant, a-t-elle soupiré, et elle est restée les yeux ouverts dans l'obscurité, rongée par l'inquiétude.

II

Le lendemain matin, Julia est retournée à la plage pour une nouvelle promenade avec la cousine de son mari. Elle a soigneusement évité Main Street : depuis sa troublante conversation avec Trevor Land, elle avait étonné la famille en ne faisant plus ses courses que dans les centres commerciaux de la Route 48 – c'était parce que, à la seule vue des boutiques pittoresques du Landing, elle ne pouvait s'empêcher de se demander ce que leurs propriétaires avaient pu comploter chez Vera, et si le secrétaire général de l'université s'était allié à eux. Elle en était venue à considérer l'hiver comme une chape qui protégeait le village et ses secrets des étrangers, et donc d'elle ; le froid se glissait dans vos os, vous engourdissait et finissait par vous immobiliser sur place. À moins de s'en aller, une option qu'elle envisageait de plus en plus, au point d'être allée jusqu'à suggérer à Lemaster qu'il fasse accélérer les travaux de rénovation de la résidence d'Elm Harbor.

— Si tu veux que le toit nous tombe sur la tête ensuite, pas de problème…

Mais alors que le Landing lui était devenu difficilement supportable, la vérité était qu'elle ne se sentait plus chez elle sur le campus, non plus. Comme elle prenait souvent des jours de congé, Iris Feynman avait dû la prévenir que certaines mauvaises langues au sein du personnel racontaient qu'elle se croyait tout permis, en tant que première dame de l'université. D'après Iris, Claire Alvarez rétorquait à ceux qui élevaient des objections qu'un institut de théologie était le dernier endroit où l'on reprocherait aux employés de se soucier de leur famille, mais Clay Maxwell avait tenu à rappeler à Julia que la doyenne était particulièrement peu sincère quand elle en faisait trop, à quoi Julia avait répondu qu'elle céderait volontiers son poste à qui voudrait le briguer.

Cette fois, le gardien n'a même pas levé la tête de sa bande dessinée quand elles ont passé la barrière, peut-être parce que le pénible incident avait été amplement commenté au Landing, d'autant que Kwamé Kennerly s'était fait un plaisir de le rapporter en détail au cours de son programme-radio incendiaire ; comme il n'avait évidemment pas précisé de qui il tenait l'information, certains avaient soupçonné Julia mais elle ne se serait jamais laissée aller à une faute de goût pareille, bien qu'elle ne se soit pas privée d'informer toutes les Coccinelles de l'incroyable grossièreté du gardien qui lui avait refusé l'accès à la plage du Landing, et si l'une d'elles avait choisi de donner le tuyau au combatif présentateur, cela ne la concernait pas, d'autant que l'association désapprouvait officiellement les ragots.

Astrid, qui avait entre-temps rejoint l'antenne washingtonienne d'un cabinet d'avocats de New York, était en train de conseiller malicieusement à Julia de convaincre Lemaster de gagner plus d'argent, puisque son salaire de président d'université, qui frôlait le million de dollars annuel, faisait de lui le fauché de la famille. Julia a changé de sujet.

Oui, est convenue Astrid. Sa toute première source avait été Kellen Zant. Et oui, a-t-elle précisé après une autre question, elle l'avait rencontré peu avant sa mort. Mais pas le soir fatidique.

— Et tu le voyais souvent, non ? a insisté Julia et, de la même manière que Bruce Vallely avait partagé avec elle des bribes de ses découvertes afin de la mettre en confiance, elle a ajouté : Ces produits de beauté dans la chambre d'amis de chez Kellen, c'était les tiens, n'est-ce pas ?

— À moins qu'ils n'aient été à l'une ou l'autre de ses conquêtes.

— Tu lui rendais visite ici et tu ne nous disais pas que tu étais là ?

— Et qu'est-ce que vous auriez fait ? a répliqué Astrid d'un ton ironique.

Stupéfaite, et un peu jalouse, Julia a laissé passer cette pique. Mais enfin, a continué la cousine de Lemaster, il était certes possible que quelqu'un les ait vus ensemble : on a beau être prudents, on commet parfois des erreurs. Le soir de sa mort, toutefois, elle n'était pas à Elm Harbor, et de plus elle ne comprenait pas comment un petit Blanc raciste pouvait confondre l'accent britannique avec celui de La Barbade. Et, oui, a-t-elle continué, habilement pressée par Julia, c'était Kellen qui avait pris contact avec elle, non le contraire :

— Ça a commencé il y a environ six mois. Il m'a dit qu'il avait des informations qui risquaient d'avoir un impact sur les élections. J'ai été intéressée, naturellement. N'importe quel citoyen concerné l'aurait été.

J'étais à New York pour affaires, il est venu en train, nous avons pris le thé au Stanhope – tout le monde chuchote, là-bas, alors pourquoi pas nous ? –, et sitôt assis ce salaud a ouvert le feu. Premièrement, il voulait de l'argent. Il n'allait pas me laisser m'emparer de la plus-value réalisée sur son travail, ce que j'ai compris comme une plaisanterie d'économiste qui se la joue. Je lui ai dit qu'il n'était pas convenable de payer pour de la publicité négative contre un concurrent, et que si la presse s'en emparait ce serait contre-productif. Cette petite ordure aimait les dollars, hein ? Il a dit que si c'était comme ça, il gardait son matériel.

Comme Astrid fumait, Julia restait contre le vent. Au-dessus d'elles, les mouettes les regardaient d'un œil intéressé, peut-être parce qu'elles voyaient dans la cigarette une sorte de nourriture qui leur serait bientôt abandonnée.

— Deuxio, il a refusé de me dire quel camp allait être affecté par ses découvertes ! Il a dit que le mien allait perdre, de toute façon, donc ce n'était pas si grave. Il m'a regardée et il m'a dit que si je le suppliais, si je demandais vraiment gentiment, il me le dirait peut-être. Qu'est-ce qui le rendait mauvais à ce point, le bougre ?

— Et alors, tu l'as supplié ?

— Moi ? Je l'ai giflé.

— En plein milieu du Stanhope ?

— Sur le trottoir.

— Oui… C'est le genre de réactions qu'il provoquait chez les gens.

Astrid lui a jeté un regard prudent, se demandant comment elle devait prendre ça, puis elle a eu un sourire distrait et elle a jeté son mégot dans les vagues. Révoltée, Julia a détourné la tête.

— Tertio, il m'a dit qu'il y avait des ramifications à l'histoire. Il m'a invitée à dîner. Et il pouvait être très charmant, j'imagine que tu sais ça... – Elle s'est ébrouée, comme pour se débarrasser de ses souvenirs. – Et donc, les choses se sont enchaînées et...

— Vous avez eu une liaison.

— Ce n'en était pas une. Ne vois pas ça de cette manière. On couchait ensemble de temps à autre, rien de plus. Je suis certaine que ce salaud fréquentait d'autres femmes, en même temps... – Elle a corrigé le très léger tremblement dans sa voix. – Je ne savais pas, Julia. Pour vous deux. Au cas où tu te poserais la question, je peux te garantir que Kellen gardait très bien votre secret. On a eu du bon temps ensemble, je ne vais pas le nier, mais maintenant, avec le recul... Je n'étais pas du tout son genre. Il les aimait blanches et collantes. Je crois que coucher avec moi était juste une sorte de revanche contre toi, pour lui. Je crois qu'il espérait que tu l'apprennes.

« Mais je ne suis pas une Blanche ! » a failli protester Julia, même si Kellen disait souvent qu'il aimait sa peau très claire, que pour sa part elle détestait. « D'un autre côté, j'étais certainement collante... »

— Ça n'a duré que deux ou trois mois, a poursuivi Astrid. En... quoi ? septembre ? tout était fini. Et puis il m'a rappelée en novembre pour voir si j'étais toujours intéressée. Le mercredi avant sa mort. J'ai pensé qu'il voulait dire intéressée par lui, mais c'était de ses infos qu'il voulait parler. Il a proposé qu'on se voie à New York. À ce stade, j'avais cessé de pleurnicher sur cette relation et je n'avais pas du tout envie de remettre le couvert, alors je lui ai répondu de dire ce qu'il avait à dire, et basta. Il s'est mis sur la défensive, il a dit que son téléphone était peut-être sur écoute, et puis il a sorti que si je voulais son matériel je devais faire une offre, et vite. Qu'il avait mis ça aux enchères et qu'il comptait vendre d'ici un jour ou deux, pas plus. Et il a dit… Eh bien, il a dit que s'il lui arrivait quoi que ce soit, j'aurais quand même une chance de récupérer ce qu'il avait trouvé. – Elle a pris une autre cigarette mais s'est ravisée et l'a remise dans le paquet. Un reniflement dégoûté. – Je lui ai répondu que j'allais réfléchir. Et deux jours après, il se prend deux balles dans la tête.

« Vendre d'ici un jour ou deux. » En revenant à la voiture, Julia méditait ces mots. Elle s'est rappelé que Kellen devait avoir un petit déjeuner avec Cameron Knowland le samedi matin mais il ne pouvait être sûr que l'affaire avait déjà été conclue avec ce dernier, à ce stade.

« Un jour ou deux. »

— Julia ?

— Pardon, je réfléchissais.

— Tu as remarqué une chose ? Qu'aucun journaliste ne s'intéresse à la jeunesse du Président ? Ah, cette conspiration du silence, je hais ça ! Tu devrais appeler ton ancienne copine, Tessa. Lui dire de déterrer le scandale.

— Fais-le toi-même, a répondu Julia d'un ton plus sec qu'elle ne l'aurait voulu, mais elle avait soudain été prise d'une colère dont elle ne voulait même pas envisager la cause.

— Entendu, a acquiescé Astrid sans s'offusquer. Le problème, c'est que plus personne ne répond à mes appels…

— Je suis certaine que tu exagères.

Mais elle ne l'était pas tout à fait, et c'est pourquoi elle a brièvement serré la main d'Astrid dans la sienne, au cas où.

Donc, Kellen avait contacté le camp du sénateur le mercredi et se disposait à rencontrer un représentant de celui du Président le samedi. Conclusion : celui – ou celle – qu'il comptait voir le vendredi n'appartenait ni à l'un ni à l'autre. Mary Malard avait raison : quelqu'un d'autre était intéressé. Quelqu'un que Kellen avait peut-être rencontré le vendredi soir, et pour une raison inconnue l'entrevue s'était mal passée et… Julia a pilé sur place.

Tony Tice était confortablement assis sur le capot de l'Escalade.

III

— Vous voulez bien descendre de ma voiture ?

Il a relevé son séduisant visage dans le vif soleil hivernal.

— Vous ne me présentez pas à votre ravissante amie ?

— Tony Tice, Astrid Venable. Tony ici présent a récemment été arrêté pour coups et blessures sur sa compagne, et s'il continue à me suivre partout il va de nouveau avoir des ennuis avec la justice.

— J'ai obtenu la liberté sous caution et c'était un coup monté. Ça n'ira jamais jusqu'au procès.

— Bien sûr, a fait Julia de son ton le plus froid.

— Quant à une nouvelle arrestation… – Il a sauté souplement à terre, se campant bien droit dans la neige tel un monument à son immuabilité. – … Il y a trois ans, j'ai attaqué la police du campus et j'ai gagné devant le juge. J'adorerais traîner la municipalité du Landing en justice, elle aussi.

— C'est une sorte d'obsession, de me suivre ? Parce que je crois bien que c'est votre chaussure que le chien de Mick Huebner a eue entre ses crocs.

L'avocat ne s'est pas donné la peine de répondre. Il a plongé la main dans la veste de son costume, mais seulement pour en retirer son téléphone portable, dont il a examiné l'écran.

— Je voulais vous accorder une ultime chance de coopérer avec moi. Je crains que mes clients ne soient mécontents.

— Une ultime chance avant quoi ?

— Avant de porter plainte contre vous. – Il souriait toujours, mais Julia a perçu la tension dans sa voix. – Une demande de mainlevée. Il s'agit d'une action en justice qui vise à faire restituer un bien illégalement détenu par…

— Je sais ce qu'est une mainlevée, a-t-elle menti. De quel bien vous parlez ?

— Tout ce que Zant a laissé derrière lui. Cela m'appartient, Julia, ou pour être plus exact cela a été déjà vendu à mes clients. Donc vous n'êtes pas la propriétaire légale. Mes clients le sont. Vous pouvez me le rendre de vous-même, ou vous pouvez attendre jusqu'à ce que le juge vous y enjoigne.

Son téléphone a sonné. Il l'a porté à son oreille.

— Quoi ? Non, elle est ici. Je suis en train de lui parler. Oui. – Il a coupé la communication. – Excusez-moi.

— Qui était-ce ?

— Vous voulez réellement me forcer à vous poursuivre en justice, Julia ? – Il a pointé le doigt sur elle. – Réfléchissez. Toute l'histoire sortira au cours des dépositions : la Dame noire, votre ancienne relation avec Zant, Vanessa… Tout. Vous tenez vraiment à ce que vos enfants lisent ça dans les journaux ?

Astrid, qui était restée sans broncher, s'est tournée vers Julia :

— Démarre et roule-lui dessus.

43

Une petite faveur

I

Bruce a accepté de prendre l'appel de Gayle Gittelman alors qu'il avait ouvert devant lui le dossier administratif de Jeremy Flew, que la toujours efficace Turian avait obtenu en invoquant il ne savait quel prétexte. Trente-deux ans, intégré à l'université l'année précédente, avec le nouveau président. Une licence de l'université d'État du Michigan, deux ans à l'École du service diplomatique de Georgetown, puis huit au Département d'État, puis un dans un cabinet de consultants dont Bruce n'avait jamais entendu parler, et maintenant assistant personnel de Lemaster Carlyle… Aucune connexion préalable avec celui-ci, d'après ce que l'on connaissait. Pas de lettres de recommandation. Quelques diplomates à la retraite mentionnés dans son CV. Pas d'héritiers, d'après ses contrats d'assurance-vie et d'assurance médicale.

Ce qui intriguait le plus Bruce Vallely, c'étaient ces huit années au Département d'État lapidairement résumées par la formule « divers postes à l'étranger » dans le curriculum. Ce vide lui rappelait son propre CV, son passage dans les Forces spéciales en Amérique centrale au temps de Reagan qui ne pouvait apparaître nulle part noir sur blanc. Confidentiel défense. Quel travail confidentiel Flew avait-il pu accomplir ? Et où ? Et jusqu'à quand ? Et avait-il passé un coup de fil tout aussi confidentiel à Carlyle le soir de la mort de Kellen Zant ? Pour lui dire où il fallait qu'il ait son « accident », par exemple ?

Bon, tout cela n'était que spéculations, il était prêt à l'admettre, même s'il ne l'était pas du tout à reconnaître ce que Marlon Thackery avait affirmé : que l'intérêt qu'il portait à Lemaster Carlyle relevait de la vendetta personnelle. Non, il ne cherchait pas à venger ses parents des humiliations subies. Non, il ne nourrissait pas de ressentiment envers les Africains-Américains parvenus au sommet de la société. La seule chose qu'il voulait, c'était comprendre ce qui était arrivé à Kellen Zant.

Raffermi par ces certitudes, Bruce était de nouveau en train de consulter le dossier de Jeremy Flew quand la standardiste l'avait prévenu que Gayle était en ligne. Il la connaissait sans la connaître, à la manière dont les inspecteurs chevronnés d'une petite ville connaissent les meilleurs avocats en droit privé du coin. Entre le flic et celle qui avait défendu avec un notable succès maints des suspects qu'il s'était échiné à mettre sous les verrous, l'admiration était impossible, certes, mais il reconnaissait à Gayle Gittelman une grande intelligence et une exigence professionnelle de tous les instants. Elle n'était pas du genre à faire perdre du temps aux autres, et c'est pourquoi il a pris son appel.

— L'un de mes clients voudrait vous parler, si possible ce matin, a commencé l'avocate. Je dois vous prévenir que c'est un peu délicat, parce qu'il va bientôt passer devant le juge.

Kwamé Kennerly, a pensé Bruce. La vedette de la radio locale était sans cesse arrêtée pour avoir pris part à telle ou telle manifestation non autorisée.

— À quel propos ?

Gayle Gittelman a hésité quelques secondes, comme si elle désapprouvait le choix de son client.

— Il m'a demandé de vous dire qu'il a des informations sur ce qui est réellement arrivé à Kellen Zant.

— Pourquoi est-ce qu'il ne traite pas avec le procureur ?

— S'il vous le dit, n'oubliez pas de me le répéter.

Puis Gayle lui a donné le nom de celui qu'elle représentait, et Bruce a bondi sur son manteau.

II

Anthony Tice paraissait ravi par la perspective d'en dire aussi peu que possible à Bruce Vallely. Dans les souvenirs de celui-ci, il était tout le contraire de Gayle Gittelman : un adversaire qui ne lui avait jamais inspiré la moindre admiration, évidemment, mais pas une once de respect non plus. C'était le genre d'avocat incapable de rappeler aux enquêteurs les droits de son client sans accompagner cette mention solennelle d'un petit rire moqueur, comme s'il venait de sortir une carte maîtresse de sa manche.

— Nous savons comment ça marche, Bruce, a-t-il débuté en recourant au prénom de son interlocuteur parce qu'il prétendait être l'ami de tout le monde quand tout le monde le détestait. Si je divulguais les confidences de mes clients, je n'en aurais plus aucun. Je serais au chômage, et je serais rayé du barreau. Vous comprenez ça, Bruce. Car je me suis renseigné sur vous. J'ai bûché sur votre CV.

Le chef de la sécurité du campus a hoché la tête pour confirmer que oui, il comprenait. Ils étaient assis de chaque côté de la table de conférence dans le bureau de Gayle, elle-même absente.

— C'est pour cette raison que vous vouliez me voir ? – Son visage était indéchiffrable. – Vous me demandez de vous aider à sortir de votre guêpier ?

— Non, non, pas du tout ! – Grand sourire carnassier. – J'ai l'habitude de ce style de guet-apens et je sais comment m'en tirer tout seul.

— En importunant Julia Carlyle ?

Quelques heures après la rencontre à la plage, en effet, Lemaster avait contacté Bruce en exigeant qu'il remette Tony La Farfouille à sa place une bonne fois pour toutes. Le président de l'université était tellement irrité que le chef de la sécurité s'était à moitié attendu à ce qu'il lui demande si quelqu'un ne pourrait pas régler définitivement son compte à l'impossible avocaillon.

— Pour moi, ça ressemble à un geste de panique inconsidéré, Tony, a-t-il repris. Vous devez vraiment être dans de sales draps.

— Pourquoi dites-vous ça ?

— Mais parce que, un, vous êtes arrêté, deux, vous embêtez Mrs. Carlyle, et trois, maintenant, vous voulez que je vous aide. Moi, j'appelle ça du désespoir.

— Si j'ai été arrêté, c'est uniquement parce que j'étais en train de progresser à pas de géant ! s'est défendu l'avocat d'un ton indigné. J'approchais de trop près ce que Kellen a caché.

Il a posé ses mains sur la table, poignets joints. Comme si Bruce allait lui passer les menottes, et ce dernier s'est demandé s'il était aussi sûr de s'en sortir qu'il le prétendait. Son regard matois surveillait la moindre réaction sur les traits impassibles de l'ancien policier. Lequel s'est rappelé avoir coffré toutes sortes d'individus : ceux qui de toute évidence étaient incapables de survivre en prison, ceux qui finiraient probablement par embrasser la foi, et ceux qui purgeraient leur peine en ne pensant qu'à prendre leur revanche une fois sortis, encore plus venimeux à leur départ qu'ils ne l'étaient à l'arrivée. Il était prêt à parier qu'Anthony Tice appartenait à la dernière catégorie.

— Si vous le dites…

Un sourire de félin a répondu à cette prudente concession.

— Écoutez, Bruce, je sais ce que vous pensez de moi. Vous, et tout le monde. Je sais ce qu'on pense de ma clientèle, mais c'est exactement pour ça que Kellen est venu sonner à ma porte. Pour ma clientèle que tout le monde déteste tellement.

Bruce a de nouveau opiné, attendant la suite. Son expérience lui avait appris qu'un homme prêt à se confesser finit par le faire devant n'importe qui, pas seulement un inspecteur de police : un barman, une fille qui a la patience de l'écouter, un inconnu rencontré dans un train…

— Kellen avait en sa possession quelque chose d'une grande valeur, Bruce. Il voulait savoir combien l'un de mes clients était prêt à offrir pour l'avoir. J'en ai consulté plusieurs, ils ont réfléchi, ils ont réclamé des preuves. Kellen leur a donné ce qu'il appelait un « amuse-gueule » : une page du journal de quelqu'un, pour être plus précis. Mes clients ont été intéressés, il y a eu des négociations, plus, moins, jusqu'à ce que le marché soit conclu. Je n'étais qu'un intermédiaire, vous comprenez ? Mais naturellement, tout intermédiaire prend sa commission, d'accord ?

— Naturellement.

Tony a froncé les sourcils sans relever l'ironie. Était-il le genre de Blanc bien placé qui n'appréciait pas d'être interrogé par un Noir ? Bruce s'est posé la question, mais après tout c'était l'avocat qui avait proposé la rencontre.

— Les problèmes ont commencé quand mes clients m'ont dit qu'ils avaient appris de certains amis que Kellen proposait à d'autres d'acheter ce qu'il était déjà convenu de leur vendre. Ce sont des gens patients, Bruce, mais cette nouvelle ne pouvait que les énerver. Ils sont venus me voir, m'ont prié de rappeler à Zant qu'ils avaient un accord avec lui. Ils n'aiment pas les filous, voyez-vous.

— Et donc vous êtes allé le voir. Kellen Zant.

— Je l'ai rencontré, oui. Et il m'a ri au nez. Il m'a dit qu'il y aurait une mise aux enchères et que mes clients pourraient faire leur offre comme les autres. Je lui ai répondu qu'ils ne faisaient pas ce genre de choses, et il a dit que dans ce cas il trouverait un autre acheteur, qu'il y en avait un qui devait venir à Elm

Harbor le lendemain et qu'ils feraient sans doute affaire.

Bruce faisait rouler un stylo sur la table, parce qu'il avait constaté qu'attirer l'attention d'un suspect sur un objet l'aidait souvent à se mettre à table. Une bonne baffe aussi, quoique. Sans relever les yeux, il a posé la question carrément :

— Est-ce que vos clients l'ont tué ? Ou est-ce que c'est leur avocat qui s'en est chargé à leur place ?

— Mes clients n'avaient aucune raison de s'en prendre à Kellen. Moi non plus. Ils voulaient vraiment ce qu'il avait à vendre.

N'empêche que Bruce trouvait Tony La Farfouille trop malin, et son histoire trop facile. Kellen Zant n'était pas inconscient : il n'aurait pas conclu un accord avec le type de clients qu'il représentait pour s'empresser de le rompre afin de gagner un peu plus, s'exposant ainsi à des représailles plus que probables. Non, il était plus vraisemblable que La Farfouille avait assuré ses clients que l'accord était dans la poche avant que Zant ait accepté. Il avait peut-être même déjà empoché sa commission, ce qui expliquerait qu'il se fasse tant de mouron, maintenant…

— Vos clients doivent être aux abois, eux aussi, a-t-il observé.

— Ce n'est pas leur genre non plus. – Tice a regardé ses mains. – Leur genre, c'est de mettre les autres aux abois.

— Comme vous ? C'est pour ça que vous m'avez contacté ?

— Il faut que vous compreniez la logique de mes clients, Bruce. Ils se fixent un objectif et ils vont droit au but. Très militaire, comme démarche. Très organisée. La mission et rien d'autre. Tout à fait dans votre style, Bruce. – Son légendaire toupet était de retour. – En fait, je pense que vous pourriez les aider.

— C'est une plaisanterie ?

— Jusqu'ici, j'ai réussi à les persuader de garder leur calme, Bruce. Pas de réaction directe, simplement attendre que les événements prennent tournure. Je l'ai dit, ils sont patients, mais ils ne vont pas se tourner les pouces éternellement. Sans résultats concrets, ils finiront par vouloir passer à l'initiative. Et s'il y a de la casse en route, ils ne sont pas du genre à se laisser intimider par des détails pareils.

— Ils m'ont l'air fort sympathiques, vos clients.

— Ils ne le sont pas. Je vous assure.

Bruce a carré les épaules, se réjouissant de voir l'avocat se tasser sur lui-même.

— Pourquoi ne pas me raconter le reste ?

— Quel reste ?

— Zant vous a dit qu'il avait un acheteur et qu'il le verrait le lendemain. Je parie que c'était Cameron Knowland. Je parie qu'ils devaient petit déjeuner ensemble le samedi. Or Zant a été tué le vendredi soir, ce qui signifie que vous l'avez rencontré le soir de sa mort. Et vous avez discuté, vous vous êtes même disputés. C'est ça qui vous chiffonne autant. Ce n'est pas seulement vos clients qui vous inquiètent, c'est la police. Tant que l'enquête n'a pas été mise au placard, vous avez peur que la police ne découvre que vous avez vu Zant ce soir-là, précisément, et qu'elle vous accuse du crime.

— Ils ne pourraient jamais m'inculper pour ça. Je n'ai rien fait.

— Peut-être pas. Mais s'ils vous arrêtent, vous êtes cuit. – Il a croisé ses mains immenses sur la table, afin que Tice les voie bien. – Alors racontez-moi le reste, Tony. Racontez-moi ce qui s'est passé le soir où Kellen Zant est mort.

Et l'avocat s'est exécuté.

III

Tout paraissait si simple, a commencé Tony Tice. Il avait appelé Kellen Zant à son bureau le vendredi après-midi et celui-ci avait accepté de le retrouver à cinq heures et demie sur le parking de la tour Hilliman. Il était arrivé quelques minutes plus tard, mais porteur d'un autre « amuse-gueule » : une nouvelle page du journal, sur laquelle quelqu'un avait écrit que le gardien de la plage présentait soudain un accès d'amnésie aigu, et qu'il circulait beaucoup d'argent en ville. Les gribouillages de l'auteur inconnu continuaient, sans doute, mais il n'y avait que ce feuillet. Acceptant le document, l'avocat avait néanmoins exposé la position de ses clients. Et Kellen, ainsi que Bruce le soupçonnait, avait nié qu'un accord ait été conclu. Tony lui avait répondu que les autres n'allaient pas du tout apprécier, et lui avait demandé de le retrouver sur ce même parking, deux heures et demie plus tard. À sept heures et demie, donc. Puis il était monté dans sa voiture et il était parti.

— Mais vous l'avez suivi.

— J'ai essayé, oui. La circulation était impossible, avec le match de hockey, et puis je ne connais pas très bien le campus. Il a tourné dans une allée et le temps que j'y arrive il avait disparu.

Donc, il avait continué à tourner dans les parages avec l'espoir de retrouver l'Audi. Ses clients avaient téléphoné à deux reprises, exigeant un compte rendu, et il leur avait certifié que les choses étaient en bonne voie. À sept heures et quart, il était de retour du parking, la voiture de Kellen était là mais… il y avait une petite couche de neige accumulée dessus. Tony avait compris que l'économiste l'avait berné : il s'était éloigné, avait senti qu'il était filé et était revenu à sa place en faisant le tour du pâté de maisons, le dernier endroit où l'avocat l'aurait cherché. Celui-ci était resté dans son véhicule, un œil sur l'entrée du parking, un autre sur l'Audi. À huit heures moins le quart, il avait sursauté quand quelqu'un avait frappé à son carreau. C'était Kellen, arrivé par l'autre côté…

— Quel autre côté ?

— Par en bas, je ne sais pas. Le centre artistique, l'institut de théologie, il y a tout un tas de bâtiments, en bas de la côte.

Zant avait invité Tice à venir avec lui et ils étaient partis à Tyler's Landing dans l'Audi. À toutes ses questions, Kellen avait répondu qu'il ne devait pas s'inquiéter, qu'il voulait juste lui montrer quelque chose. Ils étaient arrivés dans Main Street vers huit heures et quart, et c'est là que le cellulaire de Zant avait sonné. Celui-ci s'était garé, avait dit à Tice d'attendre et était sorti sur le trottoir pour répondre. Il était en colère, ou préoccupé, ou les deux. Il s'était emporté au point que, même derrière les vitres fermées, l'avocat avait capté des lambeaux de conversation.

« Tu ne peux pas faire ça ! » avait-il hurlé, puis, à la fin : « Non, je suis déjà là, j'arrive. »

Dans tous ses états, il avait rouvert la portière et ordonné à Tony de quitter le véhicule. Changement de plan, avait-il lancé en lui montrant la taverne de Greta de l'autre côté de la rue : « Allez là-bas, prenez un café ou ce que vous voulez. Si je ne suis pas de retour dans une heure, appelez-vous un taxi et oubliez ce soir. » Il n'était pas revenu. L'avocat était rentré en taxi.

— Il n'a pas dit où il allait ?

— Non.

— Ni à qui il venait de parler au téléphone ?

— Non plus.

— Et vous n'avez jamais raconté tout ça à la police ?

— Non. Ils ne sont jamais venus me voir pour ça.

— Mais vous, vous avez parlé à vos clients, n'est-ce pas ? Vous les avez peut-être même appelés pendant que Zant était dehors avec son portable ? Ou de chez Greta ? Oui, hein ? Vous les avez contactés, et vous leur avez dit que Zant allait être occupé un moment au Landing, le temps qu'ils envoient quelqu'un fouiller sa maison.

— Je… Je ne peux pas confirmer cela.

— Pas besoin. Et ne vous inquiétez pas : je sais que vous n'avez pas tué Zant. Et vos clients non plus. Il était trop précieux vivant.

Ragaillardi, l'avocat l'a raccompagné à la porte du bureau de sa consœur.

— Vous avez raison, Bruce. Je suis dans la mouise. Il me faut quelque chose à montrer à mes clients. Il faut que vous me donniez un coup de main. Tout le monde dit que vous ne lâchez jamais une piste, une fois que vous êtes dessus. Je suis certain que vous allez retrouver le surplus de Zant.

— Je n'ai pas une seule raison au monde de vous aider.

— Vous ne voulez pas qu'ils passent à l'action, croyez-moi. Je peux les faire se tenir tranquilles si je leur annonce que vous êtes prêt à partager ce que vous trouverez.

Bruce a ressenti le frisson excitant qui précède une bataille imminente.

— Vos gars ne m'impressionnent pas.

Tony La Farfouille a posé une main sur son bras.

— Vous n'êtes pas le seul concerné là-dedans, Bruce. Donc, réfléchissez, d'accord ?

Gayle Gittelman a fondu sur lui alors qu'il traversait le hall.

— Alors ? Vous avez eu quelque chose d'intéressant ? Une info que je pourrais partager ?

— Votre client n'est pas quelqu'un de plaisant.

— Ah non ? Eh bien, les siens sont encore pires, a-t-elle chuchoté contre son oreille.

44

Le nid

I

Pour les démographes fleur bleue, et ne parlons pas des critiques gastronomiques, la ville d'Elm Harbor présentait un aspect délicieusement multiculturel. Sur quelques centaines de mètres de Henley Street, non loin du campus, c'était une succession de restaurants russes, éthiopiens, coréens, italiens, irlandais, malaisiens ou grecs, et encore ne s'agissait-il là que de la partie nord de l'agglomération. « Un monument vivant à la diversité » : ainsi le maire aimait-il décrire la ville en pleine dépression économique sur laquelle il exerçait son règne très corrompu.

Telle était la vision officielle. Les habitants du « Nid » – le sobriquet aucunement flatteur qu'avait reçu le plus déprimé des trois quartiers noirs d'Elm Harbor – voyaient les choses sous un autre jour. Commençant à trois rues au nord-ouest du campus, le Nid s'étendait furtivement sur dix ou douze autres, sa frontière étant aussi peu fiable que les patrouilles de police ; rares étaient les étudiants qui s'y risquaient, à part une poignée de volontaires idéalistes venus faire du soutien scolaire en cours élémentaire ou encadrer des troupes de boy-scouts, ce qui les rendait plutôt excentriques, voire totalement inconscients, aux yeux de leurs semblables. Pour tous ceux qui vivaient – et mouraient, en règle générale – au Nid, la démographie elm-harbo-rienne était des plus simples : il y avait les Noirs, il y avait les Blancs, et nulle part où les uns et les autres se croisaient, sauf peut-être le centre d'assistance sociale et le tribunal. Plus encore, ils étaient convaincus que tout le reste de la ville était fort satisfait de cet état.

Si Julia Carlyle ne partageait pas le point de vue des gens du Nid sur les autres résidents d'Elm Harbor, elle était encline à reprendre l'opinion que les derniers avaient des premiers, bien qu'elle ne l'eût jamais avoué, pas même à Lemaster. À ses yeux, le Nid était un repaire de gangs ultra-violents, une zone où de jeunes désœuvrés fanatiques de hip-hop guettaient à chaque coin de rue l'occasion de passer à l'action. Empirique ou pas, elle devait maintenant confronter ce qu'elle avait imaginé à la dure réalité. Non qu'elle ait eu vraiment le choix.

Elle a engagé sa voiture entre des alignements de HLM qui paraissaient ne jamais devoir finir, immeubles bas en briques rouges construits une quarantaine d'années plus tôt selon la théorie que les pauvres du pays auraient besoin d'un habitat transitoire dans leur lente ascension pour rejoindre la classe travailleuse. Des mères plus jeunes que Vanessa étaient assises sur les marches devant des poussettes bleu ciel, prenant l'air hivernal, fredonnant les chansons qui passaient dans leurs écouteurs et flirtant avec les garçons comme si, non contentes de s'être déjà embarrassées d'un ou deux mouflets, elles étaient prêtes à en fabriquer d'autres.

Entre ces barres surpeuplées, il y avait des rangées de pavillons mitoyens qui avaient peut-être été recherchés, dans le temps, mais semblaient désormais pour la plupart abandonnés, leurs fenêtres bouchées par des planches ou protégées par des grilles en fer. Dans l'un des jardinets, deux garçonnets qui ne devaient pas avoir plus de trois ans se livraient une bataille de boules de neige. Plus loin, une voiture de sport bas de gamme bloquait la moitié de la chaussée, son chauffeur ayant tout simplement décidé de s'arrêter là pour tailler le bout de gras avec l'une de ses connaissances. Quand Julia les a contournés, leurs yeux envieux ont suivi la Mercedes bleu marine tandis que la musique sortie de l'autre véhicule, qui aurait sans doute reçu l'assentiment de Lemaster, résonnait tellement fort qu'elle a ressenti la vibration des basses jusque dans sa cage thoracique.

Il y avait des boutiques aux enseignes modestes, pour l'essentiel consacrées à ce qui était visiblement la triple priorité du peuple de Julia, puisqu'elle ne la retrouvait jamais avec la même insistance dans d'autres quartiers : alimentation, manucure et location de meubles. Deux ou trois maisons de pompes funèbres, un coiffeur, mais des églises à foison, depuis celles de baptistes ou d'un millier d'autres branches du christianisme jusqu'à la simple vitrine où une grosse commère ayant reçu « l'appel de la foi », comme disait Lemaster avec une grimace, autoproclamée prêtresse de ce pauvre tabernacle, faisait marcher son commerce religieux. Et il y avait…

C'était cette rue ! Ayant presque dépassé l'embranchement, Julia a freiné brutalement, mais la Mercedes était capable d'opérer ce brusque changement de cap sans tête-à-queue ni même un crissement de pneus. Elle a facilement trouvé la maison qu'elle cherchait. Petite, bien tenue, badigeonnée d'une couche de peinture verte là où il en aurait fallu au moins deux de plus, les rideaux tirés. Sur la pelouse, abandonnée contre la barrière basse, un tricycle en plastique avait perdu l'une de ses roues.

Comme c'était toujours le Nid, elle a inspecté les alentours avant de déverrouiller les portières. En deux pas, elle était sur le perron, gardant un œil sur la Mercedes même si elle avait branché l'alarme. Le voilage derrière la fenêtre tout en hauteur qui flanquait la porte a légèrement bougé, un visage sombre est apparu, Julia lui a adressé un grand sourire mais il s'était déjà retiré. Un bébé s'est mis à geindre, mais cela venait peut-être d'une autre maison. Elle a entendu le bruit de ferraille d'une série de chaînes et de loquets en train d'être ouverts, mais elle s'est fait la réflexion que les fenêtres n'étaient pas grillagées, ici. D'après Lemaster, plus il y en avait, plus le taux de criminalité du quartier était élevé.

Le battant s'est ouvert. Julia a étouffé un cri de surprise.

La femme qui se tenait devant elle était plus âgée de quelques années, et beaucoup plus belle si l'on s'en tenait aux canons classiques. Sa peau était plus douce, ses membres plus déliés, ses traits plus harmonieux. Le regard expérimenté de Julia a noté l'habillement sobre et bon marché, les boucles d'oreilles en métal doré, la chevelure bouclée exagérément permanentée, et cependant il émanait d'elle une sorte d'autorité tranquille, comme si le monde était un lieu qu'elle avait rendu meilleur par sa seule volonté.

— Vous désirez ?

La voix était grave et mélodieuse, le ton méfiant.

— Je… Ah, je suis désolée. Je voulais voir, euh… votre mère, je crois.

— Ma mère ?

— Je cherche Theresa Vinney, la… maman de DeShaun Moton.

Et si c'était la sœur de DeShaun ? Ce serait peut-être encore mieux…

— Je suis Theresa Vinney. La mère de DeShaun.

L'espace d'un instant, Julia a senti toutes ses certitudes vaciller : tout ce qu'elle croyait comprendre de la vie était faux. Mais elle s'est reprise. Pourquoi cette femme ne serait-elle pas la mère du garçon tué trente ans plus tôt ? Il en avait seize, à l'époque ; si elle l'avait eu très jeune, elle devait avoir aujourd'hui la soixantaine. Julia la fixait bêtement. Theresa Vinney ouvrait de grands yeux, l'inquiétude alourdissant les ombres autour des orbites. Oui. Soixante ans, au moins. Julia a révisé son jugement antérieur, qui avait dû être une hallucination : cette inconnue était hantée plutôt que belle, à cran plutôt que suprêmement sûre d'elle.

— Oh, je m'excuse, Mrs. Vinney ! Je suis Julia Carlyle, je suis… Je travaille à l'université. Vous pensez qu'il vous serait possible de m'accorder quelques minutes ?

— Vous pouvez m'appeler Miss Ter. Je ne suis pas mariée.

Elle a froncé les sourcils, s'attendant peut-être à une mimique désapprobatrice, mais Julia a incliné la tête avec respect.

— Je serais vraiment heureuse que vous ayez un peu de temps pour moi, Miss Ter. J'aimerais vous parler.

— De quoi ?

— De ce qui s'est réellement passé le soir où votre fils est mort.

II

La maison était encombrée et un peu lugubre, mais très propre. Elles se sont assises au salon, dans des fauteuils en chintz vert couverts de housses en plastique transparent, le genre de mobilier de grande surface acheté à crédit que l'on ne voyait plus que dans les zones urbaines défavorisées. Des photographies aux murs, enfants, petits-enfants, neveux et nièces si nombreux que Julia, dont le seul frère était décédé depuis longtemps, s'est demandé comment son hôtesse faisait pour se souvenir de tous leurs noms. Telles des idoles oubliées, une collection de coupes et de statuettes sportives se dressait sur une table dans un coin, des trophées collectés il y a longtemps par des jeunes qui ne l'étaient plus autant, a déduit la visiteuse instinctivement. Miss Ter a servi du café dans des tasses dépareillées, l'une rescapée d'un vieux service en céramique, l'autre portant le sigle d'une chaîne de fast-foods.

En chemin, Julia s'était dit qu'elle allait la jouer décontractée, juste une petite causette entre femmes, mais Miss Ter était clairement d'un autre calibre. Elle avouait soixante et un ans dans cette vallée de larmes, au cours desquels elle avait mis au monde cinq enfants. Elle avait six petits-enfants, à sa connaissance, et déjà deux arrière-petits-enfants, un télescopage de générations dont Julia a renoncé à calculer l'enchaînement. Avec une franchise désarmante, Miss Ter a indiqué que ses fils auraient sans doute pu faire plus pour elle mais qu'elle ne savait pas trop et eux non plus, certainement. Julia la rationnelle a fait l'addition : si elle disait vrai sur son âge, cette femme à la réserve imposante et à la volonté de fer, encore belle, qui faisait craquer la housse en plastique chaque fois qu'elle se penchait pour reprendre sa tasse sur la table, avait eu DeShaun quand elle était une adolescente de quinze ans.

Julia, qui avait contribué financièrement à plusieurs campagnes de promotion des mesures contraceptives et avait même soutenu, sous les exclamations ironiquement indignées de Lemaster, la distribution de préservatifs dans les lycées, s'était toujours sentie distante des jeunes filles qu'elle voulait ainsi aider. Son travail et sa famille l'accaparaient trop pour qu'elle ait pu se consacrer au volontariat, et elle n'avait aucune expérience du travail social. Quand le père Freed exhortait ses fidèles à donner au Seigneur dix pour cent de leur temps, de leur savoir et de leurs ressources, elle décidait généralement qu'il suffisait de puiser dans son porte-monnaie. Bien que très consciente du problème qu'elle, comme tant d'autres, résumait sous la formule des « gamines qui ont des gamins », elle ne s'était pas du tout attendue à ce que ledit problème soit un jour installé en face d'elle dans un salon modeste en train de lui verser du café.

— Vous n'êtes pas d'ici, a constaté Miss Ter avec un regard accusateur.

— Euh, non, madame… Miss Ter.

— Vous n'êtes pas née ici, non plus ?

— Eh bien, non… Je suis de Hanover.

— Où est-ce ? a demandé son hôtesse sans le moindre embarras.

— Ah, dans le New Hampshire.

L'interrogatoire s'est poursuivi lentement. Miss Ter avait les intonations d'une directrice d'école sceptique.

— Et vous vivez où maintenant, Julia ?

— Au Landing, a-t-elle avoué piteusement, comme si elle venait encore à l'instant de trahir sa nation, et le réconfort du Clan lui a paru soudain très lointain.

— Tyler's Landing ?

— Je… Oui.

— Là où ils disent que DeShaun a tué cette fille. – Une pause. – Là où ils l'ont tué, lui, pour sûr.

— Oui, c'est exact. Je suis désolée, Miss Ter.

— Il n'y a pas beaucoup de nos gens, par là-bas.

— Non, madame.

— Combien ?

— Je… Je ne sais pas exactement.

Mais elle s'est rappelé que Beth Stonington, l'agente immobilière qui leur avait vendu le terrain, leur avait donné le chiffre sans aucune hésitation quand ils lui avaient posé la question, comme si la liste des habitants noirs du Landing était réévaluée chaque semaine par ses citoyens, en tenant compte des départs et des arrivées. « Le décompte des Nègres » : c'est ainsi que Kellen appelait ça.

— Tout le monde est blanc ?

— Presque tout le monde.

Miss Ter a hoché la tête. Derrière elle, il y avait une affiche encadrée d'une exposition que le musée universitaire avait consacrée des lustres auparavant à la construction du chemin de fer souterrain. Les principaux magazines de l'obscure nation, *Ebony, Essence, Jet*, s'empilaient sur le sol près de son fauteuil. Chaque année, Lemaster Carlyle apparaissait dans la liste des cent principales personnalités noires américaines que dressait *Ebony*. Et même dans le peloton des cinq premiers, si Julia se rappelait bien.

— J'ai été par chez vous quelquefois, Julia. Dans le temps, je faisais le ménage dans des maisons par là-bas. – Une grimace. – Je peux comprendre pourquoi les Blancs apprécient ça : c'est coquet, bien propre, et sans personne de nous autres. Mais pour nous ? Nos gens ? Dites-moi pourquoi vous avez voulu vous isoler là-bas, Julia.

Julia avait conçu une bonne centaine de réponses différentes à cette question pour ses amies de jeunesse, pour les Coccinelles, pour Mona, pour la famille de son mari, mais devant la mère de DeShaun toutes ces explications en trompe-l'œil restaient coincées dans sa gorge comme autant d'épines.

— Eh bien… Nous voulions ce qu'il y a de meilleur pour les enfants. Vous savez, de bonnes écoles, des… ce genre de choses.

— Hmm.

— Et puis, je… je crois que j'aime bien cette atmosphère très Nouvelle-Angleterre.

— Hmm-mmm.

— Mais surtout, surtout, nous voulions élever les enfants dans un, euh… contexte où nous les saurions en sécurité.

— En sécurité ? – Miss Ter s'était redressée sur son siège. – Comme mon DeShaun, oui. Avec huit flics autour de lui, il devait l'être, en sécurité !

— Je… C'est ce dont je voulais vous parler, a repris Julia après un silence accablé.

— Oui ? Mais moi, je ne veux pas. – Une lueur de défi s'était allumée dans ses yeux. – Nous avions porté plainte, mais il y a des années que nous avons abandonné. Pourquoi vous voudriez déterrer tout ça ? – Un rire amer. – Huit flics autour de lui et DeShaun est mort. Je ne vois pas ce qu'il y aurait à dire de plus.

Elle avait touché la fibre maternelle de Julia.

— S'il vous plaît, Miss Ter, j'ai besoin de votre aide… – Elle a repensé à Frank Carrington dans sa boutique, soutenant que DeShaun était innocent, et à Vanessa, chez eux, répétant obstinément le contraire. – Je ne me serais pas permis de vous déranger mais c'est… c'est pour ma fille. Elle ne va pas bien.

Miss Ter a plissé les yeux, la méfiance se mêlant à un début de sympathie.

— Et en quoi remuer le passé serait censé aider ?

— Il y a deux mois et quelques, on a trouvé un… corps au Landing. Un professeur. Noir. Je ne sais pas si vous en avez entendu parler… – Son interlocutrice n'a pas réagi. Impassible, elle voulait visiblement que Julia s'exprime d'elle-même. – Il a été tué… Ce professeur… Je crois qu'il essayait d'éclaircir ce qui s'est passé quand votre fils… Il était sûr que DeShaun était innocent. – Pas plus de réaction. – Voilà, Miss Ter :

c'est moi qui ai découvert le corps et ma fille… Ma fille faisait des recherches à propos de DeShaun, et je crois qu'elle a trouvé quelque chose qui la rend… folle. – C'était dit. Elle venait d'avouer devant cette inconnue réticente ce qu'elle n'avait jamais osé dire aussi abruptement, même à Lemaster. – S'il vous plaît. Il faut que je sache.

— Qu'est-ce qu'il faut que vous sachiez, Julia ?

— Pourquoi vous avez renoncé à l'action en justice.

45

Le récit de Miss Ter

I

Pour raconter l'histoire de son fils, Miss Ter s'est mise à revisiter pensivement la sienne. Elle avait vécu dans le péché, essentiellement, et elle n'était pas fière de nombre de choses qu'elle avait faites en son temps.

— Je suis née tout près d'ici, à l'hôpital universitaire, et j'ai grandi dans une banlieue qui n'existe plus, vers South Elm. À l'époque, il n'y avait pas que des Noirs, là-bas. On avait des Blancs, aussi, et d'autres couleurs. Ma mère travaillait à l'université. « Diététicienne catégorie C », ils l'appelaient, mais pour nous elle était cuisinière et voilà tout. Mon père faisait l'entretien de lycées. Dans son enfance, il avait ciré les chaussures des étudiants du campus. Vous savez comment ça marchait ? Non ? Ils allaient à plusieurs devant une résidence universitaire et les gosses de riches leur lançaient leurs grolles de leurs fenêtres, et les petits Nègres se battaient pour les attraper ; ceux qui arrivaient à s'emparer d'une paire la ramenaient chez eux, la ciraient le soir et la rapportaient le lendemain. Ils la laissaient devant l'entrée de service. En ce temps-là, les gens de couleur n'avaient pas le droit de pénétrer à l'intérieur.

Elle s'est radossée à son fauteuil.

— Mon père disait toujours que la dignité est plus importante que tout. Ce n'était qu'un homme à tout faire, pour dire les choses crûment, mais il était toujours impeccable, toujours en costume-cravate. Il ne devait en avoir qu'un, de costume, et le fond du pantalon était tout usé, mais il faisait ce qu'il pouvait. Et une chemise blanche. Il se promenait comme ça, costume noir et chemise blanche, on aurait dit un croque-mort mais tous les jeunes du quartier le respectaient, Julia, même les durs. Il fallait voir comment ils l'écoutaient… C'était un temps où on pouvait dire deux mots aux enfants de ses voisins quand ils faisaient des bêtises, les secouer un peu et leur ordonner de rentrer chez eux au lieu de traîner dans la rue et de finir en prison…

Elle s'est interrompue, le sourire paisible que ces doux souvenirs lui avaient fait venir s'effaçant sous une expression plus triste, plus attendrie, inspirée par d'autres réminiscences. Elle a pris un cookie dans un ramequin en inox, l'a à peine mordillé et l'a reposé avec les autres. Julia, qui se serait giflée d'avoir de tels réflexes, n'a pu s'empêcher de noter lequel Miss Ter avait touché, et ceux qui étaient en contact avec lui.

— Nous étions six enfants, peut-être trop pour lui parce qu'il a été emporté par une crise cardiaque quand j'avais huit ans. On l'a mis en terre avec son costume. Ma mère, elle, nous a quittés il y a deux ans. Elle en avait quatre-vingt-deux. Oh, une dame de fer,

Julia ! Elle a fait de son mieux pour garder la famille unie. Mais à l'époque tout a tourné un peu cinglé et nous aussi, les enfants. Enfin, pas tous. L'une de mes sœurs, celle du milieu, a fait des études supérieures. À Hampton. Rebecca. Et elle a épousé un homme très gentil. Elle est institutrice maintenant, en Virginie, parce que son mari a ses proches là-bas. Et j'ai un frère, Neebie, on l'appelle, pour Benjamin, il est parti à sa manière, lui aussi : en s'engageant dans les marines. Il a un magasin de pièces automobiles dans la capitale, maintenant. Ces deux-là s'en sont tirés. Nous, les autres, on est restés ici et on s'est fourrés dans des histoires. On a traîné. J'ai un frère qui est mort en prison, un autre, plus jeune, cinquante-cinq ans, qui vit dans la rue, et la petite sœur, elle bricole, elle dit qu'elle évite les ennuis, maintenant, mais c'est quand même une vagabonde.

Julia a songé à ses amies du lycée de Hanover, toutes blanches, et aux existences auxquelles elles avaient logiquement aspiré. Médecine, architecture, microbiologie, droit… Certaines voulaient être mères, surtout, mais elles ne l'imaginaient pas sans un mariage stable et, comme Julia, elles y étaient parvenues. C'était une façon de passer à l'âge adulte, dans ce pays ; l'autre était celle que Miss Ter venait de décrire.

— Je ne dis pas que tout le monde finit sans-abri, a poursuivi celle-ci. Vous écoutez les Blancs parler de nous, on a l'impression que dans cette partie de la ville il n'y a que des proxénètes, des filles qui font le trottoir, des drogués ou des trafiquants de drogue. La vérité, Julia, c'est que la majorité des gens ici travaillent pour gagner leur vie. Ce n'est pas facile, parce qu'ils n'ont pas d'autre aide que celle du Seigneur, mais c'est possible. Seulement il y en a qui n'y arrivent pas. Plein. Surtout les jeunes.

Miss Ter a encore mordu dans son cookie. Julia s'est retenue d'intervenir.

— Moi aussi, j'ai eu des enfants. J'étais trop jeune pour réfléchir, avant de les faire. Je ne savais pas les élever, les empêcher de terminer « comme des sans-famille », ainsi que disait ma mère. Et comme je ne savais pas me servir du bon sens que le Créateur m'avait donné, je n'arrivais pas à voir qu'il fallait dire « non », pour commencer. J'étais une rebelle, Julia, comme ma petite sœur. Ou plutôt elle comme moi, parce qu'elle me regardait faire, elle voulait prendre exemple sur moi, et c'est moi qui lui ai appris tout ce qu'il ne fallait pas faire. Elle a démoli sa vie en me regardant démolir la mienne, là…

— Chacun prend ses décisions, a objecté Julia, oubliant sa résolution de laisser la mère de DeShaun raconter à son rythme.

— Ppff ! C'est ça qu'ils vous apprennent, là-bas, chez les riches ? Parce que nous, ici, à la plantation, on a toujours cette idée qu'il faut suivre des modèles. Un adulte, il doit montrer à un jeune comment se comporter. Ou un aîné à un cadet. Mon père n'a pas arrêté de nous répéter ça, avant sa mort, mais quand il n'a plus été là j'en ai eu assez, d'être exemplaire. Je voulais faire mes trucs et ne penser à personne d'autre. Exactement comme ce joueur de basket, là, celui qui a dit qu'il refusait d'être un modèle pour les gamins ?

— Charles Barkley.

— Barkley, oui. Ah, j'adorais le regarder jouer mais pour le reste, qu'est-ce qu'il avait tort ! On ne décide rien, on ne choisit rien. Ma petite sœur, elle m'a imitée, c'est tout. Et quand j'ai eu mes enfants, ils ont fait pareil que moi, que tous ceux qu'ils voyaient autour d'eux en grandissant. Maintenant, je suis une femme d'église, Julia, et je regrette de ne pas avoir compris plus tôt, assez tôt pour aider mes petits. Sauf qu'en ce temps-là on ne se causait pas, Dieu et moi, à part quand j'invoquais Son nom en vain… Et DeShaun, c'était un ti-bougre qui ruait dans les brancards, et qui a eu la calebasse de plus en plus dure. Je croyais que je pourrais le guider un peu, parce qu'à ce moment-là j'avais commencé à voir la lumière, mais sans un père, j'avais beau tout essayer avec lui, c'était la guerre. Je l'ai mis chez les boy-scouts, je l'ai inscrit au programme d'activités à l'université, où ils lui ont donné un « grand frère » et tout, mais au bout d'un moment il n'a plus voulu y aller. – Elle a eu un frisson en se remémorant la suite. – Le péché d'orgueil, Julia. Je me croyais capable de tenir DeShaun. Seulement, il faut croire que je suis faible, au fond de moi, là où ça compte vraiment, parce que j'avais beau prier et prier pour lui, ce ti-bougre, il a toujours été plus fort que moi. Oh, il avait le diable en dedans, c'est certain ! Et j'allais le jeter hors de la maison, oui, vu qu'il faisait trop le zinzin, qu'il dépassait trop les bornes, qu'il était trop mauvais, mais c'est allé plus vite que moi, je n'ai pas eu le temps, il a volé une voiture et il s'est fait tuer.

Pas une larme sur cette brusque accélération du récit, mais un regard presque provocant, comme si elle défiait la visiteuse de la blâmer. Julia savait qu'elle devait avancer sur des œufs.

— Je suis désolée, Miss Ter. Je n'ai que deux ou trois questions, si vous voulez bien.

— Je vais vous faciliter les choses, Julia, a-t-elle répliqué froidement. Mon DeShaun était un mauvais petit. Il volait des autos. Il s'était fait arrêter deux fois pour des agressions. Le soir où cette fille est morte, il était à Tyler's Landing. Ça, je le crois. Il connaissait le coin parce que j'allais y faire des ménages. Ce soir-là, il a fauché une voiture. Ça aussi, je le crois. Ils disent qu'il a parlé à la fille près du parc, et ça encore je le crois. Et, oui, nous avons porté plainte. Mais nous avons laissé tomber. Sans dédommagements ni rien. On a laissé tomber, c'est tout. Vous êtes satisfaite ?

— Non.

— Pourquoi non ? Qu'est-ce que vous voulez de plus ?

— Vous m'avez dit tout ce que vous croyez qu'il a fait cette nuit-là, mais pas que vous croyez qu'il ait tué Gina. – Silence. – Ils n'ont jamais relevé de preuves formelles, Miss Ter. Rien qui puisse établir un lien entre elle et la voiture volée. On ne sait même pas si elle est jamais montée dedans. – Dans la petite pièce sombre, Julia s'est penchée vers son hôtesse, emportée par son désir de convaincre, mais celle-ci s'est reculée, le front plissé. – Je pense que vous savez déjà tout ça, et que c'est pour cette raison que vous avez intenté une action en justice. Mais laissez-moi vous dire quelque chose que vous ignoriez peut-être : après avoir parlé avec DeShaun, je dis bien après, Gina s'est rendue au domicile de l'une de ses professeurs et elle était tout à fait normale. Pas une mèche décoiffée.

Encore un silence, mais qui s'amassait cette fois comme les turbulences subatomiques avant le Big Bang.

— À mon avis, vous ne croyez pas que DeShaun ait tué cette fille. Ni aujourd'hui ni jamais. Et c'est pour cela que vous avez voulu saisir la justice. Et je pense que si vous y avez renoncé, sans recevoir de compensations ni rien, c'est parce que… parce qu'on vous a payée. – Theresa Vinney a renâclé et secoué la tête, mais elle n'a pas tenté de l'interrompre. – Je crois que quelqu'un d'autre que DeShaun a tué Gina, quelqu'un de riche et de bien placé, et que son crime a été maquillé. Je crois que votre fils passait par là et qu'ils en ont profité. – N'arrivant plus à supporter la passivité de Miss Ter, Julia s'est abandonnée à sa colère, une colère de mère outragée, de pure indignation. – Je crois que quelqu'un est venu chez vous, s'est assis là, peut-être dans le fauteuil où je suis maintenant, et vous a dit que si vous renonciez à votre plainte il vous donnerait… quoi ? Dix mille ? Cinquante mille ? Cent mille ? Combien vous a-t-il proposé, Miss Ter ?

— Pourquoi vous voulez mettre votre nez là-dedans ? a interrogé posément la plus âgée des deux.

— Pour que justice soit faite.

— Justice ! – Un nouveau reniflement méprisant qui n'a pas été sans rappeler à Julia ceux de Bay Dennison. – Écoutez-moi. J'ai enterré trois de mes cinq enfants. Un à cause de la drogue, un autre du sida, et DeShaun. Et pas un seul des trois n'était en état de grâce. Mon petit DeShaun s'est fait flinguer après avoir volé une voiture ; ils ont raconté qu'il avait tué une fille blanche, nos gens étaient prêts à tout mettre à sac mais moi, sa mère, j'ai renoncé à saisir la justice et ça a calmé les émeutes. Tout le monde a repris sa vie normale. Et puis vous arrivez, vous vous installez dans mon salon, vous buvez mon café, vous me dites que vous avez fait un détour juste pour m'annoncer que mon petit DeShaun n'était pas coupable, au cas où je me serais posé la question, et puis vous m'insultez, que je me suis débinée parce que je ne sais quel Noir serait venu me donner de l'argent ! Je suis une croyante et une femme respectable, Julia, pas une petite sauteuse prête à tout pour quelques dollars. Et donc, je pense que le mieux est… de laisser les choses comme elles sont, voilà. Tout le monde sait que DeShaun a tué cette petite. Laissons-le comme ça. – Elle s'est levée nerveusement. – Et maintenant, ma chère Julia, j'ai des responsabilités que je dois assumer à l'église, et si vous voulez bien je vais y aller. Mais, bien sûr, je vous remercie d'avoir fait toute cette route jusqu'ici pour bavarder avec moi et je souhaite que Dieu vous bénisse sur le chemin du retour dans votre jolie petite ville.

— Je n'ai jamais dit que celui qui vous avait payée était un Noir, Miss Ter.

II

Elle a proposé de marcher tranquillement jusqu'à l'église, à trois rues de chez elle, et dès qu'elles ont été dehors elle a confié à Julia qu'elle craignait qu'il n'y ait des micros dans la maison. Les Blancs n'aimaient pas les Nègres qui ne savaient pas tenir leur place, a-t-elle dit, d'ailleurs n'avaient-ils pas truffé de micros le domicile du pauvre Docteur King avant de l'abattre ?

— Vous ne saviez vraiment pas que c'était un Noir, alors ?

— Pas avant que vous ne l'ayez dit, non.

— Bon, je devrais apprendre à tenir ma langue, idiote que je suis !

Le voisinage connaissait bien Miss Ter, et l'estimait. Ils devaient avoir été élevés par des mères qui ne répugnaient pas à leur hurler dessus car c'était ainsi qu'elle les traitait tous – hormis Julia –, criant à pleins poumons « Arrêtez cette chienlit ! ». Et, à la surprise de sa visiteuse, cela marchait admirablement bien. Les enfants qui jetaient des boules de neige sur les voitures de passage se sont immobilisés sur place et les dealers de quatorze ans qui s'attardaient par là se sont dispersés la tête basse. « Il faut savoir imposer le respect, a-t-elle expliqué tandis que ses bottes en plastique noir doublées de fausse fourrure couinaient sur la boue du trottoir. Il faut que les gens sachent que vous ferez ce que vous dites. » À nouveau, elle a évoqué Byron Dennison à Julia, qui s'est fait la réflexion que le secret du pouvoir devait être le même partout, et que ceux qui le détenaient se ressemblaient tous, quelle que soit leur condition. « Oui, vous avez raison », a-t-elle répondu.

— Bon, et vous êtes vraiment sûre que vous voulez vous fourrer là-dedans ? a demandé Miss Ter lorsqu'elles se sont engagées dans la 3e Rue.

— Oui.

— À cause de votre fille, c'est ça ? C'est ce que vous avez dit.

Julia a soupiré, envisagé plusieurs réponses possibles et choisi finalement la franchise.

— Oui, mais c'était à moitié vrai, seulement… – Les yeux sombres lui ont intimé l'ordre de continuer. – Cet homme qui a été tué au Landing, le professeur… Eh bien, je le connaissais. Nous… nous avons été très proches, un temps. Mais non, ce n'est même pas la véritable raison. – La mère de DeShaun attendait. – C'est aussi pour moi, voyez-vous ? Je pense que je suis le genre de personne qui… Toute ma vie, j'ai laissé les autres s'occuper de moi. Me protéger du reste du monde. Pendant vingt ans, j'ai vécu dans une sécurité complète et maintenant il est temps que… je rende la pareille, à mon tour.

Elles ont traversé une nouvelle rue, et Miss Ter l'a prise par le bras en lui montrant du doigt une maison abandonnée où les gens venaient fumer du crack, et le siège local d'un parti politique qui n'était ouvert que pendant les élections.

— Admettons que votre version soit correcte, Julia. Je ne dis pas que je suis d'accord avec vous mais admettons que nous ayons renoncé à porter plainte contre de l'argent. C'était une affaire dont tout le monde parlait, il y avait eu des émeutes… Si nous avons gardé pour nous le fait que l'on nous ait proposé d'acheter notre silence, c'était que nous devions avoir une plutôt bonne raison, non ?

— Certainement, oui.

— Et ce n'était pas l'argent en soi.

— Non.

Elles sont parvenues à l'église, un ancien entrepôt repeint en blanc à la façade percée de fenêtres étroites. De grosses lettres rouge vif annonçaient qu'il s'agissait de la « Maison de la Sainteté des fidèles », et d'autres, presque aussi grandes, donnaient le nom du fondateur de l'église, qui n'était pas Jésus-Christ. La double porte en bois ouvragé était fermée mais Miss Ter a entraîné Julia jusqu'à une issue de secours sur le parking. À l'intérieur, il faisait glacial ; mesure d'économie, sans doute, le thermostat devant être réglé au plus bas pendant les jours de semaine. Dans la nef, il y avait des chaises pliantes et non des bancs, suffisamment pour accueillir près d'un millier de paroissiens, a calculé Julia, mais combien étaient ceux qui assistaient vraiment aux offices ?

— Quatre ou cinq cents, la plupart des dimanches. Le double à Noël et à Pâques.

— Impressionnant, a soufflé Julia en pensant au petit cercle d'anglicans têtus de Lemaster, qui tenait pour une victoire de réunir cinquante fidèles et pour un miracle d'atteindre la centaine.

— Pas de quoi. C'est l'œuvre du Seigneur.

— Ah, oui, a concédé Julia en refoulant une brusque envie de se ronger les ongles.

Pourquoi Miss Ter avait-elle voulu l'amener ici ?

Elles sont arrivées dans une salle de cours d'école du dimanche aux murs décorés de scènes bibliques et de citations des deux Testaments. Un calendrier de présence était affiché, avec des plus ou des moins en face du nom de chaque enfant. Tous les personnages des tableaux bibliques étaient des Noirs. Elles se sont assises à une petite table, l'une en face de l'autre.

— DeShaun n'avait pas une salle comme ça où aller, quand il était petit. L'église n'existait pas encore. Aucun de mes enfants n'a eu cette chance mais presque tous mes petits-enfants ont commencé leur éducation religieuse ici, ou dans des centres similaires. Moi, je ne suis revenue au Seigneur qu'à un âge avancé mais la plupart des enfants de notre quartier sont élevés au sein de l'Église, écoutent la parole du Seigneur chaque semaine, chantent les hymnes, se font baptiser… – Julia a failli manifester son approbation mais elle a préféré ne pas l'interrompre. – Nous avons plein de petits, ici. Comme dans d'autres églises de la ville, mais ici plus qu'ailleurs. Leurs mères les amènent tout le temps, quant à leurs pères… Je dois dire, malheureusement, qu'ils ne s'intéressent guère à ce que le Seigneur a à leur offrir, même s'ils en auraient bien besoin… Il faut dire que la majorité d'entre eux ne se donnent même pas la peine d'épouser la mère de leurs enfants. Avant, une jeune fille se retrouvait enceinte, le père et les frères étaient le lendemain sur le pas de la porte du garçon, prêts à lui redresser les côtes s'il essayait de faire le malin, et deux mois plus tard on avait une belle noce.

Julia, qui venait de se rappeler comment la tante de Lemaster l'avait accusée d'avoir pris son neveu dans un piège nuptial, a baissé les yeux, gênée, mais Miss Ter a continué sur sa lancée sans rien remarquer :

— Enfin, c'était l'ancien temps. De nos jours, il faudrait aller chercher le père à la prison, ou au cimetière. Ou au coin de la rue. Et on y trouverait les frères de la pauvre fille, avec lui, et ils vous diraient : « Lâche-moi un peu ! »

Tout en regrettant de ne pas être dotée de la légendaire patience de Lemaster, Julia a risqué :

— Si nous pouvions en revenir à DeShaun…

— Mais, Julia chérie, c'est exactement ce dont il est question ! Vous devez essayer de comprendre ce à quoi nous travaillons, ici. Nous tournons ces jeunes vers l'église parce que c'est le seul espoir, pour eux.

Ils vont à l'école, habillés n'importe comment, et ce n'est pas de Dieu qu'on leur parle, c'est d'éducation sexuelle, et de tous les droits qu'ils ont, et qu'ils doivent « se réaliser ». Et c'est peut-être bon pour les fils à papa blancs, vous comprenez, mais pour nos gamins, c'est une catastrophe, Julia, une véritable catastrophe. Voyez, un petit crétin met enceinte une petite crétine et les Blancs disent, il ne faut pas les pousser à se marier, il faut les laisser libres de leur choix, et nous, nous suivons, nous faisons ce que les Blancs décident. C'est toujours la plantation, ici. Les Blancs disent « pas de Dieu à l'école » et nous répétons après eux ; ils disent qu'on ne peut pas empêcher les jeunes de coucher, et nous disons comme eux ; ils disent qu'il ne faut pas avoir honte des jeunes qui vivent sans foi ni loi, et nous n'avons plus honte. Et puis ils retournent vivre la bonne vie dans la maison du planteur, et nous on est dans les champs à trimer. Personne ne veut connaître notre avis. Alors, notre choix, c'est le coin de la rue ou la maison du Seigneur. Par ici, il n'y en a pas d'autre.

Chaque assertion la piquait au vif, présentait des arguments qu'elle voulait réfuter, mais elle était si proche du but, maintenant, que Julia n'osait rien répliquer à la formidable Theresa Vinney.

— Et donc, DeShaun…

— DeShaun a choisi le coin de la rue, Julia, et c'est ce qui l'a tué. Il était mauvais, voilà. Depuis son premier jour sur terre, il n'a voulu en faire qu'à sa tête. Jamais écouté un mot de quiconque, le ti-bougre. Le soir où il est mort, je lui avais dit que je lui interdisais de remettre les pieds à la maison, mais je n'ai jamais eu l'occasion de mettre ma menace à exécution… Et vous venez me parler de justice, après ? – D'un grand geste, elle a montré la vaste nef, les salles de classe, tout ce travail. – Voilà notre justice, Julia. Ce bâtiment. Pas je ne sais quel programme d'insertion concocté par des bureaucrates. C'est tout ce que nous avons, et nous n'avons besoin de rien de plus.

Elle ne l'a pas laissée formuler une seule objection. Dans le couloir, quelqu'un avait entamé d'une voix de fausset un succès Motown des années soixante mais une autre voix a commandé à l'artiste en herbe de se taire.

— Voilà, Julia. Oui, nous avons voulu aller devant un juge et oui, nous avons renoncé. Pourquoi, je ne vous le dirai pas. Tout ce que je peux vous dire, c'est que Dieu a accompli un miracle, ici. Nous avons bâti cette église, cette école. Nous avons des membres bienfaiteurs qui envoient un chèque rondelet tous les six mois et qui voient le résultat. Nous nous développons chaque année. Nous essayons d'apprendre aux gamins ce que l'homme blanc veut qu'ils continuent à ignorer : que Dieu les aime, qu'il y a une différence entre le bien et le mal. Nos enseignants ne sont pas aussi forts que ceux que vous avez dans vos banlieues de rupins, parce que nous ne pouvons pas les payer beaucoup, mais nous faisons de notre mieux… – Pendant un instant d'égarement, Julia a cru voir une nuance réprobatrice dans le regard de Miss Ter, comme si cette dernière avait su qu'elle avait jadis enseigné et ne comprenait pas qu'elle ne se porte pas aussitôt volontaire. Mais la femme d'église ne faisait que reprendre son souffle avant d'achever son homélie. – Maintenant, DeShaun est mort et si vous voulez encore creuser et creuser, ce n'est pas un article sensationnaliste dans un journal qui lui rendra la vie. Ni envoyer un grand nabab blanc en prison. Mais avec cette école, Julia, avec cette église, nous pourrons peut-être détourner nos enfants de la voie que DeShaun avait prise. – Son ton s'est radouci. – Vous avez été vous-même professeur, non ?

Julia a retenu son agacement à grand-peine.

— Je… J'ai été dans l'enseignement public pendant… – Elle s'est arrêtée net. Miss Ter venait de lui tendre une perche, là, et elle ne l'avait pas saisie. – Comment le savez-vous ? C'est Kellen Zant qui vous l'a dit, n'est-ce pas ? Le professeur qui a été assassiné. Il est venu vous demander de lui parler de votre fils. Oui ?

Theresa Vinney a approuvé du bonnet.

— C'était, voyons, le printemps dernier, ou au début de l'été. Il m'a posé la même question que vous : est-ce que quelqu'un, un Noir, m'avait payée pour que je me taise.

— Il a précisé « un Noir » ?

— C'est ce que je viens de dire.

C'était clair, et Julia n'en revenait pas de ne pas l'avoir discerné plus tôt. Les véritables mobiles de Kellen. L'appât du gain n'avait sans doute pas été le seul. Jusque-là, elle n'avait jamais envisagé que l'homme qui s'était chargé d'éliminer les preuves après la mort de Gina ait été un Noir. Encore maintenant, elle ne le savait que grâce à un lapsus de la mère de DeShaun. Mais Kellen, lui, possédait cette information avant même de venir parler à Theresa. L'avait-il trouvée dans le journal du constable, ou l'avait-il recueillie de la bouche de…

— Miss Ter ?

— Oui ?

— Quand le professeur Zant vous a demandé si cet homme vous avait proposé de l'argent, que lui avez-vous répondu ?

— Que le Seigneur avait un dessein pour lui. – Elle a tapoté son genou de l'autre côté de la table. – Et vous savez, Julia, je suis vraiment navrée par ce que votre fille endure. Je vais dire à tous nos fidèles de prier pour elle. Mais je crois que maintenant vous devez rentrer chez vous et vous réjouir de votre félicité. Il faut que vous preniez soin de vos enfants, Julia. Et nous, nous nous occuperons des nôtres.

46

Deux autres rencontres

I

— J'ai presque tout ce que vous aviez demandé. Pas tout, mais presque.

Julia Carlyle a fait une drôle de mine. De petite fille gâtée, songeait Bruce Vallely, ou bien c'était juste qu'elle avait pris l'habitude de voir toutes ses volontés exaucées. Il savait que Trevor Land l'avait poussée à lui parler et Julia lui avait proposé de l'aider, mais à condition qu'ils s'échangent leurs informations.

— Dans ce cas, nous ferons avec ce que nous avons, a-t-elle concédé.

Ils étaient au Ruby Tuesday du grand centre commercial de Norport. Bruce avait l'impression que le contrôle de la situation était en train de lui glisser des mains pour se retrouver dans celles d'une femme qu'il avait d'abord crue faible, capricieuse, l'archétype de la petite princesse qui avait dû être en butte aux moqueries continuelles des gosses de travailleurs comme lui, dans sa jeunesse. À présent, il découvrait une volonté d'acier derrière la mollesse apparente, et il s'est souvenu de la mise en garde de Marlon Thackery : ne jamais se mettre à dos Julia ou son mari.

— Racontez-moi ce que vous avez trouvé, jusqu'ici, a-t-elle ordonné comme s'il opérait sous ses ordres.

— Oh, pas grand-chose, a-t-il répondu en réprimant un sourire mais néanmoins disposé à lui donner encore une pièce qu'elle ajouterait à sa collection. Pour ce qui appartient au domaine public, l'Empyrée n'est peut-être pas en faillite mais ils sont au bord de la banqueroute, c'est clair. Ils ont un siège à Brooklyn, le bâtiment est hypothéqué dans tous les sens. Ils avaient acheté un beau terrain dans les Hamptons, leur idée était de construire un country-club pour Noirs huppés, mais il a été saisi il y a vingt ans. Dans les années cinquante et soixante, ils possédaient un hôtel à Atlantic City, qui ne leur appartient plus et qui a été rasé pour faire un parking de casino. J'ai plus que l'impression qu'ils sont dans la mouise, Julia.

— Hmm.

— Je peux vous demander pour quelle raison vous vouliez des infos sur ce club ?

— Oui.

Il a attendu puis, fronçant les sourcils :

— Oui quoi ?

— Oui, Bruce, vous pouvez demander. Mais je ne vous dirai rien. – Elle lui a tapoté la main, parce que la Julia d'antan tenait à manifester physiquement ses sentiments et avait constaté que le courant passait mieux ainsi, avec les gens. – Mais je vous remercie, sincèrement. Je vous ai contacté parce que je ne voyais personne d'autre à qui demander cette faveur.

— Est-ce que ça a un quelconque rapport avec votre mari ?

— Désolée, Bruce. Je vous ai dit que je ne parlerai pas de ça.

— Mais il appartient à l'Empyrée, non ? – Il s'est penché en avant dans une gestuelle qu'il espérait implorante plutôt que menaçante. – Julia ?

— Ne me mettez pas la pression, Bruce.

Il y avait une nuance dans ses yeux qui l'inquiétait et peut-être a-t-elle aussi capté quelque chose dans ceux de Bruce car elle a retiré sa main, et tambouriné des doigts sur la table.

— Très bien. Alors, c'est votre tour de me dire ce que vous avez eu.

Sauf qu'elle ne pouvait pas. Non, elle n'avait vu personne ni rien remarqué avant de tomber par hasard sur le cadavre de Kellen Zant. Non, elle n'avait aucune idée de ce qu'il avait fait le soir de sa mort, ni de ce que cette référence à la Jamaïque pouvait signifier.

— Mais il est allé à l'institut de théologie ce soir-là, n'est-ce pas ? – C'était une hypothèse raisonnable à partir de la description que Tony Tice lui avait donnée de l'emploi du temps de Zant, et il a compris qu'il avait vu juste en constatant que Julia, malgré tous ses efforts, avait sursauté. – Pourquoi est-il allé là-bas ? Vous lui aviez laissé quelque chose ? Ou bien il vous a déposé quelque chose ?

Elle a secoué la tête, et c'était plus un refus qu'une dénégation.

— Et Gina Joule ? a-t-il insisté. Croyez-vous probable que Zant ait été en train d'enquêter sur la mort de Gina ? Parce que c'est ma conviction intime, j'avoue.

— Je ne sais pas.

— Il a découvert que quelqu'un de haut placé était impliqué ? C'est pour ça qu'il a été tué ?

Elle lui a offert son sourire bancal.

— Franchement, Bruce, je ne peux pas vous aider, là-dessus.

— Mais vous, vous n'arriverez à rien sans aide, a-t-il contré.

Julia n'a pas entendu, occupée comme elle l'était par un rapide calcul en vue de partager leur addition en deux.

II

Elle a remonté la trace de Joe Poynting jusqu'au club étudiant du campus, où il s'escrimait sur un projet de sermon pour son cours d'homélitique. Elle voulait qu'il lui donne une définition d'un terme d'économie, « consommation rivale ». Comme d'habitude, il avait une réponse pour elle.

— La consommation est dite rivale lorsque mon utilisation d'un bien ou d'un service en laisse moins pour les autres. Regardez dehors, là. Vous voyez ces mouettes ? Elles se battent autour d'un bout de pain par terre. Quand l'une d'elles en arrache un morceau, sa consommation est en rivalité avec celle de toutes les autres, parce qu'elle sera la seule à le manger. Entendu ? – Julia a fait oui de la tête. – La consommation est dite antirivale quand elle se passe sans affecter un bénéfice mutuel. Toujours les mouettes, d'accord ? Vous voyez comment le soleil joue sur leurs ailes ? Cet effet d'arc-en-ciel ? C'est très joli, et le fait que je le regarde ne vous empêche en rien d'apprécier cette vue, vous aussi. Nous sommes tous deux en mesure de la « consommer ». C'est antirival. Entendu ?

Parfaitement. Elle l'a remercié.

Tout était une question de consommation antirivale, avait dit Kellen à Mary Malard en lui envoyant une photographie de Malcolm Whisted. Lequel connaissait bien les Joule. Considérer un être humain comme un objet de consommation était plus que contestable, certes, mais c'était peut-être ce que Kellen avait en tête : si Gina n'avait eu qu'un seul petit ami, la consommation était rivale, mais si elle en avait eu plus qu'un… C'était ce que l'économiste avait voulu leur dire. Les deux garçons venus la chercher dans la Jaguar ce soir-là avaient l'intention de se partager Gina. Admettons que Jock ait été le petit ami de la jeune fille ; l'un de ses camarades de la suite Hilliman était un peu jaloux de ce qu'il avait, et Jock, le plus fêtard de cette bande de fêtards, avait dit : « Mais oui, la prochaine fois qu'elle téléphone, viens aussi. On se la partagera. »

Un être humain. Un objet sexuel. Consommation antirivale.

Mais Gina n'était pas prête à se faire utiliser de la sorte. Elle avait résisté. Elle avait lutté. Et perdu.

À force de tourner et de retourner le problème dans son esprit, elle l'a soudain perdu. Une révélation, à la place : les mouettes ! Kellen et ses jeux de mots…

Elle a ressorti le bloc-notes sur lequel elle avait tenté des dizaines d'anagrammes de Shari Larid, la mystérieuse remplaçante que personne n'arrivait à retrouver. Évidemment, que personne ne pouvait, puisqu'elle n'existait pas ! Elle n'était rien de plus qu'un message adressé exclusivement à Julia. Le détail de la « remplaçante » faisait office de mode d'emploi : en remplaçant « larid », le nom savant des mouettes, par « gull », leur désignation commune, on obtenait « Shari Gull », qui était l'anagramme de…

47

Sugar Hill

I

Le samedi, les mères Coccinelles de la section de Harbor County ont embarqué leurs plus jeunes rejetons et filé à Manhattan. Après avoir déjeuné au milieu du délire spatial du restaurant à thème Mars 2112, le groupe s'est rendu à la matinée du *Roi Lion*, à Broadway. Comme elles s'étaient réparti le convoyage, Julia avait dans son Escalade Kimmer Madison et son fils, Bentley, de deux ans plus jeune que Jeannie. Elle aurait apprécié la distraction de cette virée new-yorkaise, si cela en avait été une, mais elle avait prévu de faire un arrêt sur la route du retour sans demander son avis à sa passagère.

Kimmer a passé tout le trajet de l'aller à demander à Julia de baisser la radio chaque fois qu'elle prenait un appel sur son portable, les avocats n'étant pas la seule profession, de nos jours, à transporter leur bureau avec eux. Entre deux conversations urgentes, elle s'extasiait sur les deux petits qui s'ignoraient mutuellement sur la banquette arrière, tout en répétant sur le ton de la confidence : « Qui sait ce que l'avenir réserve à ces deux amours ? » Kimmer, en effet, appartenait à l'une des familles royales de l'obscure nation, comme Julia, et s'inquiétait de ce que les traditions allaient devenir.

Le spectacle a enthousiasmé même les mères les moins sentimentales – Kimmer, par exemple – ou celles qui l'avaient déjà vu, ce qui était le cas de Julia, sans parler des enfants, lesquels ont réclamé à grands cris de rester dîner dans la ville magique. Malgré leurs supplications, les conductrices ont entrepris de charger la caravane, qui s'est ébranlée vers cinq heures et demie.

L'Escalade exceptée, Julia ayant attendu ce moment pour expliquer qu'elle devait s'arrêter quelque part.

— Si tu as le temps, bien sûr…

— Ça dépend combien, a soupiré Kimmer en regardant sa montre, mais elle s'est empressée de sourire joyeusement, car elle aimait s'amuser et séduire, elle avait déjà deux maris derrière elle et il n'était pas difficile d'en imaginer d'autres attendre leur tour.

— Une demi-heure, pas plus.

— Rien que ça ?

— Et tu pourras attendre dans la voiture avec les enfants. Une fois qu'on sera là-bas, j'en aurai pour… dix minutes, maximum.

— Où on va ?

— À Harlem.

— Mais, Julia, il est presque six heures du soir !

— Pourquoi, ça ferme ?

II

La dernière fois que Julia avait vu la bâtisse de trois étages au coin d'Edgecombe Avenue et de la 145e Rue Ouest, elle était avec ses quatre enfants, et heureuse. Sept ans plus tôt. Accompagnée de Tessa, elle montrait Harlem aux petits en creusant sa mémoire pour le leur raconter à la manière de Granny V. Comme les enfants le réclamaient à grands cris, elle avait surmonté ses réticences à aller jeter un coup d'œil à la légendaire demeure des Veazie, sans s'arrêter, portières verrouillées, en roulant assez vite dans l'espoir qu'aucun de ses passagers ne remarquerait l'état de délabrement dans lequel la belle bâtisse était tombée.

Casant la voiture dans une place qui paraissait l'attendre, elle n'avait pas plus d'illusions, aujourd'hui. Elle savait que c'était une chasse aux chimères, ce qu'elle allait tenter, mais il fallait essayer.

Pour le cas où elle n'aurait pas réussi à déchiffrer l'anagramme de « Shari Larid », Kellen avait choisi de lui laisser une indication par le truchement de Mr. Huebner. « Prends le train », avait-il écrit, connaissant les goûts musicaux de son ancienne amante, sa prédilection pour les airs de Broadway, surtout quand ils étaient interprétés par des artistes de leur peuple, et pour les big bands. La traduction était simplissime : Ella Fitzgerald et Duke Ellington avaient rendu célèbre le thème de Billy Strayhorn où il est question de « prendre le train A » jusqu'à la colline de Sugar Hill.

Sugar Hill, le point le plus élevé de Harlem, était jadis le promontoire sur lequel l'élite de l'obscure nation, superbement logée autour de Park Avenue, regardait de haut les Nègres de la classe moyenne entassés à Striver's Row, à la hauteur de la 138e Rue et, plus au sud, les immeubles encore plus modestes de ce que les hôtes de Sugar Hill appelaient avec dérision « la Vallée ». C'était là qu'Amaretta Veazie avait tenu sa fameuse cour, l'une de ces égéries de la crème de Harlem qu'Adam Clayton Powell Junior, le représentant de cette ville dans la ville au Congrès, avait surnommées « les Tsarines à la peau claire ». Amaretta, la fondatrice des Coccinelles, la puissance matriarcale qui avait voulu limiter l'accès au Clan à une poignée de vieilles familles respectables, comme cela avait été le cas pendant des générations et parce qu'elle y voyait un atout pour les générations à venir ; Amaretta, qui avait échoué, à l'instar des autres Tsarines : l'obscure nation s'était révélée trop nombreuse et trop talentueuse, ou l'intégration trop tentante, et le Clan s'était élargi et affaibli.

Selon la légende, c'était dans cette maison que l'association des Coccinelles avait tenu sa première réunion. Et c'était là qu'Amaretta avait conservé sa collection de miroirs tant admirée. Kellen avait laissé des miroirs à Julia et lui avait rappelé son histoire, pour être certain qu'elle ne passe pas à côté des indices.

Elle ne savait pas comment Vanessa était parvenue à la même conclusion mais elle était certaine que sa fille était venue ici, lors de son voyage secret à New York. Avant elle, Vanessa avait compris que la demeure des Veazie était au cœur du mystère de Kellen, et elle avait tenu à s'y rendre seule. Seulement, elle ne se souvenait pas de l'adresse et elle avait tenté de la reconnaître de la rue, mais comme tant d'autres Africains-Américains qui n'avaient jamais vécu ici elle avait sous-estimé l'immensité de Harlem, ses centaines de pâtés de maisons en enfilade. L'ancienne capitale de l'obscure nation n'était pas une petite ville de Nouvelle-Angleterre. Elle avait cherché une aiguille dans une meule de foin. Mais elle l'avait trouvée.

Pas étonnant qu'elle ait voulu danser, après ; d'abord dans une boîte d'Elm Harbor et ensuite – cela, seule sa mère le savait – derrière la porte fermée à clé de sa chambre, aux sons macabres de ses chants funéraires.

Pourquoi Kellen voulait-il que Julia retourne à la maison d'Amaretta ? Elle l'ignorait, mais que cela ait été son intention ne faisait plus de doute.

Elle est sortie de l'Escalade, en répétant à Kimmer de l'attendre dans la voiture avec les enfants.

— Tu vas dans cet… immeuble ?

— Dix minutes, au plus. Ils ne sont sans doute pas chez eux.

— Mais enfin, Julia… On est en plein milieu de Harlem !

Kimmer a jeté un regard à la ronde comme si elle s'apprêtait à découvrir une armée de prisonniers en cavale fondre sur elles, Uzi en main.

— Regarde autour de toi. C'est une zone qui a été reprise par les yuppies. On ne risque rien.

— Mais…

— Je t'en prie. Il faut que j'y aille.

L'avocate l'a observée un moment, a examiné encore les alentours et s'est glissée à la place du conducteur.

— Je vais tourner autour du pâté de maisons, a-t-elle annoncé, car elle ne détestait rien de plus que de rester assise sans rien faire.

Julia a pivoté sur ses talons et gravi les marches du perron.

III

La nuit d'hiver éclairait brillamment la bâtisse. Des rideaux élégants derrière les fenêtres, la façade en brique sablée, le perron soigneusement nettoyé de sa neige : une hallucination, a décidé Julia, mais son cerveau désobéissant l'avait déjà ramenée quarante ans plus tôt, au temps où elle jouait sur ce même trottoir avec son frère et ses cousins jusqu'à ce que la femme de chambre de Granny V. les appelle pour le dîner. Quand elle s'est retournée, pourtant, elle a vu les lignes modernes et massives de l'Escalade que Kimmer s'escrimait à sortir de sa place. Regardant à nouveau devant elle, elle a remarqué une plaque d'interphone neuve et bien astiquée : l'élégante maison du siècle précédent avait été transformée en un ensemble d'appartements. Un par étage, y compris le sous-sol et son jardinet pris entre de hauts murs.

Sugar Hill vivait une seconde naissance. L'une des zones les plus convoitées de Manhattan, assurait le *New York Times*, ainsi que les blogs immobiliers qu'elle aimait consulter.

Ça alors… La demeure des Veazie en copropriété ! Quelle ironie !

Sortant le petit miroir de sa poche, elle n'y a vu que son visage, son front plissé par la perplexité. Kellen lui avait donné pour instruction de le prendre avec elle mais elle n'arrivait toujours pas à comprendre pourquoi. Abasourdie, elle allait redescendre les marches lorsqu'elle a perçu un mouvement sur sa droite : un homme debout devant un bow-window du rez-de-chaussée fumait un cigare en la regardant.

Bon, d'accord…

Souriante, elle lui a adressé un signe de la main comme s'ils étaient de vieux amis, puis lui a montré la porte et a appuyé sur le deuxième bouton à partir du bas en espérant que cela soit le bon. L'inconnu a disparu. Quelques secondes plus tard, le verrou de l'entrée a grésillé et cliqueté. Julia s'est engagée dans le hall.

Les carreaux orange et blanc du sol étaient les mêmes que dans ses souvenirs, mais les murs en palissandre avaient été rénovés, des boîtes aux lettres ajoutées ; en face d'elle, l'arche qui conduisait auparavant au salon était désormais bouchée par une porte en acier renforcé, dans l'embrasure de laquelle l'homme au cigare attendait, un regard interrogateur posé sur elle, son visage brun aussi lisse et volontaire que celui de Kellen. Derrière lui, un couloir et la porte de son appartement de rez-de-chaussée, ouverte, d'où sortait une douce mélodie de jazz.

— Vous êtes Margot ?

— Moi ? Oh, non, non ! J'ai vécu ici, ou plutôt j'y ai séjourné. – Elle a tendu sa main. – Julia. Julia Carlyle.

La poignée de main de l'homme était moite et empreinte de déception.

— Vous ne pouvez avoir vécu ici, Julia. Je suis le deuxième propriétaire de l'appartement, seulement. –

Il a froncé les sourcils et regardé par-dessus l'épaule de la visiteuse, comme s'il allait en apercevoir une autre, plus importante. – Vous êtes sûre que vous n'êtes pas Margot ? – Un sourire nerveux et contrit. – C'est… C'était une *blind date*.

— Ma grand-mère possédait la maison. Tout l'immeuble, je veux dire.

— Retta Veazie ?

— Amaretta Veazie, oui.

— J'ai entendu parler d'elle. On l'appelait Retta, dans le temps… – Il a tiré sur son cigare, est allé sur le perron pour secouer ses cendres dans la rue, et Julia a pensé à Mary Malard. Avec sa chemise sur mesure et sa cravate dénouée, il semblait être à l'aise dans la vie, mais aussi s'ennuyer. – Alors, Mrs. Carlyle, que puis-je pour vous ?

— J'étais de passage à New York et je venais dans les parages, alors… Mais j'ignorais que le bâtiment avait été transformé. Ça a été plus fort que moi, je me suis arrêtée pour regarder. – Elle a haussé les épaules, consciente de trop parler, comme chaque fois qu'elle était nerveuse. – Je ne voulais pas vous déranger, juste voir comment c'est devenu…

— Vous ne me dérangez pas, Mrs. Carlyle, pas du tout. Je vous en prie, entrez. Je venais juste de me servir un verre.

Julia a hésité. Elle ne percevait pas d'intentions malhonnêtes en lui, et puis le seul but de son expédition était de jeter un coup d'œil à l'intérieur de la maison, avec le miroir de poche en sus. Mais sa résolution se dissipait dans un brouillard d'incertitudes. Tout cela était ridicule : un miroir, ce n'était rien de plus que du verre, une couche d'argent et… – un fantôme, parfois ? – … et une jolie monture, un objet assemblé par un ouvrier ou un artisan quelque part, en aucun cas un passage vers l'avenir ou un monde surnaturel où toutes les perspectives se transformaient. Non, ce serait de la folie d'entrer. Tant pis pour ce que Kellen avait voulu lui dire ou ne pas lui dire.

Elle a reculé en souriant.

— Non, merci, et encore désolée pour le dérangement. – Il a aspiré une longue bouffée sans cesser de la jauger de ses yeux noisette, et c'est seulement alors qu'elle s'est demandé comment il avait deviné qu'elle était mariée, pour lui donner du « Mrs. » Carlyle. – J'espère que… celle que vous attendiez ne va pas tarder, a-t-elle continué sur un débit plus rapide. Et encore merci.

De l'intérieur de l'appartement, une voix lui est parvenue. Une voix qu'elle connaissait.

— Oh, vous pouvez bien nous consacrer quelques minutes, Julia. Entrez donc.

IV

Cameron Knowland l'a accueillie avec un air de propriétaire qui lui a fait comprendre immédiatement que c'était à lui qu'appartenait l'appartement, et peut-être même tout l'immeuble.

— Eh bien, pour une surprise…, a-t-elle articulé parce qu'il fallait bien dire quelque chose.

— Pas désagréable, j'espère.

— Tout dépend de ce que nous faisons tous ici.

Cameron a souri pendant que Julia regardait autour d'elle. Les plafonds étaient aussi hauts que dans son souvenir. Le mobilier coûteux révélait un faible pour la modernité facile qu'aucune somme d'argent n'aurait pu faire passer pour du bon goût. L'homme au cigare appartenait au Clan, elle le sentait, le déduisait à sa façon de s'exprimer, de s'habiller et de se tenir, sans le dédain avachi et tragique de la nouvelle génération de leur peuple, ni l'assurance exagérée de ceux qui étaient parvenus plus tardivement à la prospérité. Il devait avoir dix ans de moins qu'elle, a-t-elle estimé, et dès la première minute elle a perçu que Cameron était le patron, et le Noir un sous-fifre. De cela aussi, elle était certaine.

— Pardon pour toute cette mise en scène, Julia, a commencé Knowland en s'asseyant à un coin de la longue table. J'étais à New York pour affaires quand mes informateurs m'ont dit que vous veniez aussi, et…

— Quels informateurs ?

— … Que vous veniez aussi, a-t-il poursuivi avec un sourire amusé, et comme vous n'étiez pas revenue à Harlem depuis la mort de Zant j'ai pensé, j'ai espéré que ce serait l'occasion. J'ai eu raison, a-t-il conclu d'un ton qui voulait dire que c'était toujours le cas.

— C'est… chez vous, ici ?

— C'était à Kellen, préalablement. Vous le saviez ? Il a acheté dès que l'immeuble a été sur le marché.

— Comment saviez-vous que j'allais venir ? – Comme Knowland continuait à sourire, elle a risqué une autre question : – Tony Tice. C'est vous, son fameux client anonyme ?

Une grimace contrariée, pour le moins.

— Certainement pas. Quel être déplaisant ! Après la mort de Kellen, Tice m'a certes contacté pour me proposer de… Peu importe. Non, Julia. Je n'ai rien à voir avec lui et c'est très bien ainsi.

— Bien, a-t-elle répliqué, et ce n'était pas qu'une formule.

Le milliardaire a jeté un coup d'œil circulaire à la pièce.

— C'est un très bel appartement. On m'a dit que toute la maison était magnifique, jadis. Sugar Hill… – Il savourait ce nom sur sa langue. – Il y a seulement quelques mois, je n'en avais encore jamais entendu parler. Mais c'était le cœur de Harlem, non ? Votre Harlem. Celui de votre famille, et du reste de l'élite…

— Oui.

— N'ayez pas peur, Julia. Personne ne vous veut de mal.

— Je n'ai pas peur. – Elle s'est frotté les yeux. – Je suis juste fatiguée qu'on me mente.

Quittant la table, Cameron est venu s'accroupir devant le fauteuil où il l'avait fait asseoir.

— Quand vous ai-je menti, Julia ? Vous ai-je dit une seule chose qui ne soit pas vraie ? – Elle était loin d'être convaincue. – Nous poursuivons le même but. Le surplus de Kellen. Regardez autour de vous. J'ai acheté cet appartement et son contenu. Comment j'ai fait, ce n'est pas important. Il y a toujours moyen, quand on veut. Il était déterminant de le conserver dans l'état où Kellen l'a laissé. Il avait mis longtemps à le décorer, à l'arranger exactement comme il voulait. Il venait ici au moins une fois par mois. Vous ne le saviez pas ?

— Non, Cameron, je ne le savais pas.

— C'est ainsi. Et savez-vous ce que vous trouverez sur les murs du bureau, si vous y allez ? – Il a tendu un doigt vers l'une des portes. – Des photos de vous. Ou de vous et lui. Je crois que votre ex était sérieusement toqué de vous, Julia. – Il s'est redressé. – Mais permettez-moi d'ajouter une précision. Il n'y a pas que vous, sur ces photos. Il y a vos enfants, aussi.

— Pardon ?

— Vous pouvez vérifier de vos propres yeux, si vous voulez.

Elle l'a donc suivi docilement dans une pièce tendue de tissu rose ancien, la couleur qu'elle avait toujours aimée, et oui, en effet… Des photos d'elle, d'elle avec Kellen, d'elle avec les enfants. Des agrandissements de clichés de presse, d'autres qui semblaient avoir été prises à son insu. Elle a effleuré de ses doigts tremblants un portrait paru dans *Ebony* dont elle se souvenait, avec ses quatre marmots gigotant sur ses genoux. Les larmes ont tenté de la surprendre mais la nouvelle Julia les a surprises encore plus en les refoulant.

— Je crois qu'il avait préparé cet appartement pour vous, a dit Cameron, resté derrière elle.

— Pour moi ? Que voulez-vous dire ?

— Une sorte de nid d'amour. – Elle s'est retournée d'un coup, prête à le frapper. – Non, non, Julia ! Du calme. Je ne suggère pas qu'il y ait eu quoi que ce soit d'inconvenant, à part sans doute dans l'imagination de ce pauvre Kellen. Je pense qu'il voulait tout aménager et vous faire la surprise de vous l'offrir. Il voulait que vous reveniez dans sa vie, Julia. Il essayait de se battre pour vous.

Ne sachant s'il fallait en rire ou en pleurer, elle a gardé un silence obstiné mais au fond de son esprit un clignotant s'est allumé.

— Vous êtes en train de vous demander pourquoi je l'ai acheté, alors.

— Oui.

— Parce que j'espérais que le surplus serait quelque part ici. Caché. La réponse, un indice, n'importe quoi. Avec tout le temps qu'il passait ici, je ne peux pas croire qu'il n'y ait pas laissé quelque chose.

— Je pensais que vous n'étiez plus du tout impliqué dans la campagne de réélection ?

Knowland a gloussé, ce qui a fait tressauter sa bedaine.

— Oh, Julia ! Votre mari a le bras long, mais pas infini. Les hommes comme moi font ce qu'ils veulent, quand ils veulent. Nous préférons agir dans l'ombre, c'est tout. De plus… – Il s'est mis à faire les cent pas. – … Je ne suis pas censé toujours œuvrer pour d'autres. Je ne suis pas un bon samaritain. Je serais très heureux que le Président soit réélu, mais s'il ne l'est pas, c'est ainsi. D'où l'achat de l'appartement. Vous me suivez ? Tout ce qui permettra de découvrir ce que Kellen concoctait. Absolument tout. Je le veux. Je me moque dans quel sens vont les preuves qu'il a ramassées. Contre le Président ? Je les ferai disparaître. Contre le sénateur ? Je les garderai et si c'est lui qui gagne je m'en servirai pour… pour l'empêcher de trop s'écarter de la voie qu'il doit suivre.

Voilà. On y était. Presque. Elle était même capable de négliger la perfidie du bonhomme, tant la sensation d'approcher du but était forte.

— Ou si elles sont contre le Président, a-t-elle complété lentement, vous pourrez vous en servir aussi pour l'empêcher de « trop s'écarter de la voie ».

Il a croisé les bras.

— Je suppose, oui.

— Mais vous ne les avez pas, ces preuves ?

— Pas encore.

— Désolée, a-t-elle fait, sur le point de sourire.

— Allons, Julia. Vous n'êtes pas venue ici sans raison. Kellen vous a laissé un message quelconque. Une piste. Vous êtes venue chercher quelque chose. – Il a eu un geste négligent de la main. – Ne vous gênez pas pour moi, surtout.

— Je suis navrée, Cameron, mais je ne peux pas du tout vous aider.

— Je suis absolument certain du contraire. Prenez tout le temps qu'il vous faut, regardez partout.

— Je suis pressée, à vrai dire.

Le milliardaire a claqué dans ses doigts et son factotum est apparu.

— Allez dehors, je vous prie, et dites à Miss Madison que Mrs. Carlyle a besoin d'encore un petit moment. Attendez ! Faites-les entrer. Trouvez un endroit et des cookies pour les enfants, je ne sais quoi…

— Il faut vraiment que nous reprenions la route.

Mais l'homme à tout faire s'était déjà esquivé. Et puis ce bon vieux Mr. Knowland, ainsi que la petite Jeannie l'avait astucieusement formulé un jour, était le propriétaire de l'université. Ce n'était presque pas une exagération.

V

Et donc, elle a cherché. Elle aurait pu s'en aller. Cameron Knowland ne l'en aurait pas empêchée, elle le savait. Reprendre sa voiture, ramener Kimmer et les enfants au Landing et laisser une fois pour toutes Kellen et son surplus derrière elle. Mais le besoin de résoudre l'énigme la tenait trop fort. Pas pour elle, mais pour Vanessa. Kellen l'avait ramenée à son enfance, aux jours où Granny V. essayait de continuer à tenir salon, à perpétuer l'âge d'Or des Tsarines alors que la bonne société de Harlem se diluait autour d'elle.

« Il y a trois choses que tu as l'air de vouloir fuir tout le temps », n'avait-il cessé de lui dire : « ton peuple, ton passé et ton Dieu ». Et il l'avait reconduite à son peuple, en la personne de Miss Ter, puis à son passé, ici, à Harlem. Elle imaginait que Dieu serait la prochaine étape, même si elle n'arrivait pas à envisager quelle forme cela prendrait.

— Julia ?

— Chhut ! a-t-elle soufflé, secrètement ravie de faire taire un homme aussi riche.

Et il s'est tu, en effet. Revenue dans le hall d'entrée, elle a fixé les yeux sur le grand miroir. Encore une psyché. Ce qu'elle revoyait, avec un regard d'enfant, c'était Sidney Poitier et Harry Belafonte en train de rajuster leur nœud de cravate et leur col devant cette même glace avant de se frayer un chemin dans la cohue des invités à l'une des soirées d'Amaretta Veazie. Une fois, elle devait avoir cinq ans, c'était Martin Luther King qui avait captivé le salon ; une autre, Hubert Humphrey était venu collecter des fonds pour sa campagne. Jusqu'au funeste jour du printemps 1972 où Mona, aidée par ses deux jumeaux, avait fourré de force Granny V. dans son break Plymouth pour faire la longue route jusqu'à Hanover. Quand elle lui avait raconté ce souvenir, Kellen avait dit…

Voilà. Elle est retournée à l'appartement, Cameron Knowland dans son sillage. À la cuisine, les enfants mangeaient de la glace, surveillés par Kimmer qui avait des airs de garde du corps plutôt que de nounou. L'homme au cigare était invisible.

— J'ai emmené Kellen ici, autrefois. – Pourquoi commencer ce récit maintenant, elle l'ignorait. Son instinct lui disait que ce serait une distraction, et c'était ce qu'elle voulait. – Au temps où nous étions… ensemble. J'avais envie de lui montrer Harlem mais tout était différent, alors. L'immeuble était abandonné, les fenêtres et les portes condamnées. Nous nous sommes débrouillés pour entrer. Nous avons écarté des planches pour passer par une fenêtre.

« Un jour, j'achèterai cette maison », avait proclamé Kellen, debout parmi les détritus. « Pour nous. » Un baiser. « Pour toi. » Un autre. « Et pour nos enfants. » Un troisième. « On ne peut pas laisser toute cette histoire se perdre. » Elle avait répondu : « Je hais le passé », et Kellen : « Si j'avais ton histoire, je la chérirais. » Le soir même, il s'était souvenu d'une réunion à laquelle il devait aller et il avait passé toute la nuit dehors.

— De quoi vous souvenez-vous encore ? a pressé Knowland, toujours derrière elle.

— Nous sommes revenus encore une fois, par la même fenêtre. – Elle a eu un petit rire. – Ils ne s'étaient même pas souciés de reboucher. La deuxième fois, des clochards s'étaient installés dans l'une des chambres, moi je voulais m'en aller mais Kellen les a jetés dehors.

— Et ensuite, vous n'avez jamais remis les pieds ici, l'un ou l'autre ?

— Non.

Si. Pour le dernier adieu. Réunissant le peu de courage héréditaire qui lui restait, elle était venue en train à New York pour dire à l'homme qui avait ruiné sa vie qu'un autre était sur le point de la reconstruire. Ils s'étaient retrouvés à déjeuner chez Sylvia, un restaurant légendaire de Harlem et l'un des préférés de Kellen. Sans baisser les yeux, elle lui avait annoncé qu'elle était enceinte et qu'elle allait épouser Lemaster, puis elle avait regardé ses beaux traits se modifier sous l'action d'émotions successives. Stupéfaction, colère. Et jalousie ? Cela, elle n'en avait jamais eu le cœur net. Pendant des mois, alors qu'elle vivait avec Lemaster, il avait appelé de temps à autre, envoyé des mots, soit parce qu'il ne voulait pas la lâcher, soit parce qu'il essayait au contraire de prendre ses distances, et là, en entendant ces nouvelles, il s'était tu un moment, avait souri, lui avait dit « Félicitations » et s'était penché au-dessus de la table pour l'embrasser sur la bouche, un baiser rapide et léger. Et ensuite, ils avaient pris le métro jusqu'à Sugar Hill pour une ultime visite. Un mois plus tard, il avait accepté un poste à l'université de Chicago et il était parti sans véritable au revoir.

Mais en cet après-midi du début de l'année 1983, ils étaient allés encore à la même fenêtre, et cette fois encore ils l'avaient trouvée condamnée, mais pas assez solidement. Kellen s'était posté devant la cheminée où ne restait que l'encadrement en bois ouvragé du grand trumeau qui l'avait jadis surplombée. Julia s'est retournée : une nouvelle glace avait été installée dans ce même espace. Ce jour-là, en 1983, Kellen avait sorti son couteau suisse de son veston et il avait gravé leurs initiales et la date dans les moulures du bout. Toujours suivie de près par Cameron Knowland, elle a avancé jusqu'à l'âtre. Le miroir reflétait non une mère de famille flanquée d'un milliardaire au regard perplexe mais une toute jeune femme enceinte qui sentait son sort lui échapper. Julia a souri mais son image d'antan semblait sur le point d'éclater en sanglots. « Arrête », a-t-elle proféré sans un son. « Je ne peux pas », a dit en silence son ancien moi.

Les joues en feu, elle a parcouru des doigts le bas de l'encadrement en prenant soin de ne pas approcher de l'endroit dont elle se souvenait parfaitement, là où Kellen avait tailladé un KZ, un JV, et le chiffre 1983. Puis il avait vainement tenté de l'entraîner dans une embrassade autrement plus fougueuse que le petit bécot du restaurant. À l'époque, Julia était à la fois fière, étonnée et désolée de sa toute nouvelle capacité à le repousser. Plus de vingt ans après, les lettres dans le bois étaient illisibles, effacées comme le poinçon sur le miroir Comyns. Il ne restait que des rayures sans signification, figées dans le temps par deux couches de vernis.

— Qu'est-ce que vous avez trouvé ? a interrogé Cameron.

— Rien, pour l'instant.

Mais il était parvenu là où il était grâce à son intelligence, non aux caprices du hasard. Il a montré d'un doigt les éraflures sur le bois.

— Et ça ?

— Je ne sais pas.

— Il y a, voyons, « 83 », et d'autres marques. Je n'arrive pas à lire.

— Je ne pense pas que ça ait une signification particulière.

— Pourquoi Kellen aurait gravé quelque chose, là ? Ça a forcément un sens.

— Qui vous dit que c'était Kellen ?

Abandonnant la cheminée, elle est allée à la fenêtre qui donnait sur le jardinet, où Amaretta l'obligeait à rester assise sur une chaise en fer forgé pendant des heures afin de perfectionner ses manières à table. Là encore, elle a étudié l'encadrement et les reflets.

— Non, rien.

— Réfléchissez, a-t-il proposé.

— J'ai essayé. Je ne vois rien d'autre.

Elle a gagné la cuisine, déposant au passage une caresse sur l'épaule de Jeannie. Ici, tout était neuf mais elle a tout de même ouvert quelques placards. Dans la salle à manger, les moulures de style colonial avaient été préservées et elle a fait semblant de les examiner. Et elle en a fait de même dans chaque chambre à coucher, en secouant la tête à la fin de chaque inspection.

— Mais tous ces miroirs qu'il a essayé de vous envoyer ? – L'administrateur en chef s'était renseigné, apparemment. – Ça doit bien avoir un sens, ça !

— J'ai cru qu'ils étaient destinés à m'amener ici, mais je ne vois rien que je… reconnaisse. – Elle a eu un haussement d'épaules navré. – Peut-être que j'ai mal compris. Et vous aussi.

— Vous voulez me dire que…

— Il n'y a rien, ici. – Elle lui a fait face. – Ça suffit, Cameron. Je ne peux pas le trouver, vous ne pouvez pas… S'il y a vraiment quelque chose, c'est caché ailleurs. Pour moi, c'est fini.

— Qu'est-ce qui est fini ?

— Fini de chercher. J'en ai assez. J'ai une famille, j'ai…

— Vous ne pouvez pas abandonner maintenant !

— Mais si, très bien. Je suis fatiguée de tout ça, Cameron. Kellen n'était pas un honnête homme. Vous êtes libre de continuer votre quête, mais moi, j'arrête.

— Oh, d'accord, d'accord !

Il était tellement furieux qu'il ne l'écoutait plus. Puisqu'elle ne pouvait pas l'aider, ni lui mettre des bâtons dans les roues, elle devenait insignifiante. Lorsqu'elle a entraîné Kimmer et les enfants dehors, il continuait à maugréer entre ses dents. Le subalterne noir avait passé tout ce temps sur le trottoir à surveiller la voiture. Quant à Julia, elle repartait avec ce qui l'avait amenée ici.

VI

— Alors, c'était le grand Cameron Knowland, ça ? a chuchoté Kimmer pendant que Julia déverrouillait les portières dans la rue à présent sombre, mais heureusement très tranquille. Pourquoi il voulait te rencontrer à Harlem ? Je veux dire, c'est dans le cadre de l'université et tout ?

— C'est une longue histoire.

— Oh, avec la circulation du samedi soir, on en a pour des heures et des heures.

— Une autre fois, peut-être, a coupé Julia, en train de griffonner à toute vitesse les rayures dans le bois à côté du « 83 », qui formaient des lettres ornées de boucles compliquées afin de les rendre encore plus difficiles à déchiffrer à l'envers.

Mais elle avait son miroir, qu'elle a placé devant le bout de papier. « LPC », donnaient les éraflures dans la glace, et puisque Kellen n'avait pas touché aux deux derniers chiffres elle a supposé qu'il fallait lire « LPC 83 ».

Si elle ne savait pas ce qu'il avait voulu qu'elle recherche après, au moins elle avait une théorie, désormais.

— Maman, a soudain dit Jeannie en la tirant par la manche.

— Ne t'en fais pas, chérie. Nous rentrons à la maison. Et tu vas pouvoir dormir à l'arrière toute la route.

— Non, Maman, c'est pas ça ! Regarde, regarde !

Julia s'est retournée. Sa fille lui montrait un petit parc de l'autre côté de la rue. Kimmer avait à nouveau son téléphone portable vissé à l'oreille.

— Qu'est-ce que je dois regarder, chérie ?

— Il était là, Maman ! a glapi Jeannie d'une voix à la fois émerveillée et inquiète. Il est parti, maintenant, mais il était là !

— Mais qui ?

— Jeremy ! – Elle a envoyé un coup de genou dans le dossier du siège conducteur afin de protester contre la bêtise de cette question. – Mr. Flew ! Il était là, sur ce banc !

Julia a ri nerveusement, consciente du regard intrigué que Kimmer posait sur elle.

— Oh, chérie, il est à Elm Harbor, Mr. Flew, loin d'ici. Tu as dû confondre.

« Pourvu que ce soit vrai », a-t-elle ajouté en son for intérieur. Peut-être Jeannie avait-elle raison. Elle soupçonnait depuis longtemps qu'on la suivait, et pas seulement parce que Mary Malard en avait parlé. Parfois, les yeux de parfaits inconnus derrière elle pesaient sur sa nuque comme un souffle brûlant. Certains d'entre eux pouvaient être à la solde de Cameron Knowland. Si elle voulait achever sa tâche, il fallait qu'elle se libère des filatures.

En redescendant de Sugar Hill pour prendre Madison Avenue et le pont sur l'East River, traverser le Bronx et rejoindre la Nouvelle-Angleterre, une idée neuve lui est venue. Elle en avait tout le temps, depuis ce que Mary appelait sa libération et Lemaster ses bizarreries, et plusieurs s'étaient révélées plutôt malines. Cette fois, c'était de voir Kimmer jacasser à perdre haleine qui l'avait inspirée. Les téléphones portables. Il y avait quelque chose, là. Bruce Vallely lui avait raconté que le portable de Kellen avait disparu des locaux de la police. Comme Kimmer, Tony Tice paraissait incapable de se séparer du sien. Et elle a repensé au soir où Janine Goldsmith avait passé la nuit à la maison, avant que Vanessa ne soit « privée de Smith », comme elle disait, à cause de sa fugue : Julia les avait surprises en train de tripoter un appareil qui servait à cloner les numéros de portable et qu'elles avaient mis au point à partir d'instructions trouvées sur Internet.

Les portables. Mais oui ! Est-ce que Smith avait jamais essayé de construire un… ?

48

Masse critique

I

Le dimanche soir s'est tenue une autre réunion de la commission des Coccinelles et cette fois les participantes, loin de faire comme si la famille de Julia, et Vanessa en particulier, ne les intéressait pas, l'ont accablée de questions pleines de sollicitude. Quand elle a enfin mis le cap sur la maison, bien après dix heures, elle était épuisée par toute cette attention et ne pensait qu'à s'effondrer dans son lit.

Elle est passée par la ville, préférant comme presque toujours le confort relatif de la circulation urbaine à l'anonymat de la voie express. Mais les rues étaient vides, à cette heure. Des flocons furtifs semblaient éviter le pinceau de ses phares, comme s'ils étaient gênés d'être si peu nombreux. Plus tard dans la nuit, ils reviendraient en force, pleins d'assurance, en troupes compactes. Masse critique : le même concept qui inspirait encore les Coccinelles, l'Empyrée et les dizaines de cercles de ce genre que les nouvelles classes moyennes africaines-américaines rêvaient d'intégrer. Il y avait eu un temps, lorsque le gratin professionnel de l'obscure nation continuait à être exclu de la vie sociale de l'Amérique blanche, où ces clubs, ces associations, ces fraternités avaient répondu au besoin de fréquenter ses égaux en éducation et en réussite et même aujourd'hui, alors que la plupart des anciennes barrières ségrégationnistes étaient tombées, les Noirs américains les mieux installés dans la vie paraissaient éprouver parfois le désir de se dépouiller de la personnalité qui leur avait assuré le succès dans un monde plus vaste et plus blanc, d'échapper aux chuchotements et aux petites vexations qu'ils croyaient déceler autour d'eux, et de se retrouver entre eux, entre pairs de la nation. Toujours la masse critique.

Et Julia Carlyle, grandie au milieu d'enfants blancs à Hanover, dont les plus proches amis avaient presque toujours été des Blancs et qui vivait maintenant à Tyler's Landing, c'est-à-dire au cœur de la blanchitude, ressentait elle aussi ce besoin.

Comme d'habitude, elle s'est arrêtée à la station Exxon de Langford, sur la Route 48. Elle adorait sa voiture mais elle avait la nette impression que son énorme réservoir devait être à nouveau rempli tous les deux jours. Après avoir mis la pompe en marche, elle est allée se chercher un gobelet d'infect café. Elle se tenait près de l'Escalade et avait sorti son téléphone en dépit du panneau interdisant l'usage des portables quand le petit maigrelet en blouson qui était arrivé dans sa camionnette quelques secondes après elle s'est approché et lui a demandé si elle aurait une minute pour lui.

— Je suis pressée, a-t-elle répondu d'un ton de mère de famille, supposant que le fâcheux, bien qu'il n'ait pas du tout l'air impécunieux, allait essayer de lui soutirer de l'argent. – Aussitôt, elle a retiré le tuyau et l'a raccroché à son support. Sans attendre le reçu, elle s'est apprêtée à ouvrir sa portière. – Désolée.

— Juste un moment, Mrs. Carlyle.

Un bref instant, la stupéfaction d'entendre son nom dans la bouche d'un inconnu l'a paralysée. Il en a profité pour poser une main sur son bras. Elle s'est dégagée.

— Ne me touchez pas ! – Elle s'est rendu compte que l'homme paraissait avoir choisi un moment où il n'y avait pas d'autre client dans la station. Sa tignasse était d'un brun douteux. L'une de ses oreilles était percée d'un diamant. – Qui êtes-vous ?

— J'ai quelques questions, c'est tout.

— Je n'ai rien à vous dire.

— Je crains de devoir insister.

— Laissez-moi tranquille ! a-t-elle jeté en se hâtant d'ouvrir la portière.

Mais il lui a repris le bras, avec une poigne de fer. Abasourdie, elle s'est débattue. Il a commencé à l'entraîner sur le côté, elle lui a balancé son gobelet de café à la figure et prenait son élan pour le gifler lorsqu'elle s'est aperçue qu'il était tombé à genoux devant elle. Non à cause de la douleur provoquée par le liquide brûlant mais parce que Bruce Vallely tenait son bras libre, tordu, dans son dos.

Tout aussi soudainement, Bruce l'a lâché, l'homme s'est relevé et il est resté là sans rien dire.

— Que… Comment se fait-il que vous soyez là ? a-t-elle interrogé le chef de la sécurité avec un mélange de soulagement et d'effroi.

En parlant de masse critique… Julia tremblait de la tête aux pieds. De manière complètement irrationnelle, elle venait de décider qu'elle ne s'arrêterait plus jamais prendre de l'essence.

— Je croyais que vous évitiez les journalistes, a répondu Bruce calmement.

— Les journalistes ?

Quelques légers flocons fondaient sur sa tête broussailleuse. Il avait une main posée sur l'épaule de l'inconnu, l'autre était invisible.

— Ce gentleman est un représentant de la presse, oui. Dites-le à Mrs. Carlyle.

— Je suis journaliste, oui, a confirmé le maigrelet d'une voix neutre.

Si l'émotion n'avait pas amoindri sa capacité de raisonnement – dans l'idéal, donc –, Julia aurait noté une anomalie. Mais elle en était aussi venue à éprouver une vive répugnance envers la profession en général, au point de ne même plus rappeler Tessa lorsque celle-ci lui laissait des messages.

— Nous allons avoir une petite explication, ce gentleman et moi, a annoncé Bruce en faisant signe à l'intéressé de reculer vers son véhicule, ce qu'il s'est empressé de faire. Je vais voir pour qui il travaille et je veillerai à ce qu'on ne vous embête plus.

— Attendez ! Qu'est-ce que vous faites ici ?

— Moi ? Le plein.

— Mais…

— Si vous voulez bien m'excuser, on va y aller.

C'est seulement quand la camionnette s'est éloignée avec les deux hommes à son bord que le regard de Julia est tombé sur la Mustang de Bruce, garée de l'autre côté de la route, au milieu du parking du magasin de fleurs fermé depuis déjà des heures.

II

En sûreté chez elle, et après s'être calmée avec deux verres d'un pétillant riesling de Monterey, Julia a résolu de suivre l'impulsion qui l'avait saisie en voyant comment Kimmer vivait accrochée à son portable. Tony Tice, avocat lui aussi, développait la même fixation. Alors qu'elle avait été prête à mettre le meurtre de Gina sur le compte de Malcolm Whisted, la détermination manifestée par Cameron Knowland l'avait ébranlée. Elle devait parler à Mary Malard, qui annonçait avoir elle-même trouvé des informations étonnantes. Les deux femmes étaient convenues de se voir dans deux jours.

À la cuisine, Julia est tombée sur Vanessa qui, assise à l'un des comptoirs sombrement scintillants, une moitié de pomme et un verre de lait près d'elle, avait le nez plongé dans un recueil de poèmes d'Emily Dickinson appartenant à la bibliothèque de son lycée.

— Gina avait raison, a proféré l'adolescente sans lever la tête.

— Quoi ?

— J'ai toujours pensé que Dickinson était surestimée mais c'est faux. C'est un génie ! – Elle a tourné une page. – Ou c'était, plutôt. La poésie, ça n'a jamais trop été mon truc, mais écoute ça.

— Chérie…

— Écoute ! – Elle a retrouvé le passage qu'elle cherchait :

L'exultation, c'est une âme terrienne
Qui va à la mer,
Laissant maisons et falaises
Pour l'éternité abyssale.

Vanessa a passé ses doigts sur les vers imprimés comme pour mieux les mémoriser, puis elle a inséré un marque-pages en tissu à cet endroit du livre et l'a refermé.

— Je vais mettre ça sur mon blog. – Pivotant sur son tabouret en inox, elle a brandi le recueil tel un prédicateur exalté sa Bible. – Elle a tout compris de la mort, cette femme !

Julia a réagi avec prudence.

— Je suis très contente que tu aies trouvé une…

— Inspiratrice, a complété Vanessa. T'inquiète, M'man, je n'ai pas du tout l'intention de communier avec son esprit.

— Oh… Oui, je… Bien.

Pendant quelques minutes, elle s'est activée devant l'évier, lavant et rinçant tout ce qui avait besoin de l'être. Ces heures tardives leur étaient réservées, tandis que Lemaster et Jeannie dormaient à poings fermés à l'étage et que Mr. Flew avait regagné la chambre d'amis au sous-sol. Vanessa avait peut-être senti que sa mère voulait lui dire quelque chose, car elle restait à sa place, continuait à lire en faisant claquer sa langue de temps à autre. Julia a fait durer le moment, jusqu'à n'en plus pouvoir.

— Chérie ? – Détachée, aussi détachée que possible, essuyant la surface de travail avec un torchon. – Tu te rappelles cet appareil avec lequel vous vous amusiez, Janine et toi ? Le mois dernier ? Ça servait à, euh… reproduire les numéros de portable ?

Le sang est monté aux joues de Vanessa. Décidément, la colère n'était jamais loin, chez elle.

— Tu nous as dit d'arrêter et on l'a fait, d'accord ? Et on ne s'amusait pas. Ce n'est pas un jouet !

— Je comprends, je comprends ! Ce n'est pas une critique, chérie. Je voulais juste te parler d'un autre appareil que Janine doit avoir quelque part, je parie.

— Smith.

— Oui, oui, Smith. « Jusqu'à ce que la violence s'arrête. »

— Non, ça, c'est son vœu de silence. Smith, c'est en protestation contre la société de consommation et l'oppression en général.

— Oui, oui, d'accord, pardon…

Abandonnant son torchon, Julia a exposé sans détour ce qu'elle avait en tête à sa fille, qui l'a écoutée avec scepticisme.

— Ces trucs ne sont pas illégaux, M'man. Enfin, si, dans certains endroits, ils le sont. Dans la plupart des coins, en fait. L'État où nous sommes, par exemple. Tout le pays, à vrai dire.

— Est-ce que… Smith en a un, elle ? C'est tout ce que je voulais savoir.

— Pourquoi ? l'a interrogée Vanessa avec une certaine agressivité. Qu'est-ce que tu vas faire, si elle en a un ?

— Le lui emprunter. Mais sans qu'elle soit au courant.

Vanessa a réfléchi un instant.

— Pour quoi faire ?

— Pour vendre l'idée à Hollywood. Non, pour le vénérer pendant mes temps libres. Non, pour l'exposer sur ma cheminée… Qu'est-ce que ça peut faire, enfin ?

— Je posais juste la question ! – Elle a pris un air boudeur. – T'as pas besoin de m'agresser comme ça.

— Je te demande pardon, chérie, s'est radoucie Julia. Disons que c'est ma carte secrète.

— Oui… Et comment ?

— Comment ?

— Comment tu vas lui emprunter sans que Smith le sache ?

— Oh, ça, c'est facile. C'est toi qui vas le lui emprunter, et moi je te l'emprunterai.

— Ah non ! Je suis privée de Smith, tu ne te rappelles pas ? Je n'ai pas le droit de lui parler, de lui téléphoner, de lui envoyer des messages ou des mails, pas même de m'asseoir à côté d'elle à la cantine. Conséquence : je ne peux pas lui emprunter son truc.

Julia a posé ses mains sur ses hanches.

— Vanessa Amaretta Carlyle ! Je vous connais depuis le soir où vous êtes sortie de mon ventre en criant et en vous débattant, déjà une bagarreuse. Vous êtes une Veazie de vos jolies nattes à vos ravissants petits pieds. Vous n'en faites toujours qu'à votre tête, donc non seulement je refuse de croire que vous avez respecté toutes ces consignes mais je serais même étonnée que vous en ayez suivi une seule ! – Elle a levé une main pour arrêter un début de protestation. – Écoutez-moi bien. Je me moque que vous ayez fait ce que j'avais exigé ou non. Je vous en dispense officiellement, à partir de maintenant. Soyez discrète.

Débrouillez-vous pour que personne ne le sache mais prenez ce truc à Smith et apportez-le-moi.

Vanessa la contemplait, bouche bée. Elle s'est ressaisie.

— Et je parie que tu ne veux pas que je le dise à P'pa ?

— Ton père, je m'en occupe.

— Ouais, pour ça je te fais confiance…

— Qu'est ce que ça veut dire ?

Un sourire inattendu comme un jour de dégel en plein hiver.

— Ça veut dire que j'aime bien comme tu es devenue. J'adore cette nouvelle Julia, même.

Julia lui a rendu son sourire.

— Tu sais quoi, chérie ? Moi aussi, je l'adore.

III

Que Bruce Vallely ait fondu à la rescousse de Julia Carlyle quand celle-ci avait été abordée par un inconnu le dimanche soir était à mettre sur le compte du hasard, du moins en partie. Il ne pouvait pas la filer tous les jours. Il opérait seul, il avait tout un service à diriger et chaque minute consacrée à l'affaire Zant était du temps pris sur des activités plus productives. Les missions de surveillance étant particulièrement prenantes, il ne s'y adonnait que rarement. Mais il n'avait pas pris à la légère la mise en garde de Tony Tice sur le fait que ses clients se lassaient et allaient passer à l'action. L'avocat avait raison : ils ne se soucieraient pas de s'en prendre à Bruce, au besoin, et s'ils partaient en chasse, ce serait contre quelqu'un capable de leur donner des informations. Comme Julia, par exemple, qui pour Tice était incontestablement la « Dame noire » de Zant.

Après l'avoir suivie jusqu'à sa réunion chez Tonya Montez, il avait dîné avec des amis et eu le temps de revenir juste quand elle s'en allait. Il avait alors voulu voir si les arrières de Julia étaient couverts ou non, et notamment si Jeremy Flew refaisait une apparition inopinée, mais à la place il avait repéré l'étranger. Il les avait observés de loin, se résignant à intervenir quand il l'avait vu saisir sans ménagement le bras de Julia.

Le petit bonhomme avait renoncé à résister dès qu'il avait senti le canon du revolver de Bruce dans son dos, ignorant qu'aucun membre de l'administration du campus, y compris le président lui-même, n'avait le droit de porter une arme s'il n'était pas en uniforme, et ignorant également que ledit canon était en réalité un tube de bois dissimulé dans la poche du chef de la sécurité. Celui-ci l'avait fait se garer sur un parking municipal, dissimulés derrière une rangée de bus scolaires. L'interrogatoire avait été déplaisant. En découvrant un pistolet fourré dans la ceinture de son pantalon, Bruce avait été tenté de le livrer dare-dare à la police mais ses trouvailles suivantes, une seringue et une paire de menottes en plastique, l'avaient conduit à changer d'avis. Ce type n'était pas un simple malfrat payé pour donner une frayeur à Julia Carlyle : il avait eu clairement l'intention de l'enlever.

Les clients de Tony Tice avaient perdu patience, c'était clair. Les enjeux avaient changé et il devait les faire revenir à leur état antérieur. Vite.

Il avait laissé l'individu à l'hôpital universitaire en montrant son badge et en inventant une histoire que l'autre se garderait bien de contredire. Revenu dans la Mustang, il avait téléphoné à l'avocat pour lui communiquer les termes d'un accord : si lui, Bruce Vallely, mettait la main sur le surplus de Kellen Zant, ce serait lui qui se chargerait de le donner aux clients de Tony Tice.

49

Encore le miroir Comyns

I

Mary Malard est passée en coup de vent, laissant des informations aussi renversantes qu'elle l'avait promis. Selon ses sources, le président des États-Unis et Malcolm Whisted avaient eu récemment deux, voire trois entretiens strictement privés ; d'ici peu, des fuites dans la presse allaient indiquer que les deux hommes s'étaient réunis pour parler de politique étrangère, chacun voulant se montrer sous un jour responsable et non partisan, mais les sources de Mary affirmaient qu'aucun conseiller n'avait été présent à ces rencontres, et qu'elles avaient duré longtemps.

En échange, Julia lui avait narré l'entrevue inattendue avec Cameron Knowland à Harlem, mais avait gardé pour elle la découverte qu'elle avait faite dans l'appartement. Elle ne lui avait jamais parlé du miroir Comyns, non plus.

Après le départ de Mary, elle a consulté le calendrier affiché dans la cuisine. L'une des rencontres secrètes avait eu lieu un jour où Lemaster était à Washington. Quand elle l'a interrogé à ce sujet, toutefois, il s'est contenté de répéter un vieil adage de Bay Dennison selon lequel une rumeur ne devenait pas plus crédible juste parce que celui qui la diffusait tenait à rester anonyme.

— Ce n'est pas un démenti, a objecté Julia.

— Je n'ai entendu aucune accusation, a-t-il répliqué avec flegme.

Parallèlement, elle s'est mise à travailler sur le LPC 83. Kellen s'était juré de la ramener à son Dieu, troisième volet de sa mission envers elle, et elle a eu l'idée que « LPC » désignait le *Livre de la prière commune* du rite anglican, mais quand elle a examiné tous les exemplaires chez eux, aussi bien l'édition de 1928 à laquelle Lemaster restait fidèle que les versions plus contemporaines utilisées par la quasi-totalité des églises épiscopaliennes, aucun mot ni aucune photo ne sont tombés de la page 83, ni d'ailleurs. Elle a passé un après-midi entier à la bibliothèque Kepler, inspectant en vain les divers exemplaires du recueil liturgique, dans toutes les langues imaginables. Elle a même rendu visite à ses collègues afin de voir s'ils en avaient une copie sur leur étagère, qu'elle feuilletait alors d'un air dégagé tout en faisant semblant de bavarder avec Suzanne de Broglie ou Clay Maxwell. Rien.

Un après-midi où elle avait rendez-vous avec la doyenne et l'attendait dans son bureau, Claire Alvarez, juste sortie d'une réunion où elle avait été retenue, a découvert Julia perchée sur l'escabeau, ayant retiré de l'un des plus hauts placards vitrés l'antique exemplaire du *Livre de la prière commune* sur la page de garde duquel chaque nouveau doyen, suivant une vieille tradition, devait écrire quelques mots en guise de dédicace. Sans manifester de surprise, Claire a eu un sourire béat, sa façon à elle d'exprimer son mécontentement, et elle a proclamé qu'elle aussi allait parfois puiser de l'inspiration dans les sages remarques qu'avaient écrites ses prédécesseurs, puis elle a prestement retiré le précieux ouvrage des mains de Julia, qui avait eu le temps de constater que rien n'y était caché. À la fin de leur entretien, la doyenne, tapotant amicalement l'épaule de sa vice-doyenne, lui a confié qu'on lui avait rapporté qu'elle avait pris plusieurs jours de congé, récemment, et qu'il n'était pas question de tenir un cahier des absences, bien sûr, mais que… Est-ce que tout allait bien, à la maison ? Vraiment ? Et Vanessa aussi ? Ah, splendide, splendide ! Ah, avant qu'elle n'oublie : si jamais Julia avait l'occasion, mais uniquement dans le cours normal de la conversation, bien entendu, et si elle n'y voyait pas d'inconvénient, de rappeler à son mari que l'institut attendait toujours que la présidence donne un avis favorable sur la demande d'une rallonge budgétaire pour les réparations du plafond de la chapelle…

Ce même jour, parce que l'église restait ouverte tard pour la réunion hebdomadaire du conseil, Julia s'est rendue à Saint-Matthias et, tout en se faisant l'effet d'être parfaitement ridicule, a consacré plus d'une heure à ranger soigneusement les livres de rituel sur les bancs en prévision de l'office dominical – « Non, pas besoin d'aide, merci, je me débrouille ! » –, là encore sans rien trouver. Le lendemain, après un déjeuner de travail avec le corps enseignant, elle a pris à part Suzanne de Broglie, qui passait plus de temps que quiconque aux archives. La professeur, toujours impatiente quand elle n'était pas plongée dans ses recherches, ne lui avait même pas laissé le temps de terminer sa question : le deuxième sous-sol, bien sûr ! C'était incontestablement la section d'archivage la moins utilisée, à la bibliothèque.

Et puis le vendredi soir est arrivé, déjà, et Julia s'est assise au piano car elle était toujours agitée et que la musique, pour elle, était le deuxième moyen de se relaxer. Jeannie, qui avait invité des amies, dormait en haut, Lemaster était à nouveau en déplacement, et Vanessa était enfermée dans sa chambre, sans doute avec ses écouteurs sur les oreilles. Certaine de ne pas être dérangée, donc, Julia a accompli quelques exercices pour se délier les doigts et s'est mise à jouer, non du classique, cette fois, mais des thèmes de son Broadway adoré. Un medley du *Roi et moi*, un autre de la *Mélodie du bonheur*, en s'interrompant parfois parce que l'instrument lui semblait un peu désaccordé. Se souvenant de la visite de Tonya Montez, elle s'est demandé si la cheftaine des Coccinelles n'avait pas endommagé le mécanisme en claquant aussi brutalement le protège-clavier. Il valait une fortune, ce piano, Duke Ellington lui-même avait joué dessus, mais Tonya l'avait traité comme si…

Une minute ! Se levant d'un bond, elle a grimpé à sa chambre, a sorti d'un tiroir de sa coiffeuse le miroir de Granny V., celui que Seth Zant lui avait rendu après que Kellen l'avait gardé en otage pendant près de vingt ans. Allumant le cadre lumineux de la coiffeuse, elle a de nouveau inspecté le dos de la pièce signée William Comyns. Les lettres du poinçon, modifiées et lues inversées, étaient maintenant E.K.

Et c'était un miroir qui avait appartenu à sa grand-mère. E.K. Comme tout amateur de jazz, et toute personne d'un certain âge au sein de l'obscure nation, elle savait que c'étaient les initiales des deux prénoms du « Duke » : Edward Kennedy. Edward Kennedy Ellington…

Redescendue en hâte au salon, elle a examiné le piano. Elle n'a pas pris le temps de se demander comment Kellen s'était arrangé pour entrer dans la maison et cacher quelque chose dans l'instrument. Elle avait la conviction que c'était ce qu'il avait fait et elle n'avait besoin de rien d'autre. Et c'était la raison pour laquelle il était monté à Hunter's Heights le soir de sa mort : il voulait reprendre ce qu'il avait laissé chez les Carlyle, mais en voyant la voiture de la baby-sitter il avait paniqué, exécuté un demi-tour précipité, et cassé deux lampes de l'allée.

Julia a commencé par le chevalet à partitions. Dessus, dessous, chaque recoin. Le sommier. Rien. Pas le moindre bout de papier, pas une photographie. Elle s'est redressée, en nage. Bon, elle avait fait fausse route. « E.K. » était peut-être la bonne interprétation mais le piano… Kellen avait-il pensé à la maison de Harlem, là où le piano d'Amaretta était jadis installé ? Mais elle s'y était rendue il y avait moins d'une semaine et… Un bruit de pas derrière elle.

— Danse avec moi, a soufflé Vanessa d'un ton caressant. Comme on l'a fait le mois dernier. C'était bien.

— Il est tard, chérie, et je crois que…

— Juste un peu. S'il te plaît.

Comment refuser ? Julia a mis une balade de jazz sur la chaîne du salon, tout doucement, et elles ont dansé, peut-être même versé quelques larmes, mais sans parler. Quand Julia est finalement remontée à sa chambre sur la pointe des pieds, il était plus d'une heure du matin. Elle s'est rendue au cabinet de toilette, a suspendu sa robe de chambre. Une longue enveloppe blanche était posée sur son oreiller. Elle s'est souvenue de l'habitude que sa fille avait, dans un passé lointain, de laisser des petits messages ici et là pour dire à sa maman combien elle l'aimait.

Cette Vanessa, a-t-elle pensé avec un sourire attendri. Mais elle a remarqué les bouts de ruban adhésif qui dépassaient de l'enveloppe ; et à leurs extrémité, quelques écailles de laque qui y étaient restées collées.

— C'était ça que tu cherchais ?

Encore une fois, sa fille l'avait surprise en entrant dans la pièce derrière elle.

II

— Tu trouves tout, toi !

Le dépit et l'admiration se mêlaient dans la voix de Julia. Enfant, Vanessa n'avait-elle pas gâché plusieurs fois la surprise de Noël en annonçant triomphalement qu'elle savait où papa et maman avaient caché les cadeaux ?

— Presque tout, a concédé paisiblement sa fille.

— Est-ce que tu les as…

— Lues ? Hmm. Ce sont des pages de journal. D'un type quelconque. – Elle a pris l'enveloppe de la main de sa mère, mais seulement pour en sortir le contenu et le lui tendre. – Une liste de toutes les raisons indiquant que DeShaun ne pouvait pas être le coupable. Genre, qu'il n'y avait pas d'empreintes de Gina dans la voiture volée, ni de traces de sang. Ou le fait que quelqu'un les ait vus parler ensemble, que ça ne prouvait rien. Regarde la dernière page. – Julia, qui parcourait en hâte les feuillets des yeux, était déjà arrivée à l'endroit mentionné. – Tu vois ce qu'il écrit, là ? Qu'il voulait que l'enquête continue mais qu'on ne le laissait pas faire. Qu'il était allé à une réunion, avec son adjoint, et qu'on leur avait dit de tout laisser tomber… – Elle a dû s'interrompre, le temps de laisser le débit de sa voix rattraper le flux de ses pensées. – Sauf qu'il ne dit pas qui était présent à cette réunion, et puis… Je ne pige pas pourquoi ça t'importe tellement ! – L'une des mains de Vanessa s'était mise à trembler. – C'était DeShaun ! Tous ceux qui prétendent le contraire sont des menteurs. Moi, je suis comme qui dirait l'experte mondiale en…

— Pourquoi es-tu aussi catégorique, chérie ?

— Je ne suis pas catégorique, je suis dans le vrai !

— Tu sais bien qu'il faut que je vérifie. Je dois en être sûre.

— Je… Je sais, a dit Vanessa d'une toute petite voix, soudain.

Julia a relu les pages une troisième fois. Rien de neuf, hormis un détail, minuscule mais… Elle a relevé les yeux sur sa fille. Comme son visage était masqué par ses nattes, la voix de Vanessa semblait venir de nulle part.

— M'man ? Tu te sens bien ?

— C'est… quelque chose… Quelque chose qui change tout.

50

La maison des jouets

I

Frank Carrington habitait une maison victorienne pleine de charme mais fatiguée près du parc municipal, là où, selon la version officielle, le pauvre DeShaun Moton avait pris Gina Joule en voiture avant de supposément l'assassiner. Julia s'est arrêtée sur le perron. Des filets de glace pendaient aux gouttières rouillées. Elle savait qu'elle n'aurait pas dû être là, surtout avec Vanessa, mais celle-ci avait refusé de rester l'attendre dans l'Escalade et lui avait emboîté le pas. D'ailleurs, elle se sentait elle-même comme une adolescente en train de comploter. Elle venait d'aller chercher sa fille chez Smith, où Vanessa s'était discrètement glissée pour prendre l'appareil qui reposait maintenant dans le sac à main de sa mère. Elle ne pouvait attendre un jour de plus, néanmoins, parce que l'écriteau « Fermé » restait tourné dans la vitrine du magasin d'antiquités et que, d'après Vera Brightwood, Frank allait quitter la ville.

— Je passais voir Shirley, a-t-elle menti avant que l'antiquaire ait eu le temps d'ouvrir la porte en grand. – Deux jours plus tôt, Mrs. Carrington avait fait une mauvaise chute sur un trottoir verglacé, fournissant ainsi une excellente excuse à Julia. – Comment va cette cheville ?

— Mieux. – Il a jeté un coup d'œil à Vanessa, qui restait nerveusement plantée dans l'allée. – Je l'ai envoyée dans sa famille. Ils habitent le Vermont. – Il a incliné la tête. – Je crois que je risque de la suivre.

— Mais… pourquoi ?

— Je vous avais prévenue, Julia. Je vous ai dit qu'il y avait des choses dont je ne devais pas parler. Vous m'y avez contraint et maintenant, maintenant… il y a des gens qui sont fâchés contre moi. Pour le dire de cette façon. – Son regard a rapidement croisé celui de sa visiteuse. – Oh, non, ne vous faites pas de bile, vous. Vous êtes mariée au grand Lemaster Carlyle, personne ne peut vous faire de mal. Mais moi, si. Tout le monde peut…

Comme elle lui proposait d'entrer une minute avec sa fille, Carrington a d'abord déclaré qu'il n'avait plus rien d'autre à lui dire mais il a fini par céder, ainsi qu'elle s'y attendait : parce qu'elle était sa meilleure cliente mais aussi parce qu'il était le genre d'homme à se laisser un peu bousculer.

— Vous ferez attention aux jouets, les a-t-il prévenues en les conduisant dans une pièce au plafond bas qui se trouvait au bout du corridor.

— Aux jouets ?

— Oui, oui.

Frank Carrington jouait à la guerre. Des maquettes d'avions de chasse, de tanks, de destroyers, des alignements de soldats de plomb qui ont paru d'une précision inquiétante à Julia. Tout autour, des cartes d'opérations, des champs de bataille soigneusement reconstitués avec leurs collines, leurs petits arbres verts, leurs routes, leurs rivières, leurs affichettes plastifiées répertoriant lieux et dates, leurs plaques en plastique désignant les corps d'armée et les unités navales.

Julia, amante de la paix, était sidérée, mais elle s'est forcée à poser quelques questions, par politesse, et Frank, très fier, leur a offert une visite guidée des multiples batailles qu'il n'avait jamais livrées mais qu'il aurait visiblement bien mieux conduites que leurs généraux respectifs, les Thermopyles, Première et Seconde batailles de Manassas, Waterloo, les Ardennes, et d'autres encore dont elle a oublié aussitôt les détails tandis que Vanessa, là où sa mère espérait la voir saisir l'occasion de prouver ses connaissances, restait emprisonnée dans sa timidité, empotée et silencieuse.

— Très impressionnant, a-t-elle murmuré en regardant l'antiquaire déplacer amoureusement ses figurines sur les planches décorées.

Se casant sur les rares sièges disponibles, il leur a offert des Coca Light. Au milieu de la pièce, le tapis était occupé par ce qui paraissait le plus ambitieux projet de Carrington, bouts de carton, pots de peinture et régiments en plastique destinés à une grandiose reconstitution. Julia a eu l'image de la pauvre Shirley suppliant son mari de mettre un peu d'ordre quand il avait terminé sa journée.

— Alors, que puis-je pour vous ? a-t-il fini par lâcher. Je vous ai dit que je ne parlerai plus de Gina Joule, clair et net.

Vanessa a tendu l'oreille avant de replonger dans sa torpeur.

— J'ai retrouvé une partie du journal, a annoncé Julia.

— C'est vrai ? Le journal d'Arnie ?

— Oui.

Il a hoché la tête et ses lèvres ont failli sourire.

— Alors, vous devriez le donner à la police. À la presse. Que la vérité se sache, enfin.

— Il n'y en a pas assez pour ça, malheureusement. Mais les passages que j'ai soulèvent une question intéressante. – Elle a jeté un coup d'œil à sa fille, qui semblait sur le point de s'endormir. – Le mois dernier, vous m'avez dit que, le jour où Arnie Huebner a annoncé que l'enquête était close, il revenait d'une réunion. Que c'est seulement après qu'il a pris sa décision. Vous vous rappelez ?

— En effet.

Mais il avait le regard fuyant, à nouveau. Frank Carrington, la meilleure source accessible à Julia, peut-être la seule encore en vie, était terrifié.

— Dans son journal, Huebner écrit qu'il y a eu une réunion, lui aussi, mais il ne précise pas avec qui. – Comme il ne réagissait pas, Julia a poursuivi. – Vous, vous le savez, n'est-ce pas ? Qui Huebner a rencontré, ce jour-là.

— Le premier selectman. Ce n'est pas un secret !

— Qui d'autre ? – Silence. – Huebner écrit qu'« ils » lui ont dit d'arrêter l'enquête. Il n'a pas eu qu'un seul interlocuteur. Et vous savez quoi, Frank ? Il précise qu'il était accompagné, à cette réunion. Et vous étiez son principal adjoint. Pas Ralphie Nacchio, vous. Je crois que vous étiez présent à cette réunion, Frank. Je crois que vous savez qui a donné l'ordre à Huebner d'enterrer l'affaire. Je crois que c'est pour cette raison que vous avez peur, et que vous avez cherché le journal d'Huebner pendant toutes ces années. Vous admiriez Arnold Huebner et vous avez vu, de vos yeux, comment ils le faisaient plier. Vous voulez que le véritable responsable de la mort de Gina Joule rende compte à la justice mais vous ne vouliez pas prendre de risques pour ça, mettre en danger votre famille, alors vous aviez besoin de quelqu'un qui le fasse à votre place, vous aviez besoin de moi…

Vanessa s'est brusquement caché le visage dans les mains, indiquant à sa mère qu'elle était allée trop loin avant même que l'antiquaire n'explose.

— Vous n'avez pas le droit ! Ah ça, non ! – Il s'était levé, ses traits jusqu'alors inexpressifs déformés par la rage et la peur. Il tenait à la main la paire de ciseaux à courtes lames dont il se servait pour détacher ses joujoux de leur support en plastique, et l'espace d'un instant on aurait dit qu'il allait la frapper avec, mais il les a posés sur la table et il a montré la porte d'un doigt frémissant : – Je veux que vous partiez immédiatement. Sortez d'ici, Julia. J'ai dit sortez !.

— J'essayais seulement de…

— Je vous avais dit que je ne voulais pas en parler ! Je me suis tu pendant trente ans, ce n'est pas pour commencer maintenant. Non, Julia. Assez argumenté, vous êtes trop convaincante. Apprenez à vous taire et partez. Maintenant !

Malgré ses protestations de bonne foi, il les a poussées jusqu'à l'entrée, sa fureur crépitant autour de lui comme un orage d'été. Il a ajouté qu'il allait partir à Norwich dès le lendemain, très probablement, et qu'il ne remettrait plus les pieds dans cette horrible ville. Toujours silencieuse, Vanessa a détourné la tête comme s'il l'insultait, ou comme si elle venait de capter des sons venus d'ailleurs.

Sur le perron balayé par une bise glaciale, il a retrouvé la maîtrise de sa voix. La colère était toujours là, mais contrôlée maintenant.

— Je regrette de m'être emporté contre vous, Julia, mais je ne veux plus jamais vous revoir.

— Je comprends, a-t-elle capitulé. Je suis désolée.

— Ce sont des jours sombres, ici. Voilà tout.

— Je comprends, a-t-elle répété, ne trouvant rien d'autre à dire.

Elle qui avait cru que Frank Carrington était un mou… La peur peut accomplir des miracles, chez les gens.

À ses côtés, Vanessa avait honte de cette débâcle, de la façon dont sa mère s'était laissé intimider. À l'instar de tous ces stratèges militaires qu'elle admirait, elle réfléchissait au moyen de transformer la défaite en victoire. Et pour la première fois depuis des mois, Gina a brusquement été près d'elle, réclamant son attention, et Vanessa a résisté un instant avant de se tourner vers elle, et Gina s'est dressée sur la pointe des pieds pour lui chuchoter à l'oreille, une poignée de secondes à peine, jusqu'à ce que la fille de Julia acquiesce d'un mouvement de tête.

— Mr. Carrington, est-ce que je peux utiliser vos toilettes s'il vous plaît ?

Avec un soupir agacé, comme pour dire que c'était bien le moment, l'antiquaire lui a tenu la porte en tendant le bras vers le fond du couloir.

— Deuxième à droite.

— Je reviens tout de suite, a soufflé Vanessa à sa mère.

— Je t'attends ici, chérie.

Elle s'inquiétait pour elle, naturellement.

— Et si tu démarrais la voiture et que tu mettais le chauffage en marche ? a suggéré l'adolescente.

— Non, je préfère t'attendre.

— Il ne lui arrivera rien, enfin ! a protesté Carrington, exaspéré.

— Il a raison, M'man. Je te promets. Mais il faut que tu attendes dans l'auto. – Elle a effleuré d'un baiser le front de sa mère puis, tout bas : – Fais-moi confiance. S'il te plaît.

II

Se hâtant aux toilettes – elle en avait réellement besoin –, Vanessa a entendu la porte d'entrée se refermer en claquant et l'antiquaire lui recommander d'une voix irritée de le prévenir quand elle aurait terminé. Devant la glace, elle a remis en place ses nattes, écoutant les derniers conseils de Gina et réunissant son courage. « Puisque tu es là, tu risques de trouver », lui avait-elle dit. Vanessa est revenue dans le couloir.

— Mr. Carrington ?

— Tu connais la sortie, non ? a-t-il maugréé sans quitter le salon.

— Je voulais juste vous demander une chose.

— Je n'ai rien de plus à dire. Désolé.

Elle est retournée dans la pièce où l'antiquaire, armé d'un pinceau trempé dans de la peinture bleue, était en train de créer une rivière dont le méandre formait un V renversé, pointé vers un cours d'eau déjà tracé et à la courbe inversée. Gina murmurait qu'elle allait y arriver, oui, elle en était capable, alors tout en entendant la voix de Carrington demandant ce qu'elle fabriquait encore là elle a cherché, regardé, cherché parmi les centaines de cartes géographiques stockées dans sa mémoire exceptionnelle, sa mémoire que personne ne respectait à cause de ce qu'elle y conservait, et enfin une lumière s'est allumée et la brillante élève en elle a murmuré un mot : « Volga ».

Il paraissait prêt à la jeter dehors, maintenant, mais elle a gardé les yeux baissés.

— Qu'est-ce que tu regardes comme ça ? a-t-il grondé.

Elle a montré le coin droit de la maquette qu'il était en train d'assembler.

— Ce n'est pas le bon sol.

— Hein ? Qu'est-ce que tu regardes ?

— Ça ne devrait pas être si vert. Pas d'herbe, pas d'arbres. C'était un terrain presque désertique.

Il a ouvert des yeux énormes, agrandis par la panique et la fureur.

— Ma petite… Je regrette, mais tu n'as pas une foutue idée de ce dont tu parles.

Elle a fait un pas en avant, les doigts toujours tendus.

— C'est la steppe kalmouke, au sud de Stalingrad, non ?

— Hein ? Et puis ?

— C'est l'opération Fall Blau à l'été 1942, l'offensive allemande victorieuse. Je l'adore, celle-là ! – Elle a accompagné sa description d'un mouvement de la main. – La 4e Panzerarmee se détourne au sud puis fonce vers le nord, et il n'y a personne pour protéger la steppe, à part quelques marins ramenés en hâte de Sibérie ou d'ailleurs.

— Il y avait des blindés ! Des T-34.

— Non. Que des marins.

— C'est Barbarossa, a-t-il corrigé en la dévorant des yeux. Pas Blau.

— Non, en été 42, c'était encore l'opération Blau. Si Hitler s'était contenté des champs de pétrole au lieu de vouloir s'emparer de la ville à toute force, il aurait peut-être gagné la guerre. Dieu soit loué qu'il n'ait eu aucun génie militaire, cet idiot…

— Comment… Comment sais-tu tout ça ?

Elle s'est permis un petit sourire.

— Eh bien, j'aime lire, il faut croire.

— Les histoires de guerre ?

— Oui.

— Les batailles célèbres, tout ça ?

— Hmm.

Si Frank Carrington n'a pas souri – elle ne pensait pas que ses muscles faciaux en étaient capables –, il a eu un grognement et une grimace de ravissement, comme s'il venait de retrouver une parente qu'il croyait depuis longtemps disparue.

— Drôle de passe-temps, pour une fille.

— Oui. Au lycée, ils me prennent tous pour une dingue.

— C'est amusant, ça. Dans cette ville aussi, ils croient tous que je le suis.

Elle a cherché une réponse appropriée et c'est Gina qui, avec son amour d'Emily Dickinson, la lui a fournie.

— Alors, nous sommes deux, a-t-elle récité sous la dictée de Gina ; mais il ne faut pas le dire.

III

Dans l'Escalade, Julia commençait à s'impatienter. Combien de temps fallait-il à sa fille pour aller aux toilettes ? Avait-elle été avisée de laisser Vanessa hors de sa surveillance ? Elle, toujours si déterminée, n'arrivait pas à décider si elle devait retourner sonner chez Carrington. Disparaissant derrière un nuage bas, le soleil emportait ses certitudes avec lui. Frissonnante, elle a allumé le chauffage, pressé une touche pour puiser plus d'air chaud sur ses jambes même si cette ambiance de cocon la rendait somnolente. Le rêve familier s'est formé une nouvelle fois, elle s'enfuyait dans une forêt en hiver, une créature nocturne effrayante sur ses talons… Des griffes sur des ossements. Non, on tapait à la vitre. Elle s'est ébrouée pour sortir de sa torpeur. Du côté passager, Vanessa attendait impatiemment qu'elle lui ouvre, sautillant sur place pour lutter contre le froid.

Étrange. Elle ne se rappelait pas avoir verrouillé les portières.

— Qu'est-ce que tu as fait, pendant tout ce temps ? Je m'inquiétais.

— On a parlé.

— De quoi ?

— De ce dont on était venues parler.

— De cette réunion ?

— Oui. Mais d'abord, on parlé de Stalingrad.

Julia a freiné machinalement, alors qu'elle n'avait même pas encore quitté l'allée du garage.

— De quoi ?

— De Stalingrad. La pire bataille de la Seconde Guerre mondiale, ou peut-être de tous les temps. Elle s'est terminée à l'hiver 1943 et c'est elle qui a probablement changé le cours du conflit.

— Ah… – Chacune attendait que l'autre reprenne la parole. – Et qu'est-ce que vous en avez conclu, de… Stalingrad ?

La réponse a tardé et elle est venue chargée d'échos sépulcraux, empreinte d'une tragédie distante, comme une prière funèbre dans le lointain.

— Que les seules vies humaines que nous trouvons réellement précieuses sont celles des gens que nous connaissons. Que tout le monde est prêt à sacrifier la vie d'autrui.

Piquée au vif, Julia a mis quelques secondes à comprendre qu'il ne s'agissait pas d'une attaque dirigée personnellement contre elle. Elle a choisi de ne pas insister.

— Oh, je vois…

— Tu ne penses pas pareil, si ? – Une trace de dédain ? Non, non, c'était seulement l'innocence sardonique avec laquelle Vanessa considérait généralement le monde au-delà de son immédiate perception. – Ou tu ne te rends pas compte que c'est ce que tu penses.

— Je crois que toute vie est précieuse, a répliqué Julia avec calme, mais avec fermeté.

— Même celle d'un enfant à naître ?

Oh, Dieu du ciel, à l'aide ! Vanessa ne s'était jamais intéressée aux opinions de sa mère sur les grandes questions d'éthique et cela convenait parfaitement à Julia, qui n'avait guère de certitudes arrêtées sur ces sujets.

— Je… Je ne suis pas sûre qu'on puisse parler d'une vie humaine, à ce stade.

— Le père Freed dit que si.

— Les avis divergent, là-dessus, a tenté Julia pour se sortir d'une impasse dans laquelle elle ne se rappelait même pas avoir été poussée. Même les religions ont, euh... des réponses différentes sur ce point. C'est pour ça que je crois que personne n'a le droit de... comment, d'imposer ses vues sur un thème... controversé.

Elle avait perdu le fil de sa démonstration. C'était une chose de fustiger les attaques contre le droit le plus fondamental de la femme dans l'ambiance libérale de Kepler, et une autre d'asséner des certitudes à l'esprit hyper-critique de sa fille dans un habitacle de voiture surchauffé.

— On ferait peut-être mieux, euh... d'en parler à un autre moment, a-t-elle conclu d'une voix mal assurée.

Vanessa ne semblait pas avoir perçu son malaise mais Julia avait l'impression que ce n'était qu'une apparence, parce que cette enfant voyait absolument tout, un trait de sa personnalité que Lemaster semblait obstinément refuser d'assimiler.

— D'ac, a-t-elle laissé tomber.

Elles ont contourné le parc municipal alors que de légers flocons de neige commençaient à danser sur le pare-brise.

— Vanessa ?

— Hmm ?

— Qu'est-ce que Mr. Carrington t'a dit à propos de... la réunion ?

— Quand il a découvert que je m'intéressais à Stalingrad, il est devenu beaucoup plus gentil. Je l'ai aidé à sa maquette. Il y avait quelques erreurs.

— Des erreurs ?

— Bah, le terrain, le nom de certains villages, la route prise par la 6e Armée… Il lui avait fait traverser le Don au sud de Kalatch, tu te rends compte ?

Julia a jeté un rapide coup d'œil à sa fille. Qui était cette enfant prodige ? Que cachait-elle d'autre, dans ce cerveau hallucinant ? Qu'est-ce que Dieu avait voulu faire, en la créant… Elle s'est mordu la lèvre, stupéfaite de s'être posé une pareille question.

— Quoi d'autre ?

— Oh, il est bien plus calé que moi. – Contrairement à la plupart des adolescents (et même des adultes) intelligents, Vanessa arrivait facilement à reconnaître que quelqu'un en savait plus long qu'elle, peut-être parce que cela arrivait si rarement… – Il m'a appris plein de trucs sur la guerre. Il m'a donné un livre, tiens ! – Elle a brandi un ouvrage qui paraissait avoir été maintes fois consulté, d'un certain Keegan. – Il a dit que je pouvais le garder, si je voulais.

— Vanessa…

— Tu savais que plein de films historiques sont complètement faux ? Les archers, par exemple. Les flèches ne pouvaient pas transpercer les armures, donc la seule raison de les employer contre les chevaliers en armure était d'ordre psychologique. Pour le choc de l'impact et pour le bruit. Ça ne provoquait pas de blessures, juste de la peur.

Énervée par ces digressions tortueuses, Julia est allée droit au but :

— Que s'est-il passé, à cette réunion ?

— Mais j'y arrivais ! a protesté sa fille comme s'il s'était agi de l'aspect le moins important de la conversation. Alors, à cette réunion, il y avait le premier selectman, et le constable Huebner, et Mr. Carrington, et un homme de couleur.

— Un quoi ?

— Un Noir. Et c'était lui qui avait le plus d'autorité, d'après Mr. Carrington. – Le visage de Julia a viré au gris mais l'adolescente a continué à pépier joyeusement. – Grand, large d'épaules, un peu enveloppé. Peau presque jaune. Il ne s'est pas nommé mais Mr. Carrington a pensé qu'il devait être un homme politique, un membre du Congrès ou quoi… Hé, M'man, ça va ?

Non, ça n'allait pas. Elle était furieuse de se faire mener en bateau, et morte de peur, mais il ne fallait pas s'emporter, surtout pas.

— Je t'avais dit que je ne voulais pas que tu te mêles de ça.

— Hé, attends ! a gloussé Vanessa, malicieuse ; sans moi, tu ne saurais rien de tout ça.

Et si j'avais préféré ne pas savoir ? s'est interrogée Julia en silence, mais elle avait déjà pris sa décision : dès le lendemain, elle retournerait à Boston et exigerait de Byron Dennison qu'il lui explique ce qu'il était venu faire au Landing dix jours après la mort de Gina Joule puis, selon toute vraisemblance, à Elm Harbor un an plus tard, quand il avait persuadé la famille de DeShaun d'abandonner sa requête en justice.

Mais le soir même, une infirmière de l'hôpital a téléphoné à la maison et annoncé que Bay s'était à nouveau endormi, cette fois pour toujours.

51

Mona

I

La deuxième semaine de février, en dépit des véhémentes objections de son mari et pour le bien de sa fille, Julia Carlyle s'est envolée pour Paris et, après avoir passé la nuit dans l'un de ces délicieux petits hôtels qui se nichent dans les rues tranquilles de la capitale, elle a pris le train de Toulouse le lendemain matin. Hap, le fidèle compagnon de Mona, un quinquagénaire essoufflé aux épaules qui semblaient arrondies par des années de rude labeur, au sourire las d'un chef de rang usé sous le harnais, l'attendait devant la gare dans leur Renault 18 GTX d'un rouge passé. Tout en se battant avec la vieille boîte de vitesses comme si elle était une ennemie de longue date, il les a précipités à travers les banlieues puis en pleine campagne, se glissant entre des bosquets et des champs qui s'étalaient à perte de vue. Julia en a profité pour regarder le paysage en somnolant et surtout, surtout, préparer dans sa tête son explication avec une mère qui avait si aisément occulté plusieurs pages de l'histoire de la famille.

— Elle va être contente de te voir, a risqué Hap à un moment.

— Je n'en doute pas, a sèchement rétorqué Julia, ce qui l'a replongé dans son prudent silence.

Dona et Hap habitaient une petite maison de style rococo, au toit en tuiles rouge vif, les fenêtres protégées par des auvents de la même couleur, ou par leurs structures métalliques dénudées quand le tissu avait été emporté. Le jardin, roussi par l'hiver, était saupoudré d'une neige inattendue que Julia a cru un instant avoir apportée avec elle. L'entrée était en travertin rougeâtre, le tapis du couloir dans la même teinte. À chaque visite, elle avait l'impression que tout ce rouge allait la tuer et elle aurait apprécié que sa mère retouche sérieusement l'ensemble, même si Mona, qui n'avait pas eu la chance d'épouser un émigré économe, n'avait pas d'argent à dépenser pour de telles broutilles, ayant préféré dilapider son héritage à venir en aide à tous ceux qui la sollicitaient avec une bonne cause, un passé bouleversant ou de beaux yeux. Une maigre forêt arrivait jusqu'à l'arrière de la maison. Les deux chambres à coucher du rez-de-chaussée donnaient sur un jardin maussade, une terrasse en terre cuite fanée, des chaises et une table bancales en fer forgé et une fontaine asséchée qui semblait posée là pour rappeler que la vie finit par se tarir, elle aussi. Derrière le talus, des vignes se mouraient ; Mona avait jadis pensé qu'elles pourraient lui assurer un revenu avant de découvrir que leur raisin était d'une qualité dont personne ne voulait.

— Elle va descendre dans une minute, a dit Hap d'un air vaguement confus. Je peux t'offrir quelque chose ?

— Merci, a répondu Julia, qui savait que sa mère aimait la faire attendre.

Mona occupait la chambre principale à l'étage, tandis que Hap dormait dans ce qui avait dû être les quartiers de la domestique, près de la cuisine ; Julia, elle, s'installerait dans la chambre d'amis à l'autre angle du rez-de-chaussée. Les rares fois où elle était venue en visite avec ses enfants, ils avaient dû se contenter de cette pièce unique, vivant de ce fait beaucoup plus près du taciturne Anglais que de sa mère, et Julia n'avait toujours pas surmonté la sensation d'être ainsi tenue à l'écart. Mais tel était le monde de Mona.

Sa mère est apparue en haut des escaliers, frêle et coquette, en robe de chambre. Tout en éternuant bruyamment dans son mouchoir, elle a adressé un sourire de bienvenue indécis à Julia, sachant que celle-ci n'aurait pas fait tout ce voyage juste pour le plaisir d'une réunion de famille, puis elle l'a laissée lui donner une accolade à laquelle elle a vite mis fin, invoquant le énième virus qu'elle disait s'acharner sur son fragile organisme.

— Tu as maigri, chérie.

— Pas du tout. J'ai pris deux kilos et demi depuis l'an dernier.

— Ah oui, tu as toujours fait attention à la balance. Surveillé cette silhouette que tu as. Et les garçons aussi, qu'est-ce qu'ils la surveillaient… – Elle a encore éternué puis, saisissant l'expression de sa fille : – Ah, chérie, je dis que tu aimais bien flirter dans le temps, je ne dis pas que tu le fais maintenant…

Un autre aspect de la personnalité de Mona, c'était que derrière ses manières douces et simples on ne savait jamais quel angle elle allait choisir pour attaquer.

— Je suis contente de te voir, a commencé Julia, mais Hap les rejoignait déjà, avec du thé et des crackers, épargnant à son idole le tracas de répondre à la moindre manifestation d'amour filial et donc la fille prodigue est allée défaire ses valises en boudant.

Pendant le dîner, Mona n'a cessé de geindre. La proximité d'Airbus faisait flamber les prix, il y avait des flopées de touristes américains qui venaient « chasser » au Safari Parc, l'Amérique était la principale source de financement du terrorisme dans le monde, les États-Unis devraient suivre l'exemple français en interdisant aux filles musulmanes de porter le voile à l'école, il fallait confisquer tous ces signes extérieurs de fanatisme, y compris les crucifix et les petites bannières étoilées portées en rosette, etc. Grognant et pestant sur tous les sujets qui lui venaient en tête, hormis celui qui avait amené sa fille en France. Elle déployait la même intarissable logorrhée qu'un suspect qui sait que les vraies questions vont arriver dès qu'il finira par se taire, et avec elles l'irrémédiable dénouement.

Julia l'a interrogée sur le passé, tendant des perches, cherchant à réveiller des souvenirs, sans parvenir à rien.

— Ah, l'Empyrée ! a soufflé Mona alors qu'elle peinait ostensiblement à remonter l'escalier, se complaisant dans sa mauvaise santé. Ça a toujours été un drôle de club, ça oui ! Avant qu'ils ne tombent en décrépitude, je veux dire. Faillite et tout. Quels numéros ils étaient, quand même ! Ils n'avaient pas le droit de dépasser les quatre cents adhérents dans tout le pays. « Quatre cents hommes de qualité parmi les gens de couleur », c'est ce que disaient les statuts… On savait qu'ils étaient très fermés, mais eux, ils n'en faisaient pas toute une histoire, pas du tout. En fait, dans le temps, les membres du club ne devaient même pas dire qu'il existait. Tu imagines, chérie ? Ah, ça ne regroupait pas des « sapeurs », des « zazous », des « qui-se-la-ramène »… Non, eux, c'étaient les gens qui réussissaient dans leur coin et faisaient tapisserie dans les soirées. – Enfin arrivée sur le palier, ses paroles traînant derrière elle comme la fumée laissée par la locomotive de la mémoire. – Je vais te dire, chérie. À l'époque, je ne pouvais pas voir ça comme ça mais tu sais à quoi ils ressemblaient, ces dignes messieurs de l'Empyrée ? Au petit solitaire de la classe qui n'a pas d'amis, qui n'appartient à aucune bande, qui ne dit jamais un mot, qu'on ne remarque même pas jusqu'au matin où il rapplique avec un fusil de chasse à l'école pour qu'on fasse attention à lui, sérieusement…

Et elle est partie se coucher.

II

Au matin, elles sont allées voir la pente d'eau de Montech. Les tracteurs, si souvent en panne, tiraient un bouclier qui faisait monter le niveau de l'eau et entraînait de petits bateaux, ou une barge sur laquelle on pouvait prendre place, une expérience peu commune qui semblait un défi aux lois de la gravité. Mona aimait raconter la fois où les pneus avaient dérapé, peut-être à cause d'une fuite d'huile, et déséquilibré les touristes en train de remonter le bief, en expédiant quelques-uns dans l'eau sale, mais Julia, qui avait essayé la pente dans les années quatre-vingt, peu après sa construction et alors que Preston était encore un bébé – la mort de Jay était toute récente –, ne savait pas si elle devait croire sa mère ou non, car celle-ci s'ingéniait ouvertement à noircir les souvenirs que sa fille gardait de ses voyages, et notamment de Toulouse. Julia, elle, adorait la sonorité de la chose en français, « pente d'eau », et c'était tout de même une des merveilles technologiques du monde, parce que où voyait-on encore l'eau se mettre à couler vers l'amont ? Si seulement elle avait pu gravir ses propres montagnes aussi aisément… Au bout de vingt-quatre heures à Plaisance-du-Touch, elle n'avait toujours pas eu l'occasion d'aborder le vif du sujet. Il fallait que Mona manifeste qu'elle était disposée à l'entendre, et à parler.

Hap leur avait préparé un pique-nique. Les deux femmes se sont promenées un moment dans la forêt, essayant de choisir des laies où elles auraient un peu moins de risques de se faire renverser par des cyclistes déboulant en VTT. À chaque visite, Julia s'attendait à trouver sa mère subitement vieillie mais ce n'était jamais le cas ; à soixante-dix ans passés, elle conservait sa maigreur énergique de toujours, elle était pareille qu'au temps où elle trimballait ses jumeaux à travers toute la Nouvelle-Angleterre pour leur trouver des fréquentations dignes d'eux, parmi les rejetons du Clan, évidemment : Providence pour une fête de Noël, Boston pour un bal de débutantes, Springfield pour une cérémonie de remise de diplômes… Alors que

Granny V. avait été immergée dans la vie associative, et que les Veazie avaient été à l'origine de plus d'une fraternité désignée par telle ou telle combinaison de lettres grecques, Mona s'était quant à elle concentrée sur son paradoxe, se cramponnant de ses ongles rongés à la moindre solution qui lui permettait d'élever ses enfants à Hanover tout en restant fidèle au principe que ces derniers devaient trouver leurs amis au sein de l'obscure nation, et en dépit de ses déclarations égalitaristes elle entendait par là ce que Granny V. appelait la meilleure moitié de ladite nation.

À midi juste passé, les grands arbres s'élevaient au milieu du petit cercle projeté par leur ombre, telle une mare obscure autour de leurs racines. Julia se rappelait que Montech se trouvait dans une plaine inondable, où il y avait surtout de modestes bosquets, mais ici la végétation était plus dense. Une odeur de fleuve et de roseaux flottait dans l'air. Au bout d'une demi-heure pratiquement silencieuse sous un soleil qui ne réchauffait pas, Mona a montré du doigt une clairière devant elles, flanquée d'un étang immobile.

— Là.

Julia a pris soin de sourire.

— C'est toujours là qu'on s'arrête !

— Tu sais à quel point je suis traditionaliste, a plaisanté sa mère, jouant le jeu.

Assises sur des souches bienvenues, elles ont mangé leurs sandwichs en écoutant les bruits du sous-bois, activité animale à laquelle des humains se mêlaient. Au loin, un bruit de moteur, quelques cris, un coup de klaxon.

— Quelque chose te tracasse, toi, a fait Mona.

— Hmm.

— C’est ton Lemaster ? Il recommence à te maltraiter ?

Julia a fait un geste irrité de la main, bien qu’aucune mouche n’ait tourné autour d’elle.

— Lemmie est un ange, Mona ! Je n’arrête pas de te le dire. Il ne me ferait jamais de mal, jamais.

— Je lis les journaux, ma chérie. J’ai vu dans le *Herald Tribune* qu’il est en lice pour la nomination du prochain procureur général.

— Je ne peux pas parler de…

— Pour ces gens-là ! Il serait prêt à travailler avec cette bande ! Ah, je crois que je ne pourrai jamais comprendre les hommes comme lui…

« Les Noirs comme lui », voulait-elle dire, telle Astrid… Les mains posées sur le tronc coupé, Julia a levé le visage vers le ciel pour attraper les rayons du soleil. Est-ce que Dieu était là-haut, ou là-bas, à regarder, à écouter, sachant déjà comment tout finirait ? Elle trouvait moins difficile de traiter avec sa mère quand elle n’avait pas à soutenir ses petits yeux sombres, aimants, quémandeurs, cassants, déments, empreints d’une empathie blessante.

— Je ne vais pas parler de Lemmie avec toi, entendu ? Pas question. – Déterminée, mais sans aller jusqu’à élever la voix devant sa mère au cas où les Dix commandements diraient vrai… – Ce n’est pas pour ça que je suis là, Mona.

— Alors, pourquoi ? – Elle avait pris un ton plaintif. – Qu’est-ce que tu veux ? Tu veux toujours quelque chose !

— Mona…

— Je n’exagère pas. Tu as toujours une idée derrière la tête, au final. Je sais, je sais, tu voudrais juste un conseil, tu penses que tu n'as pas d'amies à qui te confier.

Un souffle de brise a gonflé la manche de sa lourde veste. Julia s'est efforcée de ne pas broncher. Mona n'en pensait pas un mot, elle voulait seulement que sa fille la rassure, lui dise qu'en effet, oui, elle accordait plus de valeur à ses conseils qu'à ceux de n'importe qui. Mais ça faisait des années déjà qu'elle s'était lassée de flatter sa mère. Si son voyage en France, le fait qu'elle ait laissé derrière elle sa famille en pleine crise n'étaient pas une preuve suffisante de son attachement, elle n'en avait pas d'autre à présenter.

— Je voulais juste… parler, Mona, a-t-elle dit, presque étranglée par la réplique indignée qu'elle refoulait dans sa gorge, et toujours incapable d'aller droit au but. On peut faire ça ? Parler ?

— C'est ce qu'on fait, non ? a rétorqué Mona en posant une demi-seconde sa main sur le genou de sa fille. Ce n'est pas parler, ça ?

— Non, Mona. C'est toujours pareil, avec toi. Tu parles et moi je suis censée rester bien sage et ouvrir mes oreilles.

— Ah, pardon ! – Mona a porté la main à son cou, froissée. – Mais ce n'est pas une raison pour crier sur ta mère.

— Je ne crie pas !

C'était le cas, pourtant, et Mona l'avait délibérément provoquée. Avec la grande Mona Veazie, toute conversation était une expédition à travers un champ de mines autojustificatrices que l'on entreprenait à ses risques et périls ; en général, on survivait si l'on ne s'approchait pas des questions de politique américaine, détonateur qui faisait tout exploser dès qu'on avait le malheur de poser le pied dessus.

— Tu élèves la voix, alors.

Pour couper court à la litanie de plaintes qui s'annonçait, de tous ces menus détails avec lesquels Julia, qui continuait à lui virer deux mille de leurs précieux dollars chaque mois, l'offusquait depuis des années, elle s'est jetée à l'eau :

— S'il te plaît, Mona, écoute. Je… Il faut que je te pose certaines questions. – La suite a été encore plus difficile, mais elle connaissait le prix de la paix avec sa mère. – Je… J'ai besoin de ton aide. C'est à propos de Vanessa.

Un sourire sincère, et comblé.

— Eh bien ! Pourquoi ne pas l'avoir dit plus tôt ?

III

— Je te l'ai dit et répété, tu en demandes trop à cette fille, l'a interrompue Mona une fois que Julia a eu exposé, ou pensé avoir exposé, les troubles de Vanessa dans leurs grandes lignes. Pour commencer, tu ne devrais pas la laisser au milieu de tous ces gosses de Blancs. Je te l'ai déjà expliqué, si la race arrive à survivre, c'est parce que chacun d'entre nous aura…

— Plus d'amis noirs que blancs. Je sais, Mona, je sais.

— Mais tu ne fais rien pour ça, si ? Vanessa n'a que des Blancs dans ses fréquentations, oui ou non ?

— Pas que ça, mais…

Les yeux de sa mère ont brillé de satisfaction.

— Oui, oui, je sais, elle participe à « Jack and Jill », elle a été avec les Coccinelles mais elle n'y est plus, elle croise quelques enfants noirs à cette drôle d'église où vous allez… Elle me l'a dit, chérie. – Sa petite main s'est levée pour repousser les objections. – Tout ça, ça ne compte pas. Ce ne sont pas des proches. Son cercle, ce sont des Blancs de son lycée.

— C'est exactement comme ça que tu nous as élevés ! a protesté Julia, fâchée et entraînée loin du sujet, ce qui était sans doute le but de sa mère.

— Oui, et tu ne devrais pas répéter mes erreurs, a rétorqué celle-ci, très contente de sa réplique.

Elles ont continué à lutter sans paroles, un moment. Julia a poussé du pied le panier de pique-nique sans le renverser. Deux cyclistes sont passés en un éclair près d'elles, un homme et une femme peut-être mais ils allaient trop vite pour que l'on distingue plus que des cheveux noirs flottant sous des casques aux vives couleurs. On entendait des enfants rire au bord du canal. La journée, qui avait bien commencé, était en train de s'assombrir, à moins que cela n'ait été que l'humeur de Julia. Évitant de regarder sa mère, elle a repris :

— Écoute-moi, s'il te plaît. Oui, j'ai commis des erreurs avec Vanessa. Avec les autres aussi. Mais je ne veux pas parler de ça, aujourd'hui. Je voudrais qu'on parle de… d'histoire.

— D'histoire ?

— Le mois dernier, au bal de Boston, je suis tombée sur ton amie, Aurelia Treene. Tu sais ce qu'elle m'a dit ? Que mon mari avait été nommé « Grand Frère » de l'Empyrée. Elle a dit qu'il poursuivait la tradition familiale, de la sorte. Mais Lemaster est un émigré de la première génération, donc elle devait parler de l'autre côté de la famille, des Veazie. – Elle a marqué une pause. – Dis-moi, Mona : est-ce que mon grand-père appartenait à l'Empyrée ? Est-ce que Preston Veazie a même été le, euh… leur « Grand Frère » ?

Mona a lâché un petit rire.

— Mais quoi, chérie ? Oui. Il l'a été.

— Et quand est-ce que tu pensais me le dire ?

— Eh bien, je ne crois pas que ça ce soit jamais présenté dans la conversation, si ? Je n'avais aucune intention de le cacher, en tout cas, s'est-elle empressée d'ajouter. Il n'y a jamais eu de raison d'en parler, c'est tout.

— Eh bien parlons-en, maintenant. Quand j'ai épousé Lemaster, tu n'appréciais pas qu'il appartienne à l'Empyrée mais ce n'était pas parce que c'était un club sans importance, insignifiant, si ? – Silence. – Allez, Mona ! Je ne te lâcherai pas tant que tu ne me diras pas. – Elle a levé les yeux, enfin, mais sa mère était trop aguerrie pour laisser lire dans ses pensées. – Cette affaire Gina Joule qui obsède à ce point Vanessa ? Je sais que l'Empyrée y a été mêlé d'une manière ou d'une autre, après coup. Je veux savoir comment, et pourquoi. Je veux savoir ce que ton vieux copain Bay Dennison est allé faire à Tyler's Landing. – Mona attendait toujours. – Je te le demande uniquement à cause de ce gâchis que j'ai à la maison et je crois qu'Aurie a essayé de me dire que les deux sont liés… Allez ! Tu sais des choses que j'ignore. Il est temps que tu me le dises.

— Te dire quoi, chérie ?

— Ce qu'est l'Empyrée, véritablement.

52

Le séjour des bienheureux

I

— Il faut te représenter comment c'était dans le temps, chérie. Quand nous vivions pour de bon comme deux nations séparées, la pâle nation, l'obscure nation… Ce sont les gens de l'Empyrée qui ont inventé ces termes, ou du moins qui les ont rendus populaires. Ah, c'était toute une affaire, l'Empyrée ! À l'époque. – Elles s'étaient remises à marcher sur une piste forestière. Un murmure d'eau leur parvenait. Il faisait à présent un froid si vif que Julia s'est dit qu'il allait neiger dans la nuit. – À l'époque où tous ces clubs et ces associations sont apparus, je veux dire. Seule une infime minorité d'entre nous pouvait suivre des études et ceux qui y arrivaient étaient des cracks en physique, en grec ou en philosophie de Confucius mais ils devaient quand même travailler comme dockers, manœuvres, ou avec un peu de chance croque-morts ou instituteurs. Tous ces hommes tellement brillants – presque pas de femmes, en ce temps – et le monde des Blancs leur fermait ses portes, alors naturellement ils cherchaient à unir leurs forces, à se regrouper entre pairs. C'est l'origine de la plupart de ces clubs, tu comprends ?

— Oui. Pour regarder de haut le reste de leur peuple.

— Peut-être, peut-être, mais ne les jugeons pas, ma chère. Pas encore. Ils avaient leurs difficultés, c'est indéniable. Plein. Un club, c'était aussi un endroit où oublier ses soucis, un espace où avoir des discussions élevées, ou en tout cas rencontrer des gens qui vivaient les mêmes expériences.

— S'il te plaît, Mona, est intervenue Julia, se sentant trop fatiguée pour continuer ainsi. Je n'ai pas fait tout ce voyage pour m'entendre donner un cours d'histoire. L'origine historique du phénomène associatif noir, ça ne m'intéresse pas. Ce que je veux, c'est en savoir plus sur l'Empyrée.

— À cause de ton Lemaster. Parce qu'il est le « Grand Frère ».

— Pas seulement.

— Pour quoi d'autre, très chère ?

— Depuis que j'ai parlé avec Aurelia, il m'est revenu un souvenir d'enfance auquel je n'arrête pas de penser. À Hanover. C'était en novembre 1972, je m'en souviens parce que Nixon venait juste d'être réélu. Granny V. habitait avec nous. Vous aviez des amis qui étaient venus voir les résultats à la télé avec vous. Je n'étais qu'une gamine mais je vous revois encore, vous, les adultes, en train de regarder les États sur la carte se faire rafler par Nixon un par un, et vous aviez tous le même air, comme si vous veniez de vous prendre un coup de pied dans le… Euh, comme si vous étiez sous le choc. Tu t'en souviens ?

— Évidemment, chérie. Nous étions une famille, à l'époque. Je vous avais encore tous les deux, Jay et toi… – Mona a souri, parcouru de ses doigts l'épaule fragile de sa fille en un début de caresse qu'elle n'a pas poursuivie. – Mais que toi, tu te le rappelles, ça oui, je suis surprise ! C'était une soirée sans rien d'extraordinaire. En ce temps-là, nous n'étions qu'une poignée de professeurs d'université. Noirs, je veux dire. Nous étions déprimés, très en colère. Alors, on a bu… – Elle a fait une moue désapprobatrice. – Mais tu t'en souviens, alors ? Tu avais quel âge ? Quatre ans ? Cinq ?

— Douze. – Une seule fille au monde et elle ne pouvait pas calculer son âge ! Hérissée, Julia s'est contenue. – Enfin, Granny V. était fatiguée, à un moment, et tu m'as demandé de l'accompagner au lit, et en sortant de la pièce elle a dit quelque chose de bizarre, de tellement bizarre… Je sais, elle n'avait plus toute sa tête, alors, et c'était il y a si longtemps, mais je n'ai pas cessé d'y réfléchir, ces dernières semaines. Elle a dit que tout ça montrait seulement que le Clan aurait mieux fait de ne pas se mêler des élections. Elle a dit qu'il aurait dû « tirer les leçons de 56 ». Qu'est-ce que ça signifiait, Mona ? Que s'est-il passé, en 56 ? Et en 72 ?

— Ce qui s'est passé ? Les Républicains ont gagné haut la main les deux fois, voilà ce qui s'est passé !

— Non. Ce n'est pas ce qu'elle voulait dire. Elle a dit : « Ils ont soutenu le mauvais cheval, comme d'habitude ! » Et toi, tu lui as dit de moins parler mais elle n'était pas facile à arrêter quand elle était lancée,

Granny V. Dans le couloir, elle continuait à crier. Qu'ils essayaient tout le temps et qu'ils loupaient à chaque fois. Et là, elle a dit : « Le Prééminent, quel fichu idiot, celui-là ! »

Elles étaient parvenues à une fourche. Mona a choisi le côté le plus broussailleux et touffu. Dans la pénombre froide, elle trottait de plus belle et Julia a dû hâter le pas pour rester à sa hauteur.

— Tu as mal entendu, très chère, a affirmé la vieille femme par-dessus son épaule. Ta grand-mère devait continuer à parler de quelqu'un qu'elle avait mentionné plus tôt. Perry Meenant, un activiste de Harlem, tu l'as rencontré mais tu étais trop petite… Il avait choisi un candidat qui n'avait même pas obtenu la nomination. Encore un qui avait choisi le mauvais cheval… D'ailleurs, c'est toute notre histoire, ça. Les Nègres ont toujours soutenu les perdants. Pas étonnant que nous en soyons là…

— Elle a bien dit « le Prééminent », Mona.

— Mais non.

— Mais si ! Et ensuite, elle a ajouté : « Si seulement ils avaient écouté Preston… » Pendant des années, j'ai essayé de comprendre et puis, il y a dix ou quinze jours, Lemaster m'a raconté que le dirigeant de l'Empyrée s'appelle le Prééminent, et c'est enfin devenu clair pour moi. Granny V. disait que le club avait fait le mauvais choix parce que son leader était un idiot. Ils étaient impliqués dans l'élection, n'est-ce pas ?

— Oh, tu sais, les coalitions électorales, c'est d'un compliqué…

— Assez, Mona ! Assez de petits jeux, assez de finasseries. Dis-moi ! – Pour la première fois, les yeux noisette de sa mère se sont légèrement troublés. Julia a poussé son avantage. – Allez ! Granny V. voulait t'embarrasser, elle était prête à révéler des secrets. Et ce n'est pas tout. Tu n'as pas entendu, toi, mais quand je l'ai aidée à se mettre au lit, comme tous les soirs, elle a dit qu'ils avaient besoin ou d'un nouvel auteur, ou d'un nouveau plan. À l'époque, je n'ai pas saisi mais j'ai été frappée qu'elle dise « ils », pas « nous ». Et le Prééminent de l'Empyrée a un autre titre, tu le sais. Ils l'appellent aussi l'Auteur. Je crois qu'elle parlait du club, et de ce qu'ils avaient tenté de faire pour les élections, et que ça n'avait pas marché. – Une grimace, cette fois, est apparue sur le visage généralement impassible. Mona a encore hâté le pas. – Qu'est-ce qu'ils avaient fait ? C'était quoi ?

— Rien qui puisse t'intéresser.

— Je ne suis plus une enfant, Mona.

— Par certains aspects, si. – Ralentissant, elle s'est lancée dans l'un de ses discours. – Tu as peut-être raison, chérie. On ne pèche jamais à trop savoir. Les secrets, c'est la seule chose qui nous distingue les uns des autres, dans ce monde. Ne pas savoir, tel est le danger ! Nous sommes des êtres pensants et raisonnants, n'est-ce pas ? Nous sommes conçus pour respirer la vérité, c'est notre oxygène, sans elle nous ne survivrions pas. Et quand elle se cache, quand on nous la cache, nous respirons des mensonges, juste pour ne pas étouffer. – Son regard s'est assombri. – Très bien, ma chère. Tu veux connaître l'histoire, je vais te la raconter. Mais je t'assure, Julia, je t'assure que tu regretteras un jour de l'avoir jamais entendue…

II

Devant elles, le chemin se séparait encore. Mona a contemplé l'alternative en clignant des yeux comme un hibou. Soudain, Julia s'est rendu compte que sa mère n'était pas sûre de la route à prendre, et elle a été tentée d'attendre jusqu'à l'obliger à quémander son aide. Renonçant à ce bras de fer psychologique, elle est passée devant Mona, l'a prise par son épaule découragée et l'a gentiment entraînée vers la piste de gauche, qui montait en pente douce vers une clairière. Mona a paru se détendre et elle a retrouvé son bagou :

— C'était en 1956, comme tu as dit. Je travaillais à la maison et je donnais quelques cours à Columbia. Ce que tu dois comprendre de cette époque, chérie, c'est que le Noir le plus influent du pays… le « Nègre », on disait dans ce temps… enfin, le plus influent et peut-être le plus célèbre, c'était Adam Clayton Powell. Tu l'as connu, et sa première femme aussi, mais tu étais toute petite, tu ne te rappelleras pas. Peu importe. Il était tellement écouté, Adam, qu'il a persuadé Eisenhower de supprimer la ségrégation raciale dans les bases militaires et au cinéma, et ça bien avant que la Cour suprême ne se prononce contre les lois racistes. Un être extraordinaire. Il était le pasteur de l'église baptiste des Abyssiniens à New York, 138e Rue, comme son père l'avait été avant lui. Et il a siégé au Congrès pendant des années et des années. Démocrate, bien sûr, même si dans ce temps-là il n'y avait rien de mal à être républicain, chez nous. Je crois que la majeure partie du Clan votait républicain. Pas tous les Noirs, mais le Clan, la majorité, oui. C'était différent, à l'époque. Toujours est-il qu'Adam était démocrate, lui, et voilà qu'en 56 il stupéfie tout le monde en appelant à élire Eisenhower président ! Le candidat démocrate, c'était ce cher Adlai Stevenson, un homme délicieux, qui n'avait pas beaucoup de chances de gagner, d'accord, mais on ne sait jamais... Surtout s'il réussissait à avoir le vote noir. Ce n'était pas comme aujourd'hui, alors : les Démocrates n'étaient pas automatiquement assurés que les Noirs voteraient pour eux. Ils ne pouvaient pas compter sur nous sans rien donner en échange, comme aujourd'hui... Nos dirigeants étaient assez intelligents pour négocier avec les Républicains, des fois, au lieu de se les aliéner en les traitant de tous les noms. Enfin... Toujours est-il qu'Adlai cherchait à avoir toute l'élite noire derrière lui et Adam, lui, disait qu'il soutenait Eisenhower ! Ces pauvres Démocrates, ils n'en revenaient pas ! Naturellement, Stevenson a voulu lui parler. Ils se sont rencontrés en secret, et devine où ?

— Chez Granny V. ?

La pente était plus raide, à présent. Julia peinait, et sa mère encore plus, mais aucune ne voulait être la première à proposer de reprendre souffle. Si Mona était dépitée que sa fille ait si facilement dissipé le suspense de cette partie de son récit, elle ne l'a pas montré.

— Exactement, ma chère. Chez les Veazie, Edgecombe Avenue. Dans le bureau de mon père, qui n'était pas seulement l'hôte de la rencontre mais aussi l'arbitre. À l'époque, je fréquentais un garçon, Eddie... Bon, nous devions sortir, ce soir-là, et nous étions dans l'entrée quand nous avons entendu des bribes de conversation. Adam disait qu'il en avait assez de soutenir un parti qui était l'otage de son aile sudiste, qui n'arrivait même pas à saluer du bout des lèvres la décision de la Cour suprême, qui était majoritaire au Congrès mais incapable d'imposer une législation contre les lynchages au niveau fédéral. Il disait que si les Démocrates ne pouvaient pas faire mieux, il était prêt à essayer les Républicains. Et Adlai a répondu qu'il changerait tout ça, s'il était élu, mais je crois qu'il n'avait pas trop d'illusions, qu'il sentait que Powell ne bougerait pas, qu'il n'avait pas accepté cette réunion pour tenter d'arriver à un accord, que son soutien à Eisenhower était ferme… Mais bon, ton grand-père nous a surpris en train d'écouter, il a été très fâché et il a claqué la porte de son bureau. Ça ne te serait pas arrivé, à toi, de traîner dans le hall avec un garçon… À Hanover, tu veillais toujours à ce que ce soit les garçons qui t'attendent en bas, jusqu'à ce que tu sois prête à faire ton entrée. Ah, tu les faisais marcher à la baguette ! Ça t'a toujours plu, ça. De rendre les garçons fous ! Tu étais une sacrée séductrice, hein ? Enfin, je m'égare…

Bouillante de rage, Julia a retenu sa langue.

— Ce soir-là, on en a parlé, Eddie et moi. De ce que nous avions entendu. Et nous sommes parvenus à la conclusion que Powell avait une autre raison en tête, que ce n'était pas seulement les critiques qu'il avait exposées. Il n'était pas tombé de la dernière pluie, il savait forcément qu'Eisenhower avait des doutes sur les droits civiques alors que Stevenson était pour sans réserve, et pourtant il était absolument déterminé à ne pas aller avec les Démocrates cette année-là… Et Eddie avait une théorie, à ce sujet. Il m'a dit : « Peut-être que Powell n'aime pas certains de ceux qui soutiennent Stevenson. » Aussi simple que ça !

Elles étaient parvenues en terrain dégagé, un promontoire qui dominait des champs et des petits villages parsemés dans la campagne. Voyant les mains de sa mère trembler, Julia a compris qu'elle n'en pouvait plus.

— On peut s'arrêter un peu, si tu veux, a-t-elle suggéré.

Mais Mona était trop lancée dans son histoire, maintenant.

— Et donc, quelques jours plus tard, j'ai posé la question à ma mère. À Granny V. On était en train de s'habiller pour aller à je ne sais quel événement organisé par les Coccinelles, une veillée, je crois, parce qu'on était en orange et en blanc, c'est comme ça qu'on doit s'habiller quand une sœur décède, aux couleurs de l'association… Oui, oui, tu le sais. Donc j'ai demandé à Amaretta et elle m'a lancé un regard… Quand tu étais petite, tu disais que je te regardais comme ça, parfois. Un regard à te faire rentrer sous terre. Tu te rappelles, je te disais : « Je tiens ça d'Amaretta. » Mais elle, c'était pire. Comme si je l'avais trahie en osant parler d'une chose pareille, comme si j'avais trahi le Clan… Et elle a dit : « Nous devions essayer, ma chère. » Rien de plus. Est-ce qu'elle parlait de la rencontre entre Powell et Stevenson, essayer d'arranger les choses avec le parti démocrate ? Je n'ai pas eu cette impression. Pour moi, elle parlait de quelque chose de bien plus important que ça. Et pour Amaretta, une abstraction pareille, ça ne pouvait pas être Dieu, ni l'Amérique, ni Harlem, ni notre nation. C'était le Clan. Il n'y avait que le Clan qui était « nous », pour elle. J'ai pensé qu'elle voulait dire que le Clan avait misé et perdu, qu'ils avaient parié gros sur Adlai Stevenson et qu'Adam Clayton Powell était venu tout gâcher.

— Mais… je ne vois pas où est la grande affaire, a objecté Julia. Quoi, le Clan a soutenu Stevenson et il a perdu. Et alors ?

— Je ne crois pas que l'Empyrée soit en train de mourir, tu sais ? Je crois que ça va très bien, au « séjour des bienheureux ». Ils ont toujours autant la manie du secret mais ils se portent très bien.

— Tu veux dire que ces histoires de faillite, qu'ils sont vieux jeu, qu'ils ne comptent pas, c'est simplement un rideau de fumée ?

— Je crois juste qu'ils préparent quelque chose. Ils préparent toujours quelque chose.

— Comme quoi ?

Elles redescendaient vers la plaine, Mona avançant maintenant à petits pas prudents et sa fille veillant à ne pas la distancer.

— Je suis une vieille femme, Julia, il ne faut pas me prendre trop au sérieux, mais Aurelia t'a donné une mauvaise information. Ton grand-père n'était pas ce qu'elle t'a dit qu'il était, ou plutôt pas que ça. Il a été le Prééminent, par la suite. Il a été à leur tête pendant dix ans, avant que Bay Dennison ne lui succède. Oui, c'est censé être un grand secret mais ton Grandpa n'avait pas de secrets pour Amaretta. Et tu sais ce qu'elle m'a dit, elle ? Il y a des années ? Qu'ils ont toujours été obsédés par la présidence. L'Empyrée.

— C'est-à-dire ? Qu'ils ont toujours voulu influencer le Président ?

— Non. Qu'ils ont toujours voulu en choisir un. – La forêt s'éclaircissait autour d'elles. Mona parvenait au bout de ses ressources physiques, et de son récit. – Ce soir-là, en 56, Granny V. m'a dit que l'Empyrée avait fait courir Stevenson. Ses propres termes. Ce n'était pas seulement qu'ils le soutenaient. Ils le tenaient. Il était « à eux », d'une manière ou d'une autre. Et en 72, même chose. Pas McGovern, un autre Démocrate qui n'a pas eu l'investiture, finalement. Vois-tu, Julia, ton grand-père était convaincu que le seul moyen d'obtenir quoi que ce soit des Caucasiens, c'était de se servir de leurs armes contre eux. Ils n'agiront jamais en conscience, il disait, seulement pour leurs propres intérêts. Et il disait à ta grand-mère : « Il faut que nous ayons un candidat "à nous", comme les Caucasiens importants ont le leur. Quelqu'un qui fera ce qui est bon pour nous non parce que sa conscience le pousse mais parce que sa situation ne lui laisse pas d'autre choix. »

— Du… chantage ? a murmuré Julia. C'est de ça que tu parles, là. De chantage.

— Je n'en suis pas sûre, ma fille. C'est possible. Ce que je sais, c'est que l'Empyrée en est venu à penser qu'ils devaient « tenir » des Blancs importants, les mettre dans une situation où ils n'auraient pas d'autre alternative que d'aider notre peuple. C'était une idée de Grandpa V. D'après ce que j'ai compris, en tout cas.

— Tu veux dire que l'Empyrée tenait Adlai Stevenson ?

Mona a hésité, ses yeux vieillis à la dérive dans le miroir de sa jeunesse.

— Adlai était un type bien. Droit, honnête, intègre. Je ne crois pas que quiconque aurait pu le « tenir ». – Son regard est revenu sur Julia. – Non, chérie, je serais très surprise que l'Empyrée ait eu un quelconque pouvoir sur lui. Mais ça ne veut pas dire qu'ils n'aient pas cru en avoir un. – Elle a eu un petit rire triste. – Ce sont des liens qui remontent à très, très longtemps, vois-tu. Les vieilles familles. Les nôtres, les leurs. Blanches, noires. Des décennies et des décennies. Tout n'était pas forcément pressions, entre elles. Cela fonctionnait aussi par… intérêt mutuel.

— Attends ! Tu parles du « passing », des faux Noirs et des faux Blancs, là ? Tu veux dire que certaines des vieilles familles blanches sont noires, en réalité ?

Julia était décontenancée, perdue.

— Oh, non, non, pas du tout. Quoique, c'est possible. Dans le temps, il y avait une telle violence, une telle injustice, alors avoir la chance de fuir la négritude pour un univers plus blanc, en effet… Mais ce n'est pas ce dont je parlais, pas de tous ces Noirs qui en sont venus à « passer » pour des Blancs. Non, je dis juste qu'il y avait parfois des intérêts communs, et des familles influentes des deux races pouvaient finir par travailler ensemble. Ne pense pas que l'Empyrée ait été le seul dans ce cas… – Le même rire accablé, comme celui d'un spectateur trop nerveux devant une tragédie. – Je te répète, Julia, que je suis une vieille femme et une vieille folle, en plus. Ne prends pas ce que je dis au pied de la lettre. La tête vous joue des tours, à mon âge. – Elle a presque chancelé. – Je suis fatiguée, chérie. Il faut que je rentre me coucher.

— Nous sommes presque arrivées à la voiture.

— Je ne veux plus parler.

— Juste une dernière chose. S'il te plaît.

— Laisse-moi, je te prie.

— Oh, pardon… – Julia ne s'était même pas aperçue qu'elle serrait sa mère par le bras, fort, aussi rageusement qu'elle agrippait jadis la main de Kellen lorsqu'il la regardait de travers, ou ne la regardait pas. – Juste ça, Mona : tu me dis que l'Empyrée avait pour méthode de réunir des informations sur des gens de poids et qu'ils s'en servaient pour… pour améliorer les conditions de vie de la communauté ? C'est ça ?

— C'est ce qu'Amaretta disait… – Elle a secoué la tête, épuisée et agacée. – Je ne crois pas que quiconque sache pour de bon.

— Mais ça doit être vrai, Mona ! Byron Dennison est venu au Landing dix jours après la mort de Gina, et d'après ce que j'ai compris il était là pour distribuer les ordres. Pour quelle autre raison il se serait déplacé ?

— Ah, en ce temps-là, j'étais une femme mariée, ma chère. Je vivais dans le New Hampshire. Aucune idée.

— Allez, Mona ! Vous avez eu une histoire ensemble, Byron et toi. Il n'a jamais fait allusion à un plan, quelque chose de ce genre ?

Un sourire de grand-mère condescendante.

— Si Bay Dennison était le manipulateur clandestin que tu crois, ma chère, pourquoi n'aurait-il pas fait en sorte que personne ne le voie, là-bas ? Tout ça est très confus, très étrange…

Quand elles sont parvenues à l'auto, Mona l'a priée de prendre le volant et Julia, qui ne conduisait un véhicule à changement de vitesses manuel que lorsqu'elle venait en France voir sa mère, s'est inclinée. Elle a failli caler plusieurs fois, a laissé le moteur en sur-régime à plusieurs reprises, mais sa passagère n'a pas bronché. Les paupières closes, elle s'était assoupie, ou devait être soulagée d'avoir l'air de dormir.

III

Elle ne saurait jamais de science certaine. Dans le lit de la chambre d'amis, cherchant une position confortable sur le matelas antique qui se dérobait de toutes parts, Julia s'étonnait encore du voile d'ignorance qui masquait de si larges pans de l'existence noire en Amérique. De ces vieilles familles africaines-américaines, avec leur argent, leurs traditions, leur haute culture, la majorité des Noirs du pays et pratiquement tous les Blancs ne connaissaient rien ; des secrets de leurs clubs et associations, encore moins ; de l'Empyrée, le plus sélectif et mystérieux de tous, rien de rien. Le Prééminent, Stevenson, le Grand Frère, Kellen Zant se promettant de venir bouleverser les élections, tout se mêlait dans son esprit embrumé par la fatigue. À moitié éveillée, à moitié rêvant, elle s'est repassé le film des trois derniers mois.

Et c'est là qu'elle a vu la forme encore indécise du plan.

Pas dans sa totalité, non. Il y aurait encore bien assez de vérifications, de recoupements. Mais là, dans la pièce surchauffée de la retraite maternelle de Plaisance-du-Touch, France, Julia Veazie Carlyle a aperçu les contours du grand dessein de l'Empyrée, et elle a enfin compris ce que Kellen avait cru savoir. La seule question restante : avait-il eu raison de le croire ?

Dans son mauvais sommeil, elle a rêvé de neige.

IV

Quitter Mona le lendemain matin s'est révélé plus difficile qu'elle ne s'y attendait, non parce que la mère manifestait quelque remords mais parce que la fille en était pétrie. Pendant le petit déjeuner, comme toujours en la discrète présence de son compagnon, Mona n'a fait aucune allusion à leur discussion de la vieille et brusquement Julia a eu un regard lucide sur sa mère, au-delà de l'idéalisation ou du ressentiment. C'était une vieille femme au bout du rouleau, Hap prenait soin d'elle et la rebelle, celle qui avait eu une jeunesse si trépidante, était arrivée à un âge où elle ne demandait rien de plus que cela, que l'on s'occupe d'elle. Et qu'y avait-il de mal à cela ?

— Je suis désolée, Mona, a-t-elle fait en espérant ne pas être trop formelle.

— De quoi, chérie ?

— De ce que… De la manière dont je t'ai parlé hier. Pardon.

— Les hormones, a dit Mona comme elle le faisait au temps où Julia était adolescente et qu'elles se sautaient mutuellement à la gorge.

La différence, c'est qu'elle riait, alors.

Tout en servant le café, Hap a joué les arbitres et veillé à ce que la conversation ne prenne pas un tour qui puisse contrarier sa chère Mona, qui n'a pas tardé à se déclarer épuisée.

— Mais je suis contente que tu sois venue, chérie.

— Moi aussi.

Elles ont descendu le couloir sur le parquet grinçant. La porte de la chambre de sa mère avait besoin d'un coup de peinture fraîche. Machinalement, Julia a pensé à un ticket de loterie gagnant, de quoi donner à sa mère ce qu'elle méritait, mais son esprit empirique a repris le dessus, lui rappelant que l'on ne vivait pas d'espoirs et que l'immense majorité des habitants de cette planète devait se contenter de bien pire.

Mona a pris les mains de sa fille, les a serrées entre ses doigts sans force. Elle a souri.

— Tu ne devrais pas m'écouter, chérie. À mon âge, on a tendance à radoter. Et à croire que l'on sait tout.

— Je croyais que soixante-dix ans, c'était comme cinquante avant…

— Ah oui ? Pour moi, à l'instant, c'est plutôt comme quatre-vingt-dix ans d'avant.

— Je t'aime, Maman, a balbutié Julia.

Mona a eu une expression de contentement placide, celui que l'on éprouve en apprenant qu'un lointain cousin s'est remarié.

— Je t'aime, moi aussi, a-t-elle dit tranquillement, ses yeux noisette toujours lointains. Et maintenant, écoute-moi, chérie. Je n'ai aucune idée de ce qui se passe en… Amérique. Je ne comprends plus ce pays, si je l'ai jamais compris. Ce que je sais, c'est que ce n'est pas un bon endroit pour notre peuple. Pour les Nègres, l'obscure nation, les Africains-Américains… Pas un bon endroit. Ça ne l'a jamais été et ça ne le sera jamais. Attends ! Tu fais partie du Clan, ma chère. Tu as l'impression que cela te confère une sorte de liberté mais c'est plutôt… comme cette glace, là. Tu vois ? Les êtres dans le miroir ne sont en rien libres, pas vrai ? Ils ne font qu'obéir à ceux qui sont de ce côté de la glace. Nous bougeons, ils bougent pareil. Nous parlons, ils parlent. Nous nous taisons, ils se taisent.

— Lewis Carroll a déjà écrit tout ça, non ?

— Écoute-moi ! Ce que Granny V. m'a dit au sujet de l'Empyrée, de leurs plans grandioses ? Tu as raison, elle n'avait déjà plus toute sa tête. J'ignore ce qu'il y avait de réel et ce qu'il y avait d'imaginaire, de fantasmé, même. Mais si c'est vrai, Julia ? Si l'Empyrée reste une force ? S'ils se cachent dans l'ombre derrière le miroir, là où tu ne peux pas voir, à comploter et à manigancer en pensant qu'ils vont amener les Caucasiens à agir comme il faut ? – Un haussement d'épaules empreint de lassitude. – Je me demande seulement, chérie… Qui peut leur donner tort ?

Sans préavis, elle a lâché les mains de sa fille. Refermant la porte derrière elle, elle s'est à nouveau retranchée dans son exil volontaire.

V

Insatisfaite mais consciente qu'elle était condamnée à le rester, Julia a laissé Hap la ramener à la gare de Toulouse, tout en s'interrogeant inutilement sur la nature de la relation du fidèle Anglais avec sa mère. À l'entrée du quai, il lui a donné une accolade maladroite et lui a tendu un sac en plastique contenant les cadeaux de Noël pour les enfants, superbement emballés et que sa mère avait oublié de lui remettre. Elle a prié Hap de remercier Mona tout en soupçonnant qu'il les avait achetés lui-même, et dans la hâte.

Le train est parti avec quinze minutes de retard, ce qui équivalait à une catastrophe nationale, en France. Pendant les six heures du trajet, Julia a surtout somnolé, repoussant les tentatives de conversation du jeune et sympathique couple d'Américains assis en face d'elle, dont elle a remarqué la ressemblance étonnante avec les amoureux que Mona et elle avaient croisés à deux reprises dans leur promenade à Montech. Arrivée à Paris, elle est retournée au même hôtel, et soudain le réceptionniste, le touriste en train de lire un journal dans le hall ou le groom souriant lui ont semblé faire partie d'une vaste conspiration. Le lendemain matin, le garçon d'étage qui lui a apporté son petit déjeuner n'a cessé de lui lancer des coups d'œil pendant qu'elle attendait en peignoir qu'il finisse de disposer le plateau, et elle s'est demandé si c'étaient ses jambes nues qui lui valaient cette attention, ou s'il était en mission commandée.

Il a été encore plus difficile de quitter le pays que de se séparer de Mona. Quand le policier a passé son passeport sur le scanner, elle l'a vu ouvrir de grands yeux. Un autre l'a conduite dans une petite pièce du terminal ; là, deux femmes en uniforme ont fouillé ses bagages, surveillées par deux hommes vêtus de costumes sombres. L'un d'eux, envoyé par l'ambassade américaine, lui a dit qu'il était présent pour veiller à ce que ses droits soient respectés mais il s'est contenté de garder le regard fixé sur la table où les douanières déballaient sa trousse de toilette, ses sous-vêtements sales ; elles ont même ouvert les cadeaux de Noël, qui sous leur luxueux papier de soie n'étaient que des souvenirs pour touristes d'une grande banalité. Elles ont tout fouillé, sauf Julia elle-même. Elles en avaient l'intention, pourtant, mais l'homme de l'ambassade les en a empêchées ; ce qui était fort bien, car c'est sur elle que Julia avait dissimulé le contenu de l'enveloppe en kraft qu'elle avait trouvée dans le sac en plastique, glissée entre les paquets.

Avec une réticence toute française, ils l'ont finalement laissée partir, houspillés dans leur langue par le représentant de l'ambassade, qui a présenté des excuses à Julia, mais elle s'est rappelé que l'ambassadeur américain à Paris était l'un des plus loyaux comparses du Président. Comme pour la récompenser, la compagnie aérienne l'a surclassée en première. Refoulant sa curiosité par crainte d'être surveillée, elle s'est assoupie pendant une heure dans le vaste fauteuil, puis elle est allée aux toilettes et a retiré de leur cachette les trois feuillets sur papier officiel que l'enveloppe contenait, et elle les a relus, peut-être pour la cinquième fois depuis le soir précédent. De retour à son siège, elle les a remis dans l'enveloppe, elle-même accueillie par son sac de cabine. Elle a fait signe à l'hôtesse de l'air et elles ont parlé ensemble de la sélection de vins à bord ; comme c'était un vol Air France, celle-ci était remarquable. Après deux verres, ses mains ont cessé de trembler.

Le document en trois pages était un aveu d'homicide involontaire sur la personne de Gina Joule, dont la mort était estimée au 14 février 1973. Il était signé par le troisième colocataire de Lemaster à la suite Hilliman, feu Jonathan Hilliman, dit « Jock ».

53

Arrivée

I

Mais Lemaster n'en croyait pas un mot, lui. Après toutes ces années de coexistence, Julia était capable de faire la différence entre la sobriété de l'étonnement admiratif et la réserve du scepticisme prudent. Il l'avait attendue à l'aéroport, lui avait fait signe en souriant et lui avait remis une fleur en papier que Jeannie avait confectionnée à l'école en gage d'amour. Une fois en voiture, elle a guetté sa réaction après lui avoir livré des bouts choisis de l'histoire, car elle en était arrivée à se demander à quel point elle pouvait lui faire confiance et à quel point il la croyait, elle aussi.

— Ces gens dont tu parles sont mes amis, a-t-il commencé d'une voix posée. Il faut que cela soit très clair. Tu le sais, bien sûr, mais je veux insister sur ce point. C'est un fait qui me rend peut-être subjectif mais je les connais depuis plus de trente ans, tous les trois… Enfin, à part Jock, puisqu'il n'est plus parmi nous.

Julia ne le quittait pas des yeux tandis que la Mercedes dévalait l'échangeur de Hutchinson River, sa frange d'arbres bordant l'immensité blanche qui s'étendait sous le ciel nocturne. Elle lui avait téléphoné avant d'embarquer en lui demandant d'annuler le service de limousine et de venir la chercher lui-même. Seul, avait-elle précisé, ce qui voulait dire sans l'indispensable Mr. Flew. Elle n'avait pas expliqué ses raisons et Lemaster, qu'il soit béni, n'avait pas cherché à les connaître ; elle savait seulement que, pour reprendre une expression chère à sa grand-mère, le moment était venu pour elle de lui dire ce qu'elle avait sur le cœur.

Ou presque tout. Elle avait raconté à son mari l'incident de la fouille à l'aéroport et, en voyant l'expression de Lemaster, elle avait compris que l'officier consulaire impliqué ne tarderait pas à être muté dans quelque obscur pays infesté de moustiques. Elle lui avait parlé des aveux écrits, bien qu'en omettant toute mention de l'Empyrée, pour l'instant, sur la présomption qu'il refuserait d'aborder les affaires internes du club.

— Tu veux dire que je ne devrais pas y croire ?

— Tu ne trouves pas que c'est terriblement… opportun, Jul' ? Ta mère avait dans ses tiroirs une déclaration signée de Jock Hilliman, juste au cas où tu en aurais besoin… – Il a poussé un soupir incrédule, comme chaque fois qu'il faisait allusion à Mona. – Quant à Malcolm et au Président, eh bien, d'accord, ce ne sont pas des saints. Il y a des choses dont ils devraient avoir honte, oui. Des choses affreuses, du genre… du genre qu'Astrid voulait trouver. Mal' et Scrunchy sont… coupables à part égale. Ce ne sont pas des saints, ni des anges, seulement des êtres humains guettés par le péché, comme nous le sommes tous. – Il a hoché la tête comme pour ajouter plus de conviction à ses dires, et c'était peut-être à lui-même que ce geste était destiné. Puis il a brièvement tourné la tête vers sa femme, paume levée en une sorte d'appel. – Des choses affreuses, Jul'. Tous les deux. Et, oui, ils auraient dû me demander mon avis avant d'agir ainsi, plus d'une fois. Des choses dont je ne peux pas parler. Mais ce que tu insinues maintenant, Jul', n'est pas un péché véniel ou une farce d'étudiant. On parle de meurtre, là. Ou d'homicide involontaire, à tout le moins, de toute façon d'une vie humaine. Le crime le plus grave qui soit dans toute société civilisée.

Elle s'est frotté les yeux et pincé le front. Son cerveau était-il particulièrement lent après un épuisant aller-retour au-dessus de l'Atlantique, ou son mari se montrait-il particulièrement indéchiffrable ? Était-il en train d'ignorer la preuve formelle qu'elle portait sur elle ?

— Écoute, Jul' : je ne peux imaginer aucun des trois faire ce que tu mentionnes. Ni à l'époque ni maintenant. – Il a quitté la file de droite pour dépasser une camionnette qui roulait à faible allure. Sa voix restait calme, affectueuse, et pour une fois la brutalité du hip-hop ne faisait pas vibrer l'habitacle, le tuner étant réglé sur une station de musique classique. – Et si l'un d'entre eux avait commis une chose pareille, sans doute accidentellement, je suis sûr qu'il aurait été tellement accablé par le remords et l'horreur qu'il se serait effondré. Il n'aurait pas pu garder un secret pareil.

— Mais tu n'étais pas là, Lemmie. Tu étais à Oxford. Ça s'est passé en février et tu es rentré en juin. Quatre mois pour reprendre ses esprits.

Elle était arrivée au pied de son obstination, toutefois, cet Everest dont il fallait chaque fois reprendre l'ascension.

— Entendu, je te l'accorde. Je ne suis pas omniscient. J'aurais pu me tromper, ou ils auraient pu m'abuser. Si c'était le cas, eh bien, la réponse serait évidente… Jock aurait été le coupable. – Il a posé un doigt sur l'enveloppe brune que Julia gardait sur ses genoux. – Tu as ici ses aveux et tu as l'air convaincue que c'est un document authentique. D'après ce que tu m'as dit, sa Jaguar a été accidentée le soir de la mort de Gina et Bruce Vallely pense que sa famille a dissimulé la chose. Conclusion : si je me trompe, il y a de fortes chances que ce soit sur le compte de Jock. – Elle restait immobile dans la chaleur tropicale de la voiture, assaillie par le doute, regardant l'échafaudage de ses hypothèses vaciller sous le poids de son hésitation. Elle n'était pas douée pour s'accorder trop de confiance ; ce qui la faisait tenir, c'était le soupçon que Lemaster était assailli par le doute, lui aussi. – OK. Mais prenons l'autre analyse, celle que cette confession surgie comme par miracle est trop pratique. Cela te ramène à la théorie que le coupable serait Malcolm, ou Scrunchy. Ce qui signifie que l'un d'eux, ainsi que le Seigneur sait combien d'autres personnes, a réussi à cacher ce meurtre pendant tout ce temps. Et quand Kellen Zant a été sur le point de découvrir le secret, ils ont su où s'adresser pour trouver un tueur à gages… – Il souriait à nouveau, mais ce n'était pas l'adorable invite à un monde plus harmonieux qui l'avait séduite vingt ans plus tôt, c'était le rictus méprisant du lettré qui a toujours raison et tient à ce qu'on le sache. – Alors oui, Jul', l'une des possibilités réside dans une conspiration capable de dissimuler un crime durant des décennies. Mais dans ce cas il est certainement bienvenu de recourir au rasoir d'Occam : inutile de multiplier les entités au-delà de ce qui est nécessaire. Permets-moi donc de proposer une explication plus sobre à ce que tu as trouvé… même si elle jette une lumière moins flatteuse sur Kellen Zant.

Julia savait que son mari l'avait sentie tressaillir intérieurement, et que c'était le but recherché. Elle a attendu qu'il démolisse son argumentation comme il le faisait toujours.

— La conspiration est possiblement beaucoup plus limitée que tu ne penses, Jul', et n'a sans doute rien à voir avec des événements vieux de trente et un ans. – Les yeux de Lemaster étaient revenus se fixer sur la route, ses petites mains compétentes serrées sur le volant. – Tes preuves proviennent de trois sources : Kellen Zant, Mona Veazie et cette Mary… Malard. Correct ?

— Je… Oui.

— Et laquelle de ces sources est considérée comme absolument fiable ?

Cela a suffi à lui faire perdre patience, ce qui était probablement le but recherché.

— OK, grosse tête, OK ! Ces trois-là ont conspiré ensemble, Dieu sait comment, d'ailleurs… Mais pour quelle raison ? Quel était le but de la conspiration ?

— L'argent, a lâché tranquillement Lemaster.

— Hein ?

— L'argent, Jul'. Réfléchis. – D'un souple coup de volant, il a amené la voiture devant l'un des postes d'une station-service, a donné impérieusement ses consignes au pompiste blanc qui l'avait dévisagé avec insolence mais s'est mis à remplir le réservoir sans broncher. Se tournant vers sa femme, il a posé une main sur sa joue avec une douceur et une tendresse inattendues, lui coupant presque le souffle. – Écoute-moi une minute, Jul'. Non, attends ! Les hommes dont tu parles… Pas Jock, les autres… S'ils sont impliqués dans le meurtre d'une adolescente, même indirectement, même uniquement par des rumeurs, leur carrière est terminée, point final.

— Tu… Tu es en train d'insinuer que Mary, Kellen et… et Mona se préparaient à un chantage ? Qu'ils ont fabriqué des preuves ? Diffusé des rumeurs ? Qu'ils se sont servis de moi, et de Vanessa ?

— Je sais que c'est difficile à croire. Moi-même, je ne dis pas que je suis convaincu. Je dis seulement que c'est une hypothèse plus plausible qu'un silence coupable entretenu pendant trente ans, et impliquant beaucoup trop de gens pour qu'il soit resté enterré. Si tu essaies d'évaluer l'ampleur de la machination que cela supposerait, tu n'en vois même pas la fin. En plus, il y a le fait de manipuler les preuves dans le but d'impliquer DeShaun Moton, et…

— Je ne vois pas en quoi une théorie est pire que l'autre, a-t-elle murmuré, mécontente mais aussi encore moins sûre d'elle, ce qui était peut-être le but de Lemaster.

— Pas pire. Moins vraisemblable.

— Mais alors, comment tu expliques Anthony Tice ? Et Astrid ? Elle a dit que Kellen avait réuni des preuves qui…

— Qui bouleverseraient le résultat des élections, oui. Mais on peut arriver à ça avec des preuves fabriquées de toutes pièces. – Il a payé le grossier personnage en rajoutant un joli pourboire, car les Lemaster Carlyle de ce monde le font toujours, même quand il ne s'agit pas d'argent, puis il s'est rengagé sur l'autoroute. – Je ne dis pas que j'en suis sûr. En réalité, je ne sais pas ce qu'il faut croire ou ne pas croire. Mais j'ai au moins une certitude, et c'est que Kellen préparait un sale coup. Et je crois que Tony Tice aussi, et j'en suis venu à croire que ta Mary Malard également, et il va falloir que je m'occupe d'elle… – Son ton était devenu tranchant. – Je suis écœuré par tout cela. Pas toi, non. Eux. Personne ne peut traiter ma femme de cette manière. Et pas seulement ma femme, d'ailleurs. Il est temps que les Caucasiens arrêtent leurs manigances, Jul'. Je me moque du pouvoir qu'ils ont, le temps n'est plus où il suffisait d'être blanc pour…

— On nous suit, a annoncé Julia.

II

Quand on regarde bien une route la nuit, on peut reconnaître les phares d'un véhicule. Ceux-là avaient les reflets bleutés du xénon, et ils étaient plus rapprochés que la plupart des autres, évoquant une auto basse sur ses roues, sans doute un modèle de sport ; les deux antibrouillards qu'ils encadraient et surplombaient avaient une forme trapézoïdale distinctive, aussi. Julia les avait remarqués quand ils quittaient l'aéroport, puis sur la huit-voies, et même au péage avant le pont. En les revoyant sur un coin mal éclairé du parking de la station-service, puis à nouveau derrière eux, elle s'était dit qu'il y a un moment où trop de coïncidences forment une certitude. Une fois son mari informé, elle s'est mise à se mordre le poing, ainsi qu'elle le faisait dans son enfance jusqu'à ce que Mona le badigeonne de teinture d'iode, et à attendre la réplique incrédule de Lemaster.

— Depuis combien de temps ?

Stupéfaite, elle s'est redressée sur son siège.

— Quoi ?

— Depuis combien de temps ils nous suivent ?

— Depuis JFK. Ils se sont arrêtés à la station, aussi. Lemmie…

— C'est laquelle ?

— Les phares bleus.

— Vu. – Accélérant progressivement, il est passé sur la file de gauche. Julia a éprouvé la légère caresse du soulagement. – Pourquoi tu ne me l'as pas dit avant ?

— Je pensais que tu ne me croirais pas.

— Idiote…

Il lui a ébouriffé les cheveux pour rire tout en mettant le pied au plancher. La Mercedes a réagi avec souplesse. L'aiguille du tableau de bord approchait les 130. Julia s'est retournée. Les phares restaient en arrière. Elle a de nouveau regardé devant eux et elle a laissé échapper un cri : ils allaient entrer dans un virage serré. Lemaster a touché le frein, puis remis les gaz, et l'auto a négocié la courbe en tanguant à peine.

— Ralentis, Lemmie !

— Attends.

— On va se faire arrêter et… Ah !

Alors que le véhicule qui les filait approchait le virage, Lemaster a donné un brutal coup de volant à droite, coupant presque la route à l'automobiliste qui arrivait sur la file réservée aux véhicules lents, et s'est lancé sur la rampe de sortie. En quelques secondes, ils avaient abandonné la voix rapide et filaient dans des rues, quelque part au milieu du comté de Westchester. Pendant que Julia retrouvait sa respiration, Lemaster s'est rangé sous l'échangeur, d'une seule manœuvre rapide, afin que la Mercedes ne soit pas visible de l'autoroute. Après un instant – une éternité en accéléré –, il a redémarré. Des fast-foods, des pompes à essence. Lemaster a avisé un petit bar.

— Arrêtons-nous boire quelque chose, a-t-il proposé.

— Lemmie… On devrait téléphoner, prévenir…

— Non, pas du tout. Viens, il faut qu'on parle. Et je t'assure qu'on a besoin d'un verre, tous les deux.

Elle l'a dévisagé. Était-ce d'être filé qui l'avait mis dans un état pareil, ou bien lui avait-il encore caché quelque chose ?

— Qu'est-ce qui se passe, Lemmie ? Qu'est-ce qui ne va pas ?

Avec un sourire attendri, il a de nouveau effleuré sa joue et c'est quand il a répondu qu'elle a compris pourquoi il s'était montré aussi affectueux depuis leurs retrouvailles à l'aéroport, pourquoi il était resté si calme en discutant de conspiration, et même pourquoi il avait joué au jeu de lâcher une voiture qu'il n'avait pas cru un seul instant en train de les suivre.

— Il y a eu un accident.

54

Retour à Hobby Hill

I

— Juste Ciel, pour une surprise, mon cher Vallely ! – Le secrétaire général de l'université se tenait sur le pas de la porte de son élégante maison de style victorien, Hobby Road. Il était en bras de chemise, cravate dénouée, chaussé de confortables pantoufles. – On aime bien son chez-soi, n'est-il pas vrai ? Je ne me rappelle pas vous avoir invité… Peut-être aurez-vous la bonté de m'expliquer le sens de cette visite ?

— J'étais trop pressé, a déclaré Bruce, sincère.

— Euh… Je crains de ne pas vous saisir, mon cher Vallely.

— Je ne serais pas venu chez vous si cela n'avait pas été une urgence, monsieur. Bon, est-ce que je peux entrer ?

Trevor Land a réfléchi rapidement. Il était un peu plus de huit heures, un vendredi soir, et Bruce avait attendu dans sa voiture garée au coin de la rue son retour au bercail, puis lui avait laissé le temps de se mettre à l'aise avant de venir sonner. Il n'avait pas le choix : n'importe quel flic sait qu'il a plus de chance de déstabiliser un témoin en le prenant par surprise. Mais qui dit déstabilisé ne dit pas forcément plus fiable…

Land s'est effacé devant son visiteur. Le salon était immense et confortable, avec un mobilier ancien visiblement coûteux, même pour l'œil inexpert du chef de la sécurité. Des scènes de chasse et des paysages bucoliques encadrés, ici comme dans la cage d'escalier. Pour Bruce, tout cela indiquait que le secrétaire avait un solide compte en banque. Il vivait seul depuis la mort de sa femme neuf ans plus tôt, et derrière l'odeur d'encaustique Bruce a capté celle de plats réchauffés : il venait d'interrompre le dîner du vieux, donc.

— Pardon d'arriver au mauvais moment, monsieur…

— Faut croire que vous avez une bonne raison.

Il l'a fait passer dans un cabinet de travail aux palissandres sombres. Des éditions originales richement reliées sur les étagères, d'autres tableaux.

— Asseyez-vous, mon cher Vallely.

Bruce a choisi le canapé car les fauteuils qui faisaient face au bureau paraissaient si vénérables qu'ils auraient pu céder sous son poids. Un échiquier en bois massif était posé sur la table basse, les pièces déployées dans une combinaison compliquée.

— J'arrive de l'appartement de Nathaniel Knowland et…

Trevor Land l'a interrompu avec un murmure grommelant que Bruce ne pouvait entendre que s'il se taisait.

— Pas à moi de dire à un professionnel comment il doit faire son travail, sans aucun doute. Mais on attend que certaines règles soient respectées, n'est-ce pas ? Je ne me trompe pas si je dis que nous avons déjà parlé du jeune Knowland, oui, non ? Vous vous rappelez que son père est venu me voir et m'a prié que nous laissions son rejeton en paix, oui, non ? Les anciens élèves sont ce qu'ils sont mais nous n'allons pas les contrarier sans une excellente raison, juste Ciel ! Il faut donc présumer que vous en aviez une, parce que autrement, n'est-ce pas, on n'ose imaginer les conséquences.

— Je comprends très bien, monsieur, et comme vous le dites, je ne serais pas allé à l'appartement du jeune Knowland sans une bonne raison. – Trevor Land a hoché la tête avec indulgence. En choisissant le canapé, Bruce Vallely l'avait forcé à s'asseoir sur l'un des fauteuils, le privant ainsi de la position intimidante derrière son bureau, lequel était à peine moins grand que celui de Lombard Hall. – J'ai été forcé de m'y rendre parce que je me suis rendu compte que son histoire ne tenait pas debout. Le soir où le professeur Zant a été tué, il y avait un match de hockey, donc personne ne pouvait se garer Town Street. – Il s'est interrompu le temps que le secrétaire digère cette information. – Donc, il ne peut pas avoir vu le professeur monter en voiture. Si Knowland et ses amis avaient été dans cette rue, même ivres, ils se seraient aperçus qu'il n'y avait aucun véhicule stationné et ils auraient inventé une meilleure histoire, en cas de besoin.

— Fascinante observation, mon cher Vallely.

— Pas vraiment. Il faut que je sois un imbécile pour ne pas avoir vu tout ça plus tôt. Voilà, Nathaniel Knowland n'a pas vu le professeur Zant ce soir-là, ni

Town Street ni ailleurs. C'est pour ça qu'il ne pouvait pas aller raconter ses fadaises à la police. Parce qu'ils avaient plus de moyens pour vérifier ses affirmations, qu'ils auraient cherché à contacter les amis qui étaient soi-disant avec lui, qu'ils auraient démonté le mensonge en une heure de temps. Mais comme je travaille seul, moi, je me suis mordu la queue pendant trois mois en essayant de comprendre pourquoi Zant se serait trouvé là-bas peu de temps avant sa mort.

— Fascinant raisonnement, mon cher Vallely. Est-ce que le jeune Knowland vous a confirmé le bien-fondé de toutes ces spéculations, alors ?

— Vous savez bien que non. Il est retourné chez ses parents. En congé pour tout le semestre.

— Tss, tss, désolant… – Trevor Land a retroussé ses lèvres exsangues. Il semblait aussi imperturbable et inamovible que les ormes qui avaient donné son nom à la ville, les racines enfoncées tellement profondément dans le sol gelé de Nouvelle-Angleterre que seule une bombe aurait pu le faire tomber. – Ainsi, vous n'avez rien pour étayer vos déductions. Qui demeurent de simples spéculations, en conséquence. Dommage.

— Ce ne sont pas des spéculations. C'est la seule explication qui tienne la route.

— Quoique je n'aie rien contre les exercices de logique. Envisager, spéculer, imaginer, tout ça fait partie des facultés de l'intellect… – Ses yeux pensifs se sont fixés sur le tableau derrière Bruce, qui a remarqué que l'éclairage de chaque cadre était inhabituellement vif, comme s'il s'agissait de remédier à une vision défaillante. – Mais une *raison*, ce n'est pas encore un *fait*, n'est-ce pas, mon cher Vallely ? – Un brusque mouvement de tête, qui ne pouvait s'interpréter ni comme une approbation ni comme un refus. – Alors dites-moi, s'il vous plaît, pourquoi le jeune Knowland se serait-il donné toute cette peine ? Inventer toute cette histoire et prendre la fuite aussitôt après, cela a-t-il un sens, oui, non ?

— Je ne pense pas que c'est ce qu'il a fait.

— Pardon ? Vous voulez bien répéter ?

— Nathaniel Knowland n'a pas inventé cette histoire, a prononcé Bruce en se penchant par-dessus la table basse ouvragée. Il s'est contenté de la répéter.

— Ah, mais alors, bien évidemment, on ne peut que se poser la question, n'est-ce pas ? Si ce n'est pas lui, qui ?

— Je n'en sais rien. Ce que je sais, en revanche, c'est qui a dit à Nathaniel de me la raconter.

— Ah ouiiii… Et qui, mon cher Vallely ?

— Vous.

II

À chacune de leurs rencontres, le secrétaire général, conscient de son milieu social et de son éducation, avait manifesté un calme glacial, parfois distraitement amusé. Cette fois encore, il s'est contenté de remuer sa petite bouche comme un rongeur de la meilleure société et de susurrer :

— Fascinante supposition, mon cher Vallely.

— Soutenue par un raisonnement qui se tient.

— On l'espère bien, juste Ciel, on l'espère bien.

— Vous voulez l'entendre ?

— Mais comment donc…

Il a croisé les mains sur ses genoux tel un étudiant zélé.

— En admettant que Nate Knowland a menti, il faut commencer par constater que c'était un mensonge élaboré. Pourquoi aurait-il pris cette peine ? Pas pour se couvrir : au contraire, s'il n'avait pas affirmé avoir vu le professeur Town Street, personne ne se serait occupé de lui. Donc, c'est qu'il cherchait à aider quelqu'un d'autre. Pas lui, ou du moins pas directement. – Bruce s'est frotté les mains, tout à la satisfaction que lui donnait sa démonstration. – La question est : qui aurait intérêt à ce que je sois convaincu qu'un groupe d'étudiants avait vu Zant Town Street le soir de sa mort, en compagnie d'une femme noire à l'accent britannique ? La première réponse, la plus évidente, est : l'assassin lui-même, au cas où le professeur se serait trouvé ailleurs au même moment, à un endroit que son meurtrier devrait cacher.

Même l'indignation, chez Trevor Land, avait la patine flegmatique du fils de très bonne famille :

— J'ose espérer, mon cher Vallely, que vous n'avez pas l'intention de soutenir que j'aurais…

— Tué Kellen Zant ? Mais non, bien sûr. Laissez-moi poursuivre. – Dans le couloir, une horloge de grand-père a sonné gravement l'heure. – Non. Comme je l'ai dit, la première idée qui m'est venue est que l'assassin voulait me persuader que Zant ne se trouvait pas là où il était en réalité. Si, en plus, je partais aux trousses d'une mystérieuse Noire à l'accent britannique en essayant de découvrir où ils s'étaient rendus en voiture tous les deux, ç'aurait été parfait… Mais ensuite, je me suis dit qu'au cas où il aurait voulu se couvrir de cette façon, il aurait pris un risque énorme :

après tout, le petit Knowland n'est pas la discrétion personnifiée, exact ? Il pouvait très bien raconter ça à ses petits camarades.

— Parfaitement raisonné, mon cher Vallely.

— C'est là que j'ai compris que cette histoire n'était pas seulement conçue dans le but de brouiller les pistes. Qu'il fallait se pencher sur chacun de ses détails. Pourquoi ? Je dois vous dire que j'ai commencé à douter de sa véracité justement à cause des détails, et notamment du fait que Nate Knowland ait été si certain que le professeur était monté en voiture le premier, avant cette mystérieuse Noire. Je me suis dit que ce point ne faisait pas partie de l'histoire originale, que Nate l'avait ajouté pour donner l'impression qu'il gardait un souvenir visuel de la scène très précis, et qu'ensuite, quand je me suis étonné de ça, il pouvait difficilement faire machine arrière sans perdre la face.

Le secrétaire était en train de caresser l'un des deux cavaliers que ses doigts courts avaient happé sur l'échiquier. Sur le mur en face de Bruce, encadrée, il y avait une plaque commémorative : quarante ans au service de l'université.

— Peut-on demander pourquoi vous étiez si sceptique quant à cette notation… marginale, oui, non ?

— Parce que Kellen Zant était notoirement connu comme un homme à femmes, un don juan, et que ce genre d'homme tiendra toujours la portière à la dame qui l'accompagne.

— Ah, les temps changent, mon cher Vallely ! Pas toujours pour le mieux, sans aucun doute, mais ils changent ! La galanterie, c'est une excellente chose, n'est-ce pas, seulement c'est aujourd'hui quelque peu… passé de mode, disons ?

— Exact. Mais Kellen Zant venait d'une petite ville du Sud, où les bonnes manières continuent à être prises au sérieux, et… Bon, j'étais sceptique, oui. Parce que ce n'était pas le seul détail qui me chiffonnait. Il y en avait deux autres : un, la femme noire à l'accent britannique, deux, Town Street. Tous deux inventés avec le plus grand soin, et entièrement à mon intention. Je crois. Le premier était particulièrement futé, je dois avouer, parce qu'il était conçu pour jouer sur, comment dire… mon conditionnement. On attendait de moi que je pense : « Hé, ce Nate Knowland, c'est un Blanc, il ne pourrait jamais distinguer l'accent anglais de celui des Noirs de La Barbade. » En fait, on voulait me pousser à déduire que la femme qui accompagnait Zant le soir de sa mort était Astrid Venable. La cousine de Lemaster Carlyle.

— Peut-on s'enquérir de la raison pour laquelle l'inventeur de cette fascinante histoire aurait voulu vous amener à penser ainsi ?

— J'en vois deux. Premièrement, Astrid Venable était encore à l'époque une proche collaboratrice du sénateur Whisted ; qu'elle soit mêlée à la mort de Zant, même par ouï-dire, compromettrait les chances du présidentiable. Deuxièmement, cela rapprochait le meurtre de Zant du trône.

— Du… trône ?

— Par personne interposée, oui. Si Astrid Venable était impliquée, cela aurait été très mauvais pour la carrière du sénateur, certainement, mais totalement destructeur pour celle de Carlyle.

— Je vois… Essayez-vous de dire là, mon cher Vallely, que l'auteur de cette histoire cherchait à torpiller l'un ou l'autre de ces illustres personnages ?

— Possible, oui. Et naturellement j'ai pensé au père de Nate, un inconditionnel du Président… Celui de la Maison Blanche, je veux dire. Peut-être que Cameron Knowland, par l'intermédiaire de son fils, a voulu profiter du meurtre de Zant pour atteindre le sénateur…

Il y a eu un silence. Bruce a baissé les yeux sur l'échiquier. Deux armées, une noire, une blanche, engagées dans une bataille sans cesse recommencée. Dès qu'une victoire était acquise, il fallait remettre les pièces à leur place et entamer un nouvel assaut. Une vague de lassitude l'a assailli.

— Fascinante idée, mon cher Vallely. Hélas, elle ne concorde guère avec la réalité, n'est-ce pas ? Premièrement, comme vous dites, Cameron Knowland a été le plus ardent supporter de Lemaster Carlyle quand celui-ci est devenu *notre* président. Pendant ces premiers mois de… tension, d'ailleurs, il n'a jamais cessé d'être à ses côtés. Et deuxièmement, il se trouve que ce sont deux amis de longue date, n'est-il pas vrai ?

— Si. J'y ai pensé aussi. De plus, Astrid Venable dément formellement avoir été à Elm Harbor ce soir-là. Elle connaissait Zant, elle l'avait rencontré, elle lui avait parlé deux jours plus tôt, mais elle affirme qu'elle était à un débat sur les médias et le pouvoir à l'université du Texas. Vous l'avez peut-être vue sur la chaîne pédagogique, a-t-il glissé avec un sourire. C'est pourquoi j'ai conclu que ce mensonge, si mensonge il y a, n'était pas dirigé contre Lemaster Carlyle. Contre Astrid Venable, peut-être, contre Whisted, possible, mais pas contre Carlyle. Ce qui m'amène au deuxième détail qui, je pense, a été concocté à mon intention.

— Et peut-on savoir de quoi il s'agit là, mon cher Vallely ?

— L'endroit mentionné. Town Street. À deux blocs seulement de la tour Hilliman, où Zant avait son bureau, mais aussi juste derrière l'institut Kepler. Où travaille Julia Carlyle en tant que vice-doyenne. Julia Carlyle, qui occupait toutes les pensées du professeur Zant, comme j'ai pu le constater. Celui qui a mis au point cette histoire a voulu que je pense que Kellen Zant se trouvait Town Street parce qu'il venait de Kepler. Pourquoi, ce n'est pas important ; l'important, c'était de suggérer cette corrélation dans mon esprit. Julia Carlyle, Kellen Zant.

— Mais, mais, tout cela devient plutôt glauque, mon cher Vallely ! Certes, j'en conviens, la liberté des mœurs est l'avenir. On est plus large d'esprit que d'aucuns le penseraient, juste Ciel ! Personne ne jettera la première pierre, surtout pas moi, mais je ne pensais certes pas que Julia Carlyle était le genre de femme qui pourrait…

— Tout à fait d'accord. Mais celui qui a forgé cette histoire voulait que je penche pour cette hypothèse.

Le secrétaire a parcouru des yeux ses rayonnages de livres, comme à la recherche d'une réponse.

— Et vous pensez sérieusement, sans aucun doute, non, vous m'accusez d'en être, hum, le forgeron ?

— Non. Mais je crois que vous avez fait circuler cette version autour de vous. Vous aviez besoin d'un témoin que vous pourriez tenir en main et qui serait assez faible pour que je m'acharne dessus, surtout en sachant que son magnat de père ferait tout pour le protéger, et en sachant que les bienfaiteurs de l'université feraient tout pour que j'abandonne cette piste. – Ne recevant aucun démenti, il a poursuivi : – Et une fois ce scénario proposé, vous aviez le loisir de me regarder le suivre et de me persuader que c'était la bonne piste, en m'aiguillonnant avec vos objections permanentes.

— Ah... Et comment aurais-je pu persuader le jeune Knowland de faire le perroquet ? Avec ce « magnat de père » qui le protège, pour reprendre votre expression ?

— Justement. Grâce à son père ! C'est exactement ce que je veux dire ! – Bruce avait du mal à tenir en place, maintenant. Il aurait voulu se lever, bouger, marcher, mais il craignait que cela n'offusque ou n'inquiète son hôte. – Nate Knowland est un étudiant plus que moyen, beaucoup trop occupé à s'amuser pour prendre ses études au sérieux, mais en même temps il ne veut surtout pas décevoir son père. Plus il a de mauvaises notes, plus il est inquiet. Je pense que vous lui avez proposé une sorte de marché. Vous l'avez assuré qu'il ne serait pas renvoyé. Vous lui avez dit qu'il pouvait partir en congé et qu'il reviendrait à l'automne comme si de rien n'était.

— Ce qui nous ramène là d'où nous sommes partis, oui ? Même si l'on acceptait par goût de la discussion vos extraordinaires théories, mon cher Vallely, il faudrait imaginer l'existence d'un individu possédant assez, comment dire, d'influence, sans aucun doute, pour m'allier à son plan machiavélique, ainsi qu'un mobile pour chercher à vous abuser aussi bien en qui concernerait Astrid Venable qu'en ce qui mettrait en jeu une éventuelle... liaison entre Kellen Zant et Julia Carlyle.

— Exact. – Assez tergiversé, maintenant. – Je suis venu vous voir parce que j'ai besoin d'une confirmation, et urgente : est-ce que j'ai vu juste ? Je n'ai pas le loisir de vous expliquer mais il se trouve que le jeu est devenu dangereux, soudain. Il y a de nouveaux joueurs. Nous devons dissiper le mensonge tout de suite ou bien… ou bien il pourrait y avoir du grabuge.

Trevor Land a plissé les yeux. Il avait l'air de soupeser l'alternative. Les rapports de forces sur le campus changeaient mais le secrétaire général était toujours en place, un survivant. Il avait servi sous quatre présidents, dont deux avaient démissionné contre leur gré, et leur chute ne l'avait même pas fait trébucher.

— Très bien, mon cher Vallely, a-t-il fini par déclarer. Admettons que je vous croie. Vous avez une hypothèse pour l'individu en question ? Quelqu'un avec les mobiles correspondants et les… contacts adéquats ?

— Oui, monsieur. Et je pense que vous savez très bien qui j'ai en tête.

Un sourire sardonique. Trevor Land avait fait son choix.

— Pourquoi ne pas me le dire de toute façon ?

— Lemaster Carlyle.

— Fascinante idée, mon cher Vallely. Et pourquoi, je vous prie, le président de l'université voudrait-il… – Le téléphone portable de Bruce s'est mis à sonner. Il n'a pas décroché. – Ce qui me rappelle… – Faisant signe à son visiteur de rester assis, le secrétaire est allé chercher une enveloppe sur son bureau et la lui a tendue. – Les relevés téléphoniques que vous m'aviez demandés. Et maintenant, si vous le voulez bien, je crois que cet entretien est terminé. Un dîner froid n'est plus un dîner. Continuez dans cette bonne voie, mon cher Vallely. N'en variez surtout pas.

De retour dans sa voiture, Bruce a rappelé son adjointe, Turian. Qui lui a annoncé d'une voix tremblante qu'un professeur avait été grièvement blessé. Renversé par une auto, cette fois encore. Sur un parking de Langford, tout près des limites de Tyler's Landing.

— Qui est-ce ?

— Le chef du département de psychiatrie adolescente à la faculté de médecine. Un certain Brady. Vincent Brady.

55

Une information partielle

I

— Et comment le prend Vanessa ? s'est enquise Mary Malard.

— Je ne suis pas sûre, a soupiré Julia en remuant son café.

Elles étaient dans la petite boutique de bagels au coin de King et Hudson, celle où Julia avait coutume de retrouver Kellen Zant pour manger un morceau sur le pouce, ainsi que Mary l'avait souligné lors de leur aparté à la Maison Blanche.

— Elle est très… renfermée, a-t-elle poursuivi. Elle ne laisse rien transparaître. Elle a tant de carapaces superposées, on les enlève, encore et encore, mais on n'arrive jamais jusqu'à elle.

— Peut-être que c'est mieux pour elle. Peut-être que ce qu'il y a sous les carapaces ne regarde qu'elle.

— Peut-être.

— Les enfants ont besoin de beaucoup d'espace, a affirmé Mary sur le ton catégorique d'une femme qui n'en a jamais élevé un seul.

— Possible.

— Et la police dit que c'est un accident ?

Julia a hoché la tête, plus mal à l'aise que jamais. On était mardi, elle avait un déjeuner de travail à Lombard Hall – voilà pourquoi Mary et elle devaient se contenter d'un café –, elle n'avait aucune envie d'y aller et elle n'avait rien dit à son « associée » au sujet de l'Empyrée.

— Sa secrétaire dit que son attaché-case a disparu mais la police pense qu'il a dû être volé après qu'il s'est fait renverser.

— Beaucoup de chauffards par ici, ces derniers temps…

Mary s'est agitée sur son siège, tambourinant des doigts sur la table ; elle avait un besoin urgent de cigarette. Dehors, le soleil brillait gaiement mais il faisait moins dix et la bise qui soufflait était encore plus froide que cela.

— Écoutez, Julia. Vous n'êtes pas en danger, et votre famille non plus. S'ils avaient voulu s'en prendre à vous, ils l'auraient fait depuis longtemps. – Elle l'a laissée méditer cette affirmation. – Si c'est un simple accident qui est arrivé à Brady, ouf. Si c'est son attaché-case qu'ils voulaient, ça veut dire qu'ils voulaient quelque chose *dedans*, et je suis prête à parier qu'il s'agit de son dossier sur Vanessa. Ils veulent savoir ce qu'elle a raconté à son psychiatre, parce que ça leur dira ce que Kellen lui a raconté, à elle.

— Je ne pense pas que Kellen lui ait dit quoi que ce soit. Elle ignorait ce sur quoi il travaillait.

— Ils gardent leurs distances, Julia. Ils sont inquiets. Celui qui a tué Gina a peur que la vérité ne finisse par sortir. – Un bref sourire, puis cette moue volontaire que Julia connaissait bien, maintenant. – Mais revenons à nos affaires. – Elle a tapoté l'enveloppe de son index. – Je suis d'accord avec Lemaster. Ces aveux, ils sont bien trop pratiques.

— Possible.

— Vous avez remarqué que c'est une photocopie ?

— Et alors ?

— Je me demande combien d'exemplaires circulent… – Nouveau roulement de doigts sur la table. – Et pourquoi votre mère en avait un à vous donner, comme par hasard. – Les doigts, encore. – Ça pourrait être une sorte de diversion à utiliser quand quelqu'un s'approche trop près de la vérité. – Ses doigts se sont enfin arrêtés. – Mais la question, c'est : combien de gens en ont une copie, et pour quelle raison votre mère vous en a-t-elle passé une ?

— Ça fait deux questions.

La journaliste a ignoré la remarque, allant droit au but :

— Qu'est-ce que vous ne me dites pas, Julia ?

— Presque tout de ma vie, a-t-elle brillamment répondu, sans même arracher un sourire à Mary.

— Bon, je vais être franche : j'ai un autre projet de livre sur lequel je pourrais être en train de travailler, à cette heure. Quelque chose d'assez croustillant sur les lobbies et les fonds secrets au Capitole.

— Vous devriez peut-être vous y mettre, alors.

— Sérieusement ?

— Lemmie pense qu'il faut que je m'arrête.

— Mais ce n'est pas ce que vous faites, hein ? a remarqué Mary en soulevant l'enveloppe. Je ne suis pas dupe, Julia. Vous êtes en train de préparer un truc tordu, peut-être illégal. Je veux en être.

— Je vais retourner aux archives.

— Pourquoi ?

— Pour le cas où ces aveux seraient un faux. Comme vous dites, ils tombent un peu trop à pic. – Machinalement, elle s'est mise à tambouriner des doigts, elle aussi. – Je n'ai que quelques pages du journal d'Arnold Huebner. Ça ne justifie pas de payer une grosse somme. Ni de tuer. Il y en a plus, forcément, et je parie que Kellen les a cachées à la bibliothèque.

— Quand prévoyez-vous d'y aller ? – Julia a haussé les épaules. – Vous avez tiré au clair certains des indices laissés par Kellen, non ? – Encore un geste évasif, qui a irrité la journaliste. – Vous ne me faites pas confiance, c'est ça ?

— Je ne sais pas quand je vais y retourner mais… je ne pense pas avoir besoin de votre permission.

— Donc, quoi ? Je suis à nouveau reléguée au rang de pom-pom girl ?

— Tara-tatam !

II

Julia est rentrée à la maison juste avant le passage des cars de ramassage. Jeannie s'est ruée dans le salon avec toute l'impétuosité de sa parfaite énergie tandis que Vanessa montait lourdement à sa chambre comme si elle portait sur ses frêles épaules tout le poids du monde. L'anniversaire de la mort de Gina tombait le week-end précédent, personne n'y avait prêté attention et le matin, au petit déjeuner, Vanessa avait fait une scène à ce sujet. Pour l'heure, Jeremy Flew, toujours mobilisé par le rangement du bureau de Lemaster, s'était emparé de la cuisine afin de préparer le dîner et Julia a décidé de le laisser faire. Jeannie a dit qu'elle voulait l'aider. Sa mère s'est inclinée. Quand elle a entendu Jeremy donner patiemment ses instructions et sa cadette glousser avec insouciance, elle est montée voir Vanessa.

Elle l'a trouvée étendue sur son lit, les yeux fermés, ses écouteurs sur les oreilles, pleurant en silence tout en écoutant ses chants funéraires. Rapprochant la chaise à roulettes, Julia s'est assise sans quitter l'adolescente des yeux. Elle ne pouvait même pas imaginer le choc d'avoir son psychothérapeute à l'hôpital, entre la vie et la mort. Elle a posé doucement sa main sur l'épaule de sa fille, dont les paupières se sont instantanément ouvertes. L'expression angoissée de Vanessa s'est muée en un doux sourire. Ôtant son casque, elle s'est redressée, a attrapé un livre sur le couvre-lit. Sur ses joues, la trace des larmes restait visible.

— Je me reposais juste un peu. Avec tous ces devoirs à faire…

— Ça va ?

— Hmm.

Un silence interminable.

— Chérie ?

— Hmm ? a fait la jeune fille sans relever le nez de son livre.

— Je peux te poser une question ?

— Tu viens de le faire.

— Très drôle. – Julia a rapproché son visage de celui de Vanessa. – Écoute-moi, chérie : est-ce que Kellen t'a jamais parlé de quelqu'un qu'il… qu'il appelait la « Dame noire » ?

Vanessa a tourné une page, attrapé sa petite bouteille de Perrier, bu une longue gorgée.

— Je croyais qu'on ne devait plus parler de tous ces trucs.

Julia s'est mordu les lèvres. Elle venait de se risquer en territoire inconnu, sans même savoir quelles forces patrouillaient à la frontière.

— Et moi, je croyais qu'on avait décidé que les femmes de la famille Veazie ne suivent pas les règles fixées par les autres. Qu'elles étaient comme… Elphaba.

— Non.

— Non, elles ne le sont pas ?

— Non, Kellen n'a jamais rien dit sur la Dame noire. Désolée, M'man.

Julia s'apprêtait à s'en aller, penaude, lorsqu'elle a surpris un soupçon de sourire sur l'adorable visage de sa fille, et elle s'est rendu compte que celle-ci avait mentionné le nom de Kellen avec un soupçon d'insistance. Elle a tourné la tête. La porte était toujours fermée.

— Qu'est-ce que tu essaies de me dire, chérie ?

— Que *Kellen* ne m'en a jamais parlé.

— Ah… Pas Kellen, mais quelqu'un d'autre, si ?

— Hmm.

Une nouvelle fois, elles se retrouvaient devant la question à cent mille dollars. Maîtrisant sa voix :

— Qui, chérie ? Qui a parlé de la Dame noire ?

— À l'enterrement de Kellen.

— À l'enterrement… de… Kellen.

Mary Malard, a-t-elle songé, mais si c'était le cas Vanessa ne ferait que lui répéter ce qu'elle savait déjà et… Une minute. Vanessa et Mary ne s'étaient pas adressé la parole une seule fois, aux obsèques.

— Quelqu'un a parlé de la Dame noire à l'enterrement de Kellen, a-t-elle répété en récapitulant mentalement les personnes possibles : l'ex-épouse de Kellen, l'oncle de ce dernier, les invités chez Seth…

— Mais oui. Tu te rappelles que j'ai discuté un moment avec cette bande de jeunes qui m'ont raconté des trucs de l'histoire d'Arkadelphia ? Celle de la Guerre civile qui t'a mise tellement en colère ? Eh bien, ils ont une légende, là-bas. Toutes ces vieilles écoles qu'ils ont, si jolies, tu te rappelles ? Alors, il y a cette histoire d'une étudiante qui était très amoureuse d'un garçon mais lui, il l'a laissée tomber pour une autre fille… – Elle a eu une grimace triste, peut-être en pensant à Casey qui ne lui téléphonait plus depuis un moment. – Alors, elle s'est jetée du haut du clocher de l'université, et depuis son fantôme hante le campus.

— Et c'est… la Dame noire, c'est elle ?

— Voilà. Ils l'appellent la Dame noire d'Arkadelphia.

— Une partie de son passé, a murmuré Julia.

Comment avait-elle pu ignorer une pareille évidence ? Est-ce que l'une des conquêtes de Kellen avait fini par se supprimer ? Elle allait devoir trouver une excuse pour retourner à Arkadelphia, même si elle ne savait guère par où commencer pour…

— Ah, encore une chose, M'man ?

Vanessa s'était laissée tomber sur le ventre, plongée dans son livre, un signal aussi catégorique que celui envoyé par Lemaster lorsqu'il faisait pivoter sa chaise pour faire face à son ordinateur : la conversation était presque close.

— Oui, chérie ?
— Cette Dame noire ? C'est une Blanche.

III

Devant la baie vitrée près du Steinway, elle suit des yeux le défilé des phares sur Hunter's Meadow Road, une succession de voitures beaucoup plus dense que ne le justifient les quelques maisons éparpillées sur ces hauteurs. Elle s'est toujours dit qu'un certain nombre d'entre elles transportent des gens de la ville désireux de voir la grandiose demeure édifiée par cette famille noire, soit pour s'en émerveiller, soit pour ricaner, soit simplement pour s'interroger sur ce nouveau et curieux phénomène, des Africains-Américains prospères, parce que de mémoire blanche on ne se souvient pas d'avoir vu une chose pareille avant, quoi, disons le programme « une chance pour tous » ?

Et il y a des autos qui la regardent avec plus d'insistance, Julia le sait, qui attendent qu'elle sorte avec le surplus de Kellen dans les mains pour le lui arracher et l'apporter à… quelqu'un. Elle le sait à cause de ce que Mary Malard lui a raconté, et de ce qui lui est arrivé à Paris, mais aussi de ce qu'elle est capable de sentir dans l'atmosphère, à l'instar des gens de Nouvelle-Angleterre qui peuvent prévoir la tempête à venir dans le plus infime changement de direction du vent, dans le murmure lointain des nuages alors qu'ils n'ont même pas encore franchi l'horizon, toujours parfaitement bleu.

Avec ses moyens limités, elle a essayé d'échapper à la surveillance qu'elle ne cesse de capter autour d'elle sans la discerner pour de bon. Emprunter le petit boîtier de Smith, pour l'heure discrètement rangé dans la boîte à gants de l'Escalade, appartenait à son plan. Qu'elle doit reconsidérer, maintenant.

La Dame noire était blanche…

Julia se sent idiote. Depuis des semaines, elle cherche la piste de celle qu'elle pensait être la complice de Kellen, celle à qui il avait donné ce sobriquet, sans même se rendre compte que la Dame noire était activement sur *sa* piste. Elle s'est crue astucieuse quand son ombre blanche se riait d'elle, elle s'est laissé abuser par la présomption que la Dame noire était forcément, oui, noire, et probablement une Coccinelle, et certainement incapable d'avoir assez de malice pour dissiper les soupçons en mentionnant elle-même ce nom, cette légende, la Dame noire…

Elle réunit toutes ses forces avant de descendre l'escalier jusqu'à la chambre d'amis au sous-sol. Jeremy Flew, le farfadet irréprochable, ouvre la porte avant même qu'elle n'ait frappé, vêtu de pied en cap, complètement éveillé.

— Bonsoir, Mrs. Carlyle.

— Je peux vous parler une minute ?

— À propos de quoi ?

— C'est plutôt *qui* que *quoi*.

— Considérez que je prends note de cette rectification, concède-t-il avec un début de sourire.

— Vous vous rappelez le jour où vous avez contenu Mr. Huebner ? Où vous m'avez protégée de lui ?

— Bien entendu.

— Très bien. J'aimerais que vous me protégiez de quelqu'un d'autre.

— Vous… Je crains que vous n'ayez pas compris ce que…

— Je vous en prie, Jeremy. Je sais parfaitement pour quelle raison vous êtes ici. Je ne dis pas que cela me plaît, mais je le sais.

— Oh… Je vois.

— Alors, vous allez m'aider ?

— Peut-être… – Il fixe sur elle ses yeux pâles, convaincus, prudents. Est-ce que ce « peut-être » signifie qu'il doit d'abord s'assurer qu'il est autorisé à l'aider ? – Qui faudrait-il que j'écarte de vous, exactement ?

— Une femme. Elle s'appelle Mary Malard.

56

Retour à Norport

I

— Rick Chrebet est en congé jusqu'à la semaine prochaine. Je suis certain que votre question peut attendre son retour.

Bruce et Julia étaient de nouveau au Ruby Tuesday de Norport. Elle se montrait à la fois évasive et pressante, cherchant à le persuader de convaincre son ancien collègue de répondre à une question qu'elle voulait lui poser, une seule… sans dire de quoi il s'agissait. Tout ce qu'elle pouvait lui confier, c'était sa quasi-certitude que la réponse allait bouleverser… pratiquement tout.

— Vous vous occuperez d'organiser la rencontre ?

— Bien entendu.

— Bon, d'accord, a-t-elle tranché comme si tout venait d'être réglé. Et maintenant, parlez-moi du docteur Brady.

— Que vous dire ? C'était un accident. Sauf que vous n'y croyez pas, à ce que je vois. Et moi non plus. – Une pause. – Alors, vous aimeriez peut-être que je vous raconte ce qu'ils cherchaient ?

Julia a hésité avant de lâcher un début d'information :

— Je veux qu'il soit très clair que Vanessa n'est pas au courant de tout ça. De rien. Mais il y a… des gens qui pensent le contraire. Un dossier a été volé dans mon bureau et donc il est possible que…

— Que quelqu'un ait voulu tuer Vincent Brady pour avoir accès à ses dossiers ? – Julia a pris une bouchée de hamburger. Elle n'avait aucune théorie précise. – Mais pourquoi aller jusqu'au meurtre ? Pourquoi ne pas cambrioler son cabinet, simplement ?

— Vanessa voit une nouvelle psychiatre. Sara Jacobstein. On nous a fait signer plein d'autorisations pour qu'elle ait accès au dossier médical de Vanessa et c'est là que le secrétariat du docteur Brady nous a appris que de nombreux documents avaient disparu de son bureau. Pas de signes d'effraction, personne n'a touché l'alarme.

— Vous voulez dire que Brady avait ces documents dans son attaché-case.

— Peut-être.

— Pourquoi est-ce qu'il se serait promené avec ?

Elle lui a adressé son sourire de guingois.

— C'est pour ça que la police existe. Pour répondre à ce genre de questions. Peut-être qu'il travaillait dessus, peut-être qu'il s'apprêtait à les vendre… Tout est possible.

Lorsqu'ils se sont dit au revoir sur le parking, Bruce a essayé de la convaincre, encore une fois :

— Vous ne pouvez pas faire ça toute seule, Julia.

— Faire quoi ?

— Ce n'est pas un jeu, je vous assure. Il y a des ramifications que vous ignorez. Des gens impliqués. Kellen

Zant a allumé une bombe à retardement. Et ça ne concerne pas que la classe politique. Ça va beaucoup plus loin. Je ne voudrais pas que vous…

Il s'est arrêté. Ils ont échangé un long regard puis, embarrassés l'un et l'autre, ils ont détourné la tête.

— Bruce ? a-t-elle murmuré alors qu'il allait tourner les talons.

— Oui, Julia ?

— Qui était ce type ? Celui qui m'a embêtée à la station-service ?

— Un journaliste. Je vous l'ai dit, non ?

Il semblait avoir hâte de la quitter, soudain.

— Pour quel média ?

— Un des journaux à sensation, je ne sais plus lequel.

— Ah… Merci. – Elle lui a donné une accolade amicale. – Merci pour tout. – Elle l'a regardé dans les yeux. Bruce s'est rendu compte que ceux de Julia étaient gris plutôt que bruns. – J'ai encore un service à vous demander, a-t-elle ajouté avec son sourire si particulier. Un grand.

— Oui ?

— Arrêtez de me suivre.

— Pardon ?

— Je veux que vous arrêtiez de me suivre, Bruce. Je ne cours aucun risque. – D'une voix très assurée, elle a conclu : – Attendez que je vous téléphone, c'est tout.

II

Il l'a observée de loin monter dans sa voiture. Une femme menue à la volonté de fer, qui protégeait sa famille de toutes ses forces. Elle ne voulait pas que quiconque s'intéresse de trop près au fait que Vanessa avait été en contact avec Zant, et c'était pour cette raison qu'elle tenait à agir seule, et à laisser Bruce à l'écart. Du moins espérait-il qu'elle ne protégeait rien d'autre que ce secret. L'autre possibilité, c'était qu'elle couvre ce que Zant avait déterré, et une autre encore, la pire : qu'elle protège la personne menacée par les découvertes du professeur.

Bruce s'est demandé si elle était consciente du fait que Jeremy Flew la filait visiblement plus souvent que lui, et si elle connaissait autant du passé du jeune homme que lui. Et aussi : se rendait-elle compte que personne n'avait l'air de savoir où se trouvait Flew le soir de la mort de Zant ?

— Faites attention, a-t-il soufflé tout bas.

Même si Trevor Land ne l'avait pas formellement admis, il était convaincu que Lemaster Carlyle était à l'origine de la version absurde que Nate Knowland lui avait servie en y ajoutant ses propres détails. Après s'être arrangé pour faire arrêter l'enquête officielle, le président de l'université avait manœuvré pour que Bruce, et non Rick Chrebet et son équipe, continue à explorer les pistes. Pourquoi torpiller une enquête et en faire commencer une autre ? Pourquoi Carlyle voulait-il que le chef de la sécurité du campus suive sa femme, recherche une connexion ? La question le dépassait et pourtant il sentait que la réponse était là, sous son nez, dissimulée dans toutes les informations qu'il avait déjà réunies. S'il arrivait à remuer tout ça, à dissiper les écrans de fumée, la vérité pourrait s'en extraire et tomber dans son giron.

57

Encore le bibliothécaire

I

Cette fois, elle était entrée d'un pas ferme dans le bureau des archives, une photocopie des formulaires de consultation signés par Kellen à la main. « La nouvelle Julia », se répétait-elle comme un mantra, même si elle n'en menait pas large à la pensée qu'elle allait peut-être se faire encore envoyer sur les roses. Elle avait choisi la fin de l'après-midi, toujours plus calme que la matinée, et s'était arrangée pour tomber sur Mrs. Bethe plutôt que sur Roderick Rutherford parce que l'archiviste adjointe, contrairement à son supérieur, pouvait ébaucher de temps à autre ce qui ressemblait à un sourire.

Pas ce jour-là, toutefois.

— Ces cotes ne correspondent *pas* au fonds Joule, a asséné Mrs. Bethe, apparemment suffoquée que quiconque puisse prétendre le contraire. Tous ces documents appartiennent à d'autres collections.

— Je le sais.

L'archiviste lui a rendu les feuillets.

— Dans ce cas, je vous prie d'indiquer les collections concernées dans la case à cet effet. Le règlement stipule que…

— Oui, je connais le règlement, Mrs. Bethe. Mais puisque vous avez les numéros de cote, est-ce qu'il ne suffit pas d'aller au rayonnage indiqué et de sortir le boîtier correspondant ? En pratique, c'est tout à fait possible, non ?

Assistante du bibliothécaire en chef depuis un quart de siècle, Mrs. Bethe, collier de fausses perles sur un ensemble en jersey et grosses lunettes, considérait toute divergence de ses vues comme une forme d'insolence.

— Attendez un instant.

Reprenant la liasse de papiers, elle s'est levée en hâte et Julia a été emportée par une magnifique vague d'espoir jusqu'à ce qu'elle la voie entrer dans le bureau de son chef. Fantastique… Deux secondes plus tard, Roderick Rutherford a surgi devant elle en se frottant les mains comme s'il venait de manipuler un objet poussiéreux tandis que Mrs. Bethe s'éclipsait dans son petit réduit.

— Eh bien, que puis-je faire pour vous aujourd'hui, Mrs. Carlyle ?

— Vous pouvez me montrer les dossiers correspondant à ces cotes.

Elle lui a tendu la feuille sur laquelle elle avait recopié les numéros de volume et de rang. Rutherford les a examinés en tortillant ses lèvres pincées comme s'il les articulait en son for intérieur, sourcils en barre.

— Puis-je vous demander pour quelle raison vous les voulez ?

— N'est-il pas suffisant que je les veuille ?

— Oh non, ma chère vice-doyenne, pas du tout ! Ces archives ne sont ouvertes qu'aux chercheurs dont le travail est homologué par une autorité universitaire. Je dois connaître le cadre académique de toute recherche.

Encore !

— Qu'est-ce que vous entendez par « cadre académique » ?

— Eh bien, si vous travaillez à un livre ou à un article qui nécessite la…

— C'est le cas.

— C'est… Pardon ?

— J'écris un article. À propos de ce qui est arrivé à Gina Joule il y a trente ans et quelques. Voilà, j'ai une justification, maintenant.

Roderick Rutherford ne souriait que très rarement, on l'a dit, et Julia a compris pourquoi, et elle a souhaité en silence ne pas revoir pareil spectacle de sitôt. Sa bouche se contractait dans un spasme à la fois nerveux et présomptueux alors que le reste de son visage exprimait tout sauf l'amusement. C'était le genre de sourire dément que l'on voit à un petit garçon cruel en train d'arracher les ailes d'un papillon vivant ; ou à une adolescente mettant le feu à la Mercedes bleu nuit de son père en plein centre-ville le jour de l'anniversaire de la mort de Gina Joule…

— Hélas, Mrs. Carlyle, il reste une difficulté : je ne vous crois pas.

— Plaît-il ?

— Je pense, Mrs. Carlyle, que vous êtes en train de me mentir. Vous n'écrivez aucun article.

— Mentir ? *Vous* m'accusez de mentir, *moi* ?

Alertée par ce brusque éclat de voix, Mrs. Bethe, affairée à ranger son bureau (son service se terminait), a vaguement incliné la tête dans leur direction, comme si elle avait capté un air de musique qu'elle n'était pas sûre de reconnaître dans le lointain. Puis, sans même les regarder, elle est allée à la lourde porte qui gardait les archives, elle a abaissé la manette, branché l'alarme, et quitté les lieux.

— C'est exact, ma chère vice-doyenne. Je vous accuse de mentir. En général, notez bien, ce serait le dernier de mes soucis, mais dans le contexte présent cela m'interdit d'accéder à votre requête. Il est patent que vous essayez de découvrir quels documents le professeur Zant a pu, ou non, examiner avant sa disparition tragique. Notre règlement, ainsi que je vous l'ai déjà dit, ne m'autorise pas à communiquer une telle information.

— Vous me l'avez dit, oui, Mr. Rutherford. L'article 22-C, je crois. Adopté par le conseil d'administration en 1973, après le passage de l'amendement Buckley.

— Exact.

— Le problème, c'est que cet amendement n'a été voté qu'en 1974. Vous m'avez conseillé d'étudier soigneusement la réglementation et c'est ce que j'ai fait, voyez-vous.

— Ah… – Son front s'est très légèrement plissé. – J'ai dû me tromper, alors.

— Je ne pense pas. Vous ne vous trompez jamais. Ou alors vous vous êtes délibérément trompé. Et ce n'est pas tout. – Sortant de son sac le règlement intérieur de l'université, Julia a rapidement trouvé la page qu'elle voulait. – Article 22, voilà. Cela n'a rien à voir avec la confidentialité des recherches universitaires. Il est question des deux types de commissions pédagogiques, permanentes et ad hoc. Et… – Elle a appuyé l'index sur la section. – il n'y a qu'un 22-A et un 22-B.

— Comme c'est étrange ! Terriblement embarrassant, je dirais.

— Vous êtes très fort, Mr. Rutherford, a constaté Julia, presque amusée. Je n'aurais jamais deviné que votre argumentation n'était que du bluff. Mais puisque ce n'était pas une erreur de votre part, vous m'avez donné une fausse information dans un but précis. J'aimerais que vous me l'expliquiez.

— Hélas, le devoir de réserve me lie entièrement, Mrs. Carlyle. Quel que soit le numéro de l'article en question, je n'ai pas le droit de vous dire quelles archives le professeur Zant a pu consulter, ni même s'il est jamais venu ici.

— Pourquoi avoir inventé cette histoire de la clause 22-C ?

— Eh bien, ma chère vice-doyenne, les règlements sont conçus pour s'appliquer à l'ensemble de notre communauté, n'est-ce pas ? À nous tous…

— Oui, mais…

— Et à nos familles.

— Nos familles ?

Sans tenir compte de la surprise de Julia, il a continué :

— Vous ne m'avez pas apporté une autorisation quelconque, un mandat, un… sauf-conduit ?

Oh ! Était-ce possible ? Rod Rutherford. « Le Roide ».

— Attendez-moi ici ! a-t-elle ordonné du ton le plus comminatoire possible. Je reviens !

— Ah, c'est que…. Voyons, comme le temps passe ! Cinq heures et demie. Je dois fermer…

— Cinq minutes !

Elle a couru à son bureau, attrapé son cartable. Le miroir cassé, celui de la boutique de souvenirs du Landing. Elle est revenue devant le bibliothécaire tout essoufflée.

— Oui, et qu'est-ce que je dois faire de cet objet, ma chère vice-doyenne ? a-t-il marmonné, perplexe, en voyant la glace de pacotille qu'elle lui tendait.

— Vous savez ce que c'est. – Elle l'espérait, du moins. – C'est mon sauf-conduit.

— Je ne vois guère comment vous…

— Vous avez l'autre moitié quelque part. Vous êtes censé vérifier si les deux bouts correspondent, et si oui vous devez me donner ce que je veux.

Il refusait toujours de prendre le miroir.

— Si j'étais en possession de « l'autre moitié », pour reprendre vos termes, je n'aurais pas besoin de vérifier que les deux fragments s'emboîtent, n'est-ce pas ? Ce serait évident du premier coup d'œil.

— Vous voulez dire que…

— Il est dix-sept heures trente, ma chère vice-doyenne. Les archives sont fermées.

— Mr. Rutherford ! Vous ne pouvez pas…

— Je le dois, malheureusement. – Il a redressé sa grande carcasse dégingandée. – Je regrette, Mrs. Carlyle, mais je ne puis rien de plus pour vous. Le règlement fixant les heures d'ouverture et de fermeture est tout à fait formel.

— Vous ne pouvez pas vous en aller comme ça !

— Que si, Mrs. Carlyle, que si. – Il s'est saisi de sa lourde parka, qui soulignait sa maigreur au lieu de la dissimuler. – Je m'en vais.

Après s'être coiffé de son chapeau, il a éteint toutes les lumières, sauf celle qui surplombait la table de travail où ils étaient assis. Elle l'a regardé gagner la porte, muette de stupéfaction. Le verrou a tourné, le voyant rouge s'est allumé. L'alarme générale était branchée.

Julia Carlyle était seule, enfermée à l'intérieur des archives.

II

Elle a d'abord pensé qu'il ne l'avait pas fait exprès. Horripilé par son insistance, le chef bibliothécaire était tout simplement parti à cinq heures et demie tapantes parce que c'était ce qu'il faisait tous les soirs, dimanche excepté, évidemment. Mais cela ne tenait pas debout. Son cahier des charges de grand manitou du règlement incluait forcément qu'il ne laisse personne derrière lui… Du coup, elle a penché dans le sens opposé : il l'avait volontairement abandonnée ici. Quoi qu'il en soit, sa réaction ne s'est pas fait attendre : Julia s'est mise à frapper des deux poings sur la porte, à appeler Rutherford, puis n'importe qui, tout en sachant que la bibliothèque était maintenant déserte.

Et pas moyen de se glisser par le soupirail, cette fois. Les barreaux avaient été rescellés. Elle l'avait déjà vérifié. Elle a pensé à la modernité rassurante de son téléphone portable, uniquement pour découvrir qu'il ne captait pas de réseau dans ce sous-sol fortement bétonné. Il y avait un poste de téléphone sur le bureau de l'archiviste, certes, mais il était bloqué par l'un de ces cadenas si répandus au temps de sa jeunesse étudiante, quand les administrations cherchaient à combattre les appels abusifs et ruineux. Un coup d'œil lui a permis de vérifier que celui de Mrs. Bethe était pareillement neutralisé.

Fantastique… Elle était prisonnière. Il ne lui restait plus qu'à s'asseoir et à attendre que l'Egglamise vienne la manger toute crue. Ou que quelqu'un tire une balle dans sa tête de linotte. Du calme, Julia ! Il y avait forcément une explication.

Première hypothèse : Roderick Rutherford était impliqué jusqu'à son cou d'épouvantail dans la quête du surplus de Kellen. Lequel était mort. Et Boris Gibbs aussi. Et Bruce Vallely venait encore d'essayer de la convaincre de renoncer si elle ne voulait pas connaître la même fin. Alors peut-être l'Egglamise la guettait-il vraiment dans la pénombre, et elle était la prochaine sur la liste… Bondissant sur ses pieds, elle est retournée marteler la porte en hurlant. Jusqu'à ce que sa crise de panique passe.

Deuxième hypothèse : personne n'allait la tuer. Dans sa psychose, Rutherford gardait une certaine logique. Il savait que si on la retrouvait enfermée là le lendemain matin, elle s'empresserait de le faire mettre à la porte, voire en prison. Il calculait qu'elle ne le dénoncerait pas, donc. Mais pourquoi ?

Et s'ils étaient dans le même camp ? Elle est allée devant le sas contrôlant l'accès aux archives. Quand elle a poussé le battant, des lumières menaçantes se sont mises à clignoter. Il fallait un code. La porte principale était contrôlée par une alarme, celle-ci par une combinaison, et seuls le chef archiviste et son assistante savaient les ouvrir et les fermer. Ils observaient le règlement, sans lequel n'importe qui aurait pu dérober… Le règlement ?

Article 22-C, avait-il cité pompeusement. La clause qui n'existait pas. Le panneau de contrôle de la porte comportait des touches à lettres et à chiffres. Elle a tapé 2, 2, C, et tenté de nouveau de la pousser. Des voyants rouges se sont affolés. Bon, ce n'était pas ça. Rutherford avait également menti sur l'année où la prétendue règle avait été adoptée… 2, 2, C, 1, 9, 7, 3.

Rien. Qu'avait-il dit, aussi ? Que le vote avait eu lieu « après cinq mois de débats ». 2, 2, C, 5. Non. 2, 2, C, 1, 9, 7, 3, 5. Non. Elle a essayé, encore et encore, d'autres combinaisons. Parce qu'il valait mieux s'escrimer sur ce clavier plutôt que de s'effondrer dans un coin en bramant d'angoisse. Parce qu'elle ne voulait pas devenir folle.

Cinq mois. Cela devait signifier une séquence de cinq chiffres et lettres.

2, 2, C, 7, 3. Le voyant principal est passé au vert. Un déclic métallique a résonné lourdement dans le silence glacial du sous-sol. Julia a poussé la manette. Le battant a pivoté facilement sous sa pression.

58

Ajustement automatique

I

Il n'y avait pas de lumière alors elle est retournée prendre une lampe de poche dans le bureau de Rutherford, ce qui était préférable car il y avait des soupirails, ici aussi, et les plafonniers allumés auraient pu attirer l'attention de quelqu'un sur le parking au-dehors. Le pinceau de sa lampe faisait miroiter les vitrines exposant des livres rares et des documents originaux, détail qu'elle a trouvé plutôt paradoxal puisque personne ne venait jamais ici. Au fond de cet étrange petit musée, il y avait un ascenseur à la porte banale, le panneau de commande en cuivre usé offrant un bouton en bakélite craquelé et deux voyants, « occupé » et « libre ». Ce dernier luisait faiblement. Après avoir ouvert la porte, il fallait tirer une grille de côté, un système moyenâgeux qui prouvait que, là encore, Claire Alvarez n'avait pas obtenu les fonds nécessaires à une sérieuse rénovation. Après une seconde d'hésitation, Julia a appuyé sur la touche du second sous-sol, le moins fréquenté de tous, d'après Suzanne de Broglie. Quelque part au-dessus de sa tête, un moteur poussif s'est mis en marche et l'étroit habitacle s'est ébranlé en brinquebalant. Elle a cru entendre un bruit venu de la salle de travail mais s'est raisonnée : celle-ci était forcément déserte, l'alarme principale se serait déclenchée si quelqu'un était entré.

Elle avait déjà pris cet ascenseur, au temps où elle était étudiante à l'institut, quand cette zone faisait encore partie de la réserve générale et était accessible aux élèves régulièrement inscrits. Elle s'est souvenue d'un autre soir d'hiver où, encore plus nerveuse que maintenant, elle était descendue à la recherche de l'impressionnant Lemaster Carlyle, qui lui avait dit qu'il travaillerait tard à la bibliothèque. Après de longues délibérations intérieures, et une dispute homérique avec Tessa, elle avait décidé qu'elle allait le laisser la séduire et, comme toujours impulsive, elle s'était aussitôt rendue à la salle de lecture, faute de mieux…

Bon, tout cela appartenait à un passé brumeux, et elle devait rester concentrée sur sa mission. Elle s'est humecté les lèvres. L'ascenseur était d'une lenteur horripilante. Une affichette à hauteur d'homme, imprimée en lettres rouges, a arrêté son regard : « Cet appareil n'étant pas équipé d'un système d'ajustement automatique, veuillez sortir avec la plus grande prudence. » Excellent : si elle avait été dotée de « la plus grande prudence », elle n'aurait pas été là, pour commencer.

Cramponnée des deux mains à la poignée de son cartable pour les empêcher de trembler, elle a suivi des yeux l'interminable descente derrière la vitre de la porte. Pendant un bref et pénible instant, elle a eu l'impression que le vieil ascenseur la conduisait en enfer, juste rétribution de tous ses péchés, et qu'elle ne reverrait plus jamais sa famille. Et là, elle s'est dit que le bruit qu'elle avait cru surprendre tout à l'heure ressemblait à celui d'une lourde porte en train de s'ouvrir… Ou son imagination la trahissait, ou l'Egglamise était décidément à ses trousses.

Mais non. Impossible. Arrête de paniquer ! Ayant déjà oublié l'avertissement collé sur la paroi, elle s'est hâtée de quitter la cabine à peine celle-ci immobilisée et elle a trébuché sur le seuil du deuxième sous-sol, lâchant son cartable qui s'est renversé sur le sol. Tout en ramassant ses papiers, elle a noté que l'ascenseur avait stoppé près de dix centimètres en dessous du niveau voulu. Sacré manque d'ajustement automatique, en effet.

Refermant la grille derrière elle, Julia a fait quelques pas au milieu de la réserve. Tant d'années avaient passé. Elle a humé l'air, écouté le moindre bruissement jusqu'à conclure qu'elle était seule.

Elle s'est avancée entre les rayonnages en métal gris, ses pas résonnant sur le sol lui aussi métallique, sans prêter attention aux alignements de livres, de brochures, aux recueils de sermons, de lettres pastorales et de correspondances qui offraient une si remarquable synthèse de l'histoire religieuse de la Nouvelle-Angleterre. Elle ne s'intéressait qu'aux étiquettes sur les montants, couvertes de chiffres et de lettres. Elle était certaine d'approcher du but : c'était ici, dans les entrailles de l'institut de théologie, que Kellen avait caché les pièces manquantes de son surplus, protégées par un code d'accès qu'elle était la seule à pouvoir comprendre. Incapable de la ramener dans son orbite quand il était encore vivant, l'économiste l'avait attirée sur son terrain une fois mort. Et il y avait des moments où elle se disait que son objectif n'avait pas été de faire triompher la justice, mais de l'accabler de sa hargne.

— Un peu nombriliste, comme conception, Jul', a-t-elle murmuré, effrayée par la justesse avec laquelle elle imitait le ton gentiment paternaliste de son mari. Tout n'est pas toujours à propos de toi, tu sais ?

— Mais Kellen, si, lui a-t-elle répondu, une affirmation qu'elle n'aurait jamais osé prononcer devant Lemaster. Sauf… sauf quand il pensait à autre chose.

Les numéros commençaient à se rapprocher de ceux qu'elle avait transcrits sur la feuille qu'elle tenait de nouveau dans sa main. La poussière était omniprésente. Jadis, quand la sagesse passée se cherchait encore sur les pages imprimées des œuvres des grands penseurs disparus et pas à travers l'espace cybernétique, ces archives avaient été abondamment consultées par chercheurs et étudiants ; désormais, personne ne s'intéressait plus aux dépôts du savoir semblables à celui-ci, hormis les traditionalistes comme son mari, des êtres qui voulaient sans doute se persuader que l'on approchait de plus près les constructions morales et logiques des générations passées en les tenant fermement en main, et que celles-ci étaient moins éphémères que les virtuoses du clavier et de la souris ne le pensaient. La solidité est une affaire de temps : on ne peut bâtir à la hâte ce qui dure.

— Et voilà, a-t-elle dit tout bas.

Elle était parvenue à la première cote mentionnée par Kellen, une collection de sermons du XVIIIe siècle.

Sortant le classeur bleu correspondant, elle a découvert une douzaine de pages manuscrites, à l'encre pâlie, dues à quelque obscur…

Un bruit, encore. Dans les ténèbres devant elle. Instinctivement, Julia a tourné sa torche. Rien. Elle était certaine d'avoir identifié ce son, pourtant : celui d'un livre tombant par terre renversé par une main maladroite. Mais pas à cet étage. À celui du dessus.

Elle n'était pas seule dans les archives. Elle a éteint la lampe, tendu l'oreille. Le silence, à nouveau.

Elle était lasse de jouer les cambrioleuses. Tâtonnant sur le mur pour trouver l'interrupteur, elle a allumé les néons. Juste à ce moment, un lointain grondement de moteur l'a fait sursauter, précipitant les battements de son cœur et altérant sa respiration.

L'ascenseur, a-t-elle déduit avec un énorme soulagement. Qui remontait parce qu'on l'avait appelé… Mais puisque la bibliothèque était fermée ? Que personne n'était censé être là, pas même elle ? À moins… à moins que l'appareil ne soit programmé pour remonter automatiquement au bout d'un certain laps de temps ? Le souffle court, elle a tendu l'oreille. La machinerie s'est arrêtée et… personne n'a ouvert la porte, puis la grille. Elle l'aurait forcément entendu. Donc, elle était seule. Donc, au travail.

Ainsi, un obscur prédicateur du XVIIIe siècle avait rédigé une homélie depuis longtemps oubliée et au milieu de ces pages défraîchies il y avait une enveloppe blanche, rectangulaire, du même modèle que celle que Kellen avait scotchée sous son piano. Un peu plus loin, au milieu d'un essai sur la conception aristotélicienne de Dieu signé d'un théologien mineur, elle en a trouvé une deuxième. Puis une troisième, cachée dans le programme de la troupe satirique de la promotion 1953 à Kepler. 1953, la date de naissance de son ancien amant.

Un bruit de pas dans les escaliers en fer, puis un visage spectral est apparu derrière l'étagère, comme suspendu dans les airs entre les rayonnages.

— Vous devez vous en aller tout de suite, a chuchoté Rod Rutherford « le Roide » d'un ton désapprobateur. Vous comprenez bien, ma chère vice-doyenne, que vous ne pouvez vous trouver ici sans supervision. C'est absolument contraire au règlement.

Comme de saisir par le cou le chef archiviste et de lui déposer un baiser sonore sur la joue, et pourtant, c'est que Julia Carlyle a fait.

II

Elle ne saurait jamais. C'est ce qu'elle se disait en se hâtant vers son bureau dans le couloir vide. Que Rod Rutherford ait aidé Kellen, qu'il lui ait donné quelques clés précieuses malgré ses airs revêches la première fois où elle était allée le voir, c'était indéniable. Et puis il l'avait volontairement « enfermée » dans le saint des saints des archives, était revenu à temps la libérer et, tout en refusant catégoriquement de la laisser emporter le moindre document, avait attendu pendant qu'elle se servait de la photocopie. En insistant pour inscrire le prix des copies sur le compte universitaire de Julia. Il s'était poliment mais fermement dérobé à toutes ses questions, se réfugiant comme toujours derrière le règlement. Et il était resté en bas après son départ, sans doute afin de tout remettre en ordre.

Pour quelle raison avait-il prêté son concours à Kellen ? La mère de Rod avait jadis été la bibliothécaire de Kepler, la première femme à occuper ce poste, et au cours de sa jeunesse il l'avait aidée pendant l'été, développant à son tour le goût des livres. Il était trop jeune pour avoir pu courtiser Gina Joule mais assez âgé pour l'avoir connue. Les familles Joule et Rutherford s'étaient-elles fréquentées ? Ou bien la relation était-elle plus subtile ? Ou plus évidente ?

Elle ne le saurait jamais et le digne Roderick Rutherford ne le lui dirait jamais. Confidentialité. Loyauté. Secrets. Est-ce que la planète entière fonctionnait sur ces principes, ou était-ce une particularité du petit monde universitaire de Nouvelle-Angleterre ? Elle l'ignorait, car mis à part son bref séjour à Manhattan, où elle avait réussi à connaître le nom de deux ou trois voisins, pas plus, elle avait toujours vécu dans ce milieu.

La paranoïa de l'archiviste ayant peut-être un peu déteint sur elle, Julia a bouclé à double tour les portes de son bureau avant de s'asseoir à sa table, sa lampe de lecture pour seule compagnie, et d'examiner ses trouvailles.

Les enveloppes étant numérotées de l'écriture brouillonne de Kellen, elle a commencé par la première, qui était aussi la plus épaisse. Celle-ci contenait une série de lettres de Merrill Joule à son épouse, partie en Europe après la mort de Gina. Elle a aussitôt été captivée par sa lecture.

4 avril 1973

Très chère Anna,

J'espère que ce mot te trouvera en bonne santé et que vous continuez à bien profiter de vos vacances à l'étranger, Margaret et toi. Ici, rien de très nouveau. Le président Nixon s'entête à nier et à esquiver mais je pense qu'il finira par tomber. Chez nous, il a fait tellement froid que les manifestations contre la guerre se sont interrompues ; elles reprendront avec le printemps, je n'en doute pas. Au Landing, la situation se stabilise, et ce dans la direction que tu avais prévue, de sorte que je salue ta sagesse. Mais la justice, j'ose te le rappeler, est multiforme. Toute notre vie, toi et moi avons lutté pour une idée de justice plus rétributive que distributive : allons-nous l'abandonner maintenant, simplement parce qu'un être cher a perdu la vie ? L'ennemi, c'est un système malfaisant, non de mauvaises gens. Eduard a raison : notre responsabilité n'est pas de réclamer plus de châtiment mais d'améliorer ce monde autant que nous le pouvons. Ce qui se passe avec cette église en est un excellent exemple. Il faut aller de l'avant…

« Cette église » ? Celle de Miss Ter ? Et la forme de justice invoquée ici, était-ce de renoncer à la vengeance pour quelque chose de plus positif ? Julia n'avait aucun moyen de savoir combien de lettres ils avaient échangées entre celle-ci et la suivante, que Kellen avait exhumées d'on ne sait où, mais avec cette dernière le ton changeait considérablement. On était loin des remarques sentencieuses, voire condescendantes d'un chef de famille laissant à peine de place au chagrin de sa femme, ou au sien, d'ailleurs. L'homme qui écrivait là était en proie à une soudaine panique.

12 octobre 1973

Très chère Anna,

Je n'ai que peu de temps pour rédiger hâtivement ce message. Je me trouve dans le bureau de Ken Steinberg et... Oui, je connais ton opinion sur les avocats mais Ken fait presque partie de la famille et j'ai besoin de ses conseils, très franchement. Beaucoup de choses ont changé, ici. Je suis surveillé. C'est un travers fréquent, ce genre de psychose, mais tu me connais, je ne suis pas du genre à exagérer inutilement. On m'espionne. Je sens sur moi des yeux que je ne vois pas, leur souffle, tout près. Ils ont fait ce qu'ils avaient à faire. Aiguillé tout le monde dans la fausse direction, brouillé ce qui devait être clair. J'ai donné ma parole d'accepter leur conception de la justice mais ils ne croient pas que je respecterai l'échange qui a été conclu. Je ne pense pas qu'ils puissent intercepter le courrier acheminé par les postes américaines mais je dois te demander d'être vigilante. Je pense qu'il serait préférable que tu prolonges ton séjour en Europe jusqu'à ce que je te dise qu'il n'y a pas de risques à rentrer...

« Aiguillé tout le monde dans la fausse direction » ? En fabriquant des preuves ? En inventant des alibis ? « Je sens leurs yeux sur moi, leur souffle... » Comme cette effrayante impression lui était familière !

La troisième lettre, maintenant. Près de cinq mois plus tard. Dans son mémoire, Vanessa avait indiqué qu'Anna Joule avait fait un « grand tour » de l'Europe après la mort de sa fille. D'après ce qu'elle venait d'apprendre, Julia savait que, ce faisant, elle suivait les consignes de son mari.

7 mars 1974

Très chère Anna,

Détruis ce mot après l'avoir lu. Je crains que tout ne soit en train de s'effondrer. Le sort de Nixon semble s'apparenter au nôtre. Il est impossible de dissimuler. Il y a toujours un informateur, quelque part. Tu avais juste, encore une fois. Mieux vaut chercher la justice. Si seulement j'avais écouté... Mais tout n'est pas encore perdu. Contrairement à Nixon, nous avons des choix qui restent ouverts, et nos amis ne nous ont pas abandonnés. Notre soif de justice nous donne une position favorable, je crois. Nous sommes respectables, toi et moi. Nous ne sommes pas des monstres. Nous avons commis des erreurs mais nous n'avons fait de mal à personne, n'est-ce pas ? Des erreurs d'appréciation ne suffisent pas à conduire en enfer, d'autant que nous avons fait au mieux, dans les limites de nos possibilités. Nous avons fait tout ce que nous avons pu pour que notre fille adorée ne soit pas morte en vain. Si nous nous sommes trompés, c'est dans un esprit de charité.

Pour replacer ces lettres dans leur contexte, Julia a ouvert la seconde enveloppe. Celle-là recelait d'autres pages du journal personnel du constable :

Aucun des alibis des étudiants ne tient la route mais nous ne pouvons pas creuser. D'ailleurs, avec tout cet argent qui change de mains, je ne puis faire confiance à personne. Pas même à mes hommes. Pas même à moi.

Pas suffisant. Quoi, était-ce là la totalité des preuves réunies par Kellen ? Le cœur battant, Julia a déchiré la troisième enveloppe. Une photocopie, encore…

Elle a relevé la tête brutalement. Elle venait d'entendre la porte de l'antichambre du bureau s'ouvrir, alors qu'elle était certaine de l'avoir verrouillée. Elle a repensé au bruit de l'ascenseur, tout à l'heure, et c'est alors qu'elle a entrevu en un éclair deux détails : un, Rod Rutherford avait emprunté les escaliers, comme il le faisait toujours ; deux, cet ascenseur était beaucoup trop vétuste pour être équipé d'un programmeur qui le ramènerait automatiquement à son point de départ…

Il n'y avait pas de fuite possible. Très droite sur sa chaise, elle a attendu que l'Egglamise se glisse dans la pièce. Sa porte s'est ouverte à la volée.

— Vous êtes trop, vous savez, a lancé Mary Malard avec un grand sourire. Vous avez vraiment des dons d'espionne.

III

Levée d'un bond, Julia a remis précipitamment les documents dans leurs enveloppes.

— Qu'est-ce que vous fabriquez ici ? a-t-elle grondé. Comment êtes-vous entrée ?

Le sourire de Mary s'est figé.

— Ah… Je vois que vous ne me faites toujours pas confiance.

— Je ne vous veux pas autour de moi !

— Mais quoi ? Je croyais que j'étais votre pom-pom girl ? – Elle a fait mine de jongler avec une baguette invisible. – « Tara-tatam », vous savez ?

— Je vous ai envoyé un e-mail pour vous dire que nous ne devions pas nous revoir, non ?

Le sourire est revenu.

— Oui, mais contrairement à ce qu'on a dû vous raconter à mon sujet, il n'est pas si facile de se débarrasser de moi.

— Mais quoi, Mary ? Vous êtes venue ici et vous m'avez suivie pendant… tout ce temps ?

— À peu près.

— Comment… Comment êtes-vous entrée ? a répété Julia en veillant à ce qu'elles restent séparées par la table.

— Dans le bâtiment, très simple : j'ai attendu que des étudiants en sortent et ils m'ont tenu la porte. Une fille, personne ne lui prête de mauvaises intentions. – Elle a brandi une clé. – Quant à votre bureau, eh bien… J'ai pris votre trousseau dans votre poche, à Boston, j'ai fait faire des doubles et je l'ai glissé dans votre sac pendant notre promenade au parc. Pas mal, non ?

— Pas mal ? Répugnant, oui !

— D'accord, je suis répugnante, et pas drôle du tout. Avec le genre de livres que j'écris, on apprend à toucher un peu à tout…

Julia a laissé son regard errer derrière la journaliste. Elle était presque étonnée de ne pas voir Jeremy Flew dans la pénombre. Ou bien s'était-elle entièrement méprise sur ce qu'elle avait pensé être sa fonction ?

— Vous m'avez menti, a-t-elle accusé d'une voix sourde.

— Moi ? À quel sujet ?

— La Dame noire. Bien calculé, je dois dire.

— Menti en quoi ?

— En m'induisant en erreur.

Elle a fourré les enveloppes dans son cartable. Sa main s'est arrêtée sur la bombe de gaz paralysant que Lemaster l'avait convaincue de prendre avec elle. Elle ne s'en était jamais servie, mais elle n'allait pas permettre que ces preuves tombent dans les mauvaises mains. Elle ignorait pour qui Mary Malard roulait. Tout ce qu'elle savait, c'était qu'elle ne voulait plus la revoir, jamais.

— S'il vous plaît, Mary. C'est fini. Je ne vous parle plus. Sortez d'ici et ne croisez plus mon chemin.

La journaliste a écarté les bras, sa tête de canard toute boudeuse, maintenant.

— Je ne comprends rien à ce que vous dites, Julia.

— Je parle de vos histoires de Dame noire à la gomme. Vous m'avez bernée depuis le début.

— Non, Julia. C'est faux.

— Ah ! Vous vous rappelez comme vous avez enquêté sur mon compte avant de vous faire inviter à la Maison Blanche avec nous ? Eh bien, j'ai fini par avoir un peu de jugeote et je me suis renseignée sur vous, moi aussi. Pourquoi vous ne m'avez jamais dit que vous étiez parente avec le Président ?

Mary Malard s'est assombrie.

— Vous rigolez, j'espère ? Vous êtes allée pêcher ça sur je ne sais quel site Internet de crétins ! Non, nous ne sommes pas parents. Ou plutôt, nous sommes paraît-il cousins au huitième ou au dixième degré ! Ce qui veut dire que nous avons probablement un ancêtre commun qui a mis sa signature sur la déclaration d'indépendance ! Allons, Julia. Avec une logique pareille, ma famille est apparentée à presque tous les présidents que ce pays a eus ! – Un sourire forcé. – Et vous de même, sans doute.

— Partez, s'il vous plaît.

— Qu'y a-t-il dans ces enveloppes, Julia ? Qui est-ce que vous protégez ?

— Personne. Je vous ai dit de sortir.

— Non, non… Je ne peux pas. Les primaires de l'Iowa arrivent dans à peine quinze jours. – Mary a désigné le cartable. – Il faut que nous nous servions de ce qu'il y a là-dedans, Julia. On ne peut pas laisser quelqu'un qui prétend s'installer dans le Bureau ovale se laver les mains d'un meurtre.

— Bon, c'est moi qui m'en vais, alors. – Elle a contourné sa table. – N'essayez surtout pas de me suivre, je vous prie.

— Attendez, Julia ! Une minute, juste. Expliquez-moi ce qui se passe.

— Dégagez le passage, s'il vous plaît.

Mary Malard a fait mine de la saisir par le bras.

— Dites-moi ce qu'il y a dans ces…

Julia a sorti sa bombe. Elle a atteint la journaliste en pleine figure.

59

Février 1973

I

— Tu as de la chance qu'elle ne porte pas plainte, a-t-il observé.

— Il fallait bien que je me défende !

Lemaster a secoué la tête, incrédule. Debout devant la commode, il brandissait des poids d'exercice dans chaque main.

— On pourrait la faire arrêter pour violation de propriété, probablement, mais enfin vous avez été vues bavardant ensemble, au café, vous promenant et tout… Aucun jury ne se laissera convaincre qu'elle cherchait à t'agresser. – Une pause. – Même moi, je n'y crois pas.

Excédée tant par la chaleur de la pièce que par elle-même, Julia s'est cachée sous les draps. C'était la première fois qu'elle avait eu recours à sa bombe de gaz lacrymogène. Elle avait pensé que cela se passerait comme dans les films, le méchant s'arrêtant souffle coupé et s'affaissant contre le mur en se frottant hystériquement les yeux pendant que le héros – ou l'héroïne – s'esquivait prestement. Mais Mary Malard, après avoir poussé un cri déchirant et porté les mains à sa gorge, s'était effondrée par terre, prise de convulsions et de nausées brutales, et au bout d'un moment Julia avait fini par appeler les urgences plutôt que de continuer à serrer le corps prostré dans ses bras en bredouillant qu'elle était désolée. Ensuite, elle avait passé la moitié de la nuit dans la salle d'attente de l'hôpital, guettant des nouvelles. De sorte qu'elle venait de se mettre au lit quand Lemaster, comme à son habitude avant de se rendre au travail, commençait sa gymnastique matinale.

— Qu'est-ce que c'était, d'ailleurs, tout ce foin ? Vous vous disputiez à quel sujet ?

— Je veux comprendre ce qui est arrivé le soir de la mort de Gina. La vérité.

— J'étais en Angleterre, Jul', comment le saurais-je ?

— Ouvre mon cartable, a-t-elle ordonné en repoussant brusquement les draps et en se redressant sur le matelas.

— Hein ?

— Mon cartable !

Sans discuter, Lemaster a posé ses poids, s'est assis sur le lit dans sa tenue de sport et a ouvert le sac en cuir souple.

— Quoi, ces enveloppes ?

— Regarde dans celle qui porte le numéro 3.

Il s'est exécuté, parcourant d'un œil distrait les lettres et les pages manuscrites. Quand il est parvenu au dernier document, son sourire amusé s'est effacé d'un coup.

— Non…

— Si.

— Ce… C'est impossible.

— Mais si. – Elle s'est penchée en avant. – Lemmie ? Je crois qu'il est temps que tu me dises la vérité.

Son regard restait aimanté par la photocopie d'un billet d'avion aller-retour. Lorsqu'il a tourné des yeux désespérés vers sa femme, elle a eu envie de le consoler et de le protéger à jamais, en tout cas dès qu'elle cesserait de ne plus supporter sa présence. Le billet était un Londres-Boston, daté de février 1973 et au nom de Lemaster Carlyle.

— Eh oui, a soufflé Julia. Tu étais revenu pour l'anniversaire de Bay Dennison. Tu n'en as jamais manqué un seul.

II

Chaudement vêtus à présent, ils ont descendu la pelouse enneigée jusqu'à l'étang artificiel, la poudre blanche craquant agréablement sous leurs bottes.

— Je ne sais pas tout, a commencé Lemaster. Je ne sais même presque rien ou… Je ne savais pas. J'en sais plus, maintenant. – Il lui a jeté un coup d'œil. Elle restait aussi impassible qu'elle le pouvait. – Oui, oui, c'est vrai, je suis revenu pour la fête de Bay. Comme j'avais un jour de libre, avant, je suis passé au campus.

— Pour voir tes amis ?

— Non, en fait. Pour m'assurer que les livres et les trucs que j'avais laissés à la suite Hilliman étaient en bon ordre. Mes colocataires avaient l'habitude de déranger mes affaires, tu comprends, juste pour rire, et je ne supportais pas. Je suis arrivé le soir du 14. Il n'y avait personne, j'ai vérifié ma chambre et, miracle, tout était en ordre. J'ai bavardé avec quelques gars de la résidence mais j'étais crevé par le voyage, je me suis couché en me disant que je repartirais en voiture à Boston le lendemain matin. – Ils étaient arrivés devant le grillage qui entourait la réserve d'eau. Lemaster s'y est accroché des deux mains comme s'il avait peur de tomber. Il parlait plus fort, à présent. – Mais vers deux ou trois heures du matin, je me suis réveillé. Ou plutôt, l'un de mes colocataires m'a réveillé. Il m'a dit qu'il était dans une situation terrible. Que quelque chose d'affreux s'était produit.

— Lequel d'entre eux ? a-t-elle demandé, mais elle allait trop vite en besogne.

— Je lui ai posé des questions mais il ne voulait rien dire, il répétait seulement qu'il était dans de sales draps et que peut-être… et qu'ils l'étaient peut-être tous. Il était ivre, il pleurait, il tremblait. Complètement paniqué. Et bon, Jul', j'avais vingt ans, je ne savais pas comment réagir. Je lui ai dit d'aller se coucher, que les choses ne lui paraîtraient plus si terribles après quelques heures de sommeil. Il m'a écouté mais moi, je me suis levé, je me suis habillé, j'ai pris ma voiture et je suis allé à Boston directement. Donc, je l'ai abandonné, oui, mais tu comprends, Jul', ces bougres-là se soûlaient tout le temps, se retrouvaient tout le temps dans plein d'embrouilles et à chaque fois il fallait que ce soit moi qui arrange les trucs. Ils m'avaient surnommé « Big Brother », pour te dire, mais j'en avais assez de jouer les grands frères et bon, il faut croire que la coupe était pleine. Quoi, j'étais de retour en Amérique pour à peine trois jours et ce type voulait que je passe ma première journée à réparer ses bêtises ? Non, merci. Je suis retourné à Boston pour aller à cette fête.

Ils longeaient lentement le grillage. Julia, qui avait froid, ne voulait surtout pas l'interrompre.

— Donc, le soir, il y a eu l'anniversaire de Bay et à un moment de la fête, alors que nous n'étions que tous les deux, je lui ai raconté ce qui s'était passé… Je ne me rappelle pas si je lui ai demandé de lui dire un mot en privé ou s'il m'a simplement posé la question, tu sais, « comment ça va au campus ? ». Bay a réfléchi et il m'a dit que je devrais retourner là-bas et conseiller à mon copain de venir à Boston tout lui raconter, si c'était vraiment sérieux. J'ai pensé que c'était super, que Bay était capable de régler n'importe quoi, et qu'en plus ce jeune avait des relations, si bien que j'allais quand même pouvoir aider… Et le lendemain, le 16, donc, je suis retourné à Elm Harbor, je lui ai parlé, je lui ai dit que Bay Dennison pouvait le sortir de n'importe quel pétrin… J'en étais persuadé, à l'époque, et je ne me trompais peut-être pas…

— Et il est allé à Boston ?

— Oui. J'étais déjà de retour en Angleterre, à ce moment. Je ne savais toujours pas quel était le problème et comment Bay l'avait réglé, mais mon copain m'a écrit une lettre pour me dire que tout était rentré dans l'ordre et qu'il me devait une fière chandelle. Que je pouvais lui demander n'importe quoi, il le ferait. Maintenant et pour toujours.

Comme de mettre Cameron Knowland au rancart, a pensé Julia. Ou de limoger Astrid Venable. Ou d'étouffer une enquête de police, ou d'expédier Tony Tice en prison…

— Quand je suis rentré en juin, la bande de la suite Hilliman, ils ont été… incroyables. Ce n'était plus le grand frère que j'étais, dorénavant, c'était le seigneur et maître ! C'était bizarre. On aurait cru que je leur avais sauvé la peau à tous alors que je n'avais sauvé personne, j'avais juste conseillé à l'un d'eux d'aller voir Bay Dennison… Mais ils me comblaient d'attentions, ils me répétaient qu'ils feraient n'importe quoi pour moi. Je ne les ai pas envoyés balader, naturellement, mais j'étais intrigué, c'est sûr. J'ignorais ce qu'ils avaient pu fabriquer, et ce que Bay avait pu faire.

— Les aveux signés…, a tenté Julia, mais Lemaster s'en tenait à la logique de son récit.

— Bon, j'ai eu mon diplôme, j'ai eu un poste, un autre, je suis entré à Kepler, je t'ai rencontrée, on s'est mariés, je…

— Tu as oublié : « Je suis tombé amoureux de toi. »

— C'était implicite. – Parvenus à la limite de la propriété, loin dans les bois, ils ont entrepris de revenir vers la maison par l'autre côté. – Enfin, à cette époque, j'appartenais déjà à l'Empyrée. Un membre subalterne. Un « légionnaire », comme ils disent.

— On ne les envoie pas se faire tuer, tout de même ?

— Non. Pas vraiment. Ce sont des… clandestins. – Il hésitait. Il ne parlait plus de son expérience personnelle, là, mais de secrets qu'il s'était engagé à ne jamais divulguer. – Ça fait partie de leur stratégie, Jul'. Un aspect très important. Rester dans l'ombre.

— Quelle stratégie ?

— Pour aider notre communauté, pour… Écoute. – Il a accéléré le pas, obligeant Julia à faire de même pour rester à sa hauteur. – Prenons un cas imaginaire, celui d'un garçon issu d'une famille riche et bien placée, un étudiant d'une des meilleures universités du pays, un peu fêtard mais qui a tout un avenir devant lui et sur lequel ses parents placent plein d'espoirs. Son seul problème, c'est qu'il tombe follement amoureux de la fille de l'un de ses profs, une petite de dix-sept ans, et on ne lui a jamais vraiment appris à résister à la tentation, et sa famille a toujours été là pour le sortir des coups fourrés, et ils peuvent acheter n'importe qui… Bon, il se met à draguer cette… gosse, parce que c'est ce qu'elle est, une gosse. Et elle l'écoute, elle flirte, elle aussi, et au bout d'un moment ils se retrouvent en cachette, et ils ne « vont pas jusqu'au bout », comme on disait en ce temps-là, mais ils en font quand même pas mal… Alors, un soir, un des copains de fac de ce garçon décide qu'il veut s'en mêler. Il dit : « Pourquoi tu serais le seul à t'amuser avec elle ? On partage tout, non, donc on peut partager ça aussi. » Peut-être qu'ils se disputent à cause de ça, ou peut-être que l'autre accepte tout de suite, parce qu'il est tellement gâté-pourri qu'il n'a plus de… sens moral. Et donc, le soir même, ils partent la voir en voiture. C'est la Saint-Valentin et la fille a un moyen très simple pour voir son petit ami quand elle en a envie : elle se débrouille pour avoir des mots avec sa mère, qui s'énerve, et à chaque fois elle finit par partir en claquant la porte. Ce soir-là, même chose. La fille s'en va, retrouve son chéri mais voilà, ils sont deux garçons dans l'auto, et ils ont déjà beaucoup bu. Elle part tout de même avec eux. Ils vont à la plage. Et là, le premier gars tombe dans les pommes dans la voiture mais l'autre, tout aussi riche et gâté que son pote, il veut s'amuser, et elle le laisse peut-être faire, d'abord, ou elle refuse tout de suite, de toute façon ça va beaucoup plus loin qu'elle ne pensait, elle lui dit d'arrêter, il ne s'arrête pas… Pourquoi il s'arrêterait ? Sa famille a déjà payé pour le silence d'une dizaine de filles, alors pourquoi pas celle-là ? Il devient violent.

Ils étaient revenus devant la maison. La neige avait enseveli les meubles de jardin.

— Et elle, elle s'enfuit, a soufflé Julia.

— Oui. Dans ce cas hypothétique dont je parle, oui. Ils sont à la plage, c'est l'hiver, c'est la nuit. Elle part en courant, elle sait qu'il y a toujours un garde, mais la pauvre fille, elle est affolée, elle court dans le mauvais sens, pas vers le poste de garde mais vers la mer… Et le garçon, le deuxième garçon, lui court après. Il est soûl, tu te rappelles, et elle a peut-être bu un peu, elle aussi. Il la rejoint quand elle arrive aux vagues. Ils se battent, ou bien elle lui envoie une claque et il réplique bien plus fort qu'il ne voulait… Elle tombe dans l'eau. Et elle n'en ressort pas. – Il s'est humecté les lèvres. – En théorie.

— Oui, a fait Julia en regardant sa montre, car elle allait bientôt devoir s'assurer que les filles ne ratent pas leur car de ramassage. En théorie.

— Alors c'est la panique. Il essaie de la ranimer, il n'y arrive pas, il renonce, il laisse le courant l'emporter, peut-être même qu'il pousse son corps vers le large, je ne sais pas. Il se précipite à la voiture, tente de réveiller son copain, n'y arrive pas non plus. Alors il se met au volant et il file au campus. Parce que le campus, c'est comme la maison, c'est la sécurité, c'est là où on peut prendre un téléphone et demander à sa famille de venir à la rescousse, sauf que cette fois c'est un peu plus grave qu'une fille séduite et abandonnée… ce qui entre parenthèses était déjà considéré comme un crime, à l'époque, mais on a oublié tout ça… Enfin, il parvient à réveiller son pote, ils titubent dans les escaliers ensemble, ils arrivent dans l'appartement où ils habitent et qu'est-ce qu'ils découvrent ? Le camarade de chambre qui était parti à l'étranger est revenu. Celui qu'ils appellent « Big Brother ».

— Leur grand frère *noir*, a souligné Julia, arrachant un sourire amer à son mari.

— Donc, le petit fêtard secoue le « grand frère », il bredouille que ça va très mal, qu'il faut l'aider, et un jour et demi plus tard le grand frère est de retour et lui dit qu'il doit aller voir quelqu'un à Boston. Et le garçon y va. L'homme de Boston est capable de régler n'importe quel problème, ou presque, et il a deux questions : une, est-ce que quelqu'un les a vus sur la plage ? Seulement le garde, un jeune du coin ; et est-ce que son ami se souvient de quoi que ce soit ? Non. OK, je m'en occupe, dit l'homme, et en vingt-quatre heures il a conçu tout un plan. Parce qu'entre-temps il a appris qu'un garçon noir a volé une voiture dans cette même petite ville, et il suffit de rejeter la faute sur lui. Mais il faut aussi un plan B, en cas de pépin : le garçon ivre, celui qui était dans les pommes pendant tout le drame, celui qui n'a rien vu, doit être persuadé que c'est lui qui est coupable et que c'est l'autre, son copain, qui dormait… L'homme de Boston va le voir et lui donne la version inversée de son plan : « Voilà, on va faire en sorte que ce soit ton copain qui endosse la responsabilité, mais il y a une condition. » La condition, c'est que chacun d'eux signe séparément des aveux et…

— Pourquoi ils auraient accepté une chose pareille ?

— Parce que le « médiateur », l'homme de Boston, les a coincés. Il leur a dit : « Ou vous signez et ça n'aura aucune importance, sauf que nous aurons ce papier au cas où, si nous avons besoin que vous nous rendiez un service un jour, ou vous ne signez pas et vous irez vous expliquer devant le juge », sans oublier que lui, l'homme de Boston, pourra témoigner contre eux et qu'il détient beaucoup de pouvoir, peut-être assez pour gagner contre les familles, en tout cas suffisamment pour leur donner du fil à retordre, leur imposer une rude bataille, et quelle que soit l'issue du combat les deux garçons en sortiront liquidés, brisés pour la vie. Alors que leurs familles leur voyaient un grand avenir… – Il a consulté sa montre, à son tour. – Il est l'heure d'aller chercher les filles.

— Attends, Lemmie !

Julia a posé sa main sur son bras.

— Quoi ?

— Depuis combien de temps sais-tu tout ça ?

Les yeux sombres ont retrouvé leur douceur. Il est à nouveau en paix avec lui-même, et avec elle.

— Seulement depuis que j'ai été élu second de l'Empyrée.

— Tu veux dire que pendant toutes ces années, tu…

— Je ne savais pas ce qui s'était passé. Je soupçonnais que c'était lié à Gina, évidemment, c'était assez clair… Mais je ne « savais » pas et je n'ai pas posé de questions. Et ce qui est intéressant, c'est que mes camarades, eux… eh bien, ils ont dû penser que je savais, parce que pendant tout ce temps, chaque fois que j'ai eu besoin d'un coup de pouce, ils me l'ont donné. – Il lui a tenu la porte d'entrée. – Évidemment, je n'en demande pas tant que ça, des coups de pouce…

Les filles ont dévalé l'escalier. Julia a prié Lemaster d'attendre, car il aimait se rendre à son bureau très tôt : ils n'avaient pas terminé, et l'un comme l'autre en avaient conscience. Pendant que Jeremy Flew astiquait la cuisine, elle a escorté ses enfants jusqu'aux bus du ramassage scolaire.

III

— Tu te demandais ce que l'homme de Boston avait en tête. Je vais te le dire exactement. Lui et son… club, ils ont une théorie, et c'est que l'Amérique ne donne jamais rien pour rien. Ils pensent que ce pays ne se donnera jamais la peine d'aider un Noir, sauf sous la contrainte. Et donc ils collectent des informations… ils font ça depuis longtemps… ils collectent des informations compromettantes sur des gens au pouvoir, ou qui sont susceptibles d'arriver à des postes cruciaux. Les journalistes et le parti dans l'opposition font ça, eux aussi, mais c'est pour arriver à obtenir le limogeage ou la démission de quelqu'un. Aux yeux de ces gens, c'est une absurdité complète : si on a quelque chose sur quelqu'un et qu'on lui brise sa carrière, que reste-t-il ? Un intrigant aux mains sales qui n'a plus aucun intérêt. Mieux vaut le laisser en place, et lui rappeler de temps en temps ce qu'on a sur lui afin de le pousser dans le sens de la justice, ainsi il vous sert tout en conservant son pouvoir. Enfin, pas tout le temps ! Il faut le faire à bon escient, au bon moment, ou bien tout le système s'écroule. Par petits coups de semonce. C'est leur théorie. Pousser doucement dans le bon sens… – Surprenant la désapprobation dans les yeux de Julia, il s'est redressé. – Voyons, Jul' ? Combien de fois m'as-tu dit que c'était fini, qu'aucun des deux partis ne s'intéressait plus à l'obscure nation ? Que les Républicains ne pensent qu'à défiscaliser les riches et à investir dans la machine militaire, tandis que les Démocrates ne parlent que d'avortement et de mariage gay ? C'est ce que tu répètes, du moins en privé. Et donc, il se trouve que cet homme de Boston et son club partagent entièrement ton point de vue. Ils pensent que les élections ne changent pas d'un iota la condition des Africains-Américains dans ce pays. Ce qui compte, pour eux, c'est qu'il y ait des gens au pouvoir sur lesquels ils aient… de l'influence.

— Et tu es d'accord avec eux ? s'est-elle enquise d'une voix presque timide. Tu crois qu'ils ont raison ?

— Disons que je comprends leur point de vue. – Tout en nouant sa cravate, il a remarqué dans la glace qu'elle n'était toujours pas satisfaite par ses explications. – Écoute, Jul' : suppose que tu sois capable de prouver qui a tué cette fille… je ne pense pas que tu y arrives mais en admettant que ce soit possible… donc, tu le prouves, tu rends les preuves publiques et il finit en prison pour le restant de sa vie. Est-ce que ça rendra la vie à cette fille ? Est-ce que ça apportera quoi que ce soit à notre communauté ? Non, Jul'. Non ! C'est la seule solution qui ait un sens, c'est le seul moyen de faire en sorte que la justice soit autre chose qu'un moyen de nous donner bonne conscience, nous tous… C'est moins gratifiant, sur le plan des sentiments, il n'y a pas de grande satisfaction morale mais il y a des choses qui changent, en mieux. Ce n'est pas pour les principes mais pour des êtres en chair et en os.

Sa veste enfilée, il s'est regardé sous toutes les coutures pour vérifier le tombé de la laine souple.

— Non, Lemmie. Tu ne peux pas t'en arrêter là.

— J'en ai déjà dit plus que je n'aurais dû.

— S'il te plaît. Ces aveux de Jock… Est-ce lui qui l'a tuée ? Ou c'était l'autre, celui qui cuvait son alcool à l'arrière ?

— Quelle différence ?

— Ton « médiateur » aurait fait chanter deux hommes pour le même crime ?

— Et alors ? C'est le double de justice, tu ne penses pas ?

— Non… Je crois que c'était Scrunchy. Depuis toujours. Je crois que les aveux de Jock étaient la couverture dont tu parlais. La « fausse direction » dont parlait Merrill Joule. Je crois que si Mona en avait une copie, c'est parce qu'il y a des gens haut placés qui connaissaient la vérité et qui gardaient ces aveux pour les donner en pâture à toute personne sur le point de découvrir le secret, histoire de la lancer sur la mauvaise piste. – Elle s'est levée de sa chaise. Elle n'était toujours pas habillée pour aller au travail. – Je crois… Si c'est Scrunchy, j'espère qu'il souffre. Il le mérite.

— Qui l'a fait, ce n'est pas l'important. Pas vraiment. Je vais te dire une chose, Jul' : ils étaient *tous* coupables. Ils étaient riches, irresponsables, puants. Tout le monde a ses travers, tout le monde commet des stupidités avant de grandir, de s'élever, de devenir raisonnable et fiable. Très bien. Mais puisque tu voulais que je parle du passé, je te le dis : ces garçons, ils étaient monstrueux. Ils n'en faisaient qu'à leur tête, persuadés qu'il y aurait toujours quelqu'un pour nettoyer leurs saletés derrière eux. Et c'était comme ça que ça se passait, la plupart du temps. Et ils n'étaient pas les seuls à avoir cette mentalité, loin de là. C'est celle de la plupart des Caucasiens, du moins ceux d'Amérique, surtout les riches. Et ce quelles que soient leurs convictions politiques. Je vois cette mentalité chez des gens de gauche tous les jours sur le campus, et je la vois tout autant chez des gens de droite à Washington. Cette idée que tout leur est dû. Ils ont déjà tout, mais il leur faut encore plus ! Cette idée que quiconque a quelque chose qu'ils n'ont pas, ou leur a refusé quelque chose qu'ils désiraient, leur fait du tort. Ils restent là, ensemble, à se persuader que les méchants veulent leur voler leurs jouets. – Il s'est approché de la fenêtre, regardant de nouveaux flocons voltiger. Dans son esprit, il était déjà parti. – Encore une chose. Ce « plan », ce n'est pas moi qui l'ai conçu. La première fois que j'en ai entendu parler, il y a quoi, un an ? J'ai pensé que c'était... démentiel. Illégal, certainement ; immoral, peut-être ; mais démentiel, assurément. J'ai même dit à des membres du Conseil qu'il fallait qu'ils arrêtent avec ça. Le Prééminent m'a convoqué. Il m'a dit que je devais réfléchir, que des efforts considérables y avaient déjà été consacrés, que c'était mûrement pensé. Sur le coup, je n'ai pas été convaincu mais je ne suis plus si sûr, maintenant. Quand j'entends chaque jour les bavardages de nos élites, dans un pays où la politique était jadis de régler les problèmes de classe et de race, quand je vois comment les Caucasiens sont obsédés par des problèmes qui n'en sont pas et se désintéressent de notre nation ? Eh bien oui, aujourd'hui, telles que les choses sont, je me dis que le médiateur n'avait pas une conception entièrement folle de l'Amérique.

Il est parti. Laissée à ses réflexions, Julia n'était pas disposée à se pencher sur des abstractions. Elle restait concentrée sur des questions bien plus concrètes. Qui avait tué Gina Joule, par exemple. Ou qui son mari était en train de protéger. On pouvait toujours fabriquer des aveux, ou en obtenir sous la contrainte, et malgré tous les indices qui semblaient accabler Jock ou Scrunchy, elle ne pouvait se défaire de l'impression qu'elle avait eue dans la bibliothèque du rez-de-chaussée, le soir de leur dîner en l'honneur du sénateur, celle que Maureen Whisted était terrifiée à l'idée que l'inventaire réuni par Kellen allait prouver que le coupable était son mari.

60

Filatures

I

En Buick noire, sa voiture de fonction, Bruce Vallely a trouvé une place sur Hudson Street de laquelle il voyait bien l'entrée de l'institut de théologie. Pianotant sur le volant, le regard fixé sur son objectif à travers les gros flocons qui dansaient dans l'air, il surveillait l'entrée principale, celle qu'il avait toujours vu Julia emprunter. Malgré l'incongruité raciale de la chose – un flic noir cherchant à savoir pourquoi un Blanc suivait une femme noire –, il avait résolu que le temps était venu d'avoir une petite explication avec ce Mr. Flew. Lui demander par exemple ce qu'il faisait entre huit et dix heures, le soir où le professeur Zant avait été tué, ou s'il avait pu se rendre au centre commercial de Norport le jour où Boris Gibbs s'y était fait renverser… Mais ce qu'il brûlait de comprendre, encore plus que ces crimes, c'était la raison pour laquelle un homme comme Lemaster Carlyle avait embauché – ou avait été forcé d'embaucher – Jeremy

Flew, car l'idée que celui-ci ait décroché ce poste par le plus merveilleux des hasards lui était tout bonnement insupportable.

Action !

Julia descendait les marches du perron en compagnie de deux étudiants qui sont partis vers le campus principal après avoir joyeusement pris congé. La vice-doyenne est restée immobile un instant, dodelinant de la tête comme si elle inspectait la rue et c'était peut-être ce qu'elle faisait, consciemment ou pas, tant le cerveau le moins entraîné finit par enregistrer la sensation d'être filé. Lorsque son regard est arrivé sur la Buick, Bruce a pris soin de rester complètement immobile : se plier en deux ou détourner le visage n'aurait servi qu'à attirer son attention.

Elle lui a paru fatiguée, désorientée, et même effrayée, mais qui ne l'aurait pas été, avec le poids qu'elle avait sur les épaules ? Enfin, elle a resserré son foulard autour de sa tête et s'est dirigée vers le parking des professeurs. Dans le petit escalier mal déblayé de sa neige qui conduisait à l'aire de stationnement, son pied a glissé à deux reprises.

Ses yeux sont revenus sur l'entrée de Kepler et, ainsi qu'il s'y attendait, le petit Flew est apparu, s'apprêtant à contourner le bâtiment à son tour. Bruce était face à un choix : il pouvait aller trouver l'assistant de Carlyle sur-le-champ et laisser Julia s'en aller sans être suivie, ou il pouvait filer Flew lorsque celui-ci allait filer la femme de son boss. Son petit doigt lui soufflait néanmoins que l'ancien « consultant » du Département d'État aurait assez d'expérience pour le repérer au milieu de la circulation, et il a donc décidé de mettre fin à cette aberration tout de suite. Comme il ne sous-estimait pas son suspect, toutefois, il a sorti de la boîte à gants son Smith et Wesson 64 et l'a glissé dans son holster non réglementaire. Dans le silence blanc et feutré de l'averse de neige, pour une fois bienvenue, il a quitté son véhicule pour trotter dans l'allée qui longeait l'arrière du quadrilatère Kepler.

Julia approchait de sa voiture, tête baissée, trébuchant presque tant elle forçait le pas comme si quelque chose venait de l'affoler. Bruce s'est demandé si Flew l'avait remarqué, lui aussi, ou s'il en était la cause, Flew qui prenait tout son temps derrière elle, peut-être pour ne pas éveiller les soupçons, peut-être parce qu'il savait où elle se rendait et n'avait pas besoin de se presser.

Il a parfaitement calculé sa trajectoire d'interception, émergeant de l'ombre projetée par la masse de granit de l'institut à l'instant où l'autre atteignait les marches glissantes.

— Très bien, Mr. Flew. Inutile d'aller plus loin.

Jeremy Flew s'est arrêté, le regard encore posé sur Julia qui venait de s'installer dans l'Escalade.

— Mr. Vallely… Que puis-je pour vous ?

— Il faut que nous parlions, vous et moi.

— Ah, mais pas maintenant…

— Si. Maintenant.

Les yeux du farfadet se sont déplacés sur le chef de la sécurité, l'ont jaugé une seconde avant de se remettre à suivre Julia.

— Je crains d'avoir quelque chose d'urgent à faire, Mr. Vallely.

— Comme d'espionner Mrs. Carlyle ?

— Je suis pressé, désolé…

Il a fait mine de le contourner mais Bruce, qui le dominait de plus d'une tête, a continué à lui bloquer l'accès au parking.

— Je dois insister, je le crains.

— Je ne pense pas que vous puissiez me retenir ici, Mr. Vallely.

— Si vous pensez que je n'ai pas autorité à…

— Mais si, Mr. Vallely. Je comprends que vous avez été chargé d'une mission particulière, seulement ce n'est pas le moment.

— Eh bien, je pense que vous vous trompez et qu'il serait bien plus simple de…

C'est arrivé très vite, et de manière très inattendue. Par la suite, Bruce a dû reconnaître en lui-même qu'il devait se faire vieux, toujours est-il qu'il avait à peine effleuré le bras du petit secrétaire que celui-ci l'a étendu sur le dos dans la neige avec une souplesse et une rapidité étonnantes. Le bref instant qu'il lui a fallu pour reprendre ses esprits a suffi à Flew pour gagner à toutes jambes la berline blanche garée plus loin, un véhicule que Bruce a aussitôt reconnu. Il n'était pas question de dégainer contre l'assistant du président en plein campus, et puis il ne s'était pas exercé à la piste de tir depuis des mois. Évaluant la distance et ses chances, il a renoncé à se précipiter sur Flew, ou vers l'Escalade qui venait de tourner dans Hudson Street, décidant plutôt de courir à la barrière automatique du parking, actionnée par le passage des pneus sur la voie de sortie, où il pensait pouvoir tenter à nouveau de stopper ce diable de petit bonhomme. Toutefois, quand il s'est remis debout, balayant l'aire de stationnement du regard, la berline était toujours là, couverte d'une pellicule de neige fraîche, et Jeremy Flew n'était nulle part en vue.

II

Surmontant son dépit, Bruce a réfléchi à la suite. Julia était partie et il avait raté Flew. Il pouvait certes appeler la première sur son portable, mais pour lui dire quoi ? Qu'elle était en danger ? Il n'en voyait pas la raison, puisque le petit secrétaire aurait déjà eu de multiples occasions de s'attaquer à elle, si cela avait été son but, et elle ne lui ferait plus jamais confiance au cas où il l'alerterait sans motif. Il a tout de même essayé, et il est tombé sur le répondeur. Il n'a pas laissé de message.

Il devait découvrir pourquoi elle était partie dans une telle hâte, parce que comprendre ses raisons lui donnerait peut-être la clé de sa destination.

Au bureau de Julia, il n'a trouvé que Latisha, Fox ayant terminé sa journée depuis longtemps. La jeune femme s'est levée à son entrée, les yeux agrandis par la peur. Après s'être maladroitement excusé de l'avoir effrayée, il est allé droit au but :

— Il faut que je sache où Mrs. Carlyle est allée.

— Mais… à la maison.

— Vous êtes sûre ?

Latisha a fait un geste vers l'horloge.

— Il est presque six heures. Elle avait une réunion, aujourd'hui, et elle déteste rester si tard.

Bruce a secoué la tête. Il avait bien vu l'expression hagarde de Julia ; ce n'était pas celle d'une femme rentrant tranquillement chez elle.

— Juste avant de partir, elle faisait quoi ?

— Pourquoi vous voulez le savoir ? a objecté, assez raisonnablement, Latisha.

— Je pense que… qu'elle a des ennuis.

— À cause de vous ?

— Hein ? J'espère que non ! Je suis là pour l'aider.

Latisha réfléchissait, lui faisant perdre des minutes précieuses, mais Bruce ne voulait surtout pas la brusquer.

— Vous savez qui est son mari, oui ?

— Oui.

— Vous savez qu'il va vous casser, si vous mentez ?

— Oui.

Elle l'a fait passer dans le cabinet de travail de Julia. Bruce s'est mis à examiner les lieux sans rien toucher, attendant qu'un détail incongru lui saute aux yeux. Il n'a trouvé qu'une carte de visite dont un coin avait été glissé sous le clavier de l'ordinateur pour l'empêcher de s'envoler. A.W. ACME, LAND SURVEYORS, et en dessous, d'une écriture nerveuse qu'il a reconnue, « – Secrétaire ? ». Kellen Zant. Il l'a prise entre deux doigts.

— Vous savez ce que c'est ? – La jeune femme a fait non, visiblement surprise. – Vous êtes la secrétaire de la vice-doyenne. – Il lui a montré la mention manuscrite. – C'est de vous qu'il s'agit ?

— Je ne suis pas sa secrétaire ! a-t-elle corrigé d'un ton à la fois craintif et offusqué. Ça ne se dit plus, ça ! Je suis assistante administrative, classe 3.

— Oui ? Ah, pardon, désolé. C'est vrai qu'on ne parle plus de secrétaires, dans cette université. Mais… Il y a toujours *le* secrétaire, le secrétaire général, pas vrai, et… – Il s’est arrêté, examinant à nouveau la carte de visite. – Est-ce que Mrs. Carlyle a reçu un appel, juste avant de partir ?

— Elle décroche elle-même, quand elle est là.

— D’accord. Réfléchissez. Vous avez entendu le téléphone sonner ?

— Bah… Non, cet après-midi, c’était calme.

— Quelqu’un est passé la voir ? Un étudiant, un professeur ?

— Non… Si, un étudiant, il y a environ… deux heures ?

— S’il vous plaît, Latisha. Aidez-moi. Tout ce que vous pouvez vous rappeler compte.

— Elle a regardé cette carte que vous avez… très longtemps. Pratiquement louché dessus.

Bruce a baissé les yeux sur la carte de visite. Julia avait tracé un cercle autour de chacune des lettres imprimées. Aucun sens.

— Et personne n’est passé avant qu’elle s’en aille ?

— Non.

— OK. Vous connaissez le mot de passe de sa messagerie électronique ? – De nouveau elle a ouvert de grands yeux. – Pas de problème, Latisha. Je suis le chef de la sécurité, ici.

— Mais nous n’avons pas le droit de…

— Écoutez-moi, Latisha. La vice-doyenne… Julia… a des problèmes. Vous le savez. Vous êtes une jeune femme intelligente, vous avez dû sentir que quelque chose clochait. – Sentant que sa stature l’intimidait, il s’exprimait avec la plus grande douceur. – Je vous en prie. J’essaie de l’aider, alors vous devez m’aider aussi. Nous n’avons pas beaucoup de temps.

Cela lui a pris moins de quelques secondes. Le dernier e-mail reçu provenait de Vanessa. Un message d'une rare loquacité, s'est dit Bruce. « c'est le signe –. »

Il a repris la carte en main, s'est concentré. Et il a compris. Le signe de soustraction. Encore ces jeux avec les mots. Le « secrétaire » était Trevor Land. Land. Soustraire Land à la raison sociale de l'agence de topographes. « A.W. Acme, surveyors ». Et puis ?

— Que faisait-elle d'autre, tout à l'heure ?

Latisha a pris un air coupable, comme si elle craignait d'attirer des ennuis à sa chef, mais à ce stade… Elle a cliqué sur l'onglet de l'explorateur Firefox que Julia avait laissé ouvert, puis elle a sélectionné l'une des pages sauvegardées.

— Voilà ce qu'elle faisait…

Bruce a contemplé l'écran. « Internet Anagram Server ». Un site d'anagrammes. Julia avait entré l'intitulé de la compagnie sans le mot « Land ». D'un signe de tête, il a commandé à Latisha d'appuyer sur la commande « Imprimer ». La machine s'est mise à cracher des pages et des pages de combinaisons. Bruce a commencé à les examiner mais c'est Latisha qui a poussé un petit cri. Elle avait pris les derniers feuillets du tas. Elle lui en a tendu un, le doigt sur une ligne de la colonne.

VERA WAS MY SOURCE. Vera était ma source.

— Qui est-ce, Vera ?

— Je ne sais pas… Ah si, les chocolats ! – Elle a couru à son bureau, en a sorti une boîte de truffes presque vide, ce qui expliquait ses kilos en trop. – Là, l'étiquette !

Bruce a consulté sa montre. Il a composé le numéro de la boutique mais elle était déjà fermée. Celui du domicile de Vera Brightwood était sur liste rouge, lui a ensuite appris le service d'informations. Il a encore essayé le portable de Julia mais elle devait se trouver dans un endroit sans couverture. Puis la maison des Carlyle. Pas de réponse.

— Je vais me sentir très bête, a-t-il murmuré pour lui-même.

Latisha l'observait d'un air inquiet.

Il a téléphoné à Rick Chrebet. Son ancien partenaire, qui rentrait juste de congé, l'a salué d'un : « Hé, mais c'est le paria ! » Il l'a écouté, lui a demandé de patienter. Cinq minutes plus tard, il est revenu en ligne.

— Rappelle-moi dans dix minutes.

C'est seulement une demi-heure plus tard, alors que Bruce roulait déjà en direction du Landing, que Rick l'a recontacté.

— Du diable si je comprends ce qui se passe. Nos gars sont déjà partis et j'y vais, moi aussi. Cette adresse que tu m'as donnée ? On a signalé des coups de feu, là-bas.

Bruce a accéléré.

III

En apercevant les mêmes voitures que la première fois dans l'allée du garage de Vera Brightwood, Julia a compris qu'elle arrivait à la fois au bon et au mauvais moment. La sonnette de l'entrée jouait les premières notes de l'hymne national américain. Vera a ouvert et elle est restée à la regarder pendant une éternité.

— Vous ne devriez pas être là, a-t-elle fini par souffler.

— Oh si, au contraire.

— Partez !

— Je veux me joindre à votre réunion.

Une multitude apparemment infinie de chats peuplait le couloir et la cage d'escalier. La réunion se tenait dans le salon au mobilier massif, ancien. Une table était couverte de sandwichs et de boissons gazeuses. Lurleen Maddox, la patronne du magasin de souvenirs, était assise avec raideur sur une bergère ; Danny Weiss, le libraire, se tenait en équilibre au bord d'un fauteuil ; Trevor Land, debout devant la cheminée, semblait aussi inamovible qu'un chêne de Nouvelle-Angleterre ; et dans le rocking-chair face à la cheminée où crépitait un feu de bois, il y avait un Blanc d'une quarantaine d'années que Julia était sûre d'avoir déjà vu.

— Pour une surprise, c'en est une, sans aucun doute, a remarqué doctement le secrétaire de l'université.

— Je n'ai pas pu l'empêcher, a expliqué Vera.

— Que la fête commence ! a gloussé Lurleen, qui d'ailleurs n'avait jamais eu toute sa tête.

Julia a observé la pièce douillette où personne ne l'invitait à s'asseoir Elle était une intruse dans un cercle de vieux amis. Elle s'est souvenue des paroles de Mitch Huebner : une petite ville gardait ses secrets et ne les partageait surtout pas avec des étrangers. Et Frank Carrington, qui redoutait d'avoir des ennuis s'il parlait trop…

Les cinq visages pâles se consultaient, attendant qu'un porte-parole émerge du groupe. C'est l'inconnu aux traits familiers qui a fini par lancer sèchement :

— Vous devriez vous en aller, Mrs. Carlyle. Et même oublier que vous êtes jamais venue ici.

Cette voix…

— Je me souviens de vous ! Le dîner que nous avons donné en l'honneur du sénateur Whisted, chez nous. Vous étiez là. Vous êtes celui qui a remplacé Astrid. – Elle a désigné d'un geste le reste de l'assistance. – Qu'est-ce que c'est ? Vos alliés locaux pour vous aider à dissimuler ce que votre boss a fait il y a trente ans ?

— Franchement, vous devriez partir. Pour votre bien.

— Pas tant qu'on ne m'aura pas expliqué ce qui se trame ici.

Un silence pesant, encore, que Danny Weiss a rompu d'un ton hésitant :

— S'il vous plaît, Julia… Ce n'est pas… ce n'est pas ce que vous croyez.

— Ça l'est aussi ! a caqueté Lurleen.

Trevor Land a levé les sourcils.

— On aurait tendance à se sentir accusé sans preuves, je dois dire.

— Je n'accuse pas, j'essaie de comprendre. Je veux savoir ce qui est arrivé à Gina Joule.

— Mais nous aussi, a murmuré Weiss, guettant du regard l'approbation du reste du groupe.

Julia a braqué son regard sur Vera.

— Les autres, je ne sais pas, mais vous, vous avez aidé Kellen, n'est-ce pas ? Vous l'avez aidé à obtenir des informations sur la ville. Vous aimiez bien Gina, c'est ça ? Je ne sais pas, peut-être parce qu'elle est venue à votre magasin le soir où elle est morte. Je crois… je crois que c'est vous qu'il appelait la Dame noire. – Elle a saisi une inflexion sur les traits de la confiseuse. – C'était l'un de ses jeux de mots.

— Eh bien, eh bien, est intervenu Trevor Land, on ne sait que dire mais…

— Dites-moi seulement la vérité. Je vous en prie. Ce que vous savez.

— Ce pourrait… Ce serait dangereux, a bredouillé Danny.

— Je sais déjà que les Joule avaient accepté l'entreprise de dissimulation. Ce que j'ignorais jusqu'à ce soir, c'est *qui* la ville a protégé.

— Je connaissais bien le jeune Malcolm, juste Ciel ! a protesté Land. Il adorait cette petite. C'est lui qui a mené les recherches spontanées, et ainsi de suite.

— « Adorait » jusqu'au point où…

Le collaborateur de Whisted ne lui a pas laissé le temps de finir. Il a bondi sur ses pieds et, faisant un pas vers elle :

— Vous n'êtes pas aussi maligne que vous le croyez.

— Le… Les gens me connaissent, a tenté Julia, la gorge serrée.

— Tant mieux pour eux !

La contournant, il a quitté le salon d'un pas rageur, suivi des yeux par toute l'assistance.

— Et l'autre point, c'est que… a repris Julia au moment où ils entendaient une voix s'élever dans le couloir :

— Hé, qu'est-ce que… Vous ne pouvez pas faire ça !

Soudain, l'assistant parlementaire est réapparu dans la pièce. Poussé en avant par un Anthony Tice de toute évidence pris de boisson, qui avait un revolver à la main.

— On dirait que la bande est au complet ! a trompetté l'avocat.

IV

Tony la Farfouille leur a dit qu'il fallait le comprendre. Ce n'était pas un sale type, a-t-il répété en brandissant son arme d'une main incertaine ; il voulait seulement que les autorités aient les oreilles en face des trous – oui, son cerveau était un peu embrumé – avant de priver qui que ce soit de sa liberté. Et ses clients étaient patients, très patients, patients à un point effrayant… Ce n'était pas sa faute, a-t-il assuré au cercle qui l'observait craintivement et dont Julia faisait maintenant partie, mais il avait besoin de ce sacré journal, il en avait besoin, là, tout de suite. Ses clients avaient fait savoir qu'ils n'attendraient plus.

— Heureux de rendre service, a affirmé Trevor Land qui, comme les autres, avait ses mains rosâtres en l'air. Dans la nécessité, s'entraider est un principe, que dis-je, un impératif absolu. Juste Ciel, oui ! Mais on n'est pas certains de comprendre de quel journal vous parlez, si je puis me permettre.

— Mais si, vous comprenez ! a glapi Lurleen, et pour la première fois depuis son arrivée Julia s'est demandé si ce n'était pas elle qui avait fini toutes les bouteilles de bière vides qu'elle voyait sur la table basse.

— Nous ignorons où est ce journal, a certifié le collaborateur de Whisted. Nous le voulons autant que vous.

— Men-songes ! a chantonné gaiement l'avocat. Si vous ne l'aviez pas, *elle* ne serait pas là ! – Le canon du revolver s'est agité dans la direction de Julia. – Celle-là, elle a dékir… décrypté tous les indices, pas vrai, Julia ? Et elle ne veut pas finir en procès, donc…

Derrière lui, une vitre a volé en éclats, atteinte par un caillou. Tice a pivoté sur les talons et s'est mis théâtralement en position de tir, comme s'il savait se servir d'une arme.

— Vous croyez que j'ai peur de vous, Bruce ? a-t-il crié. Mes clients ne feront qu'une bouchée de vous !

Dehors, silence. Sortant son téléphone portable, l'avocat a cherché une touche de numérotation automatique, l'a pressée. Rien. Il a jeté un coup d'œil perplexe au groupe, puis par la fenêtre. Il a essayé encore. Rien. La touche verte d'obtention de la ligne. Rien.

Couchant son arme, il a tiré trois fois dans les vitres, à toute allure. Les détonations ont produit un certain vacarme dans la petite pièce.

— Salauds, a-t-il maugréé en s'escrimant à nouveau sur le clavier du téléphone.

L'assistant du sénateur s'était levé mais l'avocat gardait ses réflexes, même dans son état d'ébriété, et il l'a couché en joue.

— Bouge pas !

Julia a aperçu quelque chose. Elle s'est mise debout, à son tour, et le canon s'est immédiatement porté sur elle.

— Assis ! a eu le temps d'aboyer l'avocat.

Mais rien de plus, car en une seconde une silhouette fluette avait fusé par la fenêtre, Tice était étalé par terre et Jeremy Flew lui avait pris son arme.

61

Départs

I

— C’était une expérience intéressante, a noté Julia. Un vrai garde du corps, comme dans les films… Jamais connu ça encore.

— Vous n’en aviez sans doute jamais eu besoin, avant.

— Désolée de vous avoir bombée, en tout cas.

Dans le hall solennel de la gare, Mary Malard a eu un rire sinistre.

— Pas autant que moi ! – Elle a saisi son sac de voyage. – Mais vous en êtes sûre, Julia ? Qu’il n’était qu’un garde du corps ? Rien de plus ?

Elles ont ralenti leur marche, presque bousculées par des voyageurs impatients. La neige fondue laissée par ces centaines de paires de chaussures et de bottes rendait le sol très traître.

— Qu’est-ce que vous voudriez de plus ?

— Votre amant, Bruce Vallely, était…

— Mon *quoi* ?

— OK, pardon. Bruce. Votre vieil ami Bruce. Il pensait que Jeremy Flew était un type louche. En plus, pourquoi Lemaster aurait-il installé un garde du corps chez vous ? Oh, attendez ! Je sais : vous ne pouvez pas me le dire, c'est ça ?

— C'est ça.

— Mais puisque je n'ai rien le droit d'écrire…

— Quand même.

— Je pense que notre accord est beaucoup trop à votre avantage.

— Et moi, je pense que votre train va bientôt partir.

Une fois sur le quai, Mary s'est arrêtée.

— Écoutez, Julia. Non, sérieusement, écoutez ! Je crois que Tice est fou. Cliniquement cinglé. Bon, il a des clients, oui, et ils lui ont mis la pression, une pression qui aurait fait craquer n'importe qui. Mais vous trouvez vraiment plausible qu'il ait tué Kellen ? Réfléchissez. Ses commanditaires étaient en train d'acheter ce que Kellen avait à vendre. Pourquoi le tuer ? – Julia a haussé les épaules. – D'accord, il aurait pu essayer d'écraser Brady, ou payer quelqu'un pour ça. Je vous l'accorde. Et c'est peut-être lui qui a truffé votre ordinateur de programmes-espions. En graissant la patte à l'une de vos assistantes… – Julia n'avait aucun mal à deviner laquelle. –… ou en s'introduisant dans votre bureau lui-même. Rien que pour la tentative de meurtre sur Brady, il risque des années de prison, mais est-ce que ça signifie qu'il ait aussi liquidé Kellen ? Non, n'est-ce pas ? – Silence. Une pluie glaciale leur fouettait le visage. – La police est persuadée d'avoir trouvé le coupable. Tony ne leur dit pas un mot. Et vous, vous ne croyez pas une minute que ce soit lui, si ? Vous pensez que l'assassin court toujours. Et que c'est quelqu'un que nous n'avons pas encore croisé, ni vous ni moi.

Mais ses yeux entrevoyaient d'autres hypothèses plus alléchantes. « Votre mari », semblait suggérer sa mine renfrognée de canard chassé de sa mare. « Votre mystérieux Mr. Flew. » « Ou même vous ! » Sans détourner le regard, Julia suivait le cours de ses pensées, elle aussi. Quand elle avait voulu savoir pourquoi Flew n'avait pas intercepté Mary Malard le soir de sa visite aux archives, celui-ci avait répondu, la mine confuse, qu'il était occupé à d'autres tâches qu'il n'était pas en mesure de lui révéler. Peut-être. Une autre possibilité était que le monde interlope dont il était issu soit un univers où, grâce à ses contacts dans les services de renseignement, Mary évoluait librement. Qui sait s'ils ne se connaissaient pas déjà, et s'ils n'étaient pas liés par quelque dette mutuelle ? Ou encore : la paranoïa était-elle une maladie contagieuse ?

— J'ai parlé à l'une de vos collègues, a repris la journaliste. Suzanne de Broglie. Ses parents et ceux de Gina étaient très amis. Elle m'a raconté que son père lui avait confié que Merrill Joule avait conclu un pacte avec le diable. J'imagine que vous savez ce que ça signifie mais… vous ne pouvez pas me le dire, hein ?

— Vous allez rater votre train.

— Je ne vais pas arrêter mes recherches, Julia. Notre accord ne couvre pas les informations que je peux récolter par moi-même. C'est une histoire trop énorme pour que je laisse tomber. – Elle l'a serrée dans ses bras, néanmoins. – Que vous m'aidiez ou pas, je découvrirai qui a tué Kellen.

— Et vous écrirez un best-seller là-dessus ?

— C'est mon boulot. Ah ! J'ai contacté Tessa, aussi. Elle m'a un peu parlé de vous et de Kellen, de votre relation, et… je suis désolée, Julia. Je ne me rendais pas compte à quel point tout ça a été dur pour vous…

— Je vais bien, Mary. Vraiment.

Mais elle s'est demandé à qui d'autre Tessa avait pu confier son passé. C'était étrange comme certaines amitiés mûrissaient avec le temps, et comme d'autres se gâtaient…

— Passez-lui le bonjour pour moi. – Mary est montée dans le train. – Bon voyage, a lancé Julia en reculant d'un pas.

— Hé, Julia, ma belle ?

— Hmm ?

— Si vous pensez que le meurtrier court toujours dans la nature, si vous continuiez à chercher, vous aussi ? – Elle a pris la pose d'une suffragette sur un terrain de basket. – « Tara-tatam » !

II

Vanessa l'attendait dans la voiture. Elles sont allées déjeuner dans un petit restaurant de la ville qui servait ce que Lemaster appelait « cuisine-maigreur, pas cuisine-minceur ».

— Merci, chérie, a dit Julia dès qu'elles se sont assises.

Sourcils levés, exactement comme son père :

— Merci de quoi ?

— D'abord d'être la fille extraordinaire et merveilleuse que tu es ; ensuite, de m'avoir aidée à déchiffrer les rébus de Kellen – je pense que tu es encore meilleure que lui, d'ailleurs ; et enfin, de m'avoir prêté le fantastique appareil de Smith.

Elles ont échangé un sourire complice. Depuis le début, Julia avait compris que Tice ne pouvait pas agir tout seul, qu'il devait avoir un ou plusieurs complices. Quand elle était allée chez Vera pour exiger de celle-ci qu'elle s'explique sur le soutien qu'elle avait apporté à Kellen, et que Tice avait fait son entrée fracassante, Jeremy Flew était arrivé sur les lieux presque instantanément. Or, l'avocat avait utilisé son téléphone pour demander du renfort, ou du moins avait essayé avant de se rendre compte que la zone n'était couverte par aucun réseau, ou plutôt…

Smith s'était fabriqué un « muffler », un émetteur de fréquences qui empêchait les téléphones cellulaires de trouver le signal émis par le relais de transmissions le plus proche. Ainsi que Vanessa l'avait noté, ce type d'appareil qui brouillait les fréquences était interdit aux États-Unis, mais les autres n'étaient pas aussi efficaces. Elle avait besoin de celui de l'amie de sa fille. Et si elle savait déjà que Flew était capable de neutraliser un adversaire tout seul, il avait réglé son compte à Tice avec une remarquable facilité.

Où Lemaster avait-il trouvé cette perle rare ? À ses questions, son mari avait opposé un silence obstiné. Sinon pour nier farouchement qu'il l'ait engagé en tant que garde du corps. Ce n'était qu'un assistant très zélé, qui avait d'autres talents apparemment bienvenus… Sitôt après l'arrestation de l'avocat, Flew avait présenté sa démission, irrévocable. Effondrée par ce départ, Jeannie ne voulait désormais qu'on l'appelle que « Jeans », en mémoire du petit jeune homme qu'elle avait adulé.

Julia a interrogé sa fille aînée sur sa nouvelle psychiatre, Sara Jacobstein, qui elle aussi appartenait à la faculté de médecine d'Elm Harbor – son mari avait fait ses études de droit aux côtés de Lemaster – et était devenue une amie de la famille depuis leur arrivée dans la région.

— Je l'adore ! s'est écriée Vanessa, ce que sa mère n'a pas mis en doute une seconde.

Ensuite, elles ont parlé du lycée, de « Casey-je-ne-sais-quoi » qui recommençait à tourner autour d'elle, et de ce qu'elle envisageait à nouveau pour la suite de ses études, même si l'adolescente s'est montrée prudente et réservée, remarquant qu'il valait mieux attendre de voir quelles universités seraient intéressées par sa candidature. « Patience » était un mot que Sara Jacobstein répétait sans cesse, a-t-elle noté. Et puis, la chaleur du moment s'est dissipée et elles se sont chamaillées, comme cela arrive si souvent entre mères et filles de cet âge.

— Il est temps que tu me dises comment Kellen est entré chez nous, tu ne crois pas ? a glissé Julia.

Vanessa a ouvert des yeux beaucoup trop innocents.

— Chez nous ?

— Oui, pour scotcher sa petite enveloppe sous le piano. Tu étais là, quand il est venu ? Ou bien tu lui avais juste prêté ta clé ?

— Non à la première question, non à la deuxième.

— Allons, chérie, tu peux bien me dire…

Se rencognant contre son dossier, un genou levé devant sa poitrine, Vanessa s'est mise à se balancer lentement sur sa chaise.

— Je te l'ai dit. Pourquoi j'aurais fait une chose pareille ? Il me… cherchait. Dégoûtant. Je ne voulais surtout pas qu'il s'approche de moi. – Son frisson révulsé semblait vraiment sincère. – Surtout pas seule avec lui dans une maison vide, pouah !

— Mais alors, comment est-il entré ?

— Je pensais que tu aurais trouvé la réponse à ça, *toi*…

Et il y a eu un froid.

III

Deux jours plus tard dans l'après-midi, elle a pris un café avec Bruce Vallely, au petit magasin de bagels du campus, là où il lui arrivait de retrouver Kellen. Et sans se cacher. Aucunement embarrassée, elle a fait signe à Alice Henner, enseignante d'histoire et adhérente des Coccinelles installée à l'une des tables, parce que au cours des trois derniers mois elle avait décidé que plus rien ne l'embarrasserait.

Des deux, c'était Bruce qui paraissait mal à l'aise. Après quelques minutes de bavardage, Julia lui a rappelé sa promesse de ne plus la suivre. Il lui a certifié que sa seule préoccupation avait été de la protéger du petit Flew. Ni l'un ni l'autre n'en croyait un mot.

Ils sont restés un moment à regarder le ciel changer de couleur. Julia s'est rappelé la manière dont elle expliquait la différence entre le temps et le climat à ses collégiens, jadis : penser au climat, leur disait-elle, c'est comme penser à tout ce qui est disponible dans un supermarché entier, alors que le temps qu'il fait est juste ce qu'il y a dans votre chariot un certain jour. Dans sa vie, a-t-elle décidé, il faisait mauvais temps mais cela ne voulait pas dire que le climat était exécrable.

— Ça a été plaisant, a remarqué Bruce tout d'un coup.

— Quoi donc ?

— De vous connaître un peu mieux. – Un petit rire. – Même si vous m'avez fait tourner en bourrique et même si vous êtes vraiment une commandeuse.

— Vous ne me donnez pas l'impression d'être quelqu'un qui se laisse facilement commander.

Voyant où cette conversation pouvait les amener, ils ont changé de sujet. Bruce a posé sa version de la question déjà formulée par Mary Malard : Julia pensait-elle que Tice était le suspect le plus probable ? Elle y a répondu par une autre : avait-il mis au courant Rick Chrebet qu'elle voulait lui demander une information à laquelle elle tenait énormément ?

— Oui, j'ai transmis, a-t-il répondu d'un ton dubitatif. Je ne peux pas vous assurer qu'il vous dira ce que vous voulez savoir.

— Mais si.

— Comment en êtes-vous si sûre ?

Elle a eu ce sourire qui n'appartenait qu'à elle, biscornu, plein de vitalité et d'assurance.

— Ça ne se sait pas trop, Bruce, mais je suis capable d'être très charmante, quand je veux.

Dehors, il l'a regardée reprendre sa voiture et s'engager dans le flot de la circulation, en route vers le Landing et son foyer. Gwen Turian est sortie de l'embrasure où elle se tenait. Toujours laconique, elle a annoncé :

— C'est fait.

62

Le duel

I

Le dernier samedi de février, Frank Carrington a téléphoné, annonçant qu'il avait trouvé un autre trumeau de l'époque fédérale à motifs nautiques en remplacement de celui que Julia avait cassé accidentellement. Elle lui a dit qu'elle passerait dans l'après-midi, car ils s'étaient réconciliés depuis la scène pénible à son domicile. Elle est arrivée peu avant la fermeture du magasin, d'abord parce qu'elle avait dû transférer Jeans de sa leçon de danse classique à une fête d'anniversaire, mais aussi parce qu'elle avait pensé qu'ils auraient moins de chance d'être dérangés à une heure tardive. En se garant, elle a jeté un coup d'œil de l'autre côté de Main Street. La confiserie était toujours fermée, Vera étant partie en vacances, les premières que les habitants du Landing l'aient vue prendre de mémoire d'homme. Lurleen Maddox, qui avait vendu à Kellen le miroir en plastique, était en train de baisser les rideaux de sa vitrine.

— Content que vous soyez venue, a murmuré Frank, les traits tendus par son tic nerveux. Juste une minute.

Elle l'a attendu devant le comptoir. Elle était intriguée, mais pas étonnée, par le fait qu'il n'avait pas quitté la ville, contrairement à ses grandes déclarations. Revenu de l'arrière-boutique avec un gros paquet, il a déballé le miroir et l'a posé devant elle pour qu'elle l'examine.

— Il est fêlé, là. Regardez ça.

— Ce n'est rien du tout à réparer.

Ils sont parvenus à un prix négocié, toutefois, et pendant qu'il remballait la pièce Julia s'est risquée :

— Je peux vous poser une question ?

— Bien sûr.

— J'ai parlé à Rick Chrebet. L'inspecteur qui s'occupait du meurtre de Kellen.

— Oui, oui. J'ai entendu dire qu'ils ont arrêté cet avocat, là…

— Oui. Mais ce que je me demandais, Frank… Au cours de l'enquête, Rick est venu me voir à mon bureau, un jour, et il m'a parlé de chocolats que j'avais envoyés à Kellen pour son anniversaire. Et il m'a dit que Kellen avait posté exactement la même boîte à ma fille.

— Hmm…

Impassible, l'antiquaire a pris la carte de crédit qu'elle lui tendait.

— Oui. Et ce qu'il y a d'intéressant, dans cette histoire, c'est que je n'ai pas chargé Vera de les lui envoyer. Je les ai postés sur le campus. Personne ne savait que je l'avais fait, à part Kellen et moi. Et personne ne savait qu'il les avait renvoyés à Vanessa, à part… Kellen. Même ma fille ignorait de qui ils venaient.

Il a tiré le reçu, l'a posé sur le comptoir pour qu'elle le signe.

— Réellement ?

— Et donc, j'ai demandé à Rick comment il était au courant des aventures de cette boîte de chocolats. Vous savez ce qu'il m'a répondu ?

— Pff, non !

— Il m'a dit que c'est vous qui lui en aviez parlé.

Frank a levé un visage fermé, les yeux méfiants.

— Moi ? Comment aurais-je pu être au courant d'une chose pareille ? Enfin, je ne l'ai rencontré qu'une seule fois, quand il est venu ici pour…

— Acheter la psyché, oui. – Elle a signé le reçu d'une main audacieuse. – Il n'empêche que j'ai pensé ceci : Vera Brightwood ne pouvait pas être la seule alliée de Kellen, au Landing. Elle, c'est une experte en rumeurs. Il a forcément eu besoin de quelqu'un qui connaissait les *faits*, pas que les ouï-dire.

— Logique.

— Disons un ancien policier qui avait travaillé sur le meurtre de Gina Joule ?

— Plausible.

Il lui a tendu la copie jaune du reçu.

— Quelle équipe formidable, non ? Vous, Vera, Boris Gibbs et Kellen, tous réunis pour retrouver le journal du constable, remettre le véritable assassin à la justice et laver le nom de DeShaun.

— C'est possible.

— Moi, je trouve que c'est admirable.

Un sourire fébrile.

— Je soutiens les minorités.

— Je le sais, Frank. Mais il reste certains problèmes.

— Problèmes ?

Tout doucement, Julia a commencé à reculer vers la porte. Il était toujours de l'autre côté du comptoir. Il n'arriverait pas à l'attraper, si elle était assez rapide.

— Premièrement : Four Miles ne figure sur aucune carte, aucun système GPS, donc celui qui a tué Kellen et abandonné son corps là-bas est forcément quelqu'un d'ici. Cela exclut Tony Tice ou n'importe quel tueur à gages venu d'ailleurs. Deuxièmement : je suis maintenant en possession de la majeure partie du journal, Frank. Et je l'ai bien lu. Arnie Huebner a écrit qu'il ne pouvait même plus se fier à ses hommes, à cause de tout l'argent qui circulait. À mon avis, il pensait que l'un de ses adjoints était impliqué dans le maquillage du meurtre. Avait même été soudoyé. C'est un motif assez sérieux pour cet homme, s'il est encore en vie, de tuer Kellen Zant. Tout en faisant semblant de l'aider. L'ancien adjoint du constable a par exemple proposé à Kellen de passer le chercher ce fameux vendredi soir, peut-être pour aller chercher d'autres preuves. À ce stade, Kellen est inquiet, peut-être même qu'il a des soupçons. Il a tenté de laisser une partie du matériau qu'il a réuni dans une maison du Landing qu'il pense sûre, mais ça n'a pas marché. Je crois que l'ancien adjoint l'a tué, Frank. A tué Kellen, et lui a pris les preuves qu'il avait sur lui, mais s'est rendu compte que le journal d'Arnie Huebner restait introuvable. Et là, il a un peu paniqué, et peut-être a-t-il laissé échapper devant quelqu'un qui s'intéressait à l'affaire – moi, par exemple – que ce document était quelque part, et qu'il suffisait d'aller le chercher.

Frank a hoché la tête.

— Bien. Vous dites que vous l'avez ? – Julia attendait, sur le qui-vive. – Dans ce cas, allons le chercher.

Son plan de fuite ne prévoyait pas qu'il aurait une arme.

Soudain, la clochette suspendue au-dessus de la porte du magasin a tinté. Ils se sont tournés ensemble vers l'entrée.

— Hé, je dérange ? a lancé gaiement Mary Malard puis, quand son regard est tombé sur la main de Frank Carrington : Oups…

II

Il les a obligées à prendre le monospace de Julia pour pouvoir braquer son arme sur elle pendant qu'elle conduisait. Encore très nerveux, il s'est forcé à quelques plaisanteries aucunement drôles en chemin. Julia s'en voulait de son imprudence, et pas seulement parce que Mary et elle risquaient fort de mourir d'ici peu. C'était elle qui avait assuré à Bruce qu'elle pouvait se débrouiller toute seule, et maintenant elle était certaine qu'il ne la suivait pas, la circulation étant si ténue sur les petites routes d'East Woods qu'elle aurait aperçu sa voiture.

Les mains ligotées dans le dos sur la plage arrière, Mary Malard avait d'abord tenté le couplet du « vous-devez-savoir-qui-je-suis » avant de se taire lorsque Carrington avait menacé de la bâillonner. Et Julia était furieuse contre sa partenaire, aussi, parce qu'elle n'aurait jamais dû venir au magasin, même si elle savait qu'une fois sur une piste, personne ne pouvait l'arrêter.

— Où va-t-on ? a fini par interroger Frank.

— Vous avez dit que vous vouliez le journal. Je vous emmène là où il est.

Four Miles Road bifurquait plusieurs fois. Frank connaissait ces routes qui n'apparaissaient même pas sur les cartes, mais Bruce les ignorait. Les téléphones portables ne marchaient pas, ici, et c'était une zone inconnue des systèmes GPS. Très malin, ce plan…

— Où est-ce ?

— Bien caché.

— Vous avez intérêt à ce qu'on y soit dans cinq minutes.

— Ça ne sera même pas si long.

— Il ne faut pas le lui donner ! est intervenue Mary, bien qu'elle n'ait pas la certitude que Julia soit réellement en sa possession.

— Je vous ai dit de vous taire, vous ! – Il a regardé les alentours à travers le pare-brise. – Mais personne ne vit dans ce coin, à part Mitch Huebner… Hé ! Vous prétendez qu'Huebner a gardé le journal pendant tout ce temps. – Il a éclaté d'un rire saccadé. – Ce vieux salaud de menteur !

Julia n'a pas répondu. Elle menait l'Escalade toujours plus loin dans les bois.

— Qu'est-ce que vous faites, Julia ? – Agrippée au volant, elle a ignoré l'antiquaire. – Allons ! Ce n'est pas la route pour aller chez Huebner, ça. Vous avez raté l'embranchement. Et ralentissez, bon sang !

Au contraire, elle accélérait, la puissante auto sautant les ornières et frôlant les fossés. Carrington a levé son arme.

— Suffit, Julia ! Je suis impressionné, d'accord, mais vos petits jeux ont assez duré.

— Vous allez nous tuer, de toute façon !

— Si vous ne vous arrêtez pas, c'est probablement ce que je ferai, a-t-il annoncé froidement.

— Tuer est un péché contre le don de la vie que nous a fait Dieu ! Tuer est une…

— Arrêtez cette bagnole !

— À vos ordres, a sifflé Julia entre ses dents serrées.

D'un brusque coup de volant, pied au plancher, elle a jeté l'Escalade contre le plus gros arbre en vue.

III

Le monde apparaissait dans une cristalline simplicité, soudain. Frank était hébété, Julia aussi. À l'arrière, Mary gémissait. Elle n'avait pas de ceinture de sécurité mais l'airbag latéral lui avait probablement sauvé la vie. À la dernière seconde, Julia avait freiné de toutes ses forces, faisant virer le véhicule pour qu'il percute l'arbre sur le côté et non de front, mais le choc avait néanmoins été énorme. Une forte odeur d'essence montait du réservoir enfoncé. Les plaintes de Mary se sont faites plus pressantes. Sans un mot, Julia et Frank se sont extraits du véhicule en titubant, cherchant à recouvrer leurs esprits. Étrangement, l'ancien adjoint du constable n'avait pas lâché son revolver. Julia n'en avait cure. Ce n'était pas l'arme de Carrington qu'elle voulait, mais le sac à main de Mary Malard. Lequel était tombé sur le sol entre les sièges.

— OK, Julia, a articulé péniblement Frank Carrington. Très amusant, mais la comédie est terminée.

— Qui joue la comédie ?

— Vous n'avez pas fait ça parce que vous aviez peur. Vous l'avez fait pour vous amuser. Et parce que vous savez quelque chose que vous voulez me cacher. Qu'est-ce que c'est ?

Elle n'a pas répondu. Accroupie par terre, elle fouillait dans le sac de la pauvre Mary tandis que l'essence formait peu à peu une grande flaque sur la neige. Elle était en train de penser à un cours de science au lycée, et à une remarque de Vanessa lorsqu'elles étaient parties de la maison de Frank, à propos d'armures et de flèches…

— Assez de simagrées, Julia ! Relevez-vous ! Vous n'êtes pas blessée et… – Brusquement, il a vu ce à quoi sa captive était occupée. –… Et lâchez ce sac !

Julia s'est redressée. Elle tenait le briquet de la journaliste dans sa main.

— Mon amie fume trop, voilà.

— Hein ?

— Maintenant, vous allez baisser ce revolver, vous retourner et marcher par là – Elle a montré le sous-bois, loin de la piste – en comptant jusqu'à, disons, mille.

Frank Carrington a fait non de la tête. Dans son autre main, il avait à présent une torche électrique qu'il avait sortie de l'une de ses poches et qui allait lui être utile, le soir d'hiver tombant rapidement. Son entêtement était renversant.

— Allez, a-t-elle insisté.

— Ou quoi ?

Elle a allumé le briquet. L'antiquaire a fait un bond en arrière.

— Vous avez déjà vu une explosion due à l'essence ? Les flammes que ça donne ? Vous avez déjà vu ça ? – Elle a tendu un doigt vers la flaque. – Je vais le jeter là-dedans.

Silence dans la forêt. De la part des humains, en tout cas, car des animaux continuaient à s'agiter dans les fourrés, le vent à faire craquer les branches, et le carburant à goutter lentement, tip, tip, tip…

— Vous ne ferez pas ça, Julia. – Son ton n'était pas très convaincu, pourtant. – Vous voulez brûler vous aussi ? Et votre amie dans la voiture ?

— Quoi, autrement ?

— Me dire ce que vous avez compris juste avant de nous balancer contre cet arbre, et quel autre indice est caché dans ces bois. Et ensuite, vous ne me verrez plus de votre vie. – Il a souri. – Ou bien vous disiez la vérité ? Le journal est chez Huebner ? Si c'est ça, nous y allons à pied, nous appelons une ambulance pour votre amie et je déguerpis. Mais si vous avez menti, alors… c'est une autre histoire.

Julia a regardé sa main serrée sur le briquet, qui tremblait terriblement. Elle a capté un bruit de sirènes, très loin.

— Non. Vous ne pouvez pas me laisser vivre. J'en sais trop.

— Qu'est-ce que vous savez, Julia ?

— Trop de choses.

Derrière elle, Mary s'était mise à sangloter de douleur. Il fallait en finir vite, s'est dit Julia, car elle allait bientôt fondre en larmes, elle aussi, à entendre ces gémissements.

— On perd notre temps, Julia ! Lâchez ce briquet, allons chercher le journal et trouvons de l'aide pour votre amie.

— Non. – Elle a fait un pas vers lui. – Je le rallume, regardez. Si vous tirez, il tombe par terre. Vous comprenez ? – Oui, apparemment. Il s'est écarté avec prudence. – Plus que ça !

— Je vous en prie, Julia. Réfléchissez. Vous n'êtes pas comme votre mari, vous ne voyez pas le monde aussi sommairement que lui. « Ce que je veux est bien, le reste est mal. » Vous n'êtes pas pareille. Le monde est plus compliqué que ça. Vous savez apprécier les nuances. Vous n'êtes pas une sorte d'héroïne de bande dessinée qui…

— Je compte jusqu'à cinq, Frank.

Il a baissé son arme. Avec un sourire, à nouveau.

— Réfléchissez, Julia. Même si vous avez découvert la vérité, ou ce que vous pensez être la vérité, qui vous croira quand vous irez la raconter partout ? Il y a trop de division, dans ce monde. Personne ne veut de la « vérité vraie ». Chacun réfléchit en termes de ce qui est bon pour son camp ou de ce qui affaiblit le camp adverse.

Julia a secoué la tête. Elle n'acceptait pas une vision aussi cynique. Il y avait encore des gens qui chérissaient la vérité. Il *fallait* qu'il y en ait. Et elle lisait à présent dans le regard inquiet de Frank qu'il y croyait, lui aussi.

— Partez, a-t-elle dit tout doucement. S'il vous plaît. Allez-vous-en d'ici.

— Julia, je…

— Je compte jusqu'à cinq et je lâche le briquet.

— Vous ne… le ferez pas.

— Un. – Sa main ne tremblait plus. Les sirènes se rapprochaient, peut-être à quelques minutes d'eux. – Deux.

— Vous ne ferez pas ça. Vous n'allez pas tuer votre amie. Vous… vous voulez voir vos enfants grandir.

— Je ne pense pas que vous m'en laisserez l'occasion. Trois.

— Le… le suicide est un péché ! a-t-il tenté, faisant appel à l'autre Julia.

— Quatre. – Elle a levé le briquet, stupéfiée par la force qu'elle sentait pulser dans son bras. – Vous feriez mieux de filer, Frank.

— C'est un péché aussi grave que de prendre la vie de quelqu'un, c'est…

— Cinq !

Elle a ouvert les doigts.

Là où se tenait Frank Carrington un instant plus tôt, il n'y avait plus que de la neige piétinée et des branchettes cassées.

Son instinct lui a commandé de rattraper le briquet au vol ; sa maladresse naturelle l'en a rendue incapable. Il a touché le sol, roulé et atteint la flaque d'essence.

63

Le test de sciences naturelles

I

Pour le non-initié, voire parfois l'expert, le savoir scientifique est peu différent de la foi. On y croit sans se donner la peine d'analyser, ni souvent de chercher à le prouver, ou plutôt on ne se donne pas la peine d'étudier les preuves de son bien-fondé, préférant s'en remettre aux grands prêtres qui édictent ce qui est fiable et ce qui ne l'est pas. Et même si parfois ces derniers n'en savent pas plus long que nous, leurs pressantes instructions forment la trame de notre vision du monde. De sorte que lorsqu'ils se trompent, nous sommes nous aussi dans l'erreur.

Le briquet a atteint la flaque. Des flammes orangées, nerveuses, se sont élevées et ont bondi de-ci de-là. Julia a reculé et…

Le feu s'est éteint aussi vite qu'il avait pris, comme l'ancienne enseignante de sciences naturelles l'avait prévu. Ainsi que tous ses collègues en Amérique le savent mais répugnent à le dire à leurs élèves par crainte qu'un idiot ne tente l'expérience, les grands prêtres de la magie hollywoodienne se trompent : dans les films, les voitures explosent après un accident ou, quand le héros les atteint d'une volée de balles, elles tombent d'une falaise ou d'un garage surélevé et sont aussitôt englouties par les flammes, mais dans la vie réelle l'essence ne fait explosion que si elle est comprimée dans un récipient clos, et encore seulement lorsque les vapeurs ont atteint le niveau de pression adéquat. Pas assez de pression, ou même trop de pression, et il n'y a pas d'explosion. Il n'est pas facile de mettre le feu à de l'essence, notamment par temps froid.

Frank Carrington avait regardé trop de films.

II

Le seul défaut du raisonnement théorique de Julia, c'était qu'il était incomplet : puisqu'il n'y a pas eu d'explosion, en effet, Frank n'a pas tardé à revenir sur les lieux. De très méchante humeur.

Julia a choisi de ne pas l'attendre.

Elle est remontée dans la voiture mais celle-ci était inutilisable, avec tous ses airbags déployés et son réservoir presque vide. Se penchant sur Mary, elle a pris son pouls, puis lui a donné un baiser sur la joue. Sa peau était emperlée de sueur. Elle ne gémissait plus et Julia ignorait si elle était encore consciente. Elle a serré la main glacée dans la sienne. Il y avait une quantité de sang épouvantable, partout.

— Écoute-moi, Mary. J'entends les sirènes. Les secours vont arriver. Sinon, je les préviendrai. Mais je ne peux pas rester ici.

La journaliste a répondu par une faible pression tandis que ses paupières papillonnaient.

— Va, a-t-elle murmuré.

— Je suis désolée.

— Tout ça… pas me rendre plus charmante… – Un hoquet qui se voulait être un rire. Elle ne pouvait garder les yeux ouverts. – Vas-y !

Julia lui a obéi. Comme Carrington s'était enfui en remontant la piste par laquelle ils étaient arrivés, elle a choisi de partir à travers la forêt. Au bout de deux minutes à fendre les fourrés, elle n'apercevait plus la voiture derrière elle ; au bout de trois, elle était perdue. Fantastique. Tout ce dont elle avait besoin. Il suffirait que Frank fasse une boucle en revenant sur ses pas pour qu'il lui coupe la route. Elle aurait dû attendre sur place, à espérer que ces sirènes annonçaient pour de bon le salut.

Mais elle a continué à courir, à trébucher, à se relever, à courir encore, mue par une seule certitude : elle avait trop peur pour s'arrêter. La neige se glissait dans son cou, dans ses bottes, elle était gelée, elle riait ou elle pleurait, c'était la même chose. Elle venait d'échapper à la mort par deux fois et elle en était maintenant à souhaiter de mourir de froid.

Elle a tâté ses poches à la recherche de son téléphone. Elle l'avait laissé dans l'Escalade. Soudain, elle a aperçu une route goudronnée. Pas celle qu'elle avait suivie plus tôt mais l'autre, l'embranchement qu'elle avait décidé de ne pas prendre.

Et elle a entendu les coups de feu. Deux détonations qui ont résonné sèchement dans la forêt, déclenchant un sauve-qui-peut parmi les animaux et les oiseaux. Il fallait les suivre, s'est-elle dit ; ils savaient d'instinct la direction qu'il ne fallait pas prendre, eux. C'est à cet instant qu'elle s'est rendu compte que les tirs avaient été dirigés vers elle.

Frank Carrington connaissait sa position.

Elle a recommencé à courir, fuyant à toutes jambes son passé et se précipitant à la rencontre de l'avenir. Elle fuyait le Clan, et la ville trop blanche, et l'univers des exigences qui était aussi celui des espoirs. Elle fuyait son mari et se hâtait vers ses enfants, fuyait son métier et allait vers ses rêves. Il lui semblait que ses pieds ne touchaient plus le sol, que le froid de ses vêtements trempés qui la transperçait jusqu'aux os ne pourrait jamais l'arrêter dans sa course. Elle a couru, couru, couru encore.

Un fossé qu'elle n'avait pas vu l'a précipitée par terre. Elle se débattait pour se remettre debout quand elle a entendu la neige craquer derrière elle.

— Ah, on s'est bien amusés, a constaté Frank Carrington, son revolver fermement braqué sur Julia. On m'a toujours dit que vous étiez une prof de sciences-nat comme il y en a peu.

64

Au cœur de la blanchitude

I

Le plus embêtant pour Julia, ainsi que Frank Carrington l'a souligné avec satisfaction, c'était qu'ils se trouvaient à moins d'un kilomètre de la cahute de Mitch Huebner. Comme elle le suppliait de s'occuper d'abord d'appeler des secours pour Mary, il a rétorqué que la faute lui revenait pour avoir provoqué l'accident ; et comme elle insistait, il a annoncé que si elle ne l'accompagnait pas tout de suite chez Huebner, il lui tirerait une balle dans le dos, la laisserait mourir sur place, reviendrait à la voiture et en ferait de même avec Mary.

— C'est… inhumain, a soufflé Julia, incapable de trouver un mot plus fort.

— Allons, vous n'avez jamais lu de livres d'histoire ? C'est très humain, au contraire.

Ils sont partis à travers la forêt, évitant de s'approcher des routes, et c'était Frank qui menait la marche, désormais. Elle avait les pieds gelés mais trop peur pour s'en inquiéter.

— Ce Zant, c'était quand même un numéro, a soudain remarqué le tueur. Il a fait gamberger tout le monde.

— C'était quelqu'un, oh oui, a répliqué Julia même si Carrington n'était pas d'humeur à saisir l'ironie.

— Un drôle de personnage. Quel cabotin… Je l'aimais bien.

— Ça s'est vu…

— Je n'avais pas le choix, Julia. Il avait tout découvert. – Sentant peut-être la réticence de sa prisonnière, il s'est emporté : – J'étais un gosse, Julia ! Vingt-quatre ans ! On ne peut pas me reprocher ce que j'ai fait quand j'avais vingt-quatre ans…

— Vous étiez bien plus âgé que ça quand vous avez tué Kellen.

La nuit était tombée. Ils marchaient entre les arbres couverts de neige, chacun plongé dans de sombres pensées. Grandi à la campagne, Kellen proclamait toujours qu'il adorait la neige. Parce qu'elle était improbable, disait-il ; parce qu'elle avait besoin de nous pour trouver une raison d'être. Dans son monde, tout avait un sens ou une fonction que lui-même déterminait : à ses yeux, la création entière était sans cesse renouvelée car il ne se souciait pas de ce que les autres en pensaient. C'était cette forme de légèreté, cet anticonformisme négligent qui avaient d'abord attiré Julia. Elle y avait vu une attitude idéologique, une rébellion excitante, avant de comprendre, au bout de toutes ces années à avoir été l'une de ses femmes, qu'il n'y avait là que du narcissisme ; et encore plus tard, qu'il était fondamentalement méchant.

— On y est ! s'est exclamé Carrington avec cette espèce de gaieté démente qu'il manifestait depuis qu'il l'avait prise en otage.

Ils étaient parvenus à la piste défoncée qui s'arrêtait à la masure vide. Ainsi que Julia l'avait prévu, Huebner était occupé ailleurs avec son chasse-neige.

— Ça fait des années que je n'étais pas venu ici, a déclaré Frank. Pas depuis la fois où j'ai dû lui apporter un chèque, parce que autrement le vieux salaud ne voulait plus déblayer mon allée.

— Je vois que certains trouvent irritant de payer pour les services rendus.

— Vous ne savez pas vous arrêter, hein ?

— Pas dernièrement, non.

Il a posé une main sur son épaule pour qu'elle ralentisse. Le faisceau de sa lampe se posait sur les piles de bûches effondrées, les carreaux cassés aux fenêtres, la niche du chien… La niche !

— Qu'est-ce que c'est ?

— Ça, c'est Goetz.

— Un chien ?

— Oui.

— Et ça, c'est une chaîne ?

— Oui.

— Je n'aime pas son allure. Je ferais peut-être mieux de le flinguer.

— *La* flinguer, a corrigé Julia, qui commençait à retrouver son aplomb.

Quand ils sont arrivés devant le perron, la chienne a grondé. Frank a lancé un regard par-dessus son épaule, a parcouru la longueur de la chaîne avec sa torche.

— J'aurais dû la tuer, a-t-il marmonné.

— Ne vous gênez pas pour moi.

— Quoi, vous avez quelque chose contre les chiens ?

— Contre celle-là, seulement. La dernière fois, elle m'a sauté dessus.

Elle a senti son regard inquisiteur la chercher dans l'obscurité. Avait-elle trop parlé ? Mais il s'est contenté de rire.

— J'ai une idée. Si vous tentez la moindre bêtise, je vous livre à elle et elle vous bouffe. Qu'est-ce que vous en dites ?

Son frisson n'était pas simulé.

— Entrons.

Ils étaient à la porte. Julia a pris soin de ne pas toucher le loquet.

— Elle n'est pas fermée, d'habitude. Vous y allez ?

— Vous me prenez pour le dernier des imbéciles ?

— Vous êtes sûr ?

— Ne perdons pas de temps, Julia. Ouvrez cette porte !

Elle a avalé sa salive, posé sa main sur le loquet. Sous sa main nue, car elle avait retiré son gant, il paraissait glissant, une chose vivante qui s'agitait et palpitait entre ses doigts comme un poisson à l'agonie. Elle l'a tourné, elle a poussé le battant.

Sans un bruit, Goetz s'est élancée.

II

Frank a réagi remarquablement vite. En deux secondes, il s'était retourné et accroupi, il avait posé sa main armée sur son autre avant-bras et couché en joue la bête bondissante, qu'il aurait sans doute abattue si Julia ne l'avait pas troublé en lui assénant un coup violent sur le côté de la tête avec la pelle à neige, la même qui lui avait été d'un si piètre recours lors de sa première visite chez Mr. Huebner.

L'ancien policier n'a pas été blessé, seulement sonné, et ses deux balles ont fusé dans les airs avant qu'il ne tâtonne et n'attrape Julia par la cheville, réussissant à la faire tomber au moment même où il prenait Goetz en pleine poitrine. Un autre coup est parti, il a lâché le revolver, il a crié, puis hurlé, un son atroce, le pire que Julia ait jamais entendu, et elle a plaqué ses mains sur ses oreilles en se traînant sur le sol pour se dégager. Ses jambes lui faisaient mal, à cause de la chute, et elle souhaitait que Carrington reçoive ce qu'il méritait, elle voulait être le vecteur de sa punition temporelle, elle voulait que le chien déchire et mutile cet homme pour ce qu'il avait fait à Kellen, et à sa famille, et elle a prié de toutes ses forces pour que sa volonté l'emporte sur sa conscience, pour être capable de haïr son prochain, d'assister avec indifférence, voire avec satisfaction, à la mort de Frank Carrington sous les crocs de la chienne.

Et elle n'y est pas arrivée.

Elle était incapable de laisser l'enfant d'une autre mère périr de cette façon.

À genoux, elle a pris son élan et elle a frappé Goetz avec la pelle… mais ce n'était pas assez fort… Frank hurlait et se débattait, en vain…. du sang partout, noir, luisant sous le clair de lune… elle n'avait jamais vu un carnage pareil… elle a tapé encore et encore, comme une folle, parfois elle manquait sa cible, atteignant Frank à la place, et peut-être c'était ce qu'elle voulait aussi, lui cogner dessus avec la pelle, et son bras fendait l'air avec la pelle, encore et encore…

Elle s'est détournée. La chienne était morte. Elle s'est laissée tomber assise sur le plancher. À bout de forces. C'était fini.

Non. Sous la carcasse massacrée de l'animal une autre créature, sanglante et dangereuse, recommençait à bouger…

Frank Carrington était vivant, et lorsque les yeux de Julia ont rencontré les siens, ce n'étaient plus ceux d'un être humain. Sans proférer un son, il a eu un sourire grimaçant qui a fendu en deux son visage esquinté. Il a réussi à se remettre debout, un pied à la traîne, tordu dans un angle impossible, et sa main dégoulinante de sang a, contre toute attente, cherché et trouvé le revolver.

Quand il a parlé, sa voix d'outre-tombe était celle de tous les cauchemars de Julia devenus réalité :

— Pas gentil… a-t-il coassé entre deux spasmes de douleur.

Il a levé l'arme, la soutenant de ses deux mains agitées de soubresauts mais la précision n'importait pas, il voulait au moins la blesser, l'abîmer. Ses forces et son courage l'ont abandonnée, d'un coup. Elle s'est laissée aller en arrière, attendant l'étreinte démoniaque.

« Ne sois pas idiote, sœurette ! » a dit Jay, son frère, quelque part au plus profond de son âme.

Elle a bondi sur ses pieds et s'est remise à courir.

III

S'enfuir à pied dans la neige ne conduit qu'à une illusion de salut, Julia l'a compris au bout de dix mètres. Dans la lumière crue de la lune, ses pas laissent des creux noirs bien dessinés à la surface étincelante de la couche de neige. S'il arrive à se mouvoir suffisamment vite, Frank Carrington va la suivre sans la moindre difficulté. Mais Julia n'a pas le temps de réfléchir, et donc elle se fie à l'instinct qui l'a si souvent protégée. Celui-ci lui commande de regagner le sous-bois, où il fera plus noir. Les arbres sont son seul espoir.

Derrière, elle l'entend crier, et peut-être aussi le bruit d'une voiture qui ralentit, mais elle n'ose pas s'attarder pour mieux écouter. Un pied en avant, un autre. Elle file entre les arbres, l'oreille tendue, mais il n'y a plus que les mouvements furtifs des hôtes des bois se mettant à l'abri, la brise nocturne frôlant les branches gelées. Elle court. La forêt est vivante autour d'elle, attentive et inquiète, ne sachant si la femme en fuite est une amie ou une menace. Si elle n'était pas convaincue que les fantômes sont des inventions de jeune fille à l'imagination trop vive, elle croirait maintenant qu'ils courent avec elle à travers les buissons, mais quand elle se retourne il n'y a personne, rien que les éclats de lune découpés par la cime conique des sapins et… oui, la lueur lointaine de lumières.

Elle trébuche contre quelque chose de dur. Un bord de caniveau. Elle est sur une surface goudronnée et il n'y a plus de forêt, seulement une ligne d'arbres entre les maisons devant elle, et la route derrière. Elle est au milieu d'une zone résidentielle qu'elle ne connaît pas, pas vraiment haut de gamme avec ses cubes préfabriqués de style néocolonial conçus par des néocolonialistes blancs sur une terre qui appartenait jadis aux indigènes et… « Arrête ça ! » se dit-elle, sentant qu'elle est proche du délire. Dans le silence surnaturel de la route enneigée, elle conclut qu'il vaut mieux remettre à plus tard ces considérations sur le côté racialement paradoxal de l'endroit. Pour l'heure, elle doit seulement être soulagée d'avoir quitté la forêt et d'être dans une zone habitée, car qui dit humains dit téléphone, et qui dit téléphone dit police.

Elle court jusqu'à la porte la plus proche. Une maison bleu layette avec de jolis rideaux aux fenêtres. Sur la pelouse, un tricycle d'enfant à moitié enseveli par la neige. Elle assène une volée de coups de poing sur le battant avant de se rappeler qu'il est tard et que cette approche pourrait être mal interprétée, alors elle sonne, sagement, tout en jetant des regards anxieux par-dessus son épaule.

Elle sonne encore, tape, lance un « Au secours ! » hésitant, puis un peu plus fort. Au bout d'un moment, une figure pâle barrée de lunettes et surmontée de bigoudis se risque craintivement entre les rideaux de la fenêtre la plus proche. Derrière les verres épais, les yeux écarquillés par la peur sont encore plus gros. Julia aperçoit un enfant qui s'agrippe à la jambe de la femme.

— S'il vous plaît, à l'aide ! lance Julia, et comme elle n'obtient pas de réaction elle montre par gestes qu'elle voudrait se servir du téléphone tout en arborant le sourire le plus agréable que l'on puisse arriver à former quand on a sur ses talons un zombie qui veut vous tuer.

Encore plus effrayée, la femme à l'intérieur fait non de la tête, non. L'enfant est toujours cramponné à elle quand elle agite la main pour dire à Julia de s'en aller, puis sa bouche forme les mots, afin que sa pensée soit bien comprise : « Allez-vous-en ! », dans un hurlement silencieux. Les rideaux retombent. Julia s'éloigne à reculons dans l'allée soigneusement saupoudrée de gros sel, trop stupéfaite pour broncher, et elle revoit la femme qui est maintenant passée dans ce qui semble être le salon et regarde avec une satisfaction désespérée battre en retraite l'intruse à la peau sombre.

IV

Rejetée dans les deux maisons suivantes, chassée de deux ou trois autres par des chiens furieux, Julia a renoncé au rêve que l'un de ses concitoyens, un digne habitant du Landing, lui ouvrirait sa porte, l'inviterait devant un bon feu, lui servirait un chocolat chaud et aurait peut-être même une arme dans son placard tandis qu'ils attendraient l'arrivée des quelques voitures de la petite force de police locale. Elle a lancé des regards suppliants par les fenêtres derrière lesquelles on lui tournait le dos avec la même frayeur que si elle avait été une terroriste, ou une lépreuse, ou une personne de couleur. À présent, elle va vers l'entrée de la rue en boucle autour de laquelle s'organise le quartier. Elle envisage de jeter une pierre dans des carreaux en comptant sur le fait que les propriétaires appelleront la police pour qu'elle les protège de cette négresse en maraude, mais puisque personne ne lui ouvre elle ne tient pas à prendre le risque de s'attarder dans le coin en attendant leur arrivée alors que le mort vivant appelé Carrington erre toujours à sa recherche. Si seulement elle n'avait pas laissé son portable dans l'Escalade…

Elle se remet à courir, sans savoir vers où. Une neige fine a commencé à tomber et la brise s'est transformée en un vent glacial. Il est dix heures passées et… C'est insensé ! Quoi, être à ce point sans recours dans un endroit qu'elle dit être « chez elle » depuis six ans ! La lune a disparu. Elle n'a aucun moyen de vérifier si le meurtrier est encore à sa poursuite, si le danger est proche ou non. Sa seule certitude, c'est qu'elle doit courir, ne pas s'arrêter de courir.

Elle chancelle quand ses bottes s'enfoncent dans la neige, chaque fois elle manque tomber. Quittant l'artère en forme de U, elle s'aperçoit que cette nouvelle zone pavillonnaire est plus importante qu'elle n'avait pensé en voyant d'autres alignements de maisonnettes identiques. Elle doit être à Cromwell Woods, le plus gros projet immobilier du Landing moderne, baptisé ainsi par quelque promoteur anglophile mais inculte pour avoir donné à cet endroit le nom du despote régicide qui a tyrannisé l'Angleterre au nom du peuple. Elle se rappelle que cet ensemble destiné aux classes moyennes compte déjà cent « unités », et que la municipalité s'est opposée à ce développement avec l'énergie du désespoir, et que… « Plus tard, Julia ! Concentre-toi ! Il faut que tu te sortes d'ici ! »

Une zone pavillonnaire dans laquelle on n'habite pas est un espace aussi déroutant qu'effrayant, surtout la nuit et surtout quand on s'y engage à pied. On ne reconnaît pas les maisons, de toute façon toutes semblables, ni les arbres, ni les gens ; on ignore le nom des rues, et d'ailleurs cela importe peu parce qu'elles ont toujours le même, en Amérique : Belmont Street donne dans Park, qui débouche sur Colony… Il n'y aura jamais un promoteur immobilier pour penser à une rue Wojtyla, par exemple, ou Montanez, ou Chen ; c'est comme si ce pays, en dépit de sa diversité ethnique, rêvait de vivre dans une immense banlieue de Joeville. Cela a été le rêve de Julia, aussi, mais maintenant qu'elle y est parvenue, en cet instant de détresse, elle trouve cet univers dépourvu de toute générosité, et donc de tout sens.

Elle ne court plus, maintenant, elle est trop fatiguée et elle ne sait plus dans quelle direction aller. Toutes les rues se ressemblent. À chaque fois qu'elle pense avoir trouvé une issue, elle constate qu'elle est en train de revenir vers les bois et vers Carrington. À chaque croisement, elle lève les yeux sur le panneau et s'aperçoit qu'elle est déjà passée par là. Ses cuisses protestent, ses jambes refusent d'avancer, elle ne peut plus donner d'ordres à son corps exténué. L'idée lui vient qu'être tuée d'une balle par Frank Carrington est sans doute préférable au sort qui l'attend, par exemple faire un pas de plus dans ce vent abominable. La neige tombe plus dru. Si elle s'étend dans le jardin exigu de la dernière maison qui restera close pour elle, elle mourra de froid rapidement. C'est peut-être aussi bien…

Elle s'assoit par terre. Désagréable, mais supportable. Ce sera bientôt fini.

« Lève-toi, Julia ! »

Laisse-moi, je t'en prie. Tu n'existes pas. Tu n'es qu'une survivance de ces temps reculés où l'hémisphère gauche ne commandait pas le reste de l'organisme humain. Julian Jaynes l'a démontré et j'y crois, pour ma part. C'était un psychologue réputé, au cas où tu l'ignorerais. Nos deux prénoms dérivent de son nom, petit frère.

« Julian Jaynes était un brillant esprit, mais ses présupposés étaient faux. Lève-toi ! »

Elle se remet debout, ne serait-ce que pour faire taire cette voix en elle. Son pantalon est couvert de neige qui, en fondant à la chaleur de son corps, va la tremper jusqu'aux os.

— Ça a intérêt à être sérieux, grommelle-t-elle, mais la voix ne répond pas.

Elle tente un pas sur ses jambes frigorifiées. Le vent la fait osciller. Elle jette un regard incertain à la ronde, guettant Frank Carrington. Elle ne sera plus qu'un bloc de glace et c'est comme si la glaciation commençait par son cœur, comme si le froid le plus intense venait de l'intérieur pour s'étendre à l'extérieur, non le contraire. Elle croit se rappeler qu'il y a un terme pour cela mais elle ne le trouve pas. Son cerveau renonce à l'effort. Trop de neige, trop de nuit. Peut-être vaut-il mieux se rasseoir et attendre que la voix dans sa tête finisse par mourir de froid, elle aussi…

Soudain, le pire qu'elle puisse imaginer apparaît dans son champ de vision. Frank l'a presque rattrapée. Il se traîne à une trentaine de mètres dans la rue, son pied démantibulé se contorsionnant à chaque pas. Elle ordonne à ses jambes de fuir mais elles ne réagissent pas. Personne n'ouvre sa porte, personne ne vient à son aide. Elle entend un cri ; ce n'est que le vent qui geint.

Elle se retourne, essaie de se mettre à courir, titube, s'affale dans l'édredon glacial de la neige de Nouvelle-Angleterre.

Frank Carrington est penché au-dessus d'elle, sa parka imbibée de sang, ses yeux allumés d'une folie maligne, sa main armée pointée avec peine sur elle. Julia se force à se relever, elle ne mourra pas sans se battre. Elle envoie un bras gourd dans sa direction pour… quoi, gifler, cogner ? Elle ne sait pas, mais elle voit la tête du zombie partir brutalement en arrière.

L'instant d'après, Bruce Vallely l'enlace et l'entraîne, sanglotante, loin du corps au cou brisé qui gît dans la neige.

65

Enchères « all-pay »

I

Alors, les journalistes fondent à nouveau sur la petite ville. Leurs hordes écument les routes tranquilles à la recherche de l'interview idéale, surexcitées par cette occasion de fêter l'une des leurs, l'intrépide collègue qui n'a pas hésité à risquer sa vie pour démasquer le sinistre antiquaire lié à la mafia dont elle avait suivi la trace dans ce comté perdu. Elles trouvent néanmoins peu fair-play que l'héroïne, Mary Malard, refuse toute visite dans sa chambre privée au centre médical d'Elm Harbor, tous frais supplémentaires pris en charge par l'université en reconnaissance des services rendus, car l'antiquaire en question, feu Frank Carrington, était l'auteur de l'assassinat du professeur Kellen Zant et du bref enlèvement de l'épouse du président, Lemaster Carlyle, contre la vie de laquelle il espérait de toute évidence une forte rançon.

Plus, le service de presse de la digne institution oppose une fin de non-recevoir à toute demande d'interview avec Mrs. Carlyle ou avec le chef de la sécurité du campus – de la « sûreté », écriront certains reporters –, qui a dénoué cette sombre affaire. Les récits publiés par la presse dans les premiers jours ne brillent pas par leur exactitude, il faut dire, pas plus que ceux des jours suivants. Mary Malard, lit-on dans les journaux et entend-on à la télévision, a subi plusieurs fractures et traumatismes internes alors que, conduisant l'Escalade noire de la première dame de l'université sous la menace d'une arme, elle a courageusement et astucieusement jeté la voiture contre un arbre. Son refus de donner les détails de son aventure est perçu, non sans une certaine dose d'envie, comme un moyen de garder la primeur de ces révélations pour la tournée de promotion de son prochain best-seller. Le chef de la sécurité, ou quel que soit son titre exact, a tenu un second rôle important, visiblement, et les hordes donneraient cher pour en apprendre plus, mais il a hélas choisi ce moment pour prendre les nombreux jours de congé qu'il avait accumulés ; il semblerait qu'il soit en Caroline du Sud, à la recherche d'un logement où il vivra bientôt sa retraite. Quant aux Carlyle, après un siège assidu livré par ces mêmes hordes, le président a consenti à faire une brève déclaration devant les caméras, pleine de grâce, de gratitude et d'humour pétillant. Pour le reste, le couple est tenu à l'abri des envahisseurs par une phalange défensive qui compte dans ses rangs le directeur des relations publiques de l'université, une escouade de dames énergiques membres d'une association curieusement appelée « les Coccinelles », la propre cousine du président, Astrid Venable, et la toute nouvelle assistante de l'important personnage, Katie Chu, une jeune femme plutôt difficile d'approche et qui s'est pratiquement installée chez les Carlyle pendant la durée du siège.

Quelques journalistes intrépides, s'étant fait refuser l'accès de Lombard Hall, tentent leur chance à l'institut de théologie, ce « quadrilatère Kepler » au nom si étrange, mais c'est seulement pour découvrir que Julia Carlyle a démissionné de son poste. Un communiqué de la doyenne souligne à quel point l'école est fière d'avoir compté celle-ci parmi ses élèves, et reconnaissante du travail qu'elle y a ensuite accompli avec une intégrité et un courage exceptionnels – on croirait presque qu'elle est allée à la guerre, en lisant ce texte… Pour toute précision supplémentaire, s'adresser à Iris Feynman.

Le mutisme des Carlyle ou de Mary Malard à propos des « événements dramatiques d'une nuit de Nouvelle-Angleterre particulièrement glaciale », pour reprendre les termes d'une présentatrice de télé du câble, laisse cependant aux hordes tout un butin à piller. Au village de Tyler's Landing, Vera Brightwood, patronne de la confiserie Cookie's et historienne officieuse du bourg, enchaîne une interview après l'autre ; à Elm Harbor, nombre des connaissances locales de Julia Carlyle ne demandent qu'à la couvrir d'éloges pour l'édification du public, à commencer par Tonya Montez, présentée par plusieurs journalistes de la presse écrite comme « sa plus proche confidente », et comme sa cousine par un commentateur d'un bulletin télévisé du soir. Enfin, Tessa Kenner, la très, très grande amie de Julia, se multiplie sur presque toutes les chaînes, pas seulement la sienne, en laissant fortement entendre qu'elle en sait beaucoup plus qu'elle ne le dit.

Pendant ce temps, la popularité du président Carlyle connaît un essor prodigieux sur le campus. Non que ses orientations si souvent critiquées par le corps enseignant aient changé, mais c'est que… bon, le contexte est différent. Il n'est plus le monstre autoritariste élevé sur le trône par le lobby des anciens élèves les plus réactionnaires, car il a acquis ce statut tant chéri par les universitaires de tous âges, celui de victime. Et une *vraie* victime : un Africain-Américain dont la famille a été menacée par un Blanc raciste. Certes, ladite famille se plie aux normes sexistes et hétérocentristes les plus convenues, dans son existence normale, ce qui n'en fait pas un modèle à porter aux nues, mais sa victimisation n'en est que plus exemplaire, prouvant que même les opprimés qui tentent d'embrasser les valeurs factices de la culture dominante finissent par être écrasés par les forces de la réaction ! Et donc, malgré la résistance de quelques jusqu'auboutistes, on va le laisser unifier le programme d'études des « codes sexuels » et celui du « rôle des femmes » en une seule chaire, ainsi qu'il le voulait, on va le laisser durcir les mesures antidrogue sur le campus plutôt que de les alléger. Le printemps venu, toutefois, sa proposition de désigner un comité de réflexion sur la nécessité ou non d'autoriser une antenne du programme national de formation d'officiers de réserve à fonctionner de nouveau dans l'établissement provoquera un retour aux anciennes lignes de front : qu'il ait été une victime, fort bien, mais permettre aux pires représentants du militarisme impérialiste de se pavaner sur le campus, c'est une autre histoire !

Aucun reportage, aucune dépêche, aucun commentaire ne fait la moindre allusion au président des États-Unis en exercice, ni au sénateur de Nouvelle-Angleterre qui espère le remplacer, ni à un certain club de Harlem aussi marginal que sans avenir.

Mais sur une scène beaucoup moins exposée, loin de l'agitation médiatique, la maison des Carlyle connaît le discret ballet des émissaires envoyés par des amis d'amis de relations importantes, qui viennent s'enquérir de leur santé, bien entendu, et de leurs besoins éventuels, avant de demander en baissant encore plus la voix si, par le plus grand hasard, certaines rumeurs ou allégations tendant potentiellement à présenter tel ou tel candidat sous un jour défavorable auraient émergé dans les dernières semaines, parce que…

Non, non et non, répondent les Carlyle. Nous nous tenons loin de la politique. Mais si nous entendons quoi que ce soit, vous serez bien entendu le premier à l'apprendre.

II

C'est également à cette période que la nouvelle psychiatre de Vanessa a annoncé qu'elle n'essaierait plus de « guérir » la jeune fille d'être une adolescente, tout simplement. « Je suis juste quelqu'un à qui elle peut parler », a déclaré le docteur Jacobstein ; « à ce stade de notre relation, je ne vais pas prétendre être quoi que ce soit de plus ».

Mais qui lui fixera certaines limites, alors ? a objecté une Julia interloquée. Et Sara de répondre : en fait, c'est exactement le travail des parents. Et quid de ce traumatisme initial qui aurait expliqué en grande partie son comportement ? Il n'existe plus. Julia en est restée sans voix. Si la spécialiste posait sur elle un regard bienveillant, le ton de sa voix rappelait énormément celui de Lemaster. Tout ce que je puis dire, chère amie, c'est que ledit traumatisme était fondé sur une erreur d'interprétation. Sur quelque chose que Vanessa pensait être une vérité, mais dont elle est maintenant certaine que ce n'en est pas une.

Julia a voulu savoir s'il fallait en déduire que sa fille allait parfaitement bien, maintenant. Non, elle n'allait pas encore si bien. Elle avait encore un tas de problèmes à régler. Mais c'était une fille solide, et elle allait faire face.

Et Gina ? Revenait-elle encore la voir ? Sourire distant de Sara Jacobstein : *wait and see*, c'est à peu près tout ce que nous pouvons faire, non ?

À la maison, Julia a observé sa fille avec toujours plus d'attention. Vanessa continuait à lire ses livres d'histoire militaire, à écouter ses lamentations funéraires et, fort tard la nuit, à danser parfois avec sa mère. Lorsqu'elle lui a demandé s'il était vrai qu'elle se sentait mieux, elle a pris Julia dans ses bras et elle a seulement dit : « Grâce à toi. » Ce qui signifiait ? Les yeux brillants, l'adolescente l'a assurée qu'elle saurait bien comprendre d'elle-même.

Et Jeannie, désormais connue exclusivement sous le nom de Jeans ? Bien que poursuivant sa vie presque parfaite, elle a eu quelques jours de bouderie étonnée avant de sommer sa mère, puis son père, de lui expliquer pourquoi on ne voyait plus jamais Mr. Flew à la maison. Mais tu sais bien qu'il est parti, lui ont-ils rappelé. Parti *où* ? C'était sa question, accompagnée d'un trépignement de son parfait petit pied. Parce qu'elle voulait lui écrire, et parce qu'elle ne supportait pas l'idée qu'il ait disparu sans lui dire au revoir. Julia ignorait la réponse ; Lemaster a refusé de la lui donner, mais Jeannie… non, Jeans, qui depuis toujours connaissait les ficelles pour désarmer le formidable pater familias, a réussi à le convaincre de promettre, non sans réticence, qu'il ferait suivre sa lettre, si jamais elle en rédigeait une. Elle l'a pris au mot sur-le-champ, il a tenu parole et trois semaines plus tard environ elle a reçu une réponse, postée à son nom de l'une des plus instables des anciennes Républiques de l'ex-Union soviétique. Toute la famille lui manquait, assurait Jeremy Flew, mais le devoir l'avait appelé.

Quant aux autres enfants de la nichée, les garçons, Aaron avait voulu rentrer à la maison pour être avec eux en ces temps de crise mais ses parents avaient jugé préférable qu'il reste à son école et le directeur de la Phillips Exeter leur avait certifié qu'il saurait protéger leur fils de la pression médiatique. Pour sa part, Preston n'a pas trouvé le temps de passer un coup de fil, et quand sa mère a finalement réussi à le joindre, il s'est borné à indiquer qu'il allait partir incessamment en Australie, où il passerait le plus clair de l'année dans l'un des principaux observatoires astronomiques au monde. Ah, oui, quelqu'un dans son cours lui avait dit avoir remarqué que sa famille était mentionnée dans les journaux mais il n'y avait pas prêté attention parce que c'était toujours le cas, non ? « Est-ce qu'on va te voir avant ton départ ? » a murmuré Julia. Preston a répondu qu'il partait le lendemain, mais c'était toujours le cas, non ?

Et puis le temps a filé, les reporters ont levé le camp et, à la mi-mars, le chef de la sécurité est rentré de vacances. L'acte suivant va commencer, s'est dit Julia.

66

… Aucun mendiant n'irait à pied

I

— Et donc vous allez faire quoi, maintenant ? Quelle est la prochaine étape dans la vie du grand Bruce Vallely ?

L'intéressé a pris un air gêné et baissé ses yeux doux et vifs à la fois. C'était encore une de ces journées lumineuses que l'hiver de Nouvelle-Angleterre accorde parfois à ses prisonniers avant de refermer sur eux ses murs de grisaille. Julia et lui s'étaient retrouvés là où tout avait commencé, à la taverne de la Route 48. Le même public indifférent, la même cuisine sans intérêt, le même bourdonnement de conversations oiseuses, et parfois les mêmes giboulées de neige, comme si le beau temps n'arrivait pas à se décider à rester. Comme il ne répondait pas, perdu dans la contemplation de son mug de café, Julia a poursuivi :

— Vous prenez vraiment votre retraite, alors ? C'est ce que les gens font quand ils n'ont plus de place pour les médailles sur leurs étagères ?

— Je ne pense pas qu'ils donnent des médailles pour... pour ce que j'ai fait.

— Ils devraient, a-t-elle asséné, et c'était tout à fait sincère.

— J'ai cassé le cou à un homme, Julia, et un autre, je l'ai... – Il cherchait ses mots. –... je l'ai traité comme Dieu n'a jamais voulu que Ses créatures se traitent entre elles.

Le journaliste, a supposé Julia, si c'est ce qu'il était vraiment. L'inconnu qui l'avait accostée à la station-service de Langford. Désormais, elle savait que Bruce était parvenu à un accord quelconque avec les clients de Tice, et elle avait même fourni l'enveloppe donnée par Mona, avec son contenu, afin qu'il les contente, mais elle préférait ne plus creuser davantage cet aspect des choses.

— En tout cas, je vous suis reconnaissante... – Un froncement de sourcils taquin. –... même si je vous avais prié de ne pas me suivre. Comment m'avez-vous localisée ?

— Grâce à un émetteur dans votre voiture.

Il a omis de préciser que c'était son adjointe, Turian, qui l'avait installé pendant que Julia et lui prenaient un café. Il avait conseillé à la direction de nommer la jeune femme à sa place, à son départ en retraite, mais comme à son habitude Lombard Hall réagissait avec une lenteur pachydermique.

— Je suis sûr que c'était illégal, a-t-il complété.

Ils sont restés un moment dans un silence qui les unissait au milieu des tintements d'assiettes et de couverts, des claquements de porte et du ronronnement de la communication humaine. Julia s'est fait la réflexion que Bruce ne laissait pas souvent la loi contrarier ses plans, ainsi qu'elle l'avait constaté elle-même et que Mary le lui avait confirmé ; quelques mois plus tôt, elle aurait dit que son mari avait une approche exactement inverse.

— Et donc… comment va Vanessa ?

— Sara dit qu'elle s'en tirera très bien. Avec un peu de travail, ça ira.

— On est résistant, à cet âge…

— Ah, Bruce, comme Grace avait raison, à votre sujet ! – Elle le taquinait, oui, mais elle était aussi convaincue de ce qu'elle disait. Sur son assiette, des taches de soleil matinal jouaient à se poursuivre, attirant son regard. – Vous ne connaissez absolument rien aux enfants, pas vrai ? Non, mon cher Bruce, les adolescents ne sont pas du tout résistants. Au contraire. Ils sont très fragiles, impressionnables, prêts à croire que l'univers va s'effondrer à cause d'une mauvaise note, d'un furoncle sur le front ou d'une amourette qui tourne mal. Vous savez ce que dit Lemaster ? D'après lui, l'Occident a inventé l'adolescence quand la société a accumulé assez de richesse collective pour que le travail des enfants ne soit plus nécessaire, mais c'est une invention encore bancale. On en est à la version 1.2, ou quelque chose d'approchant. C'est ce que Lemaster prétend, a-t-elle répété et, surprise par la gêne qu'elle éprouvait en prononçant le nom de son mari, elle s'est hâtée de continuer : La vérité, c'est que Vanessa est dans une passe très difficile. Elle ne pleure pas tout le temps, elle n'a pas de cauchemars. Ce n'est pas son genre. Elle danse sur des chants funéraires, elle étudie l'histoire de la guerre, elle rit, elle a l'air pleine d'énergie, mais en réalité elle souffre terriblement. Je le sais. Je ne le lui reproche pas. Je me demande si j'aurais survécu à ce par quoi elle est passée.

— Je comprends, a-t-il affirmé d'un air pénétré. – Ses yeux refusaient de se détourner d'elle, et ceux de Julia n'ont pas obéi à son ordre paniqué de ne pas soutenir son regard. Qu'est-ce qui lui arrivait, maintenant ? – Peut-être qu'elle a besoin de changer d'air ?

— J'ai pensé l'emmener un moment en France, cet été, a-t-elle enchaîné avec une hâte forcée ; elle s'entend à merveille avec Mona et elles…

— Ce n'est pas ce que je voulais dire.

— Je le sais, Bruce ! – Derrière sa façade assurée, la panique avait pointé la tête. – Mais moi, je parlais sérieusement. C'est le seul changement que je puisse lui proposer, pour l'instant. Le monde est comme il est, et pas autrement. – Comme elle venait de citer Lemaster mot pour mot, elle a éprouvé le besoin d'une autre référence. – Vous savez ce que ma grand-mère répétait toujours ? Que si les souhaits étaient des chevaux, aucun mendiant n'irait à pied. Sauf qu'ils ne le sont pas. Ils n'appartiennent pas à la réalité, ni à… – Elle s'est interrompue, émue par la peine supportée avec courage qu'elle avait vue dans ses yeux, et là elle a commencé à perdre pied, à se laisser emporter par un torrent qui, quelques secondes plus tôt seulement, coulait tranquillement dans la bonne direction. – Nous sommes des êtres du réel, Bruce. Il y a des gens qui vivent dans le miroir, qui font tout ce qui leur passe par la tête comme si leur vie n'était qu'un reflet, sans réalité, et puis il y a les gens comme nous, qui évoluent de ce côté du miroir, qui doivent ignorer leur reflet même quand ils pourraient briller et être admirés… C'est cela, être adulte.

Elle s'est tue. C'était au tour de Bruce, maintenant. Elle voulait qu'il exprime ses sentiments sans détour, pour qu'elle puisse lui répondre qu'elle en était venue à approuver Lemaster et que, oui, le devoir passait avant tout. Elle voulait qu'il parle de ce que la vie proposait de merveilleux pour qu'elle soit en mesure de dire qu'elle avait déjà connu la vie avec quelqu'un à qui on ne peut se fier et qu'elle s'était presque tuée ainsi. Elle voulait qu'il évoque le futur pour lui donner le prétexte de parler de l'avenir qu'elle voyait en compagnie de son mari, de l'homme qui l'avait sauvée quand elle avait eu besoin de lui et qui avait maintenant besoin d'elle.

— Ce que je voulais dire, a repris Bruce d'un ton calme, c'est que venir vivre à Elm Harbor, en ville, lui ferait peut-être du bien.

Elle l'a dévisagé. Il aimait toujours sa Grace. Elle s'est sentie très bête, très jeune et très romantique.

Mais pas Bruce Vallely, de toute évidence.

— En fait, je voulais vous parler d'autre chose.

— De quoi ?

— Du soir de la mort de Kellen Zant.

Elle s'est armée de courage. Quelles surprises choquantes restait-il encore à entendre ?

— C'est Frank qui l'a tué, Bruce. Frank Carrington. Il ne voulait pas que le journal d'Huebner sorte de l'oubli. Et ensuite, il s'est dit qu'il en avait besoin pour se protéger et…

Elle n'a pas terminé sa phrase. Bruce a hoché poliment la tête.

— Oui, je crois aussi que c'est Frank, et je pense que vous venez de résumer correctement son mobile. Mais il y a un élément matériel qui ne rentre pas dans ce tableau, et j'aurais besoin que vous me disiez ce que je devrais faire à ce propos. – Il a posé sur la table l'enveloppe que Trevor Land lui avait donnée. – Ce sont les relevés téléphoniques de l'université, a-t-il expliqué en sortant une feuille de la liasse. Et là, les appels à un certain numéro de portable le soir où Zant a été tué.

— Je ne veux pas voir ça.

— Je ne voudrais pas avoir à vous le montrer.

Mais il s'est exécuté. Le numéro était celui de Lemaster. Une communication avait été entourée d'un cercle au stylo : environ une heure avant leur départ du dîner à Lombard Hall, ce soir-là, Anthony Tice avait téléphoné à son mari.

II

Sur le trottoir, ils ont échangé une accolade maladroite. Tous deux savaient que c'était leur dernier rendez-vous.

— Je peux vous poser une question ? a dit Julia.

— Bien sûr.

Elle a levé la main dans laquelle elle tenait l'enveloppe.

— Pourquoi vous n'avez pas donné ça à la police ?

Il a eu ce sourire fatigué qui lui venait souvent.

— L'enquête est close, Julia.

Oui, c'était vrai. Julia a eu l'impression que l'hiver de la Nouvelle-Angleterre la prenait en tenaille, montant de la terre et descendant du ciel, s'emparant de ses membres avec ses tentacules glacés, résolu à l'empêcher de commettre quelque folie. D'abord confuse, la révélation s'est formée peu à peu dans son esprit : elle ne vivrait jamais ailleurs qu'ici, elle était unie à la Nouvelle-Angleterre aussi solidement qu'elle l'était à Lemaster ; ses racines plongeaient désormais trop loin dans le sol, bien au-delà de la surface gelée, loin dans la chaleur brune et moelleuse que les plantations du printemps commençaient à exhumer.

— Je… Vous allez me manquer, a-t-elle dit, ou plutôt bredouillé.

Un sourire plus vif frémissant à la commissure des lèvres, Bruce Vallely a baissé sa tête massive et, en bon soldat qu'il essayait d'être, sans un mot de plus et sans au revoir, suivant les ordres de sa feuille de route, il est parti au pas militaire vers une retraite qui n'avait que trop tardé.

67

Calme trompeur

I

Juin. Le calme était revenu partout, sauf en Julia. Pendant ces trois mois à se persuader que la vie était à nouveau parfaite, elle n'avait cessé de bouillir et de frémir intérieurement. Les travaux dans la vieille maison de Town Street, juste là où commençait Hobby Road, étaient terminés et le résultat, de l'avis de tous les spécialistes en architecture, était à couper le souffle. Ici, Norm Wyatt s'était surpassé en alliant le moderne et le traditionnel avec une sublime subtilité, en dissimulant un peu partout les dernières trouvailles technologiques, en respectant la plus infime volute gothique sur la charpenterie rénovée de la véranda à l'arrière de la maison, laquelle avait retrouvé ses lignes épurées qui donnaient l'impression qu'elle s'élançait vers le ciel et que, même si elle n'était pas plus grande que les autres vénérables constructions bordant ce côté du campus, elle les dominait toutes. Lemaster s'y était installé dès le mois d'avril, ne revenant à Hunter

Heights que les week-ends et une nuit de temps à autre, et la plaisanterie qui circulait parmi les Coccinelles, à savoir que les Carlyle expérimentaient ainsi ce que serait l'existence si leurs chemins se séparaient, n'était qu'à moitié amusante parce que seulement à moitié infondée.

Entre-temps, Mary Malard était partie en convalescence dans une clinique du Maine, plus près de sa mère, et pendant tout le printemps Julia avait fait la route au moins une fois par semaine, car ni l'une ni l'autre n'avait renoncé à l'espoir d'approcher un peu plus de la vérité. Lors de l'une de ces visites, Mary avait remarqué que pour avoir l'idée de son enquête Kellen devait avoir disposé d'une source au sein de la conspiration, dès le début ; Julia, bien qu'elle eût soigneusement épargné à sa partenaire l'information selon laquelle la conspiration en question avait été animée par un club de gentlemen de Harlem au bord de la faillite, s'était dit que Mary avait certainement deviné. Et puis, par un bel après-midi où elles se promenaient dans le parc de la maison de repos, celle-ci a montré à sa visiteuse le tirage papier d'une page Internet de l'Anagram Server. L'une des nombreuses anagrammes était soulignée. Julia s'est arrêtée. Son visage avait viré au gris cendreux.

— Désolée, a soufflé Mary.

— Je n'y crois pas.

— Euh… Je ne suis pas certaine que ce soit le problème.

Elle avait sans doute raison, sur ce point, mais la pertinence de sa réaction a jeté un froid entre elles, et cette nouvelle source de tension s'est révélée trop déstabilisante pour leur collaboration. Après cette rencontre, elles se sont contentées de s'écrire de loin en loin au lieu d'établir la profonde amitié dont elles avaient peut-être toutes deux rêvé.

Dès que l'école a été finie, Julia et les enfants ont vidé l'imposant manoir de Tyler's Landing et quitté le cœur de la blanchitude pour vivre à nouveau en ville. Beth Stonington a juré aux Carlyle, ainsi qu'à tous ceux qui voulaient l'entendre et plus particulièrement à ses concurrents, que le prix de vente dépasserait largement les deux millions, voire approcherait les trois, vu le boom immobilier que connaissait le Landing. Pour quelle raison des gens sains d'esprit étaient-ils prêts à renoncer à ce cadre idyllique afin d'aller élever leurs enfants dans une ville à la dérive telle qu'Elm Harbor, cela dépassait l'entendement de Beth, de ses amis et de ses relations d'affaires.

— C'est le travail de Lemaster, ma belle, pas le vôtre, avait objecté l'agente immobilière à Julia, mais seulement une fois qu'elle avait été sûre à cent pour cent que ses clients ne changeraient pas d'avis, car il n'était pas question de compromettre une si belle vente juste pour satisfaire sa curiosité.

— C'est le mien aussi, avait majestueusement répliqué Mrs. Carlyle, mais selon le récit de la discussion proposé ultérieurement par Beth à ses confidents ses yeux gris étaient tout gonflés et irrités, comme si elle avait passé plusieurs nuits à pleurer, et les plus perfides avaient glissé : « Sans doute une allergie au pollen… », sans savoir que cette flèche ironique correspondait à la banale réalité.

La famille Carlyle s'est installée dans la résidence du président de l'université en exercice. À l'automne, Aaron retournerait à Exeter, où il faisait des étincelles ;

la parfaite Jeans rentrerait en cours moyen à Ogden, une école dont la majorité des élèves étaient ensuite acceptés à Hilltop, le lycée privé le plus prisé de la ville, de sorte que le plus brillant avenir paraissait lui être assuré, puisque c'est ainsi qu'il semble se décider de nos jours.

Acceptée par certaines universités, refusée par d'autres, Vanessa s'est inscrite à l'une des « Sept sœurs » – les sept universités les plus prestigieuses du pays – à l'immense soulagement de ses parents puis, sans même demander la permission ni en informer sa mère et son père avant qu'il ne soit trop tard, elle a obtenu de retarder sa rentrée et annoncé que, avec son dix-huitième anniversaire arrivant en octobre, elle allait se joindre à Smith pour une grande virée à travers tout le pays. En voiture.

— Mais nous t'avons interdit de conduire ! s'est offusqué Lemaster.

— Tu m'excuses, P'pa, mais ce n'est pas vraiment à vous de décider, a-t-elle rétorqué avec la politesse implacable qu'elle avait apprise de son cher père avant de citer longuement un passage des écrits de George Orwell sur la Guerre civile espagnole, son but étant de prouver que les définitions sont dynamiques et que les catégories se transforment au gré des événements : Le soldat qui s'enfuyait n'était plus un fasciste, donc Orwell n'a pas pu lui tirer dessus ; la fille qui fête ses dix-huit ans n'est plus une enfant, donc tu ne peux pas lui dicter ce qu'elle a à faire.

— Je ne parle pas d'âge légal ! a-t-il protesté.

— Eh bien moi, si. À dix-huit ans, je deviens majeure. Je ne suis pas un danger pour moi-même ou pour les autres. Je peux aller où je veux et faire ce que je veux, exact ? C'est vous qui m'avez élevée, exact ? Alors, il ne vous reste qu'à être sûrs que vous avez bien fait votre boulot de parents.

— Il n'empêche que tu es toujours *ma* fille et que…

— Pas dans un sens de rapport hiérarchique. Je dois t'honorer, comme dit la Bible, mais non t'obéir. Pas après dix-huit ans. – Elle a écarté ses mains, paumes ouvertes. – Je ne cherche pas la bagarre, P'pa, je fais juste ce que j'ai à faire. Exactement de la même manière que toi, quand tu as décidé d'entrer à l'institut de théologie au lieu de faire des études de management comme tes parents l'auraient voulu.

— Je… Qu'est-ce que le docteur Jacobstein en dit ?

— De ne pas oublier de prendre mon portable.

À la surprise de sa femme, Lemaster a abandonné la sphère des principes abstraits pour descendre sur le terrain du sens pratique :

— Même si nous te laissons partir, je n'ai pas le sentiment que Smith soit la compagne de voyage la plus fiable qui soit.

— Alors nous sommes faites l'une pour l'autre, parce que moi non plus, je ne suis pas fiable, genre.

Elle a ajouté que si L.A. leur plaisait, elles pourraient rester un moment en Californie et chercher un travail là-bas, et que dans ce cas l'autorisation de l'université à ce qu'elle effectue une rentrée tardive devrait être… prolongée.

— Ils ne vont pas t'attendre toute la vie, a bougonné son père, assez fâché mais conscient qu'il n'avait guère de recours.

— Pour la personne qui en vaut la peine, on attend toujours. C'est ce que tu m'as dit et répété.

— Vanessa…

— Il est temps de devenir adulte, a-t-elle asséné en s'en allant, sans préciser qui des trois était concerné par cette admonestation.

Plus tard, Julia est venue s'asseoir au bord du lit de sa fille qui, allongée sur le ventre, était occupée à programmer son lecteur de DVD portable. Confortablement installé sur le rebord de la fenêtre, Coalition-Arc-en-ciel se léchait les pattes.

— Tu ne danses plus, ces derniers temps.

— Ah, j'en ai marre, des chants funéraires. Mais regarde, j'ai toujours mes livres de guerre et je les prends avec moi pour la grande balade. T'en fais pas, M'man : je promets de ne pas être complètement guérie sans te prévenir d'abord. – Sa mère n'a pas eu le temps de trouver une répartie amusante. Vanessa l'a embrassée. – Je plaisante. Mais sérieusement, je vais emporter quelques bouquins. – Elle a jeté un coup d'œil au chat. – J'aurais bien aimé emmener Coalition, aussi…

— Et… Gina, elle vient aussi ? a tenté Julia timidement. – Comme sa fille ne semblait pas disposée à répondre, elle s'est risquée plus avant : – Ou c'était une idée à elle, ce voyage ?

Les nattes ont caché le visage de Vanessa quand celle-ci a tourné la tête pour regarder sa mère, mais Julia était presque certaine d'avoir vu un sourire. Puis elle est s'est à nouveau penchée sur le panneau de commande du lecteur.

II

Quelques jours plus tard, Julia, qui avait retardé ce moment tant qu'elle avait pu, est retournée au Landing. Après s'être arrêtée pour inspecter rapidement la maison et le jardin, s'assurer que la pelouse avait été tondue et arrosée, que les agents immobiliers et leurs visiteurs n'avaient pas encore piétiné toutes les plantations, elle a continué jusqu'à Main Street. Elle a garé son Escalade toute neuve près du parc municipal et de l'endroit où Vanessa avait brûlé la voiture de son père. Tout en faisant signe à quelques connaissances étonnées de l'apercevoir dans les parages, elle a traversé la rue.

Derrière le comptoir de Cookie's, Vera Brightwood s'est déclarée absolument ravie de sa visite avant de s'affairer à préparer une commande de truffes au cappuccino sans même demander si c'était ce que Julia désirait, et celle-ci l'a laissée peser, envelopper et tricher sur le poids tout en vitupérant sur tous ces gens de l'université, Carlyle exceptés bien entendu, qui faisaient tellement de tort au village.

— J'aimerais parler de ce qui s'est passé chez vous ce soir-là, a fini par intervenir Julia.

— Quel soir ce serait ?

— Celui où ils ont arrêté Tice. L'avocat.

Le sourire avide de Vera a révélé des dents de porcelaine. Elle avait été très en colère, ce jour-là, en entendant Julia l'accuser d'être la « Dame noire » de Kellen, l'informatrice occulte qui l'avait aidé dans sa recherche du journal d'Arnold Huebner, mais il fallait dire qu'il n'aurait pas pu trouver une meilleure source, puisque Vera connaissait chaque méandre et chaque détour de l'histoire locale.

— Je l'ai attaqué en justice, a-t-elle annoncé fièrement. On vous l'a dit ? Pour ce qu'il a fait le soir dont vous parlez. En chaussettes, je vais le laisser !

— Je crois qu'il va d'abord passer un bon moment en prison.

— Probable.

— J'avais juste une question.

— Ah, hmm.

Sans qu'on lui demande rien, là encore, elle a ajouté quelques Jelly Belly pour la bonbonnière que Lemaster gardait sur son bureau de Lombard Hall.

— Comment Tony Tice a-t-il su que j'étais chez vous ? Je suis sûre qu'il ne m'a pas suivie. La personne qui, euh… me protégeait se serait chargée de lui, autrement. Et il n'habitait pas le Landing, non plus, alors pour quelle raison aurait-il été au courant ?

— Pas idée, ma chère.

— Je me suis dit que vous devriez en avoir une. J'ai pensé que tout votre petit groupe s'était peut-être mis en place pour venger Gina. Des gens que tout le monde considère comme des… excusez-moi, des réactionnaires virulents, oui, mais tout de même, vous n'aimiez pas l'idée qu'un jeune Noir innocent paie à la place d'un gosse de riche dissipé. Je crois que tous les membres de votre groupe ont encouragé Kellen Zant lorsqu'ils ont découvert ce sur quoi il travaillait. Peut-être que certains l'ont aidé indirectement, mais ils l'ont aidé. Vous tous. Et puis il vous a roulés, je pense. Au lieu de chercher la justice, il cherchait de l'argent.

— Ah, j'ai des fondants aux airelles délicieux, aujourd'hui !

— Je ne crois pas que vous soyez des gents violents. Quand Kellen a été tué, vous avez été choqués. Choqués et effrayés. Je crois que Frank Carrington appartenait à votre groupe et je parie qu'il a pris un air aussi choqué que les autres. – Elle avait sorti son porte-monnaie pour payer mais Vera a déclaré que c'était offert par la maison. – Le soir où Kellen est mort, Frank Carrington devait savoir qu'il s'apprêtait à conclure un marché pour vendre le journal. Et comment aurait-il pu l'apprendre sinon par un autre participant à votre coterie ? C'était l'assistant du sénateur Whisted, n'est-ce pas ? Il est né au Landing, il y a grandi, il voulait venger Gina autant que vous autres. C'est peut-être par Astrid qu'il a appris ce qui se tramait et il l'a raconté au groupe, Frank y compris.

— Nous ne cherchions à faire de mal à personne, a commencé Vera après un long moment de réflexion. Gina était une brave fille, Julia. Pas comme celles qui traînent de par chez nous, aujourd'hui. Une gentille fille. Celui qui a fait cette saleté mérite ce qu'il reçoit. – Elle a dévisagé sa meilleure cliente, dont c'était vraisemblablement la dernière visite à son magasin. Son sourire embarrassé a rappelé à Julia son ancienne collaboratrice, Latisha, qui avait finalement obtenu de conserver son poste après que Minnie Fox avait réclamé son transfert dans une autre faculté sans donner la moindre explication. – Il mérite ce que Kellen s'apprêtait à lui faire, ce que vous allez lui faire, peut-être ce que votre mari va lui faire… – Elle s'est détournée et a commencé à découper des carrés de caramel aux cacahuètes. – Mais vous vous trompez : nous n'étions pas au courant, pour le journal. Qui nous l'aurait dit ? Cela étant, il est fort possible que vous ayez raison quand vous dites que le gars de Mal' Whisted était au courant, lui. Il l'a peut-être dit à Frank, mais pas à nous.

Julia a pris une poignée de Jelly Belly et les a laissés fondre dans sa bouche. Dans le miroir devant elle, son reflet teinté en rose méditait avec elle. Quelle était la relation de Whisted avec le groupe du Landing, au juste ? Est-ce qu'il les avait aidés, ou est-ce qu'il surveillait leurs progrès ? Elle avait cru élucider l'enchaînement des faits : Frank tue Kellen pour garder le journal secret, puis élimine Boris Gibbs lorsque celui-ci, après avoir volé le « dossier Vanessa » à Julia, risque de remonter la même piste que celle que Kellen avait suivie. C'était entièrement logique, mais était-ce… vrai ? C'est la question qu'elle a posée à l'autre Julia pendant que Vera continuait à découper et à emballer ses sucreries. Et aussi : est-ce que Frank n'aurait pas préféré encourager Kellen, ou du moins Boris, puis, une fois que l'un ou l'autre aurait exhumé le journal, s'en emparer et le détruire ?

L'assistant du sénateur, a-t-elle conclu. Seul lui pouvait savoir que Kellen détenait le journal. S'il l'avait dit à Carrington, c'était seulement dans l'espoir que l'ancien adjoint du constable passe à l'acte… Oui, mais comment pouvait-il savoir que Frank était compromis par le journal ? Était-il possible que la conversation téléphonique dont Tony Tice avait capté des bribes le soir de la mort de Kellen ait eu lieu non entre ce dernier et Frank mais avec un collaborateur d'un sénateur qui avait peut-être menacé de le doubler, obligeant Kellen à aller le voir au plus vite, et…

Derrière la surface du miroir, toutefois, il n'y avait qu'un reflet argenté et ce qui existait au-delà de lui, personne ne pouvait le voir.

Derrière son comptoir bien astiqué, Vera Brightwood a levé la tête.

— Vous savez, Julia, quand vous avez acheté la maison de Hunter's Meadow Road, j'ai été très contente. Et lorsque les gens ont essayé de vous en empêcher, ça m'a rendue furieuse parce que moi, j'ai toujours soutenu que tout le monde a le droit de vivre où il veut, quelle que soit sa…

Julia a déclaré qu'elle devait aller au travail.

— Mais j'ai vu dans les journaux que vous aviez démissionné…

— J'en ai un autre, maintenant.

— Et qu'est-ce que c'est ? a interrogé Vera, toujours friande d'un nouveau potin à faire circuler.

— Enseigner les sciences.

Dans la voiture, elle a mis l'un de ses disques de music-hall dans l'autoradio, elle a monté le volume et elle est partie en direction de la ville, du Nid et de l'école de Miss Ter.

68

La malédiction du vainqueur

I

Le samedi, il a plu et Julia est retournée à l'institut Kepler, mais pas pour dire au revoir ; ayant déjà eu à endurer le pot d'adieu offert par ses anciens collègues, elle avait délibérément choisi le week-end pour les éviter. Elle n'avait rien contre eux, mais elle n'appartenait plus à cet univers et eux, ils appartenaient à Lemaster, ils faisaient partie de *son* campus, de *sa* ville, de *son* monde. Après l'humiliation de sa carrière dans le secondaire, l'institut avait été pour elle un refuge. Seulement, les refuges ont tendance à devenir des prisons ; donc, une fois encore, elle s'était échappée.

Elle était revenue pour une raison précise.

Elle n'avait pas eu besoin de place sur le parking, puisque le bâtiment Kepler se trouvait à quelques pas de la résidence du président, et elle n'a pas non plus eu besoin de clé puisqu'un étudiant qui sortait lui a tenu la porte. C'était sans doute de cette manière que

Kellen était entré lui aussi, le dernier soir de sa vie, après avoir semé Tony Tice. L'avocat avait dit qu'il avait disparu deux bonnes heures avant de réapparaître, mais qu'était-il venu faire ici, à une heure où les archives étaient bouclées, les salles de cours et les bureaux inaccessibles ? Restait la chapelle, qui ne fermait jamais.

LPC 83.

Elle avait mal interprété le message que Kellen avait gravé dans la maison de Sugar Hill. *Le Livre de la prière commune* ne pouvait à lui seul la ramener à son Dieu, le but proclamé par Kellen. La réponse n'était pas entre ses pages, et pourtant celles-ci en donnaient la piste.

Une fois poussée la lourde double porte qui donnait sur le hall d'entrée, elle est restée dans la travée un moment, laissant ses pupilles s'habituer à la pénombre car un orage assombrissait les ouvertures, celles de la claire-voie tout en haut et les ogives à vitraux. Dans un coin, une jeune femme murmurait une prière entrecoupée de sanglots, mais l'ancienne vice-doyenne n'a pas cherché à la consoler – interrompre une prière aurait été une faute de tact. Elles exceptées, la nef était vide.

Julia s'est dirigée vers l'autel. À la page 83 du *Livre de la prière commune*, édition de 1928, la seule que Lemaster autorisait chez eux, le prêtre, après avoir achevé la consécration du pain et du vin, le distribue aux fidèles. Le soir de sa mort, Kellen avait marché dans cette même travée. Il connaissait sans doute les lieux par cœur, pour les cas d'urgence : peut-être toutes ses visites à la chapelle n'avaient pas eu pour motif d'importuner son ancienne maîtresse, finalement… Pas pour motif unique, du moins.

Elle a gravi les marches du chœur. L'autel principal, taillé dans le pin solide de la Nouvelle-Angleterre, se dressait juste devant elle, mais elle n'y a jeté qu'un œil distrait. Jusqu'au bout, Kellen avait tenu à se montrer le plus brillant. Contre le mur du fond, le maître-autel d'origine, en briques et bois plus foncé sculpté de phrases tirées de l'Évangile de Jean, ne servait pratiquement plus, sauf quand les enseignants du cours de liturgie voulaient montrer aux futurs pasteurs ce qu'il ne fallait pas faire durant l'office. C'était un vestige des temps où les prêtres de toutes les tendances conservatrices du christianisme tournaient le dos à l'assemblée quand ils parlaient à Dieu, ne faisant face aux fidèles qu'aux moments où ils parlaient pour Lui.

Kellen avait certainement trouvé le symbole irrésistible. Ce n'était pas un croyant, d'accord, mais son grand rival l'était…

Parler à Dieu.

Dos à la nef, Julia s'est placée devant le vieil autel, à la hauteur de l'étincelant tabernacle tapissé de feuilles d'or où l'on conservait jadis l'hostie consacrée. La réserve eucharistique était fermée à clé. Elle a tâté le tissu étendu sur le haut de la petite armoire – il avait un nom précis qu'elle avait oublié –, mais elle n'a rien trouvé. Un coup d'œil derrière elle, avant de se donner en spectacle… L'étudiante éplorée était partie. Elle était seule. Reculant d'un pas, elle a évalué au jugé l'emplacement où l'officiant devait se tenir lorsqu'il consacrait le vin après le pain, recourant pour cela à ses années de fréquentation de Saint-Matthias, où le père Freed se servait exclusivement du maître-autel. Juste un peu à droite du centre. Soudain, elle est tombée à genoux et a passé une main sous la structure.

Elle en a retiré une grosse enveloppe matelassée. Qu'elle a ouverte. Et elle a cru s'évanouir.

Impossible. Absurde. Ce qu'elle avait sous les yeux ne *pouvait* pas avoir été caché ici, puisque Kellen l'avait avec lui quand il avait été tué. Le temps ne s'écoulait que dans un sens, et les morts ne se relevaient pas. C'était de la magie, c'était aberrant, c'était... Même là, dans la chapelle de l'institut de théologie où génération après génération étudiants et professeurs s'étaient agenouillés pour prier l'Impossible, Julia Carlyle refusait d'accepter une explication surnaturelle.

Mais elle avait dans la main le téléphone portable de Kellen Zant.

II

Dans l'Escalade, avec la musique de Broadway pour compagnie, Julia regardait la pluie ruisseler sur son pare-brise. Elle était hors d'haleine, sans doute avait-elle couru, aiguillonnée par une peur confuse, mais les détails des derniers instants étaient flous. Elle se rappelait être revenue à la maison puis avoir repris sa voiture, et à présent elle se dirigeait vers un immeuble du centre-ville où son mari devait prendre la parole devant une conférence de plusieurs organisations civiques du comté. Après s'être garée, elle a fusé dans le hall d'entrée, en jean et blouson, sans s'arrêter quand le portier l'a hélée. Elle n'était plus du genre à se laisser impressionner. Au dernier étage, ignorant cette fois le maître d'hôtel qui tentait de freiner sa course, elle a traversé tout le restaurant pour gagner le grand salon privé, au fond. À l'entrée, l'assistante toujours aussi peu souriante de Lemaster, Katie Chu, l'a assurée que le président avait pratiquement terminé son intervention, mais elle s'est tout de même glissée à l'intérieur. Plusieurs têtes se sont tournées vers elle. Ses vêtements dégoulinaient de pluie sur le parquet, ses cheveux étaient en désordre, et à cet instant elle se moquait éperdument que les invités puissent chuchoter entre eux que la première dame de l'université était aussi folle que sa fille. Debout derrière le pupitre, Lemaster parlait toujours. Ses yeux sont passés sur elle, sans s'attarder. Il a enchaîné une série de bons mots, toute l'assistance a ri, puis il est passé entre les tables, serrant vigoureusement les mains qui se tendaient vers lui. Arrivé près de sa femme, il a embrassé ses lèvres gelées, entouré sa taille d'un bras importun, puis l'a entraînée dehors en laissant à Katie Chu le soin de l'excuser.

Ils sont redescendus sans échanger un mot mais Julia, qui savait qu'elle ne pourrait jamais battre son mari sur le terrain de la patience, a cédé la première. Elle a posé la tête sur l'épaule de Lemaster, qui a caressé ses cheveux trempés.

— J'ai retrouvé le téléphone, a-t-elle annoncé.

— Je prévoyais que tu y arriverais.

— Tu savais, alors ? LCP 83 ?

— Cameron m'a prévenu.

— Est-ce qu'il pense toujours pouvoir faire chanter… qui que ce soit ?

D'un doigt sous son menton, il a forcé Julia à tourner le visage vers lui.

— Je crois qu'il a compris, maintenant.

— Parce que… parce qu'il n'y a que l'Empyrée qui puisse faire ça, a-t-elle avancé.

Ils étaient maintenant dans le hall d'entrée et deux invités en retard qui venaient de manquer son discours ont tenu à serrer la main du petit universitaire noir qui était aussi l'homme le plus puissant du comté, et celui-ci a accepté leurs hommages tel un suzerain avec ses sujets, et pendant un instant d'égarement Julia a été envahie par une immense fierté, la fierté que lui inspirait non tant son mari que son peuple, et en particulier un certain club de Harlem dont presque personne ne connaissait l'existence. Comme disait souvent Granny V., les Caucasiens n'ont pas idée de ce dont nous sommes capables.

Ils sont sortis sous la pluie. Lemaster n'ayant pas de voiture, car il s'était fait conduire par son assistante, ils sont rentrés à la maison ensemble dans le monospace. Enfoncée dans le siège passager, les yeux clos alors que la musique préférée de son mari vrombissait dans les haut-parleurs, Julia a repris la parole :

— Qu'est-ce que Kellen avait caché, alors ? Dans la chapelle. Avant que tu l'enlèves. Qu'est-ce qu'il y avait ?

— Rien d'important, a-t-il tranché après un très bref instant d'hésitation. Kellen a cru qu'il avait la preuve définitive, mais il s'est trompé.

— Qu'est-ce que c'était, Lemmie ?

— Tu parles de quoi ?

— De la preuve. Du surplus. Qu'est-ce qu'il avait caché, dans la chapelle ?

Cette fois, le silence a duré. Julia s'est redressée, commençant à penser qu'il ne répondrait pas. La pluie tombait plus fort, à présent, le vent emportait poubelles et nains de jardin. C'était la version estivale de la tempête d'hiver qui les avait entraînés sur cette route éprouvante. Elle s'est demandé depuis combien de temps Lemaster l'avait percée à jour, depuis quand il la précédait d'une longueur, et comment il s'arrangeait pour faire paraître une entreprise de prévarication pour quelque chose d'aussi naturel et justifié.

— Un billet de train, Jul'.

Elle a sursauté.

— C'est ce que Kellen avait dissimulé sous l'autel. Un billet de train. Un aller simple Elm Harbor-Boston, daté du 18 février 1973.

Julia a encaissé le choc.

— C'était… C'est un moyen d'établir lequel des garçons est allé demander conseil à Dennison. Et celui-là, c'est celui qui a tué Gina.

— J'imagine que c'est ce que Kellen a dû penser.

Elle a pris le ton le plus dégagé dont elle était capable.

— Et quel nom il y avait, sur ce billet ?

Ils étaient arrivés. Lemaster a garé l'Escalade avec une précision millimétrique dans le garage de deux places, moins grand que celui dont ils disposaient au Landing mais suffisant, puisqu'ils s'étaient séparés de la Volvo.

— Quelle différence ça fait, Jul' ?

— Je me disais juste que vous voudriez être certains que votre chantage s'exerce sur la bonne personne.

— Ils étaient tous « la bonne personne », a lâché Lemaster en lui ouvrant la portière.

Il a fallu à Julia un instant pour se calmer, et quand elle a enfin suivi son mari son attitude n'avait toujours rien de docile.

III

Ils sont montés dans le nouveau cabinet de travail de Lemaster, qui occupait la majeure partie du deuxième étage. Le portable de Kellen était posé sur la table, entre eux. Julia n'a pas cherché à savoir comment son mari se l'était procuré, parce qu'elle ne voulait pas apprendre à quel point les tentacules du club de Harlem enserraient la vie du comté d'Harbor, du pays, du monde entier. Elle attendait qu'il parle de lui-même, et elle n'avait aucun doute qu'il allait le faire ; autrement, il n'aurait pas laissé le téléphone de Kellen pour qu'elle le trouve dans la chapelle.

— J'ai commis une erreur, a-t-il concédé après avoir bu une gorgée du vin qu'elle avait pris en passant. Prévisible, probablement, vu les circonstances, mais une erreur quand même. Et, bon, une erreur conduit à une autre et nous en sommes là.

Julia n'a rien dit. Par la fenêtre, elle a vu que la tempête s'éloignait, les tours gothiques du campus réapparaissaient peu à peu en haut de la colline. Le campus de son mari.

— Ce Casey-je-ne-sais-quoi, c'est une petite saleté, a-t-il continué en faisant tourner le téléphone argenté sur la table. Plus fuyant qu'une anguille. C'était clair depuis le début, cela dit. Oh oui, il peut jouer au poète rebelle pour impressionner notre fille, l'anticonformiste accompli, mais il n'est pas comme Smith. Et il n'est pas comme Vanessa. Il ne ferait jamais de vagues, surtout pas en pleine saison de sélection universitaire. Trop ambitieux. Sa mère a beau être la doyenne de la faculté de droit, je suis le président de toute l'université, moi, et donc il n'allait certainement pas chercher à me contrarier. Il savait parfaitement que Vanessa n'avait pas le droit de monter en voiture avec lui. Peu importe qu'elle l'ait supplié, ou qu'elle lui ait promis je ne sais quoi. Il savait qu'il devait dire non. Conclusion : il est impossible que ce petit gandin l'ait raccompagnée du cinéma à la maison, le soir où Kellen a été tué.

Julia, qui regardait toujours par la fenêtre, a brusquement tourné les yeux vers lui.

— Oui… Tu te rappelles que Casey t'a raconté que Vanessa disparaissait toujours quand ils allaient quelque part ensemble ? Je crois qu'il voulait t'adresser un message. Tu ne penses pas, Jul' ? – Il n'a pas attendu sa réponse. – Il cherchait à te dire que c'est ce qu'elle a fait aussi le soir de la mort de Kellen. Comme il ne voulait pas envisager les implications possibles, il t'a juste tendu la perche et toi, tu as décidé, très sagement, de ne pas creuser la chose. Mais nous savons tous les deux ce qui s'est passé, en réalité. Comment elle est revenue à la maison ce jour-là. N'est-ce pas ?

Julia a baissé les yeux sur ses mains. Elles s'étaient mises à trembler comme celles de sa fille ; elle les a pressées l'une sur l'autre sans pouvoir contenir les tremblements. Un bourdonnement venu de son cerveau résonnait dans tout son corps, de plus en plus fort. Lemaster, lui, s'était emparé du portable. Il l'a allumé, attendu qu'il se réinitialise, puis il a ouvert le journal des appels reçus et il a fait glisser l'appareil vers sa femme. Elle s'est penchée en avant, refusant de le toucher de ses doigts frissonnants. Elle a plissé les paupières, forçant son cerveau à se remettre à fonctionner. Le dernier appel que Kellen avait reçu provenait d'un numéro qu'elle a reconnu, celui de Frank Carrington ; l'avant-dernier avait été passé d'un numéro qu'elle connaissait encore mieux : celui de Vanessa.

— Regarde l'heure, a-t-il recommandé. – Huit heures dix-sept. – C'est l'appel que Kellen a reçu alors qu'il était dans Main Street avec Tony Tice. Celui qui l'a amené à faire descendre Tice de sa voiture, et à s'en aller sur les chapeaux de roue.

— Mais… Tel que Tice l'a perçu, c'était comme si le correspondant de Kellen le menaçait et… il était dans tous ses états et… Vanessa n'avait évidemment pas de quoi lui faire peur à ce point.

— Bien sûr que si.

Bien sûr que si. C'était tellement simple, tellement clair. Vanessa avait exigé quelque chose de Kellen, ce soir-là, et lui avait dit que s'il n'obtempérait pas elle raconterait à son père qu'il la poursuivait de ses attentions déplacées. Et pourtant Julia ne parvenait toujours pas à saisir l'ensemble du tableau.

— Mais qu'est-ce qu'elle aurait attendu de lui ? Qu'est-ce qu'elle lui aurait… demandé…

Elle n'a pas terminé sa phrase. Son esprit remontait le cours du temps. Mary Malard lui montrant l'anagramme… Non, plus loin ! Vanessa dans la cuisine de Hunter's Heights, répétant furieusement que le coupable était DeShaun, ne pouvait être que DeShaun. Sa fille perdant son temps à écrire une dissertation besogneuse dans le seul but de prouver ce point. Plus loin !

L'incendie de la Mercedes le soir de l'anniversaire de la mort de Gina Joule, point culminant de la folie qui l'avait prise presque simultanément au moment où elle s'était mise à étudier les événements d'une Saint-Valentin datant de trois décennies. Et encore plus loin dans ce passé torturé, la nuit où Janine Goldsmith était restée à la maison et où Lemaster, dans leur lit, lui avait dit que celui qui avait tué Kellen n'avait pas forcément eu à le haïr… Quoi d'autre, alors, avait interrogé Julia. Quel autre mobile, quelle autre force ? La réponse de son mari éclatait maintenant comme un coup de tonnerre dans sa tête : « Maximisation rationnelle de ses intérêts personnels. » Et aussi une autre image, plus pénible encore, celle de Vanessa devant l'église Saint-Matthias où elle ne pouvait plus supporter de rester un instant de plus, sortant le nom de Malcolm Whisted de son chapeau parce qu'elle cherchait désespérément à empêcher sa mère de s'approcher de la vérité, une vérité autour de laquelle Julia tournait toujours plus près.

— Le blog de Vanessa, a-t-elle repris, s'extirpant de ses souvenirs. « *Gainful nonsenses* ». C'est une anagramme…

— Oui. De « Sinful Sane N.E. Song ».

— Pas seulement.

Elle a pris une feuille de papier pour écrire d'un trait l'interprétation que Mary Malard lui avait donnée. « *Gina flees nun's son* ». Gina évite le fils de la nonne.

— Tu as grandi dans une école catholique, Lemmie. Et tu n'as pas eu de mère. Est-ce clair, ce « fils de la nonne » ?

— Je comprends, a-t-il murmuré.

— C'est l'explication, c'est la raison, c'est la racine du traumatisme de Vanessa. Ce qui l'a complètement déstabilisée il y a un an et demi. – Elle a posé le doigt sur ce qu'elle venait d'écrire. – Elle s'est convaincue que c'était toi qui avais tué Gina Joule. – Calmement, elle a déchiré la feuille en quatre avant d'aller la jeter dans la déchiqueteuse à papier de Lemaster. – Le traumatisme. Le secret originel. C'était ça, Lemmie. Elle te protégeait. Elle a bâclé son mémoire pour ça, elle s'est escrimée à prétendre que DeShaun était le vrai coupable alors qu'il y avait tant de preuves du contraire. Elle a pensé que c'était toi. Toi !

— C'est Preston qui lui a mis cette idée dans la tête, a fait Lemaster d'un ton neutre. Et c'est resté comme ça jusqu'à… eh bien, jusqu'à de récents développements.

Julia a pris le portable, effleurant une touche pour que l'écran se rallume, et l'a approché de ses yeux, l'a contemplé jusqu'à ce que Lemaster le lui retire avec douceur. Il l'a éteint, l'a retourné et en a sorti la batterie. Il avait un marteau dans un tiroir. Il a pulvérisé le boîtier, saisi la carte à puce qu'il a également détruite avant de pousser le tout sur le côté en un petit tas de débris ; puis, peut-être conscient de la détresse de sa femme, il a serré ses mains dans les siennes.

— Alors c'était ça… a-t-elle soupiré. Je croyais que tu couvrais le Président, ou Mal' Whisted, ou l'Empyrée et leur plan idiot, alors qu'en fait tu protégeais Vanessa… – Ses yeux se sont brouillés. – Tu ne voulais pas qu'on sache qu'elle était dans la voiture de Kellen, ce soir-là, qu'elle l'a menacé, qu'elle a proclamé que si jamais il racontait que son père était coupable elle raconterait à tout le monde, elle, que…

que… – Elle était incapable de prononcer ces mots. – qu'il l'avait poursuivie de ses avances de… Si on l'apprenait, on penserait que… oh, Lemmie ! – Elle s'est essuyé les yeux. – Tu as chargé quelqu'un de s'emparer de son portable, peut-être que tu as même fait supprimer les registres d'appels, même si la compagnie de téléphone doit les garder dans une sorte de bunker. Est-ce que tu as ce genre de… comment dire ? D'autorité ?

Elle ne se rappelait pas s'être mise debout pourtant, elle s'est retrouvée près de la fenêtre, fixant sur son mari un regard à la fois admiratif et horrifié, terrifié par sa conclusion, émerveillé et plein d'amour pour sa décision instinctive de se servir du pouvoir que l'Empyrée lui avait conféré dans le but de protéger les siens.

— Est-ce que tu vas avoir des ennuis ? Pour ne pas avoir fait ce qu'ils attendaient de toi ? L'Empyrée ?

— S'ils l'apprennent, oui. – Il a souri, enfin. – Assieds-toi, Julia. Assieds-toi et sers-nous un peu de vin.

IV

— Je ne peux pas tout te dire, Julia, même maintenant, mais oui, j'ai une petite réserve de preuves. Pas celles que l'Empyrée a obtenues, comme par exemple l'original des aveux de Jock. Une petite collection à moi. – Il a tapoté du doigt une liasse de documents qu'il avait posée devant lui. – Pour que mes camarades filent droit. Mes anciens copains de fac, tu sais ? Parce que si tu y réfléchis, ils pourraient bien se rebiffer, un jour, et essayer de se débarrasser de moi. Et l'Empyrée ne penserait même pas à me venger. Pour eux, c'est une chose à long, très long terme. Leur priorité, c'est le sort de l'obscure nation, pas la protection de Lemaster Carlyle. Donc, j'ai ma réserve et chaque année, dans une lettre que je confie à notre avocat, j'indique où elle est cachée. Scrunchy le sait, Mal' le sait. Ils ont beaucoup de pouvoir mais ils me laissent tranquille. Moi et ma famille.

— Mais Jeremy était là pour le cas où ils arrêteraient de te laisser tranquille…

— Ah… oui. Pour ça, ou pour le cas où certaines personnes de chez eux ne saisiraient pas bien les règles du jeu et s'énerveraient un peu. Au début, c'était juste l'avoir à portée de main mais ensuite, quand j'ai compris combien de gens reniflaient partout, j'ai voulu l'avoir à la maison, ou qu'il surveille ceux qui étaient dehors, autant que possible. Et j'ai pris d'autres mesures, aussi, inutile de préciser.

Elle n'avait pas besoin qu'il le fasse. Trevor Land. Le parrain de Gina. Il avait été son homme de confiance depuis le début. C'est lui qui avait mis Bruce sur la piste, sachant que celui-ci était obstiné, fiable, qu'il passerait beaucoup de temps autour de Julia et de Vanessa et que sa formidable présence découragerait les éléments hostiles. Beaucoup plus discret et efficace que d'engager un garde du corps…

— Mais si tu as caché tes preuves, comment Vanessa a-t-elle tout découvert ?

— À l'époque, elles étaient dans un placard de mon bureau, fermé à clé. Environ un mois après que Vanessa est rentrée de France, je me suis aperçu un soir que la serrure avait été forcée. J'ai paniqué, crois-moi. J'ai cru que c'étaient… les autres. Les gens de Scrunchy, ou de Whisted. Mais non. Quelqu'un avait lu les papiers mais il ne manquait qu'une chose, le billet d'avion. Je me suis dit que ce devait être Vanessa.

— Vanessa qui trouve toujours tout…

Julia s'est soudain rendu compte que, pour une fois, c'était elle qui avait une longueur d'avance sur son mari. Le piano. Ce n'était pas Kellen. Celui-ci n'était jamais entré dans la maison. C'était Vanessa qui, lui ayant extorqué une preuve, l'avait scotchée sous le piano afin d'avoir une explication pour le soir où il l'avait raccompagnée chez ses parents et où son Audi avait cassé deux lampes de l'allée.

— Et maintenant, que va-t-il se passer ? Tu tiens fermement deux hommes à la fois, Lemmie.

— Exact.

— Mais ça ne peut pas être eux. Jock conduisait. Mal' Whisted était soûl, il ne se souvenait sans doute de rien mais sa famille n'avait pas l'argent qu'il fallait pour monter une pareille conspiration. Et Scrunchy… Il n'était pas sur les lieux, n'est-ce pas ? Il a peut-être aidé à dissimuler les choses, ensuite, et c'est pour ça que tu as ce pouvoir sur lui. Ou bien l'Empyrée a montré à chacun d'eux une pièce à conviction quelconque qu'ils avaient fabriquée. Et donc, peut-être encore aujourd'hui, l'un et l'autre sont convaincus qu'ils ont tué Gina. – Elle comptait les points de sa démonstration sur ses doigts, admirant l'ingéniosité du stratagème tout en étant révoltée par l'acte. – C'était le plan de Bay, dès le départ : les utiliser l'un contre l'autre en les abusant tous les deux. Dire à chacun : « C'est toi le coupable mais on va te donner une couverture, comme ça les autres penseront que ce sont eux. » L'Empyrée ne savait pas qui parviendrait le plus haut, d'eux tous, mais c'était un pari astucieux.

— Très astucieux, Jul'. – Il avait l'air triste. – Pendant des années et des années, les Caucasiens ont cru que c'étaient eux qui menaient la barque, et c'est ce que l'Empyrée veut qu'ils croient. L'obscure nation peut disposer d'un pouvoir énorme, tant qu'elle avance sans montrer sa main. Pouvoir public dont les Caucasiens ne veulent pas, pouvoir occulte contre lequel ils ne peuvent rien.

— Mais s'il est si occulte que ça, comment Jock et Malcolm ont pu être convaincus que l'Empyrée disposait d'une influence pareille ?

— Je pense que c'est quand la police a détourné son attention sur DeShaun. Les trois garçons ont été persuadés que l'Empyrée pouvait obtenir tout et n'importe quoi. Et qu'il fallait prendre leurs menaces au sérieux.

— Et donc ils ont signé des aveux, chacun dans son coin, ces petits imbéciles… Et les Hilliman ont procuré l'argent pour que le secret ne s'ébruite pas, et durant tout ce temps Scrunchy *et* Malcolm ont été sûrs que tu les protégeais. Aucun ne savait que l'autre était un suspect, et quand des collaborateurs à eux ont essayé de voir s'ils pouvaient compromettre l'adversaire, ils se sont débarrassés d'eux. Parce que tu le leur as demandé et parce qu'ils n'avaient pas le choix. Comme j'ai été bête de ne pas voir ça ! Oh, Lemmie ! Je comprends pourquoi tu joues les blasés à propos des prochaines élections ! Dans un cas comme dans l'autre, l'Empyrée est gagnant.

— Rappelle-toi, Jul' : je suis arrivé tard, dans ce plan. Les choses sont telles qu'elles sont. – Il a posé le front contre la fenêtre, apparemment pas affecté par la réverbération au-dehors. – Mais toi, Jul', qu'est-ce que tu ferais ? Si tu avais le choix ? Qu'est-ce que tu nous dirais de faire ?

— Relâchez ces hommes. Dites-leur qu'ils sont libres.

— Je ne pense pas que ça puisse arriver. Premièrement, la décision ne m'appartient pas. Malgré mon titre, je n'ai qu'un rôle relativement marginal, à l'Empyrée. Deuxièmement, il y a eu beaucoup… d'investissement, dans cette affaire. Nous sommes allés trop loin pour renoncer, Jul'.

— Allons, Lemmie ! Le Président… Scrunchy… Il est innocent ! Et le sénateur aussi ! Ils étaient soûls mais ils n'ont tué personne. Comment peux-tu dire qu'il est trop tard ? Vous faites chanter des gens qui ne le méritent pas.

— Sans doute…

Et il est revenu à son ordinateur, et il n'y a plus eu que le bruit de ses doigts courant sur le clavier. Julia aurait voulu l'étrangler. Et le serrer contre elle tout le reste de sa vie. Et prendre sa famille et les emmener tous loin, le plus loin possible d'ici… Elle contemplait l'homme qui était venu à sa rescousse, qui croyait que le devoir passait avant le désir, et qui était désormais pris entre des obligations tellement contradictoires qu'il ne savait plus ce qu'était le libre arbitre, notamment le sien.

— C'est mal, Lemmie… Tu ne le vois pas ?

— Non, Jul'. Je ne vois pas. – Il a levé vers elle des yeux fatigués et Julia, qui n'avait pas l'habitude de constater le moindre signe de faiblesse physique chez son mari, a reculé d'un pas. – Il y a quelques mois, quand tu as cru que le Président était coupable, tu as paru satisfaite… à contrecœur, oui, mais satisfaite de savoir que le choix que nous avions fait était le meilleur pour notre peuple. Pour notre nation. Tu as changé d'avis ? Tu ne vois pas que la possibilité d'aider nos gens reste la même, quel que soit le coupable ?

Julia s'est laissée tomber dans un fauteuil, les jambes coupées. Lemaster lui a lancé un regard compatissant.

— Tu me surprends, Jul'. Franchement. Cette chance d'obtenir justice pour notre peuple n'a rien à voir avec l'identité du responsable d'un crime oublié depuis des lustres. Nous sommes là pour venger un crime bien plus énorme, Jul'. Ne l'oublie pas.

Elle a enfin compris ce qui l'emplissait de peur. La formidable assurance de Lemaster, qu'elle avait tant admirée même quand elle s'enflait jusqu'à devenir de l'orgueil, était en réalité la conviction entêtée de l'idéologue. À force de l'entendre se moquer de la droite et de la gauche, elle en était venue à penser qu'il était tout simplement au-delà de la politique, que sa seule prise de position était la satisfaction de se savoir suprêmement intelligent. Elle s'était trompée, lourdement. Ses convictions politiques, c'était cette exigence farouche que « l'humanité marche droit », pour reprendre les termes du philosophe Isaiah Berlin, qui était pourtant son penseur préféré, l'exigence qui avait causé plus de victimes que n'importe quelle croyance.

— Mais enfin, Lemmie, tu ne peux pas croire que ça restera indéfiniment un secret. Tout finit par se savoir, toujours.

— Non, Jul'. C'est faux. Le monde est rempli de secrets que les gens ont su et savent garder. – Il a encore tapé quelques mots sur le clavier. – Celui-ci n'aurait jamais affleuré si Bay Dennison n'avait pas été aussi arrogant. Mais il n'a pas pu résister à la tentation : au lieu de se servir d'un intermédiaire, il a rencontré lui-même le garçon qui se croyait coupable, et il est allé lui-même au Landing, pour le plaisir de regarder les Caucasiens danser sur sa musique. Il a oublié que notre influence doit rester cachée, par nature. – Il a lancé un coup d'œil à sa femme. – Comme elle l'est, à nouveau.

— Et DeShaun ? Tu es prêt à ce que ce mensonge continue à être accepté ? – Il n'a pas répondu. – Vous ne perdriez rien si vous faisiez savoir, par une fuite quelconque… Si vous faisiez savoir que Jock Hilliman était le vrai coupable. Cela ne réduirait pas votre emprise sur Scrunchy et Mal'. Ils pensent être coupables, ils sont persuadés que les preuves contre Jock sont un montage, et que les aveux que vous leur avez fait signer…

— Que l'Empyrée leur a fait signer.

— Que vous leur avez fait signer. Ils pensent que ces aveux suffisent. Si on reparlait du crime, ils seraient nerveux, évidemment, mais ils n'en resteraient pas moins à votre merci. – Il s'est contenté de hausser les épaules. – Enfin, Lemmie… la vérité t'intéresse donc aussi peu ?

— La seule vérité qui compte, a-t-il répliqué avec une solennité attendrie, c'est la vérité du progrès que nous pouvons arracher pour notre peuple. Écoute, Jul' : je t'aime. Je t'aime depuis le premier jour où je t'ai vue à l'institut. Mais ce plan est désormais sous ma responsabilité. Je ne peux pas l'abandonner sur le pas de la porte.

Elle s'est attardée dans la pièce tout en longueur baignée de soleil. C'était trop pour elle. Qui était son mari, au bout du compte ? Avait-il menti quand il avait affirmé n'avoir qu'un rôle mineur ? Brusquement, les doutes qui avaient paru l'assaillir s'étaient dissipés dans une affirmation de soi pleine de clinquant et de défi. Lui, qui pouvait convaincre n'importe qui de n'importe quoi, s'était persuadé que l'Empyrée détenait la vérité, et cela s'était probablement produit au cours des dix dernières minutes…

Et le plus affolant, c'était qu'elle comprenait son point de vue. Ou non. Que Lemaster avait raison. Ou tort. Que c'était important pour tout le monde. Ou pas du tout.

— Tu vas me quitter, Jul' ? Prendre les enfants, te réfugier en France, appeler les journaux, les supplier de venir à la rescousse de Scrunchy et de Mal', de les libérer des griffes d'une bande de vieux barbons de l'obscure nation, d'une minuscule fraternité de Harlem qui contrôle en secret le sort de leur peuple ? Tu crois vraiment que quiconque goberait une pareille histoire, à part l'extrême droite de l'extrême droite ?

— Je pourrais essayer, au moins.

— Oui, tu pourrais. Et je t'aimerai toujours, quoi que tu fasses. – Il lui parlait très doucement, comme on le fait avec quelqu'un atteint d'une grave maladie. – Je veux que tu restes. Je te veux avec moi. Si tu ne supportes pas, je le comprendrai mais s'il te plaît, Jul', il faut que tu me comprennes, toi aussi. Je dois accomplir cette tâche. Si je peux te compter avec moi, je m'en acquitterai mieux.

— Et Tony Tice ? Pourquoi étais-tu en contact avec lui ? – Mais elle le savait déjà. – Il mangeait à tous les râteliers, c'est ça ? C'était devenu ton projet, tu étais chargé d'y veiller. Toi et… Jeremy Flew. C'est l'Empyrée qui te l'a envoyé, non ? Pour qu'il nous protège mais aussi pour garder un œil sur ce qui se passait. Tu savais où Kellen en était dans ses recherches. Tu avais Tony pour t'en informer, mais seulement il s'est dit que c'était une trop belle occasion de se faire beaucoup d'argent, et il t'a roulé… – Une nouvelle idée lui est venue. – Ces cent mille dollars que Tice donnait chaque année à l'université, est-ce que… C'était l'Empyrée, ça aussi ? Oh, Lemmie… Est-ce qu'ils m'ont payé un travail, aussi ? – Elle a lutté contre cette idée déprimante. – Je ne pense pas que Tony Tice restera longtemps derrière les barreaux. Pas vrai ? Un simple coup de fil de ta part et on lui offrira une jolie porte de sortie. Et puis… Bruce m'a dit que Kellen travaillait sur l'affaire depuis un an et demi ; Vanessa m'a affirmé la même chose. À cette époque, tu étais encore pris à la Maison Blanche, mais l'Empyrée avait besoin de quelqu'un sur place pour surveiller les choses, voire pour diriger tout le projet. Et le meilleur moyen pour que tu remplisses ce rôle, c'était que tu accèdes à la présidence de l'université, disons. L'homme le plus influent de tout le comté. Comment s'y sont-ils pris ? En demandant aux Hilliman de parler à Cameron Knowland ? C'est ça ?

— Non, c'était la recherche de la justice, a-t-il tranché, et il y avait maintenant une mise en garde dans sa voix. Rien d'autre.

Les questions se bousculaient dans son esprit. Est-ce que Frank Carrington avait été l'auteur de toute cette violence à lui seul ? Jeremy Flew, garde du corps ou observateur actif ? Et Kellen ? Comment avait-il appris tant de choses si rapidement ? Avait-il eu une taupe au sein de l'Empyrée ? Mais sachant que son mari n'offrirait pas de réponses, Julia s'est bornée à poser la question qui comptait le plus, pour elle :

— Dis-moi, Lemmie. Qui est-ce qui tranche, au final ? Qui est-ce qui décide si le moment est venu de se servir de cette… influence ? Qui est assez « sage » pour que cette responsabilité lui soit confiée ?

Lemaster a contemplé sa femme un long moment. Brusquement, il s'est levé et a contourné le bureau. D'instinct, Julia s'est crispée, assaillie par tous ses soupçons. Il l'a saisie par les épaules et l'a entraînée à la salle de bains de l'étage.

— Lemmie ? Qu'est-ce qui te prend ? Laisse-moi !

— Regarde !

— Quoi ?

— C'est toi qui aimes tant les miroirs, alors regarde !

Elle a fixé ses yeux devant elle et c'est là qu'elle a vu la réponse à sa question, qui lui rendait son regard en sachant qu'il leur appartenait de partager le secret occulté.

Épilogue

La maison au bord de la mer

I

L'été, à nouveau. Devant la baie vitrée de la maison Malard au sud de Portland, Maine, Julia contemple l'Atlantique à travers les voilages. Les rouleaux sombres et majestueux attaquent patiemment les coupe-lames qui aujourd'hui se dressent fièrement face à l'océan mais que le temps réduira en poussière, comme tout ce qui paraît solide et immuable.

— Alors ? Qu'est-ce que je suis censée faire, maintenant ? – Derrière elle, Mary Malard est assise sur le canapé, sa jambe blessée allongée sur un coussin. – Rendre publique la vérité ? Dis-moi, Julia. Qu'est-ce que je dois faire ?

— Tu ne la connais pas, la vérité, répond Julia après un moment. Moi non plus.

— Mais nous connaissons les mensonges.

Julia hoche la tête sans rien dire. La demeure, qui appartient à la mère de Mary, est grandiosement décorée dans le plus mauvais goût yankee. Sur la pelouse qui, à l'arrière, descend jusqu'à la digue, Evelyn Malard, qui a connu tant de présidents que personne ne peut les compter, se promène avec Jeannie, le vif soleil estival faisant briller leurs tenues blanches. Jeannie, non, Jeans – ce sera toujours Jeans, désormais – rit aux éclats, enchantée d'avoir trouvé dans cette enclave de riches estivants au sud de Portland un décor digne de son petit être parfait. Aaron, qui suit un programme d'été pour futurs businessmen de haut niveau à Babson, est venu passer le week-end précédent avec elles. Preston a promis d'emmener Megan – ou celle qui la remplacera – à condition que Lemaster ne soit pas dans les parages, et Julia espère qu'il tiendra sa promesse. Smith et Vanessa sont déjà parties dans leur expédition à travers le pays, leurs parents respectifs n'ayant pas eu la force de les en dissuader, et les deux – ou trois – voyageuses téléphonent de temps à autre pour dire que tout va bien. Quant à Lemaster, il ne cesse d'appeler en annonçant qu'il va arriver dans quelques jours, et son nouvel assistant de rappeler en démentant cette information.

— J'ai pratiquement dénoué tout l'écheveau, Julia. Jock a tué Gina, Whisted était avec lui cette nuit-là et le pauvre Scrunchy était à une soirée, abruti d'alcool, et il ne s'est jamais approché de la plage.

— Peut-être.

— C'est une grosse affaire, Julia. Un meurtre vieux de trente ans, un jeune Noir faussement accusé et pratiquement lynché, et un futur sénateur, on le sait maintenant, présent sur les lieux du crime. Mais je ne peux pas la sortir, pas vrai ? Parce que je n'ai pas de preuves tangibles. Je ne peux pas écrire que quelqu'un soupçonne fortement que, etc. Je le sais, et toi aussi, mais nous ne pouvons rien prouver.

Elle s'interrompt pour laisser Julia réagir, sans succès. Les voilages claquent dans une soudaine rafale de brise marine. À l'étage, sur le bureau de la chambre d'amis, il y a une lettre à sa mère qu'elle n'a pas terminée. Elle a tenté d'écrire à Lemmie, également, mais n'est pas arrivée à trouver quoi lui dire. Dans son dos, Mary continue à parler, peut-être toute seule.

— En plus, nous savons que c'est un truc pour lequel ils sont prêts à tuer. Je veux dire, flinguer des gens, pour de bon. Si je le publie, ils enverront quelqu'un me tuer, non ?

— Possible.

— Et ça ne te gêne pas ?

Elle se rappelle sa conversation avec Vanessa en sortant de chez Frank Carrington, il y a des millions d'années de cela.

— Bien sûr, que ça me gêne. Toute vie humaine est précieuse. – Elle se mord les lèvres. – Mais le problème, Mary, c'est que…

— Ce n'est pas ce que je voulais dire ! coupe la journaliste, agacée. Je veux dire : ça ne te gêne pas, que Whisted échappe à la justice ? Qu'il puisse arriver jusqu'à la Maison Blanche ?

— Ce n'est pas lui qui l'a fait. Être endormi sur le siège arrière d'une voiture, ce n'est pas un crime.

— Il était présent, Julia ! Les électeurs devraient savoir ça.

Elle est étonnée par ce qu'elle choisit de répondre. Elle est dans le Maine depuis le début du mois. À la recherche d'un confident, et consciente des efforts que Mary a déployés pour découvrir le fond de l'affaire, elle a partagé avec elle la majeure partie de l'histoire, en omettant toutefois le rôle joué par l'Empyrée, et donc par son mari. Voilà des semaines qu'elle n'a pas vu Lemaster et c'est pourtant son argumentation qu'elle veut reprendre, maintenant. Elle se souvient du moment où il l'a saisie par le bras, l'a forcée à se regarder dans le miroir, lui a dit de faire face à celle qui devait prendre la décision.

— Tu veux parler de justice, allons-y. Si tu pouvais sortir quelque chose sur le compte de Mal' Whisted… Admettons même que ce soit lui le coupable, et que tu sois en mesure de le prouver… Qu'est-ce qui se passerait, Mary ? Il irait en prison, pas vrai ? Il aurait ce qu'il mérite. Mais qu'est-ce que ça apporterait à notre peuple ? Pourquoi est-ce que la… l'obscure nation n'aurait pas la chance d'avoir ce qu'elle mérite ? Mets Whisted derrière les barreaux et tu auras la satisfaction de savoir que quelqu'un qui a commis quelque chose d'affreux il y a trente ans est puni. Point final. Mais laisse-lui la possibilité de continuer, peut-être d'aller à la Maison Blanche, et tu as un allié puissant, un homme capable de pousser son parti dans la bonne direction. À qui rendre justice ? À Malcolm Whisted ou aux Africains-Américains ? C'est aussi simple que ça.

— Ce n'est pas *simple*, Julia, c'est… immoral.

— On ne peut pas gagner la bataille contre le mal avec une main liée dans le dos, a-t-elle objecté, citant Astrid.

— Alors, tu penses vraiment que l'Amérique, c'est le mal ?

— Non. Je pense que l'Amérique souffre de troubles déficitaires de l'attention.

II

Malcolm Whisted a gagné les primaires. Toujours énamourée de cette histoire de deux anciens camarades d'université se livrant un duel pour la présidence, la presse n'a pas prêté attention à plusieurs démissions survenues dans les échelons moyens de leurs équipes de campagne respectives. Tout le monde est encore occupé à trouver des révélations compromettantes contre le camp adverse, à repousser les accusations quand elles viennent de l'ennemi politique : « Le dossier militaire de votre candidat est important, oui ! Allez déterrer celui du nôtre, c'est du gangstérisme électoral ! » Étonnamment, personne n'a estimé que leurs années de jeunesse partagées pouvaient être le thème d'enquêtes approfondies, peut-être parce que tous, journalistes, rédacteurs en chef, militants, ont été des étudiants, eux aussi, et qu'ils aiment avoir la certitude – ou ont besoin de l'avoir – que ce passé-là ne sera pas remué. Personne ne s'est approché de ce parfait équilibre de la terreur, la possibilité qu'un obscur club de Harlem, dont les effectifs étaient statutairement limités à « quatre cents hommes de qualité parmi les gens de couleur », contrôle entièrement l'avenir des deux candidats en détenant les preuves que chacun d'eux a commis un meurtre, des preuves auxquelles l'un et l'autre croient dur comme fer quand bien même ni l'un ni l'autre ne l'a concrètement perpétré.

La patience est parfois une stratégie à elle seule, note souvent Lemaster Carlyle. Dans le cas présent, celle de l'Empyrée a accompli des miracles.

Après leur explication finale, Julia a sérieusement envisagé de quitter son mari. Prendre les enfants et s'en aller… quelque part. Ce qui l'a retenue, c'est un sens grandissant du devoir et, oui, une sorte de gratitude mal définie. Lemaster, un étranger, l'a un jour sauvée et il ne l'a jamais trahie ni blessée, depuis. Elle a découvert que les principes rigides auxquels il soumettait son existence ne s'appliquaient pas de la même manière à elle. Il vivait sa vie, elle vivait la sienne, et ils ont été capables de le faire sous le même toit, en avançant côte à côte dans le monde. Et ce pendant vingt et un ans, même alors que les sentiments confus qui continuaient à la lier à Kellen étaient comme une épée entre eux. Ils pouvaient continuer, tous les deux, et pas seulement parce que Lemaster et l'Empyrée gardaient les rênes en main avec leurs terribles, leurs oppressantes bonnes intentions. Aussi parce que Kellen l'a libérée : quel qu'ait été son mobile, poursuite de la justice ou jalousie, sa quête du meurtrier de Gina et son plan insensé pour entraîner Julia dans ses machinations l'ont libérée de la prison édifiée par les exigences des autres.

Julia aime son nouveau travail, et pas uniquement parce qu'il l'a emmenée loin du campus de Lemaster. Elle aide des jeunes qui, trop souvent, n'ont servi que de marchepied aux politiciens et d'argument facile aux agitateurs en tout genre. Tout le monde les plaint de leurs déboires et se garde, autant que possible, de les fréquenter de trop près, mais Julia Carlyle, qui a eu une jeunesse dorée dans le New Hampshire, fait face à sa petite classe dans l'école de Miss Ter, au cœur du quartier le plus dangereux d'Elm Harbor, partage son savoir pour un salaire dérisoire et n'a jamais été si heureuse de sa vie ! Elle se rend même parfois à l'office de la Maison de la sainteté des fidèles et elle ressort de chacune de ces expériences non pas comblée, certes, mais avec une conscience toujours plus aiguë des besoins de l'obscure nation et de l'improbabilité que n'importe quel parti politique, laissé à ses certitudes faciles, fasse plus qu'invoquer avec grandiloquence la nécessité morale de répondre à cette détresse. Dans la campagne électorale qui commence à battre son plein autour d'elle, en tout cas, personne ne se soucie sérieusement des mesures qu'il faudrait prendre face à la discrimination raciale et à la pauvreté, car il semble toujours y avoir des questions plus « vitales » à traiter, et ces deux-là viennent toujours après. Peut-être est-ce pour cela que Jésus a dit qu'il y aurait toujours des pauvres en notre sein. Parce qu'il avait vu, même deux mille ans à l'avance, quel rang ils continueraient à occuper sur la liste des priorités politiques. Et alors que les semaines passent à une vitesse vertigineuse dans sa nouvelle vie, Julia trouve une résonance toujours plus forte à une remarque que Mona, citant un écrivain, a faite un jour devant elle : les Blancs se préoccupent beaucoup plus d'égalité quand il s'agit de leurs femmes et de leurs filles que lorsqu'il est question de leurs serviteurs.

C'est l'autre raison pour laquelle elle est restée avec Lemaster : parce qu'elle s'est dit qu'il pouvait voir juste.

III

Plus tard, à la plage, assise sur une serviette de bain, chapeau de paille sur la tête et lunettes de soleil sur le nez pour protéger ses yeux, Julia regarde gambader la nouvelle petite chérie du Clan, sa fille, Jeans, et achève sa lettre à la grand-mère, Granny Mo.

Chère Mona,

Je me suis souvent demandé pourquoi, alors que tu aurais pu choisir n'importe quel endroit, tu as décidé de nous faire grandir dans le New Hampshire. J'adorais Hanover, moi, mais toi, tu n'y as jamais été vraiment heureuse. Nous étions loin de tout, ou du moins loin du monde qui t'avait formée, toi et toute une génération des nôtres, loin d'un monde auquel tu voulais cependant que tes enfants restent liés, même à distance. Les étés étaient magnifiques, mais les hivers impossibles. La ville était merveilleuse mais, comme toute la Nouvelle-Angleterre, très blanche…

Je crois que j'ai fini par comprendre. Un grand peuple est forcément un vieux peuple, et pour cela il faut qu'il ait un passé. Celui-ci contient d'immenses triomphes et d'immenses tragédies. La sagesse, c'est de savoir distinguer les premiers des deuxièmes, et de savoir garder ses secrets. Je pense que tu nous as emmenés à Hanover pour les hivers. Le temps recouvre la vérité comme de la neige. Ce qu'il y a de mieux, en Nouvelle-Angleterre, c'est qu'il s'en écoule beaucoup avant que la neige ne se mette à fondre.

Je t'aime,

Julia

Elle mettra la lettre au courrier du matin.

Note de l'auteur

Les lecteurs de *The Emperor of Ocean Park*[1], roman dans lequel Julia et Lemaster Carlyle faisaient leur apparition, se rappellent peut-être qu'ils habitaient un endroit de la côte Est appelé Canner's Point, non Tyler's Landing. Pour une série de raisons liées à la trame de leur histoire, je les ai fait déménager. Ainsi que je l'expliquais à la fin du roman précédent, Elm Harbor n'est pas une version à peine déguisée de New Haven, même si ces deux villes, je le disais alors et le redis ici, ont en commun de nombreux fantômes. Le même avertissement s'applique à toute comparaison entre l'institut Kepler et l'école de théologie de Yale. Et il est peut-être utile – ou probablement pas – de préciser que ceci n'est qu'une fiction, et que les événements qui ont pu l'inspirer appartiennent à une autre sphère que celle de la réalité.

Ni les « Coccinelles » ni l'« Empyrée » n'existent réellement, et ni l'une ni l'autre ne sont fondées sur

1. *Échec et mat*, traduit par M.G. Hovnanian, Robert Laffont, 2003. *(N.d.T.)*

des organisations réelles. Cela étant, je suis un grand admirateur des clubs de l'obscure nation, qui ont été capables de préserver sa culture traditionnelle à une époque où les traditions, comme on le sait, se perdent. L'histoire de la Dame noire est encore racontée de nos jours autour d'Arkadelphia, Arkansas, bien qu'avec beaucoup plus d'extrapolations et d'additions que celle sobrement reprise par Vanessa Carlyle dans ce roman. Le site Internet Anagram Server se trouve sur www.wordsmith.org[1] ; et je préviens charitablement mes lecteurs, néanmoins, qu'on se laisse vite prendre à ses pouvoirs addictifs.

Autre licence de romancier : le Dartmouth College ne décerne pas de doctorat en sciences économiques, de sorte que Kellen Zant n'aurait pu y achever ses études, et j'aurais certes pu situer son aventure sentimentale avec Julia sur un autre prestigieux campus de Nouvelle-Angleterre si je n'avais pas été aussi conquis par l'image de celle-ci piétinant dans les étonnantes quantités de neige qui s'accumulent durant l'hiver à Dartmouth. Lors de la campagne de 2004, les primaires de l'Iowa se sont tenues au mois de janvier, mais comme cela ne cadrait pas avec mon récit je les ai quelque peu retardées sans demander l'avis de quiconque. J'ai pris ailleurs d'autres libertés, mineures je l'espère, avec le cours normal d'une campagne présidentielle américaine.

La thèse de Lemaster Carlyle selon laquelle l'homme désire créer un Dieu qui ait besoin de son avis a été en

1. Il fonctionne pour l'instant dans huit autres langues que l'anglais, dont le français et le latin. *(N.d.T.)*

partie inspirée par les commentaires sur Dostoïevski que David Bentley Hart offre dans son livre, d'une rare élévation d'esprit, *The Doors of the Sea : Where Was God in the Tsunami ?* (2005). Bien entendu, ce dernier n'est aucunement responsable des lacunes qui pourraient être relevées dans le raisonnement de Lemaster.

Je suis comme toujours reconnaissant à mon agent littéraire, Lynn Nesbit, et à son inquiétante patience. J'ai énormément profité des conseils éclairés et des encouragements de mes éditrices, Robin Desser et Phyllis Grann, qui ont su s'arranger du frustrant tempo sur lequel je leur ai soumis mon manuscrit, et qui ont épargné à mon histoire nombre de choix discutables. Merci également à tous ceux qui avaient apprécié mon premier roman, tentative menée non sans hésitations, et qui m'ont encouragé à écrire celui-ci tant ils en réclamaient un autre. J'ai aussi pu m'appuyer sur les avis très utiles du cercle d'amis proches qui ont lu tout ou partie de mon manuscrit durant sa phase de création, en particulier mes très chers George Jones et Lorette Pleasant-Jones.

Enfin, les mots ne sauraient exprimer ma gratitude envers ma femme, Enola, la plus attentive et la plus exigeante de toutes mes lectrices, ainsi qu'envers nos merveilleux enfants, Leah et Andrew. Ces trois êtres sont des dons de Dieu dans ma vie.

Janvier 2006

Détournement de fonds

(Pocket n° 12660)

La carrière de la jolie Verity Banks ferait rougir les hommes d'affaires les plus aguerris : as de l'informatique, elle est vice-présidente de la Banque mondiale dont elle dirige le service de transferts électroniques de fonds. Ce brillant tableau ne la dissuade nullement de relever le pari insensé de son sulfureux mentor : détourner un milliard de dollars afin de prouver les failles du service informatique bancaire. Quitte à se retrouver impliquée dans un complot financier d'une tout autre envergure...

Il y a toujours un Pocket à découvrir

Bienvenue dans les cercles de l'enfer

(Pocket n° 12579)

Boston, 1865. L'horreur est à son comble : le juge Healey et le révérend Talbot ont été tués à quelques jours d'intervalle, le premier dévoré vivant par des vers, le second enterré la tête en bas et les pieds transformés en torches. Des crimes qui semblent étrangement familiers au « Cercle des Amis de Dante », un groupe d'intellectuels qui se consacre à la traduction de *La Divine Comédie*. Ils reconnaissent dans ces actes des références à l'œuvre du poète toscan et décident de se lancer sur la piste du meurtrier dont le jeu sadique est loin d'être terminé…

Il y a toujours un Pocket à découvrir

Composé par Nord Compo
à Villeneuve-d'Ascq (Nord)

Imprimé en Espagne par
LITOGRAFIA ROSÉS
à Gava
en mars 2010

POCKET – 12, avenue d'Italie – 75627 Paris cedex 13

N° d'impression : 00000
Dépôt légal : avril 2010
S20286/01